FILIACION DEL TITULAR

Apellidos — Rabaltué Mata
Nombre — Kilian
Nacionalidad — Española
Lugar del nacimiento — Pasolobino (Huesca)
Fecha de nacimiento — 20 de Febrero de 1929
Domicilio — Finca Sampaka-Fernando Poo
Profesión — Empleado

Firma del Titular

K. Rabaltué

JEFATURA DE OBRAS PUBLICAS DE LA PROVINCIA... Sta. Isabel... AUTOMOVILES · SANTA ISABEL · FERNANDO POO

12 MAR. 1960

INGENIERO JEFE p. a.

DUPLICADO

Art.º R.º 250 C. DEL CODIGO DE LA CIRCULACION
El Gobernador General,

PROVINCIA DEL GOLFO DE GUINEA · GOBIERNO GENERAL

JEFATURA DE OBRAS PUBLICAS DE LA PROVINCIA DE GUINEA · AUTOMOVILES · SANTA ISABEL

PALMERAS EN LA NIEVE

Luz Gabás

PALMERAS
EN LA NIEVE

temas de hoy. TH NOVELA

Primera edición: febrero de 2012
Segunda impresión: febrero de 2012
Tercera impresión: marzo de 2012
Cuarta impresión: marzo de 2012
Quinta impresión: abril de 2012
Sexta impresión: mayo de 2012
Séptima impresión: junio de 2012
Octava impresión: julio de 2012
Novena impresión: agosto de 2012

Imágenes de las guardas: archivo familiar de la autora

El papel utilizado para la impresión de este libro
es cien por cien libre de cloro
y está calificado como **papel ecológico**

© Luz Gabás, 2012
© Ediciones Planeta Madrid, S. A., 2012
Ediciones Temas de Hoy es un sello editorial de Ediciones Planeta Madrid, S. A.
Paseo de Recoletos, 4. 28001 Madrid
www.temasdehoy.es
www.planetadelibros.com
ISBN: 978-84-9998-023-2
Depósito legal: M. 18.421-2012
Preimpresión: J. A. Diseño Editorial, S. L.
Impresión: Dédalo Offset, S. L.

Printed in Spain-Impreso en España

ÍNDICE

A mi padre, Paco, por la contagiosa pasión con la que vivió su vida; y a José Español, por ser la pasión de la mía. Gracias a ambos existe esta novela.
A mi madre, M.ª Luz, y a mis hermanas, Gemma y Mar, por su apoyo incondicional, siempre.
Y a José y Rebeca, quienes han crecido junto con estas páginas.

Esta noche os amaréis con desesperación porque sabéis que va a ser la última noche que pasaréis juntos. Nunca más volveréis a veros.

Nunca.

No será posible.

Os acariciaréis y os besaréis tan intensamente como solo lo pueden hacer dos personas angustiadas, intentando impregnarse mediante el sabor y el tacto de la esencia del otro.

La intensa lluvia tropical golpea furiosa la barandilla verde del pasillo exterior que conduce a las habitaciones, ahogando el ruido de vuestros gemidos rabiosos. Los relámpagos intentan extenderse en el tiempo para vencer la oscuridad.

«Déjame verte, tocarte, sentirte un minuto más...»

En una esquina de la habitación, dos maletas de cuero desgastado. Descansando en el respaldo de una silla, una gabardina. Un armario vacío con las puertas entornadas. Un sombrero y una fotografía sobre la mesa. Ropa de color crudo por el suelo. Una cama convertida en nido de amor por la mosquitera que, colgada desde el techo, la rodea. Dos cuerpos agitándose en la penumbra.

Eso será todo después de dieciocho años.

Podrías haber desafiado al peligro y decidido quedarte.

O podrías no haber ido nunca. Te habrías evitado la lluvia, la maldita lluvia que se empeña en enmarcar los momentos más tristes de tu vida.

No sufrirías esta noche tan negra.

Las gotas rebotan en los cristales de la ventana.

Y ella...

Podría no haberse fijado en ti cuando sabía que era mejor no hacerlo.

No sufriría esta noche de claridad intermitente y cruel.

La lluvia mansa y apacible se pega a los objetos y se desliza suavemente como las lágrimas, impregnando el ambiente de una contagiosa melancolía. La lluvia intensa de esta noche azota y recuerda amenazante que no se aferra a nadie, que ni la tierra la puede absorber, que muere en el mismo instante cruel en que golpea.

Habéis disfrutado de muchas noches de amor calmado, tierno, sensual, místico. Habéis gozado del placer prohibido. Y también habéis sido libres para amaros a plena luz.

Pero no habéis tenido suficiente.

Esta noche sois una y mil gotas de tornado en cada embestida.

¡Hazle daño! ¡Arráncale la piel con tus uñas! ¡Muerde! ¡Lame! ¡Imprégnate de su olor!

Por existir. Por haceros sufrir. Por no poder cambiar las circunstancias. Por la separación que habéis asumido. Por la maldita resignación.

Toma su alma y dale tu semilla, aunque sabes que ya no germinará.

«Me voy.»

«Te vas.»

«Pero te quedas mi corazón.»

Para siempre.

Suenan dos golpes secos y rápidos en la puerta, una pausa y luego otros dos. Son la señal convenida. José es puntual. Tienes que darte prisa o perderás el avión.

No puedes darte prisa. No podéis despegaros el uno del otro. Solo queréis llorar. Cerrar los ojos y permanecer en ese estado indefinido de irrealidad.

El tiempo destinado para vosotros ha concluido. No volverá. No hay nada que se pueda hacer. Ya lo habéis hablado. No habrá lágrimas; las cosas son como son. Quizá en otra época, en otro lugar... Pero vosotros no habéis decidido dónde nacer, a quién o a qué pertenecer. Solo habéis decidido amaros, a pesar de las dificultades.

Aun sabiendo que tarde o temprano este día llegaría, tal como lo ha hecho, ejerciendo una prisa que impide una despedida a la luz del sol y niega la promesa de un pronto retorno.

Esta vez el viaje es en una sola dirección.

Te levantas de la cama y comienzas a vestirte. Ella permanece sentada con la espalda apoyada en la pared, los brazos abrazando las piernas, el mentón apoyado en las rodillas. Contempla tus movimientos un instante y cierra los ojos para grabar en su memoria cada detalle de tu cuerpo, de tus gestos, de tu pelo. Cuando terminas de vestirte, ella se levanta y camina hacia ti. Su único atuendo es un collar formado por una fina tira de cuero y dos conchas. Siempre ha llevado ese collar. Una de las conchas es un cauri, un pequeño caracolillo brillante del tamaño de una almendra. La otra es una pequeña concha de *Achatina* fosilizada. Se quita el collar y lo pasa alrededor de tu cuello.

—Te darán buena suerte y prosperidad en tu camino.

Rodeas con tus fuertes brazos su cintura y la atraes hacia ti, inhalando el olor de su cabello y de su piel.

—Mi suerte se termina aquí y ahora.

—No desesperes. Aunque no te vea ni te pueda tocar, dondequiera que estés formarás parte de mí. —Sus grandes ojos, aunque apesadumbrados, transmiten una gran seguridad y firmeza. Quiere creer que ni la muerte podrá separaros, que habrá un lugar donde volveréis a juntaros, sin tiempo, sin prisas, sin prohibiciones.

Posas tus dedos sobre las conchas del collar. El cauri es suave como su piel y brillante como sus dientes. La ranura parece una vulva perfecta, puerta de entrada y salida de la vida.

—¿Podrá una pequeña *Achatina* librarme también de los demonios de fuertes pezuñas?

Ella sonríe al recordar la primera vez que estuvisteis juntos.

—Eres fuerte como una ceiba y flexible como una palmera real. Resistirás los golpes del viento sin quebrarte, con las raíces aferradas a la tierra y las hojas perennes hacia el cielo.

De nuevo dos golpes secos y rápidos en la puerta, una pausa breve y otros dos golpes. Una voz intenta dejarse oír de forma discreta sobre la tormenta.

—Te lo ruego. Es muy tarde. Debemos irnos.

—Ya voy, Ösé. Un minuto.

Un minuto y adiós. Un minuto que pide otro, y luego otro.

Ella se dispone a vestirse. Tú se lo impides.

«Quédate así, desnuda. Déjame verte, por favor...»

Ahora no tiene ni el collar para protegerse. ¿Y tú no tienes nada para ella?

Sobre la mesa, el sombrero que nunca más necesitarás y la única foto que tenéis de los dos juntos.

Coges una de las maletas, la colocas sobre la mesa, la abres y extraes unas tijeras de una bolsa de tela. Doblas la fotografía marcando con las uñas la línea que separa tu imagen de la de ella y la cortas.

Le entregas el fragmento en el que apareces apoyado en un camión del patio.

—Toma. Recuérdame tal como soy ahora, de la misma manera que yo te recordaré a ti.

Miras la otra parte en la que aparece ella, sonriente, antes de introducirla en el bolsillo de tu camisa.

—¡Siento en el alma no poder...! —Un sollozo te impide continuar.

—Todo irá bien —miente ella.

Miente porque sabe que sufrirá cada vez que cruce el patio, o entre en el comedor, o pose su mano sobre la barandilla blanca de la elegante escalera. Sufrirá cada vez que alguien pronuncie el nombre del país adonde marchas. Sufrirá cada vez que oiga el ruido del motor de un avión.

Padecerá cada vez que llueva como esta noche.

«Todo irá bien…»

La estrechas entre tus brazos y sientes que a partir de ahora ya nada irá bien.

En unos segundos, cogerás tus maletas y tu gabardina. La besarás de nuevo con pasión. Caminarás hacia la puerta. Escucharás su voz y te detendrás.

—¡Espera! Olvidas tu sombrero.

—Donde voy no lo necesitaré.

—Pero te recordará lo que fuiste durante muchos años.

—No lo quiero. Guárdalo tú. Recuerda lo que he sido para ti.

Te acercarás y la besarás por fin con la ternura cálida, densa y perezosa de un último beso. La mirarás a los ojos por un instante. Cerraréis los párpados y apretaréis los dientes para evitar el llanto. Os acariciaréis la mejilla suavemente. Abrirás la puerta y se cerrará tras de ti con un leve sonido que te parecerá el impacto de un disparo. Ella apoyará la cabeza en la puerta y entonces llorará amargamente.

Tú saldrás a la noche y te fundirás con la tormenta, que en ningún momento querrá amainar.

—Gracias, Ösé. Gracias por tu compañía todos estos años.

Son las primeras palabras que pronuncias desde que salieras de la habitación en dirección al aeropuerto. Te suenan extrañas, como si tú no las estuvieras pronunciando. Todo te resulta desconocido: la carretera, los edificios, la terminal prefabricada en metal, los hombres que se cruzan contigo.

Nada es real.

—No hay de qué —te responde José, afligido, colocando una mano en tu hombro.

Las lágrimas brillan en los ojos rodeados de arrugas de este hombre que ha sido como un padre para ti en este lugar, al principio extraño. El paso del tiempo se hace más evidente en su dentadura.

Cuando tu padre os hablaba de José en sus cartas, o cuando te contaba historias al lado del fuego en las veladas de invierno, siempre repetía que no había visto unos dientes tan blancos y perfectos en ningún hombre. De eso hace ya una eternidad.

Apenas queda ya nada.

Tampoco volverás a ver a José.

El olor, el verde embriagador de la generosa naturaleza, el sonido solemne de los cantos profundos, la algarabía de las celebraciones, la nobleza de los amigos como José y el calor permanente sobre la piel comenzarán a serte ajenos. Ya no formarás parte de todo esto. En el mismo momento en que subas a ese avión, volverás a ser un *öpottò*, un extranjero.

—Querido Ösé..., quiero pedirte un último favor.

—Lo que tú digas.

—Cuando te vaya bien, alguna vez, si puedes, me gustaría que llevaras unas flores a la tumba de mi padre. Se queda muy solo en esta tierra.

Qué tristeza produce pensar que tus restos descansan en un lugar olvidado, que no habrá nadie que te dedique unos minutos frente a tu tumba.

—Antón tendrá flores frescas en su tumba mientras yo viva.

—*Tenki, mi fren.*

«Gracias, mi amigo. Por sacarme de apuros. Por ayudarme a comprender este mundo tan diferente al mío. Por enseñarme a quererlo. Por saber ver más allá del dinero que me trajo aquí. Por no juzgarme...»

—*Mi hat no gud*, Ösé.

—*Yu hat e stron, mi fren.*

«My heart is not good. Your heart is strong, my friend.» Tu corazón no está bien, pero tu corazón es fuerte.

Resistirá todo lo que venga.

Resistirás, sí. Pero no olvidarás que durante años empleaste cuatro lenguas que ahora te resultan insuficientes para describir lo que sientes: que «tu hat no gud».

El avión espera en la pista.

Adiós, *vitémá*, hombre de gran corazón. Cuídate mucho. «Tek kea, mi fren.» Estrecha mi mano. «Shek mi jan.»

«Take care. Shake my hand.»

Te dejarás arrastrar por las nubes durante miles de kilómetros y tomarás tierra en Madrid, donde cogerás un tren a Zaragoza. Luego te subirás a un autobús y, en poco tiempo, te reencontrarás con los tuyos. Todas las horas del viaje te resultarán escasas para despegarte de los últimos años, que habrán sido los mejores de tu vida.

Y ese hecho, el reconocer que los mejores años de tu existencia pasaron en tierras lejanas, será un secreto que guardarás en lo más profundo de tu corazón.

No puedes saber que tu secreto verá la luz dentro de más de treinta años. No puedes saber que algún día las dos partes de la imagen tan cruelmente separadas volverán a juntarse.

Todavía no existe Clarence.

Ni tu otra Daniela.

A medida que el avión gane altura verás por la ventanilla cómo se va empequeñeciendo la isla. Todo el verde del mundo que una vez invadió tu ser se irá convirtiendo en una leve mancha en el horizonte hasta que desaparezca. En el avión viajarán contigo otras personas. Todas permaneceréis en silencio. Todas os llevaréis vuestras historias.

El silencio se podrá traducir en unas pocas palabras, insuficientes para explicar la opresión en el pecho:

—*Ö má we è, etúlá.*

Adiós, vuestra querida isla en el mar.

I

EL MES MÁS CRUEL

PASOLOBINO, 2003

Unas pocas líneas hicieron que Clarence sintiera primero una gran curiosidad y después una creciente inquietud. En sus manos sostenía un pequeño pedazo de papel que se había adherido a uno de los muchos sobres casi transparentes, ribeteados de azul y rojo, en los que se enviaban las cartas por avión y por barco hacía décadas. El papel de las cartas era fino, para que pesase menos y el importe del envío fuese más barato. Como consecuencia, en ligeras y pequeñas pilas de papel se acumulaban retazos de vidas apretadas en palabras que pugnaban por no salirse de los inexistentes márgenes.

Clarence leyó por enésima vez el trozo de papel escrito con caligrafía diferente a la de las cartas extendidas sobre la mesa del salón:

… yo ya no regresaré a F.º P.º, así que, si te parece, volveré a recurrir a los amigos de Ureka para que puedas seguir enviando tu dinero. Ella está bien, es muy fuerte, ha tenido que serlo, aunque echa en falta al bueno de su padre, que, lamento decirte, porque sé cuánto lo sentirás, falleció hace unos meses. Y tranquilo, que sus hijos también están bien, el mayor, trabajando, y el otro, aprovechando los estudios. Si vieras qué diferente está todo de cuando…

21

Eso era todo. Ni una fecha. Ni un nombre.

¿A quién iba dirigida esa carta?

El destinatario no podía pertenecer a la generación del abuelo porque la textura del papel, la tinta, el estilo y la caligrafía parecían más actuales. Por otro lado, la carta iba dirigida a un hombre, tal como dejaba claro el uso del adjetivo *tranquilo,* lo cual reducía el círculo a su padre, Jacobo, y a su tío Kilian. Por último, el papel había aparecido junto a una de las pocas cartas escritas por su padre. Qué extraño... ¿Por qué no se había conservado el texto completo? Se imaginó a Jacobo guardando la misiva para luego arrepentirse y decidir sacarla nuevamente sin percatarse de que un pedazo se rasgaba en el proceso. ¿Por qué habría hecho eso su padre? ¿Tan comprometedora era la información que allí aparecía?

Clarence levantó la vista del papel con expresión de aturdimiento, lo dejó sobre la gran mesa de nogal situada tras un sofá *chester* de cuero negro, y se frotó los doloridos ojos. Llevaba más de cinco horas leyendo sin parar. Suspiró y se levantó para arrojar otro trozo de leña al fuego. La madera de fresno comenzó a chisporrotear al ser acogida por las llamas. La primavera estaba siendo más húmeda de lo normal y el hecho de haber permanecido sentada tanto tiempo hacía que sintiese más frío. Estuvo unos segundos de pie con las manos extendidas hacia el hogar, se frotó los antebrazos y se apoyó en la repisa de la chimenea, sobre la que colgaba un *trumeau* rectangular de madera con una guirnalda tallada en la parte superior. El espejo le ofreció la imagen cansada de una joven con cercos oscuros bajo sus ojos verdes y mechones rebeldes de cabello castaño, que se habían soltado de la gruesa trenza, enmarcando un rostro ovalado en cuya frente la preocupación había dibujado pequeñas arrugas. ¿Por qué se había alarmado tanto al leer esas líneas? Sacudió la cabeza como si un escalofrío le recorriera el cuerpo, se dirigió de nuevo hacia la mesa y se sentó.

Había clasificado las cartas por autor y por orden cronológico, comenzando por las del año 1953, fecha en la que Kilian había escrito puntualmente cada quince días. El contenido casaba a la perfección con la personalidad de su tío: las cartas eran extremadamente detallistas en sus descripciones de la vida diaria, de su trabajo, del entorno y del clima. Contaba todo con pelos y señales a su madre y a su hermana. De su padre había menos cartas; en muchas ocasiones se limitaba a añadir tres o cuatro líneas a lo escrito por su hermano. Por último, las cartas del abuelo Antón eran escasas y cortas y estaban llenas de las formalidades típicas de los años treinta y cuarenta del siglo xx, informando de que, a Dios gracias, estaba bien, deseando que todos estuvieran bien, también, y agradeciendo a quienes ayudaran entonces —algún familiar o vecino— en Casa Rabaltué su generosidad por hacerse cargo de una u otra cosa.

Clarence se alegró de que no hubiera nadie en casa. Su prima Daniela y su tío Kilian habían bajado a la ciudad para una revisión médica de este y sus padres no subirían hasta dentro de quince días. No podía evitar sentirse un poco culpable por lo que había hecho: leer las intimidades de aquellos que todavía vivían. Le resultaba muy extraño fisgar en lo que su padre y su tío habían escrito hacía décadas. Era algo que se solía hacer al ordenar los papeles de quienes habían fallecido. Y, de hecho, no le producía la misma extrañeza leer las cartas del abuelo, a quien ni siquiera había conocido, que las de Jacobo y Kilian. Ya sabía muchas de las anécdotas que acababa de leer, sí. Pero narradas en primera persona, con la letra inclinada y temblorosa de quien no está acostumbrado a la escritura, e impregnadas de una emoción contenida que intentaba ocultar de manera infructuosa unos más que evidentes sentimientos de añoranza, le habían provocado una mezcla de intensas emociones, hasta tal punto que en más de una ocasión se le habían llenado los ojos de lágrimas.

Recordaba haber abierto el armario oscuro del fondo del salón cuando era más joven y haber rozado las cartas con sus manos mientras se entretenía y curioseaba por entre aquellos documentos que le permitían diseñar la imagen de lo que había sido la centenaria Casa

Rabaltué: recortes de prensa amarillos por el tiempo; folletos de viajes y contratos de trabajo; antiguos cuadernos de compraventa de ganado y arriendo de fincas; listados de ovejas esquiladas y corderos vivos y muertos; recordatorios de bautizos y funerales; felicitaciones navideñas con trazo inseguro y tinta borrosa; invitaciones y menús de boda; fotos de bisabuelos, abuelos, tíos abuelos, primos y padres; escrituras de propiedad desde el siglo XVII, y documentos de permuta de terrenos por parcelas edificables entre la estación de esquí y los herederos de la casa.

No se le había ocurrido prestar atención a las cartas personales por la sencilla razón de que, hasta entonces, le habían bastado los relatos de Kilian y Jacobo. Pero claro, eso era porque todavía no había asistido a un congreso en el que, por culpa de las palabras de unos conferenciantes africanos, unas sensaciones desconocidas e inquietantes para ella —hija, nieta y sobrina de coloniales— habían comenzado a anidar en su corazón. Desde aquel momento, se había despertado en ella un interés especial por todo aquello que tuviera que ver con la vida de los hombres de su casa. Recordó la repentina urgencia que le había entrado por subir al pueblo y abrir el armario, y la impaciencia que se iba apoderando de ella mientras sus obligaciones laborales en la universidad se empeñaban en retenerla contra su voluntad. Afortunadamente, había podido liberarse de todo en un tiempo récord, y la inusual circunstancia de que no hubiese nadie en la casa le había proporcionado la ocasión de leer los escritos una y otra vez con absoluta tranquilidad.

Se preguntó si alguien más habría abierto el armario en los últimos años; si su madre, Carmen, o su prima, Daniela, habrían sucumbido también a la tentación de hurgar en el pasado, o si su padre y su tío habrían sentido alguna vez el deseo de reconocerse en las líneas de su juventud.

Rápidamente desechó la idea. A diferencia de ella, a Daniela las cosas viejas le gustaban lo justo para admitir que le agradaba el aspecto antiguo de su casa de piedra y pizarra y sus muebles oscuros, sin más. Carmen no había nacido en ese lugar ni en esa casa, y nunca la había llegado a sentir como suya. Su misión, sobre todo desde la muerte de la madre de Daniela, era que la casa se conservase limpia y ordenada, que la despensa estuviera siempre llena, y que cualquier excusa sirviera para organizar una celebración. Le encantaba pasar largas temporadas allí, pero agradecía tener otro lugar de residencia habitual que sí era completamente suyo.

Y en cuanto a Jacobo y a Kilian, se parecían a todos los hombres de la montaña que había conocido: eran reservados hasta extremos enervantes y muy celosos de su intimidad. Resultaba sorprendente que ninguno de los dos hubiera decidido destruir todas las cartas, al igual que ella había hecho con los diarios de su adolescencia, como si con ese acto de destrucción se pudiera borrar lo sucedido. Clarence sopesó varias posibilidades. Quizá eran conscientes de que no había realmente nada en ellas, aparte de unos fuertes sentimientos de nostalgia, que las convirtiera en candidatas al fuego. O tal vez hubieran conseguido olvidar lo allí narrado —cosa que dudaba, dada la tendencia de ambos a hablar continuamente de su isla favorita— o, simplemente, se habían olvidado de su existencia, como suele pasar con los objetos que uno va acumulando a lo largo de su vida.

Fueran cuales fueran las razones por las que esas cartas se habían conservado, tendría que averiguar lo sucedido —si es que había sucedido algo— precisamente por lo no escrito, por los interrogantes que le planteaba ese pequeño pedazo de papel que reposaba en sus manos y que pretendía alterar la aparentemente tranquila vida de la casa de Pasolobino.

Sin levantarse de la silla, extendió el brazo hacia una mesita sobre la que reposaba una pequeña arca, abrió uno de sus cajoncitos y extrajo una lupa para observar con mayor detenimiento los bordes del papel. En el extremo inferior derecho se podía apreciar un pequeño trazo de lo que parecía un número: una línea vertical cruzada por un guion.

Luego… el número bien podría ser un siete.

Un siete.

Tamborileó con los dedos sobre la mesa.

Un número de página resultaba improbable. Tal vez una fecha: 1947, 1957, 1967. Hasta lo que había podido averiguar, ninguna de las tres encajaba con los hechos descritos en las cartas que configuraban el emotivo legado de la vida colonial de unos españoles en una plantación de cacao.

En realidad, nada le había llamado tanto la atención como esas líneas en las que un tercer personaje, desconocido para ella, decía que no regresaría con la misma frecuencia, que alguien enviaba dinero desde Casa Rabaltué, que tres personas a quienes el destinatario de la misiva —¿Jacobo?— conocía estaban bien, y que un ser querido había fallecido.

¿A quién podía enviarle dinero su padre? ¿Por qué habría de preocuparle que alguien de allí estuviera bien o, más concretamente, que le fuera bien en los estudios o en el trabajo? ¿Quién sería esa persona cuyo fallecimiento habría sentido tanto? Los amigos de Ureka, decía la nota… No había oído nunca el nombre de ese lugar, si es que era un lugar… ¿Tal vez una persona? Y lo más importante de todo: ¿quién era *ella*?

Clarence había escuchado cientos de historias de la vida de los hombres de Casa Rabaltué en tierras lejanas. Se las sabía de memoria porque cualquier excusa era buena para que Jacobo y Kilian hablasen de su paraíso perdido. La que ella creía que era la historia oficial de los hombres de su casa adoptaba siempre la forma de leyenda que comenzaba hacía décadas en un pequeño pueblo del Pirineo, continuaba en una pequeña isla de África y terminaba de nuevo en la montaña. Hasta ese momento, en que unos interrogantes surgían de la lectura de un pequeño pedazo de papel para aumentar su curiosidad, a Clarence ni se le había pasado por la cabeza que pudiera haber sido al revés: que hubiera comenzado en una pequeña isla de África, que hubiera continuado en un pequeño pueblo del Pirineo y que hubiera terminado de nuevo en el mar.

No, si ahora iba a resultar que se habían olvidado de contarle cosas importantes… Clarence, presa de la tentación de dejarse llevar por pensamientos novelescos, frunció el ceño mientras repasaba mentalmente las personas de las que hablaban Jacobo y Kilian en sus narraciones. Casi todas tenían que ver con su entorno más cercano, lo cual no era de extrañar, pues el iniciador de esa exótica aventura había sido un joven aventurero del valle de Pasolobino que había zarpado a tierras desconocidas a finales del siglo XIX, en fechas cercanas a los nacimientos de los abuelos, Antón y Mariana. El joven había amanecido en una isla del océano Atlántico situada en la entonces conocida como bahía de Biafra. En pocos años había amasado una pequeña fortuna y se había hecho propietario de una fértil plantación de cacao que se exportaba a todo el mundo. Lejos de allí, en las montañas del Pirineo, hombres solteros y matrimonios jóvenes decidieron ir a trabajar a la plantación de su antiguo vecino y a la ciudad cercana a la plantación.

Cambiaron verdes pastos por palmeras.

Clarence sonrió al imaginarse a esos hombres rudos y cerrados de la montaña, de carácter taciturno y serio, poco expresivos y acostumbrados a una gama cromática limitada al blanco de la nieve, al verde de los pastos y al gris de las piedras, descubriendo los colores llamativos del trópico, las oscuras pieles de los cuerpos semidesnudos, las construcciones livianas y la caricia de la brisa del mar. Realmente todavía le seguía sorprendiendo imaginar a Jacobo y a Kilian como a los protagonistas de cualquiera de los muchos libros o películas sobre las colonias en los que se representaba el contexto colonial según los ojos del europeo; en este caso, desde la perspectiva de sus propios familiares. Su versión era la única que conocía.

Clara e incuestionable.

La vida diaria en las plantaciones de cacao, las relaciones con los nativos, la comida, las ardillas voladoras, las serpientes, los monos, las grandes lagartijas de colores y el *jenjén*; las fiestas de los domingos, el *tam-tam* de las *tumbas* y *dromas*...

Eso era lo que les contaban. Lo mismo que aparecía escrito en las primeras cartas del tío Kilian.

¡Cuánto trabajaban! ¡Qué dura era la vida allí!

Incuestionable.

... Sus hijos también están bien...

La fecha tendría que ser 1977, o 1987, o 1997...

¿Quién podría aclararle el significado de esas líneas? Pensó en Kilian y Jacobo, pero rápidamente tuvo que admitir que le daría mucha vergüenza reconocer que había leído todas las cartas. Alguna vez la curiosidad le había hecho plantear preguntas atrevidas en alguna cena familiar en la que surgiera el tema del pasado colonial, pero ambos habían desarrollado una oportuna habilidad para desviar las conversaciones hacia los asuntos generales e inocentes que a ellos les satisfacían más. Entrar a saco con una pregunta relacionada directamente con esas líneas y esperar una respuesta clara, sincera y directa era mucho esperar.

Encendió un cigarrillo, se levantó y se dirigió hacia la ventana. La abrió un poco para que el humo saliera y respiró el aire fresco de ese día lluvioso que humedecía levemente la pizarra oscura de los tejados de las casas de piedra que se apretaban bajo las ventanas de su casa. El alargado casco antiguo de Pasolobino todavía conservaba un aspecto similar al de las fotografías en blanco y negro de principios del siglo XX, aunque la mayoría de las casi cien casas habían sido rehabilitadas y en las calles se había sustituido el empedrado por el enlosado. Fuera de los límites del pueblo, cuyo origen se remontaba al siglo XI, se extendían las urbanizaciones de bloques de apartamentos turísticos y hoteles que la estación de esquí había traído consigo.

Dirigió la mirada hacia las cumbres nevadas, hacia la frontera donde terminaban los abetos y comenzaba la roca, oculta aún por el manto blanco. El baile de las brumas ante las cimas ofrecía un panorama precioso. ¿Cómo podían haber resistido tantos años los hombres de su familia lejos de esas magníficas montañas, del olor matinal de la tierra húmeda y el silencio apaciguador de la noche? Algo atrayente tenía que haber en ese esplendor que se desplegaba ante sus ojos cuando *todos* los que habían viajado a la isla habían terminado por regresar antes o después...

Entonces, de repente, le vino a la mente la imagen de la persona a quien preguntar. ¿Cómo no se le había ocurrido antes?

¡Julia!

¡Nadie como ella para resolver sus dudas! Cumplía todos los requisitos: había estado presente en momentos del pasado de su familia; había vivido en la isla en esas fechas; compartía el tono de la añoranza por el esplendor perdido y la seducción de lo exótico de las narraciones de Jacobo y Kilian; y siempre estaba dispuesta para una larga conversación con Clarence, a quien trataba con un afecto casi maternal desde que era pequeña, quizá porque solo había tenido hijos varones.

Se giró rápidamente buscando un cenicero y apagó el cigarrillo antes de salir del salón y dirigirse a su despacho para llamar a Julia por teléfono. Al cruzar por el gran vestíbulo que servía de distribuidor hacia las diferentes estancias de la casa, y por el que también se accedía a las escaleras que conducían a los dormitorios de la planta superior, no pudo evitar detenerse ante el enorme cuadro que lucía sobre una gran arca de madera tallada a mano con el primor de los artesanos del siglo XVII, una de las pocas joyas de mobiliario que había sobrevivido al paso de los años para recordar la nobleza perdida de su casa.

El cuadro mostraba el árbol genealógico de su familia paterna. El primer nombre que se podía leer en la parte inferior y que databa de 1395, Kilian de Rabaltué, seguía intrigando a Clarence. Que el nombre de un santo irlandés que había recorrido Francia para terminar en Alemania fuera el nombre del fundador de su casa era un misterio que nadie de la familia podía explicar. Probablemente ese Kilian cruzara de Francia a Pasolobino por los Pirineos y él, su gen viajero y los reflejos cobrizos de su cabello se establecieran allí. A partir de esas tres palabras, aparecía dibujado un largo tronco que se extendía verticalmente hacia arriba, del cual salían las ramas horizontales con las hojas en las que aparecían escritos los nombres de los hermanos y hermanas con sus esposas y esposos y los descendientes de las siguientes generaciones.

Clarence se detuvo en la generación de su abuelo, la pionera de la aventura en tierras lejanas, y repasó con la vista las fechas. En 1898 había nacido su abuelo, Antón de Rabaltué, quien se había casado en 1926 con Mariana de Malta, nacida en 1899. En 1927 nació su padre. En 1929 nació su tío, Kilian, y en 1933 su tía, Catalina.

Pensó que los árboles genealógicos podían ser muy previsibles en esas tierras. Había pocas variaciones. Se sabía perfectamente de dónde procedía cada persona. En la casilla correspondiente aparecía su fecha de nacimiento, nombre y apellidos, y su casa natal. A veces los apellidos eran sustituidos por el nombre de la casa y de la aldea de procedencia, puesto que muchos de los nuevos candidatos a gozar de casilla provenían de pueblos vecinos. El tronco central del árbol conducía la vista desde el primer Kilian hasta los últimos herederos en línea directa. Lo normal era que los nombres se repitieran generación tras generación, evocando épocas pasadas de condes y damas —porque los nombres antiguos en papeles antiguos tenían la extraña habilidad de excitar la imaginación de la joven: Mariana, Mariano, Jacoba, Jacobo, algún Kilian, Juan, Juana, José, Josefa, alguna Catalina, Antón, Antonia… Leyendo árboles genealógicos, una de sus grandes pasiones, Clarence se podía imaginar cómo fluía la vida sin grandes cambios: nacer, crecer, reproducirse y morir. La misma tierra y el mismo cielo.

Sin embargo, los últimos nombres que aparecían en el árbol suponían una clara ruptura con un pasado supuestamente petrificado. Los nombres de Daniela y Clarence rompían la monotonía de los anteriores. Era como si al nacer ambas algo ya estuviera cambiando, como si sus progenitores las estuvieran marcando de alguna manera con unas palabras cargadas de significado para ellos. Habían sabido ya mayores que Kilian había elegido el nombre de Daniela sin que su mujer, Pilar, pudiera argumentar nada para impedirlo. Era un nombre que a él le había gustado siempre y punto. Por otro lado, la explicación para el nombre de Clarence había que buscarla en su madre, gran lectora de novela romántica, que había hurgado entre el pasado viajero de su marido hasta dar con un nombre lo suficientemente contundente como para satisfacerla: Clarence de Rabaltué. Por lo visto, Jacobo no había puesto objeciones, tal vez porque ese nombre, que correspondía a una antigua ciudad africana, le hacía recordar cada día su relación con ese pasado idílico al que tantas veces aludían tanto él como Kilian.

Frente a ese cuadro, por un momento, Clarence abrió mentalmente unas nuevas casillas en las líneas inmediatamente superiores a la suya y a la de su prima. ¿Cómo se llamarían las siguientes generaciones, si es que las había? Sonrió para sus adentros. Definitivamente, a la velocidad que iba ella, pasarían años antes de que se completara una nueva línea, lo cual era una pena porque ella entendía la vida como una larga cadena en la que todos los eslabones con nombres y apellidos creaban una sólida y larga unidad. No podía comprender que hubiera quien desconociera a los antepasados de generaciones anteriores a la de sus abuelos. Pero claro, no todos tenían lo que para ella era la suerte de haber crecido en un entorno cerrado, controlado y anotado al que acudir cuando la vida la desorientaba con sus indecisiones. En su caso, su comprensible pero un tanto exagerado apego hacia su casa natal, su valle y sus montañas traspasaba y superaba lo meramente genético para convertirse en algo más profundo y espiritual que calmaba su aprensión existencial a la intrascendencia. Tal vez por ese deseo de formar parte de una íntima conexión entre pasado y futuro, Clarence había conseguido enfocar su vida laboral, dedicada a la investigación lingüística, hacia el estudio del pasolobinés. La reciente defensa de su tesis doctoral, por cuya razón estaba exhausta y saturada del mundo académico, la había convertido no solo en la persona del mundo que más sabía a nivel teórico sobre esa lengua al borde de la extinción, sino también en guardiana de una parte de su herencia cultural, de lo cual se sentía muy orgullosa.

No obstante, tenía que admitir que en ocasiones se lamentaba de la cantidad de tiempo de vida real que tanto estudio le había quitado. Sobre todo en cuanto a relaciones, porque lo cierto era que su vida amorosa era un desastre. Por una razón u otra, sus noviazgos nunca conseguían traspasar la barrera de los doce meses, algo en lo que coincidía con Daniela, solo que a esta no parecía afectarle tanto, quizá por ser seis años más joven o simplemente por su naturaleza paciente. Se sonrió de nuevo al pensar en la suerte que habían tenido ambas, hijas únicas, de haber crecido prácticamente juntas. ¿Qué hubiera hecho ella sin ese regalo que el cielo le había enviado para sustituir a todas sus muñecas infantiles? A pesar de ser tan diferentes física y emocionalmente, se sentían como hermanas inseparables y, como tales, habían compartido miles de vivencias y anécdotas. Recordó el código de honor que habían pactado cuando la diferencia de edad dejó de ser un impedimento para salir juntas de fiesta: en caso de que las dos se sintieran atraídas por el mismo joven, tenía vía libre aquella que lo hubiera conocido primero. Afortunadamente, por sus caracteres —Daniela era más tímida, más práctica y aparentemente menos apasionada—, y por sus gustos —a Clarence le atraían inexistentes hombres solitarios y misteriosos de cuerpos musculosos y a su prima los reales—, no había sido necesario poner a prueba su fidelidad.

Suspiró y dejó que la imaginación volara unos segundos, solo eso, unos segundos, para completar las casillas de sus invisibles descendientes.

De pronto, un leve escalofrío recorrió su cuerpo, como si alguien hubiera soplado sobre su nuca o se la hubiera acariciado con una pequeña pluma. Dio un respingo y se giró rápidamente. Durante unas décimas de segundo se sintió aturdida, incluso atemorizada, por haber sentido la presencia de alguien, lo cual era ridículo, razonó enseguida, porque sabía que nadie volvería hasta dentro de unos días y todas las puertas estaban bien cerradas: no era excesivamente miedosa —tal vez más de lo que le gustaría—, pero tomaba sus precauciones.

Sacudió la cabeza para alejar los absurdos pensamientos de los últimos minutos y se centró en lo que tenía que hacer, que era telefonear a Julia. Cruzó una de las puertas de cuarterones en forma de rombo de la salita, la que estaba situada bajo la amplia escalera de peldaños de madera que conducía al piso superior, y entró en su despacho, dominado por una ancha mesa americana de roble sobre la que estaba su móvil.

Miró el reloj y calculó que a esas horas Julia, una mujer bastante metódica, ya habría llegado a casa de la iglesia. Cuando estaba en Pasolobino, todos los días acudía con una amiga a misa de cinco, daba una vuelta por el pueblo y se tomaba un chocolate antes de regresar a su casa en coche.

Para su extrañeza, Julia no contestó. Decidió llamarla al móvil y la localizó tan concentrada jugando a las cartas en casa de otra amiga que apenas conversaron. Lo justo para quedar al día siguiente. Se sintió un poco desilusionada. No le quedaba más remedio que esperar.

Tendría que esperar *un día*.

Decidió regresar al salón y ordenar todos los papeles que había extendido. Devolvió las cartas a su sitio y se guardó el pedazo de papel en la cartera.

Después del entretenimiento de las últimas horas, de pronto no sabía qué hacer para pasar lo que quedaba del día. Se sentó en el *chester* frente al fuego, se encendió otro cigarrillo, y pensó en cómo había cambiado todo desde que Antón, Kilian y Jacobo fueron a la isla, sobre todo el concepto del tiempo. Las personas de la generación de Clarence tenían el ordenador, el correo electrónico y el teléfono para contactar al instante con sus seres queridos. Eso les había convertido en seres impacientes: no se llevaban bien ni con la incertidumbre ni con la espera, y cualquier pequeño retraso en la satisfacción de sus deseos se convertía en una lenta tortura.

En esos momentos, lo único que le interesaba a Clarence era que Julia le pudiera decir algo que explicara el sentido de esas pocas líneas que en su mente se traducían en una única idea: su padre podría haber estado enviando dinero a una mujer con cierta frecuencia.

El resto de su vida había pasado de golpe a un segundo plano.

Al día siguiente, a las cinco y media en punto, Clarence estaba en la puerta de la iglesia esperando a que Julia saliera. Apenas llevaba unos minutos contemplando la majestuosa silueta de la torre románica recortada contra el cielo cuando la puerta se abrió y comenzaron a salir las pocas personas que asistían a los oficios entre semana, y que la saludaron con familiaridad. Enseguida localizó a Julia, una mujer menuda, sencilla pero perfectamente arreglada, con su corta melena castaña recién peinada en la peluquería y un bonito pañuelo alrededor del cuello. Julia se acercó a ella con una amplia sonrisa.

—¡Clarence! ¡Cuántos días sin verte! —Le dio dos afectuosos y sonoros besos y pasó su brazo por el de la joven para comenzar a caminar en dirección a la salida del recinto, rodeado de un muro de piedra coronado por una alta verja de forja—. Perdona que ayer no te hiciera mucho caso, pero me llamaste en plena revancha. ¿Cómo es que estás por aquí? ¿Y el trabajo?

—Este cuatrimestre tengo pocas clases —respondió Clarence—. Es lo bueno de la universidad. Me organizo para tener temporadas libres y poder investigar. Y tú, ¿te vas a quedar mucho tiempo esta vez?

La familia materna de Julia era oriunda del valle de Pasolobino y ella todavía conservaba una de las muchas casas emplazadas en medio de los campos a unos kilómetros del pueblo. Su madre se había casado con un hombre de un valle vecino y ambos se habían ido a trabajar a África cuando ella era muy pequeña, dejándola al cuidado de los abuelos hasta que el negocio de ferretería comenzó a ir bien y decidieron llevársela con ellos. Allí, Julia se había casado y había dado a luz a sus dos hijos. Después de instalarse definitivamente en Madrid, ella y los niños habían disfrutado de cortas vacaciones en Pasolobino a las que se sumaba su marido de manera ocasional. Desde que había enviudado hacía un par de años, sus estancias en su valle natal eran cada vez más largas.

—Por lo menos hasta octubre. Es lo bueno de tener a los hijos mayores, que ya no me necesitan. —Sonrió con picardía antes de añadir—: Y así no me pueden dejar a los nietos a todas horas.

Clarence rio abiertamente. Le gustaba Julia. Era una mujer de carácter fuerte, aunque físicamente no diera esa imagen. También era culta, observadora, reflexiva y sensible, muy abierta y agradable al trato, con un punto incluso de sofisticación que la hacía destacar sobre las demás mujeres del pueblo. Clarence estaba convencida de que esto se debía tanto a su pasado viajero como a sus años en la capital. No obstante, Julia se sentía en Pasolobino como si nunca se hubiera ido, y su sencillez hacía de ella una mujer apreciada. A pesar de su comentario sobre los hijos y nietos, no podía evitar estar siempre pendiente de lo que les pasaba a los demás y ofrecer su ayuda en caso necesario.

— ¿Te apetece un chocolate caliente? —sugirió Clarence.

—¡El día que no me apetezca, ya puedes empezar a preocuparte!

Caminaron tranquilamente por las callejuelas dominadas por el gris de las piedras, dejaron atrás el casco antiguo del pueblo y tomaron la amplia avenida que vertebraba la parte nueva, con altas farolas y edificios de cuatro y cinco alturas, hasta el único establecimiento de Pasolobino donde —según la experta Julia— el chocolate era auténtico porque superaba la prueba de dar la vuelta a la taza sin que se derramase. «Cuando has crecido tomando cacao puro —solía decir—, es imposible aceptar sucedáneos.»

Durante el trayecto conversaron de cuestiones triviales, del tiempo y del trabajo de la joven, y se pusieron al día sobre los diferentes miembros de sus familias. Clarence creía percibir siempre una ligera variación en el tono de voz de Julia cuando preguntaba por Kilian o por Jacobo. Era algo muy tenue, nada importante, pero precedido por un nervioso carraspeo que solo se producía antes de las preguntas recurrentes en sus conversaciones:

—Hace días que no veo a tu tío. ¿Se encuentra bien?

—La verdad es que está bastante bien, gracias. Empieza a tener alguna gotera, pero nada importante.

—¿Y qué vida lleva tu padre? ¿Es que no sube?

—Sí que sube, sí, pero no con tanta frecuencia como antes. Dice que cada vez le da más pereza conducir.

—¡Con lo que le han gustado los coches!

—Yo creo que con los años se nos está haciendo friolero y espera a que llegue el buen tiempo.

—Bueno, eso nos pasa a todos. Y lo cierto es que hay que tenerle mucho amor a esta tierra para resistir este clima tan salvaje…

«Clima —pensó Clarence—. Contraste entre el calor tropical y el frío de Pasolobino.»

Supo que esa era una buena excusa para desviar fácilmente la conversación hacia lo que le interesaba.

—Pues sí —asintió—. Y más si has vivido en el trópico, ¿eh?

—Mira, Clarence, te voy a decir una cosa. —Julia se detuvo ante la chocolatería y se giró hacia la joven—. Si no fuera por todas las circunstancias…, en fin, por cómo nos tuvimos que ir, quiero decir…

La entrada al establecimiento sirvió de pausa. Clarence la guio al interior amablemente sin interrumpirla, encantada de que hubiera picado el anzuelo.

—… Me hubiera quedado allí…

Se acercaron a la mesa libre más cercana al ventanal, se quitaron las chaquetas, bolsos y pañuelos de cuello y se sentaron.

—Porque aquellos fueron los mejores años de mi vida…

Suspiró, hizo un gesto con las manos al camarero indicándole que tomarían dos tacitas, pero reparó en que no había consultado a Clarence. La miró y esta asintió a la par que aprovechaba para llevar las riendas de la conversación.

—¿Sabes dónde estuve hace poco?

Julia arqueó las cejas en actitud interrogante.

—En un congreso en Murcia sobre literatura hispano-negro-africana. —Clarence se percató del gesto de extrañeza de su amiga—. Sí, a mí también me chocó al principio. Me costó entender el término. Conocía algo de literatura de africanos que escribían en inglés, en francés, e incluso en portugués, pero no en castellano.

—No tenía ni idea. —Julia se encogió de hombros—. Bueno, la verdad es que tampoco me lo había planteado.

—Pues por lo visto hay una gran producción literaria desconocida tanto allí como aquí, entre otros motivos, porque esos escritores han estado años en el olvido.

—¿Y a qué fuiste? ¿Tiene algo que ver con tu investigación universitaria?

Clarence titubeó.

—Sí y no. La verdad es que después de acabar la tesis no sabía muy bien por dónde tirar. Un compañero me comentó lo del congreso y aquello me dio que pensar. ¿Cómo es posible que ni siquiera me hubiera planteado ciertas cosas después de toda la vida escuchando las anécdotas de papá y tío Kilian? Francamente, me sentí un poco mal. A cualquier otra persona le tendría que haber sorprendido, pero a mí no.

Cogió la taza de chocolate entre las manos. Estaba tan caliente que tuvo que soplar varias veces antes de poder probarlo. Julia permanecía en silencio observando como la joven cerraba los ojos para saborear de la manera que ella le había enseñado la mezcla dulce y amarga.

—¿Y aprendiste algo? —preguntó por fin, con un interés real—. ¿Te gustó?

Clarence abrió los ojos y dejó la tacita sobre el plato.

—Disfruté mucho —respondió—. Había escritores africanos residentes en España, otros que vivían fuera en diferentes países, y los de aquí, que estábamos descubriendo un mundo nuevo. Se habló de muchas cosas, especialmente de la necesidad de dar a conocer sus obras y su cultura. —Se detuvo para comprobar que a Julia no le aburría su explicación y resumió—: En fin, que fue todo un descubrimiento percatarse de la existencia de africanos con los que compartimos la misma lengua y la misma gramática. Chocante, ¿no? Digamos que los temas tratados diferían bastante de las historias que he escuchado en casa.

Julia frunció el ceño.

—¿En qué sentido?

—Evidentemente, se habló mucho de la época colonial y poscolonial; de la herencia ideológica que había condicionado su vida; de la admiración, el rechazo, e incluso el rencor hacia quienes les habían obligado a cambiar el curso de su historia; de sus problemas de identidad y sus traumas; de los intentos por recuperar el tiempo perdido; de las experiencias del exilio y del desarraigo; y de la multiplicidad étnica y lingüística. Vamos, nada que ver con lo que yo creía que sabía... ¡Y no creo que hubiera muchas hijas de coloniales en ese congreso! Yo, desde luego, ni abrí la boca. Me daba un poco de vergüenza... ¿Sabes? Incluso un profesor americano nos recitó poesía en su lengua materna, el bubi... —Metió la mano en su bolso, sacó un bolígrafo y cogió una servilleta de papel—, que, en realidad, se escribe así, *bööbë*.

—Bubi, sí —repitió Julia—. Un escritor bubi... Reconozco que me sorprende... No me imaginaba yo...

—Ya, ya... —la interrumpió Clarence—. ¡Qué me vas a contar! Mi perrito de la infancia se llamaba Bubi. —Bajó un poco la voz—. Papá le puso ese nombre...

—Sí, poco apropiado, la verdad. Muy típico de Jacobo. Claro que... —intentó justificar— eran otros tiempos...

—No tienes por qué darme explicaciones, Julia. Te cuento todo esto para que entiendas que fue como si de pronto abriera los ojos y viera las cosas desde otro lado. Empecé a darle vueltas a la cabeza y se me ocurrió que a veces también es necesario saber preguntar, que no basta con creerse a pies juntillas todo lo que nos dicen.

Metió de nuevo la mano en el bolso de ante claro y extrajo su cartera, que colocó sobre la mesa y abrió para coger el fragmento de papel que había encontrado en el armario. Creía que el preámbulo había sido más que suficiente para guiar a Julia en la dirección de su propósito inicial, que no era otro que averiguar quién y por qué lo había escrito. Miró fijamente a su amiga y soltó:

—Julia, he estado ordenando papeles por casa y me he encontrado esto entre la correspondencia de papá.

Le extendió el fragmento mientras le explicaba sus razones para creer que había sido escrito en algún momento de la década de los años setenta u ochenta. De pronto se calló al ver la expresión de la mujer.

—¿Te encuentras bien? —preguntó, alarmada.

Julia estaba pálida. Muy pálida. El papel temblaba en sus manos como una hoja otoñal y, a pesar de sus evidentes intentos por controlarse, una lágrima comenzó a resbalar traicionera por su mejilla. Clarence se asustó y extendió el brazo para tomar la mano de su amiga.

—¿Qué pasa? ¿He dicho algo que te haya molestado? —dijo, preocupada e intrigada a la vez—. Te aseguro que no era mi intención. ¡No sabes cuánto lo siento!

¿Por qué razón reaccionaba así Julia?

Pasaron unos segundos en silencio, Clarence intentando consolarla y Julia haciendo esfuerzos por controlar su emoción. Finalmente, Julia levantó los ojos hacia la joven y le explicó:

—No pasa nada. Tranquila. Una tontería de vieja sentimental. Es que la letra es de mi marido y me he emocionado al verla.

—¿De tu marido…? —preguntó Clarence, extrañada—. ¿Y sabes qué quiere decir? ¿A quién se puede referir? —No podía detener ya su curiosidad—. Habla de dos personas y de su madre, y de otra persona fallecida, cuatro, son cuatro…

—Sé leer, Clarence —la interrumpió Julia, llevándose un pañuelo a los ojos para secarse las lágrimas.

—Sí, perdona, es que es muy extraño. Tu marido escribiendo esta carta a papá.

—Bueno, se conocían —alegó Julia en tono neutro.

—Sí, pero que yo sepa no se carteaban —replicó la otra, recogiendo el pequeño escrito—. Se veían cuando subíais aquí de vacaciones. Hubiera encontrado otras cartas, digo yo. Pero no, solo esto.

Julia giró la cabeza para escapar de la mirada inquisidora de Clarence. Parecía observar con detenimiento a cuantos pasaban por la calle, pero en realidad su mente se había trasladado a otra época y a otro lugar. Por unos instantes, los sólidos edificios de piedra, madera y pizarra se volvieron de color blanco y los fresnos cercanos se convirtieron en palmeras y ceibas. No había pasado ni un solo día de su vida sin dedicarle un pensamiento a su querida porción de África. Hacía apenas unos minutos le había recordado a Clarence que allí había pasado los años más intensos de su vida. Era injusto reconocer eso, cuando se tenía que sentir más que agradecida por lo bien que le había tratado la vida en general dándole unos hijos y nietos maravillosos y una vida cómoda. Pero, en el fondo de su corazón, eran los recuerdos de esos años pasados allí los que surgían cuando despertaba cada mañana. Solo alguien que hubiera pasado por su misma situación podría comprenderla; alguien como Jacobo o Kilian.

A pesar de todo lo que habían vivido, ella estaba convencida de que no habían tenido un solo día de paz.

¿Qué debía responder a Clarence? ¿Era su interés completamente inocente? ¿En verdad no sabía nada? ¿Le habrían dicho algo Jacobo o Kilian? Tal vez ahora, a sus años, no pudieran evitar que una oculta parte de sus conciencias, o de sus corazones, buscara la luz. ¿Qué habría hecho ella? ¿Cómo podría haber vivido toda su vida con semejante carga?

Emitió un profundo suspiro y se giró de nuevo hacia Clarence, que no había dejado de observarla ni un segundo. Los ojos de la joven, de un profundo verde oscuro, idénticos a los de Jacobo y Kilian, embellecían y suavizaban un rostro de rotundas facciones enmarcado por una preciosa melena ondulada de color castaño que ese día no llevaba recogida en una trenza. La conocía desde pequeña y sabía lo insistente y convincente que podía ser.

—¿Y por qué no le preguntas a tu padre?

Clarence se sorprendió al escuchar esa pregunta tan directa. La reacción de Julia estaba consiguiendo que se reafirmase en su convencimiento de que allí había gato encerrado. Parpadeó varias veces sin saber muy bien qué responder, bajó la vista y comenzó a cortar una servilleta de papel en pedacitos.

—La verdad, Julia, es que me da vergüenza. No sé cómo plantearlo. Si le enseño la nota, sabrá que he fisgado entre sus cosas. Y si guarda algún secreto, no creo que me lo cuente sin más, así, de repente, después de tantos años.

Se enderezó en la silla y suspiró.

—En fin. No quiero ponerte en ningún compromiso. Pero sería una pena que algo tan importante cayera en el olvido más cruel... —añadió en un tono intencionadamente lastimoso.

Clarence esperaba que Julia le respondiera de manera firme que perdía el tiempo, que no había ningún secreto que revelar y que se estaba montando una película en su cabeza que no tenía nada que ver con la realidad. En lugar de eso, Julia permanecía en silencio dándole vueltas a la cabeza a una pregunta:

«¿Por qué ahora?».

Tras la ventana, se representaba la pelea anual típica del mes de abril en la que unos débiles rayos de sol del atardecer luchaban por disolver las minúsculas gotas acristaladas de la intermitente lluvia.

«¿Por qué ahora?»

Recordó como su marido protestaba por la mala influencia que

—según él— los brujos ejercían sobre los nativos. «No he visto cosa más simple —decía— que los dioses de esta gente. ¿Tan difícil resulta comprender la causa y el efecto? En la vida y en la ciencia, una serie de circunstancias motivan que los hechos sucedan de una manera y no de otra. Pero no, para estos ni hay causa ni hay efecto. Solo la voluntad de los dioses y se acabó.»

Tal vez había llegado el momento, sí, pero no sería ella quien traicionara a Kilian y a Jacobo. Si Dios o los dioses bubis así lo habían dispuesto, sería Clarence quien descubriera la verdad antes o después. Y mejor antes que después, porque a ellos ya no les quedaba mucho tiempo.

—Escucha, Clarence —dijo al fin—. Esta carta la escribió mi marido en el año 1987. Lo recuerdo perfectamente porque fue en ese viaje cuando supo que un viejo conocido había muerto. —Hizo una pausa—. Si tanto te interesa el significado de esta nota, ve allí y busca a alguien un poco mayor que tú que se llame Fernando. Solo uno de esos hijos que se nombran es el que te interesa. Es probable que en Sampaka aún conserven los archivos porque la plantación sigue funcionando, de aquella manera, pero sigue ahí. No creo que lo destruyeran todo, bueno, esto no puedo afirmarlo con rotundidad. Busca a Fernando. Aquello es tan pequeño como este valle, no puede ser tan difícil...

—¿Quién es ese Fernando? —preguntó una Clarence con los ojos brillantes mientras señalaba con el dedo una de las líneas del fragmento de papel—. ¿Y por qué debo buscarlo en Sampaka?

—Porque nació allí. Y es todo lo que te diré, querida Clarence, te pongas como te pongas —respondió Julia con firmeza. Bajó la vista y se entretuvo unos instantes acariciando la mano de Clarence, quien había tomado de nuevo la suya en un gesto de agradecimiento y afecto—. Si quieres saber más, es con tu padre con quien tienes que hablar. Y si Jacobo se entera de lo que te he dicho, negaré haber hablado contigo de esto. ¿Está claro?

Clarence asintió con resignación; una resignación que pronto cedió ante una incipiente ilusión.

En su cabeza se repetían una y otra vez las palabras que la acompañarían de manera obsesiva los próximos días:

«Ve a Sampaka, Clarence. ¡A Sampaka!».

—Tengo algo muy importante que deciros.

Clarence esperó a que los comensales le prestaran atención. Los diferentes miembros de su risueña y habladora familia estaban sentados alrededor de la mesa rectangular de madera como siempre lo hacían. Situado a la cabecera, el tío Kilian presidía todas las comidas y cenas desde que ella podía recordar. Aunque Jacobo era mayor que él, Kilian había asumido el papel de cabeza de familia y, por lo que parecía, aquél había aceptado complacido una situación que le permitía seguir vinculado a su casa natal sin más obligaciones que las propias de las relaciones familiares cercanas. Todos los presentes sentían la casa como suya, pero Kilian se encargaba de su mantenimiento, del arriendo de las tierras para pastos, ahora que ellos ya no tenían ni vacas ni ovejas, de decidir si era conveniente vender una finca o no a la creciente estación de esquí, y fundamentalmente, de mantener las tradiciones, costumbres y celebraciones de una casa que, como todas las demás del pueblo, veía modificada su historia por un progreso en forma de turismo que, paradójicamente, la había salvado de su desaparición.

A la derecha de Kilian, el trabajador infatigable, se sentaba Jacobo. A pesar de que sobrepasaban los setenta años, ambos hermanos continuaban siendo hombres grandes y fuertes —Jacobo lucía además un abultado abdomen— y se sentían orgullosos de conservar su abundante cabello negro aunque muy mechado de canas. A la derecha de Jacobo siempre se sentaba su esposa, Carmen, una guapa y alegre mujer de mediana estatura, cutis liso y sonrosado y corta melena teñida de rubio. A la izquierda de Kilian, frente a Jacobo, se sentaba la responsable y pragmática Daniela, heredera del cabello oscuro con reflejos cobrizos de su padre, Kilian, y —según contaban los mayores del pueblo— de los rasgos finos y delicados de su madre, Pilar. Finalmente, en el extremo opuesto de la mesa, frente a Kilian, siempre se sentaba Clarence, de manera que esta había aprendido a interpretar los gestos y rituales de su tío en cada comida. Le resultaba fácil distinguir si estaba de buen humor o no según plegase la servilleta de una u otra forma, o según fijase su vista más o menos rato en un objeto de la mesa.

Transcurridos unos minutos, Clarence comprendió que su intervención había pasado completamente desapercibida. Hacía días que no coincidían todos por una razón u otra y la cena se había convertido en la típica reunión en la que la conversación fluía y unos y otros intervenían y se reían o se llevaban la contraria y discutían. En esos momentos, sus padres y su prima continuaban repasando la vida de los vecinos y las últimas novedades de Pasolobino, pero su tío permanecía ensimismado. Clarence tomó un sorbo de su copa de vino mientras admitía para sus adentros que se entendía mejor con su tío que con su propio padre. Kilian le resultaba cercano y vulnerable pese a su apariencia de hombre silencioso, duro y distante. Jacobo tenía más sentido del humor, sí, pero también era un humor variable que se convertía en mal genio sin previo aviso, especialmente cuando no podía imponer su opinión. Afortunadamente para el resto de la familia, Carmen había desarrollado una increíble destreza para capear los temporales y conseguir que todas las conversaciones terminasen bien, confundiendo hábilmente a su marido para que tuviese la impresión de que lo que decía no era ni del todo rechazado ni del todo aplaudido.

¿Cómo reaccionaría su padre cuando supiera lo que iba a hacer? Después de otro sorbo de vino para infundirse ánimo, Clarence optó por alzar la voz:

—¡Tengo una noticia que os va a dejar de piedra!

Todos giraron la cabeza para mirarla. Todos excepto Kilian, que levantó la vista del plato con la lentitud de quien ya no cree que algo pueda sorprenderle.

Clarence los observó en silencio mordiéndose el labio inferior. De pronto se sentía nerviosa. Después de la intensidad de las últimas semanas, en las que no había hecho otra cosa que almacenar material —fotografías, planos y artículos sacados de Internet, gracias a los cuales había descubierto entre otras cosas dónde estaba Ureka— y organizar la que iba a ser la aventura de su vida con la desbordante energía que genera la ilusión, en ese momento sentía como si el corazón le latiera de manera irregular.

Daniela la miraba expectante, y, como su prima no hablaba, decidió ayudarla:

—¡Has conocido a alguien! ¿Es eso, Clarence? ¿Cuándo nos lo presentarás, eh?

Carmen juntó las manos a la altura del pecho y sonrió entusiasta. Antes de que pudiera hacer algún comentario, Clarence se apresuró a aclarar:

—No es eso, Daniela. Es..., bueno..., que...

—¡No me lo puedo creer! —intervino Jacobo en tono jocoso y fuerte—. ¡A mi hija no le salen las palabras! ¡Ahora sí que estoy intrigado!

Kilian miró a Clarence fijamente, y con un gesto apenas perceptible de las cejas intentó animarla a decir aquello tan importante que tenía que decirles. Clarence aguantó su mirada, cerró los ojos, cogió aire, abrió los ojos para toparse de nuevo con los de su tío y soltó:

—El jueves me voy a Bioko. Ya tengo el billete y todos los papeles.

Kilian ni siquiera parpadeó. Carmen y Daniela emitieron un grito de sorpresa casi al unísono. Un sonido metálico indicó que a Jacobo se le había caído un cubierto sobre el plato.

—¿Qué dices? —preguntó su padre, más sorprendido que enfadado.

—Que me voy a Bioko, quiero decir, a Fernando Poo...

—¡Sé perfectamente qué es y dónde está Bioko! —la interrumpió él—. ¡Lo que no sé es qué idea te ha dado de ir allí!

Clarence tenía la respuesta más que preparada; una mezcla de realidad práctica y mentiras convenientes para plantear un viaje lógico y seguro y tranquilizar así a sus familiares, y a ella misma:

—Ya sabéis que estoy en un equipo de investigación lingüística. En concreto, ahora estoy centrada en el español africano y necesito realizar una labor de campo para recoger muestras reales. ¿Y qué mejor lugar que Bioko para hacer eso?

—No tenía ni idea de que te interesase el español africano —intervino su madre.

—Bueno, no os cuento siempre todo lo que hago o dejo de hacer en el trabajo...

—Ya, pero esto, en concreto, es algo muy cercano a nuestra familia —dijo Daniela.

—La verdad es que no hace mucho que he dirigido mis investigaciones en esta dirección. Es un terreno poco estudiado... —Clarence sentía unas ganas terribles de preguntarles por ese tal Fernando, pero se contuvo—. Además, siempre he tenido curiosidad por conocer vuestra querida isla. ¡Toda la vida oyendo hablar de ella y ahora tengo la oportunidad de visitarla!

—Pero ¿no es un sitio peligroso? ¿Vas a ir sola? No sé yo si es buena idea, Clarence... —dijo su madre sacudiendo la cabeza con semblante preocupado.

—Sí, ya sé que no es un destino turístico fácil, pero lo tengo todo organizado. Un compañero de la universidad mantiene contactos con un profesor de allí y los dos me han ayudado a agilizar el papeleo de los permisos de entrada. ¡Normalmente cuesta semanas obtenerlos! Hay vuelo directo desde Madrid, unas cinco horas, nada, un paseo... Ahora que lo pienso... —añadió con un tono cargado de doble intención—, ¿no os gustaría a ninguno acompañarme? Papá, tío Kilian... ¿No tenéis ganas de volver a ver

46

aquello? ¡Hasta podríais encontraros con viejos conocidos de vuestra época!

Clarence observó como Kilian entrecerraba los ojos y apretaba los labios mientras Jacobo respondía por los dos:

—¡A quién vamos a encontrar! De los blancos no quedó ni uno, y los negros de nuestra época ya se habrán muerto. Además, eso debe de estar hecho un desastre. Yo no iría ni loco. ¿Para qué? —Su voz pareció quebrarse al preguntar—: ¿Para sufrir?

Se giró hacia su hermano. Clarence se percató de que no lo miraba directamente.

—Y tú, Kilian, ¿a que tampoco te gustaría volver a estas alturas de la vida? —le preguntó suavemente, en un tono que intentaba ser neutro.

Kilian carraspeó y, mientras desmigajaba un pedazo de pan, respondió de manera tajante:

—Cuando me fui supe que nunca más volvería, y no, no pienso volver.

Permanecieron en silencio unos instantes.

—Y tú, Daniela, ¿qué? ¿No te gustaría acompañarme?

Daniela dudó. Todavía estaba sorprendida por la decisión de Clarence y por el hecho de que no le hubiera comentado nada antes de esa noche. Miró a su prima con esos enormes ojos marrones que le iluminaban la cara. Era la única que no había heredado los ojos verdes que compartía toda la rama de la familia paterna, y con frecuencia se quejaba de ello, pero la intensidad con la que enfocaban la vida desbancaba al color más hermoso que pudiera existir. Daniela no era consciente de ello, pero cuando miraba a alguien a los ojos, el interlocutor se sentía aturdido.

—¿Cuánto tiempo piensas estar? —preguntó.

—Unas tres semanas.

—¡Tres semanas! —exclamó Carmen—. ¡Pero eso es mucho tiempo! ¿Y si te pasa algo?

—¡Qué me va a pasar, mamá! Por lo que me he informado, es un lugar bastante seguro para los extranjeros, siempre que no hagas nada sospechoso, claro...

Aquel comentario aún alarmó más a su madre.

—Jacobo, Kilian... Vosotros que conocéis aquello, haced el favor de quitarle la idea de la cabeza.

Los mayores entablaron una conversación como si Clarence no estuviera presente.

—¡Como si no conocieras a tu hija! —exclamó Jacobo—. Al final hará lo que le dé la gana.

—Ya es mayorcita para saber lo que se hace, ¿no te parece, Carmen? —dijo Kilian—. Nosotros éramos más jóvenes todavía cuando fuimos...

—Sí —le interrumpió Carmen—, pero en aquellos tiempos había mucha seguridad. Ahora, una joven blanca viajando sola...

—Por lo que he leído, todavía hay gente que tiene negocios y va y viene sin problemas —añadió Kilian—. Y voluntarios de organizaciones de ayuda...

—¿Y tú cómo sabes eso? —quiso saber Jacobo.

—Pues mirando por Internet —respondió Kilian, encogiéndose de hombros—. Soy viejo, pero me gusta estar informado. Daniela me ha enseñado que esto del ordenador es más sencillo de lo que creía.

Le dedicó una sonrisa a su hija.

—He tenido una buena profesora.

Daniela le devolvió la sonrisa.

—¿Y no te puede acompañar algún compañero del trabajo? —insistió Carmen dirigiéndose a su hija.

—La verdad es que a ninguno le ha atraído la idea de un viaje a un país tan poco civilizado... Pero los entiendo, porque, al fin y al cabo, yo tengo un interés *personal* —recalcó la palabra— que ellos no comparten. ¡Conoceré los lugares de vuestras narraciones!

—¡No reconocerás nada! —intervino Jacobo—. Ya te darás cuenta de la lamentable situación en la que se encuentra el país. Miseria y más miseria.

—Todo lo contrario a lo que nos habéis contado vosotros, ¿no? —dijo Clarence con ironía pensando en las conjeturas que se habían dibujado en su mente tras su encuentro con Julia—. Suele pasar. La realidad siempre supera a la ficción.

Kilian frunció el ceño. Le pareció percibir una inusual impertinencia en la actitud de su sobrina.

—Clarence —dijo de manera amable pero seca—, no hables de lo que no sabes. Si tanto interés tienes en ir, ve y saca tus conclusiones, pero no nos juzgues.

Clarence no supo qué replicar. ¡Ni que su tío le hubiera leído el pensamiento! Para aliviar la tenue tensión que se había instalado entre ellos, se dirigió a su prima:

—Bueno, ¿qué?, ¿te animas a acompañarme?

Daniela sacudió la cabeza.

—¡Ojalá me lo hubieras dicho con más tiempo! —se lamentó—. Ahora no puedo cogerme tres semanas libres del trabajo así como así. Pero, en fin —añadió—, si te enamoras de Fernando Poo, la próxima vez iré contigo. Te lo prometo.

Clarence supuso que su prima pensaba que unas semanas serían suficientes para que le invadiera el mismo sentimiento que había calado tan hondo en el alma de sus padres. Pero ellos habían pasado años en la isla. Ella viajaría en otras circunstancias y en otra época.

—Oh, no sé si unas semanas serán suficientes para que me enamore... Pero ¿quién sabe?

La pregunta quedó suspendida en el silencio que se instaló entre los comensales hasta que la cena concluyó poco después; un silencio que a duras penas podía ocultar las atronadoras voces que se repetían una y otra vez en la mente de los hermanos:

«Sabíais que este momento podría llegar y lo ha hecho. Lo sabíais.

Era cuestión de tiempo. Los espíritus lo han decidido. No hay nada que podáis hacer. Lo sabíais...».

Hay que conocer la montaña para comprender eso de que abril es el mes más cruel.

En los lugares de la tierra baja, la Semana Santa trae la resurrección de la vida en primavera tras la desolación del invierno. La diosa de la tierra despierta y emerge de las profundidades del infierno a la superficie terrestre. En la montaña, no. En la montaña la diosa permanece dormida al menos un mes más hasta que se digna reverdecer los prados.

En abril, pues, nada crece, la tierra está yerma y el paisaje quieto. Nada se mueve. Hay una calma blanda y amorfa que se apodera del paisaje acartonado: una calma muy diferente de la que preludia un tornado o una tormenta de nieve. En abril hay que mirar hacia arriba, hacia las cimas y hacia el cielo, y no hacia la tierra baldía, si se busca algo de vida.

En el cielo, sí: las brumas se agarran a las laderas de las montañas, no las sueltan con facilidad y llueve durante días. Empiezan como pellizcos de algodón de azúcar y se van estirando perezosas pero tenaces hasta cubrir el valle con una luz tenue de anochecer que perdura hasta que, un día, sin avisar, aparece un claro en el cielo y el sol regresa para calentar la tierra y vencer la batalla al invierno. La victoria es cierta; la espera, desoladora.

Ese mes de abril estaba siendo especialmente lluvioso: semana tras semana de un chispear manso y constante que no ayudaba precisamente a que el estado de ánimo no fuese sino gris. Sin embargo, aquella noche en que Clarence anunció su viaje, las hojas de los árboles perennes empezaron a temblar mecidas por un incipiente viento del norte que amenazaba con desplazar a la lluvia. Comenzó como un susurro que fue aumentando de volumen hasta que se convirtió en fuertes corrientes de aire que chocaban contra los postigos y se colaban por debajo de las puertas hasta los mismos pies de sus moradores.

Aquella noche, Kilian y Jacobo recuperaron imágenes que permanecían no olvidadas pero sí adormecidas por el arrullo del paso del tiempo y por el manto de la engañosamente tranquila resignación que acompaña a los que envejecen. Solo habían sido necesarias unas palabras para que las escenas de sus años jóvenes cobraran vida y los mismos sentimientos de otras décadas y otros escenarios surgieran para quemar con la misma intensidad de una herida reciente.

Ninguno de los dos podía imaginar que, por una simple mezcla de curiosidad y casualidad, Clarence fuera a propiciar que los hechos discurrieran en una y no en otra dirección. Se convertiría en el vehículo del azar —ese caprichoso rival de la causa y el efecto—, de manera que cada suceso tendría una razón infusa que actuaría para que todo encajara.

Aquella noche en la que Clarence anunció su viaje y las hojas de los árboles palpitaron en sus ramas, varias personas cerraron los ojos tumbados en la soledad de sus diferentes lechos y, en pocos segundos, el viento del norte se convirtió en harmatán.

II

PANTAP SALT WATER

SOBRE EL MAR

1953

—¡Venga, Kilian! ¡Perderemos el autocar!

Jacobo intentaba imponer su voz sobre los aullidos de la ventisca de enero mientras apartaba con un trozo de tabla vieja la nieve que se había adherido a la puerta de entrada. Cuando terminó, se subió las solapas de la gabardina, se encajó el sombrero, cogió su maleta con una mano, sujetó sus esquís de madera en el hombro con la otra, y comenzó a pisar con fuerza sobre el suelo para marcar el surco por el que comenzarían a descender hasta la entrada del pueblo y, de paso, para quitarse el frío intenso que le congelaba los pies.

Se disponía a gritar de nuevo el nombre de su hermano cuando escuchó voces en el dialecto de Pasolobino procedentes de la escalera de piedra que conducía al patio. Al poco, Kilian salió a la calle acompañado de su madre, Mariana, y de su hermana, Catalina. Ambas iban enfundadas en gruesos abrigos negros de lana basta, cubrían sus cabellos con unas tupidas toquillas de punto y se apoyaban en sendos palos de madera para no resbalar con las botas de rígido y ajado cuero que suponían una frágil barrera contra el frío.

Jacobo sonrió al ver que su madre portaba dos paquetitos envueltos en papel de periódico. Seguro que dentro de cada uno había un pedazo de pan con panceta para el viaje.

—Yo iré delante contigo, Jacobo —dijo Catalina, sujetándose de su brazo.

—Muy bien —aceptó su hermano antes de regañarla cariñosamente—. Pero deberías haberte quedado en casa, señorita testaruda. Este frío no es nada bueno para esa tos que tienes. Estás pálida y tienes los labios morados.

—¡Es que no sé cuándo volveré a veros! —se lamentó ella, intentando recoger un rebelde mechón oscuro de su cabello bajo la toquilla—. Quiero aprovechar hasta el último momento para estar con vosotros.

—Como quieras.

Jacobo giró la cabeza para echar un rápido vistazo de despedida a su casa y comenzó a caminar junto a su hermana con paso lento sobre las heladas calles. La nieve acumulada de los días anteriores les llegaba hasta las rodillas y la que levantaba el viento apenas dejaba un par de metros de visión.

Unos pasos más atrás, Kilian esperaba a que su madre, una mujer alta y robusta, se ajustara bien el cuello del recio abrigo para cubrirse la garganta. Aprovechó esos instantes para deslizar la mirada por la fachada de su casa en un intento de grabar en su mente cada aspecto de su fisonomía: los sillares de las esquinas, las ventanas de madera resecas por el sol y empotradas en gruesos marcos de piedra, los postigos anclados en goznes oxidados, el dintel sobre las jambas que escoltaban la recia puerta remachada con clavos del grosor de una nuez, la cruz tallada en la piedra principal del arco de entrada…

Su madre respetó esos instantes de silencio que Kilian necesitaba para despedirse del que hasta entonces había sido su hogar. Observó a su hijo y sintió una punzada de temor. ¿Cómo encajaría él en ese mundo tan diferente hacia el que partía? Kilian no era como Jacobo; era físicamente fuerte y enérgico, sí, pero no tenía el apabullante coraje de su hermano mayor. Desde pequeño, Kilian había mostrado una sensibilidad y delicadeza especial que, con el paso de los años, se había ido ocultando tras una capa de curiosidad y expectación que lo empujaba a imitar a su hermano. Mariana conocía la dureza del trópico y, aunque no quería coartar las ansias de saber de su hijo, no podía evitar sentir preocupación por la decisión que había tomado.

—Todavía estás a tiempo de dar marcha atrás —dijo.

Kilian sacudió la cabeza a ambos lados.

—Estoy bien. No se preocupe.

Mariana asintió, se sujetó a su brazo y comenzaron a caminar por el borroso surco trazado por Jacobo y Catalina. Tenían que agachar la cabeza y hablar en voz alta, sin mirarse a los ojos, por culpa de la ventisca inusualmente rebelde.

—Esta casa se nos queda sin hombres, Kilian —dijo ella. En su voz no había reproche, pero sí algo de amargura—. Espero que algún día vuestros esfuerzos hayan servido para algo…

Kilian apenas podía hablar. Serían tiempos difíciles para su madre y para su joven hermana: dos mujeres a cargo de la gestión de una propiedad en un entorno duro en el que cada vez había menos gente. Desde hacía dos o tres años, muchos jóvenes habían decidido marcharse a diferentes capitales de provincias en busca de trabajo y una vida mejor, alentados por las noticias de los pocos periódicos del pueblo —*El Noticiero*, el *Heraldo*, la *Nueva España* y el *Abc*— que recibían por correo, con varios días de retraso, algunos vecinos privilegiados. Leyendo los artículos y la publicidad, uno se podía imaginar que el futuro estaba en cualquier otro sitio menos en esa tierra olvidada del progreso y de las comodidades que ya comenzaba a echar de menos aun cuando no se había marchado. Temía el inminente momento de la despedida. Era la primera vez que se alejaba de su casa y de su madre y toda la excitación de los días anteriores se había convertido en un nudo en el estómago.

Envidiaba a Jacobo: la rapidez y decisión con la que había preparado el equipaje. «La ropa de aquí no te servirá de nada allí —le decía—, así que piensa solo en lo que te pondrás en el trayecto de ida y de vuelta, lo mejor que tengas. Además, allí todo es más barato. Podrás comprarte lo que quieras.» Kilian había metido y sacado las pocas prendas —camisas, americanas, pantalones, calzoncillos y calcetines— de la maleta varias veces para asegurarse de que elegía lo apropiado. Incluso había apuntado en una lista que luego había pegado en el interior de la tapa todas sus pertenencias, incluidos los sobrecitos de cuchillas de afeitar Palmera acanalada y su loción Varón Dandy, para acordarse de lo que se llevaba. Pero, claro, tanto su padre como su hermano habían ido varias veces a África y estaban acostumbrados a viajar. Él no, aunque lo había deseado con toda su alma.

—Si no estuviera tan lejos... —suspiró Mariana agarrándose al brazo de su hijo con más fuerza.

Seis mil kilómetros y tres semanas —que ahora le parecían una eternidad— eran la distancia y el tiempo que separaban las queridas montañas de Kilian de un futuro prometedor. Los que iban a África volvían con traje blanco y dinero en el bolsillo. Las familias de los que emigraban salían adelante y deprisa. Sin embargo, esta no era la única razón por la que Kilian marchaba; al fin y al cabo, los ingresos de su padre y de Jacobo eran más que suficientes. En el fondo, siempre le había tentado la idea de salir y ver mundo y experimentar por sí mismo lo que otros del valle habían experimentado, aunque eso supusiera un largo viaje que en esos momentos comenzaba a inquietarle.

—El dinero siempre va bien —argumentó una vez más—. En estas casas siempre surge una cosa u otra, los gastos de pastor, de segadores, de albañiles... Además, usted sabe que para un hombre joven Pasolobino se queda escaso.

Mariana lo sabía de sobra y lo comprendía mejor que nadie. Las cosas no habían cambiado tanto desde que ella y su marido, Antón, partieran hacia África en 1918. La vida en el pueblo significaba ganado y más ganado, cuadras llenas de estiércol, barro, nieve y frío. Tal vez no había escasez, pero no se podía aspirar más que a sobrevivir con un mínimo de dignidad. El clima del valle era muy duro. Y la vida dependía continuamente del clima. Los huertos, los campos, las fincas y los animales: si un año la cosecha era mala, se resentían todos. Sus hijos podrían haberse quedado a trabajar en la mina de pirita, o comenzar como aprendices de herrero, albañil, pizarrero o carpintero y complementar así la economía familiar basada en el ganado vacuno y ovino. A Kilian se le daba bastante bien la ganadería y se sentía a gusto y libre entre los prados. Pero era joven todavía, y Mariana comprendía que quisiera vivir experiencias nuevas. También ella había pasado por eso: pocas mujeres de su valle habían tenido la oportunidad de viajar tan lejos y sabía que lo que entraba en la mente por los sentidos cuando uno era joven, allí se quedaba mientras la experiencia de los años iba dejando cicatrices.

Una ráfaga golpeó con fuerza la maleta de Kilian como si pretendiera impulsarla hacia atrás. Caminaron en silencio acompañados por los bramidos del viento a lo largo de la estrecha calle que conducía a la parte más baja del pueblo. Kilian se alegró de haberse despedido de sus vecinos la tarde anterior y de que la tormenta de nieve les hubiera disuadido de salir a la calle. Las puertas y ventanas de las casas permanecían cerradas, lo cual contribuía a dibujar una estampa espectral.

Enseguida distinguieron a pocos pasos las figuras de Jacobo y Catalina y los cuatro formaron un tambaleante corro al borde de la línea que separaba las últimas viviendas de los prados.

Mariana observó a sus tres hijos juntos, que se lanzaban las últimas bromas para relajar la tensión de la despedida. Kilian y Jacobo eran dos hombres fuertes y atractivos que tenían que agacharse para hablar con su hermana, una delgada jovencita que nunca había gozado de mucha salud. Su hija extrañaría mucho el carácter alegre de Jacobo y la paciencia de Kilian. De repente, echó terriblemente de menos a su marido. Hacía dos años que no veía a Antón. Y hacía siglos que no se juntaban los cinco. Ahora se quedarían ellas dos solas. Sentía unas enormes ganas de llorar, pero quería mostrarse tan fuerte como le habían enseñado desde su infancia. Los auténticos montañeses no mostraban sus sentimientos en público, aunque ese público fuera la propia familia.

Jacobo miró su reloj e indicó que era hora de marchar. Abrazó a su hermana y le pellizcó la mejilla. Se acercó a su madre y le dio dos teatrales besos diciéndole con voz forzadamente alegre que el día menos pensado lo tendría de vuelta por ahí.

Ella le susurró:

—Cuida de tu hermano.

Kilian abrazó a su hermana y se separó de ella sujetándola por los hombros para mirarla de frente; a ella comenzó a temblarle la barbilla y se echó a llorar. Kilian volvió a abrazarla y Jacobo carraspeó nervioso y repitió que perderían el autocar.

Kilian se acercó a su madre haciendo verdaderos esfuerzos para no derrumbarse. Mariana lo abrazó tan fuerte que ambos sintieron las convulsiones por controlar los sollozos.

—Cuídate, hijo mío, cuídate —le susurró al oído. La voz le temblaba—. Y no tardes mucho en regresar.

Kilian asintió. Tal como había hecho su hermano, colocó los cables de las fijaciones de los esquís en los talones de las botas y los tensó con las palancas metálicas situadas a un palmo de las punteras. Se metió el paquetito de comida en un bolsillo, cogió su maleta con una mano y comenzó a deslizarse tras Jacobo, que ya se perdía por el sendero que descendía unos ocho kilómetros hasta Cerbeán, el pueblo más grande de la zona, donde tenían que coger el medio de transporte hasta la ciudad. La carretera no llegaba hasta Pasolobino, la aldea más alta, edificada a los pies de una gran masa rocosa que reinaba sobre el valle, así que en invierno los esquís eran el vehículo más rápido, cómodo y práctico para desplazarse sobre la nieve.

Apenas hubo descendido unos metros, se detuvo y se giró para observar por última vez las oscuras figuras de su madre y de su hermana recortadas sobre la masa gris que formaban las apretadas casas de su pueblo y sus chimeneas humeantes.

A pesar del frío, las mujeres aún permanecieron allí un buen rato hasta que los perdieron de vista.

Solo entonces Mariana agachó la cabeza y permitió que las lágrimas rodaran por sus mejillas. Catalina se acercó, la cogió del brazo en silencio y comenzaron a caminar con paso lento y apesadumbrado de regreso a casa, envueltas en torbellinos de viento y nieve.

Cuando llegaron a Cerbeán, con las mejillas encendidas, las manos entumecidas por el frío y el cuerpo sudoroso por el ejercicio, el viento había amainado un poco. Cambiaron sus botas por zapatos de cordones y las dejaron junto con los esquís en una fonda cercana a la parada del autocar, adonde acudiría uno de sus primos a recogerlos y llevarlos de vuelta a Casa Rabaltué.

Jacobo trepó ágilmente por la escalera trasera del vehículo para atar las maletas a la baca cromada. Después, ambos hermanos ocuparon sus asientos en la parte de atrás. El conductor puso el motor en marcha y avisó de que partirían en cinco minutos. El autocar iba prácticamente vacío porque no eran fechas en las que la gente del valle de Pasolobino se tuviera que desplazar a otros lugares, pero, a lo largo del viaje, se iría llenando de tal modo que los últimos viajeros llegarían a la ciudad de pie o apretados en los únicos peldaños de acceso ubicados a la derecha del conductor.

Jacobo cerró los ojos para echar una siesta, aliviado y agradecido de no tener que soportar más el intenso frío —ahí dentro no hacía calor precisamente, pero era soportable—, y de no tener que hacer la primera parte del viaje en caballería como lo había hecho su padre. Por su parte, Kilian se entretuvo mirando por la ventanilla el uniforme paisaje, que continuó blanco todavía durante un buen trecho antes de cambiar bruscamente al gris de la roca, a través de cuyos túneles dejaban atrás la montaña y se aproximaban a las tierras bajas.

Reconocía el recorrido, pues era el único que conducía a Barmón, una pequeña ciudad provinciana a unos setenta kilómetros de Pasolobino. A sus veinticuatro años, ese lugar era el punto más lejano al que había llegado en su vida. Algún amigo de su infancia había tenido la suerte de ponerse tan enfermo como para requerir los servicios de médicos especializados en la capital de la provincia, o incluso de la región, pero en su caso, que se había criado fuerte como un roble, nunca había sido necesario. Por lo tanto, las ferias de ganado de Barmón habían supuesto su mayor fuente de información directa sobre el mundo exterior, ya que allí llegaban comerciantes de muchos lugares aprovechando que los ganaderos llevaban a cabo sus transacciones comerciales y compraban telas, velas, aceite, sal, vino, enseres domésticos, herramientas y regalos para llevar de vuelta a los pueblos de la montaña.

Para él, ese trajín de hombres y mujeres representaba que había un universo más allá de la estrecha carretera arrancada a la roca que servía de único acceso rodado a su valle: un universo que las palabras y dibujos de los libros de geografía e historia de la escuela, las anécdotas de los mayores, y las voces diurnas del *parte* de Radio Nacional de España y las nocturnas del informativo de Radio París Internacional o de la revoltosa —según el hermano de su padre— Radio La Pirenaica apenas podían esbozar.

Jacobo se despertó poco después de pasar Barmón. No se había enterado del jaleo que habían armado la docena de personas y niños que allí habían subido al autocar con cestos de comida, ni del cacareo de protesta de las gallinas que algunos portaban en cajas de cartón. A Kilian todavía le maravillaba la increíble facilidad que siempre había tenido su hermano para dormir en posturas imposibles, en cualquier circunstancia y a cualquier hora. Era capaz incluso de despertarse, conversar un rato, fumarse un cigarrillo y volver a dormir. Jacobo argumentaba que era una buena manera de no gastar energía tontamente y de que el tiempo se pasase más deprisa cuando no había nada interesante que hacer. En esos momentos, a Kilian no le importaba el silencio de Jacobo. Al contrario, después de la despedida de Pasolobino, incluso agradecía poder disfrutar de la ausencia de conversación continua para ir acostumbrándose a los cambios del paisaje y de su espíritu.

En uno de esos intermitentes despertares, al percatarse de su estado meditabundo, Jacobo pasó el brazo por el hombro de su hermano y lo atrajo hacia sí enérgicamente.

—¡Anímate, hombre! —le dijo en voz alta—. Un par de copas en el café Ambos Mundos esta noche y se te curarán todas las penas. Un nombre apropiado, ¿no te parece? —Se rio—. ¡Ambos mundos!

Por fin, varias horas más tarde, llegaron a la gran ciudad. En Zaragoza no había nieve, pero sí soplaba un fuerte cierzo, casi tan intenso y helador como el de la montaña. Sin embargo, las calles estaban llenas de gente: decenas y decenas de hombres enfundados en abrigos de lana o gabardinas beis, caminando levemente inclinados, sujetándose con una mano la gorra o el sombrero y mujeres apretando sus bolsitos sobre el pecho. Jacobo guio a Kilian a la pensión, un estrecho edificio de varias alturas en la plaza de España donde se solían alojar Antón y Jacobo cuando estaban de paso por la ciudad. Dejaron las maletas en la pequeña y austera habitación y, para no perder ni un preciado segundo de las pocas horas que estarían allí, se lanzaron de nuevo al exterior con la intención de cumplir los objetivos propuestos por Jacobo.

En primer lugar, y siguiendo la costumbre de muchos de los que iban a la ciudad por cualquier razón, cruzaron las estrechas callejuelas del casco antiguo, conocido popularmente como *El Tubo,* para ir a visitar la basílica de Nuestra Señora del Pilar y pedirle a la Virgen que los acompañara en su viaje. Después, tomaron una ración de calamares en una taberna abarrotada de gente, donde aceptaron el ofrecimiento de un joven limpiabotas. Con los zapatos deslumbrantes por la acción de la crema Lodix sobre una enérgica bayeta, pasearon sin rumbo fijo mientras el número de personas descendía a medida que los comercios echaban el cierre. En medio de las calles adoquinadas, sobre las que circulaban el tranvía y coches negros de capó redondeado y brillantes adornos metalizados que Kilian nunca había visto, a cuyos lados se levantaban edificios de hasta ocho alturas, los dos hombres caminaban despacio porque Kilian se detenía para observar cualquier cosa.

—Pareces de pueblo —le decía su hermano muerto de risa—. ¿Qué cara pondrás cuando lleguemos a Madrid? Esto solo acaba de empezar...

Kilian le preguntaba continuamente por todo. Era como si de pronto el silencio de los nervios de los últimos días se hubiera transformado en un derroche de curiosidad. A Jacobo le complacía actuar como el típico hermano mayor dispuesto a guiar, con cierto aire de superioridad y autosuficiencia, a un desorientado hermano menor. Recordaba perfectamente su primer viaje y entendía las reacciones del otro.

—¿Ves ese coche? —le explicaba mientras señalaba a un elegante vehículo negro con la parrilla delantera, los faros redondos y la baca relucientes—. Es uno de los nuevos Peugeot 203 familiar que ahora se emplean de taxis. Ese otro es un Austin FX3 inglés, una maravilla. Y ese es un Citroën CV familiar que se conoce como *Pato*... Bonitos, ¿eh?

Kilian asentía distraído por la prestancia de las fachadas de los sólidos y clásicos edificios de porte monumental, como el del Banco Hispano Americano y el de La Unión y el Fénix Español, con sus grandes ventanales cuadrados y redondeados, los portales con columnas y frontones, los relieves de los áticos y los numerosos balcones de forja...

Agotados por el intenso día y el recorrido por la ciudad, decidieron ir por fin al famoso café propuesto por Jacobo. Cuando llegaron a la entrada, Kilian leyó maravillado el cartel luminoso que anunciaba que ese era uno de los locales más grandes de toda Europa. Cruzó la gran puerta de doble hoja tras su hermano y se detuvo, atónito.

Solo unas amplias escaleras y varios arcos soportados por blancas columnas lo separaban de una enorme sala de dos alturas llena de voces, humo, calor y música. Unas finas barandillas recorrían todo el largo de los laterales para permitir a los clientes de la parte superior disfrutar de la vista de la orquesta ubicada en el centro de la zona inferior. Le vino entonces a la memoria la escena de una película que había visto en Barmón en la que un joven descendía por unas escaleras parecidas con la gabardina perfectamente colgada del brazo y sujetando en su mano un cigarrillo. El corazón le latió con fuerza. Fijó la mirada al frente y disfrutó de ese descenso hacia la multitud de mesas, sillas de madera y butacas perfectamente dispuestas que invitaban a la tertulia entre hombres y mujeres que, a simple vista, le parecieron distinguidos y sofisticados. Los vestidos de las mujeres, con lazos en el pecho y escotes en pico, eran ligeros, alegres, entallados y cortos en comparación con las gruesas faldas a media pierna y las chaquetas de lana oscura de la montaña; y, como él, los hombres llevaban camisa blanca bajo la americana, en cuyo bolsillo delantero alguno lucía un pañuelo, y una fina corbata negra.

Por unos instantes se sintió importante. Ninguno de los presentes sabía que apenas un día antes había estado limpiando el estiércol de las cuadras.

Percibió que Jacobo levantaba la mano para saludar a alguien situado al fondo de la sala. Dirigió la mirada en esa dirección y vio que un hombre les hacía señas para que fueran a sentarse a su mesa.

—¡No puede ser! —exclamó su hermano—. ¡Qué casualidad! Ven, te lo presentaré.

Comenzaron a moverse con dificultad por entre las sillas y las mesas, sobre las que se podían ver cajetillas de cigarrillos con filtro Bisonte y Camel, cajas de cerillas de todas las formas y colores, copas de anís o brandy frente a los hombres, y de champán o Martini blanco frente a las mujeres. El local estaba abarrotado de gente. Kilian estaba fascinado por que el tamaño de la sala permitiese a unos conversar tranqui-

lamente y a otros bailar cerca de la orquesta. En todo el valle de Pasolobino no había ningún lugar como ese, ni siquiera parecido. En
verano, los bailes se celebraban en la plaza, y en invierno, de cuando
en cuando, se organizaban pequeñas fiestas en los salones de las casas,
donde había que apartar los muebles y colocar las sillas en círculo
contra la pared para hacer sitio. Las muchachas permanecían sentadas
hasta que los jóvenes las invitaban a deslizarse por la improvisada pista
o decidían bailar unas con otras al son de los pasodobles, valses, tangos
y chachachás de un acordeón, una guitarra y un violín que no podían
competir ni de lejos con la rumba alegre y pegadiza que salía de los
pabellones de las trompetas y saxofones en ese momento.

A unos pasos de su destino, Jacobo se giró y dijo en voz baja:

—Una cosa, Kilian. A partir de ahora, cuando estemos con más
gente, no hablaremos en pasolobinés. A solas me da igual, pero en
público no quiero parecer un paleto. ¿De acuerdo?

Kilian asintió un poco perplejo. Lo cierto es que no se le había
ocurrido pensar en eso porque nunca había estado en otro contexto
que no fuera el de Pasolobino. Tuvo que admitir que Jacobo tenía
razón y se prometió estar alerta para no meter la pata y avergonzar a
su hermano aunque le costase un esfuerzo desacostumbrar a su pensamiento y a su boca del continuado uso de su lengua materna.

Jacobo saludó con efusividad al hombre que los esperaba de pie.

—¿Qué haces tú por aquí? ¿No estabas en Madrid?

—Ahora te cuento. Sentaos conmigo. —Hizo un gesto en dirección a Kilian—. No hace falta que me jures que es tu hermano.

Jacobo se rio y presentó a los dos jóvenes.

—Kilian, este es Manuel Ruiz, un prometedor médico que no sé
qué demonios hace en Guinea. —Manuel sonrió y se encogió de
hombros—. Y este es mi hermano Kilian. Otro que no sabe dónde se
mete.

Los recién presentados se estrecharon la mano y se sentaron en un
sofá semicircular de cuero. Jacobo ocupó una silla con el respaldo de

barrotes de madera. El vocalista melódico, ataviado con una americana gris ribeteada de plata, comenzó a interpretar una conocida balada de Antonio Machín, *Angelitos Negros,* que recibió los aplausos del público.

—¿Es que no tenéis locales así en Madrid? —bromeó Jacobo, dirigiéndose a Manuel.

—¡Decenas de ellos! ¡Y el doble de grandes! Ahora en serio. He venido a firmar los papeles para trabajar en Sampaka. Me han ofrecido un contrato más que tentador.

—¡No sabes lo que me alegro! La verdad es que don Dámaso está ya muy mayor para la vida que lleva.

—Ojalá tuviera yo la experiencia de don Dámaso…

—De acuerdo, pero ya no puede con todo. ¿Y cuándo bajas?

—Mañana regreso a Madrid y me han sacado el pasaje para el jueves en el….

—¡Ciudad de Sevilla! —exclamaron los dos a la vez antes de romper en sonoras carcajadas—. ¡Nosotros también! ¡Esto sí que es bueno!

Jacobo se percató de que habían excluido a Kilian de la conversación y le explicó:

—Manuel ha trabajado de médico en el hospital de Santa Isabel. A partir de ahora lo tendremos todo para nosotros. —Levantó la cabeza en busca de un camarero—. ¡Esto hay que celebrarlo! ¿Has cenado?

—Todavía no. Si queréis podemos hacerlo aquí. ¡Es la hora del *chopi!*

—¡El *chopi*, sí! —repitió Jacobo soltando una risotada.

Kilian dedujo que esa palabra se refería a la comida y aceptó las sugerencias de los otros a la hora de elegir el menú. Justo entonces, se produjo un expectante silencio y el entregado solista repitió la última estrofa de la canción que estaba interpretando: «… siempre que pintas iglesias, pintas angelitos bellos, pero nunca te acordaste de pintar un ángel negro…». Su actuación fue recompensada con una gran ovación que aumentó de volumen en cuanto el pianista comenzó un blues trepidante que varias parejas se atrevieron a ejecutar.

—¡Me encanta el bugui-bugui! —exclamó Jacobo, chasqueando los dedos y balanceando los hombros—. ¡Qué pena que no tenga con quien bailar!

Barrió la sala con la mirada en busca de una candidata y saludó con la mano a un grupo de muchachas un par de mesas más allá que le respondieron con tímidas risas y cuchicheos. Dudó si acercarse e invitar a alguna de ellas, pero finalmente decidió no hacerlo.

—Bueno, ya me quitaré las ganas dentro de poco...

Kilian, a quien no le gustaba mucho bailar, se sorprendió siguiendo el ritmo con un pie. No dejó de hacerlo hasta que el camarero consiguió llegar a la mesa con lo que habían pedido. Al ver el contenido de los platos, se dio cuenta de lo larga que había sido la jornada y del hambre que tenía. Desde el desayuno, solo había comido el trozo de pan con panceta que había preparado Mariana y los calamares de la taberna. Dudaba de que los canapés de salmón ahumado y caviar y los fiambres de gallina y ternera trufada pudieran llenar su estómago, acostumbrado a guisos más contundentes, pero los encontró deliciosos y, acompañados de varios vasos de vino, lograron el objetivo de saciarle.

Cuando terminaron de cenar, Jacobo pidió una copa de ginebra después de protestar porque en la sala más grande de Europa no tuvieran whisky de su gusto. Manuel y Kilian se conformaron con un *sol y sombra* de brandy con anís.

—Y tú, Kilian —preguntó Manuel con intención de retomar el tema que unía a los tres hombres—, ¿cómo te sientes ante esta aventura? ¿Nervioso?

A Kilian el doctor le había caído bien desde el primer momento. Era un hombre joven, rondaría los treinta años, de mediana estatura, más bien delgado, de pelo rubio oscuro, piel clara e inteligentes ojos azules difuminados tras unas gruesas gafas de pasta. Su pausada manera de hablar correspondía a un hombre educado y serio a quien —como a él— algo de alcohol no sentaba nada mal para convertirse en franco y jovial.

—Un poco. —Le costaba admitir que en realidad estaba acobardado. Y también le imponía haber pasado en unas horas de estar con ganado a tomar copas con todo un médico en la mejor sala de fiestas de la capital de la región—. Pero tengo la suerte de ir bien acompañado.

Jacobo le propinó una sonora palmada en la espalda.

—No te dé vergüenza reconocerlo, Kilian. ¡Estás muerto de miedo! Pero eso nos ha pasado a todos, ¿verdad, Manuel?

Este asintió con la cabeza mientras apuraba un trago.

—En mi primer viaje, estuve a punto de darme la vuelta nada más llegar a Bata. Pero la siguiente vez ya era como si no hubiera hecho otra cosa en toda mi vida que viajar a Fernando Poo. —Hizo una pausa para buscar las palabras acertadas—. Se te mete en la sangre. Igual que los malditos mosquitos. Ya lo verás.

Después de tres horas, varias copas y una lata roja de finos cigarrillos Craven A que Kilian encontró agradables aunque suaves, comparados con el fuerte tabaco negro que solía fumar, los hermanos se despidieron de Manuel en la puerta de la sala de fiestas hasta el día del embarque y decidieron regresar, con paso inestable y ojos brillantes, hacia la pensión. Al llegar a la plaza de España, cruzaron las vías del tranvía y Jacobo bajó a toda prisa las escaleras de los urinarios públicos. Kilian lo esperó arriba, apoyado sobre una barandilla de forja. Las luces de neón de los anuncios publicitarios ubicados en las azoteas de los edificios circundantes ayudaban a las gruesas farolas de cuatro brazos a iluminar la plaza, en cuyo centro había una fuente con una estatua de bronce sobre un pedestal almenado en piedra.

Bajo una cruz, un ángel con el brazo extendido hacia el cielo sujetaba a un hombre herido ya sin fuerzas para empuñar el fusil caído a sus pies. Se acercó y se concentró en leer la inscripción que una dama, también de bronce, sostenía entre sus manos. Entonces supo que el ángel del pedestal representaba a la Fe y que el monumento estaba dedicado a los mártires de la religión y de la patria. Levantó la vista al cielo y su mirada se topó con las palabras de neón —Avecrem, Galli-na Blanca, Iberia Radio, Longines el mejor reloj, Pastillas Dispak, Philips…—. Le estaba costando pensar con claridad. Se sentía un poco mareado y el alcohol de la cena no era el único culpable. Solo hacía unas horas que se había marchado de su casa y le parecía que habían pasado siglos. Realmente había vivido un día lleno de contras-tes. Y por lo que había deducido de las palabras de Manuel y Jacobo, le quedaba un largo y extraño camino por delante. Volvió su mirada a la imagen de la Fe y pidió para sus adentros que le diera suerte y fuerzas en la aventura en la que él solo había decidido embarcarse.

—¿Qué, Kilian? —La voz pastosa de Jacobo lo sobresaltó—. ¿Qué tal tu primera noche lejos de mamá? —Pasó el brazo por el hombro de su hermano y comenzaron a caminar—. Cuántas novedades hoy, ¿eh? Pues lo de Ambos Mundos no es nada comparado con lo que vas a ver… ¿A que estabas pensando en eso?

—Más o menos.

Jacobo se llevó la mano libre a la frente.

—¡Qué ganas tengo de beber el whisky de Santa Isabel! Ese sí que no da dolor de cabeza, ya lo verás. ¿Has traído *optalidones*?

Kilian asintió. Jacobo le dio una palmadita en el hombro.

—Bueno, dime, ¿y qué es lo que más ganas tienes de conocer?

Kilian meditó unos segundos.

—Creo que el mar, Jacobo —respondió—. Yo nunca he visto el mar.

Aunque era la primera vez que viajaba en barco, no había sufrido la tortura del mareo. Muchos pasajeros deambulaban por cubierta mos-trando un semblante apagado de color verdoso. Por lo visto, el mal del mar no se curaba a fuerza de viajar más, pues su hermano no mostraba buen aspecto, y ya era la tercera vez que disfrutaba del ba-lanceo de un buque como el Ciudad de Sevilla. Que una cosa de se-mejantes dimensiones pudiera flotar era algo que se le escapaba a un hombre cuya relación con el agua en estado libre se había limitado a pescar truchas en los pequeños riachuelos de Pasolobino. Y que él soportase tan alegremente la sensación de estar rodeado por todas partes de agua era algo que le sorprendía. Atribuía su buen humor a las diferentes sensaciones que había experimentado en los últimos días y que a buen seguro habrían de continuar en los próximos.

Kilian pensó en su madre, en su hermana y en la vida en Pasolobino. ¡Qué lejos quedaba todo aquello en medio del océano! Recordó el frío que lo había acompañado todo el viaje en autocar hasta Zaragoza y luego en tren hasta Madrid. A medida que se acercaba a Cádiz, la temperatura se había ido suavizando, y también su ánimo, entretenido con la visión paulatina de una España que recorría por primera vez sobre las resistentes y durísimas maderas tropicales de las traviesas de las vías férreas. Cuando el buque se despidió del puerto donde decenas de personas con lágrimas en los ojos agitaban pañuelos blancos en el aire, entonces sí sintió mucha tristeza al pensar que dejaba atrás a sus seres queridos, pero la compañía de Jacobo, de Manuel, y de otros compañeros que también iban a trabajar a la colonia, así como el calor, habían conseguido animarle y el viaje le resultaba agradable. Poco a poco, iba apartándose de sus últimas navidades blancas. ¡Tendría que acostumbrarse a los belenes en tierra tropical!

No recordaba haber tenido en su vida tantos días seguidos de descanso.

De naturaleza enérgica y nerviosa, Kilian pensaba que tanta ociosidad era una imperdonable pérdida de tiempo. Ya tenía ganas de ocuparse en trabajos físicos. ¡Qué diferente era de Jacobo, que buscaba siempre la ocasión para descansar! Giró la cabeza para observar a su hermano, que reposaba en una cómoda butaca a su lado, con un sombrero cubriéndole la cara. Desde que embarcaran en Cádiz, y especialmente desde que salieron de Tenerife, no había hecho sino dormitar de día y pasar las noches de juerga con los compañeros en el salón del piano o en el Veranda Bar. Entre el alcohol y el mareo que le producía el barco, durante el día parecía un alma en pena y estaba permanentemente cansado.

En cambio, él intentaba sacar provecho de todo lo que hacía. Por eso, además de practicar con su diccionario de *Broken English*, todas las tardes leía números atrasados de la revista *La Guinea Española* para hacerse una idea del mundo en el que iba a vivir, al menos durante los próximos dieciocho meses, que era lo que duraría su primera campaña. En realidad la campaña completa sumaba veinticuatro meses, pero los últimos seis, pagados también, correspondían a vacaciones. Y, además, el jornal había empezado a contar desde la salida de Cádiz. Una buena razón para estar de buen humor: llevaba casi dos semanas cobrando por leer.

En todos los números de la revista que estaban a bordo, que correspondían al año recién terminado de 1952, aparecía la misma publicidad y en el mismo orden. En primer lugar, se hallaba el anuncio de los almacenes Dumbo, en la calle Sacramento de Santa Isabel, y justo después el de Transportes Reunidos, en la avenida General Mola, ofreciendo los servicios de taller y transporte en una sola *factoría*, que era como llamaban en los países coloniales a los establecimientos de comercio. Por último, el tercer anuncio mostraba a un hombre fumando que recomendaba los magníficos tabacos Rumbo, con una frase escrita en letras bien grandes: «El cigarrillo que ayuda a pensar». Jacobo le había dicho que en la colonia había muchas marcas de tabaco y muy baratas, y que casi todos fumaban porque el humo del tabaco ahuyentaba a los mosquitos. Después de la publicidad comenzaban los artículos religiosos, las noticias variadas de Europa y los artículos de opinión.

Se encendió un cigarrillo y se concentró en la revista que tenía en esos momentos entre las manos. Le llamó la atención un artículo sobre los niños bautizados entre 1864 y 1868: Pedro María Ngadi, José María Gongolo, Filomena Mapula, Mariano Ignacio Balonga, Antonio María Ebomo, Lorenzo Ebamba... Todos esos nombres le resultaban curiosos porque el nombre de pila era como el de cualquier conocido suyo, pero el apellido sonaba realmente a África.

A continuación, leyó un artículo que hablaba de los más de cinco millones de niños alemanes que perdieron en 1945 a sus familiares. ¡Qué lejos le parecía que quedaba la guerra mundial! Recordó entonces vagamente fragmentos de las cartas de su padre que su madre leía en voz alta a otros familiares —antes de doblarlas y guardarlas con devoción en el bolsillo de su falda— en las que describía un ambiente social preocupante en la isla por los incipientes movimientos y organizaciones de carácter nacionalista y por los temores de una invasión por parte de tropas británicas y francesas. Su padre contaba que el deseo de todos en la isla era el de mantenerse neutrales o proaliados llegado el caso, si bien los círculos del gobernador eran más bien pronazis. De hecho, incluso hubo un momento en el que circulaban libremente por la isla periódicos alemanes con subtítulos en español.

La guerra de España y la guerra europea ya habían pasado. Pero por lo que había ido leyendo durante el trayecto en barco, África tampoco se libraba de los conflictos políticos. En un artículo ponía que en Kenia se amenazaba con excomulgar a todos los simpatizantes del movimiento político religioso Mau Mau y de su líder, Jomo Kenyatta, porque defendía la expulsión de África del elemento europeo y el regreso del pueblo a sus primitivos ritos religiosos «paganos».

Este escrito le había dado que pensar. ¿Expulsar de África a los europeos? ¿No les habían llevado la civilización a una tierra salvaje? ¿No vivían mejor gracias a lo que habían hecho por ellos? ¿Volver a los ritos tradicionales? Estas cuestiones se le escapaban, pero no por ello dejaba de darles vueltas. Al fin y al cabo, la idea que él tenía del continente negro provenía sobre todo de la generación de su padre, una generación orgullosa de servir a Dios y a la patria. Y por lo que aquel le había repetido cientos de veces, trabajar en las colonias significaba servir al todopoderoso y a la nación española, de modo que, aunque todos regresaran con los bolsillos llenos, habían cumplido una noble misión.

No obstante, se hacía muchas preguntas sobre cómo sería la relación con personas tan diferentes. El único hombre negro que había conocido en persona trabajaba en el bar del barco. Recordó haberlo observado maleducadamente durante más segundos de los necesarios, esperando encontrar grandes diferencias con él aparte del color de la piel y la perfección de su dentadura. Pero nada. Con el paso de los días, no veía a un hombre negro, sino al camarero Eladio.

Lo más probable era que las anécdotas que él había escuchado sobre los negros hubiesen forjado en su mente una imagen desvirtuada de la realidad. Cuando Antón y Jacobo hablaban con sus familiares de Pasolobino, se referían a los *morenos* esto, los *morenos* lo otro, en general. A excepción de José, parecía que los demás fuesen un colectivo sin más, una masa despersonalizada. Recordaba haber visto una vieja postal que Antón había enviado a su hermano. Mostraba a cuatro mujeres negras con los pechos al descubierto y en ella había escrito a pluma: «Fíjate lo exageradas que van las negras. ¡Así van por la calle!».

Kilian había contemplado la foto con detenimiento. Las mujeres le habían resultado hermosas. Las cuatro llevaban unas telas enrolladas y anudadas a la cintura a modo de falda, el *clote*, que les cubría hasta los tobillos. De cintura para arriba iban completamente desnudas, excepto por un sencillo collar y unas cuerdas finas en las muñecas. Los pechos de cada una eran diferentes: altos y firmes, pequeños, separados, y generosos. Sus figuras eran esbeltas y las facciones de las caras realmente hermosas, con labios carnosos y ojos grandes. Llevaban el pelo recogido en lo que parecían delgadas trenzas. En conjunto era una bella fotografía. Lo único extraño en ese trozo de papel recio era el hecho de que era una postal. Las postales que él había visto eran de monumentos o de rincones bellos de una ciudad, de un país o de un paisaje, incluso retratos de personas vestidas de manera elegante, pero… ¿de cuatro mujeres desnudas? Pensó que cuando les habían sacado la fotografía, ellas no podían ser conscientes del uso que se iba a hacer de ella. A él le había producido una sensación extraña, como si las hubiesen tratado igual que a un insecto curioso a los ojos de un extraño.

La misma sensación tenía ahora al contemplar una de las muchas fotos que incluía la revista que estaba leyendo. Mostraba a un grupo de negros vestidos a la europea, con camisa y americana, gorras o sombreros. Le pareció una foto de lo más normal, pero el pie de foto decía así: «Las alegrías de Navidad hacen reproducir estas escenas de mamarrachos por fincas y poblados». Le sorprendió la expresión, pues él solo veía hombres vestidos. Sabía por su padre que, en fiestas especiales, algunos indígenas se disfrazaban de *nañgüe*, una especie de personaje ridículo de carnaval para hacer reír, al que los misioneros llamaban *mamarracho*, pero él se los había imaginado con máscaras y trajes de paja, y no vestidos de europeos…

La voz ronca de Jacobo interrumpió sus pensamientos.

—Espero que pronto se pueda ir en avión. ¡Yo esto no lo resisto más!

Kilian sonrió.

—Si no abusases de la bebida por las noches, tal vez no te marearías tanto.

—Entonces los días se me harían más largos y más insoportables… ¿Y Manuel?

—Está en el cine.

Jacobo se incorporó, se quitó el sombrero y dirigió una mirada hacia la revista que leía su hermano.

—¿Algo interesante que comentar hoy?

Kilian se dispuso a darle el parte del día. En apenas dos semanas se había instalado entre ellos la misma rutina. Manuel y Kilian leían mientras Jacobo dormitaba. Cuando este se despertaba, conversaban sobre los temas que intrigaban a Kilian.

—Justo ahora iba a leer un artículo sobre el bubi…

—Vaya pérdida de tiempo —le interrumpió Jacobo—. Allí no

necesitarás el bubi para nada. La mayoría de los indígenas hablan español, y tú pasarás el día rodeado de braceros nigerianos en la finca. Así que más te valdría estudiar el diccionario de *pichinglis* que te dejé. Lo necesitarás en todo momento.

Sobre la mesa había un pequeño libro marrón de tapas de tela desgastada titulado *Dialecto Inglés-Africano o Broken English,* y escrito en 1919, tal como ponía en la primera página, por un misionero «Hijo del Inmaculado Corazón de María». Kilian había intentado memorizar algunas palabras y frases, pero le resultaba muy difícil porque nunca lo había escuchado. En el libro aparecía escrita la palabra o frase en castellano con su traducción al inglés africano, *pidgin English, pichinglis* o *pichi,* como lo denominaban los españoles, y su pronunciación.

—No entiendo por qué esta lengua se escribe de una manera y se pronuncia de otra. Supone un doble esfuerzo.

—Olvídate de cómo se escribe. ¡No vas a tener que escribirles cartas a los nigerianos! Céntrate en cómo se pronuncia. —Jacobo cogió el libro y el nuevo bolígrafo negro con capuchón dorado de su hermano, dispuesto a darle una clase abreviada—. Mira, lo primero que tienes que hacer es memorizar las primeras preguntas básicas. —Subrayó en el papel—. Y después te aprendes las palabras y expresiones que más dirás y oirás.

Acompañando a la última palabra, Jacobo cerró el libro y lo dejó sobre la mesa.

—Te repetirán que están enfermos, que no pueden trabajar, que no saben cómo se hace, que hace mucho calor, que llueve mucho… —Se reclinó en la butaca entrelazando las manos en la nuca y suspiró—. Estos negros siempre protestan por todo y buscan excusas para no trabajar. ¡Igual que críos! ¡Ya lo verás!

Kilian sonrió para sus adentros. Le parecía que, en parte, Jacobo se describía a sí mismo, pero se abstuvo de hacer comentario alguno al respecto.

Cogió el pequeño diccionario para ver por escrito las palabras que su hermano había marcado y le parecieron las normales de cuando se conoce a alguien que habla otra lengua: «¿cómo te llamas?», «¿cuántos años tienes?», «¿qué quieres?», o «¿entiendes lo que digo?».

Sin embargo, al encontrar la traducción de las expresiones que, según Jacobo, más emplearía y escucharía, se sorprendió: *«yo te ense-ñaré, trabaja, ven, cállate, estoy enfermo, no te entiendo; si rompes esto, te pegaré...».* ¡Esas iban a ser las palabras que más tendría que utilizar en los próximos meses! Si alguien le hubiera preguntado cuáles eran las palabras más frecuentes en el dialecto de su tierra natal, jamás se le hubieran ocurrido esas. Se negaba a creer que en los últimos años Jacobo no hubiera mantenido una conversación un poco más profunda con los trabajadores. ¡Tampoco debería sorprenderle! Las anécdotas que su hermano relataba se referían normalmente a las fiestas en los clubes de Santa Isabel.

Jacobo volvió a colocarse el sombrero y se dispuso a continuar con su eterna siesta.

—Jacobo...

—¿Hmmm...?

—Tú que llevas años allí, ¿qué sabes de la historia del país?

—¡Pues lo mismo que todo el mundo! Que es una colonia de la que obtenemos un montón de cosas, que se gana dinero...

—Ya, pero... ¿De quién era antes?

—Pues no sé, de los ingleses, de los portugueses... ¡Qué sé yo!

—Sí, pero... Antes sería de los de allí, de los nativos, ¿no?

Jacobo soltó un bufido.

—Querrás decir de los salvajes. ¡Suerte han tenido con nosotros, que si no aún seguirían en la selva! Pregúntale a nuestro padre quién les puso la luz eléctrica.

Kilian permaneció pensativo unos segundos.

—Pues en Pasolobino tampoco hace tanto que llegó la luz eléctri-ca. Y en muchos pueblos españoles los niños han salido adelante gracias a la leche en polvo y el queso americano en lata. Vamos, que no es que nosotros seamos un ejemplo de progreso. Si miras las pocas fotos de cuando papá era niño, francamente, parece mentira que vivieran como lo hacían.

—Si tanto te interesa la historia, en las oficinas de la finca seguro que encuentras algún libro. Pero cuando empieces a trabajar estarás tan cansado que no te quedarán ganas de leer, ya lo verás. —Jacobo se reclinó en su butaca y se colocó el sombrero sobre el rostro—. Y ahora, si no te importa, necesito dormir un rato.

La mirada de Kilian se posó sobre el mar en calma, liso como un plato. Así lo había descrito en una carta a Mariana y a Catalina. El sol proyectaba sus últimos rayos desde el horizonte. Pronto se lo tragaría esa línea indefinida que vagamente separaba el mar del cielo.

En las montañas, el sol se escondía al anochecer; en el mar, el agua parecía que lo engullía.

No se cansaba de ver los maravillosos crepúsculos en alta mar, pero ya tenía ganas de pisar tierra firme. Habían atracado una noche en el puerto de Monrovia, capital de Liberia, para recoger y dejar mercancía, pero no habían podido bajar del barco. La costa allí era más bien uniforme. Pudo ver los bosques de acacias y mangles y una línea interminable de playa arenosa con aldeas muy pequeñas. Después viajaron por la costa del Kru, de donde procedían los crumanes, una raza de hombres fuertes para el trabajo, según le habían explicado sus compañeros gallegos de viaje: «Los crumanes son como los astures y gallegos en España: los mejores para trabajar». Su padre aún había visto como estos hombres se lanzaban en canoas al mar al paso de los barcos y buques europeos para ofrecer sus servicios en todo tipo de trabajos. Contaba la leyenda que trabajaban hasta que ellos mismos se consideraban independientes y tenían veinte o treinta mujeres a su disposición. Probablemente no fuese más que eso, una leyenda que arrancaba la sonrisa de los hombres blancos al imaginarse en la obligación de tener que satisfacer a tantas hembras.

Encendió un cigarrillo.

Como cada noche, tras la cena, grupos de personas conversaban y paseaban por cubierta. Distinguió a lo lejos al sobrino del gobernador civil junto a una familia de Madrid que volvía a Guinea después de una estancia larga en España. A unos metros, otros futuros empleados de fincas como él jugaban a las cartas. Con el paso de los días, cada vez se diferenciaban menos de los expertos coloniales. Sonrió al recordar la sorpresa y torpeza de sus propios gestos ante algo tan excepcional como el insólito número de cubiertos que acompañaban los platos en el comedor. La curiosidad y tensión iniciales habían cedido ante la laxitud de la monotonía de los días y noches sobre el suave balanceo del buque.

Cerró los ojos y dejó que la brisa del mar le acariciara el rostro. Una noche más, su mente se convirtió en un jeroglífico de nombres cercanos y lejanos. Recordaba a los suyos. Repasaba los nombres de las casas y se preguntaba qué vida llevaría este o aquel. Pensaba y soñaba en su lengua materna. Hablaba en castellano. Escuchaba inglés, alemán y francés en el barco. Estudiaba inglés africano. Se preguntaba si el bubi sería para los indígenas de la isla como el pasolobinés para él. Se preguntaba si a alguien le importaría saber la historia y las costumbres no solo de la metrópoli —nombre dado a España como país colonizador—, que a buen seguro ya conocerían por obligación, sino de esa parte fría y hermosa del Pirineo que ahora le parecía minúscula ante la inmensidad del mar.

A él sí le gustaría saber más cosas sobre ese nuevo mundo que seguramente todavía sobrevivía bajo el dominio de la colonización. A él le gustaría conocer la historia de la isla de las mujeres y los hombres de las fotografías.

La indígena. La auténtica.

Si es que quedaba algo de ella.

Cuando divisó a su padre vestido con pantalón corto, camisa clara y salacot en el muelle del puerto de Bata, la capital de Río Muni, la zona continental de la Guinea Española, su alma ya había sido invadida por todo el calor y el verde del mundo. Para alguien que provenía de un paraíso en las montañas, el color verde no debería sorprenderle tanto, pero lo hizo.

Ante los ojos de Kilian se extendía la porción más bella del continente, la región eternamente verde, cubierta por el bosque ecuatorial. Todo lo demás quedaba superpuesto, como si no fuera verdadero: ni las bajas edificaciones, ni los enormes barcos madereros amarrados en el puerto, ni las manos agitándose en el aire para saludar, ni los hombres acarreando mercancías de aquí para allá.

Era una sensación extraña de irrealidad.

Pero allí estaba él. ¡Por fin!

—¿Qué te parece, Kilian? —preguntó su hermano.

Jacobo y Manuel estaban a su lado esperando a que se terminasen las labores de atraque y de extensión de la pasarela que permitiría descender a los pasajeros. Por todos lados, multitud de personas se movían de aquí para allá realizando diferentes faenas. Tanto a bordo como en tierra se oían voces y gritos en varios idiomas. Kilian observaba la escena sin salir de su asombro.

—¡Se ha quedado mudo! —Manuel se rio dando un codazo a Jacobo.

—¿Has visto cuántos negros, Kilian? ¡Y todos iguales! Ya verás. Te pasará como con las ovejas. Hasta dentro de dos o tres meses no empezarás a distinguirlos.

Manuel torció el gesto ante el comentario de su amigo. Kilian no escuchaba a sus compañeros porque estaba embelesado contemplando el panorama que se desplegaba ante sus ojos.

—¡Allí está papá! —exclamó ilusionado al distinguir la conocida figura entre los que se acercaban a la pasarela.

Lo saludó con la mano y comenzó a descender con paso ligero

Luz Gabás

seguido de Jacobo y Manuel, que compartieron su urgencia por volver a pisar tierra firme.

El abrazo con Antón fue breve pero sentido. Durante unos minutos las frases de saludo y presentación de Manuel, las anécdotas del viaje y las preguntas impacientes de tantas cosas que querían contarse se mezclaron unas con otras. Hacía dos años que Kilian no veía a Antón y este no tenía buen aspecto. Su rostro quemado por el sol estaba surcado por arrugas que no recordaba, y sus grandes pero proporcionadas facciones habían comenzado a doblegarse ante la flacidez. Parecía cansado y se llevaba la mano continuamente a una parte de su abdomen.

Antón quería saber cómo iba todo por el pueblo, qué tal estaba la familia cercana; la de su hermano, que también se llamaba Jacobo; la familia no tan cercana, y qué vida llevaban los vecinos. Reservó para el final del repaso a su mujer y a su hija. Al preguntar por Mariana, Kilian pudo distinguir un destello de tristeza en sus ojos. No tenía que explicar nada. Las campañas resultaban largas para cualquier hombre, pero más para un hombre casado que adoraba a su mujer y se pasaba meses sin verla.

Tras un momento de silencio, Antón miró a Kilian y, extendiendo un brazo para señalar todo lo que podía abarcar su vista, dijo:

—Bueno, hijo. Bienvenido de nuevo a tu tierra natal. Espero que te encuentres bien aquí.

Kilian sonrió con complicidad, se giró hacia Manuel y le explicó:

—Jacobo nació aquí, ¿sabes? Y dos años después nací yo. Después del parto, mi madre se puso enferma y no mejoraba con el paso de las semanas, así que nos volvimos a casa.

Manuel asintió. A muchas personas no les sentaba bien el calor y la densa humedad de esa parte de África.

—O sea, que he nacido aquí, pero nunca he estado. No puedo ni tener recuerdos.

Jacobo se inclinó para continuar la explicación en voz baja:

—Nuestra madre nunca más volvió y mi padre iba y venía, así que entre campaña y campaña de cacao nos nacía un hermano. En ocasiones, lo conocía con casi dos años, dejaba una nueva semilla y regresaba al trópico. De seis hermanos quedamos tres.

Kilian le hizo un gesto de advertencia temeroso de que Antón lo escuchara, pero este estaba absorto en sus pensamientos. Observaba a su hijo, a quien encontraba cambiado, tan alto como siempre y algo delgado comparado con Jacobo, pero convertido en todo un hombre. Le parecía mentira que el tiempo hubiera pasado tan deprisa desde que naciera. Veinticuatro años después, Kilian volvía a su primer hogar. No era de extrañar que tuviera tantas ganas de conocerlo. Al principio no había visto con buenos ojos la decisión de su hijo de querer seguir sus pasos y los de su hermano en tierras africanas. Le apenaba la idea de dejar solas a Mariana y a Catalina a cargo de la casa y las tierras. Pero Kilian podía ser muy obstinado y convincente, y tenía razón a la hora de hacer cuentas y argumentar lo bien que iría otra inyección de dinero en la familia. Principalmente por eso se había decidido a pedirle trabajo al dueño de la finca, que había agilizado el papeleo con el fin de preparar el viaje para enero, justo cuando comenzaba la época de preparación de la cosecha. Tendría tiempo suficiente para adaptarse al país y estar listo para los meses más importantes, los de la recogida y tueste del cacao, que comenzarían en agosto.

El movimiento de personas y maletas a su alrededor les indicó que debían dirigirse hacia otra parte del muelle. Aún restaban un par de horas más de viaje desde Bata hasta la isla, el destino definitivo.

—Creo que el barco hacia Santa Isabel ya está preparado para zarpar —les comunicó Jacobo antes de dirigirse a Antón—. Todo un detalle por su parte venir a buscarnos a Bata para acompañarnos a la isla.

—¿Acaso no se fiaba de que trajera a Kilian sano y salvo? —añadió en tono burlón.

Antón sonrió, algo no muy usual en él, pero Jacobo sabía cómo lograrlo.

—Espero que hayas aprovechado el largo viaje para poner al día a tu hermano. Aunque por la cara que sacas, me temo que habrás pasado el tiempo en el salón del piano… ¡Y no porque te guste la música especialmente!

Kilian intervino para ayudar a su hermano y dijo con voz muy seria, aunque por su sonrisa se notaba que estaba de guasa:

—No podría haber encontrado mejores maestros que Jacobo y Manuel. ¡Tendría que haber visto usted a mi hermano enseñándome el *pichi*! ¡Casi lo hablo ya!

Los cuatro estallaron en carcajadas. Antón estaba feliz de tenerlos allí con él. Su juventud y energía ayudarían a compensar el hecho de que a él, muy a su pesar, comenzaban a fallarle las fuerzas. Los contempló orgulloso. Físicamente se parecían mucho. Ambos habían heredado sus ojos verdes, típicos de la rama paterna de Casa Rabaltué. Eran unos ojos peculiares: de lejos parecían verdes, pero si se miraban de cerca, eran grises. Tenían la frente ancha, la nariz larga y gruesa en la base, los pómulos prominentes y la mandíbula tan marcada como la barbilla, que en el caso de Jacobo era bastante más cuadrada que la de su hermano. También compartían el mismo cabello negro y abundante, aunque Kilian lucía reflejos cobrizos. Destacaban por su altura, anchos hombros y fuertes brazos —más musculosos en el caso del hermano mayor— acostumbrados al esfuerzo físico. Antón sabía de los estragos que Jacobo causaba entre las mujeres, pero eso era porque todavía no conocían a Kilian. La armonía de sus rasgos rozaba la perfección. Le recordaba a su mujer Mariana de joven.

Por otro lado, sus caracteres no podían ser más diferentes. Mientras que Jacobo era un juerguista con aires de señorito al que no le había quedado más remedio que trabajar para ganarse la vida, Kilian tenía un alto sentido de la responsabilidad, a veces demasiada incluso para su propio padre. Era algo que nunca le diría porque prefería que su hijo fuese excesivamente trabajador y formal y no tan variable como Jacobo y su especial sentido del humor.

En cualquier caso, parecía que los hermanos se entendían bien, se complementaban, y eso era importante en tierra extraña.

Durante el breve trayecto de Bata a la isla, Antón estuvo especialmente hablador. Cuando le narraron el viaje y el permanente mareo de Jacobo, aquel les contó una de sus primeras travesías sin Mariana de Tenerife a Monrovia, en la que el barco sufrió las embestidas de una terrible tormenta.

—Había agua por todas partes, las maletas flotaban en los camarotes; de pronto volabas y de pronto estabas ahogándote. Estuvimos tres días perdidos, sin comer. Todo estaba destrozado. En el puerto de Santa Isabel nos estaban esperando como quien espera a un fantasma. Nos daban por muertos. —Permaneció pensativo unos segundos con la mirada hacia el horizonte recordando la terrible experiencia. Después se volvió hacia Jacobo, que lo escuchaba asombrado—. Es la única vez en mi vida que he tenido miedo. Miedo no, ¡terror! Hombres hechos y derechos que lloraban como niños…

Kilian también se sorprendió.

—No recuerdo haberle escuchado esta aventura. ¿Por qué no nos lo contó en sus cartas?

—No quería preocuparos —respondió su padre, encogiéndose de hombros—. ¿Crees que vuestra madre os habría dejado venir si hubiera sabido la historia? Además, al escribirlo hubiera parecido una anécdota y os aseguro que en esos momentos todos nos despedimos de la vida y nos acordamos de los nuestros. Como dice mi buen José, es difícil describir el miedo: una vez se te ha metido en el cuerpo, cuesta mucho sacudírtelo de encima.

Jacobo intervino colocándose una mano en el pecho, agradecido de no haber pasado por una experiencia semejante.

—Prometo no quejarme nunca más de los viajes y disfrutar de la visión de las ballenas y delfines escoltando los barcos.

Kilian observaba a su padre. Había en él algo diferente. Por lo general era un hombre serio, de carácter más bien difícil y autoritario. Pero en la forma de narrar la historia del naufragio, había percibido un leve toque de tristeza. ¿O era temor? Y además, estaba ese gesto de llevarse la mano al abdomen...

—Papá... ¿Se encuentra usted bien?

Antón pareció recomponerse al oír la pregunta.

—Muy bien, hijo. La última campaña ha sido más dura de lo previsto. —Era obvio que quería cambiar de tema—. La cosecha no ha salido tan buena como esperábamos por culpa de las nieblas. Hemos tenido más trabajo de lo habitual.

Antes de que su hijo pudiera intervenir, retomó su papel de padre controlador.

—¿Has traído la partida de nacimiento?

—Sí.

Kilian sabía que ahora comenzaría el interrogatorio. Jacobo se lo había advertido.

—¿Y el certificado de buena conducta y el de penales?

—Sí.

—¿La cartilla militar?

—También. Y el certificado médico antituberculoso con impreso oficial, y el certificado del maestro diciendo que sé leer y escribir... ¡Por Dios, papá! ¡Me lo repitió en cinco cartas! ¡Era imposible no acordarse!

—Bueno, bueno, no serías el primero que se da la vuelta por no cumplir con los requisitos. ¿Te han vacunado contra la malaria en el barco?

—Sí, papá. Me han vacunado en el barco y tengo el correspondiente papel que lo certifica. ¿Alguna cosa más?

—Solo una, y espero que no te hayas olvidado..., que no os hayáis olvidado… —Su voz intentaba sonar dura, pero sus ojos decían que estaba bromeando—. ¿Me habéis traído las cosas que pedí a vuestra madre?

Kilian suspiró, aliviado al saber que terminaba el interrogatorio.

—Sí, papá. La maleta de Jacobo está llena de ropa, jamón y chorizo, avellanas, latas de melocotón y las maravillosas pastas que prepara mamá. También le traemos una larga carta escrita por ella y que cerró ante mí con siete lacres para asegurarse de que nadie la abriría.

—Bien.

Jacobo y Manuel habían permanecido callados. Estaban próximos a su destino, podían sentirlo. Tenían ganas de llegar, pero ya habían perdido la inocencia, la excitación y el nerviosismo del primer viaje que ahora percibían en Kilian.

Jacobo sabía perfectamente que, una vez pasada la novedad, todo se reduciría al trabajo en la finca, las fiestas en la ciudad, la espera del cobro del dinero, las ganas de volver de descanso a casa y vuelta a empezar. La misma rueda cada veinticuatro meses. Podría ser lo mismo en cualquier parte del mundo. Aun con todo, la certeza de la cercanía de la isla todavía le producía un leve y agradable cosquilleo en el estómago.

Esa sensación solo la sentía cuando el barco enfilaba hacia el puerto de la capital de la isla.

—Mira, Kilian —dijo Jacobo—, estamos entrando en la bahía de Santa Isabel. ¡No te pierdas ningún detalle! —Un brillo especial iluminó sus verdes ojos—. Te guste o no tu estancia aquí, te quedes dos o veinte años, odies o ames a la isla…, ¡escucha bien lo que te voy a decir!, jamás podrás borrar de tu mente esta estampa. ¡Jamás!

III

GREEN LAND

LA TIERRA VERDE

La imagen de la llegada a Fernando Poo se apoderaría de sus pupilas para el resto de su vida. A medida que el barco se aproximaba a la isla, se iba vislumbrando una costa diseñada por pequeñas playas, calas y bahías que trazaban una voluptuosa línea ante la asombrosa vegetación, hasta la misma arena del mar de color turquesa, y que incluía toda la gradación de verde que Kilian pudiera imaginar, desde el pálido de las primeras hojas y las manzanas en verano hasta el oscuro y denso del bosque, pasando por el intenso y brillante de los pastos primaverales regados por la lluvia. Una extraña sensación de suavidad, frescura y tranquilidad, mezclada a partes iguales con la fuerza de la exuberancia, la plenitud y la fecundidad que emanaba de tanta vegetación se adueñó de él.

El barco viró para dirigirse de frente a la extensa bahía de Santa Isabel, que parecía una gran herradura ribeteada de verde y remachada con casitas blancas rodeadas de palmeras. Dos espigones naturales —uno hacia el este, llamado Punta Fernanda, y otro hacia el oeste, llamado Punta Cristina— constituían los extremos de la herradura que se mostraba tumbada a los pies de una impresionante montaña cubierta de brumas y que a Kilian le trajo recuerdos del pico que se levantaba sobre Pasolobino.

—Ahora amarrarán el barco a ese viejo espigón —explicó su padre, señalando un pequeño saliente de hormigón que hacía las veces de muelle—. He oído que van a hacer un puerto nuevo bajo Punta Cristina donde se podrá atracar de costado. Será una buena cosa. Esto resulta incómodo.

Kilian se percató entonces de que el barco se detenía de manera perpendicular a la línea de la costa y que varias gabarras se preparaban para efectuar las labores de carga y descarga.

Se dirigieron hacia la popa para descender. Un sutil aroma a cacao, café, gardenia y jazmín empezó a solaparse con el olor a salitre. Aunque era por la tarde, un calor bochornoso los recibió en tierra.

—Qué calor hace —musitó Kilian secándose con la mano el sudor que había perlado su frente—. Y cuánto verde. ¡Es todo verde!

—Sí —estuvo de acuerdo Jacobo—. Es que aquí se te ocurre plantar cualquier palo o poste... ¡y echa raíces!

Sobre el espigón, unos cuantos hombres trasladaban sacos de carbón, otros movían bidones, y otros ayudaban a descargar las gabarras. Se pudo imaginar el frenesí que tendría lugar durante los meses de cosecha cuando partiesen cientos de sacos cargados de café y cacao con destino a diferentes puntos del mundo.

—José nos estará esperando arriba —informó Antón.

Señaló con la cabeza en dirección a un empinado camino que discurría paralelo a una pared sobre la que se intuían los primeros edificios. Cogió la maleta de Kilian y gritó a un par de trabajadores que se acercaran:

—*Eh, you! Come here!*

Los hombres se miraron con cara de fastidio y tardaron en darse por enterados.

—*You hear what I talk?* —Antón subió la voz y comenzó a caminar hacia ellos. Tendió a uno la maleta y señaló las de Jacobo y Manuel—. *Take this!* ¡Deprisa! *Quick!* ¡Arriba! *Up!*

Los hombres obedecieron, cogieron las maletas y se dirigieron, seguidos de los hombres blancos, hacia un empinado y angosto sendero que comunicaba el espigón con la avenida Alfonso XIII, junto a la plaza de España.

—¿Sabes, Kilian, que este caminito se conoce como la *cuesta de las fiebres*? —preguntó Manuel.

—No, no lo sabía. ¿Y eso por qué?

—Porque dicen que nadie que lo ascienda se escapa de ellas, de las fiebres. Ya lo comprobarás.

—Ahora no pasa nada gracias a la medicina —intervino Jacobo—, pero hace un siglo todos los que venían se morían. Todos. ¿Verdad, Manuel? —Este asintió—. Por eso se enviaba una expedición tras otra. No había manera de resistir.

Kilian sintió un escalofrío. Se alegró de haber nacido en una época más adelantada.

—Yo no lo he visto —dijo Manuel—, pero me han contado que hace años por esta cuesta tan estrecha pasaba un tren. ¿Es cierto, Antón?

—Oh, sí. Yo lo he visto —respondió Antón aprovechando para detenerse y coger aire—. Era útil para llevar mercancías al muelle. Empezaron a construirlo en 1913 con la intención de unir Santa Isabel con San Carlos, en el suroeste. Pero el proyecto se abandonó hace unos veinticinco años por culpa de las averías y de los gastos de mantenimiento en la selva virgen.

Kilian sonrió al imaginarse un trenecito de juguete recorriendo una isla tan pequeña. El camino por el que ascendían tenía bastante pendiente, sí, pero la distancia hasta el destino era más bien corta, al menos para alguien acostumbrado a la alta montaña. Y, además, no tenían que cargar con equipaje. Percibió que su padre, a quien recordaba como un hombre fuerte y ágil, jadeaba como si estuviera realizando un gran esfuerzo.

Enseguida dejaron atrás la pared cubierta de hiedra y algún *egombegombe*, entre cuyas amplias hojas de color carmín, amarillo y verde asomaban pequeñas, blancas y delicadas flores, y llegaron a la parte superior. Ante sus ojos se abría una gran explanada a modo de balcón sobre la costa, separada de esta por una balaustrada adornada con farolas cada pocos metros. En medio de la explanada, salpicada de cuidadísimos parterres llenos de flores, se levantaban varios edificios típicamente coloniales, con galerías laterales y tejados a dos aguas, cuya belleza sorprendió a Kilian.

—Esa es la misión católica... —comenzó a explicar Jacobo—. Y ese otro, el edificio de La Catalana. En sus bajos hay una taberna que conocerás pronto. Y ese otro que te ha dejado boquiabierto es la magnífica catedral... —Se interrumpió—. No. Mejor dejaremos las explicaciones turísticas para otro día, que te conozco... No te preocupes, que vendrás muchas veces a Santa Isabel.

Kilian no dijo nada, tan absorto como estaba contemplando esa deliciosa simbiosis de naturaleza y armónicas y ligeras construcciones, tan alegres y diferentes de las sólidas casas de piedra de Pasolobino. Su mirada pasaba de un edificio a otro y de una persona a otra, de los atuendos indistintos de los blancos a los coloridos de las telas de los nativos.

—Ahí está José —dijo Antón, cogiendo a Kilian del codo para guiarlo hacia la avenida—. ¡Vaya! Ha traído el coche nuevo, qué cosa más rara. Venga, vamos. Tenemos que llegar a la finca antes de cenar para que te conozca el gerente.

Cuando llegaron a la altura del hombre sonriente que los esperaba junto a un brillante Mercedes 220S negro, su padre presentó al José del que tanto había hablado en los períodos de vacaciones en Casa Rabaltué.

—Mira, José. Este es mi hijo Kilian. Por fin lo puedes ver en persona. Y no sé si conoces a Manuel. A partir de ahora será nuestro médico.

José los saludó con una amplia sonrisa que mostraba una dentadura de piezas perfectas e inmaculadas enmarcada por una corta barba canosa, y un perfecto castellano, si bien con un acento peculiar que se hacía más evidente al pronunciar la *r* de forma un tanto afrancesada en unas ocasiones, o apenas perceptible en otras, así como al acentuar la entonación al término de cada palabra, lo que otorgaba a su manera de hablar un ritmo entrecortado.

—Bienvenido a Fernando Poo, *massa* —dijo tres veces inclinando levemente la cabeza al dirigirse primero a Kilian, luego a Manuel y, por último, a Jacobo—. Espero que hayan tenido un buen viaje. El equipaje ya está cargado, *massa* Antón. Cuando quieran, nos vamos.

—¿Por qué no has venido en el Land Rover? —quiso saber Antón.

—Se ha soltado una pieza en el último momento y *massa* Garuz me ha dado permiso para coger este.

—Pues empezáis con buen pie.

Jacobo abrió la puerta trasera imitando a un solícito chófer para que Kilian y Manuel entrasen.

—Esta preciosidad es solo para autoridades. —Los hombres agradecieron su actuación con una divertida sonrisa y se acomodaron en los asientos de cuero claro—. Papá, usted también, siéntese detrás. José irá delante. Hoy conduciré yo.

José y Antón cruzaron una mirada.

—No sé si a Garuz le parecerá bien… —dijo Antón.

—Oh, vamos —replicó Jacobo—. No tiene por qué enterarse. ¿Y cuándo voy a tener otra ocasión de conducir un coche así?

José se encogió de hombros y se dirigió a la parte delantera del vehículo.

Situado entre su padre y Manuel, Kilian podía observar a José con detenimiento. Se había percatado de que entre él y Antón había una buena relación, incluso amistosa, resultado del tiempo que hacía que se conocían. Debía de tener pocos años menos que su padre. José era de la etnia bubi, mayoritaria en la parte insular, y trabajaba como encargado de los secaderos, algo inusual, pues ese era un puesto normalmente ocupado por blancos. El trabajo más duro lo llevaban a cabo braceros nigerianos, en su mayoría calabares, procedentes de la ciudad nigeriana de Calabar.

Antón le había contado que cuando llegó por primera vez le habían asignado a José como *boy*, que era como llamaban a los jóvenes criados que los blancos tenían para que se hiciesen cargo de sus ropas y viviendas. Cada blanco tenía un *boy* —así que a él también le asignarían uno— y las familias podían tener más para cuidar de los niños. Con el paso de los años, gracias a la capacidad de trabajo y la habilidad de José para entenderse con los braceros, Antón había logrado por fin convencer al gerente de la finca de que aquel podía supervisar perfectamente el trabajo en los secaderos, la parte más delicada en el proceso de producción de cacao. Con el tiempo, el señor Garuz hubo de reconocer que había excepciones a la creencia occidental de que todos los bubis o indígenas de la isla eran unos vagos.

Atravesaron las rectas y simétricas calles de Santa Isabel, trazadas de manera uniforme para albergar funcionales edificios blancos; dejaron atrás los viandantes vestidos de manera llamativa que ayudaban a crear la sensación de una ciudad alegre, luminosa, veraniega y coqueta, y se adentraron en una pista polvorienta a cuyos lados no se divisaban más que las primeras líneas de lo que se podía adivinar como una frondosa y tupida extensión de cacaotales.

—Ya lo verá, *massa* —dijo José mirándolo por el retrovisor—. En la tierra llana, todo es cacao y palmeras. A más de quinientos metros, por las laderas, están los cafetos. Y arriba del todo, las bananeras y el abacá.

Kilian asentía con la cabeza en señal de agradecimiento a las explicaciones de José, quien se mostraba encantado de volver a describir el recorrido tal como probablemente habría hecho hacía tiempo primero con su padre y después con su hermano. En esos momentos, Antón y Manuel contemplaban el trayecto en silencio a través de las ventanillas que habían abierto para que entrara algo de aire y refrescara el ambiente, lo cual era francamente difícil.

Llevaban recorridos unos cinco o seis kilómetros cuando Manuel instó a Kilian a que mirase por el parabrisas delantero.

Kilian miró y emitió un sonido de sorpresa. Por unos segundos pensó que, debido al cansancio acumulado por las emociones tan vivas de las últimas semanas, sus ojos le estaban gastando una mala jugada. Ante ellos, un gran letrero avisaba de que llegaban a… ¡Zaragoza! Pero le costó poco darse cuenta de que ese era el nombre del poblado más cercano a la finca.

—Este poblado lo construyó un antepasado de los actuales dueños de Sampaka —contó Antón mientras pasaban cerca de un árbol de unos veinte metros de altura ubicado delante de un edificio—. Don Mariano Mora, se llamaba.

Kilian, que conocía la historia, asintió, emocionado de poder ver con sus ojos lo que hasta entonces habían sido relatos.

—Sí, Kilian, el que nació cerca de Pasolobino. Y también fundó esa iglesia que veis.

Manuel sacó cuentas mentalmente. De eso hacía más de cincuenta años.

—¿Lo llegó usted a conocer? —preguntó.

—No. Cuando yo llegué por primera vez, hacía poco que había fallecido de una enfermedad tropical. Muchos lo recordaban como un hombre muy trabajador, sensato y prudente.

—Como todos los montañeses —se jactó Jacobo, girándose hacia Manuel.

Este arqueó las cejas escéptico antes de preguntar:

—¿Y quién se hizo cargo de la plantación? ¿Sus hijos?

—No. No tenía hijos. Sus sobrinos siguieron con el negocio, que todavía continúa en manos de la misma familia. Los que os han preparado la documentación a ti y a Kilian en Zaragoza, en la de verdad quiero decir, en la de allá, también son descendientes de don Mariano. El único que quiso venir a encargarse personalmente de la finca es Lorenzo Garuz, que es a la vez gerente y dueño mayoritario.

El poblado, formado por pequeñas barracas, era tan pequeño que en segundos llegaron al puesto de la Guardia Territorial. Jacobo detuvo el coche junto a dos guardias que portaban sendos rifles y que se estaban despidiendo de un tercero, alto y fuerte, situado de espaldas, al que llamaron Maximiano. Este se giró hacia el coche y frunció el ceño en actitud agresiva mientras los otros saludaban amablemente a los nuevos blancos y agradecían a José la última entrega. A Kilian le desagradó el rostro del tal Maximiano, completamente picado por marcas de viruela. El hombre no dijo nada, se agachó para recoger una caja y se marchó.

—¿Y ese quién era? —preguntó Jacobo haciendo avanzar de nuevo el vehículo.

—No lo sé —respondió su padre—. Supongo que de otro puesto. A veces se cambian cosas unos con otros.

—Primera lección, Kilian, antes de entrar en la finca —le explicó Jacobo—. Hay que asegurarse de que los guardias reciben puntualmente presentes, por ejemplo, tabaco, bebida, o simplemente huevos. Cuanto más contentos los tienes, más rápido acuden cuando los necesitas.

Antón le dio la razón.

—No suele haber problemas, pero nunca se sabe... Hace tiempo, en otras fincas, hubo revueltas de braceros porque se quejaban de las condiciones de los contratos. Suerte tuvieron de la intervención de la Guardia Territorial. —Kilian empezó a ponerse un poco nervioso—. Pero no te preocupes, eso pasó hace muchos años. Ahora viven bastante bien. Y una de las funciones de los blancos es evitar conflictos entre los morenos. Ya aprenderás.

Jacobo avisó de que estaban llegando a la finca y redujo la velocidad.

Santa Isabel había producido una profunda impresión en Kilian, pero la imagen de la entrada a la finca Sampaka le cortó el aliento.

El paisaje había cambiado por completo; la realidad de los edificios de la ciudad y los kilómetros de cacaotales se convirtieron en un gran túnel formado por un camino de tierra rojiza flanqueado por enormes y majestuosas palmeras reales que se erguían hacia el cielo imponentes en un intento de bloquear el paso de la luz del sol. Cada metro que el coche avanzaba, cada pareja de palmeras que dejaba atrás, produciendo una intermitente alternancia de luz y sombra, la curiosidad iba cediendo terreno a una ligera angustia. ¿Qué encontraría al final de la húmeda y discontinua oscuridad de ese pasadizo cuyo fin no veía? Tenía la sensación no de entrar, sino de descender al interior de una cueva a través de un corredor enigmático y regio a la vez, como si una fuerza inquietante lo atrajera mientras una voz interna le advertía susurrante que, en cuanto accediera al otro lado, nunca más sería la misma persona.

Entonces no podía saberlo, pero años más tarde, él mismo se habría de encargar de replantar nuevas palmeras en ese camino que se convertiría en el emblema mítico no solo de la finca más majestuosa de la isla, sino también de su propia relación con el país. De momento, era una entrada real en todos los sentidos: auténtica y grandiosa. La antesala de una finca cuya extensión alcanzaba las novecientas hectáreas.

Al final del camino se detuvieron para saludar a un hombre bajo, grueso y de pelo blanco ensortijado, que barría los peldaños de un primer edificio.

—¿Cómo estás, Yeremías? —preguntó Jacobo desde la ventanilla—. *You get plenty hen?*

—*Plenty hen, massa!* ¡Muchas gallinas! —contestó el hombre con una sonrisa—. ¡Aquí nunca faltan los huevos! ¡Bienvenido de nuevo!

—Yeremías hace de todo —explicó Jacobo a Kilian y a Manuel—. Es el guardián de la entrada, el vigilante de noche, el que nos despierta por la mañana, el que trae el pan… ¡Y encima se encarga del gallinero y de dar instrucciones al *gardinboy*! —Volvió a dirigirse al hombre—: ¡Eh, *wachimán*! ¡Quédate con estas caras porque saldremos mucho de noche!

Yeremías asintió y los saludó con la mano mientras el coche se abría paso lentamente entre gallinas y cabras. Desde ese momento, José y Jacobo se fueron turnando para impartir a Kilian y a Manuel unas primeras nociones básicas del universo en el que estaban adentrándose.

Ante ellos apareció el patio central, llamado Sampaka como la finca, donde había dos piscinas, una para los trabajadores y otra para los dueños y empleados, es decir, una para los negros y otra para los blancos. Kilian pensó que no le quedaría más remedio que aprender a nadar. En la finca, que atravesaba un río también llamado Sampaka, había otros dos patios, Yakató, cuyo nombre coincidía con el de una berenjena africana parecida al tomate, y Upside, o parte superior, que era pronunciado *Obsay* en inglés africano.

Entre los tres patios sumaban un gran número de edificaciones aparte de los almacenes, los garajes y los nueve secaderos de cacao. Había viviendas para más de quinientas familias de braceros; un taller de carpintería, una capilla y una pequeña escuela para los hijos más pequeños de los braceros; una central hidroeléctrica que producía energía e iluminación tanto para las instalaciones industriales como para los patios y viviendas; y un hospital con quirófano, dos salas con catorce camas y una vivienda para el médico. En el patio más grande, una frente a la otra y cerca de los almacenes principales, estaban la casa de la gerencia y la casa de los empleados europeos, que generalmente eran españoles.

Kilian se quedó atónito. Por mucho que le hubieran contado, no se podía imaginar que existiera una única propiedad tan grande, organizada como una pequeña ciudad de cientos de habitantes y rodeada del característico paisaje exuberante de una plantación de cacao. Allá donde mirase veía movimiento y acción: hombres portando cajas y herramientas, y camiones que entraban con provisiones para la finca o que circulaban llenos de trabajadores. Era un ir y venir de hombres negros que le parecían todos iguales; todos vestidos con camisas y pantalones de color caqui rasgados; todos descalzos o con minúsculas sandalias de tiras de cuero oscuro llenas de polvo.

De pronto, sin avisar, sintió un nudo en el estómago.

La excitación del viaje a lo desconocido se iba transformando en algo parecido al vértigo. Las imágenes que recibía del exterior del coche se amontonaban en su retina sin que el cerebro pudiera asimilarlas con claridad.

Tenía miedo.

¡De repente tenía miedo!

Estaba acompañado por su padre y su hermano —y con un médico— y le faltaba la respiración. ¿Cómo iba él a encajar en esa vorágine de verde y negro? Y el calor, el maldito calor que tan agradable le había resultado en el barco amenazaba ahora con asfixiarlo.

No podía respirar. No podía pensar.

Se sentía como un cobarde.

Cerró los ojos y le vinieron a la mente imágenes de su casa, a seis mil kilómetros de distancia, el fuego ardiendo en el hogar, la nieve cayendo pausada sobre los tejados de pizarra, su madre preparando dulces, las vacas tropezando con las piedras de las calles…

Las imágenes se sucedían con lentitud una tras otra, intentando calmar su espíritu alterado por ese exterior al que no sabía cómo se enfrentaría. ¿Cómo era posible que se estuviera derrumbando de improviso, nada más llegar? Nunca había tenido una sensación así. Tal vez porque nunca se había alejado de lo conocido. Durante el viaje, todas las novedades lo habían ido entreteniendo, y el deseo por llegar había sido superior a la consciencia de lo que iba dejando atrás.

Sentía añoranza de su casa.

Eso era.

El miedo que su cuerpo mostraba a lo nuevo no era otra cosa, en realidad, que una tapadera para ocultar el hecho de que echaba de menos su mundo. Hubiera dado cualquier cosa por cerrar los ojos y aparecer en Casa Rabaltué. Tenía que sobreponerse… ¿Qué pensarían su padre y su hermano si pudieran leer sus pensamientos? ¿Que era un pusilánime?

Necesitaba respirar aire fresco y allí el aire no le parecía fresco.

Antón llevaba un rato observando a su hijo, que no se había dado cuenta de que el coche había parado frente a la casa de los empleados. Después de un viaje tan largo pensó que los tres jóvenes agradecerían instalarse en sus habitaciones, asearse y descansar un poco antes de reunirse con el gerente. Ya tendrían tiempo para visitar los almacenes principales y el resto de la finca al día siguiente. Se apearon del coche y Antón le dijo a Manuel:

—Mientras esté don Dámaso, te alojarás aquí. Después te trasladarás a la casa del médico. —Se dirigió a los demás—. Jacobo os acompañará a las habitaciones y os mostrará dónde está el comedor. Yo voy a avisar a don Lorenzo de que ya estáis aquí. Nos veremos en media hora. ¡Ah! Jacobo… Creo que a tu hermano le iría bien un *salto*.

Jacobo preparó no uno, sino dos vasitos de agua mezclada con coñac y se los llevó a su habitación, una estancia de unos veinte metros cuadrados con una cama, un amplio armario, una mesilla, dos sillas, una mesa y un lavabo con espejo. La bebida tuvo un inmediato efecto sedante en el alterado ánimo de Kilian. Poco a poco comenzó a respirar con normalidad, la opresión que sentía en el pecho cedió, el temblor de rodillas se calmó y se sintió preparado para su primera entrevista con el dueño y gerente de la finca.

Lorenzo Garuz los recibió en su oficina, donde ya llevaba un rato conversando con Antón. Era un hombre fuerte de unos cuarenta años con abundante cabello oscuro, nariz afilada y bigote corto. Tenía una voz amable pero firme, modulada con el tono de quien está acostumbrado a mandar. Sentado en el suelo, un niño pequeño con el pelo oscuro y rizado y ojos algo hundidos, como los del gerente, se entretenía sacando y metiendo papeles en una papelera metálica.

Garuz dio la bienvenida a Kilian y a Manuel —y a Jacobo por su regreso de vacaciones— y enseguida quiso comprobar que habían traído todos los documentos en regla. Kilian advirtió que su padre tenía el ceño fruncido en actitud de enfado. Garuz guardó los papeles en un cajón y les indicó que se sentaran en unas sillas dispuestas frente a su mesa de trabajo. En el techo, un ventilador intentaba de manera pausada mover algo de aire.

—Bueno, Manuel —comenzó a decir—, tú ya tienes experiencia en estas tierras, así que no tengo mucho que explicarte. Dámaso estará por aquí unos quince días más. Él te pondrá al tanto de todo. Esta finca es la más grande de todas, pero los hombres son jóvenes y fuertes. No tendrás grandes complicaciones. Cortes de machete, golpes, contusiones, ataques de paludismo… Nada grave. —Se interrumpió—. ¿Puedo preguntarte un par de cosas?

Manuel asintió.

—¿Cómo es que un hombre joven como tú, con un futuro prometedor, prefiere las colonias a Madrid? ¿Y por qué has cambiado Santa Isabel por nuestra finca? No me estoy refiriendo al generoso sueldo que recibirás…

Manuel no dudó ni un segundo en responder.

—Soy médico, pero también científico y biólogo. Una de mis pasiones es la botánica. Ya he publicado algún estudio sobre la flora de Guinea. Quiero aprovechar al máximo mi estancia aquí para ampliar mis conocimientos sobre las especies vegetales y sus aplicaciones médicas.

El gerente arqueó una ceja.

—Eso suena muy interesante. Todo lo que signifique incrementar el conocimiento de la colonia está bien. Espero que te quede tiempo. —Se dirigió hacia Kilian—. ¿Y tú, muchacho? Espero que hayas venido con ganas. Es lo que necesitamos aquí. Personas enérgicas y decididas.

—Sí, señor.

—Desde mañana por la mañana, los próximos quince días te dedicarás a aprender. Mira cómo se hace todo y copia a tus compañeros. Ya le he dicho a tu padre que empezarás arriba, en el patio de *Obsay,* con Gregorio. —Kilian vio de reojo como Antón apretaba los labios y Jacobo torcía el gesto—. Lleva años aquí y tiene mucha experiencia, pero necesita a alguien fuerte para poner orden.

—Pensaba que Kilian estaría conmigo en el patio de Yakató —intervino Jacobo—. Yo también le puedo enseñar…

Garuz levantó una mano para evitar que continuara. Tenía claro que si Kilian resultaba ser tan buen trabajador como su padre y su hermano, o al menos como su padre, mantenerlos separados contribuiría al mejor rendimiento de la finca en su conjunto.

El niño emitió un chillido de alegría, se levantó, se acercó a su padre y le entregó el tesoro —una goma de borrar— que había descubierto bajo la mesa.

—Gracias, hijo. Muy bien. Toma, guárdala en ese armario. —Miró a Jacobo y a Kilian alternativamente—. Está decidido. De los tres patios, *Obsay* no está funcionando como debiera. Irá bien que alguien nuevo ayude a tirar del carro. De momento, es lo que hay.

—Sí, señor —repitió Kilian.

—Y recuerda que a los trabajadores hay que tratarlos con autoridad, decisión y también justicia. Si haces algo mal, te criticarán. Si no resuelves bien los problemas, te perderán el respeto. Un buen empleado tiene que saber hacer de todo y solucionar cualquier asunto. No muestres ninguna debilidad. Y no des pie a una excesiva confianza que se pueda malinterpretar, ni con bubis ni con braceros. ¿Entiendes lo que te digo?

—Sí, don Lorenzo. —Kilian se sintió de nuevo abrumado. En esos momentos se hubiera tomado otro *salto.*

—Una cosa más. Creo que no sabes conducir, ¿cierto?

—Cierto, señor.

—Pues es lo primero que tienes que hacer. Mañana tendrás ropa apropiada, un salacot y un machete por cuenta de la casa para empezar bien equipado. Antón, ¿quién es su *boy*?

—Simón. El nuevo.

—¡Ah, sí! Parece buen chico. Espero que dure. Aunque no te puedes fiar. En cuanto te cogen la vuelta, van y vienen a su antojo sin decir nada. En fin… La vida es dura en Fernando Poo. —Señaló a los otros tres hombres—. No obstante, si otros se han adaptado, no veo por qué no has de hacerlo tú.

Miró su reloj y se puso en pie.

—Me imagino que tendréis ganas de ir a cenar. A estas horas, los demás ya habrán terminado, pero he dejado dicho que cenaríais solos más tarde. Espero que me disculpéis —hizo un gesto en dirección a su hijo—, se hace tarde y tengo que regresar a la ciudad. Su madre es muy estricta con los horarios.

Los otros hombres se levantaron y se dejaron acompañar hasta la puerta, donde uno por uno estrecharon la mano del gerente. Salieron al porche exterior en dirección al edificio de enfrente, donde se ubicaba el comedor junto a la sala de estar, debajo de los dormitorios.

De camino al comedor, Kilian preguntó:

—¿Qué pasa con ese Gregorio?

—Es un mal bicho —respondió Jacobo entre dientes—. Ya lo verás. Ten cuidado con él.

Kilian miró a su padre en actitud interrogante deseando que rebatiera esas palabras.

—No hagas caso, hijo. Tú… haz tu trabajo y ya está.

Manuel percibió el tono de preocupación de Antón y miró a Kilian mientras entraba en el comedor y se sentaba en el lugar que su padre le indicaba. Esperaba que pudiera llegar a saborear los numerosos placeres de la isla una vez superadas las primeras pruebas que los inevitables días de *cutlass* y *poto-poto,* de machetes y fango, le plantearían.

Por el momento, Kilian abría los ojos asombrado como un niño ante la comida que los criados habían dispuesto sobre la mesa.

—¡Jamón! —exclamó—. ¡Y gallina guisada con patatas…!

Jacobo se rio.

—¿Qué te pensabas? ¿Que ibas a comer serpiente?

—Es que este menú es como el de casa, incluso mejor.

—Los europeos comemos normalmente comida europea —dijo Antón—. Pero nosotros tenemos la suerte de disfrutar de un maravilloso cocinero camerunés que combina lo mejor de España y lo mejor de África.

—¿Y eso de ahí qué es? —Kilian señaló una fuente cuyo contenido no le resultaba familiar.

Manuel se mordió el labio inferior en un gesto de deseo.

—Hmmm… ¡Así me gusta! *¡Plantín!* ¡Nos ha preparado banana frita con arroz y aceite de palma como bienvenida! —Desplegó su servilleta y se dispuso a servirse—. Tu primer plato exótico, amigo. No podrás vivir sin él.

Kilian lo miró escéptico, pero al poco tuvo que admitir que tenían razón, que el cocinero se merecía un aplauso. Gracias a la comida y al buen vino, la cena discurrió de manera amena y relajada. Kilian consiguió disfrutar de la velada, pero no podía evitar que le vinieran a la mente imágenes fugaces de Pasolobino, del viaje por mar y de la llegada a la isla. Tampoco podía dejar de pensar en cómo discurriría su primera jornada en la finca al lado de ese tal Gregorio. Sin previo aviso, el sopor se fue adueñando de él. Los párpados se le cerraban por culpa del vino y del cansancio acumulado.

Apenas prestaba ya atención a la conversación cuando escuchó que su padre se levantaba.

—Yo me voy a la cama, que ya es hora.

Manuel y Jacobo decidieron quedarse un rato más, pero Kilian también se puso de pie, adormilado.

—Yo también me voy, o no habrá quien me despierte mañana.

—No te preocupes, que te despertarás —dijo Jacobo—. A partir de las cinco y media aquí es imposible dormir.

Se desearon buenas noches y Antón y Kilian salieron del comedor, subieron en silencio por la amplia escalera escoltada por elegantes pilastras blancas y gruesos balaustres, giraron a la derecha para tomar el pasillo exterior que conducía a los dormitorios, protegido por una barandilla de madera verde, y llegaron a su destino.

—Buenas noches, papá.

Antón hizo el gesto de continuar hasta su dormitorio, situado varias puertas más allá, pero cambió de idea. Se giró hacia Kilian y lo miró a los ojos. Quería decirle muchas cosas, darle ánimos, transmitirle la fortaleza que necesitaría los primeros meses para acostumbrarse a la vida en la finca, ofrecerse para ayudarle en todo lo que necesitase..., pero no quiso pecar de un excesivo paternalismo —al fin y al cabo, Kilian ya era todo un hombre— y terminar un día agotador con un sermón añadido a toda la información que, estaba seguro, hervía en la cabeza del joven. Así que suspiró, le dio una palmada en la espalda y le dijo simplemente:

—No te olvides de colocar bien la mosquitera, hijo.

Pocas horas después, un profundo y penetrante sonido, como el repiqueteo de palos sobre madera, se empeñaba sin éxito en introducirse en el cerebro de Kilian, quien dormía profundamente gracias a la brisa de la madrugada. Al cabo de un cuarto de hora, otro redoble hueco y rápido anunció el segundo toque de llamada para acudir al trabajo.

Alguien llamó insistentemente a la puerta.

—*¡Massa, massa!* ¡Ya suena la *tumba*! ¡Despierte o llegará tarde!

Kilian se levantó torpemente y se dirigió a la puerta. La abrió y un muchacho pasó disparado bajo su nariz portando varias cosas entre los brazos y hablando si parar.

—Le he traído una camisa de algodón y unos pantalones fuertes. Se lo pongo aquí, en la cama, junto con el salacot y el machete. Si se da prisa, aún podrá tomarse un café. Y no se olvide de las botas altas.

—Hablas español.

El muchacho lo miró con extrañeza.

—Sí, claro, soy bubi —dijo, como si esa fuera una explicación más que suficiente.

Kilian hizo un vago gesto de asentimiento.

—¿Cómo te llamas?

—Simón, *massa*. Para servirle.

Kilian supo que ese era el *boy* que le habían asignado y trató de memorizar sus facciones, que en conjunto le resultaron simpáticas. Tenía unos ojos casi redondos y la nariz un poco aplastada, parecida a la de José. Su pelo, corto y ensortijado, era tan oscuro que no había frontera de color con la piel de la frente, surcada por tres largas arrugas horizontales impropias de alguien tan joven.

—¿Y cuántos años tienes?

—Hmmm… No estoy seguro. Puede que dieciséis.

—¿No estás seguro? —El chico se encogió de hombros—. Bien, Simón. ¿Y qué se supone que tengo que hacer ahora?

—Dentro de diez minutos todo el mundo tiene que estar formando en el patio. También los blancos. En realidad, los blancos los primeros.

Kilian miró por la ventana.

—Todavía es de noche…

—Sí, *massa*. Pero para cuando comience el trabajo ya será de día. Aquí los días son siempre igual. Doce horas de noche y doce de día, todo el año. La jornada es de seis a tres. —Cogió la camisa de la cama—. Le ayudaré a vestirse.

—No, gracias. —Rechazó el ofrecimiento con amabilidad—. Puedo hacerlo solo.

—Pero...

—He dicho que no —repitió con voz firme—. Espérame fuera.

En cinco minutos se lavó, se vistió, cogió el machete y el salacot y salió fuera.

—¿Tengo aún tiempo para tomarme ese café?

El chico lo precedió con paso ligero por el pasillo. Al bajar las escaleras, Kilian vio una masa de hombres que se iba ordenando en filas en el patio principal. Entró rápidamente en el comedor, bebió cuatro sorbos del delicioso café que Simón le ofreció y salió al exterior. A unos metros reconoció las figuras de los blancos pasando lista frente a los cientos de hombres negros que esperaban el comienzo de la actividad. Respiró hondo y se acabó de despejar en el breve trayecto. Notó que muchos ojos lo observaban. Supuso que todos querrían ver al nuevo empleado de la plantación y se aferró al salacot para ocultar su nerviosismo.

—Justo a tiempo, Kilian —dijo Jacobo cuando llegó a su lado. En la mano sujetaba unos papeles y una vara de madera flexible—. Un minuto más y no cobras.

—¿Cómo dices?

—El que no llega puntual, ya no se puede meter en la fila y no cobra el día. —Le dio un codazo en las costillas—. Tranquilo, eso solo se aplica a los morenos. ¿Has dormido bien? —Kilian asintió—. Mira, el que está a la derecha de nuestro padre es Gregorio, o *massa* Gregor, como le llaman. Está preparando nuevas brigadas para *Obsay*. Suerte y adiós. Nos veremos por la tarde.

Kilian se fijó en Gregorio, que estaba de espaldas hablando con Antón. Era un hombre de pelo oscuro, flaco y huesudo, casi tan alto como él. Cuando llegó a su lado los saludó. Los hombres se giraron y pudo ver su rostro. Tenía unos ojos oscuros de mirada gélida y un pequeño bigote sobre unos labios demasiado finos. Kilian miró a su padre y extendió la mano para saludar a Gregorio.

—Soy Kilian, tu nuevo compañero.

Gregorio sujetaba entre las manos un pequeño látigo de cuero cuya empuñadura acariciaba de manera metódica deslizando los dedos unos centímetros hacia arriba y hacia abajo. Detuvo el movimiento y aceptó el saludo de Kilian. Lo observó detenidamente sin soltarle la mano y esbozó una sonrisa.

—Así que tú eres el otro hijo de Antón. Pronto estaréis aquí toda la familia.

A Kilian la mano de Gregorio le resultó fría, la sonrisa forzada, y el comentario insulso. Miró a su padre y le preguntó:

—¿Usted dónde trabaja?

—Yo me quedo aquí, en los almacenes del patio central. Afortunadamente, ya no tengo que salir a los cacaotales.

El ruido de cuatro enormes camiones de capó redondeado y caja de madera interrumpió la conversación. Gregorio se dirigió a las filas de hombres e indicó los que tenían que subir. Antón se acercó y le susurró entre dientes:

—Más te vale que te portes bien con el chico.

—Conmigo aprenderá todo lo que tiene que saber para sobrevivir aquí —le respondió el otro con una sonrisa.

Antón le lanzó una dura mirada de advertencia y volvió con su hijo.

—Ve con él, Kilian.

Kilian asintió y se dirigió a los camiones.

—Las brigadas constan de cuarenta hombres —le dijo Gregorio—. Una brigada por camión. Ya puedes empezar a contar.

Percibió un gesto de asombro en el joven al observar la extensa masa que formaban los trabajadores.

—De momento fíjate en sus ropas para distinguirlos, llevan siempre la misma. Por la cara tardarás meses en diferenciarlos.

Los hombres iban subiendo lenta pero ágilmente a los camiones, hablando en un idioma que Kilian no comprendía. Supuso que era el *pichi*. Temió no ser capaz de aprenderlo. Y para colmo, el único español con el que podría conversar en horas sería ese que ahora mismo les gritaba todas las frases con el mismo sonsonete propio de la rutina.

—¡Venga, que estáis dormidos! *Quick!* ¡*Muf, muf!*

Quedaban pocos hombres por subir al camión cuando un joven delgado y fibroso, de expresión aparentemente triste, se detuvo delante de Gregorio con la cabeza agachada y las manos cruzadas a la altura de sus muslos.

—¡Y este qué querrá ahora! ¡A ver! *What thing you want?*

—*I de sick, massa.*

—*All time you de sick!* —vociferó Gregorio. Se hizo un momento de silencio—. ¡Siempre estás enfermo! ¡Todos los días la misma canción!

—*I de sick for true, massa Gregor.* —Subió las manos a la altura del pecho a modo de súplica—. *I want quinine.*

—*How your name?*

—Umaru, *massa.*

—Bien, Umaru. ¿Quieres quinina? —El látigo restalló contra el suelo—. ¿Qué te parece *this quinine?*

Kilian abrió la boca para intervenir, pero el muchacho se subió al camión sin rechistar —aunque lanzó una mirada desafiante al blanco— seguido de los últimos hombres, que ahora fueron más veloces. El conductor del primer camión tocó el claxon con insistencia.

—¡Tú, no te quedes ahí parado! —le gritó Gregorio caminando hacia la parte delantera—. ¡Sube a la cabina!

Kilian obedeció y se sentó en el asiento de la derecha mientras Gregorio lo hacía en el del conductor. La comitiva se puso en marcha. Durante varios minutos, ninguno de los dos dijo nada. Kilian miraba por la ventanilla como los barracones y las edificaciones del patio dejaban paso a los cacaotales cobijados por la bóveda de los bananos y eritrinas que servían como árboles de sombra al delicado árbol del cacao. En algunos lugares, las ramas de los árboles de uno y otro lado se juntaban formando un túnel sobre el polvoriento camino.

—Pensaba que ya no se usaban látigos —dijo Kilian de improviso.

Gregorio se sorprendió por el comentario tan directo.

—Mira, chico. Llevo muchos años aquí. A veces hay que tomar medidas enérgicas para que estos obedezcan. Mienten y mienten. Si un día no trabajan por enfermedad, cobran igual. Ya irás conociéndolos. Son *excuseros* y supersticiosos. ¡Menuda combinación!

Kilian no dijo nada, así que el otro continuó:

—En cuanto al látigo, el día que me lo quiten me largo. ¿Para qué te crees que tu hermano lleva una vara de *melongo*? El dueño quiere beneficios y yo se los consigo. —Sacó un cigarrillo del bolsillo de su camisa y se lo encendió. Lo mantuvo en la boca mientras soltaba el humo y añadió en tono amenazador—: Si quieres que nos llevemos bien, a partir de ahora estarás sordo y ciego. ¿Está claro?

Kilian apretó los dientes. De todos los posibles empleados que le podían haber tocado como compañero, había tenido que toparse con ese cretino. Mentalmente se enfadó con su padre y con su hermano por no advertirle de que existían hombres así. No era tan estúpido como para creer que todo iba a ser un camino de rosas, pero nunca se había parado a pensar en el significado *real* de esa expresión, «medidas enérgicas», que ya había escuchado en boca de otros con anterioridad. Ardía en deseos de dar rienda suelta a su indignación por el tono y las palabras de Gregorio, pero optó por mantenerse callado porque una voz en su interior le aconsejaba no buscarse problemas el primer día.

Un fuerte frenazo lo impulsó hacia adelante y se golpeó la cabeza contra el parabrisas.

—¡Qué demonios…! —exclamó.

No pudo decir más porque al mirar al frente vio que algo muy raro pasaba con el camión de delante. Varios hombres habían saltado de la caja con el vehículo en marcha y se retorcían doloridos en el suelo. Otros gritaban y empujaban a sus compañeros para conseguir bajar. El conductor había parado el camión, se había alejado de él y contemplaba la escena, aturdido. Otro hombre corría hacia ellos como loco haciendo aspavientos y gritando algo que Kilian no comprendía:

—¡*Snek, snek!*

—¡Maldita sea! ¡No me lo puedo creer! —Gregorio saltó a tierra hecho una furia.

Kilian llegó a su lado rápidamente.

—Pero… ¿qué sucede?

—¡Una maldita boa ha caído entre ellos y se han vuelto locos!

Echó a andar gritando órdenes a unos y otros, pero la mayoría yacían heridos en el suelo o comenzaban a incorporarse lentamente. Los que podían caminar se alejaban lo más posible del camión. Kilian lo siguió sin saber muy bien qué hacer.

—¡Trae el machete! —le gritó Gregorio—. ¡Ya!

Kilian corrió sobre sus pasos, cogió el objeto del asiento y regresó hasta donde se encontraba el otro empleado, a un par de pasos de la caja del camión.

Se quedó helado.

Allí delante se contorsionaba la serpiente más grande que hubiera podido imaginarse. Era una boa de casi tres metros de longitud.

—Sube y mátala —ordenó Gregorio.

Kilian no se movió. Se había tropezado con otras serpientes en su vida, sobre todo cuando segaban la hierba de los prados en los meses de verano, pero ahora le parecían lombrices comparadas con aquello.

—¿Es que no me oyes?

Kilian seguía sin moverse. Gregorio lo miró con desdén y una desagradable mueca se dibujó en su boca.

—Veo que además de inexperto eres un cobarde. ¡Dame eso!

Le arrancó el machete de las manos, puso un pie en el guardabarros, subió al vehículo ante las miradas de espanto de los trabajadores y las exclamaciones de miedo, y sin dudar lo más mínimo se lio a machetazos con el animal. La sangre comenzó a salpicar por todas partes, pero no parecía importarle. Cada vez que Gregorio descargaba el machete sobre la boa, soltaba un grito de rabia. Cuando terminó, pinchó un trozo de carne con el extremo del arma y lo sostuvo en alto para que todos lo vieran.

—¡Es solo un animal! ¡Un animal! ¿A esto tenéis miedo? —Proyectó su ira hacia Kilian—. ¿A esto tienes miedo?

Empezó a tirar los restos del cuerpo muerto a ambos lados del camino. Bajó de un salto, le indicó al conductor que diera la vuelta y se acercó a Kilian, que se había quedado mudo.

—¡Tú! ¡Los que estén muy malheridos, al camión! ¡Que se los lleven al hospital para que se estrene el nuevo doctor! ¡Y los demás, que se repartan por los otros camiones!

Kilian miró a un lado y a otro y decidió comenzar por aquellos hombres que tenía más cerca. Se fijó en uno que yacía tumbado sujetándose la cabeza con las manos. Se acercó a él y se arrodilló. No entendía lo que decía, pero supo comprender que se quejaba porque tenía una brecha de la que manaba abundante sangre y gruesas lágrimas salían de sus ojos. Sacó un pañuelo del bolsillo y lo aplicó en la herida presionando con fuerza para detener la hemorragia mientras le explicaba en castellano lo que hacía.

—*You no talk proper* —le repetía el hombre, sin que Kilian pudiera comprenderle—. *I no hear you.*

Otro hombre se arrodilló junto a él y comenzó a hablar al herido en tono suave. Sus palabras parecieron tranquilizarlo. Le ayudó a incorporarse y le indicó con las manos que permaneciera un rato sentado. Agradecido, Kilian intentó comunicarse con el espontáneo ayudante:

—*Your name?*

—Me llamo Waldo, *massa.* Soy…

—Bubi, sí. Y hablas mi idioma. —Kilian levantó la vista al cielo, aliviado, y suspiró. Enseguida se fijó en que, como Simón, al que se parecía bastante a excepción de la ausencia de arrugas en la frente, iba vestido de manera diferente a los demás trabajadores. Llevaba una camisa blanca, pantalón corto, calcetines altos y gruesas botas. Debía de tener más años que su *boy,* puesto que ya conducía—. Supongo que eres uno de los chóferes.

—Así es, *massa.*

—Bien, Waldo. Me servirás de intérprete. ¿Puedes preguntarle si se siente capaz de caminar hasta el camión?

Los dos hombres intercambiaron varias frases. El herido movía la cabeza de un lado a otro.

—¿Qué dice?

—Cree que puede caminar, pero dice que no se subirá a ese camión lleno de sangre de serpiente.

Kilian abrió la boca sorprendido. Oyó de nuevo gritos a sus espaldas, se giró y vio que Gregorio intentaba obligar a subir al camión a varios hombres y que estos se negaban.

—*This man no good. Send him na Pañá* —dijo el herido con voz solemne. Kilian lo miró y advirtió que señalaba a Gregorio—: *I curse him.*

—¿Waldo?

—Dice que… —El muchacho titubeó, pero ante la mirada insistente de Kilian decidió continuar—: Dice que ese hombre no es bueno, que lo envíen a España y que lo maldice.

Antes de que el hombre blanco tuviera tiempo de asimilar el significado de las palabras y se enfadase, se apresuró a explicar:

—*Massa,* los nigerianos les tienen terror a las serpientes. Creen que si tocan una, los espíritus malignos que habitan en su cuerpo traerán desgracias y enfermedades y mala fortuna a ellos y a sus familias, sí, a sus familias también.

Kilian hizo un gesto de incredulidad, puso los brazos en jarras, respiró hondo y se acercó a Gregorio, que insistía de malos modos en que los heridos subieran al camión.

—Si no limpiamos la sangre, no subirán —dijo con toda la tranquilidad posible.

—No digas tonterías. Si uno sube, los demás seguirán. ¡Aunque tenga que obligarles a golpes!

—No. No lo harán. —Kilian se mantuvo firme—. Así que tenemos dos opciones. O mandamos a Waldo con este camión a que traiga uno limpio de la finca, o lo limpiamos nosotros.

Gregorio lo miró con los ojos entornados y los puños cerrados. Por un momento, se sintió tentado de soltar un puñetazo contra ese mequetrefe que pretendía tomar el mando de la situación, pero se contuvo. Sopesó las posibilidades para resolver el asunto antes de que se le fuera de las manos. Cientos de ojos estaban pendientes de lo que sucedía. Eran demasiados negros para dos blancos. Si los obligaba a subir, podrían sublevarse. Y si enviaba a por otro camión, lo tildarían de blando al ceder ante esas estúpidas supersticiones.

—Muy bien —accedió—. Ya que tienes tantas ideas... ¿Con qué piensas limpiar el camión?

Kilian miró a su alrededor, se dirigió hacia los árboles que daban sombra a los cacaotales, y arrancó varias hojas largas como su brazo.

—Cubriremos la plataforma con estas hojas. De esa manera no tocarán la sangre.

En unos momentos había apilado suficiente cantidad para alfombrar un buen espacio. Con gestos pidió a varios hombres que le ayudaran a trasladar las hojas en brazadas. Al subir al vehículo, escuchó de nuevo murmullos de desaprobación cuando las suelas de sus botas entraron en contacto con el líquido viscoso, pero continuó con su tarea. Por lo visto, nadie más le iba a ayudar. Ni siquiera Gregorio. El *massa* había preferido fumarse un cigarrillo en actitud arrogante.

Cuando terminó de cubrir el suelo de la caja del camión, Waldo ya había acercado a los heridos para que vieran con sus ojos el cómodo lecho en el que serían trasladados al hospital. Kilian deseó fervientemente que los hombres no pusieran reparos, de lo contrario quedaría como un perfecto idiota. Bajó de un salto, cogió el machete y lo limpió con una hoja más pequeña que luego arrojó a la orilla del camino.

—Diles que suban, Waldo —dijo intentando que su voz sonara natural si bien el corazón le latía con fuerza—. Explícales que ya no tocarán sangre.

Waldo habló a los braceros, pero ninguno se movió. Gregorio escupió la colilla, movió la cabeza chasqueando la lengua y comenzó a caminar hacia su camión.

—Traeré el látigo —dijo—, pero esta vez lo usarás tú.

Kilian escuchó a Waldo decir unas frases en *pichi*. Supuso que les había traducido las palabras de Gregorio porque el hombre de la herida en la cabeza extendió un brazo para sujetarse a la caja, puso un pie en el saliente que hacía las veces de reposapiés y subió al camión. Una vez arriba, extendió la mano hacia el blanco para devolverle el pañuelo manchado de sangre y Kilian rehusó cogerlo.

—*Tenki* —dijo el hombre, y Kilian respondió con un gesto de la cabeza.

Uno tras otro, los más de veinte braceros heridos de diversa consideración subieron al camión. Waldo retornó a su puesto de conductor y puso el vehículo en marcha. Al pasar junto a Kilian lo saludó con la mano. Gregorio maniobró su camión para que el otro pudiera pasar por el estrecho camino, tocó la bocina de manera insistente, comprobó que no quedaba nadie en tierra, indicó a Kilian que subiera a la cabina y continuaron la marcha hasta *Obsay*.

No cruzaron una sola palabra en todo el día. Durante unas tres horas, Kilian siguió los pasos del otro hombre blanco entre las hileras de árboles, limpiando maleza con el machete y podando un árbol del cacao tras otro. Nadie le explicaba nada, así que se limitó a imitar a los braceros, quienes sabían perfectamente lo que tenían que hacer. Sin prisa pero sin pausa, iban avanzando al compás del patrón rítmico con ligeras variaciones de sus canciones de trabajo. Kilian pensó que cantar era una buena manera de tener ocupada la mente y aliviarla de la faena monótona. Él mismo se había descubierto en ocasiones en un estado de relajación extraño, como si otra persona empuñara su machete.

Habían comenzado por las plantaciones más cercanas a *Obsay*, de modo que cuando Gregorio dio orden de ir a almorzar, caminaron sobre sus pasos en dirección al patio, distribuido de manera parecida al de Sampaka, aunque bastante más pequeño.

Debido al sol que lucía en lo alto y al trabajo realizado, Kilian sudaba a mares. Los trabajadores se sentaron cerca de un edificio de madera levantado sobre gruesas columnas blancas entre las que varios cocineros preparaban la comida en grandes recipientes. Gregorio había desaparecido y Kilian no sabía adónde dirigirse.

—¡*Massa!*

La voz le resultó familiar y distinguió a Simón, que portaba un fardo sobre la cabeza. Tan solo había hablado unos minutos con él al levantarse, pero se alegró de ver a alguien conocido.

—¿Qué haces aquí?

—Le traigo la comida.

—¿No comemos todos juntos?

Simón negó con la cabeza.

—A los braceros se les reparte la comida cada semana y ellos se la entregan a sus cocineros para que la preparen cada día. Si están en el bosque se la llevan hasta allí, y si están en el patio comen aquí, como hoy. De cada blanco se encarga su *boy*, menos cuando se está en el patio central. Entonces se come en el comedor.

Cada momento que pasaba, Kilian agradecía más las explicaciones de Simón.

—¿Y cómo sabes dónde encontrarme?

—Es mi trabajo, *massa*. Siempre sé dónde está.

Kilian eligió un lugar apropiado para descansar, se sentó en el suelo y recostó la espalda contra una pared que proyectaba unos metros de sombra. Simón se acercó, se sentó a su lado y comenzó a sacar pan, jamón, huevos duros y bebida del fardo. Kilian bebió con ganas, pero no tenía hambre. Se secó el sudor de la frente y las mejillas con la manga de la camisa y aprovechó unos instantes para cerrar los ojos. De fondo escuchaba el murmullo de las conversaciones de los trabajadores. Percibió unas voces que aumentaban de volumen y unos pasos que se aproximaban. Abrió los ojos y vio a dos hombres que se acercaban discutiendo, se plantaban frente a él y entre gritos parecían querer explicarle algo. Simón se puso de pie e intervino en la disputa para que hablasen de uno en uno y explicasen qué pasaba. Luego se giró hacia Kilian.

—Riñen porque el cocinero les ha cambiado la malanga.

Kilian se lo quedó mirando sin entender nada. Como tardaba en responder, los hombres volvieron a enzarzarse en su discusión. Kilian se incorporó.

—¿Y eso qué quiere decir?

—La malanga, *massa*. Uno tenía la malanga más gorda y por eso la marcó. Cuando ha ido a recogerla, el cocinero le ha dado otra. Quiere su malanga, antes de que se la coma el otro.

—¿Y por qué me lo cuentan a mí? —Kilian seguía sin entender nada.

—Usted es el juez, *massa*. Ellos harán lo que usted diga.

Kilian tragó saliva. Se rascó la cabeza y se levantó. Gregorio seguía desaparecido. Miró hacia la sencilla cocina de los trabajadores y advirtió que los murmullos habían cesado y que muchos ojos lo observaban expectantes. Maldijo por lo bajo y se dirigió con paso decidido hacia los cocineros, seguido de Simón.

Cruzaron por entre los hombres sentados en el suelo. Las cabezas giraron para seguir su recorrido hasta el cocinero culpable de la discusión. Este permanecía con los brazos cruzados ante dos platos en los que había bacalao, arroz regado con una salsa roja y lo que parecía una patata cocida. Kilian miró los dos platos. En uno la patata era considerablemente más grande que la otra. Dedujo que eso debía de ser la malanga. Los dos hombres seguían insistiendo con palabras y gestos en que ambos eran los dueños de la más grande. De pronto, le vino a la mente una imagen de Jacobo y él cuando eran pequeños. Estaban junto al fuego, esperando a que su madre sacara la ceniza que cubría las primeras patatas cocidas del otoño y entregara una a cada miembro de la familia. Cuando Kilian recibió la suya, comenzó a protestar porque era mucho más pequeña que la de Jacobo. ¿Y qué hizo su madre?

Indicó al cocinero que le diera el cuchillo. Partió las dos malangas en dos partes exactamente iguales y puso en cada plato una mitad de cada una. Devolvió el cuchillo a su dueño y sin decir nada regresó a donde estaba y se sentó en el suelo. Simón acudió a su lado e insistió en que comiera porque aún quedaban muchas horas hasta la cena. Kilian probó algo, pero sin muchas ganas. Seguía dando vueltas a la absurda situación de la patata.

—Ha sido lo más justo, ¿no te parece? —dijo finalmente.

Simón adoptó una expresión pensativa y su frente se arrugó todavía más.

—¿Simón…?

—Oh, sí, sí, claro, *massa* —respondió este—. Ha sido justo…, pero no para el verdadero dueño de la malanga grande.

Durante los siguientes días, Kilian se pasó las horas entre ruidos de camiones y caminos polvorientos, cánticos nigerianos, gritos en *pichi*, golpes de machete, riñas y discusiones, y hojas de bananos, eritrinas y cacaos.

Cuando llegaba al patio de Sampaka estaba tan cansado que comía poco, acudía a las clases de conducir que le impartían Jacobo y Waldo, escribía unas líneas en tono forzadamente alegre a Mariana y Catalina, y se retiraba pronto a dormir acompañado por los inseparables picores que se habían apoderado de su cuerpo debido al sudor permanente que le provocaba la elevada temperatura.

Antón y Jacobo no eran ajenos a los malos momentos por los que atravesaba el joven. En la cena apenas conversaba y era evidente que entre Gregorio y él no existía camaradería de ningún tipo. Simplemente se ignoraban, aunque Gregorio lo importunaba haciendo comentarios delante del gerente con los que cuestionaba su valentía y vigor; comentarios por los que Jacobo tenía que hacer verdaderos esfuerzos para no liarse a puñetazos.

Una noche en que Kilian se retiró a dormir sin terminar el postre, Antón decidió acompañarlo a la habitación.

—Date tiempo, hijo —comenzó a decirle nada más salir del comedor—. Al principio es duro, pero poco a poco, gracias al trabajo, a la disciplina y a las normas establecidas en la finca te irás adaptando. Sé cómo te sientes. Yo también pasé por lo mismo.

Kilian levantó las cejas, asombrado.

—¿También tuvo a alguien como Gregorio de compañero?

—No me refería a eso —se apresuró a aclarar Antón—. Quiero decir que… —carraspeó y bajó la vista—, no sé ni cómo ni cuándo, y apenas sé nada del resto de África, pero llegará un día en que esta pequeña isla se apoderará de ti y desearás no abandonarla. Tal vez sea la increíble capacidad de adaptación que tenemos los hombres. O tal vez haya algo misterioso en esta tierra. —Extendió una mano para señalar el panorama que se extendía a lo lejos de la balconada donde se encontraban y volvió a mirar a Kilian a los ojos—. Pero no conozco a nadie que se haya marchado sin derramar lágrimas de desconsuelo.

En esos momentos, Kilian no podía entender plenamente el significado de lo que su padre le decía.

Habrían de pasar años para que todas y cada una de las palabras cobrasen vida con la intensidad de una maldición cumplida.

IV

FINE CITY

LA HERMOSA CIUDAD

—De acuerdo —accedió Jacobo—, pero a la vuelta conducirás tú.

Kilian entró rápidamente en la furgoneta de plataforma trasera descubierta, a la que todo el mundo llamaba *picú* por simplificación del inglés *pickup,* antes de que su hermano cambiara de opinión. Después de quince días de clases intensivas con Waldo y Jacobo por los caminos de la finca, había obtenido el carné de conducir válido para coches y camiones, pero adentrarse en las calles de la ciudad era otra historia.

—En cuanto haya hecho el trayecto una vez contigo, me sentiré capaz de hacerlo yo solo —prometió.

El gerente les había encargado unas compras de herramientas y material en las factorías de Santa Isabel. Hacía un día de calima y bochorno, propio de la estación seca, que duraba desde noviembre hasta finales de marzo. En la *seca* se deforestaban nuevos terrenos para cultivar; se hacía leña para los secaderos; se podaba el árbol del cacao y se limpiaba el *bikoro,* la hierba que crecía a su alrededor; se nutrían los semilleros; y se hacían y arreglaban las carreteras y caminos de las fincas. Kilian había aprendido que la tarea más importante de todas era la de chapear: mantener los machetes siempre en funcionamiento, a pesar del terrible calor, arriba y abajo, a un lado y a otro, para librarse de las malas hierbas que surgían misteriosamente de un día para otro.

Era pronto por la mañana y Kilian ya sudaba dentro de la *picú*. Pronto regresarían los picores que se habían apoderado de su cuerpo desde el primer día y que lo volvían loco. Hubiera dado cualquier cosa por tener cuatro manos para rascarse por varios sitios a la vez. Por desgracia, los remedios que le había propuesto Manuel no habían dado resultado y solo le quedada la esperanza de que poco a poco su piel se fuera acostumbrando a los rigores del entorno y que el escozor remitiera de una vez.

—¡No sabes cuánto echo de menos el fresco de la montaña! —comentó, pensando en Pasolobino—. Este calor acabará conmigo.

—¡Mira que eres exagerado! —Jacobo conducía con el codo apoyado en la ventanilla abierta—. Al menos ahora la ropa no se pega a la piel. Ya verás cuando llegue la *húmeda*. De abril a octubre, agua y más agua. Estarás asquerosamente pegajoso todo el día.

Estiró el brazo hacia afuera para que su mano jugase con el aire.

—Gracias a Dios, hoy tendremos este aprendiz sahariano de harmatán para aliviarnos.

Kilian se fijó en que el poco cielo visible sobre sus cabezas a lo largo de la estrecha carretera empezaba a cubrirse con un fino polvo en suspensión e iba adquiriendo un color gris rojizo.

—No entiendo cómo te puede aliviar este viento molesto que enturbia todo e irrita los ojos. —Recordó las ventiscas de limpia nieve—. A mí me resulta agobiante.

—¡Pues espera a que un día sople fuerte de verdad! Por no verse, no se ve ni el sol durante días. ¡Masticarás arena!

Kilian torció el gesto en una mueca de asco y hastío. Jacobo lo observó por el rabillo del ojo. Su hermano tenía la piel quemada por el sol, pero aún pasarían semanas antes de que el color rojo se convirtiera en el tostado que lucían los demás hombres de las fincas. Lo mismo sucedería con su estado de ánimo: pasaría un tiempo antes de que abandonase esa debilidad que le confería un aire de adolescente distante. Él mismo había pasado por ese proceso: a medida que sus brazos se volvían más musculosos y su piel se curtía, su actitud se acomodaba a los rigores de esa tierra salvaje. Podía imaginarse lo que pasaba por la cabeza de Kilian. Entre el calor sofocante, el trabajo agotador, las riñas de braceros y capataces, su cuerpo poseído por una quemazón continua, y su *estupenda* relación con el insufrible *massa* Gregor, a buen seguro se sentía incapaz de detectar alguna de las maravillas que se habría imaginado antes de llegar a la isla. Tal vez, pensó, hubiera llegado la hora de presentarle a alguna de sus amigas nativas para alegrar su espíritu. Una de las ventajas de la vida de un soltero en Fernando Poo era que… ¡no había límites al deseo!

—¿Y qué? ¿Cómo van las cosas por *Obsay?*—preguntó con la misma naturalidad con la que habían conversado sobre el tiempo.

Kilian tardó unos segundos en responder. Jacobo era la única persona a la que podía confesar sus inquietudes, pero no quería que lo tachase de quejicoso. Quienes los conocían por primera vez siempre aludían al gran parecido que tenían ambos hermanos, y eso era algo que a Kilian le sorprendía sobremanera, porque aunque él le sobrepasase en unos centímetros, a su lado se sentía endeble en muchos sentidos. Jacobo irradiaba fuerza y energía por todos los poros de su piel. Allá donde iban no podía pasar desapercibido. Jamás lo había visto triste, ni siquiera en la época del colegio. Tenía claro lo que esperaba de la vida: disfrutar al máximo cada segundo sin plantearse cuestiones profundas. Había que trabajar porque no quedaba más remedio, pero si un año la cosecha iba mal, eso no era su problema, él cobraría igual. No sufría. Jacobo no sufría por nada.

—¿Se te ha comido la lengua el gato?

—¿Eh? No, no. Gregorio sigue igual. Lo peor es que me hace quedar mal con los braceros. Les dice por detrás que no me hagan caso porque soy novato, pero luego me los envía a mí para que resuelva sus disputas. Lo sé por Waldo.

—Eso es porque te tiene envidia. Garuz dijo que necesitaba a alguien para poner orden en ese patio. Ha sido muy inteligente por su parte enviar a uno nuevo que lo hace bien y muestra interés. Si sigues así, pronto serás encargado en el patio central.

—No sé. Tal vez me falte autoridad. Me cuesta que los braceros me hagan caso. Tengo que repetir las cosas veinte veces. Esperan hasta que me cabreo y les grito, y entonces me miran con una sonrisita y obedecen.

—Amenázales con avisar a la guardia. O con enviarlos a la *curaduría* de Santa Isabel y que les metan una sanción y les descuenten días del sueldo.

—Ya lo he hecho. —Kilian se mordió el labio un tanto avergonzado—. Lo malo es que les he dicho mil veces que lo voy a hacer, pero luego me arrepiento. Y claro, es el cuento del lobo. No me creen. Me toman por el pito del sereno.

—¡Pues suéltales un *melongazo* con la vara y ya verás si te obedecen!

Kilian lo miró con expresión de sorpresa.

—¡Pero yo no he pegado nunca a nadie! —protestó. No podía creerse que su hermano sí lo hiciera.

—¿Cómo que no? —bromeó Jacobo—. ¿Te has olvidado de nuestras peleas infantiles?

—Eso era diferente.

—Si no puedes hacerlo tú, se lo ordenas a uno de los capataces y ya está. —Jacobo endureció un poco el tono—: Mira, Kilian, cuanto antes te hagas respetar, mejor. A muchos de España les gustaría estar en tu lugar y cobrar el sueldo que cobras…

Kilian asintió en silencio. Miró por la ventanilla y distinguió unos pequeños monos de expresión graciosa que parecían despedir a la *picú* de los cacaotales. Un tupido manto verde acompañó su vista hasta los aledaños de Santa Isabel, donde el camino se convirtió en carretera asfaltada.

—Primero daremos una vuelta rápida por la ciudad para que te sitúes —dijo Jacobo—. Tenemos tiempo de sobra. ¡Y deja ya de rascarte! ¡Me pones nervioso!

—¡Es que no lo puedo evitar! —Kilian colocó las manos bajo sus muslos para frenar la tentación de frotar con fuerza cada centímetro de su piel.

Jacobo condujo por las rectas y simétricas calles que parecían trazadas con tiralíneas desde el mismo mar hasta el río Cónsul, que marcaba la línea divisoria con el bosque. Empezaron visitando la parte alta de la ciudad, habitada en su mayoría por nigerianos. Multitud de niños correteaban y jugaban con pelotas de goma hechas con el líquido viscoso del árbol de caucho, o lanzaban bolas secas desde cerbatanas improvisadas con las ramas huecas del papayo. Hombres y mujeres jóvenes, ellos con el torso desnudo y ellas portando bultos sobre las cabezas y con niños en los brazos, caminaban ante los puestos callejeros y comercios exóticos con productos del país o importados de muchas partes del mundo. Las vendedoras intentaban ahuyentar con plumeros de hojas a las insistentes moscas que merodeaban por los palos en los que estaban ensartados pescados y carnes de mono y *gronbif,* una rata de campo del tamaño de una liebre. Hasta el coche llegaba el olor picante de los guisos preparados que se exhibían al lado de las nueces de *bitacola,* que los nativos comían para combatir el cansancio, y las verduras frescas dispuestas sobre el papel del periódico *Ébano* o sobre hojas de banano. Era todo un despliegue de ruido, color, olor y movimiento. Un festín para los sentidos.

Kilian se fijó en que, aunque la mayoría llevaban camisa sobre el *clote* anudado a la cintura que el suave viento pegaba a sus piernas, algunas mujeres llevaban los pechos al descubierto. Con una pícara sonrisa en los labios y un brillo de novedosa excitación en los ojos, durante un buen rato aprovechó la oportunidad de detener la mirada en los oscuros y firmes pezones de las muchachas. Se sonrió al imaginar a sus amigas de Pasolobino vestidas, o mejor dicho, *desnudas,* de esa manera.

Las viviendas de la zona alta eran de chapa de zinc o tablas de madera de *calabó* con techos también de chapa o de hojas de palmera llamadas *nipa* trenzadas con cuerdas de *melongo*. A medida que se aproximaban a la zona de los europeos y de los comerciantes prósperos de todas las razas, las edificaciones se convertían en series de casas parecidas rodeadas de cuidados jardines con árboles de frutos exóticos, de papayas, cocos, mangos, guayabas y aguacates, y arbustos cubiertos de flores, de dalias, rosales y crisantemos. La parte baja y trasera de muchas de aquellas casas eran almacenes y comercios y la parte superior estaba dedicada a vivienda.

Jacobo detuvo la *picú* frente a una de aquellas casas, saltó afuera, indicó a su hermano que hiciera lo mismo y le dijo:

—Yo voy un momento a la farmacia de la esquina a ver si me dan algo para ese *cro-cró* que no te deja vivir. —Señaló uno de los edificios, cuya fachada lucía el nombre Factoría Ribagorza y que pertenecía a una familia del valle de Pasolobino—. Tú ve comprando y que lo apunten a nombre de la finca.

Nada más entrar, Kilian se sorprendió de la cantidad de objetos variados que se amontonaban por el suelo y las estanterías. Distinguió todo tipo de herramientas —lo normal en una ferretería— cerca de botes de conserva, zapatos, máquinas de coser, perfumes y accesorios de vehículos. Su actitud debía diferir bastante de la de los clientes habituales porque una alegre vocecilla soltó a sus espaldas:

—Si no encuentra lo que busca, se lo puedo conseguir.

Se dio la vuelta y descubrió a una muchacha de su edad, bastante guapa, no muy alta, con el pelo castaño y una expresión simpática que le resultó vagamente familiar. Para su sorpresa, porque nunca había visto a una mujer ataviada así, vio que llevaba unos pantalones de pinzas de color verde y un jersey blanco de manga corta con rombos. Un favorecedor pañuelo rojo le adornaba el cuello. La chica entornó primero los ojos, luego los abrió de par en par y exclamó:

—¡Pero si eres Kilian, el hermano de Jacobo! ¡Os parecéis mucho! ¿No te acuerdas de mí?

Entonces él cayó en la cuenta. Había estado en su casa, a unos tres kilómetros de Pasolobino, en cuatro o cinco ocasiones, acompañando a su padre. Cada vez que Antón volvía de Fernando Poo, visitaba a los abuelos y a los tíos de la joven y les llevaba productos de parte de sus padres, que residían en la isla. Mientras Antón hablaba con los mayores, él se entretenía jugando con una traviesa niña que le decía que un día se iría a África.

—¿Julia? Perdóname, pero estás tan cambiada...

—Tú también. —La joven movió una mano en el aire de arriba abajo—. Has crecido mucho desde los... —calculó mentalmente— diez años.

—¿Tanto hace que no has estado en casa? Quiero decir, en España... ¿Y tus padres? ¿Están bien?

Julia asintió.

—Las cosas nos van bastante bien por aquí, así que al acabar el bachillerato en el instituto colonial decidí ayudar en el negocio familiar. —Se encogió de hombros—. ¡Todos los años digo que voy a ir a Pasolobino y por una cosa u otra no lo hago! Le pregunto continuamente a Jacobo por nuestras queridas montañas... Por cierto, ¿ha regresado ya de sus vacaciones?

Kilian le puso al corriente de las noticias de los últimos años y respondió a todas sus preguntas, que fueron muchas, relacionadas, fundamentalmente, con bautizos, bodas y funerales. Durante unos minutos, los diálogos sobre el mundo común de Pasolobino hicieron que se olvidara hasta de los picores.

—¡Perdona mi interrogatorio! —exclamó ella de repente—. ¿Y qué hay de ti? ¿Cómo te estás adaptando a tu nueva vida?

Kilian extendió los brazos hacia ella con las palmas hacia arriba para que viera el estado de su piel.

—Ya veo. —Julia le restó importancia—. No te preocupes. Al final se pasa.

—Todo el mundo me dice lo mismo, que no me preocupe. —Se

inclinó un poco y bajó la voz—. Te confesaré algo. Pensaba que la vida en la colonia era otra cosa.

Julia soltó una carcajada.

—¡Dentro de unos meses habrás cambiado de opinión! —Ante el gesto de incredulidad de él, puso los brazos en jarras y ladeó la cabeza—. ¿Qué te apuestas?

En ese momento se abrió la puerta y entró Jacobo. Se acercó y saludó a la joven afectuosamente dándole dos besos. Kilian apreció que Julia se sonrojaba ligeramente y que el tono de su voz empezaba a ser más suave.

—Me alegro de volver a verte. ¿Cómo te han sentado las vacaciones?

—Las vacaciones siempre sientan bien. ¡Y más si te las pagan!

—¿No *nos* has echado ni siquiera un poquito de menos? —Julia puso énfasis en un plural que se quería referir solo a ella.

—Ya sabes que cuando los *cacaoteros nos vamos* de la isla —Jacobo mantuvo el sonsonete del plural—, *estamos* hartos de hierba y machetes…

Al ver la desilusión en su cara, matizó:

—Pero también sabes que *nos* gusta volver. Por cierto —cambió rápidamente de tema—, que no se nos olvide comprar limas. ¡Mira que gastan! Ni que se las comieran. Estos morenos se pasan todo el día afilando los machetes. —Se dirigió a Kilian—. ¿Has cogido ya lo que necesitamos?

Su hermano negó con la cabeza, sacó del bolsillo un papel donde había anotado los encargos y se lo entregó a Julia, que se apresuró a preparar la mercancía mientras los hombres miraban las estanterías por si necesitaban algo más.

—Eso es turrón de las navidades pasadas —dijo Julia al ver que Kilian estaba intentando descifrar el contenido de una lata—. Como ves, aquí tenemos de todo.

—¡Turrón en lata!

—Cuando alguien desea algo, se agudiza el ingenio, ¿verdad?

Pronto estuvieron listos los paquetes. Jacobo firmó el recibo y pagó con un vale de compra personal una botella de whisky irlandés Tullamore.

—Para la despedida del viejo doctor —susurró a Kilian, guiñándole un ojo—. Es esta noche.

Julia los acompañó hasta la furgoneta.

—¿Qué os parece si venís a comer o a cenar un día a casa esta semana? Mis padres estarán encantados de conversar con vosotros. —Antes de que Jacobo pusiera alguna pega añadió—: Y a Kilian le irá bien salir del bosque.

Jacobo tenía en mente otro tipo de fiesta para su hermano. Las veladas en las casas de las familias de los colonos estaban bien para jóvenes matrimonios. Los solteros buscaban otras diversiones. Intentaba formular una frase educada con la que rechazar la invitación cuando Kilian intervino:

—Muchas gracias, Julia. Aceptamos encantados. ¿Verdad, Jacobo?

—Esto… Sí, sí, claro.

—Entonces, quedamos esta semana. —En la cara de Julia se dibujó una amplia sonrisa—. Os enviaré aviso por el *boy*. ¡Hasta entonces!

Se giró resuelta y regresó a su trabajo con el paso alegre de quien ha conseguido algo deseado.

Jacobo metió la mano en el bolsillo y sacó un pequeño bote de crema que lanzó a su hermano antes de entrar en el vehículo.

—¡Toma! ¡A ver si esto te funciona!

Kilian se sorprendió por el tono de voz. Entró en la furgoneta y comenzó a extenderse la crema por los brazos y por la parte superior del pecho. Jacobo conducía en silencio.

—¿Se puede saber qué mosca te ha picado? —preguntó Kilian al cabo de un rato.

Jacobo apretó los labios y sacudió la cabeza.

—¡Al final se ha salido con la suya!

—No te entiendo. ¿Te refieres a Julia? Me ha parecido una mujer muy agradable e inteligente. Es fácil hablar con ella y tiene sentido del humor.

—¡Pues toda tuya!

Kilian frunció el ceño pensativo y al poco soltó una carcajada golpeando las manos contra sus muslos.

—¡Ya lo entiendo! ¡Por eso ha cambiado cuando has entrado en la factoría! ¡Está enamorada de ti! Qué callado te lo tenías…

—¿Y qué te iba a contar? No es ni la primera ni la última que me persigue.

—Hombre, no todas serán como Julia…

—Tienes toda la razón —accedió Jacobo sonriendo con picardía al pensar en sus amigas—. No son como ella. Hombre, en otras circunstancias puede que me la llevara por el paseo de los enamorados de Punta Fernanda. Lo que pasa es que es pronto.

—¿Pronto para qué?

—Para qué va a ser. Para comprometerme con una. —Vio que Kilian se quedaba pensativo y suspiró exageradamente—. Chico, a veces pareces tonto. ¡No sé qué voy a hacer contigo! Mira, Kilian, aquí, a nuestra edad, bueno, y más mayores también, todos tenemos muchas… digamos… *amigas*, pero ninguna fija. Bueno, algunos sí que tienen una fija, pero no como Julia, quiero decir, no de las nuestras, pero esas, las fijas digo, dan problemas porque se encaprichan y pretenden que les des dinero y las mantengas, o te lían con algún hijo… Yo procuro no tener ninguna fija. Espero que tú también seas prudente, no sé si me entiendes.

Kilian se iba haciendo una ligera idea de lo que su hermano quería decir.

—Está claro, Jacobo. —De pronto, le asaltó una duda—. Pero dime, ¿nuestro padre también…? Quiero decir, alguien casado que se pasa aquí largas temporadas solo…

Imaginar a Antón en brazos de otra mujer que no fuera Mariana le producía un extraño cosquilleo en el estómago.

—A ver, yo no sé lo que haría en sus años jóvenes, ni se lo he preguntado. Pero una cosa sí que te puedo decir: desde que yo estoy en la isla, no he visto ni oído nada sospechoso. Y aquí todo acaba por saberse. —Kilian se sorprendió a sí mismo respirando aliviado—. De todas formas, no me extraña. Ya sabes que papá es muy estricto con la religión y la moral...

—Y quiere mucho a mamá... No le haría eso, serle infiel, quiero decir.

—Sí, bueno, pero otros casados también quieren mucho a sus mujeres de la Península y no dudan en buscarse compañía para entretenerse durante las largas campañas. El amor no tiene nada que ver con estas cosas.

Kilian no estaba del todo de acuerdo con las últimas palabras de su hermano, pero no hizo ningún comentario. La embarazosa conversación, lejos de aclararle cuestiones, le planteaba muchas más. Decidió abandonar el tono serio de los últimos minutos.

—¿Y dónde os veis con vuestras *amigas*? Porque yo aquí en quince días no he visto ninguna...

Jacobo levantó los ojos al cielo.

—Las verás, Kilian, las verás. Es más. Creo que, por tu bien, me encargaré de que las conozcas pronto. Eres el típico que caería fácilmente con alguien como Julia. No puedo permitir que te pierdas lo mejor de esta isla...

—Gracias por tu interés —dijo Kilian con sorna—. Espero estar a la altura de tus amistades.

Se dio cuenta de que su hermano sonreía. Giró la cabeza y vio por la ventanilla que llegaban a Zaragoza. Su primera visita a la ciudad le había sentado bien. Los picores no habían remitido, pero el contacto con su paisana Julia le había hecho sentirse más acompañado en aquella tierra. Incluso el camino de las palmeras reales que dibujaban la entrada de la finca ya no le resultó tan extraño.

Recordó el primer día de su llegada a Sampaka, el nervioso entusiasmo que precedió al desasosiego ante el cúmulo de novedades en que se había convertido su vida, y se sorprendió de la normalidad con la que ahora su espíritu se deslizaba sobre la tierra rojiza del camino. Incluso percibió en el saludo del *wachimán* Yeremías un gesto reconfortante de familiaridad.

—Por cierto, Jacobo… —dijo cuando el coche se detuvo frente al porche de blancas columnas de la preciosa casa principal.

—¿Sí…?

—Me tocaba conducir.

Después de descargar las compras, Jacobo cogió otro vehículo y se marchó a Yakató. Kilian se sentó en el asiento del conductor para dirigirse a *Obsay* e incorporarse a las faenas del día. Hizo avanzar la *picú* a trompicones unos metros y se detuvo para responder al saludo de Antón, que caminaba a lo lejos hacia los almacenes principales acompañado de su inseparable José. Esperó a que entraran en el edificio para concentrarse en la difícil tarea que tenía entre manos porque no quería testigos de su poca habilidad. Afortunadamente, a esas horas no había nadie más en el patio principal.

Cuando llegó a *Obsay,* sudando a mares, se sintió orgulloso porque el motor no se le había calado ni una sola vez. Aparcó la furgoneta y se dirigió a buen paso hacia los cacaotales por la senda central. Al poco, escuchó los cantos de los trabajadores. Unos metros más adelante divisó a una mujer enfundada en un vistoso *clote* que portaba un gran cesto vacío sobre la cabeza. Supuso que iría a buscar frutos salvajes o leña para el fuego de su casa. De pronto, la mujer se detuvo como si hubiera escuchado algo desde la maleza y, sin dudarlo, se internó en la selva. Kilian no le dio más importancia porque sabía que las calabares estaban acostumbradas al bosque y con frecuencia muchas acudían a llevar la comida o a ver a sus maridos cuando estos trabajaban.

Continuó su camino hasta que escuchó el susurro de los braceros, el chop-chop indicador de la poda y el chapeo, y el bisbiseo de las sulfatadoras escupiendo el caldo bordelés, la mezcla de sulfato de cobre y cal para prevenir en las jóvenes plantas el efecto del temido *mildew*, que intentaría atacarlas con fuerza en la época de lluvias.

Enseguida se topó con los primeros trabajadores de una larga fila al final de la cual distinguió a Nelson, uno de los capataces, a quien hizo un gesto con el pulgar hacia arriba para preguntarle si todo iba bien. El hombre le respondió con el mismo gesto. Miró entonces al hombre que tenía más cerca. Rebuscó en su cabeza una pregunta simple, no porque le interesase realmente el paradero del otro empleado blanco, sino para que los trabajadores comprobasen sus progresos en *pichi*, aunque todavía no se atreviera a construir frases largas.

—*Whose side massa Gregor?*

—*I know no, massa Kilian.* —El hombre se encogió de hombros, levantó la mano y la ondeó en el aire señalando varios sitios—. *All we done come together, but he done go.*

Kilian no entendió nada, pero asintió con la cabeza. No sabía muy bien qué hacer, así que comenzó a caminar por entre los braceros prestando atención a lo que hacían y moviendo la cabeza de arriba abajo en señal de aprobación, como si ya fuese todo un entendido en la materia, hasta que llegó a la altura de Nelson, justo donde terminaban los cacaos y comenzaba la selva. Nelson, un fornido hombre tan alto como él, con la cara completamente redonda y plana y una incipiente papada, estaba riñendo a un hombre mientras agitaba la sulfatadora que sujetaba entre las manos. Al ver a Kilian cambió de actitud.

—Todo bien, *massa.* —Hablaba a golpes y con un fuerte acento. El conocimiento del español era indispensable para ascender a capataz—. El caldo debe estar bien mezclado para que no dañe las plantas.

Kilian volvió a asentir. Se sentía un poco ridículo en esa actitud de hacer ver que controlaba todo cuando ignoraba tanto. Prefería ayudar en los patios a arreglar barracones porque en materia de construcción sí que les daba mil vueltas como resultado de las horas dedicadas a albañilería y mantenimiento de la casa y los pajares de Pasolobino. En cuanto al cacao, todavía lo desconocía todo.

—Ahora vuelvo —le dijo a Nelson cogiendo unas tiernas hojas del suelo.

Introducirse en el bosque a hacer sus necesidades era una buena manera de interrumpir la incómoda situación de la ausencia de diálogo. Los primeros metros estaban bastante despejados, pero a los pocos pasos tuvo que emplear el machete para abrirse paso hasta llegar al destino apropiado. Se bajó los pantalones y se entretuvo observando como una araña amarilla y negra daba las últimas puntadas a una gruesa tela que se extendía de un arbusto a otro. Menos mal, pensó, que las arañas y las tarántulas no le daban asco. Esos bichos eran diez veces más grandes y peludos que los más grandes de Pasolobino, pero ninguno era inmune a un buen pisotón. Otro tema eran las serpientes. No las podía soportar. Kilian siempre estaba alerta, y más después del incidente de la boa. ¡A buen sitio había ido a parar! Las serpientes, de todos los tamaños y colores, estaban por todos los lados.

Cuando terminó, se limpió con las hojas y se puso de pie agarrándose a la rama de un arbusto que le resultó blanda y que de pronto cobró vida. Kilian la soltó rápidamente y se quedó de piedra. Seguía viendo una rama de color marrón verdoso, pero esta se retorcía con lentitud. Entornó los ojos y distinguió una cabeza y una lengua temblorosa que se agitaba en el aire.

Lentamente, Kilian se abrochó el pantalón y comenzó a retroceder, se dio la vuelta y se apresuró a alejarse de allí con el corazón palpitante. No se fijó por dónde iba y al cabo de unos minutos se dio cuenta de que caminaba en la dirección contraria a las voces de los braceros. Maldijo por lo bajo y volvió sobre sus pasos. De repente escuchó una exclamación emitida por una voz familiar, a escasos metros de donde se encontraba. Prestó atención y supo que era Gregorio. Probablemente se hubiera internado en el bosque por la misma razón que él lo había hecho. Respiró aliviado. El otro empleado conocía cada palmo de ese terreno. Se acercó con decisión, haciendo ruido para que lo oyera, a la entrada de un diminuto claro entre tanta espesura.

—¡Gregorio! No te lo vas a creer, pero no sé cómo…

Se detuvo en seco.

Gregorio estaba tumbado boca abajo, sumergido en un intenso abrazo con un cuerpo entre cuyas piernas se convulsionaba y gemía. Una mano de mujer señaló hacia donde se encontraba Kilian. Gregorio detuvo sus movimientos, se incorporó sobre un codo, giró la cabeza y soltó un juramento.

—¿Te gusta mirar o qué? —gritó mientras se ponía en pie tratando de subirse los pantalones.

Kilian se sonrojó por la pregunta y por la visión del pene del hombre, todavía erecto entre sus huesudas piernas. La mujer continuaba tumbada en el suelo, sonriendo completamente desnuda sobre el anaranjado *clote*. A su lado había un cesto vacío. Reconoció a la mujer que se había adentrado en la selva desde los cacaotales.

—Perdona… —comenzó a disculparse—. Me he metido en el bosque y me he desorientado. Te he oído y he caminado hacia aquí. No pretendía molestar.

—¡Pues lo has hecho! ¡Me has dejado a medias!

Indicó a la mujer que se levantara. Ella se levantó y se ajustó la tela alrededor de la cintura. Cogió el cesto, lo colocó sobre su cabeza con intención de marcharse y tendió la mano en dirección al *massa*.

—*Give me what you please* —dijo.

—¡De eso nada! —replicó Gregorio—. Esta vez no he terminado, así que no cuenta.

Le hizo gestos para que desapareciera.

—*You no give me some moní?* —La mujer puso cara de fastidio.

—*Go away! I no give nothing now. Tomorrow, I go call you again.*

La mujer apretó los dientes y se marchó ofendida. Gregorio recogió su salacot del suelo, lo sacudió y se lo colocó.

—Y tú —le dijo a Kilian en tono sarcástico—, no te alejes del camino si no quieres perderte. —Pasó por su lado sin mirarlo siquiera—. Con lo valiente que eres, no resistirías ni un par de horas en la selva.

Kilian apretó los puños y lo siguió en silencio, todavía avergonzado por lo que acababa de ver. Sin previo aviso, un nuevo brote de picor invadió su piel y empezó a rascarse con rabia.

Su hermano tenía razón. Tendría que espabilar.

En todos los sentidos.

Por la noche, como estaba previsto, cenaron todos juntos para despedir a Dámaso, un hombre amable de pelo completamente blanco y facciones blandas que regresaba a España después de casi tres décadas de prestar sus servicios como médico en la colonia.

Se sentaron alrededor de la mesa agrupados por años de experiencia. Hacia un lado, Lorenzo, Antón, Dámaso, el padre Rafael, encargado de celebrar misa en el poblado de Zaragoza y de las labores de maestro, Gregorio y Santiago, uno de los empleados más veteranos. Hacia el otro extremo de la mesa se colocaron los menores de treinta años: Manuel, Jacobo, Kilian, Mateo y Marcial. A excepción de la fiesta de la cosecha o de la visita de alguna autoridad, pocas veces estaba el comedor tan animado. Mientras los *boys,* incluido Simón, servían la cena, los mayores recordaban batallitas de sus primeros años en la isla y los más jóvenes escuchaban con la incredulidad y la jactancia de la inexperiencia.

Al finalizar la cena, el gerente pidió unos minutos de silencio para pronunciar, en honor a su buen amigo Dámaso, un breve discurso al que Kilian prestó poca atención por culpa de las generosas cantidades del vino riojano Azpilicueta que Garuz había ofrecido y porque el picor de su cuerpo realmente le producía un terrible malestar. Hubo aplausos, emoción y palabras de agradecimiento.

A medida que el nivel de las botellas de vino decrecía, la conversación aumentaba de tono.

—¿Ya se ha despedido usted de todo el mundo? —preguntó maliciosamente Mateo, un simpático madrileño menudo, fibroso y nervioso cuyo pequeño bigote siempre estaba preparado para adaptarse a una sonrisa bajo su afilada nariz.

—Creo que sí —respondió el doctor.

—¿De todo el mundo? —insistió Marcial, el compañero de Jacobo en el patio de Yakató, un peludo hombretón de casi dos metros de altura de facciones carnosas y una bondad tan grande como sus manos, que parecían palas.

El doctor sabía por dónde iban, pero no quiso entrar al trapo.

—Los que realmente me importan están en esta mesa —dijo, señalando a los que tenía más cerca—. Por lo tanto, repito que sí.

— Si don Dámaso dice que sí, es que sí. —Santiago, un hombre tranquilo y juicioso de cabello lacio, extremadamente pálido y delgado, que tendría la edad de Antón, acudió en su defensa.

—Pues yo sé de una persona que estará muy triste esta noche… —intervino Jacobo.

Los más jóvenes estallaron en carcajadas. Todos menos Kilian, que no sabía a quién se refería su hermano.

—¡Ya está bien, Jacobo! —le reprendió Antón, señalando con la vista al padre Rafael. Esas conversaciones no le agradaban lo más mínimo.

Jacobo levantó las palmas de las manos y se encogió de hombros en actitud inocente.

—Jovencito, no te pongas impertinente —le amenazó Dámaso agitando el dedo índice en el aire—. El que esté libre de pecado, que lance la primera piedra, ¿verdad, padre?

Los demás se rieron de nuevo por la ambigüedad con la que de manera inocente el médico había formulado el comentario. El padre Rafael, un hombre grueso de cara redonda, labios carnosos, barba y calvicie adelantada, a quien todos tenían mucho aprecio por su carácter afable, se sonrojó visiblemente y Dámaso matizó con toda naturalidad:

—No me refería a usted, padre Rafael. Faltaría más. Citaba a la Biblia. ¡Estos jóvenes…! —Sacudió la cabeza—. Se cree el ladrón…, etcétera.

—Así les va —comentó el sacerdote con voz pausada—. Yo no me canso de repetir a todos que cuanto más puedan aguantar sin una mujer, más lo agradecerán la salud y el bolsillo. Me temo que en esta tierra de pecado es como predicar en el desierto. —Suspiró y miró a Kilian—. Cuida tus compañías, muchacho... Me refiero a estos rufianes, claro… —añadió con un guiño de complicidad que provocó de nuevo la hilaridad de los demás.

—En fin, yo creo que ha llegado el momento de irse a dormir, ¿no os parece? —Dámaso apoyó las manos sobre la mesa y se puso de pie—. Me espera un viaje muy largo.

—Yo también me voy a la cama —dijo Antón con expresión cansada.

Kilian y Jacobo cruzaron una rápida mirada. Los dos pensaban lo mismo. Unas oscuras ojeras enmarcaban los ojos de Antón. Últimamente siempre estaba cansado. ¡Qué contraste con el padre que recordaban de su juventud! Jamás lo habían visto enfermo, ni lo habían escuchado quejarse por nada. Había sido un hombre fuerte, física y moralmente. Años atrás, a los dos días de llegar a Pasolobino desde África, ya estaba encargándose de las labores del campo como si nunca se hubiera ido. «Tal vez debería tomarse unas vacaciones —pensó Kilian—. O retirarse de las colonias, como Dámaso.»

El viejo doctor se despidió uno por uno con un afectuoso apretón de manos y se dirigió a la puerta acompañado de Antón, Lorenzo, Santiago y el padre Rafael, que aprovecharon la ocasión para retirarse.

Jacobo se levantó y también salió, después de hacer un gesto con la mano indicando que regresaba enseguida. Al llegar a la puerta, Dámaso se giro y dijo:

—Por cierto, Manuel. ¿Puedo darte un último consejo? —Manuel asintió—. Tiene que ver con los picores de Kilian. —Hizo una pausa para asegurarse de que los jóvenes le escuchaban—: Alcohol yodado salicílico. —Kilian hizo un gesto de extrañeza y Manuel se ajustó las gafas mientras sonreía agradecido por la sutil manera con la que el viejo doctor le pasaba el testigo—. Que se frote todo el cuerpo con eso y en quince días el sarpullido habrá desaparecido. Buenas noches.

—Buenas noches y buen viaje —le deseó Jacobo, que entraba portando la botella de whisky que había comprado en la tienda de Julia—. Si no le importa, nos tomaremos un último trago a su salud.

Dámaso le dio una cariñosa palmada en el hombro y salió del comedor con el corazón apenado pensando en las veladas como aquella que a partir de ese momento solo formarían parte de sus recuerdos.

Jacobo pidió a Simón que trajera vasos limpios para la bebida. Entre sorbos y risas, Kilian supo que la persona que más echaría de menos a Dámaso era Regina, su *amiga íntima* fija de los últimos diez años, por lo menos.

—¡Diez años! Pero ¿no tiene esposa e hijos en España? —preguntó con voz pastosa.

—¡Por eso precisamente! —Marcial se sirvió otro trago. Su cuerpo era capaz de admitir el triple de alcohol que el de los demás—. España está muy lejos.

—Y a ellas les gusta hacerse amigas nuestras… —apuntó Mateo con un gesto de resignación que Marcial imitó—. ¡Qué le vamos a hacer! ¡Conocen nuestra debilidad!

Kilian se acordó de la imagen de Gregorio tumbado sobre una mujer en el bosque y de la conversación en el coche con Jacobo.

—No hay duda de que nuestras *amigas* nos ayudan a que la vida en la isla sea mucho más llevadera. —Jacobo levantó su vaso por encima de su cabeza—. ¡Brindo por ellas!

Los demás acompañaron el brindis y bebieron, tras lo cual se hizo un breve silencio.

—¿Y qué pasará ahora con esa tal Regina? —preguntó Kilian.

—¡Pues qué va a pasar! —respondió Mateo peleando con los botones de su camisa. El ventilador del techo no proporcionaba el más mínimo alivio al calor intensificado por el alcohol—. Estará triste unos días y luego se buscará a otro. Es lo que hacen todas.

—Hombre, a esta le costará porque ya está madurita —añadió Marcial, rascándose una de sus grandes orejas con lentitud—. Pero ha vivido muy bien estos años, como una señora. ¡Don Dámaso era un caballero!

Kilian contempló con ojos vidriosos el profundo color ámbar del líquido. Le resultaba curiosa la idea que tenían sus amigos de ser un caballero. Según sus palabras, era normal compartir los momentos más íntimos con una mujer durante diez años y luego amoldarse al calor de los brazos de la esposa como si nada hubiera pasado.

Manuel llevaba un rato observando a Kilian. Podía imaginarse las preguntas que pasaban por su cabeza. No era fácil para un joven español, criado en un entorno donde todo era pecado, donde las parejas no podían darse muestras de cariño en público y hasta el adulterio se consideraba delito, comprender las reglas no escritas de una sociedad donde el sexo se disfrutaba casi con la misma naturalidad que el comer. Eran unas reglas a las que la mayoría de los hombres se adaptaban fácilmente, pero no todos eran igual. En comparación con sus amigos, él mismo llevaba una vida que podría calificarse de bastante ordenada.

—¿Y qué pasa si hay hijos de esas uniones? —preguntó al cabo de un rato Kilian.

—Tampoco hay tantos… —intervino Jacobo.

—Cierto, las morenas saben cómo evitarlo —apostilló Gregorio con total seguridad.

—Sí que hay, ya lo creo que hay —los interrumpió Manuel con voz dura—. Lo que pasa es que no los queremos ver. ¿De dónde os creéis que han salido todos los mulatos que veis por Santa Isabel?

Mateo y Marcial cruzaron una rápida mirada antes de bajar la vista un poco avergonzados. Jacobo aprovechó para rellenar los vasos.

—Mira, Kilian, lo normal es que el hijo se quede con la madre y esta reciba una manutención. Conozco muy pocos casos, creo que los podría contar con los dedos de la mano, en que los hijos mulatos han sido reconocidos e incluso enviados a estudiar a España. Pero, como te digo, eso es rarísimo.

—¿Y conoces algún caso en que se hayan casado un blanco y una negra?

—A fecha de hoy no. Y si alguno lo ha intentado, se le ha obligado a marcharse a España.

—¿Y para qué querría uno casarse con una negra? —preguntó Gregorio con cierto desprecio.

—¡Para nada! —respondió Marcial, empujando sus anchos hombros contra el respaldo de la silla—. ¡Si ya te lo dan todo sin necesidad de pasar por el altar!

Jacobo, Mateo y Gregorio sonrieron en actitud cómplice. Manuel hizo un gesto de desagrado por el desafortunado comentario y Kilian no dijo ni hizo nada porque estaba meditando sobre todo lo que habían hablado.

Gregorio hacía rato que observaba con detenimiento el interés de Kilian por la conversación y aprovechó para meterse con él.

—Sí que te interesa el tema. ¿Es que ya tienes ganas de probarlas?

Kilian no respondió.

—Deja al chico en paz, anda —dijo Mateo golpeándole suavemente en un brazo.

Gregorio entrecerró los ojos y echó el cuerpo hacia delante:

—¿O es que igual te crees que Antón es un santo…? ¡Con la de años que lleva en Fernando Poo, habrá tenido un montón de *miningas*!

—Gregorio… —insistió Mateo al ver que el semblante de Jacobo cambiaba de color.

Una cosa era hablar en tono jocoso de las mujeres y otra, mentir con intención de hacer daño, que era lo que Gregorio pretendía. Todos los allí presentes conocían sobradamente a Antón. Y, en cualquier caso, las conversaciones entre caballeros incluían un pacto implícito de discreción. Todas las bromas se detenían en un límite aceptable. Así se funcionaba en la isla.

—Es posible que hasta tengas hermanos mulatos dando vueltas por ahí… —continuó el otro con una desagradable sonrisa—. ¿Qué opinaría tu madre, eh?

—¡Ya basta, Gregorio! —saltó Jacobo en tono amenazador—. ¡Mucho cuidado con lo que dices! ¿Me oyes? ¡Eso es mentira y lo sabes!

—¡Oye, oye, tranquilo! —dijo Gregorio con arrogancia—. Que yo sepa, es tan hombre como los demás…

Manuel se volvió contra él:

—Desde luego, mucho más que tú.

—Eso, no nos hagas hablar… —añadió Mateo atusándose el bigote.

—¡Solo me estaba metiendo con el novato! —Gregorio trató de justificarse al verse en minoría—. Era una broma. Aunque yo no pondría la mano en el fuego ni por Antón…

Kilian movía el líquido de su vaso con movimientos circulares pausados. La borrachera se le había pasado de golpe y volvía a pensar con claridad. Levantó la vista muy lentamente y clavó la mirada, dura y fría, en Gregorio.

—La próxima vez que te metas conmigo —masticó las palabras—, me conocerás realmente.

Gregorio soltó un bufido y se puso en pie.

—¿Tampoco tienes sentido del humor? ¡Vaya joya!

—Es suficiente, Gregorio —dijo Manuel, tajante.

—Sí, ya vale… —Marcial se levantó para que se notase la diferencia de altura entre ambos.

—Estás muy protegido —Gregorio señaló a los demás—, pero un día no tendrás a nadie que te defienda.

Jacobo se lanzó contra él y lo cogió del brazo con fuerza.

—¿A quién amenazas tú, eh?

Gregorio se soltó bruscamente y se marchó. Marcial y Jacobo se sentaron de nuevo y aceptaron otro trago para calmar los ánimos.

—Ni caso, Kilian —dijo Marcial finalmente—. Antes no era así este hombre. Se ha embrutecido. Pero, en fin, perro ladrador…

—Eso espero —respondió Kilian tranquilamente, aunque por dentro se sentía rabioso—. Porque no pienso pasarle ni una más.

El viernes por la noche, Yeremías le dio a Simón una nota de parte del *boy* de Julia en la que invitaba a los hermanos y a Antón a cenar en su casa.

Kilian esperó a la mañana del sábado para decírselo a Jacobo. A las seis bajó al patio, donde los braceros, más puntuales que nunca, esperaban el cobro semanal. Permanecían en fila esperando a que los nombrasen uno a uno para recibir el dinero y poner su huella dactilar en el listado que había sobre una mesa dispuesta para ello. La tarea, igual que la del reparto semanal de comida que se hacía los lunes, ocupaba un par de horas. Mientras esperaban a ser llamados, aprovechaban para frotarse los dientes con su inseparable *chock stick,* un pequeño cepillo hecho de raíces gracias al cual todos lucían unas dentaduras envidiables.

Kilian se acercó a Jacobo y le dio a leer la nota de Julia.

—Muy hábil, sí —dijo Jacobo molesto—. Te la ha mandado a ti para asegurarse de que vamos. ¡Mira si no tendrá días! Pero no… Ha tenido que elegir el sábado.

—¿Y qué más da un día que otro?

—Los sábados por la noche son sagrados, Kilian. Para todos. Fíjate en los hombres. ¿A que están contentos? Por la mañana cobran, y por la noche se gastan parte en Santa Isabel.

—Entonces, ¿mando aviso de que vamos o no?

—Sí, sí, claro. Ahora ve con Gregorio o no acabaréis nunca. Hoy va fino como la seda.

Cuando llegó a la mesa donde estaba sentado, Gregorio le pasó la lista de sus brigadas. Sin mirarle a los ojos, se levantó de la mesa y dijo:

—Toma, sigue tú. Yo voy a ir preparando el material para *Obsay*. Nelson te ayudará.

Kilian se sentó y continuó leyendo los nombres de la lista. Observó que Simón pululaba por ahí medio aburrido. El muchacho iba vestido de igual manera que todos los días. Llevaba pantalón corto y camisa de manga corta, ambos de color crudo. Cubría sus pies con unas sencillas sandalias de tiras de cuero en lugar de botas. A pesar de su parecido con otros muchachos de su edad, Kilian sabía con certeza que podría distinguir a Simón entre todos porque sus enormes ojos brillaban como si estuviesen en alerta de manera permanente, moviéndose de un lado a otro, absorbiendo todo lo que sucedía a su alrededor. Le invitó con un gesto a que se acercara a la mesa y ayudara a Nelson en la labor de traducción. Al llegarle el turno a uno de los hombres, otro se adelantó y se situó a su lado, hablando sin parar en un tono de protesta. Kilian maldijo su mala suerte. Empezaba el día con otra disputa.

—¿Qué pasa, Nelson?

—Este hombre dice que Umaru le debe dinero.

A Kilian el nombre le resultó familiar. Levantó la vista y creyó recordar al hombre a quien Gregorio no quiso darle quinina antes del incidente de la boa.

—¿Por qué le debes dinero? —le preguntó.

Aunque Nelson iba traduciendo el diálogo, dedujo por sus gestos que Umaru no tenía la menor intención de pagar nada. El otro hombre intervenía cada vez más exaltado. Los demás trabajadores se callaron para prestar atención a la situación.

—Ekon le ofreció a su mujer. Umaru aceptó sus servicios y ahora no quiere pagar.

Kilian parpadeó varias veces y apretó los labios para evitar echarse a reír. Aquello era lo más ridículo que había escuchado en su vida. Miró al hombre bien parecido, de mediana altura, pelo muy corto, pómulos altos y hoyuelos en las mejillas.

—¿Me estás diciendo que Ekon *prestó* a su mujer?

—Sí, claro —contestó Nelson con toda naturalidad—. Umaru está soltero. Los solteros necesitan mujeres. Los casados aprovechan, si la mujer quiere, y sacan dinero. Ekon quiere su dinero.

—*¡Moní, moní, sí, massa!* —repetía Ekon con insistencia moviendo la cabeza de arriba abajo.

—*¡Moní no, massa! ¡Moní, no!* —repetía Umaru moviendo la cabeza de un lado a otro.

Kilian resopló. Odiaba tener que hacer de juez. A ese paso no terminarían nunca.

—¿Hay testigos? —preguntó.

Nelson tradujo la pregunta en voz alta. Un coloso de casi dos metros de altura y brazos como las piernas de cualquier hombre normal se adelantó y habló al capataz.

—Mosi dice que él los vio en el bosque. Dos veces.

Kilian sonrió para sus adentros. Por lo visto, él no era el único que interrumpía situaciones comprometidas en la selva. Preguntó la cantidad a la que ascendía la deuda, extrajo el dinero del sobre de Umaru y lo introdujo en el sobre de Ekon.

—No hay más que hablar. —Entregó los dos sobres ante la expresión de satisfacción de uno y de irritación del otro. Después se giró hacia Simón—. ¿Estás de acuerdo?

Simón asintió con la cabeza y Kilian respiró aliviado.

—*Palabra conclú*, entonces.

A las siete en punto de la tarde el día se acabó y llegó la oscuridad sin previo aviso. Kilian y Jacobo se subieron a la *picú* para ir a la ciudad. En la entrada, Jacobo le gritó a Yeremías:

—¡Acuérdate de que Waldo haga lo que le he dicho!

—¿Qué tiene que hacer Waldo?

—Nada. Cosas mías.

A la salida del poblado Zaragoza, Kilian vio a muchos de los braceros riendo y bromeando con los zapatos en la mano. Habían cambiado sus viejas y sucias ropas por pantalones largos y camisas limpias y blancas.

—¿Qué hacen ahí? —preguntó a su hermano.

—Esperan al autobús para ir de fiesta a Santa Isabel.

—¿Y por qué llevan los zapatos en la mano? ¿Para no ensuciarlos?

—Más bien para no desgastarlos. Intentan ahorrar todo lo que pueden. —Soltó una risita—. Pero esta noche se gastarán un pellizco del sueldo en alcohol y mujeres. Por cierto, veo que te rascas menos.

—Manuel me preparó la receta de Dámaso y parece que funciona.

—¡Ah! —exclamó Jacobo con ironía—. ¡No hay nada como la experiencia!

Kilian asintió.

—Oye, Jacobo. ¿No te parece que papá debería irse a casa? Cada vez lo veo más cansado. Ni siquiera le ha apetecido acompañarnos esta noche a la cena.

—Tienes razón, pero es muy obstinado. Le he sacado varias veces el tema y dice que él ya sabe lo que tiene que hacer. Y que es normal cansarse a su edad. No quiere ni que lo visite Manuel. No sé…

Aparcaron el coche frente a la puerta de la factoría Ribagorza. Subieron por las escaleras laterales hasta la vivienda y llamaron a la puerta. Como si los hubiera estado vigilando por la ventana, Julia no tardó ni dos segundos en abrir la puerta y los invitó a pasar a una amplia y acogedora estancia que se abría a una terraza y que hacía las veces de comedor y salón, presidida por una gran mesa y sillas de madera frente a un sofá de ratán natural y reposabrazos de madera. Kilian deslizó la mirada por las paredes, decoradas —a excepción de una fotografía de Pasolobino que le arrancó una sonrisa nostálgica— con cuadros de motivos africanos, una lanza de madera de palo rojo de casi dos metros de longitud y una concha de carey. A su derecha, sobre un mueble bajo, había un enorme colmillo de marfil y, distribuidas por diferentes lugares, numerosas figuritas de ébano. La nota más occidental la ponía una radio tocadiscos Grundig que divisó en una mesita junto al sofá, acompañada de varios ejemplares de la revista *Hola* y del *Selecciones del Reader's Digest*.

Julia presentó a Kilian a sus padres, Generosa y Emilio, y ofreció a los hermanos un *contrití*, la infusión típica de la isla, mientras la cocinera y los dos *boys* terminaban de preparar y servir la cena. Entre otros manjares, Generosa había ordenado preparar unas tostadas de caviar iraní y cocinar *fritambo*, un guiso de antílope muy codiciado que Kilian encontraría delicioso.

—Estuve dudando si abrir un bote de adobo que me envió mi madre desde Pasolobino —explicó la madre de Julia, una mujer un tanto rolliza de piel tersa y media melena ondulada que llevaba una falda marrón y un jersey de punto de color ocre—, pero al final me decidí por el plato estrella de mi cocinera. Espero que vengáis otra vez. Entonces os prepararé alguna receta de mi madre.

A Kilian le agradaron Generosa y Emilio. Conversó largamente con ellos porque querían saber muchas cosas de España, así que repitió lo que ya le había contado a Julia esa semana en la factoría. Generosa le recordaba a su madre, aunque era más habladora que Mariana. Conservaba el temple enérgico y valiente de las mujeres de la montaña y además rebosaba salud, algo imprescindible para aguantar tantos años en Fernando Poo. Emilio era un hombre de mediana estatura, pelo escaso y rebelde, bigote corto y ojos despiertos como los de su hija. A Kilian le pareció tranquilo y bonachón, educado y de sonrisa fácil. Emilio le preguntó por su padre, a quien hacía días que no veía, y lamentó que su salud no fuera la de antes.

—¿Sabes? —le dijo—. ¡Suerte tuvimos de tenernos el uno al otro cuando llegamos por primera vez! ¡Qué diferente era todo! Ahora las calles están asfaltadas y alcantarilladas. Tenemos agua, luz en las casas y en las calles, teléfono… ¡Igual que en Pasolobino, muchacho!

Kilian captó la ironía de sus palabras. No podía haber dos mundos más diferentes que su pueblo y Santa Isabel. Probablemente los europeos que llegaban de grandes ciudades no notaban tanto cambio, pero él, acostumbrado al ganado y a pueblos llenos de barro, sí. Empezaba a comprender por qué Emilio y Generosa habían conseguido adaptarse tan bien a las comodidades de un lugar como ese. Incluso le habían podido ofrecer una buena educación a Julia en los colegios de la isla, todo un lujo… Tal vez un día él consiguiera amar ese pedacito de África como lo hacía la familia de Julia, pero, de momento, todavía suspiraba interiormente por detalles tan pequeños como el descubrimiento, en una esquina del comedor, de un sencillo altar con una talla de la Virgen de Guayente —patrona de su valle— y una imagen de la Virgen del Pilar; o como el recuerdo intenso de las celebraciones de su casa que había avivado el sabor del vino rancio de la cubita que Generosa había hecho enviar desde su casa para acompañar las típicas pastas de manteca de Pasolobino…

Una carcajada de Julia lo distrajo de sus pensamientos. Durante la cena, la joven había estado ocupada tratando de atraer la atención de Jacobo con sus bromas y su inteligente conversación. Se había puesto muy guapa para la ocasión, con un sencillo vestido de manga corta de vichy amarillo y marrón de cuerpo ajustado y cuello grande en pico por delante y por detrás, y llevaba el pelo recogido en un discreto moño que realzaba sus rasgos. Kilian lamentó que su hermano no estuviera interesado en Julia porque hacían muy buena pareja, y más esa noche en que también Jacobo se había esmerado en presentar un aspecto impecable con su pantalón de lino y su camisa blanca. Julia y Jacobo eran jóvenes, atractivos y divertidos. Una buena combinación, pensó Kilian, que no podía funcionar si uno de los dos no estaba enamorado. Sintió lástima por la que empezaba a considerar su amiga. Veía la ilusión de sus ojos cuando Jacobo respondía con una sonrisa, incluso con alguna carcajada, a los comentarios de ella.

Uno de los *boys* les indicó que el café se serviría en la mesa del porche que daba al jardín, iluminado con quinqués de petróleo alrededor de los cuales pululaban nubes de mosquitos. Hacía una noche tan clara que hubiera bastado con la luna, que proyectaba su luz sobre el gran mango y el enorme aguacate —Kilian calculó que tendrían entre ocho y diez metros de altura— que reinaban entre los árboles exóticos del jardín. Julia propuso que jugaran al rabino, pero sus padres prefirieron continuar la conversación.

El padre de Julia temía que los vientos de independencia de otros lugares como Kenia y el Congo Belga llegaran hasta Guinea y los negocios de los blancos peligraran. Generosa cortó el debate de manera hábil, pero tajante, cuando comprendió que Kilian no iba a dejar de preguntar. El joven se sintió un poco frustrado porque de buen grado hubiese comentado con ellos lo que había leído en el barco sobre el movimiento Mau Mau. No podía ni imaginarse que ese mundo colonial tan perfectamente organizado que estaba conociendo tuviera alguna fisura. Sin embargo, no quiso ser descortés y se amoldó a la conversación que guiaba la mujer.

Cada cierto tiempo, Jacobo miraba el reloj con gesto de preocupación. Los sábados, a él le pasaba lo mismo que a los braceros: quería sueldo y fiesta. Podía imaginarse dónde y qué estaban haciendo en esos momentos Marcial y Mateo y un gusanillo de urgencia le recorría el estómago.

Por fortuna para él, a los pocos minutos avisó el otro *boy* de que un trabajador de Sampaka, llamado Waldo, pedía permiso para entrar y explicar las razones por las que *massa* Kilian y *massa* Jacobo debían regresar sin demora a la finca.

—Varios calabares estaban celebrando una fiesta en los barracones —Waldo hablaba deprisa y con una agitación que a Kilian le resultó un tanto forzada—, cuando se han enzarzado en una gran pelea, con machetes y todo…

—¡Si es que son unos brutos! —intervino Generosa, santiguándose con gesto de preocupación—. Igual son de la secta esa que se comen unos a otros. ¿No os habéis enterado? En el mercado han dicho algo de que en Río Muni se habían comido al obispo…

—¡Pero qué dices, mamá! —protestó Julia.

Jacobo instó a Waldo para que continuara antes de que alguien más hiciera comentarios que lo alejaran de sus propósitos.

—Hay varios heridos —continuó el muchacho—, y ningún blanco para poner orden, ni siquiera el nuevo doctor…

Jacobo estrechó la mano de Emilio, besó las mejillas de Generosa y Julia, y arrastró a su hermano fuera de la casa mientras este repetía su agradecimiento por tan agradable velada y aceptaba futuras invitaciones. Julia los acompañó hasta la furgoneta, esperó a que cargaran la bicicleta de Waldo en la parte trasera y se despidió de ellos con un brillo de frustración en los ojos.

Jacobo condujo veloz hasta que, pasadas un par de manzanas, detuvo el coche, salió, entregó la bicicleta a Waldo y le puso unos billetes en la mano.

—¡Buen trabajo, chico!

Waldo encendió una linterna portátil y se marchó, contento por la facilidad con la que se había ganado un dinero inesperado.

Jacobo entró en el coche y se giró hacia Kilian con una amplia sonrisa.

—¡Serás bribón! —le recriminó Kilian divertido.

—¡Bienvenido a las noches de Santa Isabel! —dijo su hermano—. ¡Allá vamos, Anita Guau!

Jacobo apretó el acelerador y condujo como un loco hasta su destino deseado mientras Kilian se contagiaba de su alegría.

—¡Pero qué dos *hola-holas* tenemos por aquí! —Nada más acceder a la sala de fiestas, una mujer entrada en carnes y con abundante pecho los saludó estrechándoles afectuosamente la mano—. ¡Cuánto tiempo sin verlo, *massa* Jacobo! ¡Y este debe de ser su hermano! ¡Bienvenido! ¡Pasen y disfruten!

—Veo que todo sigue igual, ¿eh, Anita? —Jacobo le devolvió el saludo mientras recorría el local con la mirada. Divisó a sus amigos y los saludó con la mano—. Mira, Kilian. Ha venido hasta Manuel. A quien no veo es ni a Dick ni a Pao.

—¿A quién?

—A unos amigos que trabajan en Bata, en las maderas. No es raro que algún sábado aparezcan por aquí... Bueno, para empezar, yo me voy a tomar mi whisky favorito. Apréndete este nombre: *Caballo Blanco, etiqueta negra.* Aunque resulte difícil de creer, es más barato que la cerveza. Las ventajas de ser puerto franco...

Se acercaron a la barra y Kilian se fijó en que, efectivamente, la mayoría de las copas solicitadas por los clientes eran bebidas fuertes. Las camareras servían generosas cantidades de whisky con nombres desconocidos para él —serían escoceses o irlandeses— y de brandies familiares como Osborne, Fundador, 501, Veterano o Tres Cepas. En las casas de Pasolobino, pensó con asombro, una de esas botellas duraba casi un año; en el Anita, unos segundos.

Jacobo pidió dos copas de Caballo Blanco y, mientras esperaban, Kilian se entretuvo contemplando la pista de baile descubierta. El club era un enorme patio cerrado dividido en dos partes: a la derecha, un tejado protegía la zona de la barra y de las mesas de las posibles lluvias; a la izquierda, la zona dedicada al baile no tenía techo, de manera que al levantar la vista se veían los edificios de los alrededores. Numerosos chiquillos observaban apostados en las balconadas de las casas circundantes lo que los mayores hacían ahí abajo. Hombres blancos y hombres negros con mujeres negras vestidas como las europeas se movían al ritmo de la música de una pequeña orquesta formada por seis hombres que extraían una música trepidante de tambores de diferentes tamaños, un xilófono, un par de maracas que parecían calabazas y una trompeta, consiguiendo lo que le resultó una mezcla curiosa de percusión africana y familiares ritmos latinos. Kilian se sorprendió balanceando los hombros: más que pegadiza, esa música era contagiosa.

Jacobo le entregó su copa y avanzaron hasta las mesas más lejanas del fondo, donde se juntaron con Manuel y Marcial, que bebían acompañados de dos hermosas mujeres. Entre risas señalaron hacia la pista de baile y vieron a Mateo intentando seguir el ritmo desenfrenado de su pareja, una mujer mucho más voluminosa que él. Marcial se levantó para acercar dos sillas a los hermanos. En aquel rincón, destinado a beber y conversar, las ventanas cubiertas de telas oscuras proporcionaban un ambiente íntimo caldeado por el humo del tabaco y el olor a perfume y sudor.

—Os presento a Oba y a Sade —dijo Marcial—. Acaban de llegar del continente. Estos son Jacobo y Kilian.

Las muchachas ofrecieron la mano a los hombres. Oba, más menuda que su amiga, llevaba un vestido amarillo de falda ancha y cuerpo ajustado con un gran lazo en el pecho y escote en pico, y lucía una media melena a la europea. A Kilian, por su estatura y pose altanera, Sade le pareció una hermosa reina adornada con pulseras de semillas de colores y collares de cuentas de cristal. Un vestido rosa pálido con botones hasta la cintura y cuello y puños de piqué blanco, a juego con las sandalias, realzaba su figura. Además, se había recogido el pelo en diminutos moños cuyas líneas de separación trazaban curiosos dibujos, como pequeños mosaicos, por lo que sus enormes ojos parecían aún más grandes, y sus labios, más carnosos.

—¿Os apetece bailar? —sugirió Oba en perfecto castellano.

Marcial y Jacobo asintieron y los cuatro se fueron a la pista. Manuel fue a por más bebida y de camino se cruzó con Mateo, que regresaba solo a la mesa. Kilian sonrió al apreciar con qué buen ritmo seguía su hermano los insinuantes contoneos de Sade y la desproporcionada diferencia de altura que había entre Oba y Marcial, que bailaba prácticamente agachado.

—¡Estoy derrotado! —Mateo, sudoroso, se sentó a su lado—. ¡Estas mujeres tienen el demonio metido en el cuerpo! Y tú… ¿no bailas? No tienes más que pedírselo a alguna.

—La verdad es que a mí esto de bailar no me va mucho… —confesó Kilian.

—A mí tampoco me gustaba, pero una vez que te dejas llevar por los sonidos pegadizos de los *dundunes, jembes* y *bongós*, es más fácil de lo que parece. —Se rio al ver la expresión de sorpresa de Kilian—. Sí, hasta he conseguido aprenderme el nombre de los tambores. Al principio, todos eran *tamtames*… —Buscó su vaso sin dejar de deslizar la mirada por la sala en busca de una nueva compañera—. Hoy está esto muy animado. Hay muchas chicas nuevas.

Manuel llegó con las bebidas y se incorporó a la conversación.

—¡No os lo vais a creer! En la barra están Gregorio y Regina. ¡Qué poco le ha durado el duelo de la despedida de Dámaso! ¿De qué hablabais?

—De los tambores…, de las chicas… —respondió Kilian—. ¿De dónde son?

—Corisqueñas, nigerianas, fang y ndowé de Río Muni… —listó Mateo—. Un poco de todo.

—¿Y bubis de aquí no?

—¡Bubis no! —dijo Manuel—. Si pierden la virginidad, son castigadas.

—Mira que hay diferencias en un sitio tan pequeño… —comentó Kilian recordando al bracero que había prestado a su mujer—. En fin, así que este es el famoso lugar por el que se soporta toda una semana de trabajo.

—No es el único, pero es el mejor—explicó Mateo siguiendo con el vaso el ritmo de la música. Ni siquiera sentado podía parar—. A veces también vamos al Riakamba, detrás de la catedral. Y también está el Club Fernandino, pero no me gusta nada porque las chicas no son tan abiertas como aquí. —Soltó una risotada y sus ojos se empequeñecieron aún más con multitud de arrugas—. Se comportan como las blancas, todas finas y dignas.

—Es el equivalente al casino de los blancos —matizó Manuel, divertido por la explicación de Mateo—. Acude la élite negra. Allí no está tan bien visto que un blanco baile con una negra. Aquí es diferente. Por unas horas somos todos iguales.

Marcial y Sade regresaron a la mesa sin sus respectivas parejas.

—¿Qué ha pasado con los otros dos? —preguntó Manuel.

—Oba me ha abandonado por uno de su talla —bromeó Marcial haciendo crujir la silla al sentar su voluminoso cuerpo—. Y Jacobo se ha encontrado con una antigua amiga. Kilian, ha dicho que no le esperes y que te vuelvas con nosotros. —Sacudió la cabeza—. ¡No pierde el tiempo este hombre!

Sade se sentó muy cerca de Kilian. Con inocente descaro le pidió un sorbo de su whisky y le dio las gracias apoyando suavemente la mano sobre su muslo. Los otros hombres cruzaron unas miradas divertidas. Kilian se puso nervioso. Sintió un cosquilleo bajo el pantalón y se apresuró a desviar la atención de los demás:

—Hoy me han dicho que en el continente unos nativos se han comido al obispo. Una secta prohibida o algo así. ¿Habéis oído algo vosotros?

Mateo y Marcial sacudieron la cabeza con extrañeza. Sade y Manuel se rieron al unísono.

—¡Qué miedo tenéis los blancos de que os comamos! —dijo ella, con una voz cargada de intención—. Y de que nos quedemos con vuestros poderes…

Kilian frunció el ceño.

—Hay tribus en el continente que cazan y se comen a los gorilas —explicó Manuel—. Llaman *obispo* a una especie de gorila con perilla por su parecido con algún padre misionero de tiempos atrás. Es fácil que la noticia se haya malinterpretado. Por cierto, también se comen a *diplomáticos*…

Sade asintió con la cabeza mientras miraba a Kilian de reojo, quien, sin saber muy bien cómo enmendar su metedura de pata, apuró su copa de un trago. En ese momento, Marcial intervino:

—¡Chicos, chicos! ¡Mirad qué preciosidad acaba de entrar! —Todos se fijaron en una mujer con un vestido lila que caminaba lentamente luciendo su impresionante figura sobre unos tacones altísimos—. ¡Esa sí que es de mi talla!

Salió disparado en dirección a la mujer, pero a los pocos pasos se detuvo. Otro hombre mucho más grande que él se aproximó a ella y le tendió el brazo solícito para guiarla hasta la pista de baile. Marcial se dio la vuelta y regresó a la mesa.

—Mosi *el Egipcio* es mucho Mosi, ¿eh, Marcial? —se compadeció Mateo.

—¡Ya lo creo! Nada que hacer… En fin, echaré otro trago.

Sade se levantó y cogió a Kilian de la mano.

—Vamos a bailar —dijo en un tono que no admitía discusión.

Kilian se dejó arrastrar a la pista de baile. Agradeció que la orquesta interpretara un beguine, parecido a una rumba lenta, para salir airoso de la situación. Sade pegó su cuerpo contra el suyo, mirándolo con sus ojos profundos y susurrándole palabras cariñosas que le producían un efecto embriagador. A Kilian le sorprendió la naturalidad con la que ella se le insinuaba. Sentía una mezcla de curiosidad y deseo diferente a la que había sentido en otras ocasiones. Sus experiencias se limitaban a una casa de señoritas de Barmón, adonde su hermano lo había llevado por primera vez, aprovechando una feria de ganado, para convertirlo en un hombre, y a varios encuentros fugaces con muchachas que trabajaban en casas grandes de Pasolobino y Cerbeán. Recordó las palabras de Jacobo después de su primera —y desastrosa— vez: «Las mujeres son como el whisky: el primer trago cuesta, pero cuando te acostumbras entra solo y aprendes a saborearlo». Con el paso de los años, había logrado reconocer que su hermano llevaba algo de razón. No obstante, a diferencia de Jacobo, él no buscaba el placer con frecuencia. Necesitaba algún tipo de complicidad, o de afinidad, aunque fuera transitoria, con la mujer con la que iba a compartir unos momentos tan íntimos.

En ese instante, Sade sabía perfectamente cómo convencerlo. Realmente parecía que quería disfrutar de él y con él. Kilian comenzó a sentir entre las piernas la fuerza del deseo y ella lo notó.

—Si quieres, podemos ir afuera —le sugirió con voz cariñosa.

Kilian asintió y salieron del club en dirección a la parte trasera. Caminaron agarrados por una tranquila y silenciosa calle de casitas bajas hasta llegar al final, donde se terminaban las edificaciones y comenzaba el manto verde. Sade lo condujo entre frondosos árboles, cuyas sombras perfiladas por la luna ocultaban a otras parejas en la misma situación, hasta un lugar que le pareció adecuado y discreto para que estuvieran cómodos.

Entonces ella volvió a pegar su piel contra la de él y Kilian se dejó hacer. Sade recorrió su cuerpo con manos expertas y guio las del hombre por todos los rincones de sus curvas sin dejar de pronunciar excitantes palabras en su lengua. Cuando vio que estaba preparado, se tumbó sobre el suelo indicándole que hiciera lo mismo y se abrió a él. Kilian ya no pensaba con claridad. Entró en ella con una mezcla embriagadora de deseo y confusión, como si no se creyera que su cuerpo pudiera responder con tanta avidez a los designios de Sade. Sin palabras, se meció sobre ella hasta que no pudo más y explotó. Una sensación de bienestar corrió por sus venas y permaneció tumbado varios minutos hasta que ella le dio unas palmaditas en el hombro para que se levantara.

Se arreglaron la ropa con movimientos torpes. Kilian estaba aturdido. Todavía no se había recuperado de la intensidad del encuentro. Sade le sonrió comprensiva, lo cogió de la mano y lo acompañó de nuevo al interior del local. En la barra se separó de él.

—Me gustaría verte otra vez —le dijo, adornando sus palabras con un coqueto guiño.

Kilian hizo un gesto ambiguo con la cabeza, se apoyó en la barra y pidió un trago. Poco a poco su respiración se fue normalizando. Necesitaba unos minutos antes de regresar con sus amigos y actuar como si nada hubiera sucedido. Quizá ellos hablasen de esos temas con toda naturalidad, pero él no. No quería ser objeto de sus bromas ni tener que dar explicaciones. A su cabeza regresaron fragmentos de todas las conversaciones y situaciones de los últimos días en las que habían estado presentes las mujeres. Que él supiera, Marcial, Mateo, Jacobo, Gregorio, Dámaso, incluso Manuel, bueno, igual Manuel no tanto…, entendían el disfrute en la isla en los términos que él acababa de experimentar. Y, en unos minutos, él se había convertido en uno de ellos. ¡Tan pronto! ¡Tan fácil! La cabeza le daba vueltas. ¿Volvería a ver a Sade? ¿Se convertiría ella en su *amiga* fija? ¡Si apenas habían cruzado dos palabras! No sabía ni cómo era, ni qué esperaba de la vida, ni si tenía hermanos, padres… Todo había ido tan rápido… ¿Qué esperaría ella de él? Le había dicho que le gustaría verlo otra vez… ¿Le acabaría pasando un dinero todos los meses cuando cobrara su sueldo a cambio de la exclusividad de sus favores? ¿Así era como funcionaban las cosas? Un leve cargo de conciencia se apoderó de él. Lo mejor sería no volver al Anita Guau en un tiempo prudencial. Sí. El tiempo decidiría por dónde y cómo irían las cosas.

Se atusó el pelo varias veces, tomó varios tragos del vaso y lo mantuvo en su mano durante el trayecto hasta la mesa del fondo en una pose de absoluta normalidad.

—¿Dónde está Sade? —preguntó Mateo con la curiosidad bailando en sus ojos.

Kilian se encogió de hombros y miró hacia la pista de baile.

—A mí también me ha dejado por otro.

—Pobre muchacho —dijo Marcial chasqueando la lengua y agitando una de sus enormes manos en el aire—. Otra vez será.

Manuel estudió su expresión y dedujo que Kilian no decía la verdad. Pensó que tal vez Kilian y él se asemejasen más de lo que a simple vista parecía. Él deseaba fervientemente encontrar a la mujer de su vida, una tarea difícil en medio de aquel paraíso de tentación.

—Creo que yo me vuelvo a Sampaka —dijo, poniéndose de pie—. Si quieres, puedes volver conmigo, Kilian.

Este asintió. Los otros decidieron quedarse un rato más.

El trayecto a Sampaka transcurrió en silencio. Una vez tumbado en su cama, a Kilian le costó mucho rato conciliar el sueño. Los gemidos que provenían de la habitación de su hermano se mezclaban con sus propias imágenes de Sade. Había pasado un buen rato con ella, sí. Un buen rato. Ya estaba. Eso era todo. No tenía por qué darle tantas vueltas al asunto.

A la mañana siguiente, Jacobo entró bostezando en el comedor para tomar el desayuno. Vio a Kilian, solo, concentrado frente a su café y le dijo:

—Buenos días, hermanito. ¿Qué? Nada que ver con las chavalas de Pasolobino y Barmón, ¿verdad?

—No —admitió Kilian sin intención de entrar en detalles—. Nada que ver.

Jacobo se agachó y le susurró al oído:

—Anoche te invité yo. Regalo de bienvenida. No hace falta que me des las gracias. Si quieres repetir, eso es asunto tuyo.

Se sirvió un café, bostezó sonoramente y añadió:

—¿Vienes conmigo a misa de once? Es una suerte que aquí no sea en latín…

V

PALABRA CONCLÚ

ASUNTO TERMINADO

Pocos días después, el gerente envió a Kilian y a Gregorio a buscar unas pesadas piezas a la factoría de los padres de Julia. Lorenzo Garuz había sabido por Antón que las relaciones entre ambos hombres eran más bien tensas y pensó que un largo rato a solas fuera de la plantación podría irles bien. Conocía a Gregorio desde hacía años y no le parecía un hombre peligroso, tal vez un poco violento, pero sabía cómo hacerse obedecer. Llevaba a cabo una buena labor para los intereses de la finca: era un excelente tamiz para cribar a los empleados que realmente valían la pena. Después de una temporada en sus manos, los jóvenes, o abandonaban la colonia, o se convertían en unos magníficos trabajadores, como esperaba que sucediera en el caso de Kilian.

Kilian no abrió la boca en todo el trayecto a la ciudad y no solo porque no tuviera nada de que hablar con su compañero, sino porque este le había hecho conducir. Toda su atención estaba concentrada en realizar una perfecta actuación al volante del gran camión de cabina redondeada y caja de madera. No pensaba darle ningún motivo para que se metiera una vez más con él. El robusto Studebaker del 49 avanzó primero por el camino y luego por la carretera con toda la suavidad de la que el joven conductor fue capaz.

Cuando entraron en la factoría los recibió una radiante Julia. Kilian no podía saber sus razones, pero la joven llevaba feliz unos días. La cena en su casa había salido mejor de lo que esperaba. No era fácil conseguir que Jacobo le prestara atención más de cinco minutos seguidos porque siempre acudía a comprar con prisa o permanecía semanas enteras sin salir de la finca. Ella daba vueltas por los lugares más frecuentados de Santa Isabel, asistía a misa de doce los domingos en la catedral y se tomaba un aperitivo en el Chiringuito de la plaza de España deseando, frente al mar, toparse por casualidad con él, lo que nunca sucedía. Por eso, las más de dos horas seguidas que había podido disfrutar de Jacobo mientras su hermano entretenía a sus padres le habían sabido a gloria. Al ver a Kilian junto con otro hombre en la puerta de la factoría, el corazón le había dado un vuelco. Por unos segundos se había emocionado con la idea de que pudiera ser Jacobo. Pero no, hubiera sido demasiada suerte. Reconoció a Gregorio y saludó a ambos con amabilidad.

Kilian se alegró de ver nuevamente a Julia, aunque en el fondo se sentía un tanto avergonzado por la manera en que se habían despedido de ella y de su familia el sábado.

—El pedido está en la parte de atrás —dijo Julia—. Sería más práctico llevar el camión allí. Mi padre está terminando de comprobar que no falte nada.

—Pues ya sabes, Kilian —dijo Gregorio—. Tú eres el chófer hoy.

Julia observó que Kilian salía con gesto de irritación, supuso que por el tono autoritario de Gregorio. Apenas conocía al hombre, así que el trato entre ambos fue meramente comercial: Gregorio le entregaba muestras de tornillos y ella los buscaba diligentemente en las cajas correspondientes.

—¿Al final se solucionó el problema del sábado por la noche en la finca? —preguntó Julia de manera casual.

Gregorio no entendía a qué se refería y puso cara de extrañeza:

—¿El sábado por la noche?

—Sí. Me dijeron que hubo una gran pelea en Sampaka, con muchos heridos...

—¿Y quién te dijo eso?

—Un *boy* vino a buscar a Jacobo y a Kilian porque no había nadie para poner orden.

Gregorio arqueó una ceja. No estaba seguro del grado de relación entre la chica y los hermanos, pero la ocasión se le presentaba en bandeja para averiguarlo.

—El sábado por la noche no pasó nada en la finca.

Observó que Julia parpadeaba perpleja.

—Pero...

—Es más. Vi a Jacobo y a Kilian en el Anita Guau. A eso de las once... —Esperó a ver qué efecto producían en Julia sus palabras. Al percibir que ella se sonrojaba continuó—: Todos los jóvenes de Sampaka estaban allí. Muy bien acompañados, por cierto.

Julia apretó los dientes y su barbilla comenzó a temblar de rabia. De pronto, lo comprendió todo, y las ilusiones de las horas anteriores se desvanecieron por completo. Jacobo la había engañado. A ella y a sus padres...

Había repasado una y mil veces las palabras de sus diálogos y estaba convencida de haber superado con éxito la prueba de compatibilidad. Compartían tanto una infancia común en Pasolobino como una misma experiencia en África. Era absolutamente imposible que él no tuviera tan claro como ella la cantidad de cosas en las que estaban de acuerdo; de otro modo, él hubiera buscado cualquier excusa para integrarse en la conversación de los demás. ¡Y no lo había hecho! Había disfrutado y se había reído de manera espontánea con ella. En algún momento le había aguantado la mirada. Más aún: había tardado largos y deliciosos minutos en apartar sus maravillosos ojos verdes de los de ella... ¡Y sus manos se habían rozado al menos en tres ocasiones!

Una profunda decepción se adueñó de ella.

Gregorio volvió al ataque de manera astuta. Con voz suave, como si fuera un padre pensativo describiendo las chiquilladas de sus hijos, consiguió dejar en mal lugar a los dos hermanos ante los ojos de la joven mientras hacía ver que analizaba con interés los objetos que estaban sobre el mostrador:

—Kilian no lo sé, pero Jacobo está hecho un *mininguero* de mucho cuidado... Supongo que no tardará en adiestrar a su hermano. —Chasqueó la lengua—. No hacen caso los jóvenes. Demasiado alcohol y demasiadas mujeres acaban por pasar factura. En fin —levantó la vista y sonrió por el éxito de sus comentarios. Julia estaba al borde del llanto—, es lo que tiene este lugar. No son ni los primeros ni los últimos.

Julia aprovechó que entraba Kilian, seguido de Emilio, para darse la vuelta y morderse el labio inferior con fuerza para evitar que las lágrimas rodaran por sus mejillas.

—¡Gregorio! —saludó Emilio, tendiéndole la mano—. ¡Cuánto tiempo sin verte! ¿Cómo van las cosas? ¿Es que no sales del bosque?

—Poco, Emilio, poco. —Estrechó la mano del hombre afectuosamente—. Siempre hay algo que hacer... Solo salgo de la finca los sábados, ya sabes...

Julia se giró bruscamente. No quería que su padre se enterara de la descortesía de los hermanos y Gregorio parecía estar disfrutando de la situación.

—Papá —intervino con voz aparentemente serena—, no encuentro pernos de este tamaño. —Le entregó uno—. ¿Puedes mirar en el almacén, por favor?

—Sí, claro.

Kilian advirtió el cambio en la joven. Ni siquiera lo miraba y las manos le temblaban. Miró a Gregorio y se preguntó qué podía haber pasado.

—Espero no haberte molestado... —susurró Gregorio frunciendo el ceño falsamente preocupado.

—¿A mí? —lo interrumpió ella, orgullosa—. ¿Por qué habrías de molestarme? ¿Te crees que las blancas no sabemos en qué malgastáis vuestro tiempo? —Lanzó una mirada dura a Kilian—. ¡No somos idiotas!

—¡Eh! ¿Qué está pasando aquí? —preguntó Kilian, seguro ya de que Gregorio la había molestado—. ¿Julia?

—Me parece que he metido la pata —confesó Gregorio frunciendo los labios con teatral consternación—. Le he dicho dónde estuvimos el sábado por la noche... Todos. No sabes cuánto lo siento.

Kilian apretó los puños y de no ser porque Emilio entraba en ese momento, de buena gana le hubiera estampado un puñetazo. Miró a Julia y se sintió como un gusano bajo su mirada dolida. Julia apartó la vista y se alejó hacia el almacén.

Los hombres conversaron unos minutos y se despidieron. Después de que Gregorio saliera de la factoría con una pequeña sonrisa de triunfo en los labios, Emilio fue en busca de Julia y le preguntó:

—¿Te encuentras bien, hija? Tienes mala cara.

—Estoy bien, papá.

Julia esbozó una sonrisa, aunque por dentro estaba rabiosa. No sabía muy bien cómo, pero Jacobo se enteraría de que ella había descubierto su mentira. Había llegado el momento de cambiar de estrategia con él. Suspiró con decisión y se propuso armarse de paciencia hasta que llegase el momento oportuno.

Afuera, Kilian dio rienda suelta a su enfado.

—¿Te has quedado a gusto, Gregorio? —le recriminó en voz alta—. ¿Qué ganas tú con todo esto?

—¡A mí no me grites! Vaya, vaya... —Chasqueó la lengua varias veces de manera irritante—. ¿No sabes que antes se pilla a un mentiroso que a un cojo?

—¡Te mereces una buena tunda!

Gregorio se cuadró frente a él con los brazos en jarras. Kilian le sacaba media cabeza, pero juraría que no tenía su fuerza física.

—Adelante, venga. —Se remangó las mangas de la camisa—. Veamos si tienes agallas.

Kilian respiraba con agitación.

—¿Te lo pongo más fácil? ¿Quieres que empiece yo? —Empujó al joven con ambas manos. Kilian dio un paso atrás—. ¡Vamos! —Volvió a empujarlo—. ¡Demuéstrame el valor de los hombres de la montaña!

Kilian agarró las muñecas de Gregorio con todas sus fuerzas y las mantuvo inmovilizadas, con los músculos en tensión, hasta que percibió en los ojos oscuros del otro un débil destello de sorpresa. Entonces se apartó con un gesto de asco. Caminó hacia el camión, trepó a la cabina y puso el motor en marcha.

Esperó a que Gregorio subiera y condujo a toda velocidad y con total seguridad.

Como si no hubiera hecho otra cosa en toda su vida.

Pocas semanas después llegó marzo, el mes más cálido del año, antesala de la época de lluvias. En las plantaciones, los árboles del cacao, con su tronco liso y sus grandes hojas perennes y aovadas que crecían de forma alterna, lucían sus pequeñas flores amarillas, rosáceas y encarnadas. Kilian se maravillaba de que las flores crecieran directamente del tronco y de las ramas más antiguas. El calor y la humedad de los siguientes meses harían que de esas flores surgieran las bayas o piñas de cacao. En los árboles frutales de Pasolobino, si no llegaba una inesperada y tardía helada, cosa bastante frecuente, los cientos de brotes se transformaban en decenas de frutos. Jacobo le había dicho que, en los cacaotales, los miles de flores que nacían en cada árbol solo producirían unas veinte bayas.

Los días se sucedían sin grandes novedades. El trabajo era rutinario y monótono. Todos sabían qué actividades realizar: reparar viviendas, preparar los cultivos, y poner a punto los secaderos y almacenes de cara a la siguiente cosecha, que comenzaría en agosto.

También Kilian parecía estar más tranquilo o, por lo menos, no ocurría nada que alterara el ritmo diario de trabajo y las jornadas festivas. Hasta Gregorio actuaba de una manera más natural, incluso más prudente, desde la discusión en la factoría, que no había contado a nadie, ni siquiera a su hermano. Gregorio seguía sin darle muchas explicaciones sobre cuestiones laborales, pero tampoco se metía con él. Aun así, Kilian estaba alerta porque seguía sin confiar en él.

Aunque había vuelto al Anita Guau un par de veces más, no había requerido las atenciones de Sade, algo que a ella tampoco parecía molestarle porque tenía trabajo complaciendo a sus numerosos admiradores. Manuel y Kilian habían descubierto que ambos disfrutaban más de las películas del cine Marfil o de una buena conversación en cualquier terraza frente al mar, con la música de fondo del aletear de los enormes murciélagos que se descolgaban al anochecer de las palmeras, que mostrando sus pocas habilidades en el baile.

Una mañana, mientras Antón y José enseñaban a Kilian las funciones de las diferentes partes de los secaderos en el patio principal, Manuel se les acercó y les mostró una tarjeta.

—Mira, Kilian. Mis antiguos compañeros del hospital de Santa Isabel me acaban de enviar varias invitaciones para una fiesta formal en el casino este sábado. Espero que me acompañes. Se lo diré también a los otros.

—¡Una fiesta en el casino! —dijo Antón—. No te la puedes perder. Irá lo mejor de la isla, hijo. Los empleados de las fincas no suelen tener acceso.

—Por mí, encantado. —A Kilian le brillaron los ojos de excitación—. Pero ¿qué se pone uno para ir a un lugar como ese? No sé si tengo ropa adecuada.

—Con una americana y una corbata es suficiente —explicó Manuel—. En la tarjeta dice que no es necesario ir de etiqueta, así que nos ahorraremos el alquiler del esmoquin.

—Yo te prestaré la corbata si no has traído —se ofreció Antón.

Manuel se despidió hasta la hora de la comida y los otros continuaron el recorrido por los secaderos, unos edificios sin paredes laterales cuyos techos cubrían unas enormes planchas de pizarra sobre las que se tostarían los granos de cacao. Kilian aprovechó que José se acercaba a hablar con unos trabajadores para abordar a Antón con un tema que tenía pendiente.

—Papá, déjeme que le diga algo —empezó, con voz seria.

Antón tenía una ligera idea de lo que Kilian quería decirle.

—¿Y bien?

—Jacobo y yo creemos que debería regresar a España. Aunque usted lo niegue, nosotros sabemos que no tiene la energía de antes. ¿Por qué no va y que lo visite el médico de Zaragoza? —Antón no lo interrumpía, así que continuó con todos los argumentos que se había preparado—. Si es por el dinero, ya sabe que con lo que ganamos mi hermano y yo es más que suficiente para cubrir todos los gastos y aún sobra… Además, ¿cuánto hace que no ve a mamá?

Antón esbozó una débil sonrisa. Giró la cabeza y llamó a José.

—¿Sabes qué me dice Kilian? ¡Lo mismo que tú y Jacobo! ¿Acaso os habéis puesto de acuerdo?

José abrió los ojos en un gesto de inocente culpabilidad.

—Antón —hacía tiempo que su amigo no permitía que emplease la palabra *massa* para dirigirse a él en privado—, no sé de qué me está hablando.

—Lo sabes perfectamente, granuja. Por lo visto, te quieres librar de mí… Los tres queréis que me vaya.

—Es por su bien —insistió Kilian.

—Sus hijos tienen razón —intervino José—. El trabajo aquí es duro. No sé cómo llevará una nueva cosecha. Seguro que los médicos de allá le recetan algo para ponerse mejor.

—Los médicos, José, cuanto más lejos, mejor. Te curan por un lado y te estropean por otro. —Kilian abrió la boca para protestar, pero Antón hizo un gesto con la mano—. Espera, hijo. Ayer hablé con Garuz y después de la cosecha, en otoño, iré a casa a pasar las navidades. No os lo quería decir hasta saberlo seguro. Luego regresaré aquí de nuevo y, según me encuentre, trabajaré en la oficina.

A Kilian le parecía más lógico que su padre se despidiese definitivamente de la colonia, pero no quiso insistir. Quizá una vez en España cambiase de idea. A un hombre acostumbrado al trabajo físico le resultaría extraño ocupar un puesto de *massa clak*, que era como los trabajadores llamaban a los *clerks* o empleados de oficina, aunque en muchas ocasiones llamaban así a todos los blancos de la finca porque sabían leer y escribir. En fin, su padre era un hombre obstinado y reservado, así que haría lo que quisiera por mucho que los demás le insistiesen.

—Me deja usted más tranquilo —accedió Kilian—. Pero aún queda mucho para el otoño.

—Cuando los secaderos funcionen a todo gas, el tiempo pasará tan rápido que en cuatro días estaremos todos escuchando villancicos, ¿eh, José?

—¡Ya lo creo!

—¡La de toneladas que habremos embarcado tú y yo en estos años!

Los ojos de su amigo se iluminaron. A Kilian le encantaba escuchar a Antón y a José recordar viejos tiempos que se remontaban al comienzo del siglo. Le costaba imaginar una Santa Isabel pequeñita con casas de bambú y madera de *calabó* construidas a imitación de las chozas de los poblados; o las calles de firme tierra roja en lugar de asfalto; o los nativos aristócratas de entonces tomando el té de las cinco en recuerdo de su educación inglesa, o acudiendo a oír misa católica por la mañana y misa protestante por la tarde como ejemplo de tolerancia. José se reía a mandíbula batiente haciendo que las ventanillas de su ancha nariz aleteasen sobre sus labios morados cuando recordaba imágenes de su infancia en las que hombres de la edad de su padre sudaban dentro de sus levitas y elevaban levemente sus altas chisteras para saludar a las damas elegantemente vestidas y tocadas con sombreros parisinos.

—¿Sabía usted, *massa* Kilian, que cuando yo nací no había ni una sola mujer blanca en Santa Isabel?

—¡Cómo puede ser!

—Había algunas en Basilé con sus maridos colonos. Llevaban una vida bien dura. Pero en la ciudad no había ninguna.

—¿Y los días que llegaba el barco de la Trasmediterránea a Fernando Poo? —intervino Antón—. Eso pasaba cada tres meses, hijo. ¡Cerraban hasta las factorías! Todo el mundo acudía al puerto para tener noticias de España...

—¿Y sabía usted, *massa* Kilian, que cuando yo era niño los blancos tenían que regresar a España cada dos años para poder resistir los males del trópico? Si no lo hacían, morían en poco tiempo. Raro era el hombre que aguantaba muchos años. Ahora es diferente.

—Sí, José —dijo Antón con un suspiro—. Cuántas hemos visto tú y yo, ¿eh? Y eso que no somos tan viejos. ¡Pero vaya cómo han cambiado los tiempos desde que vine aquí con Mariana!

—¡Y lo que cambiarán, Antón! —añadió José, sacudiendo la cabeza con una mezcla de melancolía, certeza y resignación—. ¡Lo que cambiarán!

El sábado, Kilian se puso un traje claro —que Simón se había encargado de planchar— y corbata, se peinó el pelo hacia atrás con gomina y se miró al espejo. Casi no se reconoció. ¡Parecía un verdadero galán de cine! En Pasolobino no tenía ocasiones para arreglarse así. Como mucho, había lucido el mismo traje oscuro tanto para los días de la fiesta mayor como para la boda de alguna prima.

A las siete en punto, Mateo, Jacobo, Marcial, Kilian y Manuel, vestidos de igual manera, partieron en dirección a la fiesta.

Por el camino, Kilian le tomó el pelo a su hermano:

—Yo creía que el sábado era sagrado. ¿Te vas a quedar sin tu dosis de Anita Guau?

—Hay que estar abierto a todo —respondió Jacobo—. No todos los días se tiene la oportunidad de ir al casino. Además, si no hay ambiente, nos largamos y solucionado. De todas formas, con lo *ñanga-ñanga* que vamos, hoy tendremos éxito en cualquier sitio.

Los demás corearon el comentario con risas, a las que se sumó Kilian cuando supo que la graciosa expresión *ñanga-ñanga* equivalía a *elegante*.

El casino estaba situado en Punta Cristina, a unos treinta metros sobre el nivel del mar. Atravesaron la pequeña puerta de entrada y vieron que el recinto consistía en un conjunto de edificios alrededor de una pista de tenis y una piscina con dos trampolines rodeada de baldosas cuadradas, negras y blancas. Desde la larga balaustrada de los arcos de la terraza, sobre los que se inclinaba una única palmera recortada contra el horizonte, se divisaba toda la bahía de Santa Isabel repleta de barcos y cayucos anclados.

De todo el grupo, solo Manuel había estado con anterioridad en el casino, de modo que los guio directamente al lugar de donde provenía la música. Entraron en un edificio con ventanas de láminas de madera, cruzaron por un gran salón en el que grupos de personas conversaban animadamente y accedieron a una terraza exterior circundada por un muro blanco sobre el que pequeñas lámparas emitían una suave luz. En medio de la terraza había una glorieta de baile rodeada de mesas de mármol blanco. En esos momentos, la glorieta estaba vacía. Hombres y mujeres, blancos y negros, todos muy elegantes, se saludaban con muestras de afecto. Sobre el escenario, una orquesta con el nombre *The New Blue Star* escrito en los atriles de las partituras, y que a Kilian le pareció bastante completa comparada con las que había visto hasta entonces, interpretaba una música agradable que no dificultaba las conversaciones.

—Después de la cena tocarán música de baile —explicó Manuel a su lado mientras levantaba la mano para devolver el saludo a unas personas—. Me temo que hoy va a ser una noche intensa. Hay amigos a los que no he visto hace mucho tiempo.

—No te preocupes por nosotros —dijo Jacobo cogiendo una copa de la bandeja que les presentó un camarero—. De momento, buscaremos una mesa en un sitio estratégico y esperaremos a que vengan a saludarnos.

Sus amigos captaron la ironía. En realidad Mateo, Marcial, Kilian y Jacobo se sentían un poco cohibidos porque no estaban acostumbrados a frecuentar lugares como el casino, adonde acudía lo más selecto de la sociedad de la ciudad. Sabían que, a pesar de su impecable apariencia, más de alguno los catalogaría como lo que eran, unos *finqueros* poco sofisticados para codearse con según qué gente.

Jacobo les indicó que lo siguieran hasta una mesa cerca de la puerta de acceso al salón desde la que podían observar tanto el ambiente del interior del edificio como el de la pista de baile. Al poco, Kilian y Jacobo escucharon unas voces familiares y Emilio y Generosa, acompañados de dos matrimonios más y seguidos de tres muchachas, pasaron al lado de su mesa.

—¡Julia! ¡Mira quién hay aquí! —Emilio se alegró al ver a los hermanos. Se giró hacia las jóvenes—. Jacobo y Kilian con unos amigos… ¡Podéis hacer grupo!

Se hicieron las oportunas presentaciones, intercambiaron frases de cortesía, y Generosa y los otros matrimonios continuaron su camino. Julia y sus amigas se sentaron y los hermanos permanecieron de pie con Emilio. De reojo, Kilian se percató de que Julia estaba un poco tensa y dejaba la conversación en manos de sus simpáticas amigas, Ascensión y Mercedes, que tardaron poco en preguntar a Marcial y a Mateo por su vida diaria en la finca y por sus pasados en España. A su vez, ellas les contaron qué hacían en Santa Isabel y la suerte que tenían de poder disfrutar de las instalaciones deportivas del casino a todas horas.

Emilio, muy paternal y animado por las copas, aún se entretuvo un rato:

—Así que esta es la primera vez que venís al centro de la clase alta europea. ¿Y a dónde vais de fiesta normalmente? —Sacudió una mano en el aire y bajó la voz—. No me lo digáis, que me lo puedo imaginar. Yo también fui joven… —Les guiñó un ojo—. En fin, como podréis comprobar, aquí nos mezclamos todos, blancos y negros, españoles y extranjeros, siempre y cuando nos una un denominador común: tener dinero.

Jacobo y Kilian cruzaron una rápida y elocuente mirada: si ese era el criterio para pertenecer al club, desde luego, ellos no lo cumplían.

Emilio señaló una por una a varias personas mientras listaba sus profesiones: comerciante, banquero, funcionario, terrateniente, agente de aduana, importador de vehículos, otro comerciante, abogado, médico, empresario colonial, jefe de la Guardia Colonial…

—Ese es el dueño de una empresa de maquinaria de obras y coches. Tiene la representación de Caterpillar, Vauxhall y Studebaker. Los padres de las amigas de Julia trabajan para él. Y ese de ahí es el secretario del gobernador general de Fernando Poo y Río Muni. El gobernador no ha podido venir hoy. Una lástima. Os lo hubiera presentado.

Kilian jamás había visto a tanta gente importante junta. Si alguno de ellos se le hubiera acercado, no habría sabido cómo comenzar —y mucho menos continuar— una conversación medianamente inteligente. Seguro que esas personas hablaban de temas elevados relacionados con el gobierno de la colonia y con la economía mundial. Buscó con la mirada a Jacobo, quien parecía escuchar a Emilio con atención, aunque sus ojos recorrían el lugar en busca de algún rincón más divertido al que emigrar. Por fortuna, alguien a lo lejos hacía gestos con la mano.

—Muchachos —dijo Emilio—, creo que mi esposa me reclama. ¡Pasadlo bien!

Los hermanos se unieron al grupo, donde Ascensión y Mercedes brillaban con su ingenio compartido, aunque físicamente eran muy diferentes. Ascensión tenía el pelo muy rubio, casi blanco, la nariz respingona y los ojos azules heredados de su abuela alemana. Llevaba un vestido añil de talle bajo con un ancho cinturón y escote redondo. Mercedes, enfundada en un vestido de crespón de seda verde con el cuerpo ajustado y falda de mucho vuelo, tenía el cabello oscuro recogido en un moño muy alto que le daba un aire sofisticado y resaltaba aún más sus marcadas facciones, entre las que destacaba una nariz prominente.

Varios camareros comenzaron a acercarse a las mesas con bandejas rebosantes de deliciosos canapés. Durante un buen rato comieron, fumaron, bebieron y charlaron. Kilian agradeció la presencia de Mateo, Marcial y las dos amigas de Julia porque esta ni se dignaba mirarlos. Permanecía en silencio, con la cabeza bien erguida, escuchando con falso interés los comentarios de los demás. Kilian pensó que estaba preciosa, con su vestido de cristal de seda de lunares blancos sobre un fondo azul claro. Un fino collar de perlas adornaba su piel sobre el escote redondo. Para que la imagen fuera perfecta, solo faltaba la fresca sonrisa que solía iluminar su rostro. Era imposible que Jacobo no se diera cuenta de la frialdad de la muchacha, si bien era cierto que Kilian no le había contado la indiscreción de Gregorio por no remover el asunto.

Serían cerca de las diez cuando Julia comenzó a mirar su reloj de manera insistente.

—¿Esperas a alguien? —preguntó por fin Jacobo.

—En realidad, sí —respondió ella con voz dura—. Supongo que tu *boy* no tardará en llegar para rescatarte de esta aburrida fiesta.

Jacobo se quedó de piedra y Kilian, avergonzado, agachó la cabeza. Julia los observaba con expresión de triunfo y los demás, cogidos por sorpresa, esperaron expectantes alguna reacción.

—¿Cómo te has enterado? —La voz de Jacobo expresaba más enfado que arrepentimiento.

—Y eso qué más da. La cuestión es que lo sé todo. —Se irguió todavía más en la silla—. ¿Quieres que te diga dónde estabas ese día a las once de la noche?

—Eso no es asunto tuyo. Que yo sepa, no eres mi novia para controlarme.

Jacobo se levantó y se fue. Los demás permanecieron en silencio. Kilian no sabía dónde meterse. Miró a Julia. A la joven le temblaba la barbilla en un intento de mantener el orgullo y no echarse a llorar después de las hirientes palabras de su hermano. La orquesta eligió ese momento para comenzar a tocar un pasodoble que fue recibido con una gran ovación por los asistentes. Kilian se levantó y cogió a Julia de la mano.

—Ven, vamos a bailar.

Ella accedió, agradecida de que Kilian la sacara de esa situación tan embarazosa. Caminaron en silencio hasta la glorieta, él le rodeó la cintura con el brazo y comenzaron a moverse al ritmo de la música.

—Te advierto que soy un pésimo bailarín. Espero que me perdones. Por los pisotones… Y por lo del otro día. Lo siento de veras.

Julia levantó la vista hacia él. En sus ojos aún brillaban las lágrimas. Asintió con la cabeza.

—Está claro que me he equivocado de hermano… —intentó esbozar una sonrisa.

—Jacobo es una buena persona, Julia. Es que…

—Ya, no quiere comprometerse. Al menos no conmigo.

—Igual es pronto… —Kilian no quería darle falsas esperanzas ni hacerla sufrir—. Tal vez en otras circunstancias…

—¡Oh, vamos, Kilian! ¡Que no tengo quince años! —protestó ella—. Y esto es África. ¿Te crees que no sé cómo se divierte Jacobo? Lo que más rabia me da es que los hombres como él se piensan que las blancas somos unas pobres ignorantes. ¿Qué le da una *mininga* que no le pueda dar yo? ¿Qué pensaría si le ofreciera mi cuerpo como lo hacen ellas?

—¡Julia! ¡No digas eso! No es lo mismo… No te compares con

ellas. —A Kilian la pieza musical ya se le estaba haciendo eterna—. Ahora estás enfadada, y con razón, pero...

—¡No puedo con esta doble moral, Kilian! —le interrumpió la joven—. Todos hacéis la vista gorda con el comportamiento relajado de las amigas negras, y las blancas tenemos que esperar hasta que os canséis de ellas para que acudáis a nosotras en busca de una buena y fiel esposa. ¿Qué pasaría si fuera al revés? ¿Si yo me juntara con un negro? ¿Os parecería bien?

—Julia, yo... —Kilian tragó saliva—. Todo esto es nuevo para mí. Es un asunto difícil...

—No has respondido a mi pregunta.

Kilian titubeó. No estaba acostumbrado a hablar de esos temas con una mujer. Se sentía un poco escandalizado y Julia podía ser realmente insistente.

—Con los hombres es diferente... Y no creo que esta sea una conversación apropiada...

—Sí, ya... Para una mujer —concluyó ella, irritada.

Para alivio de Kilian, justo entonces terminó el pasodoble y la orquesta continuó con un swing.

—Demasiado complicado... —dijo Kilian, forzando una sonrisa.

Salieron de la glorieta y se cruzaron con Mateo, Ascensión, Marcial y Mercedes, que se habían animado a bailar. Caminaron en silencio hasta la mesa, donde encontraron a Manuel tomándose una copa.

—Aquí estoy —le dijo a Kilian—, descansando un rato. No he parado de hablar desde que hemos llegado.

—Manuel, te presento a Julia, la hija de unos amigos de mis padres.

Manuel se levantó y, muy cortés, saludó a la muchacha. Se fijó en como la cinta azul de su cabello castaño enmarcaba una bonita cara de ojos expresivos.

—Manuel es el médico de la finca —explicó Kilian—. Antes trabajaba en el hospital de Santa Isabel.

—¿No nos hemos visto antes? —preguntó ella, escrutando sus facciones, su pelo rubio oscuro y sus ojos claros tras las gruesas gafas de pasta—. Seguro que has estado más veces en el casino.

—Sí. Muchas tardes solía venir a nadar. Y los domingos a jugar a las cartas o a tomar algo con compañeros de trabajo.

—Yo vengo todos los domingos y alguna que otra tarde. ¡Qué raro que no hayamos coincidido hasta hoy!

—Bueno, desde que estoy en Sampaka no salgo tanto…

—Con vuestro permiso iré a buscar algo de beber. —Kilian quiso aprovechar que los jóvenes continuaban hablando para dar una vuelta por el salón.

Se alegró de poder estar un rato a solas después del mal trago pasado con Julia. Dentro, el sonido de las voces había aumentado de volumen. Saludó a Generosa y a Emilio y continuó hasta la zona del billar, donde distinguió a Jacobo envuelto en una nube de humo. Jacobo lo miró, pero no hizo ningún gesto para que se acercase. Cuando llegó a su lado, dijo sin mirarle:

—¡Ah! Estás aquí. —Kilian pensó que todavía le duraba el enfado por la reacción de Julia—. Estos son mis amigos, Dick y Pao. Han venido desde Bata. Nos conocimos en mi primer viaje.

Kilian les estrechó la mano y pronto supo que Dick era un inglés que había trabajado años en Duala y que, desde hacía poco, trabajaba con Pao en la industria de la madera de la parte continental. De vez en cuando, aprovechaban su amistad con el piloto del Dragon Rapide para realizar el trayecto de una hora de Bata a Santa Isabel. Dick era un hombre alto y fuerte, de piel muy clara enrojecida por el sol, y con una mirada extraña emitida por los ojos más azules que Kilian había visto en su vida. A su lado, el portugués Pao parecía un huesudo mulato de nariz afilada y largas extremidades. Los tres habían bebido más de la cuenta y, entre risas y bromas, se empeñaron en contarle a Kilian la última vez que habían coincidido con Jacobo.

—Fue en una cacería de elefantes en Camerún —comenzó a explicar su hermano con los ojos brillantes—. ¡La experiencia más impactante que he tenido en toda mi vida! Salimos un montón de hombres armados de escopetas. Seguíamos al guía por la senda de ramas rotas que uno de esos animales había abierto en la selva. Un ruido similar al de un terremoto nos indicó que el elefante caminaba cerca, por delante de nosotros, y que no muy lejos había más...

—¡Estabas muerto de miedo! —intervino Dick en un buen castellano, aunque con fuerte acento—. Tu cara estaba pálida como la cera...

—¡Es que yo pensaba que esperaría escondido en algún lugar seguro y elevado para ver al animal! Pero no, ahí estaba, bien cerca. El guía, un experto cazador, claro, le disparó a un oído y el elefante se volvió loco. Echamos a correr en dirección contraria...

—Porque sabíamos que al ser tan grande le costaría darse la vuelta —continuó Pao con un acento cantarín plagado de palabras terminadas en *u*—. Pero ese día no lo hizo. Chorreando sangre por la oreja, continuó hacia delante y nosotros seguimos detrás...

A medida que pasaban los minutos, a Kilian le desagradaban más Dick y Pao. Había algo en ellos que le producía una sensación de desconfianza y rechazo. Dick no miraba a los ojos de sus interlocutores y Pao soltaba risitas fastidiosas cada poco.

—Por fin, el animal empezó a estar cansado y a aflojar el paso. Entonces aprovechamos para dispararle varias veces y... —Jacobo levantó las palmas de sus manos—. ¡El elefante se marchó! ¡Desapareció de nuestra vista! ¡La cacería había terminado y ahí estaba yo, todo frustrado porque no lo había visto caer!

—A esos bichos les cuesta morir. —Dick inhaló el humo de su cigarrillo y lo retuvo unos segundos en los pulmones antes de expulsarlo.

—¡A este, un par de días! —intervino Pao—. Cuando volvimos con el guía y localizamos su cuerpo, aún estaba caliente.

—Lo descuartizaron con habilidad entre varios hombres... ¡Y no dejaron más que los huesos! —Jacobo había adoptado el tono exultante y embriagado de los otros dos—. ¡Los colmillos eran tan altos como esa puerta!

A Kilian la narración de la cacería le había resultado terrible. Él estaba acostumbrado a cazar sarrios o rebecos en las montañas de los Pirineos, pero no se podía ni imaginar una escena como la que acababan de describir. Desde siempre, a los animales se les evitaba el sufrimiento con un tiro certero. No conocía a ningún hombre de su entorno que disfrutase con el tormento continuo y prolongado de un animal. Solo se le ocurrió decir:

—Suena realmente peligroso.

—¡Ya lo creo! —Dick le miró con sus ojos azules, fríos e inexpresivos. Kilian se encendió un cigarrillo para eludir la mirada—. Yo estuve en una cacería en la que el elefante cogió a uno de los negros con la trompa, lo levantó en el aire, lo arrojó contra el suelo y lo aplastó hasta convertirlo en un amasijo de carne y huesos…

—¡No lo hubiera reconocido ni su madre! —se rio Pao de manera insulsa, mostrando unos dientes irregulares—. ¡Menos mal que no fuimos ninguno de nosotros!

Kilian ya había escuchado suficiente. ¡Menuda nochecita llevaba! Entre el incidente con Julia, la atrevida conversación con ella, la sensación de estar rodeado de personas de un nivel al que él nunca tendría acceso, y la cruel cacería contada por esos idiotas, su primera noche en el famoso casino probablemente sería la última. La bebida se le estaba subiendo a la cabeza, y para colmo, la corbata le molestaba de tal manera que no podía evitar tirar continuamente del nudo para aflojarlo.

—¿Qué te pasa ahora? —le preguntó Jacobo en voz baja.

—Al final resultará que donde mejor me encuentro es en el bosque… —murmuró Kilian, encendiéndose otro cigarrillo con la colilla del anterior.

—¿Cómo dices?

—Nada, nada. ¿Te vas a quedar más rato?

—Oh, nosotros nos vamos a otro sitio más animado. —Jacobo dudó si invitar a su hermano a acompañarlos, pero finalmente dijo—: Puedes regresar a la finca con los demás.

—Sí, claro.

«Si a ellos tampoco les molesto», pensó.

Jacobo, Dick y Pao se marcharon y Kilian se entretuvo unos minutos viendo a unos jóvenes jugar al billar.

Unas voces llamaron su atención. Se giró y a pocos pasos reconoció a Emilio, todo acalorado, discutiendo con un fornido hombre negro, enfundado en un elegante traje de color tostado. Generosa tiraba del brazo de su marido, pero este no le hacía caso. Las voces subían de tono y las personas que los rodeaban comenzaron a guardar silencio. Kilian se acercó para ver qué pasaba.

—¿Cómo puedes decirme tú eso, precisamente tú, Gustavo? —casi gritaba Emilio—. ¡He sido amigo de tu padre desde hace muchos años! ¿Acaso os he tratado mal alguna vez? ¡Me atrevería a decir que he vivido más años en la isla que tú!

—No lo quieres entender, Emilio —se defendía el otro. Unas gotas de sudor perlaban su ancha frente fruncida en arrugas de enfado y se deslizaban por las sienes bajo unas grandes gafas de cristales cuadrados—. Hablo de todos los blancos. Ya nos habéis explotado mucho. Antes o después tendréis que marcharos.

—Sí, claro, eso es lo que queréis la mitad de los que estáis aquí esta noche. Que nos marchemos nosotros para quedaros vosotros con todo… ¡También con mi negocio! ¡Pues eso no lo verán tus ojos, Gustavo!

Golpeó con un dedo el pecho del hombre

—Me he dejado la piel en esta tierra para que mi familia tenga una vida mejor. ¡No consentiré que ni tú ni nadie me amenace!

Generosa, completamente abochornada, no sabía qué hacer. Suplicaba a su marido que se marcharan de allí. Kilian percibió alivio en su cara al ver a Julia dirigirse hacia ellos acompañada de Manuel.

—¡Nadie te está amenazando, Emilio! Pensaba que eras más razonable. ¿Alguna vez te has puesto en nuestro lugar? —Al tal Gustavo le aleteaban las amplias ventanillas de la nariz por culpa de la agitación.

—¿En vuestro lugar? —bramó Emilio—. ¡A mí nadie me ha regalado nada!

—¡Ya está bien, papá! —Julia lo cogió del brazo y lanzó una dura mirada a los dos hombres—. ¡Por menos de esto han sancionado a otros! ¿Se puede saber qué os pasa? Papá, Gustavo… ¿Vais a permitir que la dichosa política acabe con vuestra amistad? Pues estáis perdiendo el tiempo, porque aquí las cosas van a seguir igual por mucho años.

Los dos hombres se miraron en silencio, pero ninguno se disculpó. Emilio accedió finalmente a seguir a Generosa hacia la salida. Poco a poco, todos los presentes reanudaron sus conversaciones, en las que, a buen seguro, el tema principal sería la disputa de la que habían sido testigos. Manuel y Kilian los acompañaron a la puerta.

—¿Estás bien, Julia? —preguntó Manuel al ver que la joven estaba acalorada y respiraba agitadamente.

—Bien, gracias, Manuel. —Estrechó su mano con afecto—. He pasado un rato muy agradable contigo. En realidad, el único rato bueno de la noche. —De reojo, vio que Kilian torcía el gesto y se apresuró a añadir—: El baile contigo tampoco ha estado mal. Bueno, será mejor que nos marchemos ya. ¡Qué vergüenza, Dios mío! ¡No podré volver al casino en semanas!

—Lo siento, hija —dijo Emilio en tono apesadumbrado—. No lo he podido evitar. Generosa, me he calentado…

—Tranquilo, Emilio —lo consoló su mujer, ajustándose con gestos nerviosos los finos guantes de encaje—. Me temo que a partir de ahora nos tendremos que ir acostumbrando a las pretensiones de estos desagradecidos. Porque eso es lo que son: unos desagradecidos.

—Vale ya, mamá. —Julia miró a Kilian y a Manuel—. Ya nos veremos.

—Eso espero —deseó Manuel en voz alta—. Y que sea pronto. Buenas noches, Julia.

Manuel y Kilian permanecieron unos segundos en la puerta del casino hasta que los perdieron de vista.

—Una mujer encantadora —dijo Manuel mientras se limpiaba las gafas con el pañuelo.

Kilian sonrió ampliamente por primera vez en mucho rato.

Pocos días después, Julia recibió de manos de un *boy* de Sampaka una nota escrita por Jacobo:

«Lamento de veras mi comportamiento. Espero me disculpes. No volverá a suceder».

Ese par de líneas rondaron por su cabeza varios días en los que no dejó de imaginar los ojos verdes y brillantes, el cabello negro y el musculoso cuerpo del hombre del que creía estar enamorada. A fuerza de repetirse las palabras de la nota, se forjó en su mente la idea de que esa tregua podría significar *algo*; de que tal vez su desplante en el casino le había hecho reaccionar y darse cuenta de que ambos podían compartir un futuro juntos.

Resistió dos semanas, pero a la tercera ya no pudo más. Necesitaba verlo y escuchar su voz. Pensó en diferentes opciones para coincidir con él, pero las fue rechazando una a una: otra cena en su casa avivaría las sospechas de su madre de que sentía algo especial por el mayor de los hermanos; no estaba segura de que Jacobo aceptase una invitación para ir ellos dos solos al cine o a tomar algo y no quería arriesgarse a una negativa; y recurrir a otro encuentro en el casino con más amigos no le parecía buena idea después del enfado de su padre, que probablemente aún estaría dando que hablar a los más chismosos. Eso era lo peor de Santa Isabel: en una ciudad tan pequeña, las pocas noticias que rompían la monotonía tardaban semanas en caer en el olvido.

Julia tuvo una súbita y descabellada idea. En un primer momento la desestimó, pero a los pocos minutos lo tenía claro: iría a verlo a la finca una noche después de cenar. Había estado un par de veces con su padre y recordaba la casa principal perfectamente. Se inventaría cualquier excusa y se colaría en su habitación, donde podrían hablar a solas y tal vez… Se mordió el labio inferior presa de una gran excitación. Si alguien la pillaba accediendo a la galería de los dormitorios, siempre podía decir que llevaba un recado de Emilio a Antón. ¡Nadie dudaría de semejante coartada!

Poco a poco fue puliendo los detalles y eligió el jueves como el día perfecto para llevar a cabo su plan. Los jueves sus padres jugaban a las cartas con unos vecinos, era el día que ella usaba el coche para ir al cine, y no había ninguna razón por la que Jacobo no fuera a estar en Sampaka.

El jueves después de cenar, Julia se arregló como de costumbre para no levantar sospechas, aunque se entretuvo en conseguir un maquillaje perfecto. En cuanto se sentó ante el volante del Vauxhall Cresta rojo y crema de su padre, se desabrochó dos botones de la parte superior del vestido rosa con pequeñas flores y manga hasta el codo que finalmente había elegido y cambió el discreto color de los labios por un tono más intenso. El corazón le latía a tal velocidad que lo podía escuchar a pesar del ruido del motor.

En pocos minutos dejó atrás las luces de la ciudad y la oscuridad se adueñó del camino. Los faros apenas iluminaban unos metros por delante del coche. Un escalofrío de miedo recorrió su cuerpo. Podía imaginarse la cantidad de vida que surcaba las venas del bosque por la noche. Mientras unos animales dormían, otros aprovechaban la ausencia de luz para llevar a cabo sus fechorías. Cuando atravesó el poblado de Zaragoza, las débiles llamas de los fuegos de algunas de las frágiles casas proyectaban sombras a través de las ventanas sin cristales. Por un momento, Julia deseó haber elegido una noche de luna llena para que esta iluminase como un potente proyector. Por el rabillo del ojo veía las palmeras de la entrada a Sampaka aparecer y desaparecer como fantasmas a medida que el coche avanzaba. Cuando un hombre de pelo blanco que portaba un pequeño farol levantó su mano para obligarla a parar, el corazón le dio un vuelco. El hombre se acercó a la ventanilla y mostró un gesto de extrañeza al distinguir a una mujer blanca, sola, al volante:

—Buenas noches, *mis* —saludó Yeremías—. ¿Puedo ayudarla en algo?

—Traigo un recado para *massa* Antón. —Había practicado tanto la frase que le salió con toda naturalidad—. ¿Está siempre esto tan oscuro?

—Hemos tenido un problema con la electricidad. No sé cuánto tardarán en arreglarlo. —Yeremías hizo un gesto indicando un lugar—. Tendrá que aparcar un poco antes de la casa. Los nigerianos han llenado el patio principal para...

—De acuerdo —lo interrumpió ella con prisa, pensando que el hombre se iba a extender con explicaciones innecesarias—. Muchas gracias.

Julia hizo avanzar el vehículo unos metros y sin saber cómo, este empezó a ser rodeado por una masa de hombres que hacían bailar machetes en las manos. Algunos sujetaban con una mano un quinqué de petróleo a la altura de la cabeza, haciendo que las enormes bolas blancas de sus ojos destacasen tenebrosamente sobre la piel oscura de sus rostros al inclinarse para observar a la inesperada conductora. Julia calculó que si dejaba el coche allí, apenas tendría que caminar unos cincuenta metros para llegar a la escalera de la casa colonial, aunque para ello tendría que atravesar parte de aquella masa humana. Otra opción sería quedarse en el coche, o ponerse a tocar el claxon como una loca, dar la vuelta y salir de allí. Respiró hondo y dedicó unos segundos a analizar la situación. Se estaba poniendo histérica y la actitud de los hombres, en realidad, no parecía violenta. La miraban un momento y luego continuaban su camino. Decidió armarse de valor y salir del coche. Con las piernas temblorosas, comenzó a caminar con paso ligero acompañada por frases y comentarios que no llegó a comprender, pero cuyo significado podía intuir por el tono en que eran pronunciados. Decenas de torsos desnudos y brazos musculosos la rodeaban por todas partes, un sudor frío le cubrió el cuerpo y la vista se le nubló. Cuando llegó al borde de la escalinata y chocó contra los brazos de alguien que pretendía sujetarla, estaba al borde del desmayo.

—¡Julia! ¡Por todos los santos! ¿Qué estás haciendo aquí a estas horas?

Ella jamás pensó que el sonido de una voz pudiera resultar tan reconfortante. Levantó la vista hacia el hombre:

—Tampoco es tan tarde, Manuel. Vengo a traer un recado a Antón de parte de mi padre.

—¿Y no podías enviar a uno de los *boys*?

—No estaban en casa —mintió ella notando que se sonrojaba—, así que de camino al cine he entrado un momento.

—¡Pues vaya rodeo has dado para ir al cine!

Estando al lado de Manuel, Julia se atrevió a mirar a los hombres que continuaban agrupándose a sus espaldas.

—¿Me puedes explicar qué ocurre aquí?

—Los braceros han decidido organizar una cacería masiva de ratas de bosque a golpe de machete en las tierras de los tres patios.

—¿De *grompis*? ¿A oscuras?

—Así cogerán más. Si no las exterminan ahora, se reproducirán demasiado y dañarán los frutos de la nueva cosecha. Después montarán fiestas en los patios para comérselas.

—¿Y vosotros participáis?

—Yo no, aunque confieso que estoy intrigado porque no he asistido a ninguna. Los demás empleados y los capataces darán alguna vuelta para que no haya problemas.

Julia no sabía si romper a reír o a llorar. De todos los contratiempos que podían haber surgido para entorpecer su encuentro con Jacobo, en ningún momento se le podía haber pasado por la imaginación que unos roedores desbaratarían sus planes.

—¿Te gustaría echar un vistazo? —preguntó Manuel—. La selva por la noche está llena de misterios.

Antes de que Julia pudiera responder, la voz de Jacobo, que descendía por la escalera junto con Kilian, Mateo, Marcial y Gregorio, los interrumpió.

—¿Qué haces tú por aquí?

Julia se mordió el labio con fuerza mientras discurría otra mentira con la que salir airosa del lío en el que se había metido. Se sujetó al brazo de Manuel y con el calor de toda una noche tropical pegado a sus mejillas respondió:

—Manuel me ha invitado a asistir a la cacería y he aceptado encantada.

Manuel la miró con extrañeza, pero algo en sus ojos le hizo comprender que era mejor no preguntar nada. Se hicieron a un lado para que los empleados blancos accedieran al patio principal y esperaron a que los grupos se distribuyeran por zonas y se alejaran. Manuel le pidió que lo acompañara a uno de los almacenes para hacerse con un quinqué y propuso quedarse al final de la brigada que se situaría en los cacaotales más próximos a la finca. No se veía nada. Solo se escuchaban susurros y algún golpe seco de vez en cuando. Aparte del nerviosismo de sentirse rodeada de vegetación por todas partes, y de la inquietante sensación de que bajo sus pies corrían millones de insectos, la cacería no tenía nada de emocionante.

—Tengo la impresión de que alguien nos observa —susurró Julia, frotándose los brazos.

—Eso pasa siempre en la selva. Si te parece, podemos tomarnos un café en el comedor y esperar a que regresen con sus trofeos.

Julia aceptó encantada. Durante un buen rato conversaron sobre muchas cosas, enlazando un tema con otro como si se conocieran desde hacía años.

El sonido de unos tambores los llevó de regreso a la realidad de la finca.

Delante de los barracones de los braceros las mujeres habían encendido varias hogueras donde ya se asaban algunas de las ratas de bosque descabezadas por los machetes. A Kilian la cacería se le había hecho larga en la oscuridad de los cacaotales. Agradeció el calor del fuego porque el fresco de las noches indicaba la cercanía de la época húmeda. Un trabajador se aproximó a los empleados blancos para ofrecerles una botella de *malamba* y Simón corrió a buscar vasos. Regresó acompañado de Antón, Santiago y José, quienes, aunque no habían participado en la cacería, sí querían apuntarse a la fiesta. Solo faltaba el gerente. Garuz solía reunirse con su familia en su casa de Santa Isabel al término de la jornada laboral. No se quedaba por la noche en la finca a no ser que se celebrase algo muy especial.

—¡Esto es fuerte como un demonio! —Mateo resopló y agitó una mano en el aire al sentir el aguardiente de caña de azúcar quemarle la garganta—. No sé cómo lo pueden resistir.

—¡Pero si ya tendrías que estar acostumbrado! —bromeó Marcial, vaciando su vaso de un trago y pidiendo a Simón que lo volviera a rellenar.

Kilian probó un sorbo de su *malamba* y los ojos se le llenaron de lágrimas y empezó a toser.

—¡Cuidado, hombre! —Marcial, a su lado, le golpeó la espalda con su manaza—. Al principio hay que ir poco a poco. Este sulfato no va al estómago. ¡Pasa directamente a la sangre!

—Me parece que todos tendremos dolor de cabeza mañana por la mañana —advirtió Antón sonriendo mientras se humedecía los labios con el licor.

Kilian, ya recuperado, aunque con las mejillas ardiendo, se alegró de que su padre se hubiera animado a compartir con ellos la velada. Cerró los ojos, volvió a probar el líquido con cuidado y sintió un agradable calor que le recorría los músculos. Cuando abrió los ojos vio que Julia y Manuel se acercaban caminando.

Julia dio un respingo cuando distinguió a Antón e hizo el gesto de darse la vuelta, pero Manuel la cogió del brazo y le murmuró unas palabras:

—Tranquila. Tu secreto está a salvo conmigo.

Si alguna vez Manuel dedujo la razón por la que Julia había ido esa noche a Sampaka, nunca se lo dijo.

Julia asintió, agradecida y excitada por la oportunidad de participar en una fiesta africana.

—¿Todavía estás aquí? —preguntó Jacobo, sorprendido, cuando ella se acercó a saludar a Antón.

—¡Julia! —Antón también estaba sorprendido—. ¡Cuánto tiempo sin verte! ¿Cómo están Generosa y Emilio?

—Muy bien, gracias. Mi padre echa de menos las veladas con usted.

—Diles que algún día pasaré. ¿Y cómo es que estás aquí a estas horas?

Manuel acudió en su ayuda:

—Le prometí que la invitaría a una cacería de *grompis* y ha venido.

Jacobo frunció el ceño.

—La cacería hace rato que terminó. Pensaba que ya te habrías ido.

—¿Y perderme este espectáculo? —le respondió ella con coquetería.

—No sé si es un lugar apropiado… —comenzó Jacobo mirando a Manuel y a Antón.

—¿Para una mujer blanca? —terminó la frase ella con una sonrisa maliciosa—. Vamos, Jacobo. No me seas antiguo.

Antón miró a su hijo mayor y se encogió de hombros. El súbito recuerdo de una Mariana curiosa que había insistido hasta la saciedad para que le permitiera ver uno de esos bailes le dibujó una pequeña sonrisa. De aquello hacía casi treinta años. ¡Toda una vida! Suspiró, bebió un poco más de *malamba,* se sentó en una silla que José le había traído amablemente y decidió dejarse llevar esa noche por las imágenes del pasado que los sonidos repetitivos de los tambores a buen seguro le evocarían.

Kilian se sentó en el suelo cerca de Manuel y de Julia y unos metros más allá lo fueron haciendo los demás empleados. Para él, esa también iba a ser la primera fiesta típicamente africana, así que podía entender la curiosidad que sentía la joven por la novedad. Se había sorprendido por la reacción de Jacobo. De repente, su hermano se había preocupado por lo que pudiera sentir Julia y no dejaba de observarla con el ceño fruncido. ¿Sería posible que sintiera celos? No le pareció nada mal que ella le diera a probar una pequeña dosis de su propia medicina, aunque a Jacobo las penas se le pasaban rápido. Aceptó un nuevo vaso de bebida que le ofreció Simón y una deliciosa sensación de bienestar envolvió sus sentidos. Se concentró en el espectáculo y decidió dejarse llevar, al igual que Julia, por la magia de la noche que surgía de las llamas del fuego.

Muchas de las mujeres se habían adornado el cuello, la cintura y los tobillos con collares. Su único atuendo eran unas faldas deshilachadas que se abrían con los movimientos con los que acompañaban la música repetitiva, vibrante y contagiosa de los cueros de los tambores. Los nervios de los brazos trazaban caminos sobre los músculos sudorosos de los músicos.

El ritmo de la música se aceleró y las bailarinas comenzaron a contorsionarse y retorcerse moviendo cada centímetro de su piel y de su cuerpo a un ritmo frenético. Sus pechos oscilaban de manera enloquecedora ante la mirada orgullosa de sus hombres. Julia hubiera deseado quitarse el vestido y dejarse contagiar por la energía de esos cuerpos nacidos para gozar y bailar. Manuel la miraba por el rabillo del ojo, hechizado por el brillo de curiosidad de los ojos de la joven, que parecían absorber la escena y metérsela directamente en la sangre de sus venas.

Los imposibles movimientos continuaron durante un buen rato. A las mujeres se unieron varios hombres en un baile endiabladamente salvaje y erótico. Kilian reconoció a Ekon, a Mosi y a Nelson. Sonrió para sus adentros. Si hubiera estado Umaru, el grupo de sus *conocidos* estaría completo. Los cuerpos brillaban y gotas de sudor se deslizaban por los miembros en tensión. Cuando el pecho de Kilian —y seguramente el de los demás blancos— estuvo a punto de estallar suplicando el retorno del aliento contenido, el ritmo se volvió más lento y varios chiquillos aprovecharon para practicar unos pasos hasta que la música cesó. Entonces se repartieron trozos de carne y más bebida entre los gritos y los cantos de los nigerianos y el silencio de los españoles, todavía eufóricos y sobrecogidos por la pasión de la danza ancestral.

Para Julia, la magia se rompió en cuanto miró el reloj.

—¡Cielo santo! Es tardísimo. ¡Mis padres...! —dijo en un susurro.

—Si quieres —Manuel se inclinó hacia ella y le habló al oído—, cojo otro coche, te acompaño a casa y decimos que nos hemos encontrado en el cine y nos hemos ido luego a tomar algo.

—¿Harías eso?

—Lo haré encantado. Pero no les diremos qué película hemos visto —añadió con un guiño de complicidad.

Julia y Manuel se despidieron de los otros y se fueron mientras Jacobo los seguía con la mirada.

—Adiós, Julia —dijo Gregorio en voz alta cuando ya estaban lejos—. Recuerdos a Emilio.

Ella se giró y al ver de quién provenía la frase solo hizo un gesto vago.

—No sabía que conocieras a Julia —dijo Jacobo.

—Oh, sí. De hecho, la vi en su tienda hace unas semanas. Me preguntó no sé qué de unos incidentes en la finca. La saqué de su error. ¿No te lo ha contado tu hermanito?

Jacobo miró a Kilian, que hizo un gesto resignado de asentimiento con la cabeza, y supo entonces quién se había ido de la lengua.

—Gregorio, eres un verdadero imbécil —escupió en voz alta y clara. Se levantó como impulsado por un resorte y se plantó frente a él—. ¡Levántate! ¡Te voy a partir la cara!

Antón y los demás se acercaron rápidamente. Gregorio ya estaba de pie dispuesto a enfrentarse a Jacobo. Muchos braceros los observaban en silencio con un brillo divertido en la mirada. Era muy infrecuente que dos blancos se peleasen.

—Tú no vas a hacer nada, Jacobo —dijo Antón con firmeza, cogiéndole del brazo—. Estamos todos cansados y hemos bebido demasiado. Por la mañana se ven las cosas de otra manera.

Jacobo se soltó y, protestando, se alejó acompañado de Mateo y Marcial en busca de más bebida. Gregorio volvió a sentarse buscando con la mirada alguna mujer con la que terminar la noche.

Kilian decidió retirarse con los mayores. Las piernas le parecían de goma por culpa de la bebida y tuvo que hacer verdaderos esfuerzos para que su padre no notara lo ebrio que se sentía.

La sensación de calor y tranquilidad seguía acompañándolo cuando entró en su dormitorio. Todavía no había luz eléctrica, y caminó torpemente hacia la ventana con intención de abrir las láminas de madera para que la oscuridad no fuera tan absoluta. Tropezó con un objeto blando y a punto estuvo de caerse. De pronto, escuchó un susurro parecido a un silbido. Se dio la vuelta y toda la sangre se le agolpó en la cabeza mientras los músculos se le paralizaban de terror. Frente a él divisó, erguida con insolencia, con la cabeza triangular del tamaño de un coco, una serpiente de más de un metro de longitud que lo observaba amenazante.

Kilian quiso moverse, pero no pudo. Era como si su cerebro solo pudiera asimilar las funciones de sus ojos, hechizados con las cortas ondulaciones del diabólico animal. Tenía el hocico apuntado y dos largos y agudos cuernos separados por otros más pequeños entre las fosas nasales. Sobre su cabeza destacaba una gran mancha negra en forma de punta de flecha, a juego con los negros rombos unidos de dos en dos por dibujos amarillos que formaban un fascinante mosaico sobre su dorso.

Quiso gritar y no pudo. La serpiente avanzaba hacia él hinchando todavía más el cuerpo y aumentando la intensidad y la duración del silbido. Proyectaba la cabeza hacia delante enseñándole unos largos dientes, ganchudos y acanalados, llenos de un veneno mortal. Los ojos de Kilian localizaron el machete a su derecha, sobre una silla. Solo tenía que estirar el brazo y hacerse con él, pero el brazo le pesaba como una viga de madera. Cientos de golpes de martillo le golpeaban las sienes y un gran vacío había convertido su cuerpo en un tronco hueco. Sintió que el sudor le cubría la piel.

Tenía que hacer algo, vencer esa pesadez con la que lo había paralizado el miedo.

Concentró todos sus esfuerzos en los músculos de la garganta y emitió un grito vibrante, como un rugido, que fue subiendo de volumen cuando su mano agarró el machete y lo volteó en el aire con furia para segar la cabeza de la serpiente. Continuó gritando mientras la machacaba y la convertía en un amasijo de carne con una violencia que no podía controlar. La visión de la sangre provocó que la suya, mezclada aún con el aguardiente, comenzara a circular por las venas enviando mensajes de desorbitada euforia a sus sentidos. Pinchó la cabeza con el machete y salió del dormitorio con una rabia desconocida en él.

En la galería se tropezó con Simón, quien corría hacia el dormitorio alertado por los gritos. Lo agarró con la mano libre y lo zarandeó.

—¡Esto no ha llegado a mi habitación por su cuenta! —aulló—. ¡Tú eres el encargado de mis cosas! ¿Quién te ha pagado para que lo hicieras, eh? ¿Quién?

Simón no reconocía al hombre que le atenazaba el brazo con una mano de hierro.

—¡Yo no he sido, *massa*! —se defendió con voz suplicante—. ¡He estado todo el tiempo con usted abajo!

Dos puertas se abrieron y Antón y Santiago se asomaron. Rápidamente liberaron a Simón entre palabras que Kilian no escuchaba porque su mente estaba concentrada recorriendo con la mirada al grupo que aún permanecía junto a las hogueras. En su cabeza se sucedían discontinuas imágenes de cuerpos desnudos moviéndose al ritmo del sonido de los tambores, risas inconexas y sonrisas torcidas, sangre y más sangre, un elefante desplomándose en su agonía, ratas sin cabeza, serpientes resbaladizas, golpes de machetes, Mosi, Ekon, Nelson...

Concentró su mirada en Simón.

—¿Has visto a alguien merodeando por aquí?

—No, *massa...*, bueno, sí, *massa.* —El muchacho se mordió el labio inferior con fuerza.

—¿En qué quedamos? —gritó Kilian con impaciencia, indicando con un gesto a Antón y a Santiago que no intervinieran.

—Cuando he venido a por los vasos, he visto que Umaru bajaba las escaleras.

«Umaru...»

—¡Limpia la habitación! —le ordenó—. ¡Ya!

Kilian voló sobre los peldaños, cruzó el patio a grandes zancadas y mostró la cabeza ensartada en el machete a los que seguían junto a las brasas del fuego. Las luces de los quinqués de petróleo proyectaron una grotesca sombra sobre el suelo. Jacobo, Marcial y Mateo se levantaron de un salto, sobresaltados por el aspecto ensangrentado y descontrolado de Kilian.

—Que no se mueva de aquí —señaló con un gesto a Gregorio—. ¡Y tú, Nelson! ¿Dónde está Umaru?

—No lo sé, *massa.* —El capataz mostró las claras palmas de las manos—. Hace rato que no lo veo.

—¡Búscalo y tráelo! ¿Me oyes? *Tell him make him come!* ¡Tráelo, maldita sea! ¡Y trae también tu vara!

Se hizo un silencio sepulcral. Las mujeres cogieron a los niños y se retiraron sigilosamente. Jacobo y los demás intercambiaron miradas de extrañeza. Antón, Santiago y José llegaron hasta ellos.

Al poco, apareció Nelson sujetando del brazo a Umaru. Lo situó ante Kilian.

—¿Quién te ha ordenado que pusieras esto —le acercó la cabeza de la serpiente a la cara— en mi habitación? ¿Eh? ¿Quién te ha pagado?

A Umaru comenzaron a castañetearle los dientes. Adoptó una actitud de sumisión absoluta y repitió varias veces las mismas palabras, que Nelson tradujo:

—Dice que él no sabe nada, que ha estado todo el rato bailando en la fiesta.

Kilian se le acercó e inclinó la cabeza para mirarlo a los ojos.

—Eso es mentira. —Mordió las palabras—. Te han visto por el pasillo de las habitaciones.

Tiró el machete al suelo y extendió la mano hacia Nelson.

—Dame la vara. —Nelson titubeó—. ¡He dicho que me des la vara! Umaru... *If you no tell me true, I go bit you!*

Antón dio un paso para intervenir, pero Jacobo lo detuvo.

—No, papá. Deje que lo resuelva él.

Kilian sintió la delgadez de la vara entre sus manos. Le dolían las sienes, el pecho, los dientes... ¡Odiaba ese lugar! ¡Estaba harto del calor, de los bichos, de las órdenes, de los cacaotales, de Gregorio! ¡Dios, si pudiera regresar a Pasolobino! Apenas podía respirar. Umaru seguía sin decir nada. Decenas de ojos esperaban su reacción. Levantó la mano y descargó un golpe contra los brazos de Umaru. Este chilló de dolor e hizo ademán de marcharse.

—¡Sujétalo, Nelson!

Levantó la vara y volvió a preguntar:

—¿Quién te ha pagado, Umaru?

Umaru movió la cabeza de un lado a otro.

—*I know no, massa! I know no!*

Kilian lo rodeó y descargó la vara de nuevo contra la espalda del muchacho, una vez, dos veces, tres, cuatro... Los golpes abrieron finos surcos sobre su carne y la sangre comenzó a salpicar el suelo. Kilian estaba fuera de sí. Ya no oía ni las súplicas ni los lloros de Umaru, que, de rodillas, le imploraba que se detuviera.

Iba a golpearlo otra vez cuando una mano le sujetó el brazo y una voz tranquila le dijo:

—Es suficiente, *massa* Kilian. El chico ha dicho que se lo contará todo.

Kilian miró al hombre que le hablaba. Era José. Se sintió desconcertado. Un gran vacío lo convirtió de nuevo en un hombre hueco. Fue incapaz de aguantar su mirada. Umaru permanecía arrodillado y entre hipidos y gimoteos explicó que había descubierto el nido de la *bitis* en los cacaotales, cerca del límite con el bosque; que había llamado a *massa* Gregor para que la matase; y que este le había ordenado que fuera a buscar una caja, donde la había guardado hasta la noche. La ausencia de luz había favorecido la ocasión para colarse en su habitación.

—¿Y tu miedo a las serpientes? —preguntó Kilian con repentina apatía—. ¿Cuánto te ha pagado *massa* Gregor para superarlo?

No esperó la respuesta. Se acercó al propietario de la idea, que, impávido, había observado toda la escena con los brazos cruzados sobre su pecho. Cuando tuvo a Kilian frente a frente, sus labios trazaron una pequeña sonrisa y ladeó la cabeza.

—Enhorabuena —dijo Gregorio con desdén—. Ya casi eres como yo. Te irá bien en la isla.

Kilian sostuvo la mirada de rata de Gregorio durante unos segundos que a todos les parecieron horas. Sin previo aviso, y ante el asombro de sus compañeros, le asestó un puñetazo en el estómago tan fuerte que el otro cayó al suelo.

—Se acabó la cuestión. —Arrojó la vara al suelo con rabia—. *Palabra conclú.*

Y se marchó envuelto en el más absoluto silencio.

Cuando entró en la habitación, Simón había limpiado todo y había dejado un quinqué encendido. No quedaba ni rastro de los despojos de la serpiente. Kilian se sentó en la cama y ocultó la cara entre las manos con los ojos cerrados. Todavía sentía la respiración agitada. Los últimos minutos de su vida desfilaban nítidos y mudos sobre el telón de su oscuridad interior. Veía a un hombre blanco golpeando brutalmente a un hombre negro. Veía como se abría la carne y salía la sangre. Veía a decenas de hombres mudos, impertérritos, mientras los golpes del hombre blanco continuaban. ¡Ese hombre era él! ¡Se había dejado dominar por la ira y había golpeado con saña a Umaru! ¿Cómo podía haber sucedido? ¿Qué demonio se había apoderado de su espíritu?

Sintió asco de sí mismo.

La cabeza le daba vueltas. A duras penas se puso de pie. Se acercó al lavabo y se apoyó en él. Una náusea le recorrió las entrañas y vomitó hasta que no le quedó ni bilis. Levantó la cabeza y vio su cara reflejada en el espejo colgado sobre el lavabo.

No se reconoció.

Sus verdes ojos, hundidos en dos cuencas oscuras que resaltaban sobre la palidez de sus angulosos pómulos salpicados de gotas de sangre, parecían más grises que nunca, y tenía el ceño fruncido en diminutas y profundas arrugas.

—Yo no soy como él —se dijo—. ¡No soy como él!

Los hombros le empezaron a temblar y profundos sollozos le nacieron en las entrañas buscando una salida. Kilian no quiso controlarlos y lloró.

Lloró amargamente hasta que no le quedaron lágrimas.

A la mañana siguiente, el gerente lo mandó llamar a primera hora. En su despacho, Kilian se encontró con Gregorio, Antón y José.

—Iré directo al grano —dijo Garuz en un tono que ponía de manifiesto su malhumor—. Sé todo lo que sucedió anoche, así que os ahorraré el interrogatorio—. Es evidente que ya no podéis continuar juntos. —Se dirigió a Gregorio—. Enviaré a Marcial contigo a *Obsay*. Es el único que sabe mantenerte a raya y a él no le importa.

Le habló a Kilian, que tenía que hacer verdaderos esfuerzos para aguantar el tipo. Las palabras del hombre rebotaban en su cabeza con la intensidad de un taladro. Se había levantado con una terrible jaqueca y a ratos se le nublaba la vista. Ojalá los *optalidones* que se había tomado en ayunas hicieran pronto su efecto.

—A partir de ahora trabajarás con Antón y con José en el patio principal. No lo interpretes como un premio. Un incidente más, del tipo que sea, y serás despedido, ¿está claro? —Dio unos golpecitos con los dedos sobre la mesa—. Si no te despido ahora mismo es por tu padre, así que dale las gracias a él. Eso es todo.

Abrió un cajón y empezó a sacar papeles.

—Bien. Podéis marcharos.

Los hombres se levantaron y se dirigieron en silencio hacia la puerta. Kilian iba en último lugar, con la cabeza baja porque no se atrevía a mirar a su padre. Afuera, los demás se marcharon y Kilian decidió ir al comedor a por un café para despejarse. Al poco, entró Jacobo.

—Te estaba buscando. —La voz de Jacobo sonaba ronca—. Papá me ha puesto al día. ¿Te encuentras bien?

Kilian asintió.

—Me alegro de no volver a *Obsay* —dijo—, pero siento quitarte el puesto. Supongo que te tocaba a ti estar en el patio principal.

—¡Qué va! —Jacobo sacudió una mano en el aire—. Yo estoy muy bien donde estoy. En Yakató no me controla nadie.

Le guiñó un ojo y le dio un codazo amistoso

—Mateo y yo nos lo hemos montado muy bien. En el patio principal se ve todo... Y a los crápulas nos gusta la oscuridad.

Vio que Kilian no se reía y abandonó el tono jocoso.

—Hiciste lo correcto, Kilian. Les demostraste quién manda. A partir de ahora te respetarán. También Gregorio.

Kilian apretó los labios. Su recién adquirida autoridad no le enorgullecía lo más mínimo. Se sentó y aceptó el café que le ofrecía Simón. Con un gesto de la mano rechazó que el muchacho añadiera un poco de coñac.

—Yo me voy —se despidió su hermano—. Nos veremos en la cena.

En cuanto cruzó la puerta, Simón se acercó a Kilian. Por dos veces hizo el gesto de hablar, pero se contuvo.

—Estoy bien, Simón —dijo Kilian—. No necesito nada más. Puedes irte.

Simón no se movió.

—¿Te pasa algo, chico?

—Verá, *massa*… Hay algo que debería saber.

—Tú dirás —dijo con voz de fastidio. El café le calentaba el estómago, pero el dolor de cabeza persistía. Lo que menos le apetecía era escuchar problemas de nadie. Bastante tenía con lo suyo.

—Esta noche ha pasado algo, *massa*. Dos amigos de Umaru quisieron vengarse de la paliza y fueron a por usted. —Kilian, aturdido, levantó la cabeza—. Sí, *massa*. Después de la fiesta, José no se fue a dormir como los demás. Me dijo que notaba algo raro. Se quedó en vela toda la noche por usted. Sí, sí, y yo también. Aprovechando la oscuridad, subieron a su habitación, y allí estábamos escondidos José, yo y dos de la guardia que deben favores a José.

Abrió sus brillantes ojos oscuros para poner más énfasis en sus palabras.

—¡Llevaban machetes para matarle! ¡Menos mal que estaba José, *massa*! ¡Menos mal!

Kilian quiso decir algo, pero no pudo. Alzó la taza hacia Simón y este fue a por más café.

—¿Qué pasará con ellos? —preguntó por fin cuando el *boy* regresó de la cocina.

—La guardia se ha encargado de castigarlos y los enviarán de vuelta a Nigeria. A Umaru también. Pero no se preocupe, el *big massa* no se enterará de nada. Y nadie dirá nada. No creo que a otros les queden ganas de volver a intentarlo. Ya no hay peligro, *massa,* pero durante un tiempo será mejor que cierre bien la ventana y la puerta.

—Gracias, Simón —murmuró Kilian pensativo—. Por tu ayuda y por decírmelo.

—Por favor, *massa* —el tono del muchacho se volvió suplicante—, no le diga a José que se lo he contado. José conoce a mi familia, somos del mismo poblado... Me hizo prometer que no diría nada...

—¿Y entonces por qué lo has hecho?

—Usted es bueno conmigo, *massa.* Y lo de la serpiente no estuvo bien, no, *massa,* no estuvo bien...

—Tranquilo, Simón. —Kilian se puso en pie y colocó una mano sobre el hombro del otro—. Guardaré el secreto.

Salió al exterior, miró hacia lo alto y contempló las oscuras nubes bajas que ocultaban al sol. Se podía respirar la humedad. A medida que se consumieran las horas, el calor sería pegajoso, pero solo el hecho de poder disfrutar de un nuevo día lo reconfortó a pesar de su dolor de cabeza, del remordimiento que se había instalado en su corazón y del miedo por lo que podía haber sucedido.

A unos metros, distinguió el andar pausado de José, que se movía de un lado a otro organizando a los hombres para las tareas del día en el patio principal. Era un hombre de mediana estatura y fuerte, a pesar de su constitución delgada, que contrastaba con los cuerpos musculosos de los braceros. De vez en cuando, antes de tomar una decisión, se atusaba la corta y canosa barba con movimientos lentos en actitud pensativa. Los trabajadores lo respetaban, tal vez porque parecía el padre de todos ellos. Se sabía el nombre de cada uno y les hablaba con autoridad pero sin gritos, con gestos enérgicos pero sin violencia, como si supiera en cada momento cómo se sentían, y eso le permitiera incluso anticiparse a sus reacciones.

Al mirar a José, sintió un profundo agradecimiento. Habían intentado vengarse mientras dormía... ¡Le debía la vida! Si José se hubiera acostado como los demás, a esas horas él estaría... ¡muerto! ¿Por qué lo habría hecho? ¿Por qué tendría que preocuparse por lo que le sucediera a un blanco? Probablemente, el afecto de José por Antón hubiera jugado a su favor. Un escalofrío le recorrió el cuerpo. No sabía cómo, pero encontraría el modo de demostrar a ese hombre que su noble y valiente acción había valido la pena.

Esa misma noche, Kilian cogió una *picú* y, sin decir nada a sus compañeros, condujo hasta Santa Isabel.

Entró en el Anita Guau y fue directo a la barra. Pidió un whisky y preguntó por Sade.

Esa noche, Kilian se aferró al cuerpo de la mujer con la fría avaricia de la impaciencia y disfrutó de ella como el musgo de la ceiba: celebrando la vida sin necesidad de alimentarse de ella.

VI

INSIDE THE BUSH

EN LA SELVA
1955

El último camión cargado de sacos de cacao se dirigió hacia la salida de la finca por el camino de las palmeras reales en dirección al puerto de Santa Isabel. Kilian lo vio partir con alivio, orgullo y satisfacción. Había finalizado con éxito su primera campaña completa en la isla. Después de veinticuatro meses se consideraba todo un experto en el proceso de producción del cacao. El de Sampaka era famoso en todo el mundo porque se elaboraba de manera meticulosa para conseguir la máxima calidad, con lo cual se vendía cinco pesetas más caro por kilo en producciones de toneladas. Eso suponía una verdadera fortuna que Kilian había ayudado a conseguir tras interminables horas en los secaderos: noche y día comprobando con sus propias manos la textura de los granos, vigilando que se hinchasen sin descascarillarse y se tostasen al punto —ni un segundo antes ni un segundo después— para que no se volvieran blancos. El cacao seco y bien fermentado que llenaba los sacos, listo para su embarque, era grueso, de color marrón o chocolate, quebradizo, de sabor medianamente amargo y aroma agradable.

Cerca de él, con gestos de cansancio, Jacobo y Mateo se sentaron en un muro bajo y se encendieron sendos cigarrillos. Marcial se quedó de pie.

—Estoy reventado —resopló Mateo—. Tengo polvo de cacao hasta en el bigote.

Jacobo sacó un pañuelo del bolsillo y se lo pasó por la frente.

—Garuz estará contento con esta cosecha —dijo—. La mejor en años. ¡Nos tendría que dar una paga especial!

También Kilian estaba agotado. Más de un día le había tentado imitar a algún que otro bracero y aprovechar el jaleo de las fiestas navideñas para escaparse del trabajo. Se sentó junto a los otros y aceptó el pitillo que le ofrecía su hermano. Inspiró profundamente. Un fino polvillo de color chocolate se colaba hasta el último poro de su piel. Cuando cesase del todo la actividad de los secaderos, aún persistiría el olor a cacao tostado. El sol ya descendía, pero el calor horroroso no remitía. Todavía resonaban en su cabeza los ecos de los villancicos y las fiestas cargadas de alcohol de su segunda Navidad lejos de casa y aún le resultaba extraño sentir la ropa pegada al cuerpo por el sudor en enero. Recordó la misa del veinticinco de diciembre en manga corta, las pieles curtidas por el sol y los chapuzones de madrugada en la piscina de la finca. Esa estación seca estaba siendo más calurosa de lo normal y en Sampaka los chubascos ocasionales no conseguían mitigar el bochorno.

—Seguro que en las montañas de Pasolobino hace un frío de mil demonios, ¿eh, chicos? —dijo Marcial desabrochándose los diminutos botones de la camisa con dificultad.

Kilian imaginó a sus padres y a Catalina frente al fuego del hogar mientras el ganado se alimentaba tranquilamente en los establos y la nieve cubría los prados con un grueso manto. Los echaba de menos, pero con el paso de los meses la terrible nostalgia de sus primeras semanas en la isla se había debilitado o, al menos, no le atenazaba el pecho de manera insoportable.

—La verdad es que ya tengo ganas de cambiar de aires —comentó Kilian.

—Pues ya te queda poco. En cuanto vuelva papá, porque me apuesto lo que quieras a que vuelve, te irás de vacaciones a España. ¡Qué envidia!

Antón se había despedido de sus hijos como si no fuera a regresar nunca a la finca. Kilian no tenía que apostarse nada con Jacobo porque también estaba convencido de que, al igual que el año anterior, regresaría, descansado y un poco más grueso.

—Oye, no te quejes —le recriminó Kilian a su hermano—, que luego irás tú.

—Me fastidia decirlo en voz alta, pero reconozco que te has ganado el primer turno, ¿verdad, Mateo? —Este asintió—. ¡Quién lo hubiera dicho! Si hasta te ha cambiado el aspecto... Cuando llegaste estabas todo flaco... ¡Y mírate ahora! ¡Tienes más músculos que ese Mosi!

Kilian sonrió por la exagerada comparación, pero lo cierto era que había dado lo mejor de sí mismo para que su padre, su hermano, sus compañeros y el propio gerente se sintieran orgullosos de él, y en parte también para expiar su culpa tras el incidente con Umaru y Gregorio. No le había resultado difícil porque estaba acostumbrado a trabajar y a hacer lo que se esperaba de él. Recordó sus primeros días en la isla y se sorprendió de lo bien que, a pesar de todo, se había instalado en la rutina diaria marcada por el sonido de la *tumba* o de la *droma* y los cantos nigerianos. Pronto comenzaría una vez más el trabajo al aire libre en los cacaotales, junto a la fascinante selva, horas y horas en las que el *cutlass* sería el protagonista, el machete cayendo implacable sobre el *bicoro*, el *caldo bordelés* rociando los tiernos brotes...

—Al final tendré que daros la razón a todos, a papá y a ti, y a Julia... Sí, me he acostumbrado a la isla. Pero no me irá nada mal un descanso largo en casa.

Percibió por el rabillo del ojo que Jacobo apretaba los labios al oír el nombre de Julia. El noviembre anterior, contagiados por el ambiente festivo de bailes, conciertos y carreras de cayucos de las fiestas de Santa Isabel, Julia y Manuel habían hecho oficial su noviazgo. A partir de entonces, siguieron organizando su tiempo libre a su manera, pero ya sin la presión de la clandestinidad, recorriendo la isla en busca de plantas para los estudios de él, merendando en el parador de Moka, o disfrutando de una buena película o de un buen baño en la piscina del casino. Emilio y Generosa estaban encantados con Manuel porque, además de ser un hombre educado y respetuoso, era médico. *Su hija* era la novia de un médico. Jacobo pareció aceptar la noticia de buen grado, aunque, en el fondo, su orgullo hubiera resultado levemente herido. Fue plenamente consciente de que su negativa a comprometerse tan pronto había sido aprovechada sin demora por otro hombre para ganarse el corazón de una mujer extraordinaria. Para superar la transitoria pena, continuó con su metódica existencia entre Sampaka y las noches de Santa Isabel, y de lo único que se lamentaba abiertamente era de la ausencia de compañeros para sus juergas. Bata no estaba tan cerca como para que Dick y Pao fuesen a la isla con regularidad, y Mateo y Marcial alternaban sus libertinos escarceos con encuentros —cada vez más frecuentes— con las amigas de Julia en el casino.

—La que sentirá tu marcha será esa preciosidad de... —Mateo entrecerró maliciosamente los ojos—. ¿Cómo se llama? ¡Siempre se me olvida...!

—¿Cuál de ellas, si las tiene a todas locas? —Marcial frunció sus gruesos labios en un beso—. Cuidado, Jacobo. Tu hermano te está ganando terreno.

—¡Pues no tiene faena ni nada para alcanzarme! —rio este—. Si parece más un claretiano que otra cosa... ¿Sabéis qué me dicen las chicas de la ciudad? —Se dirigió a Kilian directamente—. Que se te va a contagiar el aspecto de bruto de los finqueros que viven desconectados del mundo...

—Bueno, bueno... No es para tanto. Y vosotros dos —Kilian contraatacó con guasa señalando alternativamente a Mateo y Marcial—, tenéis memoria para lo que os interesa. Me figuro que con Mercedes y Ascensión os olvidáis de las amigas del Anita.

—Totalmente —accedió Mateo con cara de pillo—. Y al revés, también.

Los cuatro estallaron en carcajadas.

—Sí, sí, reíros —dijo Jacobo con retintín—, pero os veo como Manuel, haciendo oficial el compromiso en cualquier momento y merendando en el parador.

—A todos nos llega la hora, Jacobo. —Marcial encogió sus anchos hombros y una sonrisa de resignación se dibujó bajo su gran nariz—. Antes o después, pero llega. Los años pasan y habrá que formar una familia, digo yo.

—Me voy a la ducha. Es hora de cenar. —El aludido se puso en pie de un salto y comenzó a caminar hacia el comedor seguido de los otros.

—¡Hay que ver lo que le gusta a este la carne negra! —susurró Mateo a Marcial sacudiendo la cabeza—. No sé yo si se acostumbrará ya a otra…

Kilian hizo un gesto de desagrado por las palabras y el tono de Mateo. Siempre le sucedía lo mismo: después de un rato de risas compartidas con los demás hombres, al final le quedaba un regusto agrio. Se encendió un cigarrillo y dejó que los otros se adelantaran. Le agradaba ese momento en que, casi sin previo aviso o tras un breve preámbulo, con el mismo ímpetu de las hierbas en los cacaotales, el día se convertía en noche, todos los días a la misma hora. Se recostó contra una pared a la espera de las sombras y pensó en Sade.

Con la mente dibujó la figura esbelta de la mujer, sus piernas largas, su piel tersa, sus pechos generosos y sólidos, su cara larga y estrecha en la que unos ojos almendrados y oscuros rivalizaban en hermosura con unos labios carnosos. Como el polvillo oscuro que impregnaba el ambiente, la vertiginosa sucesión de días de los últimos meses también había sido amargamente dulce; una combinación de ríos de sudor y esfuerzo recompensados con una cosecha excelente y de breves y escasos —pero bien aprovechados— momentos de respiro con ella. Los otros tenían razón. A medida que el cuerpo y las extremidades de Kilian se volvían más musculosos por el esfuerzo físico y su piel lucía un atractivo y permanente bronceado, percibía que tenía el mismo éxito que Jacobo cuando acudían a un baile. Acicalados con sus blancas camisas de lino, perfectamente planchadas, sus anchos pantalones beis y sus cabellos oscuros engominados, las mujeres —blancas y negras— competían por llamar la atención de los hermanos. Kilian sabía sobradamente que salir con Jacobo significaba terminar bastante ebrio de whisky en brazos de una hermosa mujer, pero él hacía meses que se había cansado de tanto alcohol y tanto baile. Por eso, había optado por restringir sus salidas a la ciudad a aquellos esporádicos encuentros con la hermosa Sade, absolutamente necesarios para mantener a raya su fogosidad de hombre joven. Ella jamás le pedía nada ni le reprochaba nada. Acudía al club y allí estaba su Sade, siempre dispuesta a unirse a él después de semanas sin verlo. A Kilian esa situación le resultaba muy cómoda. Disfrutaba de los ocasionales momentos con ella y se reía con su fresco sentido del humor y su actitud mundana y cariñosa.

Al final, no había podido evitar que todos supieran de su relación, y tenía que soportar los mismos comentarios jocosos que antes había escuchado sobre otros. Procuraba aguantar el tipo con frialdad, e incluso respondía con ingenio a las bromas, pero, en el fondo de su corazón, sentía algo de desprecio por su comportamiento porque, en apariencia, él no era tan distinto a los demás. La diferencia con su hermano estribaba en la cantidad de mujeres con las que yacían, no en su actitud hacia ellas. Había llegado a preguntarse si algún día podría pensar en Sade como una mujer con la que planificar un futuro o formar una familia...

La respuesta daba vueltas por su estómago hasta que se confundía con el gusanillo que pedía otro cigarrillo y allí se quedaba, agazapada y cobarde como una rata de bosque, sin hacer ademán de salir a la luz.

Pocos días después, Jacobo lo abordó para enseñarle un telegrama que había recibido desde Bata.

—Es de Dick. Nos invita a otra cacería de elefantes en Camerún y, de paso, a disfrutar de unos días en Duala. Garuz está satisfecho con nosotros. Seguro que nos da el permiso. La pena es que coincide con la fiesta de la cosecha en el Club de Pesca, el próximo sábado. Irá todo el mundo. Y encima tengo entradas para la velada de boxeo en el estadio de Santa Isabel. Slow Poison contra Bala Negra. —Soltó un juramento—. ¡Nos tiramos meses sin nada y luego coincide todo! ¿Qué hacemos?

Kilian no tenía intención de asistir a ninguno de los tres eventos. Después de escuchar la descripción de la cacería de labios de Dick y Pao en el casino, tuvo claro que él no participaría en algo así. Otra fiesta multitudinaria no le apetecía lo más mínimo. Y en cuanto al boxeo, no entendía la afición por ver a dos hombres golpeándose hasta desfallecer.

—Yo a Camerún no iré —respondió, sirviéndose de una excusa muy simple y lógica que su hermano comprendería—: Eso tiene que costar mucho dinero y me lo guardo para el viaje a España. Pero tú puedes ir sin mí.

—Sí, pero… —Jacobo arrugó la nariz y chasqueó la lengua—. ¿Sabes qué te digo? Que otra vez será. Entonces, elegimos la fiesta… Podemos ir después del boxeo.

Kilian no dijo nada.

A unos metros, José entró en su campo de visión portando un montón de sacos vacíos que habrían sobrado del envasado de cacao. Se detuvo y le indicó a un trabajador que barriese mejor y que no desaprovechase ni una sola corteza de los restos del secado, que también se vendían para hacer cacao de baja calidad.

Kilian sonrió. ¡Menudo era José! No había conocido a otra persona más meticulosa. En los últimos meses había pasado tantas horas con él que lo conocía mejor que a los demás empleados de la finca. Y lo cierto era que se encontraba a gusto en su compañía. Era un hombre pacífico —sus infrecuentes enfados duraban segundos—, ordenado y dotado de una sabiduría innata que manifestaba con sencillez en cualquier conversación.

—No me digas que tienes otros planes con José —dijo Jacobo mirando en la misma dirección que su hermano.

—¿Por qué dices eso?

—Vamos, Kilian, que no me chupo el dedo. ¿Te crees que no sé que en cuanto puedes te escapas con él a Bissappoo? No puedo comprenderlo.

—Solo he subido tres o cuatro tardes.

—¿Y qué haces allí?

—¿Por qué no vienes un día y lo ves?

—¿Subir a Bissappoo? ¿Para qué?

—Para pasar la tarde. Para charlar con los familiares de José... ¿Sabes, Jacobo? Me recuerda a Pasolobino. Cada uno hace lo que tiene que hacer y luego se juntan a contar historias, como hacemos en casa al lado del fuego. Hay muchos chiquillos jugando, riendo y haciendo trastadas, y sus madres se enfadan. Ya he aprendido algunas cosas de su cultura, que me resulta muy misteriosa y atractiva. Y también les cuento cosas de nuestro valle y me preguntan...

Jacobo lo interrumpió moviendo una mano en el aire con gesto de enfado.

—¡Por Dios, Kilian! ¡No me compares! —dijo con cierto desprecio—. ¿Cómo puedes preferir ese poblado a la vida social de Santa Isabel?

—No he dicho que los prefiera —rebatió su hermano—. Hay tiempo para todo.

—¡Me puedo imaginar las inteligentes conversaciones que mantenéis!

—Oye, Jacobo —Kilian estaba empezando a irritarse—, que tú también conoces a José. ¿Tan diferente lo ves?

—Aparte de ser negro, quieres decir…

—Sí, claro.

—Con eso ya es suficiente, Kilian. Somos diferentes.

—¿Para hablar sí, pero para acostarte con ellas no?

Jacobo entornó los ojos.

—¿Sabes qué te digo? —dijo en voz alta—. ¡Pues que creo que las vacaciones te van a sentar muy bien!

Se marchó enfadado con paso rápido. Kilian no se inmutó. Jacobo tenía esos prontos. Se le pasaría en un rato y por la noche volvería a ser el mismo.

Buscó de nuevo con la mirada a José, que en ese momento se dirigía a uno de los almacenes, y caminó hacia él mientras lo llamaba empleando su nombre en bubi:

—¡Ösé! ¡Eh, Ösé!

José levantó la cabeza, dejó lo que estaba haciendo y se reunió con el joven.

—¿Qué planes tienes para el fin de semana que viene? —preguntó Kilian.

—Nada especial. —José se encogió de hombros. Cada vez que Kilian le hacía esa pregunta quería decir que necesitaba una buena excusa para librarse de algo—. Se casa una de mis hijas.

—¡Vaya! ¿Y eso no es especial? —preguntó Kilian—. ¡Enhorabuena! ¿Cuál de todas?

Kilian conocía algunos detalles de la vida de José. Su madre era bubi y su padre fernandino, nombre empleado para referirse a los descendientes de los primeros esclavos liberados por los británicos durante el siglo anterior, que provenían sobre todo de Sierra Leona y Jamaica, y que se mezclaron con otros emancipados africanos y cubanos. Por lo que contaba José, en tiempos habían formado una burguesía influyente, pero cuando los españoles adquirieron la isla perdieron su estatus. De su padre aprendió José el inglés y el inglés bantú, y gracias, también a su padre, que lo había enviado junto con sus hermanos a las misiones católicas, era de los pocos indígenas de su edad que sabía leer y escribir. José se había casado con una mujer bubi con la que tenía varios hijos. Continuando con la tradición de su padre, los había enviado también a la escuela católica. No todos los bubis aprobaban esto: los más reaccionarios creían que la cultura blanca ofendía a sus espíritus y a sus tradiciones, pero lo cierto es que no les quedaba más remedio que obedecer a los colonizadores.

—La última —respondió José.

—¡La última! —exclamó maliciosamente Kilian, afectando escandalizarse—. ¡Por Dios, Ösé! Pero... ¿no tiene cinco años?

Kilian sabía que las jóvenes bubis se solían casar a partir de los doce o trece años, y por lo tanto la novia tendría como mínimo esa edad, pero también sospechaba que la niñita que lo abrazaba de forma afectuosa cada vez que iba al poblado era la más pequeña de los numerosos hijos que debía de tener su amigo. La poligamia no estaba bien vista por los católicos españoles, así que José nunca hablaba de sus otras esposas, si es que las tenía, y mucho menos delante de los misioneros y sacerdotes como el padre Rafael, que todavía intentaban liberar a los indígenas de sus antiguas costumbres.

José hizo caso omiso del comentario. Miró a su alrededor para comprobar que todo estaba recogido antes de ir a cenar y comenzó a caminar, ignorando al otro. Cuando ya llevaba recorridos unos metros, se giró y preguntó, por fin, lo que Kilian estaba esperando escuchar:

—¿Tal vez le gustaría asistir a una boda bubi, *massa* Kilian?

A Kilian le brillaron los ojos con entusiasmo.

—¡Te he dicho mil veces que no me llames así! Acepto tu invitación si me prometes no emplear más la palabra *massa* conmigo.

—De acuerdo, *ma*... —Se corrigió esbozando una amplia sonrisa—: Está bien, Kilian. Como quiera.

—¡Y tampoco quiero que me hables de usted! Soy mucho más joven que tú. ¿De acuerdo?

—No le llamaré *massa,* pero mantendré el usted. Me cuesta acostumbrarme…

—¡Oh, vamos! ¡A cosas más difíciles te habrás tenido que acostumbrar!

José se lo quedó mirando y no respondió.

Waldo los llevó en camión hasta el límite sureste de la finca, justo donde terminaban los caminos transitables para los vehículos. A partir de allí, José y Kilian continuaron el trayecto a pie por una estrecha senda atravesada por cientos de ramas, lianas y hojas que tamizaban y, en ocasiones, impedían la entrada del sol. El ruido de sus pisadas era amortiguado por la mullida alfombra de hojarasca salpicada de pepitas del fruto de la palmera cuya pulpa se había podrido o había sido comida por los monos. Kilian disfrutaba escuchando los trinos y gorjeos de los mirlos, ruiseñores y *filicotoys,* el parloteo de los loros y el zureo de alguna paloma silvestre que rompían intermitentemente la solemne calma y el grave silencio bajo la verde bóveda, blanda y viva, por la que caminaban con dificultad. El paisaje y el sonido de la isla eran muy hermosos. No era de extrañar que su descubridor, el portugués Fernando de Poo, la hubiera llamado *Formosa* siglos atrás.

Se entretuvo imaginando a otros hombres como él recorriendo esa misma senda desde hacía siglos. Era la misma senda, sí, se dijo, pero siempre parecía diferente por culpa de la tenaz vegetación. ¿Cuántos machetes habrían segado las plantas que se regeneraban indolentes ante el avance humano? En sus viajes anteriores a Bissappoo, y en respuesta a sus numerosas preguntas, José le había contado cosas de la historia de la isla, con lo cual Kilian se había ido haciendo una idea de la cantidad de anécdotas que atesorarían las longevas ceibas en sus troncos rugosos, además de los muchos idiomas que habrían escuchado a lo largo de los años.

La isla había sido portuguesa hasta que Portugal se la cambió a España por otras islas; y a España le interesaba el cambio para tener su propia fuente de esclavos que transportar a América. En esa parte de la narración, Kilian siempre se estremecía al imaginarse a José, a Simón, a Yeremías o a Waldo capturados para ser vendidos igual que animales enjaulados. Como los españoles no se hacían cargo real de la isla, los navíos de guerra y mercantes ingleses la aprovechaban para procurarse agua, ñames y ganado vivo de cara a sus viajes científicos, comerciales y exploradores al río Niger, en la parte continental, y controlar y atajar, de paso, el mercado de esclavos, puesto que Inglaterra había abolido la esclavitud. Kilian se imaginaba entonces a Dick, el único inglés que había conocido personalmente en su vida, vestido con ropas antiguas de marinero y liberando a sus conocidos bubis, pero la imagen le resultaba extraña porque Dick no tenía aspecto de héroe.

Durante mucho tiempo se habló inglés en Fernando Poo. Inglaterra quería comprarla y España se resistía, así que, a mediados del siglo XIX, la armada inglesa optó por trasladarse a Sierra Leona después de vender sus edificios a una misión baptista. A partir de entonces, los españoles volvieron a intentar ocupaciones más efectivas con expediciones más completas, incentivando a los colonos y enviando muchos misioneros para convertir a los indígenas de las aldeas, más fáciles de convertir que los baptistas de la ciudad como los antepasados paternos de José, hasta que finalmente consiguieron dominarlo todo.

Kilian se veía a sí mismo como uno más en esa cadena de hombres que, por una razón u otra, habían hecho del trópico su hogar provisional, pero agradecía vivir en una época más tranquila, cómoda y civilizada que las anteriores, aunque en esos momentos, en plena selva salvaje, pareciera todo lo contrario.

Después de un rato abriéndose paso con los machetes y sorteando grandes troncos caídos, encima de los cuales tenían que subirse en ocasiones para continuar, decidieron descansar en un claro. A Kilian le escocían los ojos del sudor y los brazos le sangraban ligeramente por pequeños cortes producidos por las ramas. Se lavó y se refrescó en un riachuelo y se recostó sobre un cedro, cerca de José. Cerró los ojos y respiró el olor acre de las hojas muertas y el aroma de frutas maduras y tierra húmeda que una brisa, apenas perceptible, guiaba por los huecos de los árboles.

—¿Quién va a ser tu futuro yerno? —preguntó al cabo de un rato.

—Mosi —respondió José.

—¿Mosi? *¿El Egipcio?* —Kilian abrió los ojos de golpe. Recordó el aspecto del coloso en los trabajos de deforestación. Cuando tensaba los músculos, las mangas de la camisa se le estiraban hasta reventar. Llevaba la cabeza afeitada, lo cual resaltaba aún más la magnitud de sus ojos, labios y orejas. Era fácil recordarlo. Mejor no llevarse mal con él.

—Sí. Mosi *el Egipcio.*

—¿Y a ti te parece bien?

—¿Por qué no habría de parecerme bien? —Kilian no respondió—. ¿Por qué le sorprende?

—Oh, no me sorprende. Bueno, sí… Quiero decir… Me parece un magnífico trabajador. Pero no sé por qué pensaba que preferirías que tu hija se casase con uno de los tuyos.

—Mi madre era bubi y se casó con un fernandino…

—Ya lo sé, pero tu padre también era de Fernando Poo. Me refería a que los braceros nigerianos vienen aquí a ganar dinero para luego regresar a su país.

—No se ofenda, pero, aunque ganen menos, en eso hacen igual que los blancos, ¿no le parece?

—Ya, pero los blancos no se casan con tu hija, ni se la pueden llevar lejos.

—Mosi no se la llevará. —José parecía un poco molesto—. Usted sabe que los contratos de los nigerianos les obligan a regresar a su país al cabo de un tiempo. Pero si se casan en Guinea, pueden establecerse bien, montar un bar, una tienda, o cultivar un pequeño terreno... Sobre todo, aquí pueden conseguir para sus hijos una educación y unos cuidados hospitalarios que no tienen en su tierra. ¿No le parecen estas buenas razones? Por eso, algunos trabajadores ahorran para pagar la dote y casarse con una de nuestras mujeres, que es lo que ha hecho Mosi.

A Kilian, lo de pagar la dote le trajo recuerdos de viejas anécdotas de su tierra. Solo que en su valle la mujer era la que aportaba una asignación al matrimonio y no al revés: no pagaban a la familia por separarse de ella, sino que era la familia la que debía hacerlo.

—¿Y cuánto te va a dar Mosi por ella? —preguntó por curiosidad.

José se molestó un poco más.

—*White man no sabi anything about black fashion* —murmuró entre dientes en *pichinglis*.

—¿Cómo dices?

—¡Digo que los blancos no tienen ni idea de las costumbres negras! Se levantó de un salto y se situó frente a Kilian:

—Mire, *massa.* —Empleó la palabra con inofensivo retintín—. Le voy a decir algo. Por más que le explique, hay cosas que no puede entender. A usted le parece que no quiero a mis hijas y que las vendo como si fueran sacos de cacao...

—¡Yo no he dicho eso! —protestó Kilian.

—¡Pero lo piensa! —Vio decepción en la mirada del joven y adoptó un tono paternal—: Me parece bien que mi hija se case con Mosi porque Mosi es buen bracero y podrán vivir años en la finca. Cuando son niñas, las mujeres bubis disfrutan mucho y se divierten, pero, en cuanto se casan, no hacen otra cosa que trabajar para su marido e hijos. Se encargan absolutamente de todo, de la leña, del campo, de acarrear agua...

Con el pulgar y el índice de la mano derecha fue cogiendo uno por uno los dedos de la mano izquierda para acompañar su argumentación:

—Ellas plantan, cultivan, cosechan y almacenan la malanga, preparan el aceite de palma, cocinan, crían a los hijos... —hizo una pausa y levantó un dedo en el aire— mientras sus maridos se pasan el día... —el dedo bailó en el aire— de aquí para allá, bebiendo vino de palma o conversando con otros hombres en la Casa del Pueblo...

Kilian permaneció en silencio, jugueteando con una ramita.

—Casarse con Mosi es bueno para ella —continuó José, ya más tranquilo—. Vivirán en uno de los barracones para familias de *Obsay*. Mi hija va bien en los estudios. Podría ayudar en el hospital y prepararse para ser enfermera. He hablado con *massa* Manuel y me ha dicho que le parece bien.

—Es una buena idea, Ösé —se atrevió a intervenir Kilian—. Lo siento si te he molestado.

José comprendió por el tono de voz del joven que este lo decía de verdad e hizo un gesto con la cabeza. Kilian se levantó y dijo:

—Será mejor que continuemos la marcha.

Bissappoo estaba emplazada en una de las partes más elevadas de la isla, así que aún quedaba un buen trozo antes de llegar a la parte más pesada del viaje, que era cuando comenzaba la pendiente en ascenso. Kilian cogió su mochila y su machete, se puso el salacot y comenzó a andar tras José. Caminaron en silencio un buen rato, mientras se adentraban aún más en el bosque. Los troncos se sucedían cubiertos de plantas parásitas y acompañados de helechos y orquídeas sobre los cuales se posaban multitud de hormigas, mariposas y pajarillos.

Kilian se sentía un tanto incómodo por el silencio. Muchas veces habían trabajado juntos sin intercambiar palabra, pero en esa ocasión era diferente. Lamentaba que José pudiera haber malinterpretado sus comentarios, surgidos de la curiosidad y no de la descortesía. Como si le hubiera leído el pensamiento, José se detuvo haciendo ver que necesitaba descansar, y con los brazos en jarras, con la misma naturalidad que emplearía para referirse al tiempo, comentó:

—Esta tierra perteneció a mi bisabuelo. —Dio una pequeña patada al suelo—. Justamente esta. La cambió por una botella de licor y
un fusil.

Kilian parpadeó varias veces sorprendido, pero enseguida respondió con un gesto risueño a lo que supuso era una broma de José.

—¡Venga ya! ¡Me estás tomando el pelo!

—No, señor. Lo digo muy en serio. Esta tierra es buena para cafetos, por la altura. Algún día aquí habrá una plantación. Los dioses
sabrán si la veremos. —Miró de reojo a Kilian, que aún tenía el entrecejo fruncido en un gesto de incredulidad y, con una mueca irónica, se atrevió a preguntarle—: ¿Cómo cree que consiguieron los colonizadores sus tierras? ¿Ha conocido a algún bubi rico?

—No, pero... Vamos, que no me creo que todo se hiciera así, Ösé.
Lo de tu bisabuelo sería un caso aislado. —Buscó un razonamiento
para defender a los hombres que con tanto esfuerzo habían convertido a la isla en lo que era—. Además, ¿no recibe cada indígena que
nace una asignación de cuatro hectáreas para su propio cultivo?

—Sí, unas hectáreas que ya eran suyas —respondió José con sarcasmo—. ¡Muy generoso por parte de los blancos! Si no hubieran
derogado la ley hace pocos años, usted mismo podría haber optado a
una finca de treinta hectáreas en diez años, o incluso en menos con
ayuda de conocidos...

Kilian se sintió como un idiota. En ningún momento había pensado en los indígenas como los propietarios de la isla. Bueno, sí lo
había pensado alguna vez, pero por lo visto no lo suficiente como
para que fuese innecesario preguntar lo obvio. Seguía siendo un colono blanco que repasaba la historia de Fernando Poo según las hazañas
de portugueses, ingleses y españoles, sobre todo estos últimos. Lamentó haber tenido tan poco tacto con José, precisamente José, el
hombre a quien debía la vida.

—Bueno, yo..., en realidad..., lo que quería decir es que... —Soltó un bufido, rodeó al otro para continuar viaje, y la emprendió a

machetazos con las plantas que se empeñaban en cerrar el sendero—. ¡Está claro que hoy no hago más que meter la pata!

José lo siguió con un brillo divertido en la mirada. Era imposible estar mucho tiempo enfadado con Kilian. A diferencia de otros blancos, ese joven nervioso y enérgico quería aprender algo todos los días. Aunque lo había pasado muy mal al principio, pocas veces se había adaptado tan rápidamente un europeo a la dureza del trabajo en la finca. Además, el joven no era de los que se limitaban a dar órdenes. No. Él era el primero en subirse a un andamio, cargar con sacos, conducir un camión o sacarse la camisa para cavar un hoyo o plantar una palmera. Esa actitud tenía un poco desconcertados a los braceros, acostumbrados a los gritos y a los *melongazos*. José creía que, en parte, hacía todas esas cosas para complacer a su padre, aunque no fuera consciente de ello. Buscaba su reconocimiento y, por extensión, el de toda su familia. Tenía que demostrar continuamente lo fuerte y valiente que era. Y más ahora que Antón mostraba evidentes signos de desgaste físico.

Sí. Hubiera sido un buen guerrero bubi.

José decidió no hacer sentir mal a Kilian, que seguía dando machetazos a derecha e izquierda con gran ímpetu.

—¡Hay que ver cómo chapea! Con hombres como usted, Kilian, la colonización completa se hubiera hecho en dos años, y no en décadas. ¿Sabía que los miembros de las primeras expediciones morían todos como moscas en pocas semanas? En los barcos mandaban dos capitanes para que siempre hubiera uno de reserva…

—Pues no entiendo por qué —replicó Kilian con fingida arrogancia—. Tampoco resulta tan difícil adaptarse.

—¡Ah! Pero es que las cosas son diferentes ahora. Cuando no había blancos, los bubis sabíamos cómo vivir plácidamente en la isla. Los trabajos duros, lo que hacemos ahora los negros, los hacían ustedes, los blancos: cavaban bajo los ardores del calor tropical y en los lugares más indicados para coger la malaria. ¡Y entonces no había quinina! En menos de cien años, la isla virgen llena de caníbales que, según me contaba mi padre, describían los primeros europeos se ha convertido en lo que ahora ve usted.

—No te imagino comiéndote a nadie —bromeó Kilian.

—¡Le sorprendería saber de lo que soy capaz!

Kilian sonrió por fin: no había conocido a persona menos agresiva y más amable que José.

—¿Y de qué vivíais antes sin nosotros y nuestras plantaciones? Que yo sepa, hasta los huertos que cultiváis han salido de nuestras semillas...

—¿Acaso no es evidente? Esta tierra es tan rica que se puede vivir con poco. Los dioses la han bendecido con su fertilidad. ¡Todo nos lo da la tierra! Los árboles frutales salvajes producen naranjas, limones, guayabas, mangos, tamarindos, plátanos y piñas... El algodón crece silvestre... ¿Y qué me dice del árbol del pan, con sus frutos más grandes que los cocos? Con esto, algo de ganado y cultivando nuestra patata, el ñame, teníamos más que suficiente.

—Está claro, Ösé —dijo Kilian, secándose el sudor con la manga—. ¡No nos necesitabais para nada!

—¡Ah! ¡Y las palmeras! ¿Conoce algún árbol del que se aproveche todo? De las palmeras obtenemos *topé* o vino, aceite para guisos, condimentos y alumbrado doméstico; con las hojas techamos las casas; con las cañas fabricamos desde casas a sombreros; y las partes tiernas nos las comemos como verdura. Dígame, ¿tienen en Pasolobino algún árbol como las sagradas palmeras?

Se detuvo y cogió aire.

—¿Se ha fijado en cómo se levantan hacia el cielo? —Dibujó unas figuras en el aire con las manos y su voz se volvió ceremoniosa—. Parecen columnas que sostienen al mundo, coronadas por penachos de guerrero. Las palmeras, Kilian, estuvieron aquí antes que nosotros y aquí seguirán cuando nos hayamos ido. Son nuestro símbolo de la resurrección y de la victoria sobre el tiempo. Pase lo que pase.

Kilian alzó los ojos a lo alto, sorprendido y conmovido por las palabras de José. De pronto, las copas de varias palmeras juntas se le antojaron una bóveda celeste en la que los frutos y racimos palpitaban como estrellas y constelaciones. En las alturas, una suave brisa mecía las ramas en dirección al cielo, como si fueran brazos extendidos en un gesto frondoso hacia la eternidad.

Cerró los ojos y se dejó inundar por la paz de ese momento. Todo lo lejano le resultó cercano. El tiempo y el espacio, la historia y los países, el cielo y la tierra se fundieron en un mágico instante de sosiego anímico.

—¡Ya estamos en la *böhabba*!

Las palabras de José, que se había adelantado, rompieron el divino hechizo. A unos pasos, el sendero se abrió y Kilian vislumbró el llano cercano a la población que los habitantes de Bissappoo destinaban a plantar ñames. Hacia la derecha distinguió el cobertizo donde elaboraban el rojo aceite de palma de manera tradicional. En un viaje anterior, José le había mostrado con detalle cómo se hacía. Unas mujeres arrancaban la nuez de los pétalos y formaban un montón que otras cubrían con hojas de palma para que fermentasen; otras las molían con una gran piedra en un agujero con forma de mortero, hecho en el suelo, cuyo fondo estaba cubierto de piedras; y otras quitaban las pepitas interiores y ponían la pulpa macerada a hervir al fuego en una olla para extraer el aceite.

—¡Ya verá qué gran fiesta! —dijo José con voz alegre por estar con los suyos—. En las celebraciones especiales, las mujeres siempre preparan abundante comida y bebida.

Kilian asintió con la cabeza. Estaba tan ansioso como si fuera la boda de un familiar suyo. En el fondo era un poco así. Había pasado más horas con José en los últimos dos años que con muchos de su propio pueblo. Con él trabajaba, conversaba y compartía inquietudes. Y además, le había invitado a conocer su entorno fuera de los límites de Sampaka. José tenía un carácter fácil que, a primera vista, contrastaba con el de la mayoría de sus vecinos de Bissappoo, una aldea que el padre Rafael describía como una de las más retrógradas y reacias al progreso y a la religión católica. José había cultivado la habilidad de convivir igualmente entre blancos y negros, adaptándose a la civilización impuesta sin olvidarse de sus tradiciones, y permitiendo que un extranjero como él pudiera compartir momentos tan familiares como el de la boda de una hija.

Kilian carraspeó. Le daba vergüenza decirle lo que sentía, pero creía que se lo merecía después de todo. Hasta entonces no había encontrado otro momento más adecuado para agradecerle lo que una vez hizo por él.

—Escucha, Ösé —dijo mirándolo directamente a los ojos. Su tono fue cercano y afectuoso—. Quiero que sepas una cosa. No te lo había dicho antes, pero sé lo que hiciste por mí la noche de Umaru y quiero darte las gracias. Muchas gracias, amigo.

José asintió.

—Dime una cosa, Ösé. Lo que hice no estuvo bien y me ayudaste. ¿Lo hiciste por mi padre?

José movió la cabeza a ambos lados.

—Lo hice por usted. Esa noche lo escuché. Era todo un hombre y lloraba como un niño. —Se encogió de hombros y levantó las palmas de las manos—. Se arrepintió porque el espíritu de su corazón es bueno.

Dio unos golpecitos en el brazo del joven y le susurró en actitud confidente:

—Los espíritus saben que todos nos equivocamos alguna vez...

Kilian agradeció sus palabras en lo más profundo de su corazón.

—También quiero que sepas que, aunque yo sea blanco y tú negro, con todo lo que eso significa…, cuando te miro yo no veo a un negro, sino que veo a José…, quiero decir, a Ösé. —El joven bajó la vista, un poco avergonzado por su arranque de sinceridad, y se rascó un brazo, nervioso—. Tú ya me entiendes.

José se lo quedó mirando, emocionado, y sacudió la cabeza como si no se creyera lo que acababa de oír.

—Si no hubiera caminado todo el tiempo con usted —dijo—, pensaría que había abusado del *topé*. ¡Ya veremos si opina lo mismo pasado mañana después de sufrir en sus carnes la celebración de una boda bubi!

Levantó un dedo para amenazarle cariñosamente:

—¡Ah! ¡Y se lo advierto! ¡Si pone sus manos en alguna de mis hijas o sobrinas, soltaré al salvaje que llevo dentro!

—¿Harías eso? —Kilian recuperó el tono bromista—. ¿No te gustaría como yerno?

José no respondió a su pregunta. Miró a las mujeres que fabricaban el aceite de palma, emitió un prolongado silbido y comenzó a caminar hacia ellas.

Cuando pasaron junto a los cuencos de agua de las fuentes perennes, con la que los bubis de Bissappoo pedían por la fertilidad del poblado, y cruzaron el arco de madera, a cuyos lados se erguían dos *Ikos,* o árboles sagrados, para evitar la entrada de los espíritus malignos, Kilian recordó la primera tarde que acompañó a José al poblado. Enterados por los silbidos de que se acercaba un hombre blanco, hombres, mujeres y niños habían empezado a salir y lo habían contemplado con curiosidad y cierto recelo, sin acercarse mucho. Él también los había observado con curiosidad, y en algunos casos, tenía que admitir, con cierta repulsión, sobre todo a los hombres mayores. Algunos mostraban grandes hernias y llagas y otros tenían la cara picada de viruela o marcada con incisiones profundas. Por indicación de José, por fin varios hombres lo habían saludado con gestos serios y respetuosos y lo habían invitado a entrar en su mundo.

Recordó también que la visión de los amuletos que colgaban del arco —colas de oveja, calaveras y huesos de animales, plumas de gallina y de faisán, cuernos de antílope y conchas de caracol— no le había sorprendido tanto por su significado como por su variedad. En Pasolobino también colgaban patas de cabra sobre las puertas de las casas y calzaban piedras de formas curiosas en los tejados, sobre las bocas de las chimeneas, para espantar a las brujas. El miedo a lo desconocido era el mismo en todas partes: en África temían a los espíritus malignos y en los Pirineos, a las brujas. Sin embargo, una vez dentro del poblado, las diferencias entre Pasolobino y Bissappoo no podían ser más evidentes. El pueblo español consistía en pieles blancas, cuerpos tapados y sólidas construcciones cerradas para protegerse del exterior; el africano, en pieles negras, cuerpos semidesnudos y frágiles viviendas abiertas a una plaza pública. Aquella primera vez que Kilian subió al poblado de José ni se podía imaginar que ambos mundos, tan distantes entre sí, irían convergiendo en su corazón, lenta y persuasivamente, a medida que la sencilla desnudez de uno comenzara a suplir la sobria ornamentación del otro.

Unos chiquillos se abalanzaron sobre sus bolsillos esperando encontrar alguna golosina. Kilian los complació entre risas y repartió pequeños dulces y caramelos que había comprado en la factoría de Julia. Dos o tres mujeres que acarreaban cestos de ropa limpia y comida lo saludaron con la mano. Varios hombres detuvieron su andar pausado, se acercaron, dejaron en el suelo el arco con el que trepaban a las palmeras y estrecharon su mano como ellos lo hacían, sosteniéndola afectuosamente entre las suyas y llevándosela al corazón.

—Ösé... ¿Dónde están todas las mujeres? —preguntó Kilian—. ¡Me parece que no podré poner a prueba tu amenaza!

José se rio.

—Estarán terminando de preparar la comida y adornándose para la boda. Quedan pocas horas. A todas las mujeres les cuesta un buen rato pintarse con *ntola*.

—¿Y qué hacemos mientras tanto?

—Nos sentaremos en la *riösa* con los hombres a esperar que pase el tiempo.

Se dirigieron a una plaza cuadrada donde los muchachos jugaban y se celebraban las asambleas. En el centro, a la sombra de árboles sagrados, había unos arbustos con unos cuantos pedruscos que servían de asiento a un grupo de hombres que los saludaron agitando la mano. Unos pasos más allá se levantaban dos pequeñas cabañas donde adorar a los espíritus.

—¿No tienes que cambiarte de ropa? —Kilian dejó su mochila en el suelo junto a los otros hombres.

—¿Es que no voy bien así? —José llevaba pantalones largos y una camisa de color blanco—. Llevo lo mismo que usted...

—Sí, claro que vas bien. Es que pensaba que, como eres el padre de la novia, te pondrías algo más... más... de los tuyos...

—¿Como plumas y conchas? Mire, Kilian, a mi edad ya no tengo que demostrar nada. Todos me conocen bien. Yo soy el mismo aquí que abajo, en la finca. Con camisa o sin ella.

Kilian asintió, abrió la mochila y sacó tabaco y licores. Los hombres agradecieron los presentes con gestos de alegría. Los más jóvenes hablaban español y los más ancianos, que en realidad tendrían la edad de José y Antón, intentaban con gestos entenderse con el *öpottò* o extranjero. Cuando veían que la comunicación era imposible, entonces recurrían a los traductores. Kilian se mostraba siempre respetuoso y si tenía alguna duda, ahí estaba José para ayudarle. Se sentó en el suelo y se encendió un cigarrillo mientras esperaba a que los hombres terminaran de analizar y comentar sus presentes y centraran su atención en él.

Se fijó en que la piel de serpiente, cuyo nombre —*boukaroko*— le costaba repetir, colgaba con la cabeza mirando hacia arriba de la rama más baja de uno de los árboles, en vez de estar en las ramas altas, como la recordaba. Supuso que la habrían bajado para que los bebés alcanzaran a tocarla desde los brazos de sus madres. Los bubis creían que esa serpiente era como su ángel guardián, árbitro del bien y del mal, que podía proporcionarles riquezas o causarles enfermedades. Por eso, una vez al año se le rendía respeto llevando a los niños nacidos durante el año anterior para que tocaran con sus manos la cola de la piel.

No se veía movimiento en el exterior de las viviendas, dispuestas alrededor de la plaza. Todas eran chozas exactamente iguales, del mismo tamaño y protegidas por una barricada de estacas. Consistían en un rectángulo de paredes laterales de unos dos metros escasos de alto y paredes delanteras y traseras un poco más altas para el tejado. Las paredes estaban hechas de estacas atadas con lianas; los tejados, de hojas de palma atadas con ratán a la estructura. Kilian solo había entrado una vez en la de José porque la vida se hacía casi siempre en el exterior. Se había tenido que agachar mucho —la puerta era demasiado baja para él—, y se sorprendió de que solo tuvieran dos estancias separadas por una puerta de tronco de árbol, una con un fuego y la otra para dormir.

—¿Qué está mirando tan serio? —preguntó José.

—En realidad, estaba pensando que mi casa de Pasolobino es tan grande como cuarenta de estas viviendas.

Un hijo de José, un niño de unos diez años con ojos repletos de curiosidad llamado Sóbeúpo en el poblado y Donato en el colegio, tradujo sus palabras al bubi, y los hombres mayores emitieron sonidos de admiración.

—¿Y para qué necesita una casa tan grande? —preguntó el niño con extrañeza.

—Para todo. En una habitación se cocina, en otra, se habla, en otras, se duerme, y en las demás se almacena la leña o la comida para el invierno, el vino, las manzanas, las patatas, las judías, la carne de cerdo y vaca en sal… Cada cosa en su sitio. En el piso de abajo —le indicó a Sóbeúpo que le acercara un palito e hizo un dibujo en la tierra—, y en otros edificios, duermen los animales en invierno y se almacena la hierba seca para que coma el ganado cuando hay nieve…

En cuanto dijo la palabra *nieve*, comenzaron las risas y los diálogos en bubi y español entre los jóvenes y los ancianos. Kilian supuso que el resto de la tarde seguiría, como las otras veces, con un bombardeo de preguntas sobre las descripciones de la nieve y el frío helador. En efecto, a los pocos minutos volvieron a preguntarle por los esquís, esas tablas de madera que se ataban a los pies con las que los habitantes de Pasolobino se deslizaban para bajar a otras aldeas o, simplemente, para divertirse a través de los campos. Puso los ojos en blanco y con resignación se levantó para ofrecerles una nueva demostración de cómo funcionaban. Juntó los pies, flexionó las rodillas, levantó las manos con los puños cerrados y los codos doblados pegados a la cintura, y movió las caderas de un lado a otro. Un coro de risas, sonidos de asombro y palmadas acompañó su actuación.

—Perdone, Kilian… —José se enjugó los ojos mientras intentaba contener una nueva carcajada—. Comprenda que nunca hemos visto la nieve. ¡Ni siquiera existe una palabra en bubi para nombrarla!

Moviendo los brazos desde el cielo hasta el suelo, los jóvenes continuaron improvisando traducciones para los mayores —agua blanca, gotas heladas, copos blancos, cristales de espuma, polvo frío…— y estos movían la cabeza con el entrecejo fruncido, las comisuras de los labios curvadas hacia abajo y sujetándose la barbilla con la mano, mientras intentaban entender ese prodigio de los espíritus de la naturaleza.

Así se pasaron un par de horas. Era cierto, pensó Kilian. Los hombres no tenían nada mejor que hacer que conversar.

Por fin, al caer la tarde, empezó el movimiento entre las frágiles casas y en un momento la plaza se llenó de gente.

—Va a comenzar la ceremonia —avisó José poniéndose en pie—. Yo me tengo que sentar con mi mujer, Kilian. Nos vemos luego.

Varias mujeres jóvenes se agruparon y se dirigieron cantando y bailando a la choza de la novia. Cuando esta apareció por la puerta, se produjo un murmullo de aprobación. Kilian también emitió un sonido de admiración. No podía distinguir el rostro de la joven por culpa del ancho sombrero que llevaba, aparejado con muchas plumas de pavo real y sujeto al cabello con una púa de madera que lo atravesaba de parte a parte, pero era imposible que no guardase relación con la armonía de su cuerpo, del color del cacao más puro. Sobre su torso delgado, unos pechos pequeños y firmes surgían entre dibujos rojos de *ntola* y collares de *tyíbö*, cuentas de cristal y conchas que también adornaban sus estrechas caderas y sus proporcionados brazos y piernas. Toda ella parecía delicada y, sin embargo, su porte erguido, carente de toda timidez, y sus gestos resueltos lo atrajeron con la fuerza de un imán.

Mientras la gente la aclamaba y algunos se situaban tras ella, la muchacha dio unas vueltas por la plaza, cantando y bailando con las cuentas de cristal acariciando su piel, hasta que se sentó en un sitio preferente de la plaza donde la esperaban sus padres y su futuro marido. Al igual que Kilian, Mosi destacaba por su estatura sobre todos los demás, pero el sombrero de paja con plumas de gallina que lucía lo hacía parecer más alto todavía. Sus enormes brazos y piernas estaban adornados con pedazos de conchas y vértebras de serpiente, y de su cuello colgaban unos grasientos collares hechos con tripas de animal. No dejaba de sonreír y, al hacerlo, mostraba unos perfectos dientes blancos. Cuando la joven se acercó, la saludó con un movimiento de cabeza y su sonrisa se amplió aún más.

Un hombre que parecía el presidente de la asamblea se dirigió hacia la novia y comenzó a hablarle en un tono entre el consejo y la amenaza. A Kilian, situado respetuosamente en las últimas filas de los presentes, una voz familiar le explicó que el hombre instaba a la novia a serle siempre fiel a su esposo. Se giró y se alegró de ver a Simón.

—Me he tenido que escapar, *massa* Kilian —dijo el muchacho con una sonrisa nerviosa y humilde—. *Massa* Garuz traerá invitados después de la fiesta de la cosecha y nos quería a todos allí... Pero yo no me podía perder la boda, no, *massa,* eso sí que no. La novia y yo nos conocemos desde niños. Aquí casi todos somos familia...

—Está bien, Simón —lo tranquilizó Kilian—. Has llegado justo a tiempo.

—Entonces, ¿no le dirá nada al *big massa?*

Kilian negó con la cabeza y al muchacho se le iluminó la cara.

—He subido deprisa porque seguí la senda que usted y José abrieron. —Señaló sus ropas, las mismas de siempre: camiseta blanca, pantalones cortos, calcetines hasta la rodilla y gruesas botas—. Pero no me ha dado tiempo a cambiarme.

Se quitó la camisa y se liberó los pies.

—¡Así está mejor! —Señaló con el dedo hacia los novios y exclamó—: ¡Mire! ¡Esa es la madre de mi madre!

Una anciana se acercó a la pareja y les indicó que unieran las manos. Entonces les habló en tono suave. Simón le explicó que les estaba dando consejos. Al hombre le pedía que no abandonase a esa esposa a pesar de las muchas más que pudiera tener, y a la mujer, que no olvidase su deber de cultivar las tierras de su marido, elaborar su aceite de palma y serle fiel. Cuando terminó de hablar, unas voces emitieron un grito:

—¡*Yéi'yébaa!*

Y todos, incluido Simón, que abrió la boca más que nadie, contestaron:

—¡*Híëë!*

Kilian no necesitó al chico para entender que esos gritos de júbilo equivalían al ¡*hip, hip, hurra!* de su tierra. A la tercera vez, contagiado por el alborozo de las decenas de gargantas, él también se atrevió a repetir la respuesta.

Todos los presentes comenzaron a desfilar uno a uno ante los novios para dar la enhorabuena y expresar sus mejores deseos a la novia mientras los otros seguían con sus gritos. Ella respondía con una sonrisa y una leve inclinación de cabeza.

Kilian se vio empujado por los demás y no tuvo más remedio que permanecer en la fila para presentar sus respetos a la recién casada. Buscó en su mente las palabras apropiadas para felicitar a una novia desconocida, en ese caso, a una novia bubi de un poblado indígena de la isla de Fernando Poo, situada en ese recóndito lugar del mundo. Enseguida rectificó: ella no era una desconocida, sino la hija de un amigo. La felicitaría de la misma manera que a la hija de cualquier amigo. Levantó la vista en busca de la mirada de José y este le sonrió desde la distancia e hizo un gesto con la cabeza en señal de asentimiento.

Sintió un agradable cosquilleo en el estómago. ¡Así que ahí estaba él! ¡Un blanco en medio de una tribu de indígenas africanos en plena algarabía de fiesta! Si había deseado conocer las costumbres auténticas de ese país, lo había logrado con creces...

¡Cuando se lo contase a sus nietos, probablemente no le creerían!

A pocos pasos de la novia, pudo observarla de perfil con algo más de detalle, pero el sombrero seguía tapándole la cara. Le pareció muy joven, quizá tendría unos quince años.

«Demasiado joven para casarse —pensó—. Y más con Mosi.»

Quedaban tres o cuatro personas antes de que le tocara el turno. Simón, que no se había despegado de su lado, le traducía lo que decían:

—*Buë palè biuté wélä ná ötá biám.*

—No te adentres en regiones desconocidas.

—*E buarí, buë púlö tyóbo, buë helépottò.*

—Mujer, no salgas de la casa, no vagues por las calles, ni vayas a los extranjeros.

—*Buë patí tyíbö yó mmèri ò.*

—No rompas las frágiles conchas de tu madre.

Absorto como estaba intentando comprender el significado de esas felicitaciones, no se dio cuenta de que ella levantaba las manos para sujetarse el sombrero con una y liberarlo de la púa con la otra. Se encontró de repente frente a ella. Se puso nervioso y solo acertó a decir lo que decían en su pueblo:

—Yo… esto… ¡Enhorabuena! Espero que seas muy feliz.

Y entonces ella dejó caer el sombrero a un lado, levantó la cabeza hacia él y lo miró a los ojos.

Fue tan solo un instante, pero el mundo se detuvo y los cantos enmudecieron. Unos grandes e inteligentes ojos inusualmente claros lo atravesaron como dos lanzas. Se sintió un pequeño insecto en las redes de una enorme y pegajosa tela de araña esperando, con la tranquilidad que produce la certeza final de la cercanía de la muerte inminente, ser devorado en medio del clamoroso silencio de la selva.

Todas las facciones de su rostro redondeado estaban en equilibrio: su frente, amplia; su nariz, ancha y pequeña; su mandíbula y su barbilla, perfectamente acabadas para acompañar a unos labios del color de la mezcla más acertada de carmín y azul… Y sus ojos, grandes, redondos, más claros que el ámbar líquido más transparente, diseñados para fascinar al mundo solo con su existencia, y que en ese momento, fugaz y transitorio, le pertenecían solo a él y le hablaban, afligidos, del etéreo velo que los cubría.

Sus ojos no eran los de una novia enamorada. No tenían esa chispa que debería iluminar la expresión de una mujer el día de su boda. Su tímida sonrisa complacía a los asistentes, pero su mirada reflejaba tristeza, miedo y determinación a la vez, como si aceptase pasar por una situación que no aceptaba en el fondo de su ser.

¿Cómo no se había fijado antes en ella? Era de una hermosura hipnótica. No pudo evitar permanecer más tiempo frente a ella.

—¿Qué tienes que tus ojos están empañados en un día tan especial? —se preguntó en un susurro apenas audible.

La muchacha se estremeció levemente al escucharlo.

—¿Lo entenderías si te lo explicara, *massa*? —preguntó a su vez ella en perfecto castellano. Su voz era suave, ligeramente aguda—. No creo. Eres blanco y eres hombre.

—Lo siento —se disculpó Kilian, con el gesto somnoliento de quien despierta de un hechizo—. Por un momento he olvidado que hablas mi idioma.

—No es extraño que te haya sucedido. —Kilian se dio cuenta de que la muchacha lo tuteaba y sintió una extraña cercanía—. Es la primera vez que me preguntas algo.

Estaba a punto de responderle que esa no era la razón, pero, justo entonces, Simón le dio un golpecito con el codo y con gestos y susurros le indicó que Mosi comenzaba a dar muestras de impaciencia al ver que el blanco se demoraba más de lo necesario para felicitar a su joven esposa y que ella le sostenía la mirada. Kilian levantó la cabeza hacia el novio y Mosi le pareció más grande todavía. Intentó encontrar algunas palabras apropiadas. No sabía qué decirle.

—*Gud foyún* —dijo finalmente en *pichi*—. Buena suerte.

—*Tènki, massa clak* —respondió el coloso.

Cuando terminaron las felicitaciones individuales, el nuevo matrimonio comenzó a pasear por la población seguido de personas que tocaban unas campanas de madera con varios badajos y que cantaban de manera solemne.

Así terminó la procesión nupcial y comenzó la fiesta y la libación del vino de palma, que consistía en derramarlo por todas partes en honor de los espíritus. La bebida lechosa regó también el banquete nupcial a base de arroz, ñame, pechuguitas de paloma silvestre, guisos de ardilla y antílope, lonjas de culebra curada al sol y frutas variadas. Desde las nueve de la noche hasta el amanecer no cesó la danza, y, de cuando en cuando, se servían más licores para recuperar fuerzas y mantener el ánimo entusiasta.

José se encargó de que el cuenco de Kilian estuviese siempre lleno.

—Ösé..., tu hija, la novia... ¿cuántos años tiene? —preguntó Kilian, todavía impresionado por el efecto que la joven había producido en él.

—Creo que pronto cumplirá dieciséis.

—¿Sabes, Ösé? Nos pasamos tantas horas con los hombres en la *riösa* que no sé si he conocido a todos tus hijos.

—Dos mujeres se casaron en otros poblados —empezó a explicar José con algo de esfuerzo—, y dos en la ciudad, donde trabajan con sus maridos en casas de unos blancos de dinero. Aquí, en Bissappoo, tengo dos varones cultivando tierras...

—Pero... ¿cuántos tienes? —Contando a Sóbeúpo, a Kilian no le salían las cuentas.

—Entre hijos y nietos, muchos de los que ves hoy son parte de mi familia. —José soltó una risita—. Para el padre Rafael, tengo cuatro hijas y dos hijos. Pero a ti te puedo decir la verdad...

Con los ojos entrecerrados y la voz pastosa por el efecto del alcohol, causante también del imprevisto tuteo, confesó:

—La novia nació antes de Sóbeúpo, y después llegaron tres más... con otra mujer...

Apretó los labios y balanceó la cabeza. Un tanto abstraído comentó:

—Los dioses bubis me han favorecido, sí, ya lo creo. He tenido muchos y buenos hijos. Y muy trabajadores. —Señaló en dirección a los recién casados, luego se llevó el dedo a la frente y añadió con devoción—: Ella es muy inteligente, Kilian. ¡La más lista de mis diez hijos! En cuanto puede, coge un libro. Con *massa* Manuel aprenderá muchas cosas, sí, me alegro de que se instale en la finca.

—La verdad es que nunca me había fijado en ella... —dijo Kilian con voz neutra.

¿Cómo era posible que un hombre de color negro acharolado, casi azulado, como José, tuviera una hija de color caramelo oscuro?

—Los blancos siempre os quejáis de que todos los negros os parecemos iguales. —José se rio divertido—. No te creas... ¡A nosotros nos pasa lo mismo con vosotros!

«Si la hubiera conocido antes —pensó Kilian—, te aseguro que me resultaría imposible confundirla con otra.»

La buscó con la mirada.

¿Eran imaginaciones suyas o ella hacía lo mismo?

Mosi bebía y bebía y la sujetaba con fuerza para mostrar a todo el mundo que era suya. Kilian intentaba en vano borrar de su mente la imagen de Mosi apoderándose de su cuerpo desnudo.

—¿En qué piensas, amigo? —preguntó José.

—En nada... —Kilian volvió a la realidad—. ¿Sabes, Ösé? Las celebraciones son las mismas en todas partes. En mi pueblo también comemos, bebemos y bailamos en las bodas. Mañana habrá pasado la euforia y todo será igual.

—Nunca es nada igual, Kilian —comentó José, en tono sentencioso—. No hay dos días iguales, como tampoco hay dos personas iguales. ¿Ves a este hombre? —Hizo un gesto con la cabeza en dirección a su derecha—. Yo soy negro, sí, pero este aún lo es más.

—Tienes razón, Ösé. Nunca es nada igual. La prueba está en ti mismo... —José ladeó la cabeza con curiosidad y Kilian hizo una intencionada pausa para terminar su *topé* de un trago—. ¡Ya me estás tuteando...! ¿A que no era tan difícil?

Kilian cerró los ojos. Podía escuchar el silencio de su interior. Todo el bullicio del poblado sonaba como un murmullo lejano. El alcohol le producía una sensación plácida de flotabilidad y levedad.

Hay un breve instante, antes de caer en el sueño, en el que el cuerpo sufre los mismos síntomas que se sienten cuando uno se asoma a un precipicio.

Es vértigo.

Es una sensación que dura apenas un segundo. No sabes si vas a dormir o si vas a morir y no despertarás jamás. Es solo un momento. Una leve náusea. Una parada de la conciencia. Un vahído.

Luego la percepción del exterior se detiene por completo y se adueñan de ti las intermitentes imágenes de la noche.

Aquella noche, Kilian soñó con cuerpos desnudos bailando alrededor de una hoguera al ritmo de tambores endemoniados. Una mujer de enormes ojos claros, casi transparentes, y mirada inquietante y profunda lo invitaba a bailar. Sus manos se adueñaban de su cintura y subían hasta sus pequeños pechos, que vibraban incesantemente con la música. La mujer le susurraba al oído palabras excitantes que no comprendía. Luego se apretaba contra él. Podía sentir la suave presión de sus pezones contra su torso desnudo. De súbito, su rostro era el de Sade. Reconocía sus ojos almendrados y oscuros, sus pómulos altos, su fina nariz y sus labios carnosos como las frambuesas de otoño. A su lado, hombres enormes cabalgaban sobre mujeres mientras los cantos se hacían cada vez más agudos e intensos. Cuando volvía a mirarla, la mujer ya no era Sade, sino una figura borrosa que no lo dejaba marchar. Sus caricias eran cada vez más intensas. Él se resistía; ella le obligaba a mirar a su alrededor.

«Escucha. Mira. Toca. ¡Déjate llevar!»

Se despertó mojado.

Le dolía la cabeza por efecto de la bebida. Tenía el cuerpo lleno de manchas rojas por las picaduras del minúsculo *jenjén*. Por culpa del alcohol, se había olvidado de poner la mosquitera.

Le pareció escuchar música, pero al asomarse a la puerta de la choza que le habían preparado vio que el poblado estaba desierto.

Recordó la larga e intensa fiesta de la que había formado parte. José le había explicado que en la tradición bubi había dos tipos de boda: *ribalá rèötö*, o matrimonio para comprar la virginidad, y *ribalá ré rihólè*, o matrimonio de amor mutuo. El primero era el único y verdadero ante la ley, aunque se hubiera obligado a la mujer a contraerlo.

El comprador pagaba por la virginidad de la novia, pues se consideraba que una mujer que la hubiera perdido carecía de todo su valor y su belleza. El segundo, el matrimonio de amor mutuo, se consideraba ilegítimo y sin valor ante la ley. No había celebración, ni solemnidad, ni fiesta.

A esas horas...

¿Habría perdido ella su valor y su belleza?

Lo dudaba.

Hacía una mañana espléndida. La temperatura era deliciosa. Una fresca brisa refrescaba el bochorno de la noche.

Pero a Kilian le ardía el cuerpo.

VII

TORNADO WEATHER

TIEMPO DE TORNADOS

Kilian descendió la cuesta a toda prisa. El barco que traía a su padre de España había atracado hacía un rato y él llegaba con retraso. Cuando alcanzó la parte inferior, tres hombres estaban descargando la última gabarra en el espigón. Aparte de eso, no había más movimiento. Jadeante y sudoroso, se detuvo y buscó con la mirada a Antón. El sol provocaba sobre la superficie del mar miles de reflejos dorados que competían con los plateados de los bancos de sardinas. Se colocó una mano a modo de visera y entrecerró los ojos.

Como una diminuta sombra recortada sobre el horizonte infinito distinguió la figura de su padre de espaldas, sentado sobre su maleta de cuero y con los hombros algo hundidos. Kilian dio unos pasos en su dirección y abrió la boca para llamarle, pero se contuvo. Había algo en su postura que le extrañó. Esperaba encontrarlo caminando impaciente y enfadado por ser el último pasajero a quien iban a buscar, pero, en vez de eso, Antón parecía meditabundo, como si tuviera la mirada perdida en algún lugar más allá de la playa circular de la bahía enmarcada por los abanicos de las palmeras reales, las frondosas bananeras y los cocoteros. Esa imagen de absoluta soledad produjo en

Kilian un estremecimiento que intentó mitigar acelerando el paso y forzando una voz alegre:

—¡Perdóneme, papá! No he podido llegar antes. —Antón levantó la cabeza y, todavía ensimismado, lo recibió con una triste sonrisa.

Kilian se asustó al verle la cara. En pocos meses había envejecido años

—Es que... —continuó— había un árbol cruzado en la carretera por culpa de la tormenta de anoche. No fue muy fuerte, pero ya sabe cómo son estas cosas... He tenido que esperar un buen rato a que lo quitaran.

—No te preocupes, hijo. He disfrutado de unos momentos muy agradables mientras te esperaba.

Antón se puso de pie con lentitud y los dos se abrazaron. Aunque el cuerpo de su padre continuaba siendo el de un hombre bastante alto y fornido, Kilian sintió que el saludo, además de ser inusualmente prolongado, transmitía una honda debilidad a sus fuertes brazos.

—Venga, vamos. —Kilian carraspeó y cogió la maleta—. No sabe la de ganas que tengo de que nos cuente cosas de casa. ¿Cómo están mamá y Catalina? ¿Había mucha nieve cuando se fue? ¿Y tío Jacobo y su familia?

Antón sonrió y sacudió una mano en el aire.

—Será mejor que esperemos a juntarnos con tu hermano —dijo—. ¡Así no tendré que responder a todo dos veces!

Cuando llegaron al fondo del espigón, Antón lanzó una mirada al empinado camino y soltó un resoplido.

—¿Sabes, Kilian, por qué la llaman la *cuesta de las fiebres*?

—Sí, papá. ¿No se acuerda? Me lo contó Manuel el primer día.

Antón asintió.

—¿Y qué te dijo exactamente?

—Pues que nadie se escapa de... —No quiso terminar la frase y le ofreció el brazo con naturalidad—. Papá, es normal estar cansado después de un viaje tan largo.

Antón aceptó su brazo y ascendieron de manera pausada. Kilian no dejó de hablar en todo el trayecto hasta el coche y después hasta Sampaka, poniéndole al día de las cosas de la finca, de los demás empleados, de los braceros nuevos y de los más veteranos, de los conocidos de Santa Isabel, de las jornadas en los cacaotales... Antón escuchaba y asentía, incluso sonreía de vez en cuando, pero en ningún momento le interrumpió.

Él ya había vivido lo suficiente como para saber que la excepcional locuacidad de su hijo se debía al temor de llevar del brazo por primera vez a un padre que se sentía cansado y viejo.

—¡*Massa* Kilian! —Un sofocado Simón gritaba por la ventanilla del camión—. ¡*Massa* Kilian! ¡Rápido, venga!

El vehículo levantaba una gran polvareda por el camino de los cacaotales. Kilian estaba comprobando que las trampas para ardillas estuvieran bien colocadas. Las ardillas de su país eran animales graciosos que hacían las delicias de los niños. En Fernando Poo eran más grandes que conejos y se comían las piñas de cacao. Algunas incluso tenían alas para planear de un árbol a otro. El camión se acercó haciendo sonar el claxon con insistencia. Por fin se detuvo a su lado y Simón salió como una exhalación.

—¡*Massa*! —gritó de nuevo—. ¿Es que no me oye? ¡Suba al camión!

—¿Qué pasa? —preguntó Kilian, asustado por los gritos de su *boy*.

—¡Es *Masantón*! —Simón le explicó de un tirón, casi sin respirar—: Lo han encontrado inconsciente en la oficina... Está en el hospital con los *massas* Manuel y Jacobo. José me ha enviado a buscarle. ¡Vamos, suba al camión!

Aunque Simón condujo hacia la finca con peligrosa rapidez, a Kilian el trayecto al hospital se le hizo eterno. No podía dejar de pensar en su padre.

Desde marzo, la salud de Antón se había ido deteriorando progresivamente, lo cual no le había impedido comportarse ante sus hijos con total entereza. En ocasiones, incluso bromeaba para quitarle hierro al asunto, diciéndoles que el trabajo en la oficina, entre montañas de papeles, era mucho más duro que el de los cacaotales. Kilian y Jacobo habían renunciado finalmente a sus seis meses de vacaciones y habían solicitado posponerlas para más adelante, quizá para cuando su padre se encontrara mejor...

Lo único que había cambiado en la forma de ser de Antón era la constante necesidad de contar a sus hijos, de forma minuciosa, todos los detalles de las finanzas de Casa Rabaltué. Les repetía el número de cabezas de ganado que debían conservar, el importe acertado para vender bien una yegua, el precio de los corderos, el sueldo del pastor, y los segadores que se necesitarían ese verano para cortar la hierba y guardarla para el próximo invierno. También comentaba los arreglos que necesitaba la casa. Había que retejar, cambiar una viga del establo, enderezar un muro del gallinero, encalar las paredes del patio, mejorar la instalación eléctrica, y hacer un cuarto de baño más grande y completo. Con los sueldos de ambos hermanos, calculaba, más lo que producía la venta del ganado, tendrían para acometer todos esos proyectos. Si fallaba un sueldo, habría que ir poco a poco y arreglar algo cada año. Y por si no les había quedado claro, apuntaba todas las instrucciones y los cálculos en decenas de notas duplicadas con papel de calco: una copia para los hermanos y otra para enviar a España por correo. A pesar de la distancia, seguía dirigiendo Casa Rabaltué desde África.

También había aprovechado Antón varios momentos a solas con Kilian para contarle con más detalle otros asuntos más vagos que un buen amo debía tener siempre presente, como las relaciones entre las casas de Pasolobino y Cerbeán y las deudas y favores prestados y recibidos entre familiares y vecinos desde tiempos muy lejanos. Kilian lo escuchaba sin intervenir porque no sabía qué decir. Le producía una profunda tristeza ser consciente de que su padre le estaba dictando su testamento, por más que adoptase un tono casual, o utilizase como pretexto las cartas que llegaban desde casa cada vez con mayor frecuencia. Era evidente que su padre tenía una imperiosa necesidad de dejar todo dicho antes de...

El camión frenó bruscamente ante la puerta del hospital. Kilian subió las escaleras de tres en tres e irrumpió en la sala principal. Un enfermero lo reconoció y le indicó que pasara a una habitación contigua al despacho del médico. Allí vio a su padre postrado en la cama, con los ojos cerrados. Jacobo estaba sentado en un sillón en una esquina y se levantó nada más ver a Kilian. José permanecía de pie al lado de la cama. Una enfermera recogía utensilios en una pequeña bandeja metálica. Cuando se dio la vuelta para salir de la habitación, casi chocó con Kilian.

—¡Perdón! —se disculpó.

Aquella voz...

La muchacha alzó la cara y sus miradas se encontraron.

¡Era ella! ¡La novia de sus sueños! ¡La mujer de Mosi!

¡No sabía ni su nombre!

José se dirigió a su hija para preguntarle algo, pero en ese mismo momento entró Manuel.

—Ahora está sedado —informó—. Le hemos suministrado una dosis más alta de morfina.

—¿Qué quiere decir una dosis *más* alta? —preguntó Kilian, extrañado.

El doctor miró a José y este movió la cabeza a ambos lados. Kilian no sabía nada.

—¿Podríamos hablar en mi despacho?

Los cuatro pasaron a la otra estancia. Una vez dentro, Manuel fue directo al grano.

—Hace meses que Antón recibe morfina para soportar los dolores. No quería que nadie lo supiera. Tiene un mal incurable, intratable e inoperable. Es cuestión de días. Pocos días, me temo. Lo siento.

Kilian se giró hacia Jacobo.

—¿Tú sabías algo?

—Lo mismo que tú —respondió Jacobo con voz triste—. No tenía ni idea de que fuese tan grave.

—¿Y tú, Ösé?

José dudó antes de contestar:

—Antón me hizo jurar que no diría nada.

Kilian agachó la cabeza, presa del desaliento. Jacobo, también cabizbajo, se acercó y colocó una mano en el hombro de su hermano. Por un momento, coincidieron plenamente en sus pensamientos. Sabían que su padre estaba enfermo, pero no tanto. ¿Cómo había podido ocultarles la gravedad de la situación? ¿Por qué no le habían dado más importancia a su cansancio permanente, a su falta de apetito…? Todo era debido al calor, les había repetido mil veces… ¡Al maldito calor! ¿Lo sabría su madre? Los hermanos se miraron con los ojos llenos de congoja. ¿Cómo se lo iban a contar? ¿Cómo se le decía a una mujer que su marido iba a morir a miles de kilómetros de distancia y que nunca más volvería a verlo?

—¿Podremos hablar con él? —acertó por fin a preguntar Kilian con un hilo de voz.

—Sí. A partir de ahora tendrá momentos en los que estará despierto y consciente. Pero espero que la morfina le sirva para engañar el momento en que entre en la agonía final. —Manuel le dio unas palmadas en el brazo—. Kilian… Jacobo… Lo siento de veras. A todos nos llega la hora. —Se quitó las gafas y empezó a limpiar un cristal con una esquina de su bata—. La medicina no puede hacer más. Ahora sí que ya es la voluntad de Dios.

—Dios no envía la enfermedad —comentó José cuando regresaron al lado de Antón, que aún permanecía con los ojos cerrados—. El creador de las cosas bellas, del sol, de la tierra, de la lluvia, del viento y de las nubes no puede ser la causa de nada malo. La enfermedad es cosa de los espíritus.

—No digas tonterías —repuso Jacobo mientras Kilian se dirigía hacia su padre y le cogía la mano—. Las cosas son como son y punto.

La hija de José los observaba desde la puerta.

—Para nosotros —intervino con voz suave—, la enfermedad resulta de los maleficios de los espíritus de los antepasados que han sido insultados u ofendidos por el paciente o su familia.

Se acercó a José antes de continuar. Kilian se fijó entonces en que llevaba una bata blanca de manga corta abierta sobre un vestido verde pálido de anchos botones.

—Por eso mostramos tanto fervor al solicitar sus favores intentando satisfacerles con sacrificios, bebidas y fiestas funerarias.

José la miró complacido por su forma de explicar lo que a él le resultaba tan difícil. Kilian seguía en silencio.

—Pues entonces, dime —dijo Jacobo con sorna. Sus ojos centellearon—. ¿Qué haces tú en este hospital? ¿Por qué no te vas a invocar a los espíritus?

Kilian lamentó el tono de voz empleado por su hermano, pero ella respondió con la misma voz delicada y tranquila.

—Lo que no se puede evitar no se puede evitar. Pero sí podemos aliviar a un enfermo de su dolor. —Caminó hacia Antón y le colocó un paño de tela humedecido sobre la frente con mucha delicadeza—. La mayoría de las dolencias se calman con sencillos remedios de baños de agua fría o caliente, con unciones y fricciones de aceite de palma o de almendras, pomada de *ntola* o cataplasmas de hierbas y hojas, y con pociones de vino de palma mezclado con especias o con agua de mar.

Kilian observaba sus finas y pequeñas manos negras sobre el paño blanco. Lo apretaba ligeramente sobre la frente de su padre. Luego lo cogía y lo devolvía al cuenco, donde lo empapaba de nuevo, lo retorcía para escurrir el exceso de líquido y de nuevo lo colocaba amorosa-

mente sobre la frente o lo aplicaba con leves presiones sobre las mejillas. Se mantuvo absorto en ese proceso durante mucho rato. De
fondo escuchaba la conversación de los otros, pero en su mente solo
había lugar para la metódica labor de esas manos.

No quería pensar.

No quería enfrentarse a lo que iba a suceder.

—A veces —empezó José, refiriéndose a su hija con orgullo—,
massa Manuel le permite aplicar algunos de nuestros conocimientos
ancestrales…

Jacobo lo interrumpió irritado y se puso en pie.

—¡Pues dime tú, ya que sabes tanto, qué remedio hay para mi
padre!

Kilian volvió a la realidad de la habitación.

—¡Cálmate, Jacobo! —le increpó—. A José le duele tanto como a
nosotros lo que le pasa a nuestro padre.

Jacobo soltó un resoplido escéptico y volvió a sentarse.

—Dime, Ösé. —Kilian hablaba a su amigo, pero tenía clavada la
vista en la joven enfermera—. ¿Qué harías si fuera tu padre?

—Kilian, yo no dudo de las medicinas de los extranjeros. No te
ofendas, pero en su estado, yo… —Titubeó unos segundos y finalmente dijo con convicción—: Consultaría a un brujo doctor para
que rezase por él.

Se oyó una risa sarcástica desde el sillón de la esquina. Kilian hizo
un gesto enérgico con la mano para que su hermano se callara y pidió
a José que continuara.

—Si fuese mi padre —prosiguió este—, lo llevaría a la capilla del
espíritu protector más poderoso de mi poblado para que lo liberase
de la maldición que lo atormenta. Sí, eso haría.

—Pero no podemos moverlo en su estado, Ösé —objetó Kilian—.
Y tampoco nos lo permitirían ni Manuel ni el señor Garuz.

—Tal vez podría conseguir que… —propuso José con cautela—
nuestro doctor viniera aquí.

Jacobo se levantó furioso.

—¡Claro! ¡No será nada difícil convencerle a cambio de tabaco y alcohol!

Kilian no dijo nada. Seguía mirando fijamente a la hija de José, que levantó la cabeza y clavó la mirada en él esperando una respuesta. Sus ojos claros parecían querer decirle que no perdía nada al intentarlo; que lo que consolaba a unos bien podía confortar a otros. ¿Se atrevería a solicitar la ayuda de los indígenas? Ella parecía desafiarlo sin palabras.

—De acuerdo —accedió finalmente.

Ella sonrió y se volvió hacia su padre.

—Enviaré a Simón a Bissappoo —dijo simplemente.

Jacobo cruzó la habitación moviendo la cabeza de un lado a otro en dirección a la puerta.

—¡Esto es ridículo! —bramó—. ¡Tanto contacto con los negros te ha trastornado! ¡Estás loco, Kilian!

Salió dando un portazo. Kilian corrió tras él y lo detuvo en las escaleras de la entrada.

—¿A qué ha venido eso, Jacobo?

Su hermano no lo miró a los ojos.

—Está claro. Hace tiempo que prefieres los consejos de José a los míos.

—Eso no es cierto… —protestó Kilian. Jacobo torció el gesto—. Papá y José son amigos, Jacobo. Solo quiere ayudar.

—Ya has oído a Manuel. Papá se va a morir. Es inevitable. Tal vez tú prefieras agarrarte a falsas esperanzas, pero yo no. Está bien atendido. Eso es lo que importa. —La voz le tembló—. Solo quiero que todo acabe cuanto antes. Llegados a este punto, sería lo mejor.

Miró a Kilian y vio que este permanecía callado con los labios fuertemente apretados. Intentó recordar en qué momento Kilian había comenzado a alejarse de él. La fugaz imagen de un joven hermano preguntándole miles de cosas y escuchando sus respuestas con asombro, admiración y total credulidad cruzó por su mente. De eso hacía mucho tiempo. Las cosas habían cambiado demasiado deprisa: Kilian ya no lo necesitaba, su padre se moría, y él se sentía cada día más solo. La culpa de todo la tenía la isla. Atrapaba a sus habitantes con sus intangibles redes, a cada uno de una manera diferente. Y acabaría con todos ellos como antes lo hiciera con otros.

—Te has vuelto testarudo, Kilian. Antes no eras así. Deja a papá tranquilo, ¿me oyes?

—He dado mi consentimiento y no pienso volverme atrás —replicó su hermano con voz firme.

—Eso ya lo veremos.

Antón tuvo breves momentos de lucidez en los que pudo conversar con José y sus hijos, sobre todo con Kilian, quien apenas se movió de su lado en las siguientes horas. Quizá fue la primera vez en sus vidas que padre e hijo hablaron sin prisa ni vergüenza de temas más personales. La lejanía del hogar, el clima aturbonado de junio y la certeza de la despedida inevitable creaban el ambiente perfecto para las confidencias entre hombres de la montaña acostumbrados a la vida dura.

—Kilian, no es necesario que estés aquí todo el tiempo —le dijo una vez más Antón—. No debes abandonar el trabajo. Ve con Jacobo, anda.

A Jacobo las paredes del hospital se le caían encima y prefería suplir a Kilian en sus tareas con tal de alejarse de ese entorno de dolor.

—No lo abandono, papá. Pueden prescindir de mí. En esta época todos estamos a la espera de que los frutos maduren para la próxima cosecha. No sé si son imaginaciones mías, pero cada año las piñas de cacao son más grandes…

—Aquí estoy bien —afirmó Antón con todo el convencimiento del que fue capaz, en un intento de aliviar el evidente sufrimiento interior por el que estaba pasando su hijo—. Las enfermeras me cuidan muy bien, sobre todo la más jovencita, la que está aprendiendo, la hija de José. ¿Te has fijado en sus ojos, hijo? Son casi transparentes…

Kilian asintió. Sabía perfectamente cómo eran los ojos de la muchacha, su rostro, sus manos, su cuerpo… Cuando ella aparecía por la puerta, su sola presencia servía de efímero bálsamo para su desaliento. Estaba muy asustado. Había visto morir animales y era muy desagradable. Había visto a familiares y vecinos muertos en los velatorios de su tierra. De pronto te avisaban y uno que vivía había muerto. Sin embargo, la certidumbre de que él estaría presente cuando su padre exhalara el último suspiro le ponía enfermo. Era una experiencia por la que no quería pasar y no le quedaba más remedio. No sabía ni qué decir. Ahora conversaban y tal vez dentro de una hora… Seguro que su madre hubiese sido mejor acompañante en ese tramo final de la vida. Por lo menos, más cariñosa. Pensó en Mariana y Catalina, a quienes acababa de enviar un telegrama por medio de Waldo para notificarles la situación. Había llorado tanto que ante su padre ya no le quedaban lágrimas. Mejor.

—¿Kilian?

—Dígame, papá.

—Tendrás que encargarte de la casa y de la familia. Eres más responsable que Jacobo. Prométeme que lo harás.

Kilian asintió sin ser consciente entonces de que hay promesas que pesan más que una losa de piedra. Se encargaría de Casa Rabaltué igual que lo habían hecho sus padres y otros antes que ellos.

—¿Por qué volvió, papá, si no se encontraba bien? En la Península hay buenos médicos y estaría en casa bien cuidado y acompañado.

Antón titubeó antes de responder:

—Bueno, he hecho como los elefantes, buscar mi sitio para morir. He pasado tantos años aquí que hasta me parece justo. Esta tierra nos ha dado mucho, hijo. Más que nosotros a ella.

A Kilian no le convenció la respuesta.

—Pero papá… Lo normal sería estar en casa, con mamá…

—Si te lo explicara, no sé si me entenderías.

Kilian recordó haber escuchado esa frase varias veces en su vida.

—Inténtelo.

Antón cerró los ojos y suspiró.

—Kilian, yo no quería que tu madre viera mi cuerpo sin vida. Tan sencillo como eso.

Kilian se quedó helado ante la franqueza de su padre.

—Tu madre y yo —continuó Antón— nos hemos querido mucho a pesar de la distancia. Cuando nos despedimos, los dos sabíamos que no nos volveríamos a ver. Eso es algo que se sabe, no son necesarias las palabras. Dios ha querido que yo me vaya primero y le doy gracias por ello…

Su voz se quebró. Cerró los ojos y apretó los labios con fuerza para contener la emoción. Al cabo de unos segundos, abrió los ojos, pero su mirada ya no era la mirada serena de antes.

—Me gustaría descansar un poco —dijo, con voz queda.

Kilian solo quería que el tiempo girase en el sentido contrario a las agujas del reloj y lo enviara de regreso a los verdes campos de la montaña para que su madre guisara conejo o sarrio con chocolate y preparara rosquillas los días de fiesta, para que su padre le trajera regalos de una tierra lejana, su hermana protestase por sus travesuras con los brazos en jarras, su hermano le retase a caminar por los más altos muros de piedra mientras saboreaba un trozo de pan con nata de la cremosa leche de vaca y azúcar, y la nieve apaciguase la melancolía de los otoños.

En cuanto faltara su padre, él tendría gran parte de la responsabilidad de cuidar de su familia y de la casa heredada generación tras generación. Deseó ser como Jacobo, ahuyentar las penas con cuatro guiños y varios sorbos de *malamba*, whisky y *saltos* de coñac, y expulsar sus temores en forma de enojo antes de que anidasen en su corazón.

Pero él no era así.

Apoyó la cabeza entre las manos y permaneció un largo rato evocando su infancia y su juventud.

Un escalofrío le recorrió el cuerpo.

Su alma se helaba y añoraba la nieve.

Se estaba haciendo mayor y tenía miedo. Mucho miedo.

La puerta se abrió y Kilian dirigió una anhelante mirada en esa dirección, pero esta vez entró José. Se acercó a la cama y estrechó la mano de Antón con afecto, sosteniéndola entre las suyas todo el tiempo.

—¡Ah, José, mi buen José! —Antón abrió los ojos—. Tú también estás aquí ahora. ¿Y esa cara? —Intentó bromear—. Tengo más suerte que los indígenas, José. ¿Sabes, Kilian, qué hacían los bubis antes cuando uno estaba muy grave? Lo llevaban a un cobertizo de su poblado y allí lo dejaban. Todos los días le ponían por la parte de fuera un plátano o ñame asado y un poquito de aceite de palma para su sustento y así continuaba hasta que la muerte ponía fin a sus sufrimientos.

Hizo una pausa porque tanto hablar le suponía un gran esfuerzo.

—Me lo contó un misionero, el padre Antonio creo que se llamaba, que convivió muchos años con los bubis. Dime, José, nunca te lo había preguntado... ¿Es cierto? ¿Hacíais eso?

—Los espíritus siempre nos acompañan, Antón, en una cabaña o en este hospital. Nunca estamos solos.

Antón esbozó una pequeña sonrisa y cerró los ojos. José liberó su mano con suavidad y se acercó a Kilian. De fondo, se escuchaban unas voces que provenían del otro lado de la pared.

—El padre Rafael está discutiendo con el doctor —le informó José en un susurro—. Tu hermano les ha contado que piensas dejar que uno de nuestros médicos trate a Antón.

Kilian frunció el ceño y salió al pasillo. Desde el despacho de Manuel llegaban las voces acaloradas de varios hombres, entre ellas la de su hermano. Abrió la puerta sin llamar y todos se callaron. Manuel estaba sentado ante su mesa, frente a Jacobo y al padre Rafael, que permanecían de pie.

—¿Hay algún problema? —preguntó Kilian directamente.

—Pues sí, Kilian —respondió enseguida el padre Rafael, con las mejillas coloradas por el enfado—. Has de saber que no me parece nada bien que uno de esos brujos se acerque a tu padre. Si ni siquiera nuestra desarrollada medicina ha sido suficiente para curarle, eso quiere decir que está en manos de nuestro Dios, el único y verdadero. ¿A santo de qué vas a permitir que un pagano pose sus manos sobre él? ¡Es ridículo!

Kilian lanzó a su hermano una mirada de reproche. Podían haberse evitado esa situación si no se hubiera ido de la lengua. Con los ojos clavados en Jacobo, alegó:

—Mi padre… Nuestro padre ha repartido su vida entre Pasolobino y Fernando Poo. Yo diría que casi al cincuenta por ciento. No veo por qué no puede despedirse de este mundo con los honores de cada sitio.

—¡Porque no está bien! —soltó el sacerdote—. ¡No puedes compararlas! Tu padre siempre ha sido un buen católico. ¡Lo que quieres hacer es absurdo!

—Si estuviera aquí mamá —intervino Jacobo—, te haría entrar en razón.

—¡Pero no está, Jacobo! ¡No está! —gritó Kilian. Sorprendido por su reacción, se sentó en una de las sillas dispuestas frente a la mesa de Manuel, bajó la voz y preguntó en tono desafiante—: ¿Hay en toda la isla, en el gobierno civil, o en los mandamientos de la Iglesia, alguna ley escrita que prohíba explícitamente a un negro rezar por la salvación del alma de un blanco?

—No, no la hay —respondió tajante a sus espaldas el padre Rafael, dando cortos paseos con las manos juntas sobre su grueso vientre—. Pero estás sacando las cosas de quicio, Kilian. Lo que tú quieres no es que un negro rece, sino que cure a tu padre. Es eso, ¿verdad? No estás poniendo en duda solo la actuación de los médicos, sino la voluntad de Dios. Eso es pecado, hijo. Estás cuestionando a Dios. Más que eso. Pretendes retar a Dios.

Se dirigió al doctor:

—Manuel, dile que todo este asunto es... es... ¡una completa sinrazón!

Manuel miró a Kilian y suspiró.

—Ya no hay remedio, Kilian, ni con nuestra medicina ni con la bubi. Todo lo que hagas será una pérdida de tiempo. Y no solo eso. Aunque no esté prohibido, si se entera Garuz, se pondrá furioso. No le parecerá nada adecuado que se sepa que los blancos hacemos caso de las tradiciones negras. —Sus dedos tamborilearon sobre la mesa—. No están las cosas para bromas, en estos momentos, ya sabes..., con esos aires de independencia...

—Confío en la discreción de José —adujo Kilian con obstinación—. Y espero poder confiar también en la vuestra. ¿Alguna cosa más?

El padre Rafael apretó los labios y sacudió la cabeza mostrando su disconformidad por el incomprensible empeño de Kilian. Se dirigió airado hacia la puerta, puso la mano en el pomo y dijo:

—Haz lo que quieras, pero yo le daré el último santo sacramento después de que ese... —Se interrumpió y reformuló sus palabras antes de salir—: *Yo* seré el único y último en darle la extremaunción.

Se hizo un incómodo silencio. Jacobo, que había permanecido callado mientras los otros exponían sus razones, comenzó a caminar nervioso de un lado a otro mesándose el cabello y emitiendo algún que otro resoplido. Finalmente se sentó al lado de su hermano.

—También es mi padre, Kilian —dijo—. No puedes hacer esto sin mi consentimiento.

—¿No te basta con que yo quiera hacerlo? ¿Qué más te da? ¿Qué hay de malo, Jacobo? ¿Y si hubiera algo...? Manuel, tú mismo nos has contado cosas de las plantas que investigas… —Manuel negó con la cabeza.

Kilian apoyó los codos sobre la mesa y se frotó las sienes. Tenía que hacer verdaderos esfuerzos para no echarse a llorar delante de los dos hombres.

—¡Solo tiene cincuenta y siete años, maldita sea! ¿Sabéis cuántos nietos tiene José? ¡Pues papá nunca conocerá a los suyos! No ha hecho otra cosa en toda su vida que trabajar, partirse la espalda para conseguir una vida mejor para nosotros, para su familia, para la casa… No es justo. No. No lo es.

—Está bien, allá tú. —Jacobo suspiró, derrotado al fin por el tono implorante de su hermano—. Pero yo no quiero saber nada.

Lanzó una breve mirada de soslayo al médico.

—¿Manuel?

—En última instancia no es asunto mío. Te aprecio, Kilian… —titubeó imperceptiblemente—, os aprecio a los dos, Jacobo. No servirá de nada, ni para mal ni para bien. Por tanto, a mí me da igual lo que hagáis…, lo que hagas, Kilian. —Se encogió de hombros—. Después de tantos años en Fernando Poo, pocas cosas pueden sorprenderme ya.

A la mañana siguiente, cuando llegó el hechicero o *tyiántyo*, Antón estaba prácticamente en coma. Apenas balbucía algunas palabras inconexas. Nombraba a personas y ocasionalmente sonreía. De pronto ponía cara de sufrimiento y se quejaba y su respiración se volvía dificultosa.

Solo José y su hija acompañaban a Kilian en la habitación.

Nada más entrar, el médico y sacerdote bubi agradeció al hombre blanco los generosos presentes que había enviado por medio de Simón. Enseguida preparó su intervención. Primero se colocó un llamativo sombrero de plumas y una larga falda de paja y encendió una pipa. Después, empezó a atar diversos amuletos en los brazos, cintura, piernas y cuello de Antón. José había adoptado una actitud respetuosa, de pie, con la cabeza agachada y las manos cruzadas, y su hija se movía por la habitación atendiendo a las indicaciones del doctor con exquisita diligencia y serenidad. Los amuletos eran conchas de caracol, plumas de aves, mechones de pelo de oveja y hojas del árbol sagrado *Iko*.

Kilian observó la escena en silencio, sin intervenir. Supuso que esos objetos, como los de la entrada a Bissappoo, servían para ahuyentar a los malos espíritus. Al ver a su padre decorado de esa manera, parte de su ser empezó a arrepentirse de no haber hecho caso a su hermano. Pero en algún lugar de su corazón parpadeaba la pequeña llama de un ingenuo e irracional anhelo que, alimentado por los relatos poblados de milagros que recordaba de su infancia y por la imagen de aquella Fe de Zaragoza que sujetaba con su firme brazo a un hombre sin fuerzas, lo mantenía con la vista clavada en Antón esperando un gesto enérgico, una sonrisa abierta, un movimiento ágil que indicara que todo había sido una falsa alarma, una gripe, un engañoso ataque de paludismo, un cansancio pasajero…

El brujo desató de su cintura una calabaza rellena de pequeñas conchas y comenzó el ritual. Invocó a los espíritus y les pidió que revelara la enfermedad, su causa y la medicina más efectiva para su cura. Extrajo dos pequeñas piedras muy redondas y lisas de una bolsa de cuero y las colocó una sobre otra. Las piedras, explicó José, eran la herramienta imprescindible para averiguar si el enfermo se recuperaría o moriría. No había más alternativas.

El hechicero hablaba, silbaba, murmuraba, susurraba. Kilian no podía entender ni las preguntas ni las respuestas. Al cabo de un rato, cuando José tradujo el diagnóstico final —el enfermo no había cumplido sus obligaciones para con los muertos y, probablemente, moriría—, la débil llamita se extinguió en el corazón de Kilian y un definitivo vacío ocupó su lugar. Agachó la cabeza y apenas fue consciente de que, a instancias de José, le prometía al brujo que él no caería en el mismo error y cumpliría las obligaciones requeridas para con sus antepasados fallecidos. Entonces, el doctor bubi asintió satisfecho, recogió sus cosas y se marchó.

—Has hecho bien, Kilian. —José, complacido y agradecido por el respeto del joven hacia sus tradiciones bubis, apoyó una mano en su hombro.

Kilian no se sintió reconfortado por las palabras de José. Arrastró una silla y se sentó al lado de su padre. La hija de José le dedicó una tímida sonrisa a la que él no respondió, por lo que terminó de arreglar el embozo de las sábanas y salió seguida de su padre. Durante un buen rato, Kilian sostuvo la mano de Antón fuertemente apretada entre las suyas, impregnándose del calor caduco de su cuerpo. Las aspas del lento ventilador del techo marcaban el paso del tiempo con golpes regulares y monocordes, rompiendo cruelmente la falsa quietud del estado de ánimo del joven.

Un largo rato después, Jacobo entró en la habitación, acompañado del padre Rafael. Los dos hermanos observaron en actitud respetuosa, en la misma postura que había adoptado José ante el hechicero bubi, como Antón recibía los santos sacramentos y la bendición apostólica de manos del sacerdote.

De pronto, como si sintiera la presencia de sus dos hijos, Antón empezó a manifestar un desasosiego que nada podía calmar, ni las palabras de los hombres, ni los mimos de la enfermera a la que Jacobo llamó, nervioso, ni la nueva dosis de morfina que pidieron que Manuel le suministrara. Apretaba con una inusitada fuerza las manos de los hermanos y movía la cabeza de un lado a otro como si luchase contra una fuerza descomunal.

En un momento, Antón abrió los ojos y dijo en voz alta y clara:

—Los tornados. La vida es como un tornado. Paz, furia y paz de nuevo.

Cerró los ojos, su intranquilidad cesó, y expiró.

Fue un sonido seco, ronco, rápido.

Entonces, Kilian pudo observar con total aflicción como llegaba la temida pérdida de expresión, la rigidez del rictus y el acartonamiento de la carne.

Eso era la muerte.

Cuando el peor tornado que recordaban los más viejos arrasó la finca, Kilian lo analizó en profundidad para comprender las últimas palabras de su padre. Hasta entonces, un tornado simplemente había sido para él una combinación de viento, lluvia y furiosas descargas eléctricas. Un calor sofocante precedía al fenómeno; durante el tornado la temperatura bajaba entre doce y veinte grados; y después de la lluvia volvía el calor intenso y desagradable.

Sin embargo, esta vez no pudo ser un mero espectador, sino que su espíritu se mezcló con la tormenta y él mismo rugía y se destruía.

Todo comenzó con una nubecilla blanca que se apreciaba en el cenit; una nubecilla que iba creciendo y oscureciéndose a medida que descendía hacia el horizonte. De momento pareció que todo ser viviente cesaba su actividad; la naturaleza parecía muerta.

No se oía ni un ruido.

Kilian recordó ese instante previo al primer copo de nieve; esa calma intensa que produce una sensación placentera de debilidad e irrealidad.

Reinaba una tranquilidad absoluta, profunda, solemne. Empezaron a sentirse ecos lejanos de truenos y a verse relámpagos que se acercaban. Los relámpagos eran tan intensos que parecían durar minutos en los que la atmósfera se incendiaba. Y de pronto, el viento; rachas de tal furia que doblaba todo.

El tornado duró más de lo normal y concluyó con un furioso diluvio. El viento y la lluvia amenazaban con acabar con el mundo, pero, cuando cesaron, la atmósfera fue invadida por una pureza y una claridad deliciosas. Los seres vivos volvían a palpitar de una forma nueva, como activados por un fuego regenerador.

De la misma manera, tras la muerte de Antón, Kilian pasó de la calma del aturdimiento a la cólera.

La claridad y serenidad posteriores tardarían años en llegar.

Decidieron que el cuerpo de Antón fuera enterrado en el cementerio de Santa Isabel, en una tumba abierta en la tierra.

Las enfermeras limpiaron y vistieron el cadáver de Antón con presteza ante las miradas angustiadas de Jacobo y Kilian. La hija de José le pintó unas pequeñas marcas en el pecho, cerca del corazón.

—Estas señales hechas con *ntola* purifican tu cuerpo —murmuró—. Ahora serás recibido con todos los honores tanto por tus antepasados blancos como por los nuestros. Podrás pasar de un entorno a otro sin dificultad.

El féretro salió del hospital y cruzó el patio principal de la finca a bordo de un camión que lo conduciría a la ciudad. Los empleados de la finca siguieron al camión repartidos entre un par de furgonetas y el Mercedes del gerente, conducido por un triste Yeremías, que había solicitado a *massa* Garuz que le permitiera hacer de chófer de los hermanos en recuerdo del fallecido. Al paso del cortejo fúnebre, la mayoría de los trabajadores cerraron las puertas y ventanas de sus barracones y algunos hicieron sonar unas campanas de madera.

Los africanos creían que el alma seguía al cuerpo hasta que era enterrado. E incluso que, una vez enterrado, el alma continuaba rondando cerca de los lugares donde había vivido el fallecido. Por eso tocaban las campanas al paso de un cuerpo sin vida: pretendían asustar y desorientar al alma para que no retornase al pueblo. Y por eso mismo cerraban puertas y ventanas. Kilian escuchaba las explicaciones de José mientras las palmeras reales de la entrada y salida de Sampaka estampaban su intermitente reflejo sobre la superficie brillante del vehículo. Dejó volar su imaginación hacia las cumbres de Pasolobino e imaginó cómo hubiera sido el entierro de Antón en su pueblo. Cuando alguien fallecía, permanecía unas horas en su casa y tenían lugar el velatorio y el rezo del rosario. El murmullo de los rezos y letanías en latín servía para calmar el dolor de los presentes. Mientras se repetían las oraciones nadie lloraba ni se lamentaba; a fuerza de decir una y otra vez lo mismo, la respiración se tornaba regular y desaparecía momentáneamente la ansiedad. La mente estaba ocupada en recordar, responder y repetir.

En tiempos pasados —que Kilian recordaba vagamente—, mientras los hombres se encargaban de preparar el féretro a medida, la tumba en el cementerio, las sillas en la iglesia y la casa para recibir visitas, las mujeres cocinaban para los familiares y vecinos de otros pueblos que acudían a dar el pésame. Cocían grandes ollas de judías, el menú típico de los funerales. A ratos lloraban y a ratos comentaban si necesitaban rectificar de sal o no. Para los niños, un entierro era como una fiesta en la que conocían a parientes lejanos, solo que, a diferencia de otras fiestas, en esta algunos lloraban o tenían los ojos enrojecidos. Al día siguiente, los varones más fuertes de la familia sacaban a hombros el sencillo féretro de tablas de madera por la puerta principal de la casa, la que daba a la calle y no a los huertos, y la gente lo seguía hasta la iglesia, donde se celebraba una misa. Después, precedido por el sacerdote, lo trasladaban al cementerio situado al lado de la iglesia. Todos los recorridos del cadáver se realizaban al son del tañido lento y uniforme de la campana de la iglesia, cuyo sonido resaltaba tétricamente sobre el silencio del proceso.

Kilian nunca se había preguntado por qué se tocaba la campana de esa manera en los funerales.

Tal vez, como la campana bubi de varios badajos, sirviera para desorientar el alma del muerto.

Pasolobino estaba muy lejos.

¿Podría el alma encontrar el camino de vuelta?

Habían elegido un rincón del cementerio, a la sombra de dos enormes ceibas, para que descansasen allí los restos de Antón. Varios hombres, contratados por Garuz, colocaron una sencilla cruz de piedra en la que los hermanos habían encargado tallar el nombre de su padre, el de su casa y el lugar y fecha de nacimiento y fallecimiento. A Kilian le resultó muy extraño dejar escrito el nombre de Pasolobino en ese rincón de África.

Todos los empleados de la finca, incluidos el gerente y Manuel, así como Generosa, Emilio, Julia y conocidos de Santa Isabel, acompañaron a los hermanos en el entierro. De todos, Santiago era el más afectado porque había llegado a la isla a la vez que Antón, décadas atrás. De cuando en cuando, Marcial le daba unas palmaditas en el hombro, pero solo conseguía que el otro derramara más lágrimas por su pálido y enjuto rostro.

Cuando el féretro descendió al interior de la tierra, con los pies en dirección al mar y la cabeza hacia la montaña por indicación de José, Jacobo se aferró agradecido a la mano de Julia, que sujetaba la suya con fuerza. Sintió la mano libre de ella acariciando su brazo y se dejó confortar por sus palabras de ánimo y consuelo. Cuando la tierra terminó de cubrir el hoyo y Manuel se acercó para avisar a su novia de que los demás se retiraban, Jacobo se resistió a soltar esa mano firme y suave que le proporcionaba entereza. Finalmente, Julia se puso de puntillas, le dio un beso en la mejilla, acarició su rostro con gestos breves y cariñosos, lo miró con ojos embargados de pena y se marchó.

Junto al redondeado caballón quedaron Kilian, Jacobo y José, quien se apartó para coger unos objetos que había ocultado discretamente antes del entierro. Con una pala cavó un agujero a la cabeza de la tumba y plantó un pequeño árbol sagrado. Luego rodeó el montículo con unas piedras y unos palos.

—Esto servirá para ahuyentar las almas de los otros muertos —explicó.

Jacobo se retiró unos pasos, pero no dijo nada. Ahora ya daba lo mismo lo que dijese, y tanto su hermano como él mismo estaban tan tristes que no era un momento adecuado para comentarios mordaces.

Kilian no apartaba su vista de las letras grabadas en la cruz de piedra.

«¿Quién visitará su tumba cuando ya no estemos aquí?», se preguntaba.

Sabía que incluso para José sería difícil acudir a limpiar la tumba y ponerle flores. Yeremías le había explicado que, una vez enterrados sus muertos, los bubis tenían mucho miedo de visitar los cementerios y de limpiar los sepulcros. Creían que hacerlo podría provocar muchas muertes en el poblado. Si estuviese en Pasolobino, su madre iría primero todos los días a hacerle compañía en su descanso eterno, y luego, todas las semanas. Siempre habría alguien hablando a sus pies.

«¿Por qué volvió de España? —pensó—. ¿Por qué me ha hecho pasar por esto?»

Tendría que revivir los últimos días al escribir la carta a su madre. Ella querría saber todos los detalles: sus últimas palabras, el momento de la extremaunción, el sermón del sacerdote alabando sus cualidades y recordando los momentos más relevantes de su vida, y el número de asistentes y los pésames recibidos. Tendría que ponerlo por escrito y aparentar que él se encontraba bien a pesar de todo y que no tenía por qué preocuparse, que la vida seguía y que tenía mucho trabajo, y que el dinero no faltaría.

—¿En qué piensas? —preguntó José.

—Me pregunto… —respondió Kilian, señalando con la cabeza hacia la tumba de Antón— dónde estará ahora.

José se acercó.

—Ahora está con los miembros de vuestra familia fallecidos anteriormente. Seguro que está feliz con ellos.

Kilian asintió con resignación y mentalmente rezó una sencilla oración con la que deseaba un buen viaje a su padre, dondequiera que estuviese.

Jacobo comenzó a caminar hacia la verja de entrada del cementerio para que no lo vieran llorar.

Antón falleció a finales de junio de 1955, el mismo día que comenzaban las fiestas patronales en su valle en honor de los santos del verano. En julio comenzaba la cosecha de los pastos en Pasolobino; en agosto, la del cacao en Fernando Poo, que se prolongaría hasta enero del año siguiente. Eran los duros meses de trabajo en los secaderos.

Kilian trabajaba día y noche. Toda su vida giraba en torno al trabajo. Y cuando descansaba no hacía sino fumar y beber más de la cuenta. Se volvió huraño, taciturno e irascible. Jacobo y José, los únicos con los que conversaba algo, comenzaron a preocuparse. Nadie podía resistir semejante esfuerzo físico. Al principio, creyeron que su enfado y ansiedad eran el resultado lógico de la muerte de Antón. Pero no remitían con el paso de las semanas.

Al contrario: trabajaba por dos siguiendo una disciplina dura e intransigente.

Estaba continuamente intranquilo, como si hubiera problemas en los secaderos, que no los había, y protestaba porque las cosas nunca estaban bien hechas, que lo estaban. Gritaba a los trabajadores, algo que nunca había hecho antes, y se preocupaba por problemas imaginarios.

—¡Kilian! —le suplicaba su hermano—. ¡Tienes que descansar!

—¡Ya descansaré cuando me muera! —le respondía Kilian desde el tejado de un barracón—. ¡Alguien tiene que hacer las cosas!

José lo observaba con cara de preocupación. Antes o después, su cuerpo explotaría. Era imposible resistir esa mezcla de euforia e intranquilidad.

Poco después de Navidad, Kilian cayó enfermo. Todo comenzó con unas leves décimas de fiebre que, en una semana, aumentó a cuarenta grados. Solo entonces accedió a ir al hospital.

Durante días estuvo delirando. Y en su delirio, la misma imagen se repetía una y otra vez: él y su padre estaban en una casa y fuera llovía mucho. Se podía oír como el barranco próximo a la casa escupía piedras y amenazaba con desbordarse e inundar todo a su paso. Ese barranco ya se había desbordado otra vez y había arrastrado las viviendas más resistentes. Tenían que salir o morirían. Kilian insistía, pero su padre no quería salir, le decía que estaba muy cansado y que se fuese sin él. Fuera, rugían el viento y la lluvia y Kilian le gritaba desesperado a su padre que se moviese, pero este seguía dormitando en su mecedora. Kilian lloraba y gritaba mientras se despedía de su padre y salía de la vivienda.

Una mano apretó la suya para tranquilizarlo. Abrió los ojos, parpadeó para alejar las terribles escenas de sus pesadillas y frunció el ceño al distinguir las aspas de un ventilador moviéndose sobre su cabeza. Una cara familiar entró en su campo de visión y unos grandes ojos claros lo miraron cariñosamente.

Cuando percibió que Kilian era plenamente consciente de dónde se encontraba, la hija de José le dijo con suavidad, mientras apartaba mechones cobrizos de su frente sudorosa:

—Si no has honrado a tus muertos bien, ahora los espíritus te atormentan. No tienes que hacer sacrificios de cabras y pollos. Hónralo bien, a tu manera, si no puedes a la manera bubi, y el espíritu de Antón te dejará tranquilo. Déjalo ir. Si quieres puedes rezar a tu Dios. Al fin y al cabo, Dios creó todo; también a los espíritus. Déjalo ir. Eso valdrá.

Kilian apretó los labios con fuerza y su barbilla comenzó a temblar. Se sentía cansado y débil, pero agradeció las palabras y el tono cariñoso y sin embargo firme de la muchacha. Se preguntó cuántas horas o días habría estado él en esa cama, y cuánto tiempo lo habría acompañado ella como testigo mudo de su sufrimiento. Percibió que ella seguía acariciándolo y no quiso que parara. Sus manos eran finas y su fresco aliento existía a pocos centímetros de sus labios resecos.

Abrió la boca para preguntar su nombre, pero las palabras no salieron de su boca porque la puerta se abrió de golpe y entró Jacobo como un huracán. La joven detuvo sus caricias, pero Kilian no dejó que le soltara la mano. Jacobo alcanzó la cabecera de la cama en tres zancadas y al ver a Kilian consciente exclamó:

—¡Santo Dios, Kilian! ¿Cómo te encuentras? ¡Menudo susto nos has dado!

Frunció el ceño en dirección a la enfermera, que, aunque se deshizo del apretón de la mano, no se apartó de Kilian. Durante unos segundos, la mirada de la joven le produjo un estremecimiento. «Vaya… —pensó—, ¿de dónde ha salido esta preciosidad?» Estudió sus facciones, sorprendido por esa inesperada belleza. Enseguida se recompuso.

—¿Cuánto hace que está despierto? ¿Es que no pensabas avisarme, eh? —Sin esperar respuesta, centró la atención en el rostro de Kilian—. ¡Madre mía! Un poco más y te vas con papá…

Kilian puso los ojos en blanco y Jacobo se sentó en la cama.

—En serio, Kilian. He estado muy preocupado. Llevas aquí cinco días con un fiebrón tremendo. Manuel me aseguró que la fiebre remitiría, pero le ha costado… —Sacudió la cabeza—. Tardarás en volver a estar fuerte. He hablado con Garuz y hemos pensado que podrías pasar la convalecencia en el barco de camino a casa…

Jacobo cogió aire y Kilian aprovechó para intervenir:

—Yo también me alegro de verte, Jacobo… Y no. No pienso irme. De momento, no.

—¿Por qué?

—No me apetece. Todavía no.

—Kilian, no he conocido a nadie más terco que tú. Mira, hace un par de días llegó carta de mamá. —Metió la mano en el bolsillo de la camisa y extrajo un papel—. ¡Noticias frescas! Me moría de ganas de poder contártelo. ¡Catalina se casa! ¿Qué te parece? ¿Y sabes con quién? Con Carlos, el de Casa Guari, ¿te acuerdas de él?

Kilian asintió.

—No está mal, no es de casa grande, pero es trabajador y honrado. Mamá nos escribe la dote que ha pensado para ella, a ver qué opinamos… La boda no será hasta después del luto, claro, por eso no lo han hecho oficial, pero… —Se detuvo al percatarse de que su hermano no mostraba ningún signo de alegría—. Chico, has pasado de un extremo a otro. Antes te interesaba todo y ahora no quieres saber nada. La vida sigue, Kilian, con y sin nosotros…

Kilian giró la cabeza hacia la ventana y su mirada se encontró con la de la joven enfermera que no se había apartado de su lado, haciendo ver, mientras Jacobo hablaba, que preparaba el termómetro y la medicación del enfermo. Con un gesto perceptible solo para Kilian, ella mostró su conformidad con las últimas palabras de Jacobo. La vida sigue, se repitió él mentalmente, absorto en la contemplación de esos ojos celestiales.

Unos nudillos dieron unos golpecitos en el marco de la puerta.

—¡En buen momento llegas! —Jacobo se levantó para recibir a la mujer, que caminó hacia ellos dejando una estela de perfume a su paso.

Kilian volvió la cabeza y reconoció la escultural figura de Sade cubierta por un sencillo vestido de algodón blanco con una cenefa estampada con motivos de lobelias azules, como pequeñas palmeras terminadas en punta, a la altura de las rodillas y ajustado a la cintura por un estrecho cinturón. Nunca la había visto vestida así, sin adornos ni maquillaje. En realidad, nunca la había visto a plena luz del día, y le resultó incluso más hermosa que en el club.

—Ayer le mandé aviso de que hoy la recogería Waldo —explicó Jacobo con toda naturalidad, si bien en sus ojos brillaba una pincelada astuta de triunfo.

Hacía semanas que no sabía cómo convencer a Kilian de que las penas del alma se podían vencer gracias a la avidez del cuerpo que, en hombres como él, enardecía la certeza de la muerte. La ocasión se le había presentado en bandeja ahora que su hermano no disponía de excusas para evitar un descanso prolongado.

—No quería que estuvieses tantas horas aquí solo y ella se ofreció a hacerte compañía. Yo no me puedo escapar mucho rato de los secaderos. Sade cuidará de ti hasta que vuelvas a ser tú mismo, Kilian. —Miró el reloj, se levantó y le dio unos golpecitos en el hombro—. ¡Te dejo en buenas manos!

Mientras Jacobo salía, Sade se acercó para ocupar su puesto junto al enfermo. Se sentó en el borde de la cama, se besó las yemas de los dedos índice y corazón y con ellas acarició los labios de Kilian, lenta y continuadamente, hasta que, con un pequeño gesto, él movió la cara para librarse del contacto.

—Esto no puede ser, mi *massa* —le reprochó ella con voz melodiosa—. Hace semanas que no vienes a verme. Eso no está bien. No, no. —Chasqueó la lengua—. No dejaré que te olvides de mí.

Lanzó una sonrisa de complicidad a la enfermera y añadió:

—Puedes marcharte. Procuraré que no le suba la fiebre.

Kilian sintió que el cuerpo de la enfermera se tensaba. No dejó de mirarla hasta que ella, por fin, hizo lo mismo y entonces le dedicó una sonrisa cansada y agradecida. En esos momentos, hubiera deseado volver atrás en el tiempo, hasta el punto exacto en que su pesadilla terminaba y unas suaves manos le acariciaban el pelo. Como si le leyera el pensamiento, ella le posó la palma de la mano sobre la mejilla ante los ojos de Sade, que no pudo evitar arquear las cejas, y le susurró varias frases, lentas, melodiosas, sedantes, en bubi. Kilian no entendió su significado inmediato, pero cerró los párpados y un reconfortante sueño se apoderó de él.

El tiempo pasó sobre las plantaciones y llegó la estación húmeda con su alternancia de copiosas lluvias, chubascos pasajeros y brisas frescas que se rendían con facilidad al pegajoso calor diurno. Aunque en pleno día se hiciera de noche y un pequeño tornado desatase su furia sobre los cacaotales cubriéndolos de ramas de eritrinas, el ritmo de trabajo no se detenía en ningún momento porque los frutos del cacao —cuyo nombre científico Kilian había aprendido que era *teobroma* o alimento de los dioses— crecían y engordaban en los troncos. Cuando adquirían un color rojizo, estaban listos para la cosecha.

De agosto a enero, a lo largo de semanas idénticas —desglosadas unas de otras por los lunes, día de racionamiento semanal de dos kilos de arroz, un kilo de pescado seco y salado, un litro de aceite de palma y cinco kilos de malanga o ñame para los trabajadores, y los sábados, día de cobro—, miles de piñas de cacao pasaron por las manos de unos hombres perfectamente organizados. Vigilados por Jacobo, Gregorio, Mateo y los capataces, los braceros fueron recolectando las bayas maduras y sanas con un pequeño gancho en forma de hoz fijado sobre una vara larga. Con sumo cuidado y destreza *picaban* el cacao, haciendo caer, sin tocar las otras, las piñas elegidas que amontonaban en los cacaotales para que otros hombres las rompieran con sus machetes y extrajeran de su interior los granos con los que iban llenando los sacos que apilaban a lo largo del camino.

El patio principal rebosó de actividad muchos días con sus correspondientes noches. Los encargados de los camiones transportaban desde los cacaotales los sacos cuyo contenido se vertía en unos grandes depósitos de madera, donde fermentaba e iba dejando escurrir un líquido viscoso y denso durante unas setenta y dos horas. Tras la fermentación, otros hombres extendían las almendras sobre las planchas de pizarra de los secaderos, bajo las cuales circulaba una corriente de aire caliente que las calentaba hasta alcanzar los setenta grados.

Kilian, José, Marcial y Santiago se turnaron sin tregua para supervisar el proceso de secado, que duraba entre cuarenta y ocho y setenta horas, durante las que se aseguraban de que los trabajadores no dejaran de remover los granos hasta que daban el visto bueno. Entonces, ordenaban primero trasladarlos a unas grandes carretillas con el fondo agujereado para que se enfriasen y luego pasarlos a las máquinas limpiadoras antes de envasarlos en sacos rumbo a diferentes destinos.

Tanto en el trabajo como en el ánimo de los hombres, después de la tempestad llegó la calma. Gracias a las metódicas jornadas, la impaciencia de Kilian de los meses anteriores a su enfermedad fue cediendo poco a poco, aunque se transformó en una apatía que amenazaba con marcar su carácter —hasta entonces más alegre y desenfadado— de manera crónica.

Esa impasibilidad de ánimo se proyectaba en todos los ámbitos de su vida a excepción del trabajo, donde continuaba destacando por su dedicación y su entrega, y se manifestaba en el poco interés que mostraba por lo que sucediera más allá de la finca. Iba a Santa Isabel cuando le tocaba comprar material en las factorías, o cuando Sade le enviaba mensajes amenazadores de que iría a su habitación si pasaba otro mes sin verlo. Kilian no tenía claro si esos mensajes eran idea de ella o de su hermano. Más bien suponía que de este —empeñado en que mantuviese el único hilo de diversión que lo unía al resto de los mortales—, porque sabía que ella no le guardaba ausencia. Dejó de ir al cine, consiguió que los demás empleados dejaran de insistir en que les acompañase a las diversas fiestas que salpicaban el calendario y declinó varias invitaciones de veladas con Julia, Manuel, Generosa y Emilio. Solo se encontraba a gusto en la soledad de la selva, y solo aceptaba de buen grado la compañía de José porque le hablaba sin recriminaciones ni sermones.

A poco de cumplirse los dos años de la muerte de Antón, Jacobo regresó de sus vacaciones en España, que había hecho coincidir con la boda de Catalina. Después de cenar y de que los demás se retirasen a dormir, preparó un whisky para cada uno y le contó a Kilian todos los detalles de su estancia en Pasolobino.

—Todos te echaron de menos, Kilian —terminó su relato—. A Catalina le hubiera gustado tenernos a los dos para llevarla al altar en ausencia de papá… Y mamá, bueno, fuerte como un roble, a pesar de todo. Tendrías que haber visto cómo se encargaba de que todo saliese bien, del menú, de los trajes, de la iglesia… —Soltó una carcajada—. ¡Puso Casa Rabaltué patas arriba para que reluciese!

—Le dijiste que ahora no podemos irnos los dos a la vez…

—Sí, Kilian, se lo dije. Pero ella sabe que no es exactamente así. Ahora podrías coger uno de esos aviones nuevos y plantarte en casa en tres o cuatro días.

—El avión sale demasiado caro. Con la boda, la dote y sin el sueldo de papá no estamos para excesos.

—En eso llevas algo de razón… —Jacobo apuró su vaso—. ¿Sabes, Kilian? Cuando llegaste aquí hace cuatro años, me aposté con Marcial que no aguantarías ni una campaña completa y…

—¡Y perdiste la apuesta! —continuó la frase su hermano—. Espero que no fuera muy grande…

Los dos rieron como en los viejos tiempos, como si nada hubiera pasado y fueran los mismos jóvenes cargados de ilusiones, fuertes como los troncos de los fresnos, a los que el viento del norte respetaba a los pies de las cumbres nevadas de Pasolobino. Después de las risas, se hizo un silencio nostálgico, con las miradas de ambos puestas en sus bebidas, que interrumpió la puerta al abrirse.

—¡Qué bien que os encuentro aquí! —Manuel cogió un vaso y se sentó junto a ellos—. He visto luz por la ventana y me ha apetecido un poco de conversación. Vendría más de una noche, pero acabo cansado y luego me da pereza.

—Es lo que tiene vivir solo en casa aparte. —Jacobo llenó su vaso.

—Espero que por poco tiempo…

Kilian arqueó una ceja, sorprendido.

—¿Es que piensas marcharte?

—No, qué va. —Manuel levantó su vaso hasta la altura de sus ojos—. Me gustaría brindar por mi boda.

Esperó a que, después de la sorpresa inicial, los hermanos lo acompañaran en el brindis y los cristales chocaran en el aire para continuar:

—Julia, su familia y yo nos vamos a Madrid dentro de quince días. Nos casaremos allí, y estaremos fuera unos tres meses. Bueno, Generosa y Emilio regresarán antes, por el negocio.

Jacobo se bebió el whisky de un trago. Dejó el vaso sobre la mesa con un golpe seco.

—Me alegro por ti, Manuel —dijo, sin mirarlo, con un tono forzadamente alegre—. De verdad. Has tenido mucha suerte. Julia es una gran mujer.

—Lo sé.

—Yo también me alegro por los dos —intervino Kilian—. Es una gran noticia, Manuel. Y después, ¿qué haréis?

—Oh, Julia está de acuerdo en que vivamos aquí, en Sampaka, en la casa del médico. Es bastante grande para una familia. Y como sabe conducir, podrá seguir trabajando en la factoría de sus padres. Así que, de momento, todo seguirá igual...

—Hombre, igual, igual no... —intentó bromear Jacobo—. ¡Estarás vigilado a todas horas!

—Es fácil tener a Julia de *wachiwoman*, Jacobo, muy fácil —alegó Manuel con una sonrisa.

Kilian vio que Jacobo torcía el gesto y dijo:

—¿Y no habéis pensado en instalaros en Madrid? ¿No le resultará dura y aburrida la vida en la finca? Julia está más acostumbrada a la ciudad, ¿no?

Manuel se encogió de hombros.

—Julia se siente más de Fernando Poo que nadie. No quiere ni oír hablar de irse de aquí. De todas formas, si le cuesta adaptarse a Sampaka, siempre podemos alquilar una casa en Santa Isabel más adelante, ya veremos... —Estiró el brazo para alcanzar la botella y servirse otro trago, pero miró el reloj y cambió de idea—. Bueno, ahora que ya os he contado la última y gran novedad de mi, por otra parte, rutinaria existencia, será mejor que me vaya. Aún tengo que echar un vistazo a un par de enfermos antes de acostarme.

Los hermanos reiteraron sus felicitaciones y cuando se quedaron solos, Kilian miró a Jacobo y le dijo en tono neutro:

—Te lo has tomado mejor de lo que esperaba.

—¿Y cómo me lo tenía que haber tomado? —Jacobo se puso a la defensiva.

—Hombre, la dejaste escapar... Ya sabes que me hubiera gustado como cuñada.

—No digas tonterías, Kilian. En el fondo, le he hecho un favor.

—No te entiendo. —Kilian arqueó las cejas.

—Pues está bien claro. Alguien como Julia se merece a alguien como Manuel.

—Me sorprende que seas tan comprensivo, Jacobo. —Sacudió la cabeza y sus labios se curvaron hacia abajo—. Ya lo creo que me sorprende.

Jacobo lo miró fijamente y en su cara se dibujó una expresión melancólica, resignada y taimada a la vez. Levantó su vaso y lo hizo chocar suavemente contra el de su hermano.

—La vida sigue, hermano. Y no pasa nada. Ya te lo dije.

Julia y Manuel regresaron de su largo viaje de novios a principios de otoño. Tal como habían planeado, se instalaron en la casa del médico de Sampaka y Julia iba todos los días a la ciudad para trabajar en el negocio de sus padres.

Una lluviosa mañana de noviembre, Jacobo se dirigió a la factoría para recoger un pedido de material. Cuando aparcó la *picú,* vio a Generosa y Emilio, muy elegantes, que entraban en su coche rojo y crema con adornos cromados. De todos los vehículos caros que había en la isla, Jacobo sentía predilección por ese Vauxhall del 53. Se acercó a ellos y los saludó amablemente.

—Perdona que no te prestemos mucha atención, Jacobo —se excusó Generosa hablando a gran velocidad desde la ventanilla mientras estiraba repetidamente del cuello de su chaqueta de seda adamascada color canela como si no acabara de convencerle cómo le quedaba—, pero es que tenemos mucha prisa. Llegamos tarde a la misa en honor a la patrona de la ciudad y después estamos invitados a un almuerzo en el gobierno general. —Señaló a su marido, orgullosa—. ¿Sabes? Emilio acaba de entrar en el Consejo de Vecinos. —El hombre sacudió una mano en el aire para quitar importancia al asunto—. ¡Hay meses que no pasa nada, y luego se junta todo! Tenemos que empezar ya a preparar las fiestas del año que viene. Se celebrará el centenario de la llegada del gobernador Chacón y los jesuitas y las bodas de diamante de los misioneros claretianos en la isla.

Jacobo reprimió una sonrisa al ver la cara de impaciencia de Emilio.

—Por cierto —continuó ella—, ¿os habéis enterado de la tragedia de Valencia? ¡Casi cien muertos por el desbordamiento del Turia! —Jacobo no sabía nada—. Pues dile a Lorenzo Garuz que el Gobierno de la colonia ha respondido a la llamada. Llevamos recogidas doscientas cincuenta mil pesetas, y también se va a enviar cacao. Bueno, cualquier colaboración es bienvenida...

Su marido apretó el acelerador sin soltar el embrague.

—Sí, ya, adiós, adiós.

—Julia te atenderá, muchacho —dijo Emilio antes de ponerse en camino—. Está en el almacén. Ven cuando quieras. Y tráete a tu hermano.

Con una divertida sonrisa en los labios, Jacobo pensó que, con una madre así, no era de extrañar que Julia tuviera ese carácter tan decidido. Entró en la factoría y no vio a nadie. Se dirigió hacia el pasillo, flanqueado de estanterías abarrotadas de objetos, que conducía a la parte posterior y distinguió la figura de Julia encaramada a una frágil escalera, intentando alcanzar de puntillas una caja a la que no llegaba por un par de centímetros. En esa postura, Jacobo pudo ver casi todo el recorrido de sus bronceadas piernas bajo una falda del color del fuego vivo y sintió un destello de inesperado deseo. Se extrañó de su reacción, pero decidió contemplarla un poco más. Una vocecilla interior le recriminó de nuevo lo idiota que había sido por dejarla escapar. ¿Acaso había podido olvidar su apoyo en el entierro de Antón? Una mujer como aquella estaría siempre al lado de su marido. No había más que ver la cara y el aspecto de Manuel para darse cuenta de lo feliz que se sentía con ella, con su esposa.

La palabra se le atragantó.

Julia estaba casada con otro.

Otra vocecilla contraatacó diciendo que casarse con ella hubiera significado no solo la pérdida de su ambicionada libertad, sino también una atadura con la isla. Jacobo disfrutaba de su vida allí porque podía marcharse a España de vez en cuando. Él no haría ni como su padre ni como Santiago; no aguantaría tantos años en Fernando Poo. Estaba seguro de que más tarde o más temprano volvería a la Península. Kilian haría lo mismo. Y Julia se quedaría cerca de Santa Isabel. Tan claro como que el sol salía todos los días.

Entonces, ¿qué estaba haciendo ahí parado, espiando los sugerentes movimientos de una amiga recién casada con un amigo? Porque Manuel era eso, un buen amigo. ¡Hasta para alguien como Jacobo esos pensamientos suponían pasarse de la raya!

Se acercó sigilosamente hasta ella.

—¡Ten cuidado, Julia! —dijo a modo de saludo con un brillo malvado en los ojos.

La joven se asustó y se tambaleó. A punto estuvo de caerse, pero pudo sujetarse a unas barras de hierro que sobresalían sobre su cabeza. A tientas, consiguió estabilizar el pie sobre el último peldaño de la escalera segundos antes de que unas fuertes manos la cogieran por la cintura para bajarla con intencionada lentitud hasta el suelo, trazando un tentador recorrido de la cara de Jacobo por sus muslos, su cintura, su pecho, su cuello y su rostro encendido. Cuando tocó tierra, su cara quedó a la altura del torso del hombre y durante unos segundos no se atrevió a levantar la cabeza para mirarlo.

Jamás había estado tan cerca de Jacobo.

Podía sentir su olor.

Debería deshacerse del abrazo y no quería. Si él la había cogido, pensó, que fuera él quien la liberara. El corazón le latía con fuerza. Jacobo la apartó unos centímetros sin soltarla y se inclinó, buscando su mirada. Ella respondió al gesto levantando los ojos hacia él. Descubrió algo extraño, diferente, en los ojos verdes del hombre, oscurecidos por una duda, una incertidumbre, un titubeo, un expectante deseo.

Julia entreabrió los labios para él y permitió que, por primera vez en su vida, él los saboreara con el mismo tierno abandono de ella, retrasando con ardiente pereza la inevitable culpabilidad. Se pegó a él para sentir sus manos cubriendo su espalda, en un delicioso momento fugaz de posesión y entrega, y acarició su negro cabello con las yemas de los dedos para no acostumbrarse a su tacto.

Julia y Jacobo se besaron, lenta y codiciosamente, hasta que la necesidad de tomar aire separó sus labios. Entonces ella se llevó las manos a la espalda, cogió las manos de él y deshizo el abrazo.

—No vuelvas a hacerlo nunca más —dijo, con voz entrecortada.

—Lo siento. —Jacobo respondió de manera automática, pero enseguida rectificó—. En realidad, no lo siento.

—Me refería a asustar a alguien subido a una escalera. Casi me mato. Bueno, a lo otro también, a las dos cosas.

—Me ha parecido que te gustaba… —Jacobo intentó rodear su cintura.

—Demasiado tarde, Jacobo. —Julia colocó las palmas de las manos sobre su pecho y lo apartó con suavidad—. Demasiado tarde.

—Pero…

—No, Jacobo. Juré ante Dios y mi familia que sería fiel a mi marido.

—Entonces, ¿por qué has consentido…?

A Julia le hubiera gustado responderle que ese era el premio por las horas en las que había soñado con besarle, con tenerle tan cerca como lo había tenido hacía un par de minutos. Le hubiera gustado decirle lo dichosa que la había hecho al transmitirle con la mirada que hubieran podido diseñar un futuro juntos. Si él hubiera querido… Pero ahora era demasiado tarde. Se encogió de hombros y respondió:

—Ha surgido así. Nunca más mencionaremos este asunto. ¿De acuerdo?

Jacobo asintió a regañadientes. Julia había zanjado el tema demasiado deprisa. Él, que estaba acostumbrado a encuentros rápidos y a no dar demasiadas explicaciones, no podía comprender la actitud de la joven. Nunca podrían negar que allí no había sucedido nada especial. ¿Cómo podía haber recuperado la sensatez tan rápidamente después de haberle transmitido una pasión tan arrebatadora? En su experiencia con las mujeres blancas, hubiera comprendido unas lágrimas de culpabilidad, un arrepentimiento inmediato, o incluso todo lo contrario, una proposición de encuentros esporádicos clandestinos… Pero esa negación consciente de un disfrute deseado lo había dejado estupefacto.

—¿Qué necesitas llevarte hoy? —preguntó Julia, intentando recuperar una actitud de normalidad.

—Eh, mejor volveré otro día. —Pocas veces en su vida se había sentido Jacobo tan incapaz de mantener un diálogo superficial.

—Como quieras.

En ese momento, una joven menuda con una corta melena oscura arreglada y adornada con una ancha cinta rosa entró en la factoría.

—¿Cómo estás, Oba? —preguntó Julia. Jacobo reconoció a la amiga de Sade del Anita Guau, pero no hizo ningún comentario—. Jacobo, hemos contratado a Oba para que nos ayude en el negocio. Mis padres están cada vez más ocupados y yo no puedo estar aquí a todas horas. Ahora tengo otras obligaciones… —Hizo una pausa cargada de intención.

—Es una buena idea —comentó él con voz átona—. Bueno, será mejor que me marche. Hasta pronto, Julia.

—Adiós, Jacobo.

Jacobo salió del edificio y permaneció unos minutos bajo la persistente lluvia antes de sentarse en la *picú*. Dentro de la factoría, Oba comenzó a seguir a Julia por las estanterías mientras esta le explicaba dónde se guardaban las cosas. Cuando llegó a la escalera, Julia se detuvo unos segundos y se llevó una mano a los labios. Oba, una muchacha habladora, aprovechó para decir:

—Ese *massa* tan guapo… Yo lo conozco, ¿sabe? ¿Ustedes son amigos? Pues él y yo tenemos amigas comunes. A veces nos juntamos en…

—¡Oba! —Julia se sorprendió de su propio grito. Al ver la expresión de la joven cambió el tono—. No te despistes, que todavía tengo muchas cosas que enseñarte.

Lo que menos deseaba Julia en esos momentos era que, cuando aún tenía el sabor de Jacobo en los labios, alguien le recordase a ella, precisamente a ella, cómo era ese hombre.

Hacia finales de diciembre, todos los empleados de la finca recibieron una invitación por escrito para festejar el Año Nuevo en la casa del médico.

—Hace días que queríamos celebrar con vosotros nuestro enlace, pero lo íbamos retrasando por una cosa o por otra —explicó una radiante Julia a sus invitados—. Al final lo hemos hecho coincidir con el refrán, ya se sabe, año nuevo, vida nueva…

Kilian solía ver con frecuencia al nuevo matrimonio, pero ese día encontró a Julia especialmente feliz. Llevaba un vestido de viscosilla amarillo pálido con nesgas por debajo del pecho para darle vuelo y se había recogido el pelo en un moño alto que realzaba su piel de porcelana. Julia no era una belleza. Nada destacaba en su rostro, pero el conjunto resultaba hermoso por su frescura continuamente renovada por una amplia y franca sonrisa. También Manuel y los padres de Julia estaban especialmente alegres.

Julia había decorado la casa de manera parecida a la de sus padres en Santa Isabel, sencilla y acogedora. El salón no era muy grande, pero se las había ingeniado para colocar una mesa alrededor de la cual cupieran cómodamente los catorce comensales: su familia, los seis empleados, el gerente, el sacerdote, y sus dos amigas íntimas, Ascensión y Mercedes, que, por lo que todos pudieron apreciar, habían afianzado su relación con Mateo y Marcial, respectivamente.

Kilian se entretuvo unos segundos contemplando dos peculiares cuadros colgados en la pared que quedaría a su espalda una vez sentado. Sobre un fondo negro, con estrechas e ingenuas pinceladas de colores, el artista había representado formas perfectamente identificables. En uno, varios hombres guiaban un cayuco por un río que se abría paso en la frondosa vegetación. En el otro, varios guerreros con penachos y lanzas abatían una fiera. Julia pasó por su lado de camino a su sitio en la cabecera.

—Son bonitos, ¿verdad? —Kilian asintió—. Los compré hace poco en un puesto callejero. Los pinta un tal Nolet. Me enamoré de ellos nada más verlos. Son… ¿Cómo te diría…? Simples y complejos, serenos y violentos, enigmáticos y transparentes...

—Como esta isla… —murmuró Kilian.

—Sí. Y como cualquiera de nosotros…

A pesar de que varios de los presentes soportaban los efectos de la resaca y de la falta de sueño de la noche anterior en el casino, durante la comida el ambiente fue distendido gracias al menú especial, típicamente pasolobinés, que Generosa había preparado para la ocasión. Comieron un fino puré de garbanzos seguido de gallina en pepitoria. Los tiernos trozos de carne rebozados en harina y fritos en aceite antes de ser guisados a fuego lento con vino, leche, nueces, ajo, cebolla, sal y pimienta provocaron los comentarios nostálgicos y los recuerdos de las habilidades culinarias de las madres ausentes. De postre, saborearon un exquisito *soufflé* de ron y pastas de yemas.

Kilian se percató de que Jacobo estaba especialmente callado y apenas miraba a Julia. Recordó que el saludo entre ambos había sido forzadamente frío y distante. No le dio mayor importancia. Lo más probable era que su hermano hubiera celebrado la Nochevieja en su línea y no estuviera para cortesías.

En un momento de la conversación, los otros jóvenes intercambiaron tantas bromas con Manuel sobre su nueva condición de hombre casado que este al final zanjó el tema en verso:

—Cuando veas las barbas de tu vecino cortar… —señaló a Mateo y Marcial—, ya sabéis…

—¡Pon las tuyas a remojar! —terminó Ascensión tirando cariñosamente del bigote de Mateo.

Los demás estallaron en carcajadas.

Después de los postres, dos *boys* ofrecieron Johnny Walker y Veuve Clicquot. Emilio, colorado y con los ojos brillantes, se puso en pie, alzó su copa y propuso un brindis por los recién casados y por la familia que, tal como Manuel había confirmado esa misma semana, pronto aumentaría. Los invitados corearon sus palabras con vítores, aplausos y comentarios tan subidos de tono que Julia se sonrojó y el padre Rafael sacudió la cabeza. Ascensión y Mercedes corrieron a abrazar a su amiga y a la futura abuela, y todos los hombres se acercaron a palmear el hombro de Manuel y del futuro abuelo.

Kilian aprovechó el barullo para levantarse y salir afuera a fumarse un cigarrillo. Al poco salió Julia, todavía con las mejillas encendidas, y se apoyó en la barandilla que rodeaba el pequeño jardín que separaba la casa del patio.

—Enhorabuena, Julia —dijo Kilian, ofreciéndole un cigarrillo que ella rechazó.

—Gracias. Estamos muy contentos. —Juntó sus manos sobre su vientre—. Es una sensación extraña…

Miró a Kilian y le preguntó sin rodeos.

—¿Cuándo vas a volver a casa, Kilian? ¿Cuánto hace que no ves a tu madre?

—Casi cinco años.

—Es mucho tiempo...

—Lo sé. —Kilian apretó los labios dando a entender que no iba a dar más explicaciones.

Julia se entretuvo estudiando sus facciones y su físico. Kilian y Jacobo se parecían mucho y transmitían una apabullante sensación de robustez. Pero no podían ser más distintos. La diferencia más palpable para ella era la especial sensibilidad que llenaba ese cuerpo tan grande y lo desbordaba a pesar de los esfuerzos de su dueño por aparentar frialdad y desapego. Kilian sufría por dentro. Había sufrido al llegar a la isla, al adaptarse a ese mundo tan diferente, al ganarse el respeto de sus compañeros, al acompañar a su padre en sus últimos momentos, al negarse a regresar con su familia... No tenía que resultar nada fácil controlar unos sentimientos de compasión, de humanidad, e incluso ternura, en un universo de hombres embrutecidos por el duro trabajo y el clima extremo. Ambos hermanos producían unos sentimientos diferentes en ella. La atracción que sentía por Jacobo era directamente proporcional al cariño fraternal que sentía hacia Kilian.

—Yo no podría estar tanto tiempo sin ver a mi hijo —insistió—. No podré. Seguro que no.

Kilian se encogió de hombros.

—Las cosas vienen así —dijo.

—A veces, las cosas son como uno quiere que sean. —Recordó el beso con Jacobo y se estremeció. Podría haberlo evitado y no quiso—. Este es un ejemplo. ¿Qué te costaría coger un barco o un avión y darte una vuelta por casa?

—Mucho, Julia, mucho.

—No me refiero al dinero.

—Yo tampoco. —Kilian apagó el cigarrillo, se inclinó y apoyó los antebrazos sobre la barandilla caliente por el sol—. No puedo, Julia. Todavía no.

Cambió de tema:

—Veo que tu nueva vida te sienta muy bien.

—Oh, sí, pero no te creas... Al principio, la convivencia cuesta.

—Manuel es una buena persona.

—Sí, muy buena. —Julia bajó la vista al suelo—. Te propongo un trato. Te contaré un secreto si tú me dices por qué no quieres ir a casa.

Kilian sonrió. Era una mujer verdaderamente tenaz.

—Es pronto.

—¿Pronto? —Julia frunció el ceño—. ¿Para qué?

—Para todo. Para ver el sufrimiento en la cara de mamá, para tropezarme con la imagen de papá en todos los rincones... Para todo, Julia. Nada estará igual que cuando vine. La distancia mantiene los sentimientos a raya. —Buscó su mirada—. Ya está. Ahora te toca a ti. ¿Qué secreto puedes tener?

Julia permaneció en silencio unos segundos. En su caso, pensó, la distancia evitaba la tentación. Decidió esquivar la pregunta diciendo con voz alegre:

—Me he enterado de que tu hermana también está encinta. ¡Los niños siempre son un motivo de alegría! ¿Sabes que mi padre ya está pensando en nombres? Dice que, si es niña, que la llame como yo quiera, pero que, si es niño, se llamará Fernando, por encima de todo. Se ha apostado mil pesetas con los amigos del casino a que en todas las casas de los españoles que han estado en Guinea hay un Fernando. ¡Hemos ido repasando familias, y al final puede que tenga razón...!

Kilian no pudo evitar esbozar una sonrisa.

—Es bonito el nombre. Muy apropiado.

—Se lo podrías sugerir a Catalina. Aunque igual prefiere llamarle Antón, como su abuelo, si es chico, claro...

—No sé. Eso de repetir nombres solo sirve para hacer comparaciones. Al final no sabes cuál es el original y cuál la copia.

—¡Oh, vamos, Kilian! ¿Aún no te has contagiado del todo del espíritu africano? ¿Qué te enseña José?

Kilian arqueó una ceja, desconcertado.

—La vida es circular, los hechos se repiten; en otras circunstancias, sí, pero son básicamente semejantes. Como la naturaleza. En ningún sitio como aquí es tan fácil darse cuenta del ciclo de la vida y de la muerte. —Se encogió de hombros—. Una vez te lo aprendes, es todo más fácil. ¿Sabes qué me decía una y otra vez mi abuela, allá en nuestro valle, cuando era pequeña? Pues que para saber vivir hay que saber morir. Y ella ha visto morir a mucha gente, en la Guerra Civil ni te cuento...

Julia experimentó un escalofrío y se frotó los antebrazos.

—Será mejor que entremos —dijo Kilian, incorporándose.

—Sí. Me apuesto lo que quieras a que sé de qué están hablando ahora.

—¿De política? —se arriesgó él.

Julia sonrió y asintió. Kilian la miró a los ojos, sonrió también y le dio un cariñoso beso en la mejilla.

—Te mereces todo lo bueno que te pase, Julia —dijo antes de guiñarle un ojo y añadir—: Aunque no cumplas tus tratos...

Ella se sonrojó.

—Y tú también, Kilian. Ya lo verás... Lo mejor de la vida aún no te ha llegado.

Nada más entrar en el salón, Mateo, Marcial, Ascensión y Mercedes se despidieron porque habían quedado con otros amigos en la ciudad. Los demás seguían de sobremesa hablando, como Julia y Kilian habían supuesto, de política.

—Lo contaban el otro día en el casino —decía Emilio con voz fuerte—. Por lo visto, ya ha habido una advertencia de la ONU sobre la descolonización. Por eso, Carrero Blanco ha propuesto la provincialización.

—¿Y eso qué quiere decir? —preguntó Santiago.

—Está claro —intervino Lorenzo Garuz—. Se trata de que estos territorios sean provincias españolas.

—Hombre, no soy tan tonto —dijo Santiago, atusándose el pelo ralo con su mano huesuda, un poco molesto por la explicación—. Eso ya lo entiendo. Me refería a que cómo cambiarán las cosas si son provincia.

—Pues depende. A mí me pareció algo razonable. Después de tantos años, ¿qué es esto más que una prolongación de España? —Emilio alzó su copa hacia el *boy* para que la rellenara—. Pero claro, los morenos no lo ven así. Al final no voy a poder hablar más con Gustavo porque acabamos a gritos. ¿Os podéis creer que tuvo el valor de decirme que todo era una hábil estrategia para seguir con nuestra explotación?

—Ya me imagino su sencilla lógica —comentó el padre Rafael—. Si son provincias, no son colonias, por tanto no se puede plantear la descolonización.

—Eso mismo dijo, bueno, con otras palabras más fuertes, pero eso quería decir.

—Bah, no creo que todo este asunto siga adelante —intervino Generosa—. Sin España no hay Guinea, y sin nosotros, ya se pueden volver a la selva de donde los sacamos… —Julia torció el gesto, pero no la interrumpió—. En realidad, la colonia cuesta más de lo que rinde. Pero esto no lo saben valorar, qué va.

—Bueno, eso no lo tengo yo tan claro —dijo Jacobo, pensando en las toneladas de cacao de la última cosecha—. Nosotros sabemos lo que rinde, nadie mejor que nosotros, ¿verdad, señor Garuz?

—Sí, pero… —El aludido sacudió la cabeza—. ¿Y quién paga los colegios, los hospitales, el mantenimiento y los servicios de la ciudad, sino España? No sé… No sé si salen las cuentas.

—Es imposible que salgan —comentó Generosa—. ¿Habéis visto las obras del orfanato? ¿Quién paga los gastos de las sesenta criaturas que viven allí? ¿Y qué me decís de las mejoras en Moka? Hace unas semanas estuve con Emilio en la inauguración de la traída de aguas para los poblados de Moka, Malabo y Bioko y en la entrega de viviendas para los cooperativistas. El Patronato de Asuntos Indígenas ha pagado la mitad de cada casa, que hasta tienen dobles ventanas de cristal y madera…

—Y eso no es todo —añadió Emilio, subiendo el tono de voz—. ¿Adónde creéis que ha viajado Gustavo hace nada? A Camerún, nada más y nada menos que a juntarse con esa panda de independentistas que no pararán hasta conseguir lo que quieren. ¡Pero si hasta habla de una posible federación con Gabón…!

—Claro —le interrumpió el padre Rafael—, como Francia está a punto de conceder la independencia a Camerún y a Gabón, todo se contagia. ¡Con el trabajo que nos ha costado enseñarles el buen camino! ¿Os habéis fijado estas navidades? Las calles de Santa Isabel estaban llenas de esos mamarrachos con sus máscaras. Antes no salían de sus recintos, y ahora se pavonean con movimientos incontrolados, ruidos inconexos y colores hirientes con la intención de renacer lo absurdo. ¿A esto se refieren las cruzadas de liberación y el apasionamiento nacionalista? Ya lo advierten los obispos en una reciente carta pastoral: el mayor enemigo será dentro de poco la ideología comunista.

—Esperemos que aquí no se repitan los graves incidentes de Ifni… —dijo Garuz con preocupación.

Todos asintieron. Marruecos, que había obtenido la independencia un año antes, reclamaba ahora el pequeño territorio español. Habían llegado noticias de que las guarniciones de Ifni habían sido atacadas por nacionalistas marroquíes apoyados por el rey.

—¡Como Franco no se mantenga firme, no sé yo qué pasará!

—¡Papá! —exclamó Julia, temiendo que Emilio se excitara demasiado y la tertulia terminara mal.

—Pues se está arriesgando mucho tu amigo —comentó Gregorio—. Cualquier día lo detienen y lo envían a Black Beach. El gobernador no está para bromas...

—A mí me parece bien que actúe con energía, que vigile las fronteras con Camerún y Gabón y que detenga a cualquiera que atente contra la españolidad de estas tierras —aseveró Generosa con convicción—. Esto es España y seguirá siéndolo por mucho tiempo. Aquí estamos muchos españoles luchando cada día por nuestros negocios. España no nos abandonará.

Un súbito silencio siguió a la última frase de la mujer. Manuel aprovechó para indicar a los *boys* que rellenaran las copas.

—Qué pesados nos ponemos los mayores a veces, ¿verdad, hijos? —Emilio deslizó su mirada por los rostros de Jacobo, Kilian, Manuel y Julia—. En fin, propongo otro brindis por vosotros, por el futuro... —Levantó su copa en el aire y los demás le imitaron—. Feliz Año Nuevo, eso es lo que deseo, muchos años felices para todos.

Kilian participó del brindis mientras pensaba en las palabras que había escuchado. No podía comprender con exactitud el alcance de la preocupación de los padres de Julia, pero claro, él solo era uno de los empleados de una de las numerosas fincas del país, no el dueño de un negocio. Si tuviera que abandonar la isla, buscaría otro trabajo en España, y no pasaría nada. No dejaría muchas cosas atrás. Bebió de su copa y, de pronto, experimentó un estremecimiento. Sus sentidos dejaron de prestar atención a ese entorno y se descubrió imaginando cómo celebrarían el Año Nuevo en Bissappoo los miembros de la extensa familia de José.

Meses más tarde, nació el hijo de Julia y Manuel. Al final decidieron llamarlo Ismael, porque, según explicó Julia a los hermanos después del bautizo, Emilio no solo había ganado la apuesta, sino que se había dado cuenta de que había demasiados Fernandos por todas partes. Por esas mismas fechas, Catalina dio a luz a un niño al que llamaron

Antón y que falleció a los dos meses de bronquitis capilar, según supieron por una triste carta de su madre.

Kilian encajó la noticia con una honda tristeza por su hermana, a quien le costaría superar esa dura prueba. Catalina nunca había gozado de buena salud. El embarazo le había resultado pesado, había tenido que guardar reposo absoluto los últimos meses y, durante el parto, se había temido por su vida. Recordó lo mal que había encajado él la muerte de su padre e intentó imaginar cómo se tendría que sentir Catalina al perder a su hijo. Su dolor tendría que ser profundo, lacerante, insoportable.

Por primera vez en mucho tiempo, Kilian decidió afrontar la situación y escribió una emotiva carta a Mariana y a Catalina en la que les anunciaba que, en pocos meses, a principios del siguiente año, regresaría a casa. Tal vez, pensó mientras elegía las difíciles palabras de consuelo, la inesperada alegría de su vuelta sirviera para distraer, que no atenuar, su aflicción.

Como si la tierra comenzara a despedirse de él, ese año la cosecha sufrió un ataque de virulencia inesperada del *charocoma,* un gusano que minaba superficialmente las piñas de cacao. La finca presentaba un aspecto lastimoso. No había piña que se hubiera librado de las galerías de las diminutas orugas rosadas. Las escamas y costras de las pieles necrosadas cubrían prácticamente la superficie de todos los frutos. Por culpa de la plaga, no podía apreciarse bien el proceso de maduración. De hecho, en algunas zonas, la cosecha había sufrido cierto retraso porque las costras habían frenado no solo el acceso de la iluminación y el calor directo a las piñas, sino también la acción de los fungicidas. Si ya una cosecha era dura de por sí, aquel año tenían más trabajo del habitual. Ante el temor de nuevos ataques invasores de los persistentes colonizadores de las plantaciones, se hacía necesario tomar medidas drásticas. Una vez partidas las piñas, se recogían las cáscaras para enterrarlas, quemarlas o cubrirlas de cal. También había que quemar los chupones, no dejar ni un solo fruto en los árboles, y adelantar y aumentar la frecuencia de los tratamientos con pesticidas.

—Garuz no estará muy contento —dijo José mientras cogía puñados de granos, los observaba, los tocaba, los olía y los devolvía a la plancha de pizarra del secadero—. Entre la lluvia y el bicho, el cacao no será el mismo que el de otras cosechas.

A su lado, Kilian parecía nervioso. Cada poco rato, daba golpecitos en el suelo con la punta del pie derecho.

—¿Qué te pasa? ¿Es momento para bailes?

—Hace unos días que me pica el pie. Y hoy además me duele.

—Déjame ver.

Kilian se sentó y se quitó la bota y el calcetín.

—Es justo aquí. —Señaló debajo de la uña del cuarto dedo—. Me pica mucho.

José se arrodilló y se acercó para confirmar sus sospechas.

—Has cogido una *nigua*. —Soltó una risita—. Te pasa como a los árboles de cacao. Te quiere colonizar un gusano.

Vio la cara de asco de Kilian y se apresuró a explicar:

—No te asustes, es muy frecuente. La *nigua* es tan pequeña que la puedes coger en cualquier sitio. Se mete entre los dedos de las manos o los pies y se va comiendo la carne con su trompa alargada mientras llena una bolsa de hijos. ¿Ves? En este bulto están los hijos.

Kilian estiró la mano a toda prisa con intención de arrancársela de un pellizco, pero José lo detuvo.

—Ah, no. Hay que sacar la bolsa con mucho cuidado. Si se rasga, los hijos se extienden por los demás dedos. No serías el primero que pierde parte de un dedo…

—¡Ahora mismo voy al hospital! —Kilian, nervioso y asqueado, se colocó el calcetín y la bota con todo el cuidado del que fue capaz.

—Pregunta por mi hija —le aconsejó José—. ¡Es una experta sacando *niguas*!

De camino al hospital, apoyando solo el talón del pie derecho, la aprensión de unos segundos antes se transformó en una agradable expectación. Hacía semanas que no veía a la hija de José. Tenía que reconocer que las pocas veces que había acompañado a su amigo ese año a Bissappoo había albergado la esperanza de toparse con ella allí, pero, por lo visto, no subía con mucha frecuencia al poblado. Repartía su vida entre el hospital y su marido. En alguna ocasión, José le había comentado su extrañeza por el hecho de que todavía no tuvieran hijos, después de cuatro años de matrimonio. ¡Cuatro años! A Kilian le parecía mentira que hubiera pasado tanto tiempo desde que la conociera el día de su boda. Los recuerdos de ese día habían sido suplantados por la imagen de la joven acariciándolo durante su enfermedad. Después de eso, nada. Nunca habían tenido la ocasión de verse a solas. Alguna vez la había visto cuando cruzaba, decidida y resuelta, el patio principal en busca de José. Se acercaba a su padre, lo saludaba amablemente, asentía a las explicaciones de su trabajo y echaba la cabeza hacia atrás para soltar más de una refrescante carcajada contra el calor sofocante del cacao recién tostado. Kilian aprovechaba esos momentos para observarla, esperando ese instante, que siempre llegaba, en el que ella se giraba hacia él discretamente y lo miraba con esos ojos que luego se le aparecían en la oscuridad de la noche.

Tenía que admitirlo, sí. Muchos días, amenizadas por los cantos de los braceros en las plantaciones, las fantasías en las que él suplantaba a Mosi y ella a Sade lo habían entretenido horas y horas. Y una vez más, maldijo su mala suerte. De todas las mujeres posibles, él se había empezado a ilusionar con una mujer casada y, por tanto, prohibida allí, en España, y probablemente en cualquier otro lugar. Afortunadamente, razonó mientras ascendía los peldaños del edificio, nadie podía conocer ni sus pensamientos ni sus sentimientos. Y, gracias al asqueroso bicho que intentaba apoderarse de su pie, cabía la posibilidad de poder disfrutar de un precioso rato a solas con ella.

Entró directamente en la gran sala donde atendían a los braceros enfermos y paseó la mirada por las camas dispuestas de manera ordenada a un lado y otro de la estancia. Un enfermero se acercó y, en respuesta a su pregunta, le indicó el pequeño cuarto donde se realizaban las curas. Kilian dio unos golpecitos en la puerta y sin esperar respuesta la abrió.

Emitió un sonido de sorpresa y sus ilusiones se desvanecieron.

Su hermano estaba en una silla con la camisa manchada de sangre y un palo de madera entre los dientes mientras la hija de José cosía un corte profundo en su mano izquierda. La mujer se detuvo y colocó una gasa sobre la herida.

—¿Qué te ha pasado? —preguntó Kilian con preocupación.

Jacobo se quitó el palo de la boca. Tenía el rostro cubierto de sudor.

—Me he cortado con el machete.

—¿Y en qué estabas pensando? —Miró a la enfermera con curiosidad—. ¿No está Manuel?

—Ha ido a la ciudad —respondió ella. Al ver que él no apartaba la mirada, pensó que tal vez el hombre ponía en duda sus habilidades y añadió, un tanto altiva—: Pero yo sé curar heridas como esta.

—Estoy seguro de ello —replicó Kilian con firmeza—. ¿Es una herida grave?

—Un par de puntos y habré terminado. El corte es limpio pero profundo. Tardará días en cicatrizar.

—¡Menos mal que es la mano izquierda! —dijo Jacobo—. Al menos podré abrocharme los pantalones yo solo. —Soltó una risita nerviosa—. Es broma. Anda, Kilian, siéntate a mi lado y háblame mientras termina esta preciosidad. Es la primera vez que me cosen y duele mucho.

Kilian arrastró una silla a su lado y la enfermera continuó con su labor. Jacobo se puso tenso.

—¡Con lo guapa que eres y el daño que haces!

Su hermano le colocó la madera entre los dientes, que apretó con fuerza mientras respiraba agitadamente. Kilian frunció el ceño al ver el corte y se admiró de que la hija de José no mostrase ningún signo de desagrado. Seguro que estaba acostumbrada a ver cosas peores, se dijo. En un momento terminó la última puntada, cortó el hilo, desinfectó nuevamente la herida, la cubrió con una gasa limpia y vendó la mano con cuidado.

—Gracias a Dios que ya has terminado. —Jacobo se pasó la lengua por los labios resecos y suspiró—. Un poco más y me saltan las lágrimas.

—No te preocupes, Jacobo. Tu orgullo está a salvo. —Kilian le dio unas palmaditas en el brazo—. Te has portado como un hombre.

—Eso espero... —guiñó un ojo a la enfermera—, porque aquí todo se sabe.

Ella ni se inmutó. Recogió las cosas y se levantó.

—Tendrá que venir dentro de unos días a que don Manuel revise la herida y le diga cuándo hay que quitar los puntos. Procure no mover mucho la mano.

Se giró y se dirigió a la puerta.

—¡Espera! ¡No te vayas! —dijo Kilian—. Yo también te necesito.

Ella se dio la vuelta.

—Perdóname. Pensé que habías venido a buscar a tu hermano. —Frunció el ceño—. ¿Qué te sucede?

—Una *nigua*.

—Enseguida vuelvo —dijo ella con una sonrisa—. Necesito un palillo de bambú.

—¿Te has fijado, Kilian? —dijo Jacobo cuando ella salió—. A ti te tutea y a mí no.

Su hermano se encogió de hombros.

—Será que le pareces más serio que yo —comentó Kilian, y Jacobo se rio con ganas—. Oye, puedes marcharte ya si quieres. Igual te apetece tomarte un café después de lo mal que lo has pasado.

—Ni hablar. Yo me quedo aquí hasta que esta enfermera acabe con los dos.

Kilian procuró que su voz no denotara fastidio. Tampoco ese día podría hablar a solas con ella.

—Como quieras.

No pudo hablar a solas con ella, pero almacenó la impresión de las yemas de sus dedos en su tobillo, en el empeine del pie, en el talón, en cada centímetro que ella tuvo que tocar mientras iba cortando con el palito los bordes de la bolsa de los huevos de *nigua* hasta que se desprendió completa. Memorizó todos y cada uno de sus gestos durante los escasos minutos que duró la intervención, en los que Jacobo no dejó de hablar, como si no hubiera nadie más con ellos, del próximo viaje de su hermano a España. Ella parecía concentrada en lo que hacía, pero hubo un instante en que Kilian percibió que su mirada se enturbiaba y una fina arruga se dibujaba en su entrecejo. Fue cuando Jacobo dijo, de manera inoportuna:

—¿Y qué hará Sade tanto tiempo sin ti, hermanito? ¿Querrás que la cuide en tu lugar? ¡Estará tan triste!

Kilian apretó los labios y no respondió.

Las semanas anteriores a su viaje, Kilian no pudo dejar de compararse con los trabajadores nigerianos de la finca. Como ellos, cuando llegó era un muchacho fibroso lleno de curiosidad que regresaría al cabo de los años a su patria transformado en un hombre musculoso, grande y fornido. También él acumulaba cosas que había comprado para llevar a casa y una generosa cantidad de dinero. La única diferencia radicaba en que los braceros iban de nuevo a Nigeria porque en su contrato, redactado hábilmente para que el capital no solo no se quedase en Guinea, sino que volviera al territorio nigeriano, estaba estipulado que cobrasen el cincuenta por ciento en la colonia y el otro cincuenta por ciento en su país. En el caso de Kilian, los miles de kilómetros de distancia separaban dos extremos de una misma patria y por tanto, su viaje consistiría especialmente en un reencuentro con su pasado; un pasado que los seis años en una finca de cacao en tierra tropical habían conseguido difuminar, pero no borrar ni de su mente ni de su corazón.

Sin embargo, cuando llegó a su valle —después de una noche en una Zaragoza donde muchas mujeres ya llevaban pantalones, donde los Fiat 1400 acompañados por algún Seat 600 habían desplazado a los Peugeot 203, Austin FX3 y Citroen CV, y donde ya no existía el café Ambos Mundos— y divisó los aledaños de Pasolobino —después de ascender por el pedregoso camino limpio de zarzas y malas hierbas, con el mismo abrigo gris oscuro que no había necesitado en los últimos años, y tras los pasos de la yegua que, guiada por uno de sus primos, había transportado su abultado equipaje—, levantó la cara hacia la estampa apagada del pueblo delineado rígidamente contra el cielo claro de un frío día de marzo del año 1959 y sintió una confusa mezcla de sensaciones.

Pasolobino y Casa Rabaltué estaban tal como los recordaba, a excepción del edificio que iba a ser la nueva escuela y de la ampliación del pajar de su casa, y las personas tampoco habían cambiado tanto, aunque el tiempo las hubiera transformado o marcado físicamente.

Al principio, le costó entablar una conversación fluida con una Mariana de pelo cano recogido en un escueto y apretado moño que resaltaba las nuevas y numerosas arrugas de su rostro. Ni siquiera podía mantener su insistente y maternal mirada mucho rato. Prefería que los breves diálogos de temas generales y superfluos actuasen de barrera y mantuviesen las innegables emociones bajo control. Mariana se desvivió por agasajarlo, pero en ningún momento lo atosigó con comentarios nostálgicos ni lastimeros que, su hijo presentía, inundaban su ser. Kilian envidió la fortaleza exterior, carente de esa quejosa resignación que acompañaba a otras mujeres, con la que animaba a una demacrada y abatida Catalina a que no abandonase sus tareas diarias y a que cuidase más de su esposo Carlos porque —decía— la vida pasaba muy rápido y ella había perdido tres hijos y un marido y continuaba batallando para los siguientes que llegaran, que los habría; antes o después siempre había otros. Que ella recordase, ninguna casa se había quedado vacía por mucho tiempo.

Kilian repartió regalos por todo el pueblo. Los objetos más delicados, adquiridos en los almacenes Dumbo de Santa Isabel, fueron para su madre y su hermana: telas preciosas de algodón y seda, dos mantones de Manila y bolsos, una mantelería preciosamente bordada y nuevas colchas para las camas. Para los familiares y vecinos había traído latas de cigarrillos Craven A y botellas de los mejores whiskies irlandeses y escoceses —todo un lujo en esa parte del mundo—, y algo tan desconocido en Pasolobino como las piñas y los cocos. Ante el asombro de los demás, sujetaba un coco en la mano izquierda, levantaba su machete con la derecha, cortaba la dura corteza con un golpe seco, y ofrecía a los presentes la oportunidad de beber el líquido del interior antes de saborear la crujiente carne del fruto.

Las hijas de las casas vecinas, convertidas en mujeres, le sonreían con coquetería y aprovechaban sus visitas para preguntarle, entre otras cosas, si se acordaba de ellas. Él respondía pacientemente a las mismas preguntas mientras fumaba sus cigarrillos favoritos, los Rumbo, intentando acostumbrar de nuevo su oído al sonido del pasolobinés, y ellas cuchicheaban entre risas al escuchar las peculiaridades lingüísticas de los nigerianos de la finca de las que se había contagiado el apuesto joven, especialmente de sus frases simples y cortas y de su extraño vocabulario.

Después de que la novedad de su regreso se aquietara con la misma rapidez que había irrumpido en la vida de Pasolobino, Kilian se incorporó a los trabajos de los establos, la poda de árboles y la preparación de leña, la limpieza de maleza de las paredes de las fincas, el abono de los pastos para el ganado y el labrado para los huertos de verano. Así, pasaba muchas horas al aire libre por los prados que dormían a la espera del tímido saludo de la fría primavera.

Aparentemente, nada había cambiado mucho. Las mismas cuadras de su infancia retenían el calor de las bestias que se inquietaban ante la inminente libertad. El mismo humo lamía los laterales de las piedras de las chimeneas coronadas por las imperturbables piedras para espantar a las brujas. Pero, en esos momentos, Kilian tenía que hacer esfuerzos para no comparar el mundo de Pasolobino con la isla de Fernando Poo. Por más que intentara que su pueblo natal resultara vencedor de la comparación, las calles le resultaban sucias y desiguales; los cuerpos, blandos y de piel lechosa; los tejidos, monocromáticos y aburridos; la luz del sol, pálida y mortecina; el paisaje, sometido a un verde insuficiente; el clima, demasiado sereno, y Casa Rabaltué, fría y sólida, como una montaña agrietada y rocosa.

Entonces, cuando reconocía para sus adentros que tantos años habían dejado una huella más profunda de lo que él creía en su cuerpo y en su alma, la sangre se agitaba en sus venas, cerraba los ojos, y su pensamiento se convertía en un tornado de imágenes que lo lanzaban de manera inmisericorde a los pies del colosal pico volcánico de Santa Isabel, permanentemente engalanado de brumas, cubierto de bosque hasta cerca de la cima y marcado por las cicatrices de sus riachuelos.

Y allí, en el silencio de su imaginación, Kilian se dejaba poseer por el sol y la lluvia de un paraíso donde, día tras día, el lujurioso crecimiento de los miles de especies vegetales confirmaba con absoluta tenacidad la certeza de la vida cíclica.

Recurrente, constante.

Imparable.

VIII

EL CAMINO DE LAS PALMERAS REALES

2003

¡Por fin estaba en Santa Isabel!

Enseguida rectificó mentalmente: ¡por fin estaba en Malabo!

Le costaba referirse a la ciudad con su nombre actual. Y mucho más hablar de la isla de Bioko en lugar del Fernando Poo de las narraciones de su padre y de su tío.

Clarence abrió los ojos y acompañó con la vista durante unos segundos el movimiento de las aspas del ventilador del techo. Hacía un calor sofocante y pegajoso. No había parado de sudar mientras deshacía el equipaje y los efectos refrescantes de la ducha no habían durado mucho.

«¿Y ahora qué?», pensó.

Se levantó de la cama y salió al balcón. La misma humedad viscosa mezclada con el olor fuerte y penetrante que había percibido nada más llegar a Malabo después de un cómodo viaje en un Airbus A139 se apoderó de sus sentidos. Todavía se sentía aturdida por el rápido cambio de escenario. Intentó imaginarse las impresiones de su padre cuando pisó por primera vez ese lugar, pero las circunstancias eran completamente diferentes. Seguro que él no había tenido la sensación de que llegaba a un país tomado por los militares. Resopló al recordar el largo proceso para abandonar el moderno aeropuerto de cristal y acero: se había visto obligada a enseñar varias veces el pasaporte, el certificado de penales, el de vacunación y la carta de invitación de la Universidad Nacional de Guinea Ecuatorial antes de pasar por los diferentes controles de aduanas en los que le abrieron la maleta y cotillearon todo lo que llevaba; le habían hecho rellenar un formulario de entrada en el que explicaba los motivos de su viaje y le habían pedido el nombre del hotel donde se iba a alojar. Y, para colmo, tendría que llevar ese fajo de papeles consigo a todas horas para evitar problemas en cualquier control policial de los muchos que le habían avisado que había por todas partes.

Encendió un cigarrillo e inspiró profundamente. Se entretuvo contemplando los reflejos del sol sobre las palmeras y los árboles que surgían entre las desconchadas casas, escuchando los gritos mezclados de pájaros y de niños jugando al fútbol en el callejón de enfrente, y tratando de descifrar las voces de los hombres y mujeres con vistosas ropas de colores que pasaban por la calle junto a coches de todas las marcas y estados de conservación. ¡Qué lugar tan especial! En esa pequeña isla, del tamaño de su valle, habían vivido personas de diferentes países y se habían hablado al menos diez idiomas: portugués, inglés, bubi, inglés africano, fang, ndowé, bisio, annobonés, francés, español... Probablemente se olvidara de alguno, pero una cosa le había quedado bien clara en apenas unas horas: la influencia española todavía pervivía de manera intensa.

El paso de los españoles, algunos de los cuales eran miembros de su familia, había dejado profundas huellas en el país, sí, pero de lo que nadie hablaba era de cómo ese pequeño lugar había marcado a personas como ella que ni siquiera habían vivido allí.

Pensó en su extraña relación con Fernando Poo-Bioko. Un pequeño pedazo de papel y unas palabras de Julia le habían dado el último y definitivo empujón para cumplir uno de los sueños de su vida: viajar a la isla en pos de los lugares que rondaban por su cabeza desde niña. Por fin iba a tener la ocasión de caminar por las sendas que habían pisado durante tantos años sus antepasados. Respirar el mismo aire. Disfrutar del mismo colorido. Alegrarse con su música. Y tocar la tierra donde descansaba su abuelo Antón.

Mentalmente dio gracias a la isla por existir. Solo el hecho de haber llegado hasta allí significaba para ella un grandísimo triunfo porque era lo más atrevido que había hecho en su vida, dedicada exclusivamente al estudio. Había tenido el coraje suficiente para responder a una débil llamada que en su corazón resonaba con la fuerza de un tambor.

Alguien mayor que ella nacido en Sampaka...

La búsqueda adoptaba la forma de misteriosas personas a las que quería poner nombre y rostro.

Desde el mismo momento en que Julia le había hablado de Fernando, había crecido en ella la sospecha de que parte de su sangre pudiera estar en la isla. ¿Y si tuviera un hermano? ¿A qué otra cosa se podía referir Julia si no? ¡No se atrevía casi ni a pensarlo! ¡Y mucho menos a decirlo en voz alta! En más de una ocasión se había sentido tentada de confiar sus inquietudes a su prima Daniela, pero finalmente había preferido esperar a tener pruebas definitivas, si es que las había.

Pero ¿y si fuera cierto?

¿Cómo podía haber vivido su padre con ello? Y su tío... ¡tendría que saberlo! Era absolutamente imposible que no lo supiera..., a no ser que ella estuviera equivocada y en vez de un hermano tuviera que buscar a un primo. Sacudió la cabeza. La carta estaba entre la correspondencia de su padre, y Julia le había sugerido que hablase con él. Además, no se podía creer que Kilian hubiera hecho algo así. Era la persona más recta y seria que conocía. Su tío era un hombre de palabra, capaz de pasar por alto las opiniones de los demás en honor de la verdad, ya fuese en conflictivos temas de linderos de fincas como en cuestiones más personales de relaciones entre vecinos y familiares.

Por un momento se asombró de la facilidad con la que excusaba a su tío y culpaba a su padre, pero ya no era una niña. No le resultaba nada inverosímil imaginarse a su padre huyendo de una situación no deseada, por decirlo suavemente, y más si la historia tuviera que ver con un niño de piel oscura. En más de una conversación su padre había hecho comentarios racistas. Ante la indignación de su hija, zanjaba la cuestión con un «yo he vivido con ellos y sé de lo que hablo» al que Kilian respondía con un «yo también, y no estoy de acuerdo» que Daniela celebraba con una sonrisa de orgullo por que su padre fuera más razonable, moderado y juicioso. ¡Como para reconocer a un hijo negro! ¡Y más en la España de hacía tres o cuatro décadas!

Clarence frenó sus pensamientos: de momento, solo tenía un papel, las palabras de Julia, y cuatro datos sueltos que repasó una vez más.

De las primeras cartas escritas por su tío Kilian, no había podido extraer ninguna información objetiva que arrojase algo de luz a las palabras de Julia sobre la intrigante nota. En uno de los escritos detallaba lo bien atendido que había estado el abuelo Antón, sobre todo por parte de una enfermera nativa, y todas las personas que habían asistido al funeral y posterior entierro. Aparte de Manuel y Julia, conocía algunos nombres de oídas. Tras la muerte de Antón, su tío había escrito con menos frecuencia y las cartas eran más repetitivas, centrándose sobre todo en las finanzas de Casa Rabaltué.

Solo una de las cartas era un poco más personal. En un breve párrafo, Kilian intentaba consolar a la tía Catalina del fallecimiento de su bebé para, acto seguido, anunciar su viaje a la Península, sobre el cual añadiría detalles —en qué barco viajaría, a qué ciudad llegaría, cuántos días tardaría— en escritos posteriores. Permaneció en España hasta 1960 para volver a la isla con la intención de cumplir ya solo dos campañas más de dos años cada una. Por lo tanto, sus planes eran regresar a Pasolobino definitivamente en el año 1964, a la edad de treinta y cinco años. Era probable que su tío tuviera en mente, igual que Jacobo y otros muchos, el retirarse de las campañas de cacao a una edad razonable para formar su propia familia en su tierra.

Sin embargo, había algo que no encajaba.

Había muy pocas cartas escritas después de 1964, pero su existencia demostraba que la estancia en Guinea se había alargado más de lo previsto.

Algo había pasado en 1965, después de la muerte de la tía Catalina.

Y coincidía en el tiempo con una breve alusión a un enfrentamiento entre Kilian y Jacobo que también había encontrado en otra carta. ¿Sería esa la razón por la que su padre había dejado su trabajo en la finca? ¿Una discusión con su hermano…?

Clarence chasqueó la lengua. No tenía sentido. La relación entre ambos había perdurado con el paso de los años, luego no podía haber sido algo muy serio. ¿Qué habría pasado?

Miró su reloj. Todavía faltaban un par de horas hasta la cena. Decidió salir a dar una vuelta, y en pocos segundos, estaba ya caminando por la avenida de la Libertad. Le había resultado difícil elegir hotel, puesto que la capacidad hotelera de la ciudad era muy limitada. Había descartado los conocidos barrios de Los Ángeles y Ela Nguema para no tener que depender de autobuses. El histórico Hotel Bahía, en pleno puerto nuevo, de cuatro estrellas, era el que más le había atraído por acercarse a su idea de buen hotel, pero finalmente se había decidido por el Hotel Bantú porque estaba muy cerca de los lugares de visita obligada en la ciudad y porque los comentarios de otros viajeros en Internet eran bastante positivos.

Dirigió sus pasos hacia el casco antiguo de la ciudad, que, aunque poco cuidado comparado con los lugares europeos a los que ella estaba acostumbrada, encontró en mejores condiciones que los sucios aledaños de solares convertidos en escombreras y montañas de basura que había visto desde el taxi durante el trayecto del aeropuerto al hotel. Además de las bandadas de chiquillos que cada dos por tres se le acercaban, dos cosas llamaron sobre todo su atención, haciéndole esbozar una sonrisa tras otra. Por un lado, los cables de luz que, enredados y sueltos a modo de lianas artificiales, campaban a sus anchas creando un complejo entramado aéreo que conectaba una calle con otra. Y por otro, la extraña combinación de vehículos que circulaban por las calles asfaltadas de manera irregular. Gracias a la pasión por los coches que su padre le había transmitido desde pequeña, supo reconocer destartalados Lada Samara, Volkswagen Passat, Ford Sierra, Opel Manta, Renault 21, BMW C30 y varios Jeeps Laredo junto a novísimos Mercedes y *pickups* Toyota.

Decidió ser positiva y concentró su curiosidad en los edificios.

Poco a poco distinguió otra ciudad que resaltaba sobre la suciedad. Malabo parecía una ciudad antillana o andaluza. Estaba llena de edificios coloniales de la época inglesa y española. Era evidente que la sucesiva presencia de portugueses, británicos, españoles y comerciantes que trataban con las Antillas había imprimido en su arquitectura un carácter muy particular. Entre las viviendas desvencijadas de poca altura aparecía, de repente, una vieja casa con galería, construida en madera, que le recordaba a una hacienda española de balcones de hierro forjado.

Y palmeras, muchas palmeras.

Después de un buen rato, se detuvo, agotada y sedienta. Escuchó música procedente de un pequeño edificio azul con tejado de uralita. Asomó la cabeza y vio que era un bar, tan sencillo como cualquiera de los que ella pudiera recordar de su infancia en los pueblos de su valle. Había dos o tres mesas tapadas con hules, sillas de formica y una pequeña barra tras la cual colgaban varios calendarios cuyas hojas mecía intermitentemente un pequeño ventilador. La música no conseguía mitigar el molesto ruido de un generador situado al lado de la barra.

En cuanto puso un pie en el local, las cuatro o cinco personas que había allí se callaron y la miraron con cara de sorpresa. Clarence se ruborizó al sentirse observada y dudó si continuar hasta la barra o largarse rápidamente, pero optó por actuar con normalidad y pedir un botellín de agua. La atendió una gruesa mujer de mediana edad con voz aguda que enseguida tomó el protagonismo de sonsacar información a la extranjera. Clarence prefirió ser prudente y no entrar en muchos detalles sobre las razones de su estancia en la isla y en esa parte de la ciudad. Junto a la puerta, dos jóvenes con camisetas sudadas no le quitaban el ojo de encima. Se tomaría el agua sin prisa pero sin pausa, decidió, y saldría del bar con toda naturalidad, actuando como si supiera dónde se encontraba.

Miró hacia el exterior y el corazón le dio un vuelco. Pero ¿cómo…?

Se despidió amablemente aunque con rapidez y salió a la calle, donde, para su sorpresa, reinaba la noche.

Sacudió la cabeza. ¡Si solo había estado en el bar durante unos minutos!

Comenzó a caminar por la calle solitaria, intentando distinguir por los edificios el trayecto de regreso. ¿Dónde se había metido todo el mundo? ¿Por qué solo funcionaban algunas farolas?

Unas gotas de sudor comenzaron a perlarle la frente y la nuca.

¿Eran imaginaciones suyas o escuchaba unos pasos tras ella? ¿Y si la habían seguido los jóvenes del bar? Aceleró el paso. Tal vez estuviera un poco paranoica, pero juraría que alguien la estaba siguiendo. Giró rápidamente la cabeza sin aminorar el ritmo y distinguió dos uniformes de policía. Maldijo en voz alta. ¡Se había dejado toda la documentación en el hotel!

Escuchó una voz que la llamaba, pero no hizo caso y continuó caminando deprisa, intentando refrenar las ganas de echar a correr, hasta la siguiente esquina, donde se topó con un grupo de adolescentes que la rodearon divertidos. Clarence aprovechó esos segundos de confusión para girar a la derecha, empezar a correr y tomar diferentes calles para despistar a los policías. Cuando le pareció que el corazón le iba a reventar en el pecho se detuvo, jadeante y completamente empapada de sudor, y se apoyó contra una pared con los ojos cerrados.

Un susurro le indicó la presencia de un río. Abrió los ojos y se dio cuenta de que había caminado hacia el noreste en lugar de hacia el sur. Ante sus ojos se extendía una gran muralla verde. Pero ¿qué le había pasado? ¡Con lo fácil que le había parecido la ciudad desde el avión! Había incluso imaginado la mano de un artista guiando una escuadra y un cartabón para trazar calles rectas y paralelas en manzanas perfectamente cuadradas con pulso decidido desde el mismo borde del mar hacia el interior, y cruzándolas luego con otras líneas perpendiculares.

La culpa de su desmedida reacción la habían tenido los libros que había leído en el avión. Sintió un estremecimiento. Pues sí que era valiente. Si tenía miedo en esos momentos, ¿cómo hubiese resistido ella un viaje de cinco meses en un barco sometido al capricho de las tempestades sabiendo que el destino era una isla donde si no morías a manos de los feroces y hostiles nativos que envenenaban las aguas y degollaban y decapitaban a los navegantes lo hacías por culpa de las fiebres? Para calmarse, Clarence intentó ponerse en el lugar de los cientos de personas que durante dos siglos habían formado parte de las expediciones para tomar posesión de aquellas tierras, mucho antes de que Antón, Jacobo y Kilian disfrutasen del momento más glorioso y cómodo de la época colonial, y sintió otro estremecimiento.

Había leído que dormían vestidos y con el fusil en la mano presa del miedo, que a veces la tripulación no conocía el destino del viaje para que no se amotinara, que muchos eran condenados políticos a quienes se les prometía la libertad si lograban aguantar dos años en Fernando Poo… Imaginó a los emprendedores a quienes les concedían tierras de forma gratuita, a los presos que soñaban con la libertad, a los misioneros —jesuitas primero y claretianos después— convencidos del mandato divino de su labor evangelizadora, a algún que otro intrépido explorador acompañado de su insensata esposa… ¡Cuántos murieron y cuántos suplicaron por regresar a casa aun perdiendo la libertad! ¡Esos sí que tenían razones para pasar miedo y no ella! Pero claro… ¿acaso no había leído también una novela sobre el secuestro de una joven blanca y las terribles actuaciones de la policía en tierra guineana?

En esos momentos, no sabía si echarse a reír o a llorar.

Deslizó la mirada por los alrededores y sintió una nueva punzada de inquietud al alejarse del río. Intentaría visualizar el mapa de la ciudad que tantas veces había estudiado en el avión para dirigirse hacia el oeste, hasta la concurrida avenida de la Independencia...

Apenas llevaba recorridos unos metros cuando el claxon de un coche la sobresaltó.

—¿Necesita que la lleve? —gritó alguien para llamar su atención.

Localizó al autor de la pregunta, un hombre joven con gafas a bordo de un Volga azul con las rectas líneas de los automóviles de los años ochenta.

¡Lo que le faltaba!

Sin responder, aceleró el paso.

El hombre acomodó la velocidad del coche a la de ella y repitió la pregunta antes de añadir:

—Señora, que yo soy taxista. —Clarence, desconfiada, le lanzó una mirada de soslayo—. En Malabo, los taxis no tienen colores ni marcas especiales.

Clarence esbozó una débil sonrisa. Eso era algo que ya había aprendido en el aeropuerto ese mismo día. Por otro lado, la entonación cantarina y ligeramente melosa del hombre le inspiró confianza. Se detuvo y lo observó. Calculó que tendría unos treinta años. Llevaba el pelo muy corto, con lo cual la frente parecía muy ancha, tenía una nariz y una mandíbula bastante prominentes y su sonrisa parecía franca.

Se sentía tan cansada y desorientada que finalmente hizo un gesto de asentimiento con la cabeza.

Pocos minutos después de subirse al coche, Clarence ya estaba tranquila y convencida de que había tenido mucha suerte. El conductor, que se llamaba Tomás, resultó ser maestro en un colegio y taxista en su tiempo libre. El hecho de que ella también estuviera vinculada a la docencia hizo que entablaran conversación.

Sin querer, comenzó a anotar mentalmente las características de la forma entrecortada de hablar de Tomás, que eran poco perceptibles porque hablaba muy bien el castellano. Ni omitía el artículo, ni confundía los tiempos verbales, ni los pronombres ni las preposiciones, como había leído en algún artículo. Como mucho, pronunciaba la *rr* igual que la *r*, la *d* como una *r* floja, debilitaba un poco la *ll* y mostraba algo de seseo y una tendencia a acentuar las sílabas finales.

Desde luego, los nervios la estaban traicionando. Había pasado tanto miedo esa tarde que el análisis lingüístico le estaba sirviendo de terapia…

Respiró hondo para relajarse.

—¿Y qué le parece Malabo? —preguntó Tomás.

—No he podido ver mucho porque he llegado hoy —admitió ella mientras pensaba—: «Sucia, llena de cables y me he perdido».

Tomás la miró a través del espejo retrovisor.

—Seguro que esto le parecerá muy diferente a su tierra de allá. Los viajeros se sorprenden de que con lo rica que es Guinea, por el petróleo, claro, parezca tan pobre. El nuevo barrio elegante de Pequeña España está cerca del barrio de chabolas de Yaundé. —Se encogió de hombros—. Nosotros estamos acostumbrados a los contrastes. Si quiere, le puedo dar ahora un paseo rápido para que sepa dónde está lo más importante.

Como si le hubiera leído el pensamiento y deseara borrar del rostro de la extranjera la primera imagen negativa de la ciudad, Tomás le mostró algunos de los hermosos lugares que ella había visto en fotografías: la plaza del Ayuntamiento, con sus bellos jardines; la bahía en forma de herradura; la plaza de la Independencia, con su Palacio del Pueblo de color rojizo y numerosas ventanas de arco; el Palacio de la Presidencia en lo alto del puerto viejo… Ni las escasas imágenes en blanco y negro de la época colonial que había visto de sus familiares, ni las fotos actuales en color del ordenador hacían honor a lo que estaba viendo, y eso que era de noche.

Con la boca abierta y el corazón palpitante, Clarence se trasladó a otra época e imaginó a su padre y a su tío, en traje blanco, paseando por esos mismos lugares, décadas atrás, saludando con la mano a sus conocidos, blancos y negros. Recordó que había leído en algún sitio que la esperanza de vida en Guinea rondaba los cincuenta años, y la imagen se diluyó. Las personas que pudieran haber convivido con Kilian y Jacobo tendrían que estar todas muertas mientras que ellos todavía gozaban de buena salud a sus setenta y tantos años. De manera irremediable, los históricos edificios que resistían orgullosos pero decrépitos el paso del tiempo pertenecían ahora a otros ojos.

Su taxista dejó por fin la avenida de la Independencia, llena de edificios institucionales y restaurantes, giró hacia la de la Libertad y al poco detuvo el coche, salió y se apresuró a abrirle la puerta. Ella le pagó el precio que le pidió, más una generosa propina en dólares.

—Este sitio está bien... —dijo Tomás—. En esta misma calle hay tres restaurantes y un pequeño centro comercial. —Titubeó—. ¿Me permite un consejo? Mejor no salga sola de noche. Una mujer blanca y sola... No es corriente aquí.

Clarence sintió un escalofrío al recordar su desastroso paseo.

—No se preocupe, Tomás. —Le resultó extraño que ambos, siendo tan jóvenes, se trataran de usted, pero como él había comenzado, no quiso parecerle maleducada—. Y muchas gracias. Por cierto, mañana tengo que ir a la finca Sampaka. ¿Podría llevarme?

—Mañana... —Tomás pensó unos segundos—. Sí. Mañana es sábado, no tengo colegio. La llevaré con mucho gusto.

Esperó en silencio a que ella añadiera algo, pero su curiosidad pudo más:

—¿Conoce a alguien en Sampaka?

—Al gerente. Es un conocido de mi padre. He quedado con él... —respondió ella, diciendo una verdad a medias.

Lo cierto era que le había enviado un correo electrónico a un tal F. Garuz pidiéndole si podría enseñarle la finca aprovechando su visita de trabajo en la isla, a lo cual él había accedido con mucha amabilidad. El apellido coincidía con el del gerente de la finca de la época de su padre y, en cuanto a la *F,* había concluido que no podía existir tanta casualidad como para que correspondiera a un...

—¿Con el señor Garuz? —preguntó Tomás.

—No me diga que lo conoce...

—Señora, esto es muy pequeño. ¡Aquí nos conocemos todos! Ella lo miró incrédula.

—Ah, claro. Entonces, ¿le parece bien a las diez de la mañana?

—Aquí estaré. Esto... ¿Por quién pregunto?

Clarence se percató de que no le había dicho su nombre.

—Me llamo Clarence.

—¡Clarence! ¡Como la ciudad!

—Eso mismo. Como la ciudad.

Después de lo que había leído en las últimas semanas sobre Guinea, supuso que en los próximos días escucharía más de una vez ese comentario. Extendió la mano para despedirse de él.

—Gracias de nuevo y hasta mañana, Tomás.

De nuevo en la habitación, Clarence se desplomó en la cama, completamente agotada. Jamás se hubiera imaginado un primer día tan intenso en Guinea. Menos mal, pensó aliviada, que todavía tenía varias horas por delante para descansar antes de la visita a Sampaka.

A las diez en punto de la mañana, Tomás detuvo el coche a la puerta del hotel. Como el día anterior, iba vestido con pantalones de color beis hasta la rodilla, camiseta blanca y sandalias. Clarence, que en el último momento había cambiado una veraniega falda larga por pantalones y chaqueta, lo esperaba con cara de fastidio.

Llovía a mares.

—Me parece que hoy no podrá recorrer la finca —dijo Tomás—. Es que estamos en la época. Agua y más agua. Por suerte, no creo que hoy haya ningún tornado.

No se veía nada a través de los cristales salpicados de miles de gotas. Clarence se dejó llevar a ciegas por la carretera asfaltada. Al cabo de unos diez minutos, el coche paró en un control de peaje donde dos guardias aburridos, armados hasta los dientes, pidieron los papeles de la mujer. Afortunadamente, esta vez sí los llevaba encima y el trámite fue rápido porque conocían a Tomás y no era el día más propicio para charlas.

En el momento en que el joven anunció que acababa de coger el desvío hacia la pista de tierra que conducía a la que había sido la finca emblemática de la isla, a Clarence le dio un vuelco el corazón y pegó la nariz contra la ventanilla.

—Si sigue lloviendo así —advirtió Tomás—, no nos libraremos del *poto-poto*.

—¿Y eso qué es? —preguntó ella, sin apartar la vista del paisaje borroso.

—El barro. Espero que no tenga que estar mucho rato en Sampaka o no podremos volver.

De repente, Clarence distinguió la pintura blanca de los troncos de unas enormes palmeras reales que se erguían hacia el cielo como escoltas sagradas, inmutables ante el baño celestial que caía sobre ellas.

—Pare el coche, Tomás, por favor —pidió con un hilo de voz—. Será solo un momento.

Abrió la ventanilla y dejó que la misma lluvia que regaba esos majestuosos árboles de más de treinta metros de altura humedeciera su rostro. El hecho de estar en el lugar donde pasaron años Antón, Jacobo y Kilian le produjo una atenazadora mezcla de alegría y tristeza. Pensó en los hombres de su familia y pensó en sí misma. Al ver con sus ojos lo que ellos habían hecho suyo hacía décadas, la embargó un curioso e imposible sentimiento de nostalgia.

¿Cómo podía sentir tristeza por el recuerdo de un lugar en el que nunca había estado? ¿Cómo era posible que le llenara una profunda melancolía por el recuerdo de una pérdida que aún no había sufrido?

Estaba sintiendo allí mismo lo que tenían que sentir Kilian y Jacobo cuando se les llenaban los ojos de lágrimas al recordar sus años jóvenes en Guinea. Una leve opresión en el pecho y la garganta. Un tenue dolor en la boca del estómago. Una necesidad de silencio y aislamiento.

—¿Se encuentra bien, Clarence? —preguntó Tomás—. ¿Quiere que continúe?

—Sí, Tomás. —Ella supo que regresaría a ese lugar donde todavía no había ido ni de donde todavía se había marchado. Tenía que verlo con toda la luminosidad de un día resplandeciente—. Entremos en Sampaka.

A partir de entonces, la lluvia ya no le importó más. Aun con los ojos vendados, Clarence hubiese podido dibujar el trayecto del coche por el camino vigilado por las palmeras hasta el patio central de tierra rojiza donde se levantaba la casa principal, grande y cuadrada, soportada parcialmente por columnas blancas, con el tejado a cuatro aguas y paredes encaladas sobre las que resaltaban los postigos de madera pintados de verde, al igual que la galería exterior que rodeaba la parte superior del edificio, y con la barandilla de gruesas pilastras blancas a ambos lados de una espectacular escalera de amplios peldaños.

Tomás aparcó el coche en los porches bajo la galería y tocó la bocina, que apenas se oyó porque la tormenta tropical amortiguaba cualquier otro sonido que no fuera el de los chorros de agua. Sin embargo, cuando salieron del coche, no tardó en aparecer un hombre de unos cincuenta años de aspecto serio, complexión fuerte y piel tostada por el sol que saludó a Clarence con afabilidad. Llevaba pantalones cortos y una camisa azul, y tenía el pelo gris muy corto —con un pequeño flequillo rebelde—, cara ancha y ojos algo hundidos.

—Bienvenida a Sampaka... ¿Clarence, verdad? Yo soy Fernando Garuz.

Clarence se quedó de piedra al escuchar el nombre. ¡Pues sí, *F* de Fernando! ¿Se referiría Julia a ese Fernando? ¿Así de fácil? ¡Imposible!

—Eres más joven de lo que pensaba. —Ella sonrió sin dejar de fijarse en todo lo que podía con expresión de asombro—. ¿Qué? ¿Te la imaginabas así?

—Más o menos. Lo que más me sorprende es el color. Las cuatro fotos que he visto son en blanco y negro. Y está muy vacío...

—Con este tiempo no se puede hacer nada. Me temo que tampoco podré enseñarte la finca ni los nuevos viveros; como mucho los edificios del patio. Te vas a quedar unos días, ¿verdad? Ya elegiremos otro momento más apropiado para los exteriores. Hoy, si te parece, podemos tomarnos un café y conversar.

—Yo la esperaré aquí —dijo Tomás.

—No es necesario. —Fernando le dio unos billetes—. Al mediodía tengo que ir a la ciudad. Yo la llevaré. —Se dirigió a la mujer—. ¿Te parece bien?

—Si no es molestia... —Sacó un cuaderno y un bolígrafo del bolso y pidió a Tomás que apuntara su número de teléfono—. Lo llamaré desde el hotel si lo necesito otra vez.

El joven se marchó y Clarence siguió a Fernando hasta una pequeña salita con muebles coloniales donde le preparó el café más delicioso que ella había probado en su vida. Se sentaron en unas butacas de ratán cerca de una ventana y él le preguntó sobre cuestiones personales y profesionales y sobre su relación con Sampaka. Ella respondía y lo escuchaba analizando sus facciones y sus gestos, tratando de encontrar algún indicio que lo relacionara con los hombres de su familia. Pero nada. No se parecían en nada. A no ser que... Igual Julia le había querido decir que ese Fernando podría ayudarla en su búsqueda.

Clarence decidió empezar por el principio:

—¿Por casualidad eres familia de Lorenzo Garuz? En casa mencionaban alguna vez el nombre del gerente de Sampaka de aquellos años.

—Pues sí. —Fernando sonrió y ella se fijó en que la separación de los incisivos superiores le daba un aire juvenil—. Era mi padre. Falleció el año pasado.

—Vaya, lo siento.

—Gracias. Pero bueno, tenía muchos años...

—¿Y cómo es que sigues aquí? ¿Has vivido siempre en Guinea?

—No, qué va. Yo nací en Santa Isabel. —Clarence apretó los labios. Julia le había dicho que buscase a un Fernando *nacido* en Sampaka—. Mi infancia transcurrió entre Guinea y España. Luego estuve muchos años sin volver y al final me establecí definitivamente aquí a finales de los ochenta.

—¿En Sampaka?

—Al principio, en otra empresa de la ciudad.

—¿Y cómo acabaste en la finca? ¿No pertenecía al Gobierno como otras? Me refiero a lo que pasó después de la independencia...

—De la finca se quedó encargado un hombre de confianza que la llevó como pudo unos años en los que las fincas funcionaron algo, desde luego ni de lejos como en tiempos de tu padre. Pero algo hacían. Ten en cuenta que suponían la única entrada de divisas al país para sobrevivir. Después del golpe de libertad del año 79 que acabó con Macías, los antiguos dueños, entre ellos mi padre, que tenía la mayoría de las acciones, perdieron la propiedad y el Gobierno se la adjudicó a un militar de alto rango.

—Y entonces, ¿cómo la conseguiste tú de nuevo?

—Cuando falleció ese militar, a principios de los noventa, yo ya estaba por aquí trabajando en un proyecto de desarrollo agrícola financiado por la Unión Europea y Cooperación Española para renovar plantaciones de cacao y tratar de introducir nuevos cultivos como la pimienta y la nuez moscada. Se dio la circunstancia de que los herederos del militar estuvieron de acuerdo en vender la finca. He conseguido recuperar lo que era de mi familia desde principios del siglo pasado —añadió con orgullo— y volver al lugar de mi infancia.

Fernando le ofreció otro café y ella aceptó.

—Supongo que te llamarían Fernando por la isla.

—Creo que en todas las familias españolas que tuvieron relación con Guinea hay un Fernando…

Clarence torció el gesto. Eso complicaba aún más las cosas.

—¿También en la tuya? —preguntó él, malinterpretando la expresión de ella.

—¿Eh? Ah, no, no. En casa solo somos mujeres —sonrió—. Y ninguna Fernanda…

Se detuvo e intentó ser prudente.

—Por curiosidad, ¿se ha conservado algún archivo de los cincuenta?

—Algo queda. Antes de irse, mi padre guardó los ficheros de los trabajadores en un armario. Cuando yo volví, el despacho estaba todo desordenado, pero no habían quemado nada, cosa rara. Se darían cuenta de que no había nada peligroso.

—Y tu padre, ¿regresó alguna vez?

Fernando se encogió de hombros.

—Sí, claro. No podía pasar mucho tiempo sin pisar su isla. La echaba continuamente de menos. Cumplí la promesa de enterrar sus restos bajo una ceiba. ¿Sabes? Hasta que murió, mi padre soñó con devolver a la finca su antiguo esplendor. —Miró por la ventana, en actitud nostálgica—. En esta tierra hay algo contagioso porque yo pienso como él. Aún creo que el cacao de Sampaka podría volver a explotarse a gran escala…

Clarence suspiró y decidió dar un paso más:

—Fernando, ya que estoy aquí… ¿Sería mucho pedirte que me dejases echar un vistazo a los archivos? Es una tontería, pero me gustaría ver si hay algo de mi abuelo y de mi padre…

—No tengo ningún inconveniente. —Se puso de pie—. Lo malo es que los papeles volvieron al armario sin ningún orden. —Cogió un paraguas del rincón y se dirigió hacia la puerta—. Ven, el antiguo despacho está enfrente.

Abrió el paraguas y lo sostuvo con caballerosidad sobre Clarence mientras cruzaban el patio hacia un edificio blanco de una sola planta con el tejado a dos aguas y un pequeño porche. Clarence se alegró de que Fernando fuera tan amable y hablador y estuviera tan dispuesto a facilitarle las cosas.

Entraron en una estancia amplia con una gran mesa frente a un ventanal que parecía el cuadro de un frondoso paisaje mojado. A la derecha, una librería con puertas de celosía cubría la mitad de una pared. Fernando empezó a abrir las puertas y Clarence resopló. Las estanterías estaban abarrotadas de fajos de papeles puestos de cualquier manera. Allí había trabajo para horas.

—¿Ves? Aquí está la historia caótica de Sampaka. ¿En qué años dices que estuvo tu padre?

—Mi abuelo vino en los años veinte. Mi padre, a finales de los cuarenta. Y mi tío, a principios de los cincuenta.

Clarence cogió un papel al azar. Era una plantilla hecha a mano con un listado de nombres a la izquierda y huellas dactilares a la derecha fechada en 1946. Lo dejó en su sitio y cogió otro que resultó ser igual, pero de tres años más tarde.

—A ver. —Fernando se aproximó—. Sí, esos son los listados del reparto semanal de comida. Bueno, en realidad con un simple vistazo se descartan muchos de los papeles. —Miró su reloj—. Yo no tengo que regresar a Malabo hasta las tres. Si quieres, puedes aprovechar hasta entonces. Espero que no te importe que no te ayude…

—Por supuesto que no me importa. —Clarence estaba encantada de quedarse a solas, así podría buscar tranquilamente algo sobre los niños nacidos pocos años antes que ella, tal como le había dicho Julia—. Es más, si puedo, a cambio lo dejaré un poco más ordenado. A mí se me dan bien los papeles.

—Muy bien, entonces. Si necesitas algo, me buscas en este patio… —se acercó al umbral y señaló algo en la pared exterior— o haces sonar esta campana. ¿De acuerdo?

Clarence asintió. Por fin se quedó sola y se dispuso a aprovechar el tiempo al máximo. Empezó por sacar brazadas de papeles del armario que depositó en la mesa. Sacó el cuaderno del bolso y escribió en varias hojas los títulos de sus criterios de clasificación: listados de trabajadores y contratos, adjudicación de viviendas a familias, listados de reparto de comida, cuentas, facturas, pedidos de material, fichas de empleados, certificados médicos y variedades sin importancia. A continuación, se dispuso a distribuir los papeles en diferentes montones.

Una hora más tarde abrió una carpeta llena de fichas, grapadas a contratos de trabajo, nóminas y certificados médicos, con las fotos desgastadas y poco nítidas de hombres jóvenes. Fue pasando una a una hasta que identificó primero a su abuelo y, justo después, a su padre y a su tío. Sintió una profunda emoción. El hecho de imaginarse a cualquiera de los tres estampando su firma en las fechas que allí constaban le provocó un sentimiento parecido al de su encuentro con las palmeras reales de la entrada, pero aderezado con una pizca de orgullo que evitó que nuevas lágrimas rodaran por sus mejillas. Permaneció unos minutos deslizando sus dedos por las fotos. ¡Habían sido tan jóvenes y guapos! ¡Y tan valientes! ¿Cómo, si no, se hubieran atrevido a marcharse a África desde las montañas del Pirineo?

En la carpeta aparecieron casi cincuenta fichas de otros tantos hombres como ellos. En su cuaderno anotó los nombres de aquellos que trabajaron en la finca entre los años cincuenta y sesenta. Preguntaría a Kilian y Jacobo si se acordaban de Gregorio, Marcial, Mateo, Santiago…

Antes de continuar con nuevos papeles, dedicó un buen rato a leer con detenimiento la información de los hombres de su familia. Lo que más le sorprendió fue una parte del historial médico de su padre. Descubrió que había estado muy enfermo de malaria.

Frunció el ceño.

Jacobo y Kilian siempre contaban el cuidado que tenían en tomarse las pastillas de quinina y Resochín puntualmente para evitar enfermar de paludismo. Si alguna vez se olvidaban de tomarlas, era fácil sufrir de fiebre muy alta y escalofríos, pero por lo que decían, aquello se parecía a una gripe muy fuerte. De ahí a estar ingresado varias semanas... Le resultó extraño y decidió preguntarle a su padre cuando regresara a Pasolobino.

Miró el reloj. ¡La una! A ese paso no terminaría nunca. Calculó que habría clasificado un sesenta por ciento del material. Se desperezó, se frotó los ojos y bostezó. Sospechaba que no iba a encontrar nada de lo otro, del nacimiento del tal Fernando. En los contratos de los braceros ponía el nombre del cabeza de familia y *su familia*, sin especificar nada más, ni nombres ni número de hijos. En algún parte médico constaba el parto de una mujer y si había dado a luz a un varón o a una hembra, pero no aparecía el nombre del recién nacido. Supuso que serían partos de nativas. Que ella supiera, en aquella época el único matrimonio blanco que había en Sampaka era el de Julia y Manuel. Estaba empezando a desilusionarse. Sin embargo, decidió continuar con esa tarea un rato más. Si alguien como ella, algún descendiente de los compañeros de sus padres, decidía un día visitar la finca, al menos los papeles estarían ordenados.

Enfrascada como estaba murmurando los rótulos junto a los cuales iba depositando los documentos correspondientes, no se percató de que alguien entraba hasta que sintió una presencia a pocos pasos de ella. Dio un respingo y se giró con el corazón palpitante.

Se quedó clavada en el sitio, con la boca abierta.

Ante ella había un gigante de piel negra como la noche que la observaba con una mezcla de curiosidad, sorpresa y desdén. Ella era alta, pero tuvo que levantar los ojos para ver que ese cuerpo de marcada musculatura terminaba en una cabeza completamente afeitada por la que resbalaban gotas de agua.

—Me ha asustado —dijo ella, desviando la mirada hacia la puerta. Se mordió el labio, un poco nerviosa. Entre ella y la campana que le había indicado Fernando había un hombre, además de grande, silencioso y extraño.

—Busco a Fernando —dijo él al cabo de unos violentos segundos con voz profunda.

«Vaya. Yo también», pensó ella. Se le escapó una risita.

—Como ve, aquí no está. Tal vez en el edificio de enfrente.

El hombre asintió mientras cubría con su grueso labio inferior el labio superior en actitud pensativa.

—¿La han contratado de secretaria? —Señaló la mesa con la cabeza.

—Eh, no, no. He venido de visita y… bueno… —No sabía cuántas explicaciones dar. Miró el reloj nuevamente. Fernando no tardaría en llegar—. Buscaba documentos antiguos de cuando mi padre trabajó aquí.

El hombre levantó una ceja.

—Es hija de colonial.

Su tono fue neutro, pero ella recibió la frase como un insulto.

—Empleado de finca —corrigió ella—. No es lo mismo.

—Ya.

Se hizo un irritante silencio. El hombre no dejaba de observarla y ella no sabía si seguir con su trabajo o salir en busca de Fernando. Eligió la segunda opción.

—Si me disculpa, tengo que ir al otro edificio.

Pasó al lado del hombre y cruzó el patio a toda prisa. La lluvia torrencial había perdido fuerza, pero seguía lloviendo. En la parte baja de la casa no había nadie. Se dirigió al porche donde había aparcado Tomás. Aparte de un todoterreno que antes no había visto, estaba vacío. ¿Dónde estaba todo el bullicio del que hablaba su padre? ¿Y los cientos de trabajadores? ¡Aquello era una finca fantasma! Lo mejor sería regresar a la oficina. Pero... ¿y si ese grandullón seguía allí? Soltó un bufido. Estaba actuando de manera ridícula. ¿Es que tenía que asustarse por todo?

Se giró con intención de volver a sus papeles y vio que un hombre no muy alto con el pelo completamente blanco se dirigía hacia ella gesticulando y hablando en un idioma que no conocía. ¡Lo que faltaba! Antes de que pudiera pensar nada, tuvo la cara horriblemente marcada del hombre frente a ella. El hombre la escudriñaba, se alejaba unos centímetros y volvía a acercarse, murmurando palabras extrañas y sacudiendo la cabeza.

—Disculpe, pero no entiendo qué me dice —dijo Clarence, con el corazón desbocado.

Comenzó a caminar hacia la tierra roja del patio. El hombre la siguió, levantando sus manos deformadas por la artrosis hacia el cielo y dirigiéndolas luego hacia ella como si la quisiera coger. Tuvo la sensación de que la estaba riñendo.

—Déjeme, por favor, ya me voy. Fernando Garuz me está esperando en la oficina, ¿ve? —Señaló el pequeño edificio—. Sí, allí está.

Aceleró el paso y entró en el cuarto como una exhalación mirando hacia atrás para asegurarse de que el extraño hombre no la seguía.

Y entonces chocó contra un muro de granito que llevaba pantalones tejanos y una camiseta blanca.

—¿Está ciega o qué? —Unas fuertes manos atenazaron sus brazos y la apartaron. Notó que algo húmedo resbalaba por su rostro—. Pues sí que es usted delicada. Le sale sangre de la nariz.

Clarence se llevó la mano a la cara y comprobó que era cierto. Se acercó a su bolso y buscó unos pañuelos. Así que el grandullón seguía allí.

—Pensaba que ya se habría ido —dijo ella mientras cortaba un trozo del pañuelo para taponar la nariz y frenar la débil hemorragia.

—No tengo prisa.

—Pues yo sí. Tengo que recoger todo esto antes de que llegue Fernando.

El hombre se sentó tranquilamente frente a la mesa. La silla crujió bajo su peso. Clarence comenzó a trasladar los montones de papeles ordenados hasta el armario ante la atenta supervisión de él. Su mirada intensa le ponía nerviosa. Y encima, ni siquiera se había ofrecido a ayudarla. Era un hombre verdaderamente grosero.

—Perdona mi retraso, Clarence. —La joven dio un respingo. Fernando cruzó el umbral a grandes zancadas y se sorprendió al ver al otro hombre—. Pensaba que con este tiempo vendrías otro día.

Caminó hacia él y se saludaron con un apretón de manos.

—¿Hace mucho que estás aquí?

Clarence se acercó a recoger el último montón de papeles.

—Vaya, ¿qué te ha pasado? —preguntó Fernando.

—Nada, me he dado un golpe con una puerta.

Fernando la acompañó hasta el armario y echó un vistazo al interior.

—¡Menudo cambio! Veo que has aprovechado el tiempo... ¿Has encontrado algo interesante?

—En realidad, poca cosa que no supiera... Me sorprende que no haya nada sobre los niños nacidos en la finca. Únicamente constan los nombres de las madres que dieron a luz en el hospital. No sé. Tenía idea de que en Sampaka había muchos niños, ¿no?

—Sí que había. —Fernando señaló al hombre que los observaba con el ceño fruncido—. Precisamente tú fuiste uno de ellos, ¿no?

Clarence sintió un súbito interés por él. Calculó que tendría unos cuarenta años, lo cual lo situaba en la época que a ella le interesaba...

—Pero ya no te puedo decir si había censos o no. Tal vez en la escuela... Lo que pasa es que de eso sí que no queda nada. ¿Tú qué dices, Iniko?

«Iniko —repitió mentalmente ella—, se llama Iniko. Qué nombre más raro.»

—Éramos muchos —respondió él, sin gran entusiasmo—. Y yo pasaba más tiempo en el poblado con la familia de mi madre que en la finca. En cuanto a los censos, los bubis solían nacer en sus poblados y los nigerianos, en los barracones de sus familias. Solo si había problemas llevaban a las mujeres al hospital de la finca. Las blancas se iban al hospital de la ciudad.

—¿Por qué te interesa, Clarence? —preguntó Fernando.

—Bueno... —Buscó una mentira plausible—. En mi investigación, me refiero a mi trabajo, hay un apartado dedicado a los nombres de los niños nacidos en época colonial...

—¿A qué niños? —la interrumpió Iniko en tono mordaz—. Nuestros padres nos ponían un nombre y en la escuela nos lo cambiaban por otro.

«Lo cual complica más las cosas», pensó Clarence.

—Ah. —Fernando chasqueó la lengua—. Un tema, este, un poco... espinoso.

—Sí. —Ella decidió no darle mayor importancia para no levantar sospechas—. En fin, como te digo, aquí no he visto nada nuevo que no supiera.

«Bueno, solo que mi padre pasó una grave enfermedad.»

—No he podido terminar de ordenarlo todo. Si me permites que vuelva otro día, prometo hacerlo.

—Es que tienes que volver. ¡No has visto nada! —Se dirigió al otro hombre—. ¿Vas ahora a Malabo?

El hombre asintió.

—¿Podrías llevar a Clarence de vuelta a la ciudad? —Su tono era más una afirmación que una pregunta, por lo que enseguida se dirigió a la mujer—. Esto... Perdóname, Clarence, pero ha surgido un pequeño problema. Se ha inundado el cuarto de los generadores y no me puedo marchar todavía.

Sacó una llave de su bolsillo.

—Si nos disculpas, solo retendré a Iniko un minuto.

Clarence comprendió que tenían que hablar de algo privado, así que asintió. Cogió su bolso mientras Fernando abría un armario y se dio cuenta de que Iniko seguía con la mirada, fría como un témpano, clavada en ella. Probablemente le había hecho la misma gracia que a ella la imposición de un buen rato juntos y a solas. Apretó los labios y salió. No podía imaginarse, pensó con ironía, nada más divertido que aguantarlo todo el trayecto de regreso a Malabo. Supuso que el *jeep* que había visto era de Iniko, pero ni se le ocurrió cruzar el patio hasta allí por miedo a encontrarse con aquel otro loco, así que esperó cerca de la puerta.

Escuchó que hablaban de cuentas. Hubo un momento que le pareció que discutían porque la voz de Iniko se elevó, pero Fernando pareció tranquilizarlo con una larga explicación. Al poco, ambos salieron. Fernando insistió en que Clarence regresara a Sampaka tantas veces como quisiera durante su estancia en la isla; le entregó un papel donde había anotado un número de teléfono, y le hizo prometer que lo llamaría para cualquier cosa que necesitase.

Cuando quiso darse cuenta, Iniko ya había cruzado medio patio. Clarence tuvo que correr para alcanzarlo y seguir su ritmo hasta un Land Rover blanco. Él entró, puso el vehículo en marcha y dio la vuelta. «¿Es que no piensa llevarme?», se preguntó ella. Vio que Iniko se estiraba para bajar la ventanilla del lado del acompañante.

—¿A qué espera para subir? —preguntó.

Ella entró en el coche y al sentarse se dio cuenta de que llevaba los pantalones completamente salpicados de gotas rojas. Intentó sacudirlas con la mano, pero solo consiguió que las pequeñas manchas se fundieran y formaran una fina película de barrillo.

El incómodo silencio impuesto por Iniko duró varios kilómetros. Clarence miró por la ventanilla. Había dejado de llover, pero unas bajas brumas envolvían el paisaje de maleza y espesura a ambos lados del camino. El todoterreno avanzó sin problemas a bastante velocidad hasta la carretera principal. Al poco tiempo, distinguió al frente las primeras edificaciones de la ciudad. A su lado, Iniko miró el reloj.

—¿Dónde se aloja?

Ella le dijo el nombre del hotel y la calle y él asintió.

—Tengo que ir al aeropuerto. Si quiere que la lleve a su hotel, tendrá que esperar. Si no, puedo dejarla por aquí.

Clarence frunció el ceño. Calculó que estaba lejos del centro y no pensaba deambular sola otra vez por esos barrios destartalados.

—De acuerdo.

—¿Y eso qué quiere decir?

—Que, si no le importa, prefiero acompañarlo al aeropuerto —respondió, irritada—. Solo espero que luego no me anuncie que va a coger un vuelo.

Era un comentario ridículo, pensó. Siempre podría volver en taxi a su hotel.

Iniko torció el gesto en algo parecido a una sonrisa contenida.

—Tranquila. Voy a recoger a alguien. Llego tarde.

Giró a la izquierda para tomar una circunvalación que llevaba hasta la avenida del aeropuerto y, en unos minutos, Clarence comenzó a reconocer parte del trayecto del día anterior. Al llegar al pequeño aparcamiento salpicado de árboles enormes sobre los que descansaban grandes cuervos negros con collares de plumas blancas, distinguió, entre los numerosos pasajeros que esperaban un taxi, a un hombre joven que les hacía señas con la mano. Se fijó en que iba muy bien vestido, comparado con la mayoría de la gente que había visto. Llevaba unos tejanos de marca de color claro y una camisa blanca. Cogió su maleta y comenzó a caminar hacia ellos. Iniko salió del coche y los dos hombres se saludaron con un afectuoso abrazo y palmadas en la espalda. Miraron hacia el interior del vehículo y Clarence supuso que hablaban de ella. Dudó si salir o no, pero decidió esperar.

Enseguida los dos subieron al Land Rover.

—¿Me siento detrás? —preguntó Clarence en voz baja a Iniko.

—No, por favor —dijo el otro hombre a sus espaldas—. Iniko me ha dicho que eres española y que os habéis conocido en Sampaka.

Su inmediato tuteo le transmitió una sensación de cercanía. Y además, tenía una voz muy alegre.

—... Y que te llamas Clarence, como la ciudad. —Ella asintió. Nunca más sería Clarence a secas. En ese lugar estaba condenada a ser llamada *Clarence-como-la-ciudad*. El extendió la mano—. Yo me llamo Laha.

—Mucho gusto, Laha.

—¿Y qué haces en Malabo? ¡Déjame adivinar! Eres cooperante de alguna ONG.

—Pues no.

—¿No? —Pareció sorprenderse. Se apoyó con los codos en los asientos delanteros, entre Clarence e Iniko, y entrecerró los ojos—. A ver... ¿Enviada de Naciones Unidas para redactar algún informe?

—No. —Cada segundo que pasaba, a Clarence le agradaba más Laha. Era muy simpático, además de enormemente atractivo, y su castellano era perfecto, aunque con un ligero acento que le pareció norteamericano.

—¿Empresaria? ¿Ingeniera? ¡Iniko! ¡Ayúdame!

—Investigadora —dijo Iniko con voz neutra—. Supongo que de la universidad.

«Bueno, memoria al menos sí tiene», pensó Clarence.

—¿Y qué investigas? —preguntó Laha.

—Soy profesora de lingüística. He venido aquí a recoger información para un proyecto sobre el español que se habla en Guinea.

—¡Qué interesante! ¿Y qué? ¿Qué tal hablamos?

Clarence se rio.

—¡Llegué ayer! Todavía no me ha dado tiempo a nada... Y tú, ¿a qué te dedicas? ¿Has venido de vacaciones?

—Sí y no. Soy ingeniero y me ha enviado la empresa para revisar el montaje del tren de licuefacción que se va a construir en la planta. —Vio que Clarence abría los ojos con sorpresa—. ¿Sabes de qué te hablo?

Ella negó con la cabeza.

—Mira —señaló por la ventanilla hacia la izquierda—, en algún lugar por ahí hay un laberinto de tuberías que forma el complejo petroquímico de Punta Europa. Aquí tenemos mucho petróleo y gas, pero lo explotan empresas extranjeras como la mía y se exporta todo. Con las nuevas instalaciones podremos licuar aquí el gas. Lo siguiente será construir una refinería...

Iniko soltó un bufido seguido de unas palabras en una lengua africana y Laha frunció el ceño.

—En fin, que hay muchos proyectos en marcha...

—Y, claro, tienes que venir con frecuencia —intervino Clarence—. ¿Dónde vives habitualmente?

—En California. Pero me encanta venir porque yo nací aquí.

—¡Vaya! —Cada vez que Laha hablaba, Clarence se sorprendía más.

—Estudié en Berkeley y me coloqué en una multinacional. Casualidades de la vida, mi empresa compró los intereses de una empresa petrolífera en Guinea y me propuso estar al tanto de las ampliaciones de las instalaciones, precisamente porque conozco esta isla y no me importa hacer muchos viajes. Así puedo ver a la familia, ¿verdad, Iniko? —Le dio una palmada en el hombro.

—¿Sois familia? —preguntó Clarence, ahora ya realmente asombrada. Esos dos hombres no se parecían en nada.

—¿No te ha dicho Iniko que venía a recoger a su hermano al aeropuerto?

—La verdad, no.

«En realidad, no me ha dicho absolutamente nada.» ¿Cómo podían ser tan diferentes? A Iniko nada parecía interesarle.

Laha emitió un bostezo y cambió de tema:

—¿Y qué planes tienes? ¿Has quedado con alguien para que te enseñe la ciudad?

—Todavía no. El lunes iré a la universidad. —Deseó que Laha propusiera alguna idea para esa misma tarde o para el día siguiente, pero no quería sonar ni desesperada ni aburrida. Además, él acababa de llegar de un largo viaje—. Hoy aprovecharé para hacer algo de turismo.

—Nosotros tenemos una reunión familiar —dijo Iniko de tal manera que quedó claro que ella no estaba incluida en sus planes.

—Yo no creo que aguante mucho —dijo Laha, ahogando otro bostezo.

«Mala suerte», pensó Clarence, un poco frustrada. Miró por la ventanilla y reconoció la calle de su hotel.

Iniko detuvo el vehículo ante la puerta y no hizo ademán de bajarse. Sin embargo, Laha sí lo hizo.

—Clarence…, ¿quieres que te acompañe el lunes a la universidad? —propuso, como si se hubiera dado cuenta de lo sola que estaba ella en la isla—. Tengo amigos en el departamento de mecánica. Suelo ir a verlos.

Meditó unos segundos.

—¿Qué tal a las diez en la puerta de la catedral? ¿O prefieres que te recoja aquí?

—En la catedral está bien. Muchas gracias.

—Hasta el lunes, entonces.

Laha tendió la mano para despedirse y Clarence la estrechó, agradecida y contenta de haber conocido a alguien como él. Entonces se percató de que no se había despedido de Iniko y, al fin y al cabo, él le había hecho el favor de llevarla. Se inclinó para ver el interior del Land Rover, pero él no se había movido ni un centímetro. Seguía con el codo apoyado en la ventanilla y la mirada al frente. Clarence reprimió una sonrisa cortés y apretó los labios.

No había conocido a nadie tan antipático en toda su vida.

Después de comer y de echarse una siesta, Clarence se atrevió a ir hasta la catedral, una impresionante construcción de estilo neogótico cuya fachada estaba flanqueada por dos torres de cuarenta metros. De nuevo se dio cuenta de que todo el mundo la miraba. No debía ser frecuente ver a una mujer blanca paseando sola. Lo cierto era que se sentía incómoda, y, por primera vez, se arrepintió de no haber convencido a Daniela o alguno de sus amigos para que la acompañasen. ¡Y solo llevaba un día en la isla!

Se refugió durante un largo rato en el interior de la catedral —el único lugar donde se sentía tranquila y segura—, embelesada por las altas y esbeltas columnas de color amarillo pálido con base de mármol negro que soportaban la bóveda de crucería de la nave principal. Luego caminó hacia el altar y se entretuvo unos instantes contemplando la talla de una Virgen negra con la mano derecha apoyada en el hombro izquierdo. Tras ella se distinguía la cabeza tallada de un niño pequeño. La luz del atardecer, que se colaba por las vidrieras de colores de los ventanales, iluminó el rostro de la imagen, levemente inclinado hacia el suelo. Le pareció que la Virgen negra tenía una expresión muy triste y que su mirada se perdía en algún punto más allá del infinito. ¿Por qué la habrían tallado así, tan apenada?, se preguntó. Sacudió la cabeza. Tal vez solo fueran imaginaciones suyas... Por culpa del exceso de tiempo libre se estaba fijando en los detalles más extraños.

Decidió regresar al hotel y se tumbó en la cama, con la mirada fija en el techo, pensando en las opciones para el domingo. ¿Qué haría hasta el lunes?

Encendió la televisión, pero no se veía nada. Llamó a recepción para dar aviso, pero, para su sorpresa, la señorita le informó, con una pronunciación atropellada y llena de eses, de que la emisión había sido suspendida. Según le dijo, a veces sucedía que se olvidaban de repostar de combustible el grupo electrógeno gracias al cual funcionaban los transmisores de radio y televisión instalados en el pico Basilé, adonde no llegaba la luz eléctrica.

Pues qué bien...

¡Todo un país nuevo para ella, y no tenía nada que hacer!

La verdad era —tuvo que admitir— que su irritación se debía no solo a su temor a volver a salir sola, sino a que su visita a Sampaka no había sido lo fructífera que había deseado. Por un lado, no había podido ver nada por culpa de la lluvia, y, por otro, ahora las palabras de Julia se le antojaban más imposibles que nunca. Allí no encontraría nada.

Tendría que esperar hasta su encuentro con Laha para sonsacarle información sobre su infancia y la de su hermano. Él podría ser un cabo del que tirar. Afortunadamente, no se parecía a Iniko, con quien conversar sería tan difícil como que nevara en Bioko. Si Iniko había nacido o vivido en Sampaka, era lógico pensar que Laha también. «Algo es algo», pensó.

Permaneció unos minutos más cavilando sobre qué hacer y finalmente cogió el teléfono y marcó el número de Tomás.

En su agenda de propósitos había anotado tres lugares que quería visitar en Bioko. Ya conocía Sampaka... ¿Por qué no aprovechar el siguiente día para conocer el segundo?

—Qué poco me gusta este sitio, Clarence —dijo Tomás, arrugando el entrecejo mientras lanzaba miradas nerviosas hacia el viejo cementerio de Malabo, que se encontraba en el barrio Ela Nguema—. Yo la esperaré fuera.

—Tomás, a partir de ahora nos tutearemos. ¿De acuerdo? Tenemos la misma edad.

—Como quieras, pero no pienso entrar.

—Muy bien, pero ni se te ocurra marcharte.

Nada más llegar a la puerta, Clarence se arrepintió de su decisión de visitar el cementerio. No le atraía mucho la idea de deambular ella sola por un lugar que, ya desde la misma entrada, se intuía tenebroso. Preguntó con la mirada a Tomás, en un último intento de que él la acompañase, y este negó con la cabeza. Apoyó la mano en la herrumbrosa verja y se detuvo, debatiéndose entre la curiosidad por ver la tumba de su abuelo y las ganas de echar a correr y refugiarse en el Volga azul.

—¿Desea algo? —preguntó una grave voz masculina.

Se llevó tal susto que definitivamente optó por darse la vuelta y marcharse, pero enseguida la voz continuó:

—Puede usted pasar. La puerta está abierta.

Clarence se detuvo y se giró. La voz pertenecía a un anciano menudo de aspecto amable, con el pelo completamente blanco y casi sin dientes.

—Soy el guardián del camposanto —se presentó—. Dígame si puedo ayudarla en algo.

Caminó hacia él con el pequeño ramo de orquídeas que había comprado en un mercado callejero y le explicó que su abuelo había sido enterrado allí en los años cincuenta y que, puesto que estaba pasando unos días en la isla, le apetecía visitar su tumba si es que aún existía.

—Por la fecha —dijo el hombre—, tendría que estar en la parte vieja. Si quiere, yo la puedo acompañar. No suele venir mucha gente por aquí.

¡Ni en los pueblos abandonados de su tierra había visto un cementerio más descuidado! Algunas tumbas sobresalían a duras penas entre la maleza y otras se habían hundido. La sensación era de completo abandono. Por lo visto, era cierto eso de que a los nativos no les gustaba visitar las tumbas de sus fallecidos... Su guía explicó, con la normalidad que dan los años, que, debido a la elevada mortalidad del país, era frecuente cavar encima de otras tumbas provocando situaciones muy desagradables. No se veían ni las lápidas perfectamente ordenadas ni las inscripciones a las que Clarence estaba acostumbrada. Parecía una selva, y eso que, según el hombre, ahora el cementerio estaba mejor cuidado. Hacía pocos años, dijo, no se podía ni entrar sin peligro de que se te comiera una boa.

La parte vieja del cementerio, no obstante, resultaba más tranquilizadora. Quizá porque se distinguían mejor las tumbas, rodeadas de verjas oxidadas por el paso de los años. O quizá porque las tumbas se encontraban a los pies de unos enormes y hermosos árboles cuya corteza le recordó a la piel de los elefantes. Por su tamaño, debían de ser centenarios, y aunque algunos parecían secos, no habían perdido nada de su majestuosidad.

—¡Qué ceibas más hermosas! —exclamó Clarence, sobrecogida por su imponente presencia.

—Es un árbol sagrado —comenzó a explicar el anciano—. Ni los huracanes ni los rayos pueden con ellas. Nadie toca las ceibas. Nadie se atrevería a tocarlas. Echarlas abajo es pecado. Y las ceibas no perdonan. Si su familiar fue enterrado aquí, su tumba estará igual de intacta que ellas.

Un escalofrío recorrió la espalda de Clarence. Por un lado, aún tenía ganas de salir corriendo, pero algo la retenía allí. Había una quietud especial, una paz que conseguía aplacar el miedo.

Comenzó a pasear mientras leía los nombres de las cruces y lápidas de las tumbas. Se acercó a una en concreto que parecía querer esconderse entre los pliegues de dos ceibas entrelazadas. También estaba escoltada por un árbol más pequeño que no supo identificar. Esa tumba llamó su atención porque estaba más cuidada que las demás.

Alzó la vista y leyó en voz alta:

Antón de Rabaltué. Pasolobino 1898-Sampaka 1955.

El corazón le dio un vuelco y no pudo controlar las lágrimas.

¡Qué extraño le resultaba ver escrito el nombre de su pueblo en un sitio como aquel! ¡Como si no hubiera miles de kilómetros de separación entre el origen y el final de la vida de su abuelo!

Se limpió las lágrimas y se agachó para retirar un ramo casi marchito, que alguien había apoyado sobre la cruz de piedra, y colocar el suyo.

¿Pero qué...? ¡Esas flores eran relativamente recientes!

¡Alguien continuaba visitando esa recóndita parte del cementerio y le llevaba flores a Antón!

Frunció el ceño.

—¿Ha visto usted a la persona que visita esta tumba? —El guardián del camposanto había permanecido todo el tiempo unos pasos tras ella.

—No, señora. Los pocos que vienen no me necesitan para acompañarlos. Solo los extranjeros como usted me piden ayuda, muy de cuando en cuando... Y ninguno ha visitado esta tumba. De eso me acordaría, sí, de eso sí.

—Y esos pocos que vienen, nativos por lo que dice, ¿son hombres o mujeres?

—No sabría decirle, hombres y mujeres. Siento no poder ayudarla.

—Gracias de todos modos.

La guio de nuevo a la entrada, donde ella le dio una propina que agradeció estrechándole la mano repetidamente.

Tomás se fijó en los ojos enrojecidos de la mujer y dijo:

—Esta isla no te sienta bien, Clarence. Allá donde vas, lloras.

—Es que soy demasiado sentimental, Tomás. No lo puedo evitar.

—¿Quieres que nos tomemos una cerveza en una terraza frente al mar? A mí me funciona cuando estoy triste.

—Buena idea, Tomás. Qué suerte he tenido de conocerte. Eres muy amable.

—Es que soy bubi —dijo él. Y su cara reflejó la convicción de quien sabe que lo que ha dicho es pura lógica.

El lunes por la mañana, Clarence acudió a su cita con Laha un poco antes de lo acordado. Como el día anterior, hacía una mañana fresca y soleada. Con el paso de las horas, probablemente llegaría el calor insoportable que impedía hacer nada que no fuese dormitar o tomarse unas cervezas en alguna terraza.

Ya le habían advertido que no estaba permitido hacer fotos ni filmar en el país —y de que era conveniente actuar con discreción en cuanto a comentarios y actitudes en público—, pero a esas horas estaba todo muy tranquilo, así que sacó su pequeña cámara digital y comenzó a disparar en dirección a la catedral. Empezó por la fachada principal, frente a una fuente de mármol blanco, redonda, con varias figuras que sujetaban sobre sus hombros una pequeña ceiba. Luego, caminó por una callejuela lateral. En algún momento, su entusiasmo le hizo olvidar la prudencia porque, de pronto, se encontró escoltada por dos policías que le pedían la documentación de malas maneras.

Se estaba empezando a poner nerviosa al ver que ni el pasaporte ni todos los demás papeles que les enseñaba parecían satisfacerles. Asustada, elevó el tono de voz, recriminándoles su paranoia. ¿Tenía ella pinta de ser una espía? Ellos tomaron su miedo por chulería y endurecieron su actitud aún más, y cuando ya tenía la mano de uno de ellos agarrándola por el brazo, un tercer hombre salido de la nada intervino y muy amablemente se ofreció a aclarar la situación.

Laha hablaba deprisa, pero con tono firme. Explicó quién era ella y qué hacía allí. Se metió la mano en el bolsillo y de la manera más sutil posible extrajo unos billetes. Con esa mano estrechó afectuosamente la mano de uno de los policías y le dijo:

—No querrá que el rector de la universidad se entere de cómo tratamos a sus invitadas, ¿verdad?

Y, antes de que Clarence pudiera abrir la boca para expresar su asombro y agradecimiento, la empujó suavemente pero con decisión en dirección a un coche.

Los policías parecieron darse por satisfechos y hasta se despidieron amablemente de su salvador, que en aquel momento le pareció el hombre más atractivo y maravilloso del mundo. Esa mañana se había puesto un traje claro. Probablemente se vistiese así para ir al trabajo.

—Muchas gracias, Laha —dijo ella—. Ya estaba un poco apurada.

—Lo siento, Clarence. Son cosas como estas las que detesto de mi país. Bueno, y más, pero en fin, ya tendrás ocasión de descubrirlas por ti misma…

—¿No tendrías que estar en tu trabajo a estas horas? —preguntó ella.

—Vengo de allí. Lo bueno de los ingenieros americanos es que nadie nos controla. —Se rio—. Al menos a mí. ¿Sabes? La mayoría prefiere quedarse en sus bungalós de Pleasantville, como llamamos a un barrio de mentira con aire acondicionado, supermercados y comodidades iguales que las de las casas americanas. Viven aparte de todo. Aunque no me extraña. Conozco a más de uno que ha sido devuelto a su país por criticar al régimen. Así que mejor no moverse. Ya se sabe: ojos que no ven…

Clarence agradeció una vez más que Laha fuese tan hablador. Además, acompañaba sus palabras con tal cantidad de risas contagiosas y gestos que ocupaba todo el aire a su alrededor, envolviendo a su interlocutor en una atmósfera jovial y cercana. Estudió su perfil. Había algo en su rostro de facciones proporcionadas que le resultaba familiar. Tenía la vaga sensación de haberlo visto antes. Probablemente, su desbordante y natural cordialidad hicieran que ella se sintiera como si lo hubiese conocido toda la vida.

—Por cierto —continuó diciendo él—, anteayer te quise preguntar una cosa y al final no lo hice. ¿Sabías que Malabo se llamó en tiempos Clarence? ¿No es un nombre extraño para una española?

—Sí, lo sé —respondió ella, sacudiendo la cabeza con resignación—. Durante años pensé que era el nombre de alguna heroína de novela inglesa. Más tarde descubrí que así se llamaba esta isla cuando fue declarada colonia inglesa, en honor al rey Jorge, duque de Clarence.

Ella le explicó muy brevemente que varios hombres de su familia habían formado parte de la época colonial. No entró en detalles porque no quería mostrarse apasionada respecto a un tema que, al fin y al cabo, tenía que ver con la colonización de su propio país. Después del encuentro con Iniko, intuía que no todos guardaban buenos recuerdos de esa época. Y también era muy consciente de que solo sabía historias del lado blanco, por eso se mostraba precavida a la hora de hablar sobre España. A Laha no pareció molestarle que una descendiente de aquellos colonizadores tuviera interés en saber más del pasado.

—¡Por eso fuiste a visitar Sampaka! —exclamó él—. Iniko me contó que buscabas documentos antiguos, de cuando tu padre trabajó allí. ¡Ha llovido mucho desde entonces! Me imagino que verás las cosas muy diferentes de como te las han contado...

—Pues sí, muy diferentes —repuso ella, fingiendo decepción—. De momento no he visto ni salacots, ni machetes, ni sacos de cacao.

Laha se rio y Clarence se alegró de que tuviera sentido del humor. Eso quería decir que podría hablar de muchos temas con él.

—No sé si sabes —dijo él—, que Malabo se llamaba *Ripotò* o lugar de los extranjeros en bubi. ¡Menos mal que tu padre eligió uno y no otro! Bueno, si tu padre te puso el nombre de este lugar, es porque realmente sentía algo por él.

—Te voy a decir una cosa, Laha. Todos los que he conocido, y son bastantes, que vivieron en esta isla y que aún están vivos para contarlo coinciden en una cosa: todos admiten que siguen soñando con ella.

Hizo una pausa antes de continuar:

—Y se les llenan los ojos de lágrimas cuando lo dicen.

Laha asintió con la cabeza como si comprendiera en el fondo de su corazón lo que quería decir.

—Y ellos no habían nacido aquí... —Interrumpió su comentario con mirada triste.

A Clarence le vino a la mente algo que había leído sobre los blancos, de los que nadie hablaba, que sí habían nacido allí y se sentían de allí; blancos que no habían elegido dónde nacer y que habían sido obligados a marcharse de la que consideraban la tierra de su infancia, perdiendo la posibilidad de revisitar los primeros lugares que habían visto sus ojos… Pero no dijo nada porque era improbable que Laha se estuviera refiriendo a ellos.

—¡Imagínate lo que sienten los que viven en el exilio…! —Laha se interrumpió de nuevo tras un leve suspiro—. Bueno, ya hemos llegado. Espero que encuentres lo que buscas, pero no te hagas ilusiones. En los países con graves carencias, la educación se encuentra al final de la lista de cuestiones a mejorar.

Ella asintió, pensativa. Caminaron en silencio hacia los edificios de paredes blancas con arcos bajo tejados rojos rematados con estrechos aleros verdes que conformaban el recinto de la universidad, lleno de parterres de césped brillante salpicados de palmeras y delimitados por senderos de tierra batida. Cuando llegaron a la puerta del edificio principal, Clarence dijo:

—Dime una cosa, Laha. Me imagino la respuesta, pero por estar segura. Tu hermano y tú, ¿sois bubis o fang?

—Bubis. ¡Menos mal que me lo has preguntado a mí y no a Iniko! —Laha se rio—. Él te hubiera respondido en tono ofendido: «¿Acaso no es obvio?».

En los siguientes días, Laha fue el anfitrión perfecto para Clarence. Por las mañanas, se dedicaban cada uno a su trabajo. Mientras él revisaba las instalaciones petroleras, Clarence buscaba viejos documentos sobre la historia de Guinea, tanto en la biblioteca de la universidad como en las otras de la ciudad, especialmente en la del Centro Cultural Hispano-Guineano y la del Colegio Español del barrio Ela Nguema, con la débil esperanza de encontrar algo útil sobre la época que le interesaba, fuesen censos, fotografías o testimonios. Por las tardes, Laha la llevaba a conocer diferentes rincones de la ciudad y terminaban conversando tranquilamente en alguna terraza frente al mar. Por las noches, quiso que conociera restaurantes de comida típica del país, pero a los dos días Laha tuvo claro que ella se inclinaba más por los pescados y mariscos del Club Náutico y la comida italiana del Pizza Place que por los enormes caracoles que ofrecían en muchos locales.

Sí, realmente Clarence estaba disfrutando de unas verdaderas vacaciones, pero también era consciente de que los días pasaban deprisa y ella no avanzaba absolutamente nada en el motivo principal de su viaje.

Tampoco sabía por dónde seguir.

Recordó que Fernando Garuz le había dicho que se iría de viaje en breve y pensó que debería volver a Sampaka. Tal vez se le hubiera pasado algo... Con un poco de suerte, se podría tropezar con Iniko y preguntarle por su infancia, ya que no se había dignado quedar con ellos ninguna de esas tardes. De Laha no había obtenido mucha información porque él apenas se acordaba de la finca. Era seis años más joven que su hermano y sus primeros recuerdos eran del colegio de Santa Isabel y de su casa en la ciudad. Clarence había llegado a la conclusión de que los primeros años de vida de ambos hermanos habían sido diferentes, pero todavía no se había atrevido a profundizar más en el tema. Solo una vez le había preguntado a Laha por Iniko, en un tono casual, y él le había dicho que su trabajo como representante de algunas empresas de cacao le obligaba a viajar mucho por la isla. Por eso se habían conocido en Sampaka: Iniko hacía de contable y se encargaba de pagar a los agricultores bubis.

El jueves por la noche, Clarence decidió no posponerlo más y quedar de nuevo con Fernando. Sin embargo, cuando lo llamó desde su habitación, él lamentó muchísimo comunicarle que había tenido que cambiar sus planes y que al día siguiente partía para España por motivos familiares urgentes y que no sabía si regresaría antes de que ella se marchara de Bioko. No obstante, le dijo, tenía su permiso para visitar la finca cuantas veces quisiera, y había dejado encargo de que le enseñasen todas las instalaciones. Ella se lo agradeció y le deseó un buen viaje.

Clarence cerró con demasiado ímpetu el cuaderno donde había anotado el número de teléfono de Fernando y la nota causante de su visita a Bioko voló por los aires. Se agachó a recogerla y su mirada se detuvo en una frase:

…*Volveré a recurrir a los amigos de Ureka…*

Suspiró. Ni siquiera se había atrevido a contratar una excursión a Ureka.

Desde luego, pensó decepcionada, como investigadora privada no se ganaría la vida.

Al día siguiente, Laha llamó para decirle que su madre los invitaba a cenar esa misma noche en su casa, a ellos y a Iniko.

Clarence se olvidó rápidamente de la desilusión de las últimas horas y su mente se puso de nuevo en movimiento. Solo deseaba que a la madre de Laha e Iniko, como a todas las personas mayores, le gustara contar sus recuerdos, especialmente los de la finca Sampaka. Según sus cálculos sobre la edad de Iniko, su vida allí se remontaría a los años sesenta. Tal vez incluso hubiera conocido a su padre. Un gusanillo de urgente expectación recorrió su estómago todo el día.

No terminaba de decidir qué ropa ponerse. Quería ir arreglada pero informal. No sabía nada de la madre de Laha y no quería parecer ni demasiado sencilla ni demasiado exagerada. Una impertinente vocecilla interior le preguntó si su preocupación por la imagen no estaría motivada en realidad por la presencia de Iniko en la cena. Frunció los labios y optó por la comodidad de unos pantalones tejanos de color crudo y una camiseta blanca con pedrería cuyo escote sabía que le favorecía. Dudó si llevar el pelo suelto o recogido en una trenza y eligió lo segundo, más sencillo para una cena con la madre de unos amigos. Si es que se podía considerar a Iniko un amigo…

La casa de la madre de Laha e Iniko era una modesta edificación de poca altura en una urbanización que parecía de los años sesenta en el barrio de Los Ángeles. Se notaba que, en su momento, había sido moderna, pero necesitaba una renovación. Sin embargo, el interior de la vivienda, con muebles de estilo colonial, le resultó muy acogedor. Todo estaba muy limpio, ordenado y decorado con objetos y pinturas africanas de una forma sencilla y elegante. En cuanto Clarence conoció a la madre de Laha, supo de dónde provenían su sencillez y elegancia.

Aún se estaban saludando cuando se oyó el ruido de una puerta al cerrarse y un hombre entró como un huracán en el salón. Iniko besó a su madre, dio una palmada en el hombro a su hermano y, para sorpresa de la joven, abrió la boca y dijo, con voz grave:

—Hola, Clarence.

IX

TIEMPOS DIFÍCILES

Observó con detenimiento a la mujer. Calculó que tendría alrededor de sesenta años y resultaba realmente hermosa. Era un poco más baja que ella y muy delgada, y tenía unos increíbles e inusuales ojos claros, grandes y expresivos. Llevaba un largo vestido sobre unos pantalones, ambos de color azul turquesa, con los puños de las mangas bordados de igual manera que los bajos de los pantalones. Un pañuelo de seda del mismo color le cubría el pelo, que se intuía levemente mechado por cabellos grises. Con el pelo así recogido, sus ojos resaltaban con una intensidad inquietante. Clarence pensó que esa mujer habría sido muy guapa en su juventud.

Se llamaba Bisila, en honor a la Madre Bisila, patrona de la isla de Bioko, referente cultural y espiritual de la etnia bubi. Clarence supo entonces que la talla de la Virgen triste de la catedral representaba a Bisila y que, para los bubis, significaba la madre originaria y creadora de vida en honor a la cual continuaban festejando celebraciones, aunque de manera discreta, pues —según le contaron—, desde hacía unos años, la fiesta estaba prohibida en Guinea por el régimen político, en manos de la etnia mayoritaria fang.

La cena que preparó Bisila fue la de una auténtica fiesta, con platos típicos que Clarence encontró deliciosos elaborados con aceite de palma, ñame, malanga, *böka'ó* de vegetales —un mezcla de verduras y pescado, algo picante— y antílope. Clarence no sabía si en esa casa trataban a todo el mundo igual, pero lo cierto era que se sentía como una invitada especial gracias a Laha y su madre.

Por supuesto, de nuevo le pareció que Iniko era el único a quien su presencia molestaba.

Estaba sentada frente a los hermanos, así que podía observarlos bien. A primera vista, la diferencia más notable y evidente entre ellos era la envergadura física. Iniko era mayor que Laha, pero su cuerpo conservaba la marcada musculatura de un joven. Intentó encontrarles algún parecido y pronto se dio por vencida. Iniko llevaba la cabeza rasurada y Laha lucía unos recios y largos mechones de pelo rizado. La piel de Iniko era mucho más oscura que la de su hermano, quien a su lado parecía mulato. Los ojos de Iniko eran grandes como los de su madre, aunque muy negros y ligeramente almendrados; los de Laha eran verde oscuro y se escondían entre minúsculas arrugas cuando sonreía, lo cual sucedía con mucha frecuencia.

Concluyó que los hermanos se parecían únicamente en el gesto instintivo de acariciarse una ceja con el dedo índice cuando reflexionaban. Miró a Bisila. ¿Cómo podía una mujer tener dos hijos tan opuestos? No le extrañaría nada si le revelaran que uno de los dos era adoptado. En esos momentos, le costaría adivinar cuál de los dos.

En cuanto a sus caracteres, Laha era elegante, simpático y hablador. Era evidente que su estancia en Estados Unidos le había contagiado de la gesticulación propia de los norteamericanos. Iniko, por el contrario, era rudo y callado, rozando la hosquedad. Ni siquiera se molestaba en prestar atención a lo que ella contaba sobre España o a las preguntas que hacía sobre los biokeños y sus costumbres. Clarence intentó en varias ocasiones hacerle partícipe de la conversación, preguntando sobre su trabajo y su vida, pero sus respuestas eran cortas y secas, incluso desdeñosas.

Bisila se percató de sus intentos frustrados y aprovechó que tenía que ir a la cocina a por café para decirle algo a su hijo en su lengua bubi que, para sorpresa de Clarence, le hizo reaccionar un poco. A partir de ese momento, Iniko simuló algo de interés por las inquietudes de una descendiente de colonizadores que no tardó en dirigir la conversación hacia el tema que le interesaba.

—¿Puedo preguntarle algo, Bisila? —La mujer giró la cabeza en su dirección y esbozó una sonrisa de asentimiento—. Tengo entendido que usted y sus hijos vivieron en Sampaka. ¿Podría precisarme cuándo fue eso?

Bisila parpadeó y a Clarence le pareció que tenía que hacer esfuerzos para mantener la sonrisa.

—Me gustaría saber si coincidió usted con mi padre. Él trabajó en la finca entre los cincuenta y los sesenta, más o menos.

—La verdad es que los negros no nos mezclábamos con los blancos. Te habrá contado que en la finca había cientos de personas. Era como un gran pueblo.

—Pero blancos no había muchos. —Clarence frunció el ceño—. Me imagino que todos los conocían, o por lo menos sabían quiénes eran.

—En realidad —dijo Bisila un poco tensa—, yo pasaba más tiempo en mi poblado que en la finca.

Laha e Iniko cruzaron una rápida y significativa mirada. Ambos sabían que a su madre no le gustaba hablar de su época en Sampaka. La conocían muy bien y sabían que estaba procurando eludir de manera educada las preguntas de Clarence.

—¿Sabes, mamá —comenzó a preguntar Laha con intención de desviar la conversación—, que Clarence vive en el norte de España?

—Bueno —se dispuso la joven a matizar—, el norte de España es muy grande y mi valle natal es tan pequeño como esta isla.

—Y nieva y hace mucho frío, ¿no? —añadió Laha.

—Yo no podría vivir en un lugar frío —intervino Iniko, mientras hacía deslizar entre sus dedos una pequeña concha que colgaba de una tira de cuero anudada a su cuello.

—Tú no podrías vivir en otro lugar que no fuera Bioko —le recriminó Laha, divertido.

—No me extraña nada —comentó Clarence, encogiéndose de hombros—. A mí me pasa lo mismo. A veces me quejo del clima y de las incomodidades, pero no puedo soportar estar mucho tiempo lejos de mi tierra. Es una curiosa relación de amor y odio.

Iniko levantó su mirada hacia ella.

Esos enormes ojos la miraron con tal intensidad que se sonrojó.

Definitivamente, ese hombre la ponía nerviosa.

—¿Y cómo se llama tu pueblo? —preguntó Bisila, que se había levantado para servirles otro café.

—Oh, es muy pequeño —respondió Clarence—, aunque ahora lo conoce mucha gente porque hay una estación de esquí. Se llama Pasolobino.

El ruido de la taza de café rebotando contra la mesa y estrellándose en el suelo sobresaltó a todos. Bisila reaccionó rápidamente y, pidiendo disculpas, se retiró a la cocina para traer algo con que limpiar los restos de loza y líquido. Los demás intentaron quitar hierro a la situación.

—La verdad es que el nombre da miedo —bromeó Laha.

—Dicen que todos los nombres significan algo. —Iniko la miraba y sus ojos parecían sonreír por fin—. En este caso es fácil: tierra de lobos.

Arqueó la ceja izquierda.

—Pues tú no tienes aspecto de asustar mucho. —Era la primera vez que la tuteaba.

—Eso es que no me conoces —respondió una inusualmente atrevida Clarence, sosteniendo su mirada.

—Si hay una estación de esquí —intervino Laha—, debe de ser un sitio rico, ¿no?

—Ahora sí —respondió Clarence—. Hace unos años, el valle estuvo a punto de quedarse vacío. La gente se iba a vivir a la ciudad. No había trabajo, solo frío y vacas. Ahora todo ha cambiado. Mucha gente de fuera se ha instalado allí, otros han vuelto y han mejorado los servicios.

Laha se giró hacia su hermano.

—¿Ves, Iniko? El progreso no es tan malo.

Iniko se entretuvo unos instantes removiendo el café con la cucharilla.

—Eso habría que preguntárselo a los nativos de allí —dijo.

—¿Y yo que soy, entonces? —Clarence se sintió ofendida.

—Para Iniko, tú eres como yo. —Laha empleó un tono sarcástico—. Perteneces al bando enemigo de la tierra.

—Eso es una simplificación ridícula —protestó ella, con las mejillas encendidas. Extendió la mano sobre la mesa hasta Iniko para llamar su atención y elevó un poco la voz—. Es muy fácil sacar conclusiones sin molestarse en preguntar. ¡Tú no sabes nada de mí!

—Sé lo suficiente —se defendió él.

—¡Eso es lo que tú te crees! —saltó ella—. Que mi padre fuera un colonial como tantos otros no implica que tenga que andar por ahí pidiendo perdón… —Se detuvo en seco. Por un momento se preguntó si algún día tendría que retractarse ante un hermano biológico.

Iniko torció el gesto, miró a Laha y emitió un silbido.

—Bueno, tengo que reconocer que carácter sí que tiene…

Lo dijo en plan conciliador, pero a Clarence le irritó que se refiriese a ella como si no estuviera presente. Se recostó en la silla. No tenía intención de seguir con la discusión. Afortunadamente, Bisila regresó de la cocina con una escoba y un recogedor. Parecía muy cansada. Laha hizo ademán de encargarse de la tarea, pero su madre se negó. Permanecieron callados mientras Bisila amontonaba los pedacitos de la taza hasta que preguntó, con voz temblorosa:

—¿Cómo se llamaba tu padre?

Clarence se incorporó rápidamente en la silla y apoyó los brazos en la mesa.

—Jacobo. Se llama Jacobo. Vive todavía. —El nuevo interés de Bisila avivó su ilusión. El nombre de su padre no era tan común como para pasar desapercibido. ¿Eran imaginaciones suyas o Bisila se había quedado de piedra? Esperó unos segundos antes de preguntar—: ¿Le resulta familiar?

Bisila sacudió la cabeza y terminó de limpiar con movimientos bruscos.

—Lo siento.

—Vino aquí con mi tío, mi tío Kilian. Es un nombre muy raro. No creo que se pueda olvidar fácilmente. —Bisila detuvo sus movimientos—. Mi tío también vive...

—Lo siento —repitió Bisila con voz apagada—. No, no los recuerdo.

Se dirigió a la cocina murmurando:

—Cada vez tengo peor memoria.

Laha frunció el ceño.

Se produjo un breve silencio que rompió Iniko al levantarse y servir unas copitas de aguardiente de caña de azúcar.

Clarence se mordió el labio en actitud pensativa. Todo lo que tenía que ver con Sampaka terminaba siempre en un punto muerto. Si alguien como Bisila decía que no recordaba a su padre, ya solo le quedaba poner un anuncio en el periódico nacional. Recordó la visita al cementerio y decidió agotar su último cartucho. Esperó a que Bisila regresara y se sentara de nuevo junto a ella y entonces les contó la extraña sensación que le había producido leer el nombre de Pasolobino escrito en una lápida en África.

—Me gustaría saber —pensó en voz alta— quién se toma la molestia de llevarle flores a mi abuelo...

Bisila mantuvo la cabeza baja y las manos cruzadas sobre su regazo. Era evidente que su expresión había cambiado. Probablemente no estuviera acostumbrada a acostarse tarde.

—Bueno. —Clarence miró su reloj—. Muchas gracias por la cena, Bisila. Y por su hospitalidad. Espero volver a verla antes de regresar a España.

Bisila hizo un leve gesto con la cabeza, pero no dijo nada.

Laha entendió que Clarence se estaba despidiendo con intención de regresar al hotel, pero él tenía otra idea.

—¿Qué estilo de música prefieres —preguntó, poniéndose de pie—, africana o anglosajona? —Clarence se sorprendió por la inesperada pregunta. pero él balanceó el cuerpo con los puños cerrados y comprendió que le estaba proponiendo ir a una discoteca—. ¿Te apuntas, Iniko? He pensado llevarla a nuestro local favorito.

Su hermano titubeó primero y luego chasqueó la lengua. Clarence interpretó ese gesto como una muestra de fastidio por que Laha la hubiera invitado.

—Igual le molesta que una extranjera le dé lecciones de baile —dijo ella en tono mordaz mirando a Laha.

Iniko frunció sus gruesos labios, apoyó las manos en la mesa y se levantó con lentitud.

—Ya veremos quién da lecciones a quién —dijo, con un brillo burlón en sus ojos.

Después de despedirse de Bisila, cogieron el todoterreno de Iniko y fueron a una discoteca llamada *Bantú,* como el hotel, en la que se podían escuchar soukouss, bikutsí y salsa antillana o *antillesa,* como la llamaban allí. Nada más entrar, varias personas saludaron a los hermanos, que se dirigieron hacia las mesas donde estaban sentados.

—¡Pero si es Tomás! —exclamó Clarence al reconocer a su taxista, que se levantó para estrechar su mano—. ¡No me digas que os conocéis!

—¿Y quién no conoce en la isla a Iniko? —bromeó él, empujando las gafas hacia arriba cada segundo. En el local hacía calor y sudaba mucho.

Se sentaron todos juntos y, después de las presentaciones, el grupo de hombres y mujeres, bebida en mano, compartieron risas, cigarrillos y comentarios sobre la novedad de la noche, que era ella. Algunos de los nombres eran sencillos, como el de una guapa chica con el pelo recogido en diminutas trencitas llamada Melania que insistió hasta que Iniko se sentó a su lado. Pero le costó memorizar los nombres de las otras dos —Rihèka, bajita y regordeta, y Börihí, alta y musculada como una atleta, y pelo cortísimo— y del otro hombre del grupo, un joven con una enorme nariz llamado Köpé.

Al principio, Clarence se sintió cohibida, aunque la compañía de los hermanos le infundía seguridad. Cada poco rato, uno u otro se levantaba para bailar en la pista rodeada de espejos, pero ella prefirió seguir sentada cerca de Laha —que admitió que no era buen bailarín—, y de los cubatas —que nada aliviaban el calor—, moviendo los pies de manera tímida al ritmo repetitivo y alegre de la música. Observó a los demás bailarines en la pista y se preguntó cómo demonios podían moverse como lo hacían. Aquello era la locura.

Dedicó gran parte de su atención al grandullón de Iniko, quien, para su asombro, agitaba todos sus kilos de músculo ante Melania con la misma delicadeza que si estuviese relleno de plumas. Sus hombros, levemente encogidos, y sus caderas se contoneaban siguiendo el ritmo como si notas misteriosas salieran de dentro de su cuerpo a través de los dedos de las manos y de los pies. De cuando en cuando, cerraba los ojos y se transportaba a algún espacio místico que disolvía su rudeza y lo impulsaba a esbozar sonrisas de verdadero placer. La música cambió. Melania decidió regresar a la mesa, pero él se quedó en la pista.

Clarence no podía apartar los ojos de ese hombre. Como si fuera plenamente consciente de ello, Iniko se giró y clavó una desafiante mirada en ella. Levantó una mano y, sin dejar de moverse, le hizo señas para que acudiera a la pista de baile. Ella sintió vergüenza y con un gesto de la mano rechazó su oferta. Le había quedado claro que su comentario en casa de Bisila cuestionando las aptitudes de baile de él carecía de todo fundamento. Iniko se encogió de hombros y continuó bailando de manera más sugerente aún. Clarence se arrepintió de no haber aceptado el reto. Apuró su bebida de un trago y se situó frente a él.

Iniko se rio e imitó los rígidos y bruscos pasos de europea de la joven, que optó por darse la vuelta y marcharse. Él la sujetó por la muñeca y se acercó a su oído.

—¿No quieres aprender de alguien como yo? Soy todo un experto.

Iniko se acercaba, la rodeaba, le indicaba que se dejara llevar, que se relajara y ablandara, que dejara la mente en blanco. No la rozó en ningún momento, pero ella lo sentía como si hubiera invadido todos los poros de su piel. Allá donde mirase, los espejos que la rodeaban comenzaron a reflejar la excitante imagen de una mujer que iba abandonando su vergüenza inicial y se dejaba guiar por los hilos invisibles de un hombre que irradiaba calor.

Clarence cerró los ojos y trató de olvidarse por una noche de todo, de sus miedos, de sus inquietudes, de Pasolobino y Sampaka, de sus deberes y obligaciones, de la razón de su viaje, de su pasado y de su futuro. El único pensamiento que se permitió fue el que le repetía una y otra vez que hacía siglos que su cuerpo pedía a gritos la cercanía de un hombre como ese.

La música se detuvo. Clarence abrió los ojos y se encontró con el rostro de Iniko a escasos centímetros de su cara. Por primera vez desde su encuentro en Sampaka le pareció que la miraba con curiosidad y extrañeza. Tal vez, como ella, se sintiera un poco desorientado al regresar del estado de abandono en que el baile los había sumido.

—¿Contento con tu alumna? —preguntó ella por fin.

—No está mal —repuso él—. Pero todavía es pronto para evaluaciones.

«No me importaría nada —pensó ella— repetir el examen.»

—¡Hacía años que no pasaba tanto sueño! —protestó Clarence, y los demás se rieron.

Acababa de cenar con sus nuevos amigos en un restaurante de mesas con hules de colores y paredes embaldosadas que ofertaba una curiosa mezcla de comida española, italiana y estadounidense. Todas las tardes surgía un plan u otro que se alargaba hasta la madrugada.

Clarence se preguntaba cómo podían ellos aguantar ese ritmo y seguir con sus trabajos. La atractiva pero difícil Melania trabajaba de conserje en el Instituto Cultural de Expresión Francesa; la pequeña Rihéka tenía un puesto de artesanía bubi en el mercado de Malabo; el simpático y narigudo Köpé se encargaba del mantenimiento de instalaciones eléctricas; y la atlética Börihí, que se acababa de marchar, era administrativa en una empresa de construcción.

—La única que tiene algo de sentido común es Börihí —añadió—. A los demás, acabarán despidiéndoos. A ti el primero, Laha. ¿No trabajas con materiales peligrosos...?

Pensaba seguir con la broma cuando Melania señaló algo que sucedía en el exterior. Todos se giraron para mirar.

Varios coches oscuros indicaron el comienzo de una larga comitiva oficial escoltada por policías en moto. A su paso, numerosas personas se fueron agolpando en las calles para curiosear. La mayoría eran nativos, aunque se veía algún occidental. Al otro lado de la calle, una mujer blanca se olvidó de la prudencia y comenzó a hacer fotografías de todo. Cuando la comitiva terminó de pasar, un coche también oscuro se detuvo ante la mujer y salieron dos hombres que le quitaron la cámara de malos modos, la empujaron contra el coche y la cachearon sin compasión. Desde el restaurante, vieron como la mujer gritaba y lloraba.

—¡Pero qué hacen! —Clarence se puso en pie de un salto completamente indignada.

Iniko la cogió del brazo y la obligó a sentarse.

—¿Estás loca? ¡Haz el favor de no decir ni una palabra! —Su cara y su voz evidenciaban un intenso enojo. Melania rodeó el hombro de Iniko con un brazo y lo acarició.

Clarence apretó los labios enfadada por la reacción del hombre y miró a Laha, quien comprendió que ella estaba pensando en su encuentro frente a la catedral.

—No, Clarence —dijo sacudiendo la cabeza—. Hoy no puedo hacer nada.

—¡Pero…!

—Ya has oído a Iniko. —Su tono fue duro esta vez—. Será mejor que te calles.

Clarence vio con horror como los hombres esposaban a la mujer y la introducían en el coche, que se alejó a gran velocidad ante las miradas resignadas, incluso acostumbradas, de los presentes.

—¿Y qué le pasará ahora? —preguntó en un susurro.

Nadie respondió.

—¿Y si nos vamos ya? —preguntó Rihéka, con la preocupación reflejada en su redonda cara.

—Mejor no. Se notaría mucho. ¿Qué tal si hablamos con normalidad? —sugirió Köpé—. Al fondo, a la derecha, detrás de mí, hay… espectadores. No miréis.

—¿Tienen pinta de *antorchones*? —preguntó Rihéka.

—¿Y eso qué es? —preguntó a su vez Clarence.

—Jóvenes espías a las órdenes del partido —explicó Tomás.

—Creo que no lo son —dijo Köpé—, pero, por si acaso…

Tomás empezó a contar un chiste absurdo que los demás corearon con risas forzadas. Clarence aprovechó para lanzar ojeadas a la extraña pareja de la mesa del fondo. La mujer era una gruesa anciana de pecho abundante y flácido, como sus labios, y pelo completamente blanco. Iba exageradamente maquillada y enjoyada. Frente a ella, y de espaldas a Clarence, se sentaba un mulato flaco y huesudo mucho más joven que ella.

—La mujer no deja de mirarnos —informó.

—No me extraña —dijo Melania con irritación—. Un poco más y por tu culpa nos detienen a todos.

—¿Pero qué dices? —protestó Clarence.

De todo el grupo, Melania era la que peor le caía. No desperdiciaba la ocasión para meterse con ella. Era como la versión femenina del

Iniko de los primeros días. Desde aquella noche en la discoteca, la actitud de él hacia ella había cambiado visiblemente, pero cuando Melania andaba cerca y lo atosigaba con gestos cariñosos, se volvía taciturno. Miró a Laha y este corroboró las palabras de la mujer con un leve gesto de la cabeza.

—Hay que tener cuidado, Clarence —dijo Laha en tono amable—. Aquí las cosas no funcionan como en España o en Estados Unidos.

—Cualquiera te puede acusar de ir contra el régimen —intervino Tomás en voz baja—. Cualquiera...

Clarence comprendió entonces la situación. Por un momento había olvidado en qué país estaba.

—Lo siento mucho —se disculpó.

Köpé se levantó para pedir otra ronda de las enormes y populares cervezas 33. Cuando se sentó de nuevo, comentó:

—Creo que podemos estar tranquilos. ¿A que no sabéis quién es la mujer? —Tomás e Iniko se giraron disimuladamente y esbozaron sendas sonrisas—. Pues sí, la misma.

—¿La conocéis? —quiso saber Clarence.

—¿Quién no conoce a Mamá Sade? —Tomás puso los ojos en blanco.

—¡No me digas que es ella! —Laha entornó los ojos—. Ha envejecido mucho desde la última vez que la vi.

—Yo pensaba que ya no salía de casa —comentó Melania.

—¡Y yo que se había muerto! —rio Rihéka.

Clarence estaba muerta de curiosidad.

—Para nosotros, Mamá Sade es como una ceiba —empezó a explicar Laha al ver su expresión—. Siempre ha estado allí, al menos desde los tiempos coloniales de nuestra infancia. Dice la leyenda que comenzó a trabajar de..., bueno, con su cuerpo. Era tan guapa que todos se la rifaban. Hizo mucho dinero y lo invirtió en un club y luego en otro hasta que no había local nocturno de éxito en esta ciudad que no dirigiese ella.

Tomó un sorbo de su cerveza y Tomás aprovechó para añadir:

—Y continuó haciendo dinero cuando Macías. Un misterio. Decían que solo ella sabía cómo complacer los gustos de los hombres importantes. Y que contrataba a las mejores chicas...

—¿Y el que está con ella quién es? —preguntó Clarence.

—Su hijo —respondió Köpé—. Ahora es él quien se encarga de los negocios.

—Parece mulato. —Clarence se llevó la botella de cerveza a los labios sin dejar de mirar en dirección a la pareja.

—Lo es. —Rihéka se inclinó hacia delante y adoptó un tono confidencial—. Según cuentan, se enamoró de un blanco que trabajaba en las plantaciones que la dejó embarazada y luego la abandonó.

—Clarence se atragantó, se puso colorada y comenzó a toser. Rihéka le dio unas palmaditas en la espalda—. Después de eso, no quiso tener más hijos.

—Yo hubiera tenido decenas —comentó Melania en tono vengativo—. Ese hijo único le habrá recordado todos los días al cobarde de su padre.

El corazón de Clarence comenzó a latir con fuerza. Se sintió tentada de levantarse y caminar hacia la mesa para ver el rostro del hijo de Mamá Sade. ¡Qué estupidez! ¿Y qué haría? ¿Preguntarle si por casualidad se llamaba Fernando? Rihéka tenía razón. Probablemente su historia fuese la de muchas otras mujeres. A su lado, notó que Laha estaba un tanto abstraído mientras estrangulaba la botella de cerveza con las manos. Tenía el ceño fruncido. Él era el único de su grupo de amigos que no tenía la piel completamente oscura.

Laha se levantó, dijo que tenía que eliminar la cerveza y salió. Clarence dirigió la atención de nuevo a la mesa del fondo.

—Y si creéis que no es peligrosa, ¿por qué no deja de mirarnos?

—Más bien parece que te mira a ti —dijo Iniko, con una sonrisa burlona—. Igual te propone trabajar para ella. Mamá Sade siempre ha tenido muy buen ojo...

Clarence sintió que un brote de calor sonrojaba sus mejillas.

—¡Vaya! —dijo con sorna ladeando la cabeza—. Me lo tomaré como un cumplido.

Todos se rieron menos Melania, que torció el gesto.

—¿Y por casualidad no sabréis cómo se llama su hijo? —Clarence enseguida se arrepintió de haber formulado en voz alta esa pregunta.

—¿Y qué más te da cómo se llama? —quiso saber Melania, pegando su cuerpo al de Iniko—. ¡Ah, bueno! ¡Es verdad! ¡Ahora los negocios los lleva él!

Se produjeron nuevas risas y Melania aprovechó para meterse con ella.

—Una blanca le daría prestigio, aunque me parece que a las blancas no os hierve la sangre como a nosotras.

Clarence la fulminó con la mirada. Tomás, Köpé e Iniko ahogaron unas sonrisas tras las botellas y Rihéka regañó a Melania.

Iniko se percató de que Clarence estaba intentando mantener los modales y, aunque no le hubiese importado escuchar una réplica mordaz al atrevido comentario de Melania, decidió reconducir la conversación.

—A Clarence le interesan los nombres de los niños nacidos en época colonial —dijo recostándose en la silla de modo que su brazo derecho pasó por detrás del cuerpo de Melania—. Es para su estudio. Publica artículos de investigación.

Clarence lo miró, sorprendida. Por lo visto, Iniko le prestaba más atención de lo que ella creía. A su lado, Melania hizo un leve gesto de extrañeza y se acercó más al hombre.

«Vale, vale —pensó Clarence, sorprendida por una insignificante punzada de envidia—. Un poco más y te sientas encima de él. Ha quedado claro que te gusta.»

—Pues en eso sí que te podemos ayudar —dijo Tomás—. Ya puedes sacar ese cuaderno que llevas a todas partes.

Tomás comenzó a repasar en voz alta los nombres de todas las personas que conocía, desde los miembros de sus familias a sus vecinos y amigos. Los demás lo imitaron. Clarence aprovechó ese breve espacio de tiempo para analizar por qué le molestaba que Melania estuviera tan pegada a Iniko. ¿Era posible que sintiera…? ¿Celos? ¿De Melania? ¿Por ese hombretón reservado, desconfiado y retrógrado? Era ridículo. Completamente ridículo… Entonces, ¿por qué no dejaba de lanzarles miraditas para comprobar si Iniko respondía a los gestos de Melania? Para su alivio, él no lo hacía. Iniko no parecía ser de los que expresaban sus sentimientos abiertamente en público, pero estaba claro que si no se apartaba de Melania era porque le agradaba estar junto a ella. Melania era muy guapa, tenía carácter, era bubi y vivía en Bioko. Los ingredientes perfectos para que a Iniko le gustara. Reprimió un suspiro.

—Cuando publiques tus conclusiones —dijo entonces Köpé, entregándole el cuaderno—, nos tendrás que enviar una copia.

Clarence echó un vistazo a los listados. En unos minutos habían apuntado más de cien nombres. Se sintió un poco culpable por engañarlos. No estaba acostumbrada a mentir y desde que había llegado a Guinea no había hecho otra cosa. Nunca escribiría tal artículo. A ella solo le interesaba un mulato llamado Fernando. O igual ni siquiera se llamaba así. Tal vez Julia había querido referirse a Fernando Garuz, pero para lo que le había servido…

Laha entró y se quedó de pie junto a la mesa.

—¿Y si cambiamos ya de sitio? —sugirió—. ¿Qué tal nuestra discoteca favorita?

A todos les pareció muy buena idea.

—¿Pero no dices que no te gusta bailar? —se rio Clarence mientras se levantaba.

Entonces se percató de que Mamá Sade y su hijo caminaban hacia ellos. Aprovechó el ruido de sillas y el movimiento de los componentes del grupo hacia la salida para quedarse rezagada fingiendo que buscaba algo en el bolso y poder así fijarse en la pareja. En comparación con su madre, entrada en carnes, el hombre era flaco y huesudo. Por fin pudo ver su rostro. Individualmente, sus facciones eran agradables. Tenía los ojos oscuros un poco almendrados, la nariz y los labios finos, y la barbilla marcada. Pero, en conjunto, su expresión era fría y un tanto desagradable. Sintió un estremecimiento.

—¿Hay algún problema, blanca? —El hombre se detuvo a su lado y la miró fijamente—. ¿No te gusta lo que ves?

—Eh, no, disculpe, yo… —Una mano le sujetó el brazo y la voz grave de Iniko dijo:

—¿Nos vamos, Clarence?

—¡Tú, bubi! Dile a tu novia que aprenda a ser más educada —dijo con desdén. Iniko se puso tenso—. No me gusta que me miren así.

A su lado, Mamá Sade empezó a decir con voz autoritaria:

—No pierdas el tiempo… —Levantó la vista hacia Clarence, frunció el ceño y emitió un ruido áspero con la garganta. Empujó a su hijo a un lado y se situó frente a ella. A pesar de su edad, continuaba siendo una mujer alta. Levantó una mano arrugada hacia la cara de la joven y, sin tocarla, recorrió sus facciones, desde la frente hasta la barbilla. Clarence dio un paso atrás e Iniko presionó su brazo para conducirla hasta la puerta.

—¡Espera! —rugió Mamá Sade, con una boca desdentada—. ¡No voy a hacerle daño!

Clarence indicó con una seña a Iniko que iba a esperar a ver qué más decía la mujer.

Mamá Sade repitió la misma acción mientras murmuraba frases incomprensibles en otra lengua. Tan pronto asentía como reía como una loca. Cuando estuvo satisfecha sacudió la cabeza.

—¿Y bien? —preguntó Clarence, irritada, pero también intrigada por la situación.

—Me has recordado a alguien.

—¿Sí? ¿A quién? —De pronto, lamentó haber formulado la pregunta con tanto interés. ¿Sería posible que la única que se acordara de su padre fuera una prostituta jubilada con aspecto de bruja? Ni le gustaba la mujer ni le gustaba su hijo, quien miraba continuamente su reloj con exasperación.

—A alguien que conocí hace mucho mucho tiempo. A alguien de tu país. Eres española, ¿verdad? —Clarence asintió—. ¿Desciendes de coloniales? —Clarence volvió a asentir, pero esta vez de manera vaga—. ¿De dónde eres? ¿Del norte o del sur?

—De Madrid —mintió.

Estaba completamente arrepentida de no haberse marchado a tiempo del restaurante. No quería ni imaginarse que pudiera existir una conexión entre esa pareja y ella. En ningún momento se había imaginado una situación en la que rechazara de manera contundente a un posible pretendiente a hermano por no ser de su agrado. ¡Vaya coherencia la suya! Empezó a sentir mucho calor, un calor asfixiante. Se sujetó al brazo de Iniko con fuerza.

—Me habrá confundido. Lo siento, pero tenemos prisa. Nos están esperando.

Su hijo la cogió del brazo con una mueca de fastidio en el rostro.

—¡Una pregunta más! —casi gritó la mujer—. ¿Cómo se llama tu padre?

—Señora, mi padre murió hace muchos años. —Aquello pareció calmarla.

—¿Cómo se llamaba? ¡Dímelo!

—Alberto —mintió Clarence una vez más. La vista se le empezó a nublar. Estaba al borde de un ataque de ansiedad—. ¡Se llamaba Alberto!

La mujer frunció los labios. La observó unos segundos más y finalmente agachó la cabeza, aunque mantuvo un porte digno y orgulloso mientras balanceaba una mano en el aire en busca del brazo de su hijo.

Clarence suspiró aliviada al verlos salir por la puerta. Se apoyó en la mesa. Aún quedaba algo de cerveza en su botella. Tomó un largo trago. Estaba caliente, pero no le importó. Tenía la boca tan seca que hasta un tazón de caldo recién hecho la hubiera podido refrescar.

Iniko la miraba con el ceño fruncido y los brazos cruzados sobre el pecho.

—¿Dónde están los demás? —preguntó ella.

—Se han adelantado.

—Gracias por esperarme.

—Me alegro de haberlo hecho.

Ninguno de los dos se movió.

—A ver si lo comprendo —dijo Iniko finalmente acariciándose una ceja con el dedo—. No eres de Pasolobino. Tu padre no se llama Jacobo y además está muerto. ¿Qué eres? ¿Una *antorchona*?

Esbozó una sonrisa.

«Eso mismo —pensó ella—. La espía más valiente del mundo. En cuanto descubre algo que no le gusta, le da un ataque de ansiedad.»

—No quería darle información de mi vida —dijo—. Vosotros me habéis insistido en que fuera prudente.

Salieron del restaurante. Clarence alzó la vista. La luna alumbraba como un potente faro en medio de retazos de nubes con formas caprichosas.

—¿Sabes, Iniko? Aquí la luna es bonita, pero en mis montañas, ni te cuento.

—¡Ah! Entonces Pasolobino sí que existe. Ya me siento mejor…

Clarence le dio una palmadita en el brazo. Al final resultaría que Iniko tenía sentido del humor. Vaya descubrimiento.

—¿Y cómo es que me has esperado tú y no Laha? —En realidad, hubiese querido preguntar: «¿Cómo es que Melania te ha dejado libre para esperarme?».

—Me gustaría proponerte algo.

¿Qué le diría?

El tiempo se acababa y solo le quedaba un último cartucho: Ureka.

¿Cómo podía rechazar una ocasión como esa?, pensó Clarence.

Y más ahora, cuando ya había abandonado casi todo. A los de la universidad que había conocido la primera semana les había mentido diciendo que el trabajo de campo consistente en grabar testimonios orales para su posterior análisis la tenía muy ocupada. En cuanto a sus progresos en la resolución del misterio familiar, se habían reducido a conversaciones inocentes y casuales, gracias a la excusa de la grabadora, con aquellos mulatos un poco mayores que ella a los que entrevistaba con verdadero interés hasta que revelaban que no se llamaban Fernando o que sus escasos recuerdos infantiles de la época colonial no tenían ninguna relación con Sampaka.

En varias ocasiones, se había topado con hombres que se habían negado a responder ni una sola pregunta y que incluso le habían soltado frases como: «¡No me molestes!» o «¡No pienso decirte nada!», acompañadas de la palabra *blanca* pronunciada en tono de insulto. Y eso que a todos les había enseñado el documento que demostraba que su trabajo estaba respaldado por la universidad.

Deslizó su mirada por las tranquilas aguas del mar. Laha y ella estaban sentados en la terraza del Hotel Bahía, desde cuyas mesas y sillas blancas se podía divisar un enorme buque anclado a pocos metros. Laha la había recogido en su hotel un poco antes que otros días. Iniko aún tardaría un rato en llegar.

¿Qué le diría?, se preguntó de nuevo.

—Por lo visto —dijo Laha, de forma casual, mientras removía el café con la cucharilla—, le has caído bien a mi hermano. Y no es fácil. Suele rechazar todo lo que tiene que ver con el exterior.

Clarence no pudo evitar sonrojarse, complacida por esa afirmación.

—Es extraño que, siendo hermanos, llevéis vidas tan distintas…

—Yo siempre digo que Iniko nació demasiado pronto. Los seis años que nos separan fueron cruciales en la historia de la isla. A él le tocó la ley que obligaba a todos los mayores de quince años a trabajar en las plantaciones del Estado porque se había expulsado a todos los trabajadores nigerianos de la isla.

Laha se interrumpió de pronto y la miró extrañado de la atención con la que ella escuchaba.

—Supongo que Iniko ya te habrá contado todo esto.

En realidad, Iniko le había hablado mucho de la historia reciente de Guinea sobre la que Clarence ya sabía algunas cosas, pero evidentemente ni de lejos con los detalles de alguien que la había vivido. Después de la independencia, obtenida en 1968, el país había sufrido los peores once años de su historia a manos de Macías, un cruel dictador por cuyas acciones Guinea fue conocida como el Auschwitz africano. Iniko había vivido su adolescencia en ese contexto: no había prensa de ningún tipo; todos los nombres españoles fueron renombrados; se cerraron hospitales y escuelas; se acabó con el cultivo de cacao; el catolicismo estaba prohibido, llevar zapatos estaba prohibido, todo estaba prohibido. Las represiones, acusaciones, detenciones y muertes alcanzaban a todos —bubis, nigerianos, fang, ndowè de Corisco y de las dos islas Elobeyes, ámbös de Annobón, y kriós—, por cualquier cosa.

Pensó en el comentario de Laha y en el hecho de que solo al cabo de unos días había sabido que Iniko era viudo y que tenía dos hijos de diez y catorce años que vivían con los abuelos maternos. Finalmente dijo:

—Iniko habla mucho de todo, pero poco de él.

Laha asintió con la cabeza y tomó un sorbo de café. Permanecieron unos segundos en silencio. Clarence decidió aprovechar ese momento de tranquilidad para curiosear en su vida.

—¿Cómo podían tus padres costearte los estudios en Estados Unidos?

Laha se encogió de hombros.

—Mi madre siempre ha sido una mujer de recursos, tanto a la hora de trabajar como de conseguir becas y ayudas. Al quedarse Iniko aquí, me ayudaron mucho entre los dos para que yo siguiese adelante con mis estudios, puesto que me gustaba estudiar y se me daba bien.

—¿Y vuestro padre? —se atrevió a preguntar ella al percatarse de que no lo mencionaba—. ¿Qué pasó con él?

Laha soltó algo parecido a un bufido.

—En realidad deberías decir *vuestros padres*. El padre de Iniko murió cuando él era un niño y yo nunca he conocido a mi padre, ni mi madre me ha hablado nunca de él.

Clarence se sintió un poco estúpida por haber preguntado.

—Lo siento —fue lo único que acertó a responder, un tanto avergonzada.

Laha hizo un gesto con la mano como quitándole importancia.

—No te preocupes. No es nada raro en este lugar.

Ella se sintió un poco incómoda por haber provocado esa expresión de tristeza en su amigo. Decidió continuar con otra pregunta que consideró más inofensiva.

—¿Y en qué líos se metía Iniko en su juventud?

—En su juventud... ¡Y bien mayor también! —Laha se incorporó en su silla, miró a su alrededor y bajó el tono de voz—. ¿Has oído hablar de Black Beach o Blay Beach?

Clarence negó con la cabeza, intrigada.

—Es una de las prisiones más famosas de África. Está aquí, en Malabo. Es conocida por el maltrato que sufren sus presos. Iniko estuvo allí.

Ella abrió la boca. No se lo podía creer.

—¿Y qué hizo para ser encarcelado?

—Simplemente ser bubi.

—Pero... ¿cómo es posible?

—Ya sabes que desde que Guinea obtuvo la independencia en 1968, los miembros del poder pertenecen mayoritariamente a la etnia fang. Hace cinco años ocurrieron unos graves incidentes en la ciudad de Luba, que tú conocerás como San Carlos. Un grupo de personas encapuchadas y armadas asesinaron a cuatro trabajadores y las autoridades acusaron a un grupo que apoya la independencia y autodeterminación de la isla. Como consecuencia hubo una gran represión del ejército sobre la comunidad bubi. No quiero entrar en detalles, pero se cometieron auténticas barbaridades.

Laha se detuvo.

—Yo… —Clarence tragó saliva— no recuerdo haber escuchado ni leído nada en la prensa de mi país…

Laha tomó otro sorbo de café y sacudió la cabeza como para apartar los terribles incidentes de esos días antes de continuar:

—Detuvieron a cientos de personas, entre ellos a mi hermano. Yo tuve suerte, estaba en California. Mi madre me hizo jurar que no volvería a pisar Bioko hasta que los ánimos se hubiesen calmado.

—¿Y qué le pasó a Iniko? —preguntó ella con un hilo de voz.

—Estuvo dos años en Black Beach. Él nunca habla de ello, pero yo sé que sufrió tortura. Luego lo enviaron con otros a la cárcel de Evinayoung, en la parte continental de Mbini, que tú debes conocer como Río Muni, para ser sometidos a trabajos forzados. Uno de los compañeros de mi hermano tenía ochenta y un años, ¿qué te parece? —Laha no esperaba una respuesta, y Clarence tampoco hubiera sabido qué decir—. Ten en cuenta que las dos partes de Guinea, la isla y la parte continental, están separadas por más de trescientas millas marítimas. No es solo una separación geográfica, sino cultural: los bubis somos como extranjeros en Muni. Los enviaron allí para alejarlos de sus familias y hacer que su encarcelamiento fuera aún más doloroso.

—Pero… —interrumpió ella suavemente— ¿de qué se les acusaba?

—De cualquier cosa. De traición, terrorismo, tenencia ilícita de explosivos, introducción clandestina de armas, atentado contra la seguridad nacional, intento de golpe de Estado, secesión… Surrealista, ¿verdad? Afortunadamente, hace dos años varios prisioneros fueron indultados, entre ellos Iniko. Era una libertad condicional, pero por fin pudo salir de ese infierno. Igual que Melania. Se conocieron allí.

Clarence estaba aturdida. ¿Esas cosas pasaban en el siglo XXI? A alguien como ella, acostumbrada a disfrutar de las ventajas de un Estado democrático por el que habían luchado sus antepasados no hacía tanto tiempo —pero sí el suficiente como para que jóvenes como ella lo hubiesen olvidado—, le resultaba difícil asimilar todo lo que Laha le había contado. Comprendió la pasividad y nerviosismo del grupo ante la detención de aquella extranjera.

¡Pobre Iniko!

Entonces, recordó la proposición que le había hecho Iniko y sintió un pinchazo de desazón en el pecho. Se había sentido tentada de aceptar, pero ya no estaba tan segura después de lo que Laha le había contado.

Esa noche le costó conciliar el sueño.

Finalmente había aceptado la invitación de Iniko. Recorrería parte de la isla con él. Conocería poblaciones que solo por el nombre ya le evocaban historias o anécdotas de Jacobo y Kilian. Dos o tres días. A ella se le acababan las vacaciones, había argumentado él, y no había salido de Malabo. El viaje incluía una visita a un lugar especial llamado Ureka y una parada rápida en Sampaka. Le había prometido que no olvidaría ese viaje, que Bioko era una isla preciosa y que con él llegaría a lugares que pocos conocían.

¿Y si los detenían en algún control?

Otra vez el miedo…

Iniko era un conocido representante de empresas de cacao y se encargaba de pagar a los agricultores bubis. Además, se conocía la isla como la palma de su mano.

Nadie, excepto Laha, sabría de su paradero. Si le pasara algo, tardarían días en echarla de menos desde España.

Por otro lado, ¡qué oportuno que Iniko tuviera que hacer ese viaje! De alguna manera, esto la obligaba a agotar los últimos cartuchos relacionados con su familia. Sintió una súbita y renovada excitación.

¿Cómo era posible que hubiera abandonado la investigación sobre su presunto hermano tan deprisa?

La respuesta era simple. Cada vez que se recriminaba su cobarde renuncia a encontrar respuestas, se le aparecían las imágenes de Mamá Sade y su hijo. Tal vez no fuese buena idea remover el pasado. Igual había cosas que era mejor no descubrir. Todas las familias guardaban secretos y no pasaba nada. La vida seguía…

Suspiró sonoramente.

Recorrer la isla con Iniko…

Era ridículo. El sueño no llegaba y ella permitía que su mente diseñara absurdas conspiraciones amorosas. ¡Como si tuviera quince años!

Vaya, vaya, pensó: la miedosa de Clarence se iba a la selva con una mole de hombre que había estado en prisión y que probablemente tuviera novia.

Iniko.

Tenía que reconocerlo. Le resultaba enormemente atractivo.

Unos días con él. Solos.

Un hombre inteligente, sensible, comprometido, buen conversador, atento y amable.

Quizá le faltase un poco más de sentido del humor…

A las siete en punto estaba en la recepción del hotel y cuál fue su sorpresa al descubrir que Bisila los acompañaría durante la primera parte del viaje. En cierta medida agradeció su presencia, pues así no tenía que estar completamente a solas con Iniko. Una cosa era la libertad de los pensamientos azuzados por la complicidad de la noche y otra muy distinta la realidad.

Clarence se acercó a Bisila y le dio dos afectuosos besos. Aprobó mentalmente su vistoso vestido fruncido bajo el pecho, de la misma tela anaranjada que el pañuelo que cubría su cabeza a modo de tocado africano.

Subieron al Land Rover blanco de Iniko, quien le explicó que, aunque las dos principales carreteras de la isla, la que llevaba a Luba por el este y la que conducía a Riaba por el oeste, estaban perfectamente asfaltadas, toda Bioko estaba comunicada por otras carreteras secundarias llenas de obras cada pocos kilómetros, detenciones, baches, desviaciones provisionales de firme polvoriento, y pistas de tierra difíciles de recorrer sin un coche apropiado. En concreto, la parte sur era la más aislada no solo por la ausencia de población, sino por las características naturales del relieve, que dificultaban un acceso que empeoraba en la época de lluvias.

Y estaban en época de lluvias. De hecho, el día había amanecido bastante nublado y desapacible. Unas ligeras brumas se paseaban sobre la cima del majestuoso pico Basilé, a cuyos pies se extendía la ciudad de Malabo. Clarence había tenido suerte en los días anteriores, impropios del mes de abril, pues había hecho un calor bochornoso. Esa mañana el tiempo era más fresco y el cielo amenazaba lluvia.

Miró por la ventanilla del vehículo y mentalmente rogó para que no tuviera que vivir la experiencia de un tornado.

Iniko la tranquilizó:

—Iremos por zonas conocidas. Esta isla se recorre rápido y la mayor parte del tiempo estaremos en aldeas donde nos podremos cobijar si llueve.

—De acuerdo. ¿Y cuál será nuestro primer destino? —preguntó, dando por sentado que sería Sampaka.

—He pensado viajar siguiendo la dirección de las agujas del reloj. Empezaremos por Rebola.

—¡Ah! Como está tan cerca de Malabo, creí que tu primera parada sería Sampaka.

—Bueno, si no te importa, dejaremos la finca para el final del viaje. —Iniko se giró un poco para mirarla—. Prefiero ir antes a los otros sitios. Además, a mi madre no le gusta ir a Sampaka.

Clarence dirigió su atención hacia Bisila, que, sentada a su lado en los asientos traseros, la observaba en silencio. No sabía si eran imaginaciones suyas o realmente la mujer analizaba cada uno de sus movimientos, como deseando encontrar algún gesto familiar. Tenía una mirada intensa. A la luz del día todavía le pareció más hermosa. Bisila le sonrió con timidez, esperando su aprobación por el cambio de ruta.

—Claro que no me importa —dijo Clarence con una sonrisa.

Sentía verdadera curiosidad por saber más cosas de la mujer, pero no le pareció el momento oportuno para comenzar un interrogatorio.

A medida que se alejaban de la ciudad hacia el este, la imagen del pico le trajo recuerdos de su valle, presidido también por una enorme montaña que se divisaba desde todos los pueblos de los alrededores. El paisaje le recordaba al que estaba acostumbrada en sus montañas, solo que en Bioko la vegetación era mucho más verde, y, sobre todo, más densa.

—El pico Basilé es impresionante —murmuró, dirigiéndose a Bisila. Ella asintió con la cabeza.

—Es la cima más alta de la isla —explicó—. Desde lo alto se ve toda la isla cuando está despejado. En realidad es un antiguo volcán hoy extinguido. La última erupción conocida fue en 1923.

—Tiene que ser impactante presenciar un volcán en acción —comentó Clarence ensimismada—. Me lo imagino como un derroche de pasión. Durante un tiempo permanece dormido, contenido, oculto ante el exterior... Solo él sabe lo vivo que está por dentro... —Se dio cuenta de lo seria que se había puesto y se rio—: En fin. No me extraña que las tierras volcánicas sean extraordinariamente fértiles. Bueno, eso dicen, ¿no?

Iniko la miró por el espejo retrovisor con tal intensidad que se sonrojó.

—Me ha gustado tu descripción —dijo—. Creo que encaja muy bien con nuestra forma de ser. En todos los sentidos.

—No te ofendas —replicó ella con ironía—, pero yo creía que los de tu pueblo teníais fama de tranquilos.

—Hasta que explotamos… —Iniko esbozó una sonrisa maliciosa.

Bisila carraspeó para interrumpir el diálogo, que tomaba una dirección peligrosa.

—¿Sabes que este pico del que hablamos tiene cinco nombres? —preguntó.

—Yo sé dos: Basilé y Santa Isabel. Mi padre y mi tío siempre se referían a él como pico Santa Isabel. ¿Y los otros tres?

—En bubi se llama *Öwassa* —respondió Bisila—. Los nigerianos lo conocían como *Big Pico*. Y los británicos lo llamaron *Clarence Peak*.

—¡Vaya, vaya! —exclamó Iniko con sarcasmo—. ¡El volcán de Clarence! No te ofendas, pero a mí me pareces una mujer muy tranquila.

Los tres estallaron en carcajadas. Poco a poco, hasta Bisila parecía más relajada. Continuaron hablando de cosas triviales hasta que llegaron a Rebola, un pueblo formado por casitas bajas de tejados rojos y marrones construidas en la ladera de una pequeña colina y a los pies de una preciosa iglesia católica. Iniko fue a visitar a unas personas y, mientras, las dos mujeres pasearon por las calles hasta llegar a la parte alta del pueblo, desde la cual tenían una vista impresionante de la bahía de Malabo. Era la primera vez que Clarence estaba a solas con Bisila y, aparte de la curiosidad que sentía por su pasado, no sabía muy bien de qué hablar.

—Me resulta extraña la combinación de iglesias como las de mi pueblo en un lugar lleno de espíritus…

Bisila le explicó brevemente por qué la religión católica había arraigado tanto entre ellos. Clarence la escuchó, sorprendida por las similitudes entre la creación según la tradición bubi y la que ella había aprendido desde niña.

—No hay tanta diferencia —añadió Bisila— entre nuestro *Mmò* y el Espíritu Santo, entre nuestros *bahulá abé* y los malos espíritus o demonios, entre nuestros *bahulá* y los espíritus puros o ángeles, o entre Bisila y la Virgen María…

—Se parece bastante, pero, desde luego, vosotros tenéis fama de ser mucho más supersticiosos que nosotros. Por todas partes hay amuletos, huesos de animales, conchas y plumas...

Bisila la miró con una expresión divertida.

—¿Y qué me dices de vuestras reliquias, huesos de santos, estampas y medallas...?

Clarence no supo cómo rebatir ese argumento, así que decidió preguntar por qué los bubis honraban tanto a las almas de los muertos. Bisila le explicó que el mundo no consistía solo en lo material, sino que también incluía la región etérea o de los espíritus. Los espíritus puros o *bahulá* se encargaban de las leyes físicas del mundo. Pero de las almas humanas se encargaban los *baribò,* o almas de los diferentes cabezas de las familias que componían la etnia bubi. Al ver que Clarence fruncía el ceño sin comprender, dijo:

—Me pondré de ejemplo. Dios creó mi alma, pero se la cedió o vendió al *morimò* o alma de *uno* de mis antepasados, que la ha protegido y protegerá toda mi vida a cambio de que yo lo honre como es debido. Y yo, como una heredera más de mi familia o linaje, me esfuerzo en rendir homenaje tanto a mi espíritu protector como a los del resto de mi familia para que velen por la prosperidad de todos los míos, tanto en la tierra como cuando me haya ido de ella.

—Quiere decir cuando se haya... muerto.

—Lo dices como si fuera algo terrible —dijo Bisila, enarcando las cejas.

—Es que lo es.

—Para mí, no. Cuando nos vamos de aquí, el alma sobrevive la muerte del cuerpo y pasa a un mundo mucho más cómodo. Precisamente, para evitar que el alma de un cuerpo muerto se pierda por el camino, vague atormentada y se convierta en un espíritu malvado, es necesario realizar funerales de duelo y adoración a nuestros ancestros.

La cabeza de Clarence intentaba procesar esa información. Podía entender el respeto por los antepasados, pero creer en espíritus le resultaba un tanto infantil.

—Por tanto —dijo, procurando que su rostro no reflejase ningún gesto ofensivo hacia las creencias de Bisila—, usted cree que es posible que aquí y ahora haya uno o varios espíritus errando, tal vez buscando su camino.

—Si sus familias no los han honrado bien —repuso Bisila con convicción—, sí, claro.

Clarence, pensativa, deslizó su mirada por los tejados rojos de las casitas de la ladera y se detuvo en la preciosa imagen del mar que se perdía en el horizonte. Una débil brisa comenzó a mover las hojas de las palmeras. A su lado, Bisila se frotó los antebrazos.

De repente, algo corrió hacia ellas y se detuvo en seco a pocos pasos. Clarence emitió un grito. Instintivamente, se aferró al brazo de Bisila, que no mostraba ningún signo de miedo.

—¿Qué es eso? —preguntó.

Bisila soltó una carcajada.

—Es solo una lagartija, Clarence. No te asustes.

—Querrá decir un lagarto o un cocodrilo de colores —dijo Clarence, observando al enorme animal verde, rojo y amarillo.

—Se marchará enseguida.

El reptil no hizo tal cosa. Las miraba con curiosidad, moviendo su corto y rugoso cuello de una a otra hasta que pareció elegir a Clarence y salió disparada hacia ella. La joven se quedó todo lo quieta que pudo, dispuesta a darle una patada en cuanto tuviera ocasión, pero la lagartija no parecía agresiva. Se detuvo a pocos centímetros de ella y, como si le hubiera dado un ataque de locura, empezó a dar vueltas intentando morderse la cola. Así estuvo un buen rato hasta que lo consiguió. Entonces se paró, miró a las mujeres, primero a una, luego a la otra, liberó la cola, dio varias vueltas alrededor de Clarence, y desapareció con la misma rapidez con la que había llegado.

Clarence estaba perpleja. Se giró hacia Bisila y comprobó que la mujer se había tapado la boca con una mano. Parecía más sorprendida que ella.

—¿Suelen moverse así estos bichos?

Bisila negó con la cabeza.

—Es un mensaje —dijo con voz profunda—. Algo va a pasar. Y no tardará mucho…

Un escalofrío recorrió la columna vertebral de Clarence. Afortunadamente, una voz familiar interrumpió la conversación.

—¡Listo para continuar! —exclamó Iniko a sus espaldas.

Cuando llegó a su lado, la miró y preguntó con gesto preocupado:

—¿Has visto un fantasma? ¡Tienes cara de susto!

—¡Pobre Clarence! —explicó Bisila—. Hemos estado hablando sobre nuestra religión y creo que la he asustado un poco con tanto espíritu y tantas almas de muertos.

—¡Menos mal que es mediodía! —bromeó la joven—. Si llegamos a hablar de esto por la noche, me muero de miedo…

Iniko se giró y se plantó frente a Clarence, haciendo que esta se detuviera. Bisila continuó caminando hacia el coche.

—Creo que tengo el remedio para tus miedos —dijo él.

Se llevó las manos al cuello y se desató el cordel de cuero del que pendía una pequeña concha. Se situó detrás de ella y extendió los brazos para colocarle el collar. Con cuidado, le apartó el pelo de la nuca y anudó el cordel.

Clarence podía sentir las manos de Iniko sobre su piel y experimentó un nuevo escalofrío, pero esta vez de placer.

Se giró para mirarlo a los ojos.

—Gracias —dijo—. Pero… ¿quién te protegerá ahora a ti?

—Tengo dos opciones —susurró él—. Puedo comprarme otro en cualquier poblado o puedo estar muy cerca de ti para que el mismo amuleto nos proteja a los dos.

Clarence agachó la cabeza.

En ese momento, sintió como el Bioko real y tangible y el Fernando Poo etéreo e imaginado comenzaban a fundirse en su corazón.

X

EL GUARDIÁN DE LA ISLA

—¿**C**uál es nuestro próximo destino? —preguntó Clarence mientras consultaba un sencillo mapa en el que había marcado con un cruz la localidad que acababan de visitar.

—¿Es que tienes miedo de perderte? —Iniko hizo una mueca burlona.

Bisila se percató de que la joven se sonrojaba. No hacía falta ser muy brillante para darse cuenta de que entre esos dos todas las frases cobraban un doble sentido.

—Tengo familia en Baney —dijo la madre de Iniko—. De vez en cuando vengo a verlos y me quedo con ellos un par de días.

Su último viaje había tenido lugar hacía apenas dos semanas. Por eso, Iniko se había extrañado un poco cuando ella le pidió que la llevara de nuevo a Baney aprovechando el viaje con Clarence, aunque luego no le había dado mayor importancia. Bisila se mordió el labio inferior. Si Iniko supiera sus verdaderas razones... Oyó que su hijo decía algo y Clarence soltaba una carcajada. Era una joven muy alegre, lo habría heredado de su padre...

De Jacobo.

¿Cuánto hacía que no pensaba en él? Más de treinta años. Había conseguido borrarlo completamente de su mente hasta que Clarence había pronunciado su nombre la noche de la cena. Desde ese momento, lo reconocía en los gestos de su hija, en sus facciones, en sus ojos… Se había enfadado con los espíritus por haber despertado unos recuerdos que creía dormidos. Sí. Se había enfadado mucho. Pero después de darle muchas vueltas comenzó a comprenderlo todo.

Tenía que reconocer que los espíritus estaban siendo muy astutos. Desde el principio, o mejor dicho, desde el final, supo que antes o después todo tendría sentido, que su sufrimiento terrenal encontraría un alivio eterno. Las señales de que se aproximaba el momento eran evidentes. Clarence estaba en Bioko y una lagartija había ejecutado un baile ante ella.

El ciclo no tardaría en cerrarse.

—Ya estamos llegando —avisó Iniko.

Clarence miró por la ventanilla. La densa vegetación dio paso a unas calles sin asfaltar a cuyos lados había pequeñas casas de una o dos plantas, parecidas a las de los aledaños de Malabo. Iniko condujo hacia la parte alta de la población y pasaron por delante de una desconchada iglesia de color rojo con un campanario muy alto, una gran cruz en la enmohecida fachada y dos arcadas sobre una ancha escalinata. Tuvo que tocar el claxon varias veces para avisar del paso del coche a los numerosos chiquillos con camisetas de colores y sandalias de goma que jugaban en las calles.

A Clarence le parecieron todos muy guapos, sobre todo las niñas, con sus vestiditos de colores claros y el pelo recogido en laboriosos moñitos y trencitas. Cuando el coche paró ante una de aquellas casas, varios niños se arremolinaron a su alrededor para saludarlos. Bisila entró enseguida en el edificio, y los otros se entretuvieron con los pequeños que no dejaban de observar y tocar a Clarence, quien lamentó no tener nada en su mochila para regalarles. Buscó su cartera y decidió darles unas monedas. Había repartido solo tres o cuatro, que los afortunados recibieron con muestras de alegría, cuando Iniko le preguntó de malas maneras:

—¿Qué estás haciendo?

—Darles unas monedas.

—No estoy ciego. ¿Por qué lo haces?

—No tengo otra cosa para darles.

—Es que no tienes que hacerlo. ¿Ves? No lo puedes evitar.

Clarence se estaba empezando a enfadar por el tono del hombre.

—¿Qué es lo que no puedo evitar?

—Comportarte como la típica turista paternalista...

—A mí me encantaba cuando de pequeña me daban una propina —se defendió ella airada, aunque en voz no muy alta para que los niños no notasen nada—. ¡Mira sus caritas! ¿De verdad crees que les estoy haciendo algún mal?

—En Baney hay dos mil habitantes —dijo él, con sarcasmo—. Como estos mocosos pasen la voz, te quedarás sin nada.

Iniko entró en la casa. Clarence permaneció todavía unos segundos fuera, molesta por la reprimenda. No estaba acostumbrada a que criticaran sus actuaciones... ¡Pues sí que duraba poco el efecto del amuleto! Decidió no darle mayor importancia y siguió los pasos del hombre.

Al darse cuenta de que Bisila llegaba acompañada de una europea, a la que poder bombardear con preguntas sobre su país, sus hermanas, Amanda y Jovita, con el pelo recogido también con bonitos pañuelos, convirtieron una fiesta familiar informal en un auténtico banquete. Clarence no supo muy bien cómo, pero unas diecisiete personas —las hermanas de Bisila más sus maridos, hijas, hijos, maridos y esposas de estos, y nietos— tomaron asiento alrededor de una mesa rectangular cubierta con un hule estampado con flores que se fue llenando de pollo con yuca, doradas con salsa de aguacate, y el *böka'ó* de vegetales que ya había probado en casa de Bisila. Encontró los guisos muy sabrosos, pero lo que más le gustó fue el postre: las galletas crujientes de coco y el refresco de jengibre y piña.

Con el bullicio de la sobremesa, no se dieron cuenta de que los cielos se cerraban y de que se preparaba una tormenta tropical que pasó con la misma rapidez con la que había llegado.

Clarence salió a fumar un cigarrillo al porche de la casa. Iniko no le había dirigido la palabra en toda la comida. «Peor para él», pensó. No le gustaba nada que por un gesto inocente y espontáneo hubiese sacado una conclusión más propia de la primera vez que se habían visto en Sampaka que de ahora, que la conocía mejor. Por lo visto, su relación oscilaba entre la atracción y el rechazo. Tan pronto bromeaban como dos adolescentes como se atacaban —sobre todo él—, al reconocer en el otro a un extraño. Temió que, por culpa de la discusión, el viaje se echara a perder, que Iniko decidiera regresar a Malabo, y sintió mucha pena por las ilusiones que se había hecho. Menos mal que la belleza del paisaje reconfortaba el ánimo.

Concentró su atención en la extraordinaria vista sobre el brazo de mar que separaba la isla del continente. Los cielos se abrieron durante una hora y mostraron el lejano y majestuoso monte Camerún coronado de nubes. Poco a poco, las brumas se fueron cerrando sobre la cima y lo ocultaron a sus ojos como un telón sobre un escenario.

—Hermoso, ¿verdad? —Bisila se acercó a la barandilla sobre la que se había apoyado Clarence para disfrutar de la vista.

—Esto es... —Clarence buscó una palabra que hiciera honor a lo que acababa de ver— excesivo. No me extraña que mi padre se enamorara de esta isla.

Bisila apretó los labios.

—Supongo que te contaría muchas anécdotas de su vida aquí —murmuró, sin apartar la vista del horizonte.

Clarence estudió su perfil. Había algo en Bisila que la atraía. Sus ojos inquietantemente claros y sus firmes labios reflejaban inteligencia, fuerza y determinación, aunque parecía una mujer físicamente frágil y delicada. Laha e Iniko decían que era responsable, trabajadora y alegre, pero a ella le transmitía una sensación permanente de tristeza y vulnerabilidad. Tal vez la vida había ido aplacando esa alegría.

—Me temo que los padres nunca cuentan todo... —dijo.

Bisila la miró de reojo. A Clarence le pareció que analizaba sus facciones y se acordó de Mamá Sade. ¿Cuántos años tendría? Calculó que sería un poco mayor que la madre de Iniko. ¡Qué diferente hubiera sido su reacción ante una Bisila que se acordase de su padre!

—¿Sabe qué me pasó el otro día? —preguntó—. No sé si Iniko se lo habrá contado. —Bisila hizo un gesto de extrañeza y Clarence se atrevió a continuar—: En un restaurante me asaltó una tal Mamá Sade. Estaba empeñada en que le recordaba a alguien, a un hombre que conoció hace mucho tiempo.

Forzó una tensa sonrisa.

—Es una tontería, pero por un momento pensé que ella podría haber conocido a mi padre. —Hizo una pausa intencionada, pero el rostro de Bisila no reflejó sorpresa.

—Mamá Sade ha tratado con mucha gente en su vida.

—Entonces, usted también sabe quién es…

Bisila asintió.

—¿Y por qué te importa tanto que ella hubiera podido conocer a tu padre?

—Pues…

Clarence titubeó, pero una vocecita interior la animó a sincerarse. ¿Por qué no confesar en voz alta de una vez la razón de su visita a la isla? Abrió la boca para responder a la pregunta de Bisila, pero Iniko las interrumpió:

—¡Ah! ¡Estáis aquí! Clarence, nos vamos ya —dijo, sin mirarla a los ojos—. Me gustaría llegar a Ureka antes de que anochezca.

Las dos mujeres lo siguieron hasta la entrada. Amanda y Jovita insistieron en que aceptaran unos paquetitos con algo de comida y una bolsita con las galletas de coco que tanto le habían gustado a Clarence. Los mismos alegres niños que los habían recibido a su llegada, incluso más, los rodearon de nuevo. Esa mujer blanca había sido la novedad del día y probablemente del año.

En el último momento, Clarence se percató de que la mirada de Bisila se posaba sobre el sencillo collar que Iniko le había anudado alrededor del cuello. No podría decir si su expresión reflejaba extrañeza al reconocerlo y suponer lo que podía significar el hecho de que ahora lo llevara ella, o si la vista de la pequeña concha despertaba en ella algún tipo de recuerdo. Los ojos de Bisila se nublaron por las lágrimas y, antes de que rodaran por sus mejillas, le dio un fuerte abrazo de despedida, como si no fueran a verse nunca más.

Una vez dentro del coche, Clarence no dejó de pensar en Bisila. Lamentaba no haber tenido la osadía de preguntar más por su vida. La gran mayoría de las guineoecuatorianas de la edad de Bisila no tenían estudios y habían sido educadas exclusivamente para aquellas tareas propias de las mujeres: la casa, la cocina, el cultivo de la finca y la maternidad. Como alternativa, algunas tenían un puesto en el mercado. Y, por lo que le habían contado Rihéka, Melania y Börihí, las cosas no habían cambiado mucho, a pesar de que la Constitución del país —en teoría— protegía y situaba a las mujeres al mismo nivel que cualquier hombre, con los mismos derechos, deberes y obligaciones. Según sus nuevas amigas, en la práctica solo se aplicaba lo de las obligaciones.

Sin embargo, Bisila había conseguido ser una mujer independiente que había comenzado sus estudios en plena época colonial. Clarence no sabía cuánto podía cobrar una mujer en esos tiempos, pero suponía que no mucho. Y encima, el suyo era el único sueldo en la familia. ¿Cómo había conseguido Bisila sacar a sus dos hijos adelante sin la ayuda de un hombre en ese entorno?

—¿En qué piensas que estás tan callada? —Era la primera vez que Iniko se preocupaba por su estado de ánimo después de recriminarle su actitud con los niños de Baney.

Las líneas blancas de los arcenes de la estrecha carretera asfaltada serpenteaban entre la verde maleza.

—Estaba pensando en tu madre —respondió Clarence—. Me gustaría saber más sobre ella. Me resulta una mujer especial.

—¿Y qué te gustaría saber? —preguntó él de un modo compla-
ciente y conciliador que Clarence aceptó como disculpa por la discusión sobre el dinero.

—Bueno, ¿cómo es que no vive en Baney con su familia? ¿Cómo
se estableció en Malabo? ¿Por qué pudo estudiar? ¿Cuántas veces se
casó? ¿Quién era tu padre? ¿Y el padre de Laha? ¿Cómo fue tu vida en
Sampaka?

—¡Vale, vale! —la interrumpió él, fingiendo una expresión de
aturdimiento—. ¡Esas ya son demasiadas preguntas!

—Lo siento, tú me has preguntado qué quería saber. —Temió
haberse excedido con su curiosidad, pero Iniko no parecía molesto.

—Mi madre —empezó a decir él— trabajaba en el hospital de la
finca de Sampaka como ayudante de enfermera, se casó con uno que
trabajaba allí y me tuvieron a mí. Mi padre murió en un accidente y
nos trasladamos a Malabo. En algún momento debió tener una relación con un hombre de la que nació Laha, pero no sé más. Nunca ha
querido hablar de ello y nosotros tampoco hemos insistido en el tema.
De mi infancia en Sampaka tengo imágenes sueltas del colegio y de
los barracones de los nigerianos donde me cuidaba una vecina. Luego
pasé muchos años con mi abuela en el poblado. Me gustaba más que
la finca porque allí me sentía libre...

Por un momento, a Clarence le vinieron a la mente fragmentos de
las cartas en las que se hablaba de una enfermera que había atendido
al abuelo Antón en su lecho de muerte. De pronto, las manos que
sostenían un paño húmedo sobre su frente pertenecían a una mujer
con el rostro de Bisila.

¿Podría ser?

Permanecieron en silencio, pensativos, durante un rato. Iniko
conducía con la mirada al frente, con la cabeza apoyada en la mano y
el codo sobre la ventanilla abierta.

—¿Y qué pasó después? —preguntó Clarence.

—¿Después de qué?

—¿Cómo hizo Bisila para no tener que salir del país como tantos otros después de que Guinea se independizara de España en el sesenta y ocho? ¿No expulsaron a muchos bubis y nigerianos?

—Bueno, por lo visto, ella no suponía ninguna amenaza política. Además, sus habilidades en el campo de la medicina eran iguales o superiores a las de un médico, así que resultaba más bien útil…

Se interrumpió bruscamente y su rostro adquirió una expresión de ira contenida al recordar, supuso ella, la terrible persecución a la que fue sometido su pueblo tras la llegada al poder del dictador Macías. Clarence lamentó haberle molestado con sus preguntas. Le puso una mano sobre el muslo y decidió concentrar su atención en el paisaje. Iniko agradeció el gesto y posó su mano derecha sobre la de ella mientras sujetaba el volante con la izquierda.

Dejaron atrás la pequeña y decadente población de Riaba, conocida como Concepción en la época colonial, que se extendía hacia el mar como un montón desordenado de solares sin aceras —con la espesura acechando para apoderarse de ellos— y desiguales edificaciones que parecían barracones de una sola planta, y se dirigieron hacia el sur de la isla.

—¿Qué significa *Iniko*? —preguntó Clarence al cabo de un buen rato—. ¿No tienes otro nombre? Pensaba que aquí todos teníais uno español y otro guineano.

—¿Algo así como Iniko Luis?

Ella soltó una carcajada.

—Sí, algo así.

—Pues yo solo tengo este nombre y en realidad es nigeriano. El sacerdote del colegio nos decía que con nuestros nombres Dios no nos reconocería e iríamos directos al infierno. A mí no me daba miedo y solo respondía cuando me llamaba por mi verdadero nombre. Al final se dio por vencido.

—¿Y significa algo?

—«Nacido en tiempos difíciles».

—Muy apropiado…, por la época en que naciste, con el cambio de la colonización a la independencia y eso, y por todo lo que has pasado…

—Si no me hubiera llamado Iniko, me habrían pasado las mismas cosas, supongo. Un nombre no tiene tanto poder.

—Ya, pero le da otro significado, te hace especial.

—Pues aquí tenemos una buena combinación de gente especial: Clarence, la ciudad y el volcán de su mismo nombre… —su voz se volvió suave y cálida—, junto con Iniko, un hombre nacido en tiempos difíciles. ¿Qué podemos esperar de todo esto?

Aunque la miró de soslayo, Clarence pudo percibir la intensidad de su mirada. Sintió que, bajo los restos de la crema protectora solar que se había aplicado a lo largo del día, sus mejillas ardían por los audaces pensamientos que cruzaban su mente. Tenía que aprovechar ese momento mágico antes de que se estropeara, aferrarse a ese fino hilo que una araña invisible había tejido alrededor de ambos antes de que se diluyese.

—Sí —repuso ella, intentando que su voz sonara insinuante—. ¿Qué podemos esperar de un volcán y un guerrero bubi?

«Fuego. Puro fuego», pensó.

Le pareció que la selva a su alrededor, densa y espesa, enmudecía de repente. ¿Dónde estaba todo el movimiento que había creído percibir durante el viaje? Se sintió como si alguien la observara en completo sigilo. Recordó una vez más, con alivio, que, a diferencia de la parte continental, en la isla no había animales salvajes como elefantes o leones, solo monos, pero tanta calma le resultó sospechosa. Pronto anochecería. Como si le hubiera leído el pensamiento, Iniko dijo:

—No falta mucho para Ureka.

Al oír la palabra, una nueva ilusión creció en su interior. ¿Y si al final su viaje tuviera una recompensa? ¿Se acordaría allí alguien de su padre?

El Land Rover tomó una estrecha carretera sin asfaltar y Clarence tuvo la sensación de que iba desapareciendo cualquier signo de civilización. El todoterreno avanzaba con dificultad por las pistas de tierra sin señalizar. A los pocos kilómetros, divisaron una sencilla barrera que cortaba el tráfico.

—Eso es un control de policía —anunció Iniko, un poco tenso—. Tú no digas nada, ¿vale? A mí me conocen. Será un minuto.

Clarence asintió.

Al acercarse, comprobó que la barrera consistía en un bidón a cada lado de la carretera y un tronco de bambú encima. Iniko detuvo el vehículo, salió y saludó a los dos guardias sin mucho entusiasmo. Los hombres uniformados lanzaron varias miradas al vehículo y preguntaron varias cosas a Iniko con expresión seria. Clarence tuvo la sensación de que algo no iba bien y se puso nerviosa. Iniko movía la cabeza a ambos lados y uno de los hombres levantó un dedo hacia él en actitud amenazadora. Clarence decidió desobedecer la advertencia de Iniko, sacó sus papeles y unos billetes de su cartera, y salió del coche.

—Buenas tardes —dijo educadamente, esbozando una tímida sonrisa—. ¿Sucede algo?

Iniko frunció los labios, irritado, y le lanzó una mirada de reproche.

Uno de los policías, un hombre grueso con cara de pocos amigos, se acercó hasta ella y, después de observarla de arriba abajo con una expresión desagradable, le pidió los papeles. Ella se los dio y él los estudió con deliberada parsimonia. Después, caminó hacia el otro policía, se los enseñó, regresó junto a Clarence y se los devolvió con un gruñido. Pasaron unos segundos, pero ninguno hacía ademán de levantar la barrera. Clarence, recordando cómo Laha la había rescatado de aquellos policías junto a la catedral, extendió la mano en la que llevaba los billetes y estrechó la del hombre con rapidez para que no percibiera su nerviosismo. El policía abrió la mano, calculó rápidamente la cantidad que ella le había entregado y, para alivio de Clarence, pareció darse por satisfecho. Hizo un gesto al otro y los dejaron pasar.

Una vez dentro del vehículo, Iniko, más tranquilo, le dijo:

—¿Se puede saber quién te ha enseñado las costumbres del país?

Clarence se encogió de hombros.

—Laha —respondió con una sonrisa de satisfacción—. Como ves, aprendo rápido.

Iniko sacudió la cabeza.

—¡Este Laha...! A él sí que le pusieron el nombre correcto.

—¿Ah, sí?

—Laha es el dios bubi de la música y de los buenos sentimientos. Traducido sería algo así como *alguien con buen corazón*.

—Es un nombre precioso.

—Más que el otro. Su nombre completo es Fernando Laha.

—¡Para el coche!

Iniko frenó en seco. Clarence abrió la puerta, salió como una exhalación y se apoyó en el coche, aturdida. Se llevó las manos a la frente y se frotó las sienes. La misma frase se repetía en su mente una y otra vez: ¡Laha se llamaba Fernando!

Repasó todas las pistas que creía tener, las palabras de Julia que le habían llevado a buscar a un Fernando mayor que ella nacido en Sampaka, lo poco que sabía de la vida de Bisila, la casualidad de que hubiera vivido en la finca, la taza de café estrellándose contra el suelo al escuchar la palabra *Pasolobino*, las flores en el cementerio... ¿Podría ser? ¡Laha era mulato y también se llamaba Fernando! ¿Y si...? ¿Y si...?

Iniko puso una mano sobre su hombro y ella dio un respingo.

—¿Te encuentras bien?

—Sí, Iniko, perdona, yo... —Buscó una explicación plausible—. Me he mareado un poco. Habrá sido el calor, y la tensión del control de policía. No estoy acostumbrada a estas cosas...

Iniko asintió.

Hacía calor, pero Clarence se frotó los antebrazos como si sintiera frío. Miró a Iniko, que la observaba con el ceño fruncido. ¿Y si le contara sus sospechas? Sacudió la cabeza. ¿Qué conseguiría diciéndole que se le estaba metiendo en la cabeza que existía la pequeña probabilidad de que ambos compartiesen hermano? ¿Iba a desaprovechar unos días maravillosos y prometedores por una conclusión precipitada basada en razonamientos cogidos con hilos? ¿Cuánto hacía que no se permitía un pellizco de insensatez en su vida? ¿No sería más razonable esperar a Ureka?

Abrió los ojos y ahí estaba Iniko, plantado frente a ella, con las piernas ligeramente separadas, los brazos cruzados marcando músculo sobre su pecho duro como una piedra, y sus enormes ojos entornados en una cálida y paciente mirada.

—Me encuentro mejor, Iniko —dijo tras un profundo suspiro—. Si te parece, podemos seguir.

La última parte del viaje se convirtió en una pelea continua entre el potente motor del todoterreno y la vegetación que se había apoderado del camino.

—¿Y este recóndito e inaccesible lugar también forma parte de tu ruta de trabajo? —preguntó Clarence, con el estómago algo revuelto por los baches.

—Aquí vengo poco —reconoció él—. Más por placer que por trabajo.

—¿Y cuándo fue la última vez que viniste?

Ella simuló estar celosa, pero una pregunta impertinente rondó por su cabeza: «¿Habrá hecho este mismo recorrido con Melania?».

—No me acuerdo —sonrió—. En realidad, hay un lugar que me gustaría que conocieras. Acéptalo como un regalo.

Detuvo el vehículo en un diminuto claro desde el que se podían ver algunas casas.

—Ahora tendremos que andar un poco para bajar hasta la playa de Moraka, pero te aseguro que el esfuerzo vale la pena.

El acceso al mar discurría primero por un cacaotal de suave pendiente y luego por un sendero a través de un bosque cerrado por grandes árboles cuyas raíces se extendían por la superficie y hacían que Clarence tropezara continuamente. Al cabo de un rato escucharon el rumor de las olas y una gran ventana se abrió en el follaje para mostrar un panorama indescriptible.

A sus pies se desplomaba un acantilado de casi cien metros que le produjo vértigo. Vio que Iniko tomaba un estrecho, escarpado y serpenteante caminito, prácticamente colgado del despeñadero y lo siguió con miedo. Se resbalaba por culpa de las piedras y los troncos de árboles que hacían las veces de peldaños, provocando la risa de Iniko, quien, ante su torpeza, ponía en duda su condición de mujer de la montaña. Cuando llegaron abajo, Clarence volvió la vista atrás y pensó que no podría ascender cuando tuviesen que regresar.

Si es que le quedaban ganas de regresar…

Miró al frente, abrió la boca y se quedó atónita y muda. El esfuerzo había valido la pena. Todas las imágenes que pudiera haber tenido en la cabeza sobre el paraíso se materializaron en ese mismo instante.

Ante sus ojos se extendía la vista más hermosa que hubiera visto jamás. Era una playa larga y ancha, de arena negra y agua transparente. Cerca de donde terminaba el sendero por el que habían descendido caía una enorme cascada de agua que formaba una piscina cristalina. Así desembocaba el río Eola en el mar: convirtiendo su muerte en pura belleza.

El espectáculo era de una hermosura incomparable. Adentrándose en el mar, grupos de rocas irregulares descansaban sobre la arena para ser lamidas plácidamente por las olas. Donde no había playa, el azul del mar y el verde de la selva mantenían una lucha pacífica por ver quién le robaba el límite al otro.

—¿Qué te parece? —preguntó Iniko, feliz ante su expresión de asombro.

—Mi padre, a pesar de ser poco poético, siempre presume de haber tenido la suerte de conocer dos paraísos terrenales: nuestro valle y esta isla. Te aseguro que es cierto. ¡Esto es el paraíso!

Iniko se quitó las botas y le indicó que hiciera lo mismo. Luego, la cogió de la mano y comenzaron a pasear por la playa.

—Cada noviembre o diciembre, miles de grandes tortugas marinas terminan aquí sus migraciones a través del océano Atlántico. La mayoría han nacido en esta hermosa playa y regresan para desovar. Salen del agua hacia la arena seca, donde ponen los huevos y los entierran. Algunas regresan al mar. Otras mueren de agotamiento. Otras son capturadas por los cazadores que esperan al acecho para atraparlas, aunque son una especie protegida en peligro de extinción. Les dan la vuelta, con el caparazón contra el suelo. No pueden enderezarse porque son muy grandes y así se quedan hasta que las matan. —Pasó un brazo sobre sus hombros y la estrechó contra él—. Cuando imagino a las tortugas que salen del agua y se arrastran cansadas hacia la orilla, Clarence, pienso en los de mi país que se fueron y no pudieron volver; en los que volvieron y fueron maltratados; y en los que a toda costa intentan y consiguen mantener su descendencia sobre la playa negra.

Clarence no supo qué decir.

Caminaron un largo rato con los pies desnudos sobre la arena y se detuvieron ante una inmensa roca, cubierta de musgo y pajarillos, que se elevaba como un enhiesto menhir natural de más de treinta metros hacia el cielo. Una pequeña cascada parecía manar de su parte más alta.

—Este es el guardián de la isla —explicó Iniko—. Su misión es la de velar por el pueblo de Ureka.

Se metió la mano en el bolsillo del pantalón y sacó unas semillas mezcladas con pétalos que depositó a los pies de la roca a la par que murmuraba unas palabras.

—¿Qué haces?

—Le dejo una ofrenda.

—Podrías habérmelo dicho. Yo no he traído nada.

Iniko rebuscó con la mano y sacó un pellizco de semillas.

—Suficiente.

Clarence se agachó y depositó el pequeño obsequio mientras pedía ayuda no solo para la pesquisa que la había llevado a Bioko, sino para todos los planes de su vida. Torció el gesto. Era mucho pedir para tan poca ofrenda.

—¿No te gustaría saber qué le he pedido? —preguntó.

Iniko sonrió.

—Me imagino que lo mismo que yo. Que germinen bien.

Ella asintió. Él la cogió del brazo y en silencio la guio de vuelta al fondo de la playa.

Llegaron al borde de la piscina bajo el salto de agua del río Eola. Sin quitarse la ropa, Iniko se introdujo en el agua con los brazos abiertos y las palmas hacia el cielo. Clarence se deleitó contemplando como las gotas de la cascada, protagonistas de un trayecto natural irreversible pero a la vez circular y eterno, se estrellaban contra su piel. Entonces, Iniko se giró y le indicó que ella hiciera lo mismo.

Clarence entró en el agua y permitió que Iniko rodeara su cintura con sus enormes brazos. Muy despacio, él la atrajo hacia su cuerpo sin dejar de mirarla hasta que el abrazo fue completo y su cara se cobijó en el cabello de ella, cuyo corazón comenzó a latir desbocado. Clarence podía sentir su respiración cerca de la oreja, provocándole un delicioso estremecimiento. Le oía inspirar su olor mientras posaba suavemente los labios sobre su piel húmeda deslizándolos por el cuello hasta el hombro y de nuevo al lóbulo de la oreja, para continuar hasta la sien.

Ella permanecía con los ojos cerrados para apreciar con toda su intensidad el sentimiento embriagador de sus caricias. En esos momentos, no existía nada sino su cuerpo pegado al cuerpo de Iniko en medio de la excitante soledad del océano. Nunca antes había podido llevar a cabo semejante fantasía. Él la quería saborear poco a poco, como si fuese el último trozo de dulce que pudiera comer en años y quisiera que su sabor perdurara en su paladar y en sus sentidos. Se frotaba levemente contra ella, pasaba las yemas de los dedos por sus brazos, que abrazaban su ancha espalda, como si no quisiera tocarlos; deslizaba sus carnosos labios sobre sus mejillas; inspiraba el olor de su pelo; apoyaba la oreja en su frente; miraba su rostro unos segundos… Y volvía a empezar, con una lentitud que no hacía sino despertar todavía más su deseo por él.

Iniko comenzó a desabotonarle la camisa muy lentamente, sin dejar de mirarla, y Clarence sintió como su respiración se aceleraba y su piel se erizaba con el contacto de sus manos. Él la rodeó con sus fuertes brazos y de nuevo sus labios se entretuvieron en el cuello antes de atreverse a deslizarse por sus pechos, que se endurecían por el calor y la humedad de su boca.

Ella se dejaba hacer. No podía recordar la última vez que un hombre la había saboreado tan hábilmente con unas ganas controladas.

Con el mismo ritmo pausado de los últimos minutos, él posó sus carnosos labios sobre los suyos y la besó con una cálida y blanda succión mientras apretaba sus brazos alrededor de su cintura. Clarence necesitaba aire y entreabrió los labios, permitiéndole que él los mordisqueara antes de que su experta lengua se apoderara de su boca.

Estaban tan juntos que, a pesar del ruido de la cascada, ella pudo percibir los rápidos latidos de su corazón. Deslizó sus manos por los fuertes hombros y la amplia espalda de Iniko hasta su cintura para acariciarle la piel bajo la camisa húmeda pegada sobre los músculos.

Iniko se separó unos centímetros, se quitó la prenda y su torso quedó desnudo. Clarence contempló la firmeza de su musculatura y corroboró lo que las yemas de sus dedos habían comprobado: como si fuese un guerrero escarificado, varias cicatrices le surcaban la piel. Ella no hizo ningún comentario; apoyó las manos sobre las heridas y las acarició. Luego acercó sus labios y las besó.

Al igual que él había disfrutado de su pecho, ella quiso saborear el suyo mientras unos fuertes dedos mimaban su nuca y jugaban con su pelo hasta que lograron liberar la trenza que lo ataba. Entonces, Iniko puso las manos a ambos lados de su cara para sujetarla con fuerza, levantarla hacia él y besarla de nuevo, esta vez con mayor intensidad. Clarence sintió una oleada de excitación y respondió a sus besos con una avidez desconocida para ella.

Iniko le besaba los labios, la frente, la oreja, el cuello... Ella lo oía jadear junto a su oído. Con un susurro, él sugirió que se tumbaran en la arena y sus respiraciones comenzaron a acompasar al murmullo de las olas que lamían la orilla antes de retirarse perezosamente para volver y retirarse de nuevo.

Clarence no podía dejar de acariciarlo. Sus manos solo deseaban leer y grabar cada pliegue de su piel para cuando no lo tuviera junto a ella, en Pasolobino. Allí siempre hacía frío. No habría arena. Ni dos cuerpos desnudos junto al mar. Ese momento con Iniko se convertiría en uno de los recuerdos más hermosos de su vida. Al recordarlo, sonreiría y rememoraría los escalofríos de deseo que le hacían arquear la espalda para recibirlo con toda su energía. Tal vez encontrara a alguien con quien compartir el resto de su vida, consiguió pensar en un breve lapso de lucidez, pero difícilmente superaría esa extraña conexión que se había establecido entre ellos. Sin promesas. Sin reproches. Una conexión surgida de una misteriosa afinidad a pesar de la distancia cultural y geográfica. Cada vez que oyera la palabra *África*, en su mente se dibujaría el apuesto rostro y la sonrisa triste de Iniko.

Y, por su forma de apoderarse de ella, percibía que Iniko sentía lo mismo.

Siempre sabrían ambos que en algún lugar del mundo existía alguien cuyo olor había impregnado de forma embriagadora sus sentidos; un cuerpo cuyo sudor había empapado su piel sedienta; un cuerpo cuyo sabor había saciado su necesidad de placer justo entonces: en plena madurez, cuando la distancia recorrida ya era larga y la que faltaba por recorrer, incierta.

Cuando tomaron el camino de regreso al poblado, Clarence se detuvo unos minutos para observar el horizonte desde la parte superior del acantilado. El mar se mostraba ante sus ojos en todo su esplendor, y la luna llena, enmarcada por hojas de palmeras, producía miles de reflejos plateados sobre la superficie del agua.

Le parecía que llevaba en ese lugar una eternidad. Se sentía cómoda, tranquila y relajada. Sin embargo, una repentina sensación de soledad la sobrecogió. No sabía exactamente qué era, pero comenzaba a tener la inquietante sensación de que Iniko quería apoderarse de su cuerpo y de su alma. «No te olvides», parecía querer decirle. «No te olvides de estos nombres, ni de estos lugares. No te olvides de mí. Regresa a tu país y recuerda la huella que yo dejé en ti.» Bajo aquella cascada, había creído distinguir en sus ojos una expresión confusa de deseo y tenues pinceladas de resentimiento. «No te olvides de que, por unos días, yo te poseí.»

—Estás muy callada, Clarence. —Iniko interrumpió sus pensamientos—. ¿La subida te ha dejado sin aliento? ¿Es que en Pasolobino es todo llano?

—¡No me puedo creer que haya estado en este lugar! —exclamó ella con voz alegre para que no percibiese su confusión.

Iniko extendió la mano y acarició su cabello.

—A partir de ahora —murmuró—, cada vez que oiga el nombre de tu país, es posible que sienta algo diferente. Pensaré en ti, Clarence.

Clarence cerró los ojos.

—A mí me sucederá lo mismo cuando oiga hablar de este trocito de África. Lo cual, por cierto, ocurre con mucha frecuencia en mi casa. —Suspiró antes de retomar el camino de vuelta—. En fin, creo que estoy condenada a no olvidarte…

Regresaron al coche, sacaron las mochilas del maletero y entraron en el poblado de Ureka, formado por casas de techos de bambú cubiertos de hojas de palma y rodeadas de un seto verde, pero edificadas sobre altos pivotes para guarecerse de la lluvia.

Había una treintena de casas organizadas a lo largo de una avenida de tierra bordeada por árboles y troncos clavados de los cuales colgaban cráneos de mono y antílope y esqueletos de serpientes para ahuyentar a los malos espíritus. Ese lugar no había evolucionado apenas en las últimas décadas. Si Jacobo y Kilian estuviesen allí, probablemente experimentarían una regresión en el tiempo. No tenía nada que ver ni con la capital ni con la zona norte de la isla.

En uno de los extremos de la avenida se veía un edificio sin paredes. A cierta distancia, varias personas reconocieron a Iniko y saludaron con la mano.

—¿Qué es este edificio? —preguntó Clarence.

—Es la Casa del Pueblo. Es un lugar muy importante para nosotros. Se utiliza para reunirse y explicar historias y para discutir problemas de la vida cotidiana o solucionar conflictos. Todo lo que yo sé sobre mi pueblo lo he escuchado aquí. Por cierto... —hizo un gesto hacia las personas que se acercaban para saludar—, a partir de ahora tú también formarás parte de la tradición oral de todos los lugares que hemos recorrido.

—¿Ah, sí? —Clarence lo miró con curiosidad—. ¿Y cuál habrá sido mi hazaña? ¿Ser blanca?

—Los blancos no nos sorprendéis tanto como os pensáis. Pasarás a la historia por ser *la novia de Iniko*. ¡Aunque te vayas dentro de unas horas! —Sonrió maliciosamente—. Ya no hay nada que puedas hacer.

Se dio la vuelta y anduvo hacia el grupo de vecinos que caminaban en su dirección. Se saludaron efusivamente, intercambiaron varias frases, y una mujer señaló una de las casas.

—Ven, Clarence —dijo Iniko—. Dejaremos las cosas en nuestro *hotel*.

Clarence arqueó las cejas, intrigada y divertida. Al entrar en la casa, emitió un silbido de sorpresa.

El suelo de la sencilla vivienda era de tierra apisonada y apenas había enseres domésticos, pero la estancia no podía ser más romántica y acogedora. En el centro había un círculo de piedras con leña preparada para encender fuego. Cerca del rudimentario hogar había un amplio lecho de bambú levantado del suelo a modo de cama. Sobre una pequeña mesa alguien había preparado un cuenco de frutas cuyo aspecto era de lo más apetitoso.

—Dormiremos aquí —explicó Iniko mientras dejaba las mochilas en el suelo—. Ahora tenemos que aceptar la invitación del jefe. Es hora de cenar. Todos juntos.

Clarence sintió un hormigueo en el estómago. ¿Iba a conocer a los habitantes del pueblo? ¿Qué mejor ocasión para preguntar por los supuestos amigos de su padre?

Siguió a Iniko, nerviosa y expectante, hasta la Casa del Pueblo, que poco a poco se iba llenando de gente.

El jefe se llamaba Dimas. Era un hombre recio y bajo de cabello canoso ensortijado y rasgos muy marcados. Dos profundas arrugas surcaban sus mejillas encuadrando la ancha nariz y los gruesos labios. Por cómo saludó a Iniko, con el mismo afecto que la mayoría de los hombres, Clarence dedujo que Iniko era una persona muy apreciada allí.

Se sentaron en el suelo formando un amplio círculo. Clarence e Iniko ocuparon un lugar preferente cerca de Dimas. Algunos hombres lanzaron miradas curiosas a la acompañante de Iniko y varios niños se sentaron a su alrededor. Era inevitable que esa noche ella fuera el centro de atención, así que durante la copiosa cena, que consistió en pescado, plátano frito, yuca y rodajas asadas del fruto del árbol del pan, respondió a muchas preguntas sobre la vida en España. Los hombres permanecían cómodamente sentados y las mujeres entraban y salían con los cuencos de comida y bebida —sobre todo bebida— intentando esquivar a los chiquillos que revoloteaban entre la mujer blanca y las viandas. Cuando salió el inevitable tema de la nieve y del esquí, en parte por la novedad y en parte por los efectos del vino de palma que probaba por primera vez esa noche, Clarence se contagió de la risa de todos los demás.

—¿Cómo hacéis esto tan fuerte? —quiso saber. Los ojos se le habían llenado de lágrimas y la garganta le ardía.

Al lado del jefe, un hombre tan flaco que se le marcaban todos los huesos llamado Gabriel y que tendría la edad de Dimas, respondió:

—Lo hacemos a la manera tradicional. Trepamos a las palmeras ayudados de arcos de lianas y finas cuerdas. Cortamos los pedúnculos de las flores masculinas —hizo el gesto moviendo una mano horizontalmente— y recogemos el líquido con una calabaza o con una garrafa. Luego dejamos que el líquido repose varios días para que coja alcohol —extendió las manos con las palmas hacia el suelo— muy muy lentamente. Sí. Tiene que reposar para coger fuerza.

—Como los bubis —apuntó Iniko, y todos se rieron asintiendo con la cabeza.

Terminaron de comer y el jefe adoptó una actitud seria. Todos se callaron y Dimas comenzó a narrar en castellano la historia de su pueblo, que seguramente habrían escuchado cientos de veces, pensó Clarence, pero nadie mostró ningún signo de impaciencia. Al contrario, asentían con frecuencia a las palabras de Dimas con las que relató la llegada de los primeros bubis a la isla, miles de años atrás; las guerras entre las diferentes tribus para quedarse con las mejores tierras; la lista de reyes y sus hazañas; la suerte de que la ubicación de Ureka dificultase su hallazgo en tiempos de trata de esclavos; la llegada de los primeros colonizadores y los enfrentamientos con ellos; y la vida con los españoles.

La voz de Dimas adquirió un tono grave al pronunciar los nombres de los reyes:

—Mölambo, Löriíte, Löpóa, Möadyabitá, Sëpaókó, Möókata, A Löbari, Óriítyé…

Clarence cerró los ojos para escuchar la narración de la historia de la tierra bubi y su mente se desplazó a la época de la esclavitud y enfrentamientos entre bubis y españoles que tuvieron lugar antes de la total pacificación de los bubis.

—Los coloniales hicieron desaparecer la figura del rey —murmuró Iniko—, pero nosotros mantuvimos nuestro símbolo nacional. Yo conocí a Francisco Malabo Beösá. Era como nuestro padre espiritual. Fíjate, nació en 1896 y murió hace un par de años, a la edad de ciento cinco años.

—¡No me lo puedo creer! —exclamó Clarence en voz baja—. Se cargó la media nacional de esperanza de vida…

—Escucha —la interrumpió él—. Ahora viene la parte que más me gusta, la que cuenta las hazañas de Esáasi Eweera.

Dimas contó la vida del lugarteniente del rey Moka que se proclamó rey en Riaba antes de Malabo. Describió a Esáasi Eweera como un joven fuerte, valiente y decidido, que detestaba tanto al colonizador que atacaba con furia tanto a los pobladores que venían de fuera para apropiarse de las tierras cultivables como a los propios bubis que mostraran simpatías hacia los blancos. Al final, él y sus hombres fueron capturados por las fuerzas coloniales y llevados a la prisión de Black Beach junto con las esposas de aquel, que fueron maltratadas y violadas bárbaramente por los guardias coloniales y en presencia de su esposo y rey, que se declaró en huelga de hambre.

Se hizo un profundo silencio cuando Dimas narró el final de Esáasi Eweera, quien fue, según los colonizadores, convertido, bautizado y enterrado con el nombre de Pablo Sas-Ebuera, y según los bubis, asesinado por los colonizadores y enterrado en las tierras altas de Moka, sentado, según las costumbres bubis para el entierro de un rey.

Dimas terminó su repaso a la historia de los reyes y comenzó a hablar de su propia vida. Al cabo de un rato, Iniko, en tono irónico, susurró:

—Y ahora viene cuando Dimas admite lo bien que se vivía con tu gente.

En efecto, el jefe repasó con añoranza la vida en Santa Isabel durante su juventud; lo cómodo que vivía en la ciudad en una casita junto a su mujer y sus hijos; el dinero que ganaba como capataz de *batas* —o trabajadores— de una finca de cacao llamada Constancia, que le permitía tener hasta un pequeño coche, y la suerte de que sus hijos hubieran podido ir a la escuela. Clarence observó por el rabillo del ojo como Iniko mantenía la vista fija en algún punto del suelo. Era evidente que esa parte de la narración no le gustaba nada.

Dimas hizo una pausa para beber de su cuenco y Clarence aprovechó para intervenir:

—Y esa finca, Constancia... ¿Estaba cerca de Sampaka?

—Oh, sí, muy cerca. No iba mucho, pero conocía a gente que trabajaba allí. Había un médico... —Dimas entrecerró los ojos— llamado Manuel. Un hombre muy bueno. Una vez me ayudó. Más tarde yo le devolví el favor. Me pregunto qué habrá sido de su vida.

A Clarence, el corazón le dio un vuelco. ¿Un médico llamado Manuel? Por la edad de Dimas, calculó que las fechas podrían encajar. ¿Qué favor sería ese? ¿Se referiría a los envíos de dinero? ¿A ese poblado recóndito? No tenía sentido...

—¿Sabe si ese Manuel estaba casado con una tal Julia?

Dimas abrió los ojos sorprendido.

—Sí, así se llamaba su mujer. Era hija de don Emilio... —Su voz se debilitó—. ¿Es posible que los conozcas?

—Manuel murió hace poco. Yo conozco mucho a Julia... —Intentó no parecer demasiado ansiosa—. Es que estuvieron aquí con mi padre Jacobo y mi tío Kilian. —Observó el rostro del hombre, pero no percibió ninguna variación—. No sé si los recordará...

Dimas sacudió la cabeza mientras murmuraba unas palabras.

—Sus nombres me resultan familiares —respondió—, pero sus rostros se han borrado de mi mente. Es posible que los conociera, pero hace tantos años...

Clarence decidió dar un paso más. Tenía que saber si existía la remota posibilidad de que Dimas fuera uno de esos amigos de Ureka a través de quien enviaba supuestamente el dinero su padre. Pero ¿a quién? ¿Por qué?

—Y dice que Manuel le ayudó y luego usted le devolvió el favor...

Dimas se frotó el entrecejo como si quisiera frenar los recuerdos de aquella época de su vida.

—Fueron tiempos difíciles para todos, negros y blancos...

—Los blancos encarcelaron a tu hermano —intervino abruptamente Iniko, molesto por la actitud nostálgica de Dimas—. Y lo enviaron a Black Beach. Y lo torturaron.

Dimas asintió primero y movió la cabeza a ambos lados después:

—No lo mataron los blancos. Lo mató Macías. Él se encargó de liquidar a los que despuntaban económicamente y a los que se salvaron los arruinó. Como a mí, sí. Pero no es lo mismo.

—Los blancos pusieron a Macías —insistió Iniko, obstinado.

—Pero también os dieron la independencia —apuntó Clarence rápidamente, esperando otra ocasión para regresar al tema que le interesaba a ella—. ¿No era eso lo que queríais, que mi país os dejara en paz?

—A mí nadie me ha dado la independencia —repuso él en tono ofendido sin mirarla—. Yo soy bubi. Los habitantes de esta isla, los primeros, los nativos, antes de que ningún barco se tropezara por una maldita casualidad con la isla, eran los bubis. Aquí no había ni portugueses, ni ingleses, ni españoles, ni fang. Pero cuando a España le interesó y no le quedó más remedio que dar la independencia a Guinea, porque se lo exigía la ONU, lo hizo de la manera más gloriosa que se le ocurrió: entregándosela a un fang paranoico con el brillante pretexto de que seríamos una nación única. ¡Como si juntar la noche y el día fuera posible!

Deslizó la vista por los presentes y elevó la voz:

—Esta isla y la parte continental de Mbini son, bueno, eran hasta hace poco, dos mundos completamente diferentes con etnias distintas. Mis tradiciones bubis son diferentes de las tradiciones fang. —Se giró hacia Clarence y ella vio que los ojos le brillaban con fiereza—. Antes te han explicado cómo obtenemos los bubis nuestro vino de palma. Subimos al árbol y extraemos el líquido. ¿Sabes cómo lo obtienen los fang?

No esperó a la respuesta de la joven.

—Cortan la palmera… Sí, Clarence, los de tu país nos obligaron a aceptar un Estado ficticio, único e indisoluble, sabiendo que no podía funcionar y luego se quejaron de que éramos problemáticos. ¿Y qué pasó después? ¿Has escuchado a Dimas? Él, al menos, tuvo suerte de poder refugiarse en este apartado lugar…

Los hombres mayores movieron la cabeza en señal de asentimiento. Clarence apretó los labios, irritada tanto por la interrupción de Iniko como por su tono. En cuanto las conversaciones derivaban a temas políticos, su actitud hacia ella cambiaba por completo. Y lo que era peor: tal vez no tuviera otra ocasión de preguntar a Dimas sin levantar sospechas con su curiosidad.

—Iniko, tienes razón —intervino Gabriel con voz suave—, pero hablas con el corazón. Los tiempos antiguos no regresarán. Antes era el cacao, ahora es el petróleo.

—Malditas materias primas… —dijo Iniko—. ¡Ojalá esta isla fuese un desierto! Seguro que entonces nadie la querría.

Clarence frunció el ceño y tomó otro sorbo de vino. ¿Cómo podría decirle que estaba equivocado, que esas materias primas podían significar el adelanto de un pueblo? Ella aún tenía recuerdos infantiles de un Pasolobino más bien pobre. Las carreteras estaban sin asfaltar; los cortes de luz y agua eran frecuentes; los cables colgaban de las paredes; algunas casas presentaban el aspecto de estar abandonadas; y, por supuesto, la asistencia médica era escasa. Todavía recordaba la matacía de los cerdos, el ordeño de las vacas, los cepos para las tordas, las cacerías de sarrios, la limpieza de las cuadras, la recogida de hierba para el ganado, la suciedad en las calles transitadas por animales y el barro de los caminos.

Cuando ella tenía diez años —no hacía tanto tiempo—, cualquier europeo de Francia para arriba, o norteamericano que hubiera visto fotos de su pueblo, hubiera pensado que vivían en la Edad Media. En menos de cuarenta años, España había dado la vuelta hasta el extremo de que lugares tan recónditos como Pasolobino se habían convertido en pequeños paraísos turísticos. Tal vez esa minúscula parte de África también necesitara tiempo para equilibrar los extremos.

—No estoy de acuerdo, Iniko —empezó a decir—. Donde yo vivo, gracias a la explotación de la nieve, la vida ha mejorado para muchas personas...

—¡Por favor! —la interrumpió él, enfadado—. ¡No me compares! Aquí hay dinero, gobernantes corruptos y millones de personas viviendo en condiciones precarias. No creo que tú sepas qué es eso.

Clarence le lanzó una dura mirada y se esforzó por no responderle de malas maneras delante de los vecinos de Ureka. No estaba acostumbrada a que le hablasen en ese tono y a que cuestionasen de manera desdeñosa sus opiniones. Afortunadamente, los demás no parecían estar pendientes de su reacción porque un murmullo creciente confirmaba que estaban comentando las palabras dichas hasta el momento. Iniko le sostuvo la mirada, frunció el ceño y se refugió en la acción de buscar algo en la mochila que tenía al lado. Clarence bebió en silencio. El aguardiente le taladró el estómago, pero consiguió frenar las ganas de levantarse y marcharse de allí.

Pocos minutos después, Dimas levantó la mano y la asamblea calló.

—Veo que traes papeles, Iniko. ¿Hay alguna novedad?

—Sí. El Gobierno está preparando la nueva ley de propiedad de las tierras. Os he traído un borrador de solicitud para que las registréis a vuestro nombre.

—¿Para qué? —dijo un hombre albino de ojos despiertos.

Clarence lo observó con curiosidad. Le resultaba extraño que el hombre tuviese los rasgos de los otros, pero que su piel fuera completamente blanca. Una singular fusión de negro y blanco, pensó.

—El bosque no es de nadie, pero el hombre es del bosque. No necesitamos papeles para saber lo que es nuestro.

Varios hombres asintieron

—Hablas como un fang. —Iniko levantó un dedo en el aire—. Con esa teoría se van a lapidar los derechos centenarios de propiedad de muchas familias.

—Desde hace siglos se ha respetado de palabra la posesión de la tierra que ocupamos —dijo Dimas—. La palabra es sagrada.

—La palabra ya no sirve en estos tiempos, Dimas. Ahora hay que tener los papeles en regla. La nueva ley sigue acogiéndose al derecho africano que rechaza la propiedad privada del suelo y favorece el usufructo, sí, pero al menos se incluye una cláusula sobre el patrimonio familiar tradicional. Dicen que nadie podrá molestaros en las tierras que venís ocupando habitualmente para fines agrícolas o residenciales. Algo es algo. Si mi abuelo hubiera presentado planes para gestionar la finca cuando se marcharon los españoles, quizá se la hubiera podido quedar. Pero no lo hizo. Los españoles no pudieron traspasar el derecho de propiedad porque no tenían la propiedad del suelo, pero sí pudieron traspasar el derecho de la concesión para que otros pudieran continuar con la explotación. Yo lo que quiero es que vuestros hijos puedan recibir el derecho de la concesión del suelo. Para que no vengan otros y se lo quiten.

Hubo un murmullo. Clarence vio que la mayoría de los presentes asentían con la cabeza. A lo lejos se oyeron unos cánticos.

—Gracias, Iniko. Estudiaremos lo que dices y hablaremos la próxima vez que vengas. Ahora disfrutaremos del baile. Llevamos mucho rato hablando y no queremos que nuestra invitada se aburra.

Clarence agradeció que el jefe diera la reunión por concluida. El vino de palma se le estaba subiendo a la cabeza y se sentía somnolienta. El día había sido largo e intenso. Las diferentes enseñanzas de Iniko y sus cambios de actitud hacia ella la tenían un poco desorientada y molesta. Por una parte, se sentía una mujer privilegiada por haber visitado esos lugares tan maravillosos y recónditos en compañía de un hombre por quien sentía una fuerte atracción. Pero, por otra parte, lamentaba que su relación estuviera empañada por un pasado del que ella no había formado parte, y que Iniko no supiera separar a la verdadera Clarence de su nacionalidad. ¿Se comportaría igual si ella fuera australiana?, se preguntó. Quizá en ese supuesto su subconsciente no tendría ninguna razón para aflorar en forma de recriminación como le sucedía cada vez que salía a relucir la época colonial.

Iniko le dio un leve codazo y le indicó que mirase al frente. Clarence levantó la cabeza. Algo distraída y con la vista un poco borrosa, se fijó en el grupo de mujeres que interpretaban un sencillo baile. Iban vestidas con una falda de flecos de rafia y adornadas con collares de conchas y pulseras de las que colgaban amuletos en tobillos y muñecas. Llevaban el pecho al descubierto, el rostro pintado con marcas blancas y el pelo recogido en pequeñas trenzas. Algunas portaban unas campanas de madera que producían un sonido grave y monótono, similar a las voces que coreaban el canto de una de ellas. Otras golpeaban el suelo con palos y con los pies en una danza simple pero penetrante. Al cabo de un rato, Clarence se descubrió acompañando con murmullos alguna estrofa. No entendía lo que decían, pero no le importó. A pesar de la bebida y el cansancio, el mensaje le llegaba nítido, transparente, puro. Todos formaban parte de la misma comunidad, de la misma tierra, de la misma historia. Todos compartían el mismo ciclo vital desde el comienzo de los tiempos. El espectáculo ancestral reducía la distancia temporal desde el infinito hasta ese mismo momento, que ya había sucedido y que volvería a suceder.

Cuando el baile terminó, Clarence se sintió tranquila, reconfortada y relajada. A su lado, Iniko apuró los últimos sorbos de su bebida. Clarence lo observó mientras mentalmente intentaba comunicarse con él. ¿Cómo decirle que había más cosas que los unían de las que él creía? Ella sentía que tenía más en común con él —una misma lengua, una misma tradición católica, unas mismas canciones de la infancia— que con un holandés. ¿Cómo terminar con su resentimiento? ¿Cómo decirle que el rencor no era bueno, que terminaba por salpicar a quienes no tenían culpa? ¿Cómo hacerle entender que cuando ya no se podía luchar por una causa perdida, la mejor opción era lograr un equilibrio? ¿Que a veces tenían que pasar años para que las aguas turbulentas encontrasen un camino adecuado?

Iniko se estiró con lentitud haciendo alarde de su gran envergadura, extendió una mano hacia ella y, con una sonrisa cautivadora dibujada en sus fuertes labios, se inclinó buscando su mirada.

—Podría quedarme semanas aquí... ¿No te gustaría bañarte todas las mañanas en la cascada?

Ella se estremeció al recordar aquellos momentos. Por lo visto, el Iniko encantador había vuelto.

—Es muy tentador, sí, pero yo también tengo mis pequeños paraísos en Pasolobino... Además, ¿qué hay del resto de la isla, de San Carlos o Luba como lo llamáis ahora, y de su gran caldera, de la maravillosa playa de arena blanca, la playa de Aleñá, desde donde viajan los pescadores a la isla de los Loros? ¿Qué hay de Batete y su iglesia construida toda de madera? ¿No querías enseñarme todo eso? ¿Cómo puedes pedirme que renuncie a la mitad del mejor viaje turístico de mi vida?

—Te recompensaré ahora y te lo deberé si alguna vez vuelves a Bioko.

Ella le lanzó una mirada pícara.

—De acuerdo —accedió, deseando que captara el doble sentido de sus palabras—: De todas formas, no creo que nada pueda superar lo de la playa de Moraka.

—¡Espera y verás!

Clarence entrecerró los ojos mientras un escalofrío de placer le recorría la espalda.

—Me refiero a que, por supuesto, por fin recorrerás toda Sampaka. —Se percató de que ella se sonrojaba e hizo una pausa cargada de intención—. ¿Qué te pensabas? ¿Que también te pediría que renunciaras a visitar el lugar donde nos conocimos?

Se puso en pie y extendió la mano para ayudarla a levantarse.

—¿Sabes, Clarence? Hubiera sido imposible que a tu llegada a la isla hubieses conocido a otros que no fuésemos Laha o yo mismo. Los espíritus lo han querido así. Y no se puede luchar contra la voluntad de los espíritus. Deben tener alguna razón.

Recordó haberse preguntado ella misma por qué se había sentido atraída por Iniko y no por Laha. Posiblemente los espíritus también tuvieran una razón para eso.

Afuera comenzó a llover.

El comentario de Iniko le produjo una sensación extraña.

Como si parte de su sangre reconociera esa situación.

—¿Recuerdas el día que me tropecé contigo? —Aquello había sucedido apenas tres semanas antes, pero a Clarence le parecía una eternidad.

—¿Cuando te confundí con una secretaria recién llegada? —preguntó Iniko.

Clarence se rio.

—¡Sí! He de reconocer que me diste un poco de miedo.

—Espero que ya se te haya pasado.

—Hmmm. No del todo. Cuando te conocí en Sampaka, y luego en casa de tu madre, me pareciste hosco y huraño.

Él se giró hacia ella sorprendido.

—Sí —insistió ella—. Incluso me pareció que no te caía nada bien. ¿No te acuerdas? En la cena, tu madre te dijo algo en bubi y entonces cambiaste. —Iniko hizo un gesto de asentimiento—. ¿Qué te dijo?

—Un tópico. Que no te juzgase sin conocerte.

—Pues fue un consejo muy acertado. Fíjate cómo han cambiado las cosas. Si ahora reinara el rey Eweera, estarías amenazado por simpatizar con una blanca.

386

Él estalló en carcajadas antes de replicar:

—Si ahora reinara el rey Eweera, *tú* estarías amenazada por intentar apoderarte de un bubi.

Iniko detuvo el todoterreno frente a la oxidada verja con restos de pintura roja sobre la que lucía un nombre soldado —SA_PAK_— que había perdido dos letras.

—Ya que eres tan lista, has leído tanto y te gustan tanto los nombres... ¿Sabes qué significa *Sampaka*?

Clarence pensó durante unos segundos. La finca había nacido junto al poblado al que se había llamado Zaragoza...

—Me imagino que es el nombre original del poblado.

Iniko sonrió con aires de superioridad.

—Sampaka es la contracción del nombre de uno de los primeros libertos que desembarcaron en el puerto de Clarence, en la época en que la isla estaba ocupada por los ingleses. El nombre de este liberto, Samuel Parker, se transformó primero en Sam Parker y luego terminó siendo pronunciado como Sampaka.

Clarence se giró hacia él.

—Y esto, ¿cómo lo sabías?

Iniko se encogió de hombros.

—Me lo dirían de pequeño en el colegio. O lo escucharía cuando estuve trabajando de bracero. No me acuerdo. Bueno, ¿entramos?

—Una pregunta más. Tengo curiosidad por saber si sientes alguna vez añoranza de los años pasados en esta finca.

Iniko se quedó pensativo unos segundos.

—Fui feliz en mi infancia, pero cuando tuve que volver por obligación, el trabajo me resultó duro y aburrido. Tal vez sienta una mezcla de indiferencia y familiaridad...

Ella dirigió la vista hacia las majestuosas palmeras cuyos pies estaban pintados de blanco hasta una altura de casi dos metros. Cada palmera apenas distaba un metro de la siguiente. Formaban dos largas hileras paralelas, separadas por un camino de tierra, que parecían confluir en un punto lejano: permitían una entrada que luego se cerraba para apoderarse del viajero.

—El azar quiso que mi familia viniera a trabajar a Sampaka en lugar de a otras fincas como Timbabé, Bombe, Bahó, Tuplapla y Sipopo. A miles de kilómetros, estas palabras eran nombres con una fonética preciosa que evocaban imágenes de tierras lejanas en mi mente cuando era niña. Hoy que no llueve y puedo verla bien, siento como si ahora por fin fuera a entrar en el castillo encantado de mis cuentos infantiles.

—No sé qué esperas encontrar, Clarence, pero en este caso la realidad es más bien… escasa y pobre…, por decirlo de alguna manera.

—¿Ves esas palmeras? —Clarence señaló al frente—. Los hombres de mi familia replantaron algunas de ellas. Eso me enorgullece y reconforta. Mi padre y mi tío envejecen y se doblan, pero las palmeras siguen aquí, bien rectas hacia el cielo. —Sacudió la cabeza—. A ti te parecerá una tontería, pero para mí significa mucho. Un día todos desaparecerán y no habrá quien les cuente a las siguientes generaciones historias de palmeras en la nieve.

Visualizó el árbol genealógico de su casa y experimentó el mismo profundo estremecimiento que sintió el día que encontró la misteriosa nota entre las cartas y decidió llamar a Julia.

—Yo lo haré. Algún día les contaré todo lo que sé.

«¿Y les contarás también lo que sospechas, pero aún te falta por saber?», pensó de manera fugaz, mientras tomaba consciencia de lo rápido que había pasado el paréntesis temporal en el que se había permitido olvidar a su presunto hermano.

Iniko puso el coche en marcha y entraron en la finca, que ese día sí estaba llena de vida: hombres vestidos con pantalones de chándal y camisetas empujando carretillas, camionetas levantando polvo, un tractor transportando leña, una mujer con un cesto en la cabeza, algún que otro bidón abandonado. Luego, el patio. A la derecha, dos naves o almacenes blancos con techos rojos. A la izquierda, una nave levantada sobre un porche de columnas blancas. La edificación principal. El pequeño edificio de los archivos. Montones de leña cortada aquí y allá. Hombres con el torso desnudo desplazándose lentamente de un lugar a otro. Clarence volvió a sentir una profunda emoción, si bien el factor sorpresa del primer día había desaparecido.

Aparcaron bajo el porche junto a varios *jeeps* e Iniko la guio hasta los cacaotales más cercanos. Clarence vio a unos hombres que picaban cacao con un palo largo, en cuyo extremo había un metal afilado en forma de gancho plano para separar las piñas maduras de las verdes y hacerlas caer del árbol sin tocar las otras.

—¡Mira, Iniko! Mi tío se trajo dos cosas de Fernando Poo: ese gancho y un machete que aún emplea para podar y partir la leña más delgada.

Los árboles del cacao le parecieron más bajos de como se los había imaginado. Unos hombres caminaban con un cesto a sus espaldas, cogían las piñas anaranjadas del suelo con los machetes y las introducían en el cesto. Llevaban botas altas de goma. Había mucha maleza por todas partes. Otros hombres portaban las piñas en carretillas y las amontonaban en una pila alrededor de la cual había seis o siete hombres partiéndolas. En una mano sujetaban una y la abrían hábilmente con dos o tres golpecitos del machete con el que también extraían las pepitas del interior. Casi todos eran hombres muy jóvenes. Sus ropas estaban sucias. Seguramente pasaban muchas horas así, abriendo piñas con el machete y conversando.

A Clarence le brillaban los ojos. Jacobo y Kilian le hablaban desde la distancia: «Cuando había que secar el cacao en los secaderos, ya fueran las cuatro o las cinco de la mañana, yo no me lo perdí ni una vez en todos los años que estuve allí».

Les contaría a su padre y a su tío que se seguía produciendo cacao, y de la misma manera que ellos recordaban. Los secaderos de cacao, aunque viejos y descuidados, estaban intactos. El tiempo parecía no haber pasado en ese lugar: la misma maquinaria, la misma estructura soportando los tejados, los mismos hornos de leña. Todo funcionaba de la misma manera y con las mismas técnicas que a mediados del siglo xx. No había quinientos trabajadores, ni el orden y la limpieza de la que tanto alardeaban Kilian y Jacobo, pero funcionaba. Había sido real y quería seguir siéndolo.

Ni ellos ni otros como ellos estaban ya allí, pero el cacao sí.

Iniko se sorprendía ante su interés por algo que para él no era sino un trabajo pesado. Recorrió todos y cada uno de los rincones del patio principal y de los terrenos cercanos explicándole con detalle todas las actividades. Después de varias horas, cruzaron un pequeño puente sin protección y cogieron el camino de regreso hacia el vehículo. Llegaron a los porches de columnas blancas, sacaron las mochilas del maletero del coche y se sentaron en las escaleras de la antigua casa de los empleados. Clarence estaba exhausta y sudorosa, pero feliz.

Un hombre de unos sesenta y tantos años se acercó a unos pasos de ellos. Iniko lo reconoció, fue hasta él y conversaron un rato. El hombre, que a ella le resultó familiar, no dejaba de mirarla. Entonces cayó en la cuenta. Era el loco que la había perseguido haciendo aspavientos el primer día en Sampaka. Se extrañó de verlo tan calmado y de que Iniko charlara con él tanto rato. Sintió curiosidad y prestó atención a lo que decían, aunque no entendió nada porque hablaban en bubi.

De pronto, su curiosidad aumentó porque creyó escuchar las palabras Clarence, Pasolobino... y ¡Kilian!

—¡Clarence! —exclamó Iniko haciendo señas para que se levantara y se acercara a ellos—. ¡No te lo vas a creer!

Su corazón comenzó a latir con fuerza.

—Te presento a Simón. Es el hombre más viejo de la finca. Lleva aquí más de cincuenta años. Ya no puede trabajar, pero le permiten entrar y salir de la finca a su antojo, recoger leña y dar órdenes a los jóvenes inexpertos.

Simón la miraba con una mezcla de asombro e incredulidad. Su cara era extraña. Tenía unas finas incisiones cicatrizadas en la frente y en las mejillas. Debía ser de los pocos escarificados que quedaban, porque era el primero que ella veía e impresionaba un poco. Al lado de Iniko, esta vez no tuvo miedo.

El hombre se decidió a hablarle directamente, pero lo hizo en bubi. Iniko se agachó para susurrarle algo al oído:

—Sabe español desde niño, pero un día decidió no hablarlo más y nunca ha roto su promesa. No te preocupes, yo te iré traduciendo.

«Otra persona de firmes promesas», pensó ella, recordando la negativa de Bisila a regresar a Sampaka.

Iniko se situó a un lado de Simón y comenzó a traducir las primeras frases del hombre, que hablaba con el tono fuerte de la pronunciación africana.

—Te ha observado todo el tiempo —dijo Iniko—. Le recuerdas mucho a alguien que conoció bien. Ahora ya no tiene dudas. Eres familia de Kilian... ¿Tal vez su hija?

—No soy su hija. —Al ver la desilusión en su cara, Clarence se apresuró a explicar—: Soy su sobrina, hija de su hermano Jacobo. Dígame, ¿los conocía mucho? ¿Qué recuerda de ellos?

—Dice que durante años fue *boy* de *massa* Kilian. Era un buen hombre. Se portaba muy bien con él. También conoció a *massa* Jacobo, pero con él no conversó mucho. Quiere saber si sigue nevando tanto en Pasolobino —tu tío siempre hablaba de la nieve—, y si viven aún y cuántos años tienen ahora y si se casó también *massa* Kilian.

—Viven los dos. —A Clarence comenzó a temblarle la voz de emoción—. Tienen más de setenta años y están bien de salud. Nuestra familia sigue viviendo en Pasolobino. Los dos se casaron y tuvieron una hija cada uno. Yo me llamo Clarence. La hija de Kilian se llama Daniela.

El nombre de Daniela le sorprendió. Permaneció callado unos instantes.

—Daniela... —murmuró, pensativo, al cabo de unos segundos.

Miró a Iniko. Miró a Clarence. Además de las incisiones, tenía la cara surcada de arrugas. Aun así se podía apreciar claramente que tenía el ceño fruncido. Volvió a mirar a Iniko y le preguntó algo.

—Quiere saber cómo nos conocimos. —Iniko se rio, apoyó una mano en el hombro de Simón y respondió a su pregunta afectuosamente—. Le he dicho que nos tropezamos aquí hace unos días, y que luego nos hemos juntado con Laha varias veces en la ciudad.

Simón emitió un pequeño gruñido y clavó su mirada en Clarence mientras le soltaba más preguntas.

—Sí, Simón, también conoce a Laha —dijo Iniko—. Sí. Ha sido una casualidad.

—¿Por qué dice eso? —quiso saber ella. Había algo en su expresión que parecía ocultar cierto desconcierto. Se giró hacia Iniko—. Yo pensaba que no creíais en la casualidad, que todo era obra de los espíritus.

Simón intervino rápidamente. Iniko retomó su papel de intérprete. Las palabras de Simón tenían sentido, pero su tono evidenciaba que estaba desviando la conversación por otro camino. A Clarence la situación le resultó irritante. ¿No sería todo más fácil si el hombre hiciese el favor de hablar en su idioma?

—Dice Simón que era muy amigo de mi abuelo. Y los dos eran amigos de tu tío y de tu abuelo.

—Entonces, ¿también conoció a mi abuelo? —preguntó Clarence. El corazón le dio un vuelco al recordar las flores en su tumba.

Simón respondió y señaló a Iniko con el dedo.

—Dice que sí, pero que su imagen se ha borrado de su mente porque falleció hace muchos años. Simón era muy joven entonces y solo llevaba trabajando dos años para *massa* Kilian. Por lo visto, quien lo conocía bien era mi abuelo.

—¿Tu abuelo? —preguntó Clarence. Era difícil que estuviera vivo, pero... ¡El último rey bubi había muerto a los ciento cinco años!—. ¿Y él...?

—Mi abuelo murió hace bastantes años —se adelantó Iniko, intuyendo lo que ella estaba pensando.

—¿Y cómo se llamaba tu abuelo?

— Ösé. Para ti, José. Se pasó toda la vida aquí, en Sampaka, bueno, entre la finca y su poblado natal, que ya no existe. Se llamaba Bissappoo. En 1975, Macías ordenó quemarlo porque, según él, todo el pueblo se había dedicado a la subversión.

—Bissappoo… —repitió ella en voz baja.

—Un nombre precioso, ¿no te parece? —preguntó Iniko.

—Muy bonito, sí, como todos los de aquí —admitió ella, pero no era solo eso lo que la tenía intrigada—: Entonces, José era el padre de Bisila…

—Sí, claro. No conocí a mis abuelos paternos.

De pronto, algo más la unía a Iniko. Su abuelo y el suyo habían sido amigos, si es que eso había sido posible en una época de tan clara separación entre blancos y negros.

—La de cosas que nos podrían contar si estuvieran vivos, ¿verdad? —Iniko pensaba lo mismo que ella—. Si Simón dice que eran amigos, es que eran amigos. Simón siempre dice la verdad.

Entonces, ¿por qué la miraba con la expresión de alguien que sabía algo que no iba a decir?

—¿Te vas a quedar mucho tiempo en Bioko? —preguntó Simón a través de la voz de Iniko.

—Tengo que regresar pasado mañana. —Clarence se dio cuenta entonces de que su tiempo allí se acababa y le entró una enorme tristeza.

—Simón dice que saludes a *massa* Kilian de su parte. Y que le digas que la vida no le ha tratado mal después de todo. Él se alegrará de saberlo.

—Lo haré, Simón, lo haré.

Simón asintió y, como si se hubiera olvidado de algo, soltó un comentario atropellado.

—Y que saludes también a tu padre —tradujo Iniko.

—Gracias.

Simón estrechó la mano de Iniko, le dijo algo más en bubi, se giró y se marchó.

—¿Y qué te ha dicho ahora? —preguntó Clarence.

—Que te ha reconocido por los ojos. Que tienes los mismos ojos que los hombres de tu familia. No son ojos corrientes. De lejos parecen verdes, pero si te acercas más son grises. —Acercó tanto la cara que ella pudo sentir su aliento—. Creo que tiene razón. ¡No me había fijado!

Iniko la cogió de la mano y comenzaron a caminar en dirección al porche, donde estaba aparcado el todoterreno.

—¡Ah! Y me ha pedido que te diga una cosa, un poco extraña, por cierto…

Clarence se detuvo y lo miró, impaciente.

—Me ha pedido que te diga que si los ojos no te dan la respuesta, que busques un *elëbó*.

—¿Y eso qué es?

—Una campana bubi que se emplea en rituales y danzas, como la que viste en Ureka, ¿te acuerdas? Es rectangular, de madera, y tiene varios badajos.

—Sí. ¿Y por qué ha dicho eso? ¿Qué significa?

—No tengo ni idea. Pero ha dicho que tal vez un día lo comprenderías. Así es Simón. Dice algo, y si lo entiendes, bien, y si no, también.

Clarence se detuvo y se dio la vuelta. Distinguió la figura de Simón a unos metros, observándola.

—Espera un momento, Iniko.

Caminó hasta Simón. Lo miró directamente a los ojos y le dijo:

—Por favor, solo haga un gesto con la cabeza. Tengo que saber una cosa. ¿Bisila y mi padre se conocían?

Simón apretó los labios y las comisuras se curvaron hacia abajo en un gesto de obstinación.

—Solo sí o no —suplicó ella—. ¿Se conocían Jacobo y Bisila?

El hombre soltó un gruñido y con un golpe seco movió la barbilla hacia el pecho. Clarence tomó aire. ¿Eso había sido un *sí*?

—¿Mucho? —murmuró—. ¿Eran amigos? Tal vez...

Simón levantó una mano en el aire para hacerla callar. Dijo unas palabras en tono agrio y se marchó.

Clarence se mordió el labio. El corazón le latía con fuerza. Jacobo y Bisila se conocían...

Sintió que una mano entrelazaba la suya.

—¿Nos vamos? —preguntó Iniko.

Retomaron la marcha y, al cabo de unos segundos, Clarence se detuvo de nuevo.

—Iniko… ¿Por qué crees que tu madre no ha querido volver nunca más a Sampaka?

Iniko se encogió de hombros.

—Me imagino que todo el mundo tiene recuerdos que no desea avivar —respondió—. Como dijo Dimas, aquellos fueron tiempos muy difíciles.

Clarence asintió pensativa. Su mente era un hervidero de suposiciones y conclusiones atropelladas. Se empezaba a imaginar una historia confusa e imposible a partir de fichas que solo encajaban parcialmente. ¡Tendría que releer todas las cartas que había por casa!

Le entró una repentina urgencia por volver a Pasolobino y acribillar a su padre a preguntas, pero en cuanto entraron en Malabo, al atardecer, ese sentimiento se transformó en desazón.

Hubiese dado cualquier cosa por regresar a la playa de Moraka y a la casita de Ureka. Más que eso: le iba a costar tiempo volver a centrarse en su vida diaria.

—¿Quieres quedarte en el hotel esta noche conmigo? —le preguntó a Iniko. No quería estar sola.

No… No era eso exactamente.

No quería estar *sin* él.

XI

EL REGRESO DE CLARENCE

—¿P or qué me miras tan fijamente? —Laha entornó los ojos mientras tomaba un sorbo de su cerveza y se pasaba la lengua por los labios—. ¿Acaso no quieres olvidarte de mi cara?

Clarence bajó la vista, un poco avergonzada, y él le dio una palmadita en el brazo.

—Te prometo que buscaré alguna excusa para que la empresa me envíe a Madrid. ¿Cuánto hay de Madrid a Pasolobino? —Miró el reloj—. Iniko está tardando mucho. ¿Dónde habrá ido?

—A Baney —respondió ella con voz apagada—. A recoger a Bisila. No se sentía muy habladora esa noche.

—¡Ah! —Laha se rio—. ¡Ya sabes tú más que yo!

Estaban sentados en una terraza junto al puerto viejo de Malabo. Hacía una noche espléndida, la más hermosa de todas en esas semanas.

Como si los cielos se hubieran esmerado en ofrecerle una despedida que no pudiera olvidar, pensó Clarence.

Miró a Tomás. También a él lo echaría de menos. Rihéka, Köpé y Börihí se habían ido hacia un rato y Melania no había acudido a la sencilla fiesta de despedida que le habían preparado, y eso que ya había regresado de Luba. Nadie hizo ningún comentario sobre la ausencia de la muchacha, una ausencia que ella agradeció porque no hubiera podido mirarla a los ojos después del viaje con Iniko, y no tanto por arrepentimiento como por los celos de saber que sería Melania quien disfrutaría de él en cuanto ella desapareciera de la isla.

—Lo siento mucho, pero me tengo que ir ya —dijo Tomás, levantándose para acercarse a Clarence—. Si alguna vez vuelves, ya sabes…

Carraspeó para apartar la emoción que sentía y se limpió las gafas con un extremo de su camiseta.

—… Me llamas y te llevaré adonde quieras.

—¿También al cementerio? —bromeó ella.

—También. ¡Pero te esperaré en la puerta!

Los dos sonrieron. Tomás cogió una mano de Clarence, la estrechó entre las suyas y se la llevó al corazón al modo bubi.

Clarence permaneció de pie hasta que desapareció de su vista. Tenía que hacer verdaderos esfuerzos para no romper a llorar. Se sentó y tomó un largo trago de su bebida.

—Odio las despedidas —dijo.

—Bueno, las despedidas de ahora ya no son como las de antes —comentó Laha con la clara intención de animarla—. Internet ha terminado con muchas lágrimas.

—No es lo mismo —alegó ella, pensando más bien en Iniko. Laha estaba acostumbrado a viajar por el mundo y a disfrutar de las ventajas de la tecnología, pero su hermano no. Dudaba mucho de que lo volviera a ver, a no ser que ella regresara a Bioko.

—Menos es nada —rebatió él, echando hacia atrás un largo mechón rebelde de su cabello rizado.

Clarence lo miró con cierta envidia. Laha derrochaba un optimismo contagioso. ¡Ojalá pudiera pasar más días con él! Bueno…, con él y su familia. No sabía cómo explicarlo, pero tenía la sensación de que había estado muy cerca de descubrir algo. Apenas había tenido tiempo para pensar con serenidad en las palabras de Simón y en el detalle de que Laha, como muchos otros, también se llamase Fernando. Ni la impetuosidad de Iniko, ni sus frustrados avances en la investigación, ni siquiera su rechazo hacia el hijo de Mamá Sade, le habían hecho olvidar el motivo inicial de su viaje. ¿Y si esa fuese la última ocasión para preguntarle a Laha en persona por su infancia…? Decidió contarle su encuentro con Simón, omitiendo el descubrimiento de que Bisila había conocido a su padre.

—¿Simón? —se extrañó él—. Me suena su nombre de oídas, pero yo no lo conozco. La verdad es que yo sé bien poco de Sampaka. De niño me llevaba mi abuelo y de mayor habré estado un par de veces con Iniko. Ya te dije que mis primeros recuerdos eran del colegio, aquí, en la ciudad.

—Pensé que como habías nacido allí…

—No. Yo nací en Bissappoo. Mi madre había subido a pasar unos días con su familia en el poblado y a mí me entraron ganas de llegar al mundo antes de tiempo.

Clarence se quedó de piedra. Había dado por sentado que ambos hermanos habían nacido en Sampaka.

—Vaya…

Laha entornó los ojos.

—Parece como si te desilusionara…

—No. Lo que pasa es que he conocido más cosas de este lugar de las que nunca pude imaginar, pero me hubiera gustado saber más de la vida en Sampaka en la época en que mi padre vivió allí. Por lo visto, el único que se acuerda de mi familia es Simón. Y a tu madre —añadió con un punto de reproche— no le gusta recordar su vida allí.

—No sé por qué no le gusta hablar de Sampaka, Clarence, pero estoy seguro de que si se acordara de tu padre te lo hubiera dicho.

Clarence sacudió la cabeza. Había visto demasiadas películas. Probablemente había establecido una relación infundada entre su familia y Bisila. Y, en cualquier caso, si hubiera algo de verdad en todo ello, la única forma de seguir adelante sería, además de torturar a preguntas a su padre, que se cumpliera la propuesta de Laha de visitarla en España. En Bioko ella ya no podía hacer más.

—¿Una última 33? —sugirió Laha, poniéndose en pie.

—Sí, por favor.

«Lo malo de las despedidas es que antes de irte ya empiezas a echar de menos cosas tan nimias como una cerveza», pensó.

En ese momento, llegó Iniko y se sentó a su lado. Llevaba una bolsa de plástico en la mano.

—Perdona que llegue tan tarde —dijo, con un guiño—. No había forma de salir de aquella casa. Toma. Mi madre me ha dicho que te diera esto.

Clarence abrió la bolsa y sacó un sombrero esférico de tela y corcho.

—¿Un salacot? —preguntó, observando el objeto con extrañeza. Parecía desgastado y tenía un desgarro en una parte del aro rígido.

—Ha dicho que te gustaría porque una vez perteneció a alguien como tú. —Levantó las palmas hacia ella—. No me preguntes, porque yo tampoco lo entiendo. Bueno, y también me ha repetido varias veces que lleves sus mejores deseos allá donde vas de su parte, que alguien los aceptará.

—¿Es una fórmula de despedida bubi o algo así?

—No estoy seguro. Muchas veces mi madre es un misterio hasta para mí.

Clarence guardó el salacot. Al poco tiempo, llegó Laha con dos cervezas.

—¿Tú no quieres? —preguntó Clarence.

—Me voy ya. Mañana tengo que madrugar mucho. —Ella percibió la mentira en su voz y agradeció su comprensión. Laha tenía claro que, esa última noche, a Iniko y Clarence les sobraban todos los demás.

Clarence se levantó para darle un fuerte abrazo y de nuevo se le llenaron los ojos de lágrimas, por culpa de las cuales la última imagen que tuvo de Fernando Laha, caminando por el ancho y desvencijado paseo marítimo de Malabo, junto al puerto viejo donde décadas atrás los sacos de cacao de Sampaka partían rumbo al resto del mundo, fue borrosa.

El avión aterrizó en Madrid a la hora prevista. Un taxi la llevó a la estación de tren. Tres horas más tarde, Clarence llegó a Zaragoza, aturdida por el rápido cambio de escenarios, que en pocos meses aún sería mucho más drástico con la puesta en marcha del primer tren de alta velocidad entre ambas ciudades. Había dejado el coche en el garaje del apartamento que tenía alquilado en la ciudad. Estaba cansada, pero en un par de horas largas podía llegar a su pueblo. Rechazó la idea. Necesitaba más tiempo de transición. La cama que había compartido con Iniko en el hotel de Malabo la noche anterior se convertiría en su cama de Pasolobino en un solo día. No podía ajustarse tan rápidamente a semejante cambio. No podía pasar en unas horas de los brazos de Iniko y de la exuberante frondosidad de la isla a las abruptas montañas de su valle. Por un instante, envidió los largos viajes en barco de principios y mediados del siglo anterior. Los largos días sobre el mar tenían por fuerza que permitir que el alma se recompusiera. Era posible ir olvidándose de lo vivido y prepararse para la siguiente etapa del viaje de la vida.

Decidió pasar la noche en Zaragoza. Necesitaba estar sola, aunque solo fuera por unas horas. Tal vez por la mañana viera las cosas de otra manera.

Tumbada en la cama de su apartamento, con los ojos cerrados, agotada por el viaje y con la piel libre ya de la pegajosidad que le había acompañado las últimas semanas, no podía conciliar el sueño. Iniko insistía en existir a su lado, sobre ella, debajo de ella.

¿Por qué se había sentido atraída por él y no por Laha? ¿No hubiera sido más fácil una relación con alguien cuya vida era más parecida a la suya? Además, objetivamente, Laha era más atractivo que su hermano, y más joven. Su conversación era inteligente y educada. Estaba acostumbrado a viajar y a tratar con gente diferente...

Pero no, ¡tenía que fijarse en Iniko! Esbozó una sonrisa irónica. Igual los espíritus que impregnaban cada centímetro de la isla habían tenido algo que ver. O igual todo era más sencillo y la casualidad simplemente se había encargado de emparejar a dos almas gemelas. Había un punto de absoluta convergencia entre Iniko y ella: él jamás viviría en otro sitio que no fuera Bioko, y ella nunca podría vivir lejos de Pasolobino, por más que le garantizasen la misma intensidad de los últimos días para el resto de su vida. Los ojos se le llenaron de lágrimas. Ser consciente de esa verdad le producía una honda tristeza, porque las cadenas que los ataban a sus respectivos mundos, libremente aceptadas, no podían ser rotas ni por el amor ni por la pasión.

Quizá si Iniko y ella hubieran sido más jóvenes, el momento de su despedida en el aeropuerto, fundidos en un silencioso y profundo abrazo, habría estado adornado de gran dramatismo. O quizá, si ambos hubieran sido obligados a separarse por circunstancias ajenas a ellos, la amargura les acompañaría el resto de sus vidas. Sin embargo, un amor razonado, una pasión consentida y una separación aceptada habían forjado otro tipo de drama muy diferente, el de la resignación, más cruel si cabe, pensó, mientras enjugaba sus lágrimas con un pañuelo, porque consigue que pases por la vida permitiendo que nada te afecte demasiado, evitando que nada se vuelva tan doloroso como para no poder resistirlo, y soportando con conformidad las situaciones adversas.

¡Cómo añoraría a ese hombre...! Iniko poseía la fuerza de las olas de la playa de Riaba, la majestuosidad y el ímpetu de las lenguas de espuma de los saltos de Ilachi, que caían cientos de metros por las paredes verticales del bosque de Moka, el brío de la cascada de Ureka, y el ardor de una tormenta tropical sobre los penachos de las palmeras. Echaría de menos esas cualidades, sí. Pero, sobre todo, lamentaría la ausencia de la inquebrantable solidez de ese guardián de la isla, fiel heredero bubi del gran sacerdote, *abba mööte,* a cuyos pies ella había depositado una pequeña ofrenda a cambio de un gran deseo.

Ella todavía era muy joven. A buen seguro, a lo largo de su vida germinarían muchas semillas, con o sin ayuda de la intervención de los dioses. ¿Pero sería lo suficientemente valiente a la hora de recoger los frutos o permitiría que se estropeara la cosecha?

Todos estos pensamientos recurrentes la acompañaron hasta que, al día siguiente, aparcó el coche en el patio exterior de Casa Rabaltué.

La primera que salió a recibirla fue su prima. La abrazó muy fuerte y le preguntó:

—¿Qué, Clarence? ¿Ha sido todo como te esperabas? ¿Tenían razón nuestros padres?

—Pues aunque te parezca increíble, Daniela —respondió Clarence—, había mucha vida más allá de Sampaka y de las fiestas de Santa Isabel...

Cuando entró en casa, tanto la agradable sensación de familiaridad como la inquietante certidumbre de que sus dudas sobre la posible existencia de su hermano ya solo podrían ser resueltas en Pasolobino entraron en conflicto con el pequeño atisbo de indiferencia y rechazo que la recién aparecida nostalgia por Bioko intentaba anidar en su corazón.

—¡A saber qué habrás comido todas estas semanas! —Carmen no hacía más que rellenar el plato de su hija.

—¿Has comido tortuga? —quiso saber Daniela—. ¿Y serpiente?

—Pues la carne de serpiente —se adelantó a contestar Jacobo— era bien sabrosa y tierna. Y la sopa de tortuga, un manjar. ¿Verdad, Kilian?

—Casi tanto como el guiso de mono —respondió Kilian, con un leve matiz de burla en el tono.

—¡Clarence! —Daniela abrió sus enormes ojos marrones—. No me creo que aún coman esas cosas y que tú las hayas probado.

—He comido sobre todo pescado, muy bueno, por cierto. Y me encantó la *pepe-sup*.

Jacobo y Kilian se rieron.

—¡Veo que os acordáis de la sopa de pescado picante! —Ellos asintieron—. En fin, y mucha fruta, papaya, piña, banana...

—¡Ah, el plátano frito de Guinea! —exclamó Jacobo—. ¡Eso sí que era delicioso! En Sampaka teníamos un cocinero camerunés que preparaba los mejores plátanos...

Clarence dudó de que pudiera narrar su viaje de manera ordenada. Aquella noche, todos estaban contentos y expectantes. Por fin, Kilian adoptó un tono serio para preguntarle cómo había encontrado todo aquello y ella pudo hablar unos minutos sin que nadie interviniera o comentase algo. Les contó las anécdotas más generales y amenas, los lugares de interés turístico que había visitado y resumió aspectos curiosos de lo que había aprendido de la cultura bubi. El maravilloso recorrido por la parte este de la isla quedó reducido a los nombres de los poblados que había visitado en compañía —mintió— de un par de profesores de la Universidad de Malabo que la ayudaron en su labor de campo.

De manera deliberada, reservó para el final sus visitas a Sampaka. Describió cómo estaba la finca y cómo se seguía produciendo el cacao. De repente, se dio cuenta de que había mucho silencio a su alrededor. Daniela y Carmen la escuchaban atentamente. Jacobo jugueteaba con un trozo de pan carraspeando continuamente, como si tuviera algo en la garganta. Y Kilian mantenía la vista fija en el plato.

Clarence comprendió que su relato ya los había transportado a otro lugar y entonces decidió contarles lo que para ella era uno de los puntos estelares de su narración:

—¿Sabéis lo que más me llamó la atención de toda mi estancia en Bioko? Todavía hay alguien que coloca flores sobre la tumba del abuelo Antón.

Carmen y Daniela emitieron un sonido de sorpresa.

Jacobo se quedó paralizado.

Kilian levantó la vista y la clavó en los ojos de su sobrina para asegurarse de que no mentía. Ella se dirigió a los hombres:

—¿Tenéis alguna idea de quién podría ser?

Ambos negaron con la cabeza, pero tenían el ceño fruncido.

—Pensé que tal vez Simón... —Sacudió la cabeza—. Pero creo que no, no es él.

—¿Quién es Simón? —preguntó su madre.

—Tío Kilian, en Sampaka conocí a un hombre ya mayor que dijo haber sido tu *boy* durante los años que pasaste allí.

Le pareció que a Kilian se le empañaban los ojos.

—Simón... —susurró.

—¡No me digas que no es una casualidad! —exclamó Jacobo, con voz forzadamente jovial—. ¡Simón sigue vivo y sigue en Sampaka! Pero ¿cómo diste con él?

—En realidad, fue él quien me reconoció a mí —explicó ella—. Dijo que me parecía muchísimo a vosotros.

Se acordó de que a Mamá Sade también su rostro le había resultado familiar, pero no dijo nada. «Todavía no —pensó—. Más adelante.»

—Bueno, y nos presentó un hombre que lo conocía de haber trabajado en la finca. Se llamaba..., se llama Iniko. —Su nombre le salió con un hilo de voz. Ya se había convertido en un personaje de su relato. Ya no era de carne y hueso.

Jacobo y Kilian intercambiaron una rápida y significativa mirada.

—Iniko... ¡Vaya nombre más extraño! —comentó Daniela—. Muy bonito, me gusta, pero es extraño.

—El nombre es nigeriano —aclaró Clarence—. Su padre trabajó en Sampaka en la época en que vosotros estuvisteis. Se llamaba Mosi.

Kilian apoyó el codo sobre la mesa y se sujetó la cabeza con una de sus enormes manos como si de repente le pesase mucho. Jacobo cruzó ambas manos a la altura de su cara para ocultar el gesto de sorpresa que su boca empezaba a trazar. Ambos estaban muy tensos.

—¿No os suena? —preguntó Clarence.

—¡En la finca había más de quinientos trabajadores! —bramó su padre—. ¡No pretenderás que nos acordemos de todos ellos!

Ella se quedó muda ante su desmedida reacción, pero se repuso enseguida.

—Ya sé que erais muchos —se defendió en voz alta, irritada por la respuesta de su padre—. Pero ¿a que os acordáis de Gregorio, de Marcial, de Mateo, de Santiago...? ¡Supongo que de ellos sí!

—¡Vigila ese tono, hija! —Jacobo sacudió un dedo en el aire—. Pues claro que nos acordamos de ellos, eran empleados como nosotros.

Se detuvo e hizo un gesto de extrañeza.

—Por cierto, ¿cómo has conseguido sus nombres?

—Pude ver los archivos de la finca. Encontré vuestras fichas y la del abuelo. Ahí están todavía, con los historiales médicos. Por cierto, papá..., no sabía que habías estado varias semanas ingresado. Tuvo que ser algo grave, pero no ponía qué.

Carmen se giró hacia su marido.

—No sabía yo eso, Jacobo. ¿Por qué no me lo habías contado?

—¡Por favor! ¡Ni yo mismo me acordaba! —Cogió la botella de vino para servirse y la mano le tembló. Miró a Kilian con la esperanza de que interviniera.

—Sería aquella vez que te dio un fuerte ataque de malaria, cuando la fiebre no te bajaba con nada y nos tuviste preocupados. —Kilian sonrió a Clarence—. Cada dos por tres caía alguno. Me sorprende que guardaran constancia de algo tan frecuente.

Clarence miró a las otras mujeres. ¿Solo ella había percibido que mentían? Por lo visto, sí. Carmen, satisfecha con la explicación, se levantó para servir el postre. Y Daniela aprovechó para cambiar de tema.

—¿Dónde están los regalos que nos has traído? —preguntó con voz cantarina—. Porque nos has traído regalos, ¿verdad?

—Eh, ¡claro que sí! —Clarence no se resignaba a dar por finalizado su primer ataque, y eso que le quedaba la parte más difícil.

—Una cosa más antes de ir a buscarlos… —Titubeó unos instantes—. Simón no fue el único que me reconoció.

Kilian bajó la barbilla y arqueó una ceja.

—En un restaurante se me acercó una mujer que iba acompañada de su hijo… —Se detuvo antes de pronunciar la palabra *mulato*—. Estaba convencida de que le recordaba mucho a alguien de su juventud. Todo el mundo la llama Mamá Sade…

—Sade… —repitió Daniela—. ¿Todos los nombres en Guinea son así de bonitos? Parece el nombre de una hermosa princesa…

—Pues de eso no le queda nada. —Clarence hizo un gesto de desagrado—. Era, bueno, *es* una mujer vieja y desdentada con aspecto de bruja.

Centró de nuevo la atención en los hombres, que la miraban impertérritos. Pasaron varios segundos. Nada. No movieron ni una ceja, con lo cual su curiosidad aumentó. ¿No hubiese sido más lógico un gesto de extrañeza o una rápida negación?

—Supuse que me había confundido con otra persona, pero lo cierto es que ella insistió en saber el nombre de mi padre.

Kilian se aclaró la garganta.

—¿Y se lo dijiste?

—Eh, no. Le dije que había muerto.

—Vaya, muchas gracias —comentó Jacobo en un tono forzadamente jocoso que hizo sonreír a Carmen y Daniela—. ¿Y por qué hiciste eso?

—Pues porque no me gustó nada esa mujer. Me contaron que había sido prostituta en la época colonial y que le había ido tan bien que se había convertido en una empresaria de éxito en ese negocio. Y que… —tosió—, que se había enamorado de un blanco del que se quedó embarazada y… —volvió a toser— él la abandonó. Por eso no quiso tener más hijos.

—¡Menudo sinvergüenza! —Carmen frunció los labios—. Aunque claro, si dices que era prostituta... Me puedo imaginar el tipo de hombres con los que se juntaría...

Clarence apuró su vaso de vino.

—Mamá, supongo que muchos de sus clientes serían los empleados blancos de las fincas... Podrían ser... —Se detuvo al ver la mirada amenazante de su padre.

—Ya vale, Clarence. Es suficiente.

Carmen dio por concluido el tema:

—¿Y esos regalos, hija?

Clarence se levantó. De camino a su habitación maldijo por lo bajo su mala suerte. No había forma de avanzar lo más mínimo. Hubiera jurado que ni Jacobo ni Kilian decían toda la verdad. Ni Carmen ni Daniela habían mostrado signos de extrañeza, pero ella tenía claro que ocultaban algo. ¿Cómo iba a descubrir nada si nadie le daba respuestas?

De acuerdo, el nombre de Sade no significaba nada para ellos. A ver qué pasaba con el de Bisila. Seguro que tampoco se acordaban de ella, igual que ella no se acordaba de ellos. ¡Qué mala memoria parecía tener todo el mundo de repente! Cogió varias bolsas de su habitación y regresó con paso decidido al comedor.

Después de que todos abrieran los paquetes y comentaran sobre los animales tallados en madera, los bastones de caoba, las figuritas de ébano, los amuletos de marfil, los collares de conchas y piedras, las pulseras de cuero, y el precioso y colorido traje de fiesta que había elegido para Daniela, Clarence abrió la bolsa que le había entregado Iniko de parte de Bisila y extrajo el salacot.

—¡Por cierto! ¡Un último regalo! —anunció, poniéndose el sombrero de tela y corcho en la cabeza—. La madre de Iniko me dio esto. Un día me invitó a cenar a su casa. Estaban Iniko, su hermano Laha, bueno, Fernando Laha, y ella. Se llama Bisila, una mujer encantadora. Trabajaba en Sampaka, de enfermera, en vuestra época...

Hizo una pausa. Nada. Ni un comentario.

—¡Ah! Y pidió que transmitiera sus mejores deseos a quien le diera el salacot. ¡Podría ser de cualquiera de vosotros! Me hizo mucha ilusión. ¡La verdad es que ya es casi una antigüedad!

Se quitó el sombrero y se lo entregó a Daniela, que se lo colocó, se lo quitó, lo observó con curiosidad y se lo pasó a Carmen, que hizo lo mismo.

Kilian no apartaba la vista del objeto. Tenía los labios apretados con fuerza y su respiración parecía forzada. Carmen se lo entregó a Jacobo. A Clarence le pareció que a su padre le temblaron las manos cuando se lo cedió rápidamente a su hermano, como si no quisiera sentir el tacto del objeto. ¿Eran imaginaciones suyas o había entrecerrado los ojos en un gesto de dolor? Al contrario que Jacobo, Kilian se entretuvo acariciando el salacot con una extremada delicadeza. Sus dedos repasaban una y otra vez la muesca en el aro rígido. De repente, se levantó y susurró:

—Perdonadme. Es muy tarde y estoy muy cansado. Me voy a la cama. —Miró a su sobrina unos segundos con expresión abatida—. Gracias, Clarence.

Salió del comedor con paso lento y apesadumbrado. A Clarence le pareció que había envejecido en cuestión de minutos. Nunca pensaba en los hombres de casa como en personas que se aproximaban al último periodo de su vida. A Kilian le pesaban los hombros y los pies. Toda la fortaleza que solía transmitir había desaparecido.

Los demás permanecieron en silencio. Clarence lamentó haber provocado esa situación. Agachó la cabeza. Su curiosidad estaba pasando por encima de los sentimientos de los demás. Se sintió un poco culpable. Su madre extendió un brazo y la cogió de la mano.

—No te preocupes, Clarence —dijo con dulzura—. Se le pasará. Esta noche has abierto la caja de los recuerdos.

Se giró hacia su marido.

—Pasasteis muchos años en Guinea y hace mucho tiempo de eso. Es normal que os pongáis tristes.

—Siempre pasa lo mismo cuando hablamos de Guinea. —Daniela suspiró—. Al final, lo mejor será no tocar el tema.

Jacobo sacudió la cabeza.

—¿Y a ti qué, Clarence? —preguntó, intentando mostrar un interés que su hija creyó percibir que ya no sentía—. ¿Se te ha metido África en el cuerpo?

Clarence se sonrojó hasta la raíz del pelo.

La inusualmente fría primavera dio paso al verano. El valle de Pasolobino se llenó de turistas que huían del calor de la tierra baja. A finales del mes de agosto tuvieron lugar las últimas fiestas en honor al santo patrón con las que, en épocas anteriores, el pueblo celebraba el fin de la cosecha y se despedía del buen tiempo hasta el año siguiente.

Clarence se asomó a la ventana. Una banda de música asomó por la esquina y se detuvo ante su patio. El ruido de las trompetas y tambores retumbaba en la calle, engalanada con pequeñas banderitas de colores que colgaban de las fachadas de las casas. Las pobres se tenían que enfrentar a los embates del aire y a los niños que saltaban para arrancarlas. Tras los músicos, muchos niños y jóvenes bailaban con los brazos en alto emitiendo gritos de alegría. Dos chicas se acercaron a la puerta con un gran cesto en el que Daniela introdujo varios dulces y postres que todos los habitantes y visitantes se comerían después de la misa en honor del santo. Los músicos terminaron la pieza y Daniela les ofreció un vasito del delicioso vino de la cuba especial de la bodega de Casa Rabaltué.

Clarence sonrió. Daniela siempre decía que las fiestas de pueblo eran tan rancias como ese vino que pasaba tanto tiempo dentro del barril, pero luego era la primera en colaborar en todas las actividades y la que más aplaudía después de las actuaciones. La música comenzó a alejarse hacia un nuevo destino. Daniela corrió escaleras arriba. Cuando se juntó con Clarence le brillaban los ojos.

—¿A qué esperas para vestirte? La procesión no tardará en empezar.

Como mandaba la tradición, cada año, varios hombres portaban el santo a hombros por las calles del pueblo seguidos de hombres, mujeres y niños ataviados con el traje típico del valle. Una vez terminada la procesión, la figura del santo permanecía en la plaza un rato, en el que los vecinos le dedicaban un baile, y luego volvía a la iglesia hasta el año siguiente. El traje tradicional constaba de tantas enaguas, faldas, lazos y cordones que Clarence necesitaba casi una hora para ponérselo. Y luego estaba el complicado moño, los alfileres, los pañuelos de cuello y cabeza, el aderezo... Por primera vez en su vida, le entró pereza.

—Y tú, Daniela —preguntó un año más—, ¿a qué esperas para hacerte uno?

—¿Yo? A mí estas cosas no me van mucho. Pero me encanta que tú te lo pongas. —Se encogió de hombros mientras sonreía—. Por cierto, ¿a quién tendrás de pareja este año en el baile?

—Ya encontraré a alguien.

Clarence cerró los ojos y se imaginó a Iniko a su lado, vestido con estrechos pantalones oscuros, camisa blanca con las mangas dobladas encima del codo, fajín ajustado a la cintura, chaleco y un pañuelo en la cabeza. «¿Qué cara pondrían los espectadores?», pensó con cierta malicia. Su enorme cuerpo sobresaldría de entre todos los participantes del corro de parejas, saltando y girando al son de las castañuelas adornadas con cintas de colores. Se mordió el labio inferior y disfrutó unos segundos de esa imagen que difícilmente podría reemplazar a la de aquella noche de baile en una discoteca de Malabo. Desde que había estado con él, encontraba defectos en todos los hombres. Ninguno tenía su magnetismo cautivador. Ninguno.

—Siempre puedo recurrir a nuestros primos solteros...

—Hombre, queda mal decirlo, pero hay alguno que no está nada mal. Y visto el panorama, igual tenemos que volver a las costumbres de antes. ¿Sabes si ahora aún hace falta bula papal para casarse con un primo?

—¡Pero qué tonterías dices! —se rio Clarence—. ¡Anda, vámonos ya!

—Espera un momento… —Daniela dio los últimos retoques al peinado—. ¿Has visto que te han salido varias canas? Dicen que aparecen cuando tienes preocupaciones.

«No me extraña», pensó Clarence.

Las semanas pasaban y no había hecho ningún progreso. Jacobo y Kilian evitaban el tema de Guinea y ella no se atrevía a ser directa. Hacía un mes que Julia estaba en Pasolobino de vacaciones y solo se habían visto en un par de ocasiones en las que Clarence había incidido en el tema de su viaje poniendo énfasis en las personas de Sade, Bisila, Laha e Iniko, pero, si su amiga sabía algo, había aguantado el tipo. Desde entonces, tenía la sensación de que la mujer la rehuía.

En más de una ocasión le había tentado plantarse frente a su padre y exponerle sus sospechas, pero luego se arrepentía. Había que tener pruebas concluyentes para desvelar un secreto familiar de esa índole. Y ella cada vez estaba más desorientada: la pista de Julia la había conducido a un callejón sin salida, de las palabras y reacciones de Jacobo y Kilian poco se podía deducir, y, por más vueltas que le daba, no conseguía descifrar el significado del vago comentario de Simón. Le había dicho que buscase una campana bubi si los ojos no le daban una respuesta. Vaya adivinanza… Así que había decidido tener calma y esperar a que el cielo le enviara una señal. Como si fuera tan sencillo...

—No dices nada, Clarence. —La voz de Daniela se abrió paso entre sus pensamientos—. Te he preguntado si te preocupa algo.

—Perdona. Es que últimamente he tenido demasiado tiempo libre. Cuando vuelva a trabajar se me pasará.

—Ya. También papá lleva varias semanas pensativo, y un poco apesadumbrado. ¿Lo has notado?

Clarence asintió. Kilian se pasaba las horas paseando por los campos y caminos cercanos a la casa o en su habitación. Después de cenar ya no se quedaba de tertulia con los demás. En realidad, ya no hablaba ni en la mesa.

—Nuestros padres se hacen mayores, Daniela.

—Sí. Esto de la vejez es complicado. Es una etapa de la vida en la que pasan dos cosas: o se agria el carácter, o se apaga. A tu padre le pasa lo primero, y al mío, lo otro. —Emitió un largo suspiro—. Bueno, esto ya está. Me ha quedado perfecto.

Después de la procesión y el baile, disfrutaron de una copiosa comida en Casa Rabaltué a la que acudieron tíos y primos de otros lugares. La sobremesa se alargó mucho por culpa del vino y de las conversaciones que se repetían año tras año: anécdotas más que sabidas, historias del pueblo y del valle, y comentarios sobre los antepasados y los vecinos. Clarence disfrutó de esa rutina anual con cierta melancolía porque le pareció una Casa del Pueblo en miniatura. De esa manera había aprendido ella lo que sabía de su pasado.

Hacia el final de la tarde, los comensales se levantaron por fin de la mesa para asistir a una actuación de cantos y bailes típicos de la región. Nada más sentarse, uno de los cantantes del grupo folclórico de guitarras, bandurrias y laúdes comenzó a interpretar con voz grave un precioso tema que caló hondo en el ánimo de Clarence. Agachó la cabeza y apretó los labios para evitar que los ojos se le llenaran de lágrimas. El hombre repitió una vez más el estribillo: «Las plantas se reverdecen cuando llega el mes de mayo. Lo que ya no resucita es el amor que se muere; es el amor que se muere, cuando llega el mes de mayo».

Era capaz de ser paciente y esperar ese momento oportuno, que nunca llegaba, para resolver el misterio familiar, pero no podía dejar de pensar en Iniko. Habían pasado más de tres meses desde su regreso de Bioko. No se habían escrito. ¿Qué le hubiese contado? No se habían llamado. ¿Qué le hubiese dicho? Sabía que estaba bien por

Laha, que le enviaba un correo electrónico puntualmente cada semana. Eso era todo.

—¿Qué te sucede, Clarence? —Daniela apoyó una mano en su brazo—. Y no me digas que nada porque no me lo creo. Has estado todo el día apática y triste. En realidad, estás así desde que volviste de África.

Se inclinó con la cabeza ladeada buscando la mirada de su prima.

—¿Dejaste a alguien abandonado por allí?

Clarence se resistía a hablarle de la existencia de un posible hermano por la misma razón que no lo hacía con Jacobo. No abriría la boca hasta que estuviera completamente segura. Buscó en su mente una respuesta lo bastante ambigua, tanto para calmar la preocupación como para frenar la curiosidad de su prima. Optó por que siguiera creyendo que había vivido un romance en tierras lejanas. Y, en realidad, no estaba mintiendo.

—Algo de eso hay, pero ahora no me apetece hablar de ello.

—De acuerdo —accedió Daniela—. Solo una cosa más. ¿Volveréis a veros?

—Ojalá.

Daniela frunció el ceño, pero no insistió más. Le dio unas palmaditas en el brazo y se concentró en la última pieza de la actuación, que el público agradeció con una gran ovación antes de disgregarse.

Las primas se dirigieron a la barra para pedir dos vasitos de ponche y de camino se toparon con Julia. Clarence aprovechó que Daniela se entretenía saludando a conocidos para sacar partido de esos momentos a solas con la mujer. Desde que había vuelto de Guinea, Julia siempre tenía prisa, lo cual le resultaba muy sospechoso. ¿Se habría arrepentido de haberle puesto sobre la pista —bastante inútil— de un posible familiar perdido? Por si se le volvía a escapar, decidió ir directa al grano:

—Julia, me gustaría saber si ese Fernando, mayor que yo, podría haber nacido en algún otro sitio como, por ejemplo, Bissappoo.

Al oír el nombre, Julia alzó la vista hacia ella de golpe. Quiso corregir su reacción, pero se dio cuenta de que ya era tarde y se sonrojó. Clarence sintió una nueva ilusión.

—Yo…

Julia se frotó la frente en actitud de duda. Clarence no tenía claro si su extrañeza se debía a que no sabía la respuesta, a que no quería admitir su posible error, o a que no esperaba que hubiera descubierto algo que sí sabía.

—Es posible que… —Se detuvo—. ¿Qué diferencia habría?

«¿Que qué diferencia habría? —pensó a gritos Clarence—. ¡Eso lo cambiaría todo! ¡Julia había dudado!»

—Simón me dio a entender que Jacobo conocía a Bisila —insistió la joven—. ¿Es cierto?

—No te diré nada más, te pongas como te pongas. —La voz de Julia fue tajante—. Si quieres saber más, habla con tu padre.

—Aquí tienes tu bebida, Clarence. —Daniela llegó hasta ellas del brazo de su tío y Clarence reprimió un juramento por la interrupción—. ¿Sabes que tu padre ha aguantado toda la actuación? ¡Con lo poco que le gustan estas cosas!

Julia se giró.

—¿Cómo estás, Julia? —preguntó Jacobo. Ambos dudaron cómo saludarse. Finalmente se dieron dos breves besos en la mejilla—. Cuánto tiempo sin verte.

—Sí, mucho. Parece mentira, con lo pequeño que es esto.

—Sí. —Jacobo carraspeó—. ¿Te vas a quedar mucho?

—La semana que viene vuelvo a Madrid.

—Nosotros también nos iremos pronto a Barmón.

—¿No estáis fijos aquí ahora que estás jubilado?

—Subimos y bajamos, como siempre. La costumbre… —Jacobo entornó los ojos, cruzó las manos a la espalda y volvió a carraspear—. Te veo muy bien, Julia. Como si los años no pasaran para ti.

Ella se sonrojó. Por un instante sopesó la posibilidad de que hubiera sido Jacobo y no Kilian quien hubiera enviudado como ella. ¿Quedaría algo de aquellas chispas que saltaban entre ellos cuando eran jóvenes? Se fijó en su abultado abdomen y levantó la vista hacia su cara surcada de arrugas.

—Muchas gracias, Jacobo —dijo con voz neutra—. Lo mismo digo.

Daniela rompió el breve silencio.

—Hola, papá. —Kilian se acercaba al grupo—. ¿Quieres que nos vayamos ya a casa? Pareces cansado.

—Ahora nos iremos. —Miró a Julia—. ¿Qué tal estás?

—No tan bien como tú.

Levantó la mano hacia otra persona apoyada en un coche a cierta distancia, al final de una pendiente.

—¡Un momento, ya voy! —gritó—. Lo siento, pero tengo que irme.

Se despidió de todos.

—Te acompaño hasta el coche —se ofreció Kilian.

Él le tendió el brazo para que no resbalara por la cuesta y comenzaron a alejarse.

—Me gustaría preguntarte algo. —Kilian se detuvo y la miró a los ojos. A pesar de las arrugas, Julia seguía siendo una mujer atractiva—. ¿Te ha contado Clarence su viaje a Guinea?

—Sí. Con bastante detalle.

Esperó a que él asimilara sus palabras. Las facciones prominentes de su rostro se habían ablandado con el paso de los años, y tenía alguna que otra mancha oscura en las mejillas y la frente, pero su porte, su voz y sus ojos verdes eran los mismos que cuando estaban en Fernando Poo. Recordó las largas conversaciones que mantenían en su juventud y lo afortunada que se sentía de considerarlo como un buen amigo. Creyó haberlo conocido bien, pero luego se había llevado una terrible decepción. ¿Cómo había podido vivir con *eso* toda la vida? No le hubiera sorprendido tanto de Jacobo, pero ¿de él? De él, sí.

—Se me saltaron las lágrimas por los recuerdos. —Su tono se endureció—. Me imagino que a vosotros también.

Kilian asintió.

—¿Te acuerdas, Julia, de lo que le irritaba a Manuel el jaleo que se llevaban los braceros y los bubis con sus creencias y sus espíritus? —Ella sacudió la cabeza mientras esbozaba una sonrisa nostálgica—. Después de tanto tiempo en la isla, a mí se me contagió un poco de todo eso. No sé cómo explicártelo, pero tengo el presentimiento de que algún día todo encajará.

Julia apretó los labios. Pasados unos segundos, dijo:

—No entiendo muy bien lo que quieres decir, pero espero que sea pronto, Kilian. ¿Cuántos años tenemos ya? Estamos más cerca de la tumba que de otra cosa.

—Te aseguro que yo no me pienso morir... —Vio que ella le lanzaba una mirada incrédula y cambió a un tono forzadamente bromista— hasta que llegue el momento. Mientras tanto, prométeme que te mantendrás al margen.

—¿Acaso no lo he hecho todos estos años? —repuso ella, ofendida. Miró hacia su amiga, que, junto al coche, mostraba su impaciencia señalando al reloj—. Perdóname, pero tengo que irme.

—Una cosa más, Julia. Una vez me dijiste que a veces las cosas son como uno quiere que sean. Me lo dijiste para sonsacarme por qué no quería regresar a Pasolobino después de la muerte de mi padre. Hicimos un trato. Yo te explicaba mis razones y tú me contabas un secreto que luego no me contaste.

A Julia se le empañaron los ojos. ¿Era posible que él recordase aquella conversación con tanto detalle? ¿Cómo le hubiera podido confiar que recién casada como estaba continuaba deseando a Jacobo?

—Sigo sin estar de acuerdo contigo, Julia. La mayoría de las veces las cosas no son como uno quiere que sean.

Julia parpadeó con fuerza para que las lágrimas no rodaran por sus mejillas. Bajó la vista y apretó el brazo del hombre.

—Cuando te lo dije era muy joven, Kilian. Ojalá pudiera volver a esos años con la experiencia que tengo ahora… —Suspiró profundamente y se alejó.

Cuando Kilian regresó a la plaza, los miembros de su familia, excepto su sobrina, se habían ido a casa.

—¿Todo bien, tío? —preguntó Clarence—. Me ha parecido que discutíais.

—¿Discutir yo? ¿Con Julia? Eso es imposible. Habrás interpretado mal nuestros gestos.

«Lo cual se está convirtiendo en mi especialidad», pensó ella.

Kilian se sujetó al brazo de la joven para comenzar a caminar de regreso a casa mientras las mismas banderitas de colores de todos los años ondeaban sobre sus cabezas.

Salvo por el peso del recuerdo de Iniko con el que cargaba su corazón, el pálpito de que la duda de Julia abría una nueva vía en su investigación, el semblante decaído de Kilian a pesar de sus débiles intentos de actuar con normalidad, y la actitud permanentemente malhumorada de Jacobo, a Clarence las fiestas del verano de 2003 le parecieron iguales que las anteriores.

Entonces no podía ni sospechar que al año siguiente faltaría un miembro de la familia.

El insistente viento otoñal del norte se encargó de despojar a los árboles de sus hojas con una agresividad inusual.

Carmen y Jacobo se instalaron en Barmón y, a diferencia de otros años, espaciaban cada vez más sus visitas al pueblo. Daniela tenía más trabajo de lo normal en el centro de salud y, con todo, se apuntó a un curso online sobre medicina infantil que le ocupaba todas las tardes. Kilian pasaba horas y horas haciendo leña para un fuego junto al que apenas se sentaba por las noches. Y Clarence, que, como las hojas de los árboles, no se encontraba precisamente en el momento más sosegado de su vida, se volcó de lleno en la elaboración de un par de artículos de investigación y en la preparación de las clases y cursos de doctorado que ese año tendría concentrados después de las navidades.

En esas estaba cuando la tarde más gris del mes de noviembre recibió un correo electrónico de Laha en el que anunciaba que tenía la oportunidad de visitar unas instalaciones de su empresa en Madrid a mediados de diciembre. Clarence emitió un grito de alegría y respondió rápidamente invitándole a pasar las vacaciones de Navidad con su familia en Pasolobino. Para su satisfacción, Laha aceptó, encantado.

Hasta el último minuto dudó si revelar la identidad de Laha, pero finalmente optó por decir a su familia que había invitado a un amigo *especial* —puso mucho énfasis en la palabra—, un ingeniero que había conocido en Guinea, a pasar las vacaciones en Pasolobino. Si él era la señal que estaba esperando, no quería perderse la reacción de Jacobo y Kilian.

A su madre le encantó la idea de tener —¡por fin!— a un amigo *especial* de Clarence disfrutando de sus guisos. Su padre protestó al otro lado del teléfono por tener que soportar a un extraño en unos días tan familiares y planteó por primera vez la posibilidad de pasar las navidades en el piso de Barmón. A Daniela le entró una gran curiosidad por conocer datos exactos del hombre que probablemente era el causante del mal de amores de su prima. Y Kilian salió por unos momentos de su ensimismamiento para mirarla con una expresión indescriptible en los ojos y no dijo nada, absolutamente nada. Simplemente, después de años, y ante el asombro silencioso de su sobrina, extendió la mano hacia la cajetilla de tabaco de Clarence, extrajo un cigarrillo, se inclinó sobre una de las cuatro velas de adviento que Carmen había colocado en el centro de una corona verde de pino, y se lo encendió.

Y en cuanto a Clarence, se sintió inmensamente feliz —aunque también muy nerviosa— por la posibilidad de tener cerca al hermano de su inolvidable Iniko.

¿O debería ir ya acostumbrándose a pensar en Laha como si fuera su hermano?

XII

BÁIXO LA NÉU

BAJO LA NIEVE

El viaje en tren y autobús desde Madrid hasta Pasolobino no era cómodo, pero desde luego le permitía tener una amplia visión del país que había alterado las costumbres del suyo.

Laha tenía muchas ganas de volver a ver a Clarence, pero, sobre todo, estaba expectante por conocer su entorno y pasar unos días con una familia española. Sin saberlo, su nueva amiga había despertado en él unos nuevos y sorprendentes sentimientos de curiosidad, que podía calificar incluso de levemente morbosa. Ahora tendría la posibilidad de imaginarse cómo hubiera sido su vida en el caso de que su padre blanco se hubiera hecho cargo de él. ¿Por qué habría de ser descabellado suponer que su padre era español y que en algún lugar de esas tierras que recorría por primera vez respiraran personas con las que compartía genes?

Que Laha fuera uno más de muchos no significaba que hubiera llevado bien la ausencia de un padre. Iniko, por lo menos, sabía que el suyo había muerto en un accidente y podía nombrarlo. Él no. Cuando era un niño, cualquier mentira lo hubiera consolado. ¿Cuántas veces había fantaseado con que su padre era un explorador devorado tras una terrible pelea con un león, o un hombre que había tenido que partir a alguna misión secreta tras la cual volvería a buscarlo? A medida que se convertía en adulto y empezaba a comprender las realidades de otros jóvenes como él, sus preguntas se habían vuelto directas e incisivas. Había intentado que su abuelo le hablase de su origen, pero él se negaba y lo remitía a su madre, quien se había mostrado inflexible y le había repetido cientos de veces que él solo era hijo de Bisila.

Recordó como había registrado la casa de su madre en busca de algún recuerdo o de alguna pista. Su única y frágil recompensa había sido el fragmento de la foto borrosa de un hombre blanco apoyado en un camión, junto a las escasas imágenes de la juventud de Bisila. Ella nunca descubrió que él había apartado esa foto de las demás el tiempo justo para hacer una copia que, desde entonces, llevaba siempre en la cartera. Era una tontería, pero durante mucho tiempo había elevado a ese hombre sin rostro a la condición de padre posible.

Con el paso de los años, había logrado aceptar que la historia de su madre no difería de la de Mamá Sade y de la de tantas otras, y que su padre los había abandonado sin miramientos ni cargo de conciencia. No era ni el primero ni él último, lo cual no suponía ningún consuelo, pero sí reducía a la nada el interés por su identidad. ¿Para qué buscar o conocer a quien no le importaba su propio hijo? Laha se había olvidado de él y de todo lo que pudiera tener que ver con él, y había continuado con su vida felizmente…

… hasta que Clarence apareció en su vida.

Miró el reloj. Llevaba dos horas en el autobús, que en ese momento cogió un desvío y dejó la tierra llana en dirección a las montañas. De los campos llenos de surcos que se asemejaban a la tela de pana, donde las cepas se encogían por el frío, pasó casi sin aviso a una zona intermedia de suaves colinas, algún pantano y poblaciones cada vez más pequeñas. Poco a poco, la arquitectura iba cambiando. En lugar de grandes edificios de pisos, veía casas de ladrillo de no más de tres o cuatro alturas, algunas viejas, otras muy nuevas, y otras con la grúa preparada para intervenir. Tuvo la impresión de que todos esos sitios llevaban años en plena transformación: mostraban el aspecto risueño de los lugares pequeños que han deseado durante siglos la llegada de la civilización, con todas sus consecuencias.

Sin embargo, cuando el autobús emprendió la marcha hacia la última parte del viaje, el corazón de Laha se encogió. La carretera se estrechó tanto que tuvo la sensación de que no había espacio entre el precipicio sobre el río y la montaña a su derecha para que cupiese el vehículo. Durante cuarenta minutos, el autobús luchó contra las cerradas curvas ganadas a la roca del estrecho cañón antes de encontrar un respiro. Entonces, el paisaje cambió y los pueblos que vio por la ventanilla también.

¿Qué demonios había sacado a unos hombres de allí y los había enviado a un lugar tan diferente como Guinea Ecuatorial? ¿Había sido solo la necesidad o también esa tenue sensación de asfixia y oclusión que las cumbres imprimían en el ánimo?

El valle donde estaba ubicado Pasolobino estaba rodeado por enormes y abruptas montañas de bases cubiertas de prados y bosques y crestas rocosas que competían por llegar al cielo. Las pequeñas aldeas diseminadas por las faldas y las laderas de las montañas ofrecían una doble lectura: las oscuras casas de piedra, con empinados tejados de pizarra y recias chimeneas, se mezclaban con edificios de nueva construcción, también de piedra y pizarra, pero sin el sabor de lo viejo.

Cuando ya parecía que no había más montaña en la que adentrarse, el autobús se detuvo en una población llamada Cerbeán, más grande que las que había dejado atrás, y Laha llegó, por fin, a su destino la víspera de Navidad, una tarde en que nevaba todo lo que un cielo puede nevar. Caían copos del grosor de las avellanas después de un día en que la paz y la quietud habían preludiado la nieve.

Una mujer enfundada en un anorak, con gorro de lana, guantes, bufanda y unas botas altas de gruesa suela de goma agitaba la mano para llamar su atención. Su rostro, la única parte visible de su cuerpo, mostraba una sonrisa inconfundible. Sintió una alegría especial al reconocer a su amiga y tuvo la seguridad de que iban a ser unas vacaciones inolvidables.

Clarence pensó que Laha estaba estupendo. Llevaba un abrigo de lana oscura, una bufanda y unos botines marrones de piel que le daban un aspecto de hombre de ciudad. Se dieron un cariñoso abrazo que ella mantuvo unos instantes de más pensando que eran otros brazos los que la rodeaban.

«No —se dijo—. Iniko era más grande.»

—No sabes cuánto me alegro de verte. —Clarence se separó de él y le dedicó otra sonrisa—. ¡Espero que lleves bien lo de la nieve! Si uno no está acostumbrado, puede resultar un poco molesta.

—En Bioko no para de llover durante seis meses al año. —Laha le devolvió la sonrisa—. ¡Creo que podré resistir algo de nieve!

Clarence condujo tras la huella abierta por la máquina quitanieves sobre la estrecha, ascendente, nevada y serpenteante carretera desde la que se divisaba el peculiar contorno ovalado de Cerbeán. Aprovecharon el recorrido en coche hasta Casa Rabaltué para ponerse al día.

—¿Qué tal tu hermano? —preguntó ella de la forma más casual que pudo. Se sentía incapaz de pronunciar su nombre.

—Iniko sigue con su rutina diaria, su trabajo, sus hijos, sus reuniones... —repuso Laha—. Cuando te marchaste volvió a su estado taciturno. Ya sabes que no es muy hablador.

«Conmigo era muy hablador —pensó ella—. Y se reía mucho.»

—Me envía muchos recuerdos para ti.

A medida que se aproximaban a su destino, Clarence empezó a ponerse nerviosa. Había hablado a su familia de Laha y de las demás personas que había conocido en Guinea, pero no sabían que él era el invitado de las fiestas navideñas. ¿Cómo reaccionarían?

—Ya casi estamos llegando... —anunció con voz aguda—. ¡Prepárate para no moverte de la mesa hasta mañana por la tarde! Y te daré un consejo básico: dudar cuando mi madre te ofrece más comida equivale a decir que quieres más.

Dentro de Casa Rabaltué, Carmen abría y cerraba la puerta del horno continuamente, esperando esa pequeña variación que le indicase que el asado estaba listo entonces y no un minuto antes. Que Clarence hubiera invitado a un amigo a pasar las navidades con ellos era algo absolutamente novedoso y ella tenía el firme propósito de, además de someterlo a un riguroso examen, causarle una buena impresión, empezando por sus habilidades culinarias.

Kilian había estado intranquilo todo el día, como si algo extraño fuera a suceder. En un principio lo había achacado a esa inquietante sensación de quietud interior que percibía poco antes de una gran nevada o de un tornado, pero esa tarde sentía algo diferente, más intenso y difícil de explicar, como si una corriente de aire silenciosa pero vibrante lo atravesase por dentro en forma de ráfagas intermitentes que le provocaban escalofríos.

Miró a Jacobo, que mostraba un entusiasmo inusual por el discurso de Nochebuena del rey en la televisión. Todavía no se habían atrevido a comentar a solas las novedades que Clarence les había traído de Guinea, pero Kilian sabía que en la cabeza de su hermano los recuerdos tenían que hervir como en la suya. Habían pasado tantos años actuando como si nada de aquello hubiera sucedido que ninguno quería arriesgarse a romper su pacto de silencio. ¿Y si estuvieran a punto de enfrentarse a su pasado? Jacobo tenía por fuerza que ser tan consciente como él de que Clarence sospechaba algo. ¿Cuánto sabría? ¿Le habría contado algo Bisila?

Jacobo se giró y su mirada se encontró con la de Kilian. Frunció el ceño. ¿Por qué estaba tan extraño? ¡No era su hija la que había elegido esas fechas para presentar a su amigo especial! Le hacía gracia la expresión. Como si los padres fueran tan tontos que no supieran el significado de la palabra *especial* delante de la palabra *amigo*. Carmen estaba muy ilusionada, porque si Clarence lo había invitado a conocer a la familia, eso quería decir que la relación iba en serio y requería una presentación oficial. A diferencia de su mujer, él había tenido sentimientos encontrados ante la noticia. Por un lado, le daba pereza tener que esforzarse en causar una buena impresión a un extraño que podía o no acabar formando parte de la familia. Por otro lado, la proximidad temporal de una nueva generación en la casa le hacía sentir más viejo de lo que ya era y eso no le gustaba nada. Suspiró. En fin, era ley de vida y se alegraba por su hija, a quien quería más que a nadie en el mundo. Se prometió causarle una buena impresión al joven.

—¡Familia! —La puerta se abrió de golpe y entró Clarence—. ¡Ya estamos aquí!

Antes de que los otros pudieran responder soltó:

—Os presento a Fernando Laha, pero todo el mundo le llama Laha, pronunciado con *x* y tono grave… —Soltó una risita, se hizo a un lado, tragó saliva, nerviosa, y se concentró en estudiar las reacciones de los otros, sobre todo las de su padre y su tío.

Los demás dejaron de hacer lo que estaban haciendo para dar la bienvenida a ese hombre alto y atractivo que les ofrecía una franca y formidable sonrisa y que, a pesar de estar en una casa extraña, transmitía seguridad y confianza en sí mismo.

Carmen frunció los labios en un silbido mudo de sorpresa. Jacobo apartó la vista de la televisión y se levantó de un salto, como si hubiera visto un fantasma. Kilian permaneció inmóvil, observándolo con mucho detenimiento, y se le empañaron los ojos. A Daniela se le cayó la caja de estrellitas doradas con las que estaba adornando el mantel de la mesa. Las estrellitas se desparramaron y convirtieron el suelo en un cielo fugaz. Se apresuró a recogerlas mientras se sonrojaba por su torpeza.

Carmen fue la primera en saludarlo. Laha le entregó una caja de bombones.

—Hay una tienda en Madrid —dijo en tono cómplice— que se llama *Cacao Sampaka*. No tiene nada que ver con la finca, pero me han dicho que tiene los mejores bombones del mundo. Pensé que sería una buena ocasión para comprobarlo.

Carmen le dio las gracias mientras por el rabillo del ojo observaba el rostro de su marido palidecer por momentos.

Jacobo acababa de apartar mentalmente de un manotazo sus buenas intenciones de unos minutos antes. ¿Fernando Laha? ¿Uno de los hijos de Bisila? ¿Esa era la persona de la que se había enamorado su hija? No era posible. ¡Por todos los santos! ¡Si Carmen supiera…! Maldijo por lo bajo la mala suerte que había puesto en contacto a su hija con las únicas personas de toda la isla que no debería haber conocido. ¿Sabría él lo que había sucedido con su madre…? Kilian y él habían conseguido vivir con ello. Todo olvidado. Entonces, ¿cómo era posible que percibiera en los ojos de su hermano un brillo de expectación, incluso de ilusión? A no ser que Kilian supiera de la existencia de ese joven… ¿Y no le había dicho nada? A su mente acudieron las palabras de un fragmento de carta que había leído hacía muchos años, mientras buscaba una escritura en el armario del salón. Entonces no les había dado mayor importancia; ahora cobraban un nuevo significado. ¿Clarence y Laha, juntos? Presa de una gran confusión, Jacobo sacudió la cabeza. No sabía todavía cómo, pero ya se encargaría él de evitar que su hija se involucrara demasiado con ese hombre.

Laha se acercó para saludarle. Jacobo apenas murmuró algo al estrecharle fríamente la mano. Carmen se acercó a su hija.

—Es un hombre muy guapo, Clarence —susurró con cuidado de que nadie más la oyera—, pero deberías habernos advertido de sus características *especiales*. ¿Has visto la cara de tu padre?

Clarence no respondió porque ahora estaba concentrada en el saludo entre Kilian y Laha. Su tío sostuvo la mano del hombre afectuosamente entre sus enormes manos durante varios segundos, como si quisiera asegurarse de que era real, y no dejó de mirarle a los ojos. ¡Tantos años preguntándose por su aspecto y ahora tenía la respuesta ante él! Su presentimiento había resultado cierto. Todo estaba empezando a encajar. Oyó que Jacobo murmuraba algo por lo bajo.

Kilian soltó la mano de Laha y se acercó a su hermano mientras Clarence presentaba a Daniela, quien pareció sopesar durante unas décimas de segundo la manera más adecuada de saludar al joven. Finalmente extendió la mano, que Laha estrechó justo cuando ella se ponía de puntillas para darle dos besos. La escena terminó en risas.

Carmen intervino para anunciar que la cena estaría lista en unos minutos. Clarence acompañó a Laha a la habitación de invitados para que deshiciera el equipaje. Cuando al poco tiempo entró en el comedor, Clarence acababa de dejar la caja de bombones en el centro de la mesa preciosamente adornada por Daniela. El nombre de Sampaka escrito con letras doradas les acompañaría en todo momento, no solo durante la cena, sino también a lo largo de toda la velada —desplazando por primera vez en esa casa a los turrones— hasta que se retiraran a dormir, llevándose algunos, a la imposible tranquilidad de su dormitorio, los atronadores ecos de las palabras que hubieran deseado ser pronunciadas.

Todos coincidieron en que Carmen se había esmerado muchísimo en preparar una cena inolvidable. De primero ofreció sopa de fiesta, con tapioca y caldo cocinado durante horas a fuego lento; de segundo preparó huevos rellenos de foie sobre virutas de jabugo, acompañados de langostinos y habitas tiernas; de tercero, los sorprendió con el mejor asado de cordero acompañado de patatas panaderas que habían comido en años; y, de postre, consiguió que la isla de clara de huevo batida flotase perfecta sobre el lago de natillas caseras.

Con el estómago lleno y el buen vino corriendo por las venas, la sorpresa y la ligera tirantez inicial del momento de las presentaciones se habían relajado bastante.

—Clarence nos contó muchas cosas de su viaje a Guinea —dijo Kilian, reclinándose en la silla.

Ese gesto indicaba que, después de las conversaciones superficiales que tenían lugar durante la comida o la cena, se pasaba a los temas más serios, que comenzaban inmediatamente después de los postres.

—Fue muy agradable para nosotros —hizo un gesto hacia su hermano— tener noticias de primera mano después de tantos años. Sin embargo, puesto que estás aquí, me gustaría que nos contases tú cómo van las cosas por allá.

Kilian le había causado una grata impresión a Laha. Debía de tener más de setenta años, pero la energía no lo había abandonado y parecía más joven. Gesticulaba con pasión cuando daba su opinión y su risa era siempre franca y oportuna. Jacobo se le parecía mucho físicamente, pero había algo en su mirada que lo desconcertaba. No era exactamente por esa mácula, como una gruesa telaraña, que cubría parcialmente su ojo izquierdo, sino porque no lo miraba de frente. Jacobo era amable, pero lo justo. Se mantenía al margen de la conversación, como si no le interesase lo más mínimo.

Daniela y Clarence observaban a sus progenitores con asombro. Esa noche algo no encajaba. Era Kilian el que contaba anécdotas, como hacía antes, como si hubiese regresado de un sueño. Y Jacobo estaba más enfurruñado que nunca. Probablemente el exceso de vino fuera el causante de ese repentino cambio en ambos.

—En realidad —dijo Laha—, no sé qué más podría añadir que no os haya contado Clarence. Supongo que os diría que la vida no es fácil allí. Faltan infraestructuras, buenos empleos, legislación laboral, cambios en todo, en la Justicia, en la Administración, en las condiciones sanitarias…

Daniela se interesó por este punto porque era enfermera. En realidad, estaba comenzando a interesarse por todo lo que dijera o hiciera Laha. Y empezaba a comprender por qué Clarence había sufrido en silencio la separación de ese hombre y se había alegrado tanto al saber que vendría a visitarla. ¿Cómo podía haberle ocultado ese secreto? ¡Ni siquiera había querido enseñarle una foto! Si ella se hubiera enamorado de alguien así, lo habría pregonado a los cuatro vientos. ¿Por qué razón se había mostrado tan reacia a hacerla partícipe de esa relación? ¿Realmente mantenían una relación o el enamoramiento de su prima no era correspondido? No había dejado de observarlos desde que llegaran. Clarence lo trataba con exquisita deferencia, incluso con complicidad, y lanzaba miradas de Laha a Jacobo de manera alterna, como si estuviera pendiente de la impresión que el joven causaba en su padre. Jacobo, por su parte, no parecía muy contento con el acompañante de su hija. ¿Sería por el color de su piel? ¿Su hija liada con un negro? «Pobre tío Jacobo», pensó. ¡Seguro que nunca se lo hubiera imaginado! Daniela se mordió el labio inferior. Iba demasiado deprisa. A Laha y a Clarence se les veía muy contentos juntos, pero ella todavía no había presenciado ningún gesto que demostrase que allí había algo más que una buena amistad. O eso era lo que quería creer.

De fondo, oyó que Laha criticaba la carencia de recursos y personal cualificado no solo en los centros médicos de las poblaciones más grandes, sino en las áreas rurales, por lo que la tasa de mortalidad infantil seguía siendo muy alta... Daniela lo escuchaba sin perderse ni una sola de sus palabras, sin perderse ni uno solo de sus gestos. Laha llevaba una camisa blanca y se había puesto corbata. Tenía el pelo rizado, con mechones rebeldes que caían sobre su ancha frente. Su nariz era fina. La piel, tostada. Echaba la cabeza para atrás cuando se reía, y le brillaban los ojos de una forma que le resultaba cercana y familiar.

Daniela no quería que Laha dejase de dirigirse a ella. Sintió un pinchazo de culpabilidad por su prima, pero a ella no parecía importarle que acaparase su atención...

—Pero ¿cómo puede un pequeño país con tanto petróleo estar en esas condiciones? —preguntó.

Laha se encogió de hombros.

—Mala gestión. Si hubiese una explotación conscientemente programada y controlada, sería uno de los países con la renta per cápita más alta del continente africano.

—Clarence nos dijo que, en gran parte, es culpa de la enemistad entre fang y bubis —comentó Carmen, con las mejillas sonrosadas por el vino y la satisfacción de que la cena hubiese salido perfecta.

Laha suspiró.

—Yo no lo creo. Mira, Carmen. Yo tengo muchos amigos fang que entienden el malestar de la población bubi. Pero los bubis no son los únicos marginados. Hay muchos fang que no están entre los privilegiados de pertenecer a los círculos de poder. Lo que pasa es que el conflicto entre etnias muchas veces sirve de excusa. Si un bubi es detenido o asesinado, sus familiares incluyen en el mismo saco a todos los fang. Y así se perpetúa la enemistad entre las etnias. Una enemistad a veces muy oportuna para el régimen.

Kilian se levantó para rellenar las copas. Jacobo se incorporó en su silla y lanzó una pregunta en tono jocoso:

—¿Y qué es eso que nos contó Clarence de que todavía hay algunos que piden la independencia de la isla? —Se frotó la cicatriz que tenía en la mano izquierda—. No se quedaron contentos con tener la independencia de España... ¡y ahora quieren la independencia de la isla!

Clarence le lanzó una dura mirada, pero Laha no pareció irritarse ni cambió el tono de voz.

—Aquí también tenéis grupos independentistas, ¿no? En Bioko, el movimiento que pide la independencia no puede conseguir siquiera ser considerado partido político. Y eso que defiende la no violencia, el ejercicio del derecho a apoyar la libre determinación, y la posibilidad de debatir ideas y opiniones libremente, como en cualquier democracia.

Se hizo un breve silencio que interrumpió Daniela. Clarence se sorprendió de lo habladora que estaba esa noche.

—Supongo que será cuestión de tiempo. Las cosas no se cambian de hoy para mañana. Clarence también nos contó que se veían muchas obras en marcha y que la universidad no estaba tan mal como pensaba... Eso es buena señal, ¿no?

Laha la miró. Daniela parecía muy joven, ciertamente más que Clarence. Llevaba un vestido negro de tirantes y se cubría los hombros con un chal de lana. Se había recogido el pelo castaño claro en un pequeño moño sobre la nuca. Tenía la piel muy blanca, casi de porcelana, y unos expresivos ojos marrones que lo habían escrutado toda la noche. Al sentirse ahora observada, Daniela parpadeó, desvió la vista hacia la mesa, se centró en la caja de los bombones y dedicó unos segundos a elegir su favorito. Laha se percató de que, en realidad, no le apetecía el chocolate porque dejó el bombón y retiró la mano lentamente para que nadie se diera cuenta de que simplemente se había puesto nerviosa.

—Sí, Daniela. —Laha continuó mirándola—. Tienes toda la razón. Yo opino lo mismo. Por algo se empieza. Tal vez, algún día...

—¡Escuchadme todos! —interrumpió Carmen, con voz cantarina—. ¡Esta noche es Nochebuena y nos estamos poniendo muy serios! Tenéis muchos días para debatir y solucionar los problemas de Guinea, pero ahora vamos a hablar de cosas más alegres. Laha, ¿te apetecen más natillas?

Laha dudó mientras se frotaba una ceja y Clarence se echó a reír.

La misma imagen se repitió al día siguiente, solo que el menú y la conversación fueron diferentes. Se habían levantado muy tarde, excepto Carmen, quien una vez más desplegó todas sus artes y sorprendió a todos con una maravillosa comida de Navidad en la que el protagonista fue un enorme pavo relleno de frutos secos. Los cielos habían concedido un breve respiro antes de volver a nevar y los tejados y las calles acumulaban casi medio metro de nieve, por lo que era difícil salir a pasear. Clarence, Daniela y Laha ayudaron en la cocina y pusieron la mesa. Jacobo y Kilian aparecían, prestaban atención a la conversación entre las mujeres y el invitado, y desaparecían. La casa era tan grande que había muchos lugares donde poder esconderse con los recuerdos.

Carmen le preguntaba por la Navidad en su tierra. Laha respondía preguntando a su vez que en qué tierra, la africana o la americana. Carmen decía que la americana se la podía imaginar por las películas, que tenía más interés por la africana. Laha se echaba a reír y Daniela detenía unos segundos su actividad para mirarlo disimuladamente.

A pesar de la inquietud sobre la identidad de Laha, que ocupaba continuamente sus pensamientos, Clarence se sentía feliz porque le gustaba mucho esa época del año, con el fuego siempre encendido, el paisaje blanco, las luces adornando las calles, los niños ocultos bajo sus gorros, y la cocina llena de cacerolas, platos y sartenes con una cosa u otra.

La cocina era grande, muy grande, y aun así, Daniela y Laha parecían elegir siempre la misma dirección al ir y regresar del comedor, y se chocaban y se pedían perdón cortésmente.

Laha le contó a Carmen que la de Pasolobino sí que era una Navidad según los tópicos que tanto gustaban a Clarence. En Guinea era la época seca y lo que más apetecía era refrescarse en la ducha —quienes tenían ducha—, en los ríos o en el mar. Había luces de Navidad en las ciudades, que a veces se apagaban por un corte en el suministro eléctrico, pero los poblados permanecían en la oscuridad. Resultaba extraño ver adornos y escuchar villancicos con tanto calor, pero se veían los unos y se escuchaban los otros. Los niños no eran bombardeados por la publicidad de juguetes porque apenas había juguetes y no se regalaban cosas. Por último, también se bebía para celebrar las fiestas, no sabía si tanto como en Casa Rabaltué —las tres se rieron—, ya que el alcohol era barato y la gente bebía por las calles en manga corta.

Laha les había traído regalos a todos y preguntó cuándo sería buen momento para entregarlos. Carmen admitió para sus adentros que cuanto más conocía a ese joven, más le agradaba y que no le importaría nada tenerlo de yerno. Daniela se preguntó qué podía haberle traído a ella si no la conocía de nada. No le quedó más remedio que esperar a los postres para saberlo.

Las mujeres recibieron perfumes, anillos, bolsos y otros artículos de cosmética femenina. Jacobo recibió un jersey. Kilian, una cartera de bolsillo de piel. Después llegó el turno de los regalos que había traído Laha. A Carmen le entregó tres libros: uno sobre costumbres y rituales de su tierra, una antología de la literatura guineana y un pequeño libro de recetas. A Jacobo, unas películas que un director de cine español había filmado en Fernando Poo entre 1940 y 1950 y que había conseguido en Madrid. A Clarence, música de grupos guineoecuatorianos que habían grabado discos en España. Y a Daniela, sentada junto a él, un precioso chal que colocó con delicadeza sobre sus hombros. Daniela no se lo quitó en toda la tarde, ni siquiera para recoger la mesa porque Laha había tocado ese chal que ahora acariciaba su piel.

Por último, Laha entregó un pequeño paquete a Kilian, sentado en el extremo de la mesa, y antes de que lo abriera dijo:

—Me quedé sin ideas. Pedí consejo a mi madre y... ¡espero que te guste!

Kilian desenvolvió el paquete y extrajo un pequeño objeto de madera con forma de campana rectangular de la que colgaban no uno, sino varios badajos.

—Es un... —se dispuso a explicar Laha.

—... *elëbó* —terminó la frase Kilian, con voz ronca—. Es una campana tradicional que se utiliza para ahuyentar a los malos espíritus.

Todos mostraron su sorpresa por el hecho de que Kilian supiese con tanta seguridad qué era ese objeto. Clarence apoyó la barbilla en un puño y entrecerró los ojos. ¿Qué había dicho Simón en Sampaka sobre ese instrumento? Que si los ojos no le daban la respuesta, que buscase un *elëbó* como ese. ¿Dónde debía buscarlo? Primero el salacot, y ahora esa campana... ¿Por qué Bisila le había sugerido a Laha que comprase precisamente ese regalo? Que ella supiera, Simón y Bisila no tenían relación. Bueno, tampoco lo había preguntado.

—Muchas gracias —añadió su tío, pálido—. Me gusta mucho más de lo que puedas imaginar.

Daniela cogió el objeto y lo observó detenidamente.

—¿Dónde he visto yo esto antes? —se preguntó, frunciendo el ceño—. Me recuerda a...

—Daniela, hija —la interrumpió Kilian bruscamente—. ¿Dónde están esos bombones tan buenos que comimos anoche?

Daniela se levantó para ir a buscarlos y se olvidó de su pregunta.

—Últimamente —dijo Carmen—, en esta casa se están recibiendo unos regalos muy especiales.

Laha ladeó ligeramente la cabeza.

—Se refiere a un salacot que tu madre pidió a Iniko que me entregara —explicó Clarence.

—¿Un salacot? —Laha la miró con extrañeza. No recordaba haber visto ese objeto en su vida. Se giró hacia Kilian—. ¿Dónde lo guardaría mi madre? Cuando yo tenía unos siete u ocho años, Macías ordenó registrar todos los domicilios particulares del país para requisar y destruir cualquier objeto que tuviera que ver con la época colonial española. Comenzó una etapa de destrucción de la memoria.

Kilian parpadeó. Finalmente dijo:

—Aquí pasó algo parecido. Con la ley franquista de materia reservada, estuvo prohibido hablar y ofrecer información sobre Guinea hasta finales de los setenta. Fue como un sueño, como si no hubiera existido. No se podía saber nada sobre la pesadilla que estabais sufriendo algunos.

—¿Tan terrible fue, Laha? —preguntó Carmen dulcemente.

—Afortunadamente, yo era un crío —respondió Laha—. Pero sí,

fue terrible. Aparte de las represiones, acusaciones, detenciones y muertes de cientos de personas, os podría dar ejemplos concretos de la locura de ese hombre.

Daniela se sentó a su lado.

—No podía soportar que alguien estuviera mejor preparado que él, así que arremetió contra aquellos que pudieran hacerle sombra intelectualmente. La posesión del libro de texto de los padres del Corazón de María *Geografía e Historia de Guinea Ecuatorial* se castigaba con la muerte. En su lugar, impuso otro libro de texto obligatorio en el que insultaba a España, aunque por otro lado no hacía más que pedir ayuda económica. Aparecieron panfletos diciendo que era un asesino y requisó todas las máquinas de escribir. Ordenó quemar todos los libros. Mandó a los becarios guineanos en España que regresaran si no querían perder la beca y a su regreso, algunos fueron asesinados. Prohibió usar la palabra *intelectual*. Organizó la invasión de la isla por parte de guineanos continentales fang. Eran gente joven sin formación ni cultura ni trabajo que provenían de los poblados más profundos, y les entregó armas. Acabó con la prensa. Prohibió tanto el catolicismo como las consultas a nuestro gran Morimó del Valle de Moka. —Laha se frotó los ojos—. En fin, ¿qué se podía esperar de un hombre que alababa públicamente a Hitler?

Todos permanecieron en silencio un buen rato.

Daniela aprovechó para verter más vino en la copa de Laha.

—Pero, Laha —empezó a decir Jacobo—, ¿no fue Macías elegido y votado democráticamente?

—Estaba continuamente en la televisión —musitó Kilian, como si recordara claramente lo que decía—. Era muy popular porque sabía cómo camelarse a las personas utilizando fáciles palabras de libertad. Prometía devolver al negro lo que pertenecía al negro.

Laha carraspeó.

—Los españoles se equivocaron de persona al confiar en él y dejar la isla en sus manos. Había aprendido muy bien la técnica de la poda, no sé si me entendéis…

—¿Y cuánto duró ese horror? —preguntó Daniela, que lo miraba con los ojos abiertos por la mezcla de incredulidad, sorpresa e indignación que le producía lo que escuchaba.

—Once años —respondió Laha—. De 1968 a 1979.

—El año que nací yo —murmuró Daniela.

Laha sacó cuentas mentalmente. Daniela era más joven de lo que había calculado al conocerla.

—¿Sabes, Daniela? Era tal el terror que despertaba entre los nativos que ningún soldado de Guinea se atrevió a formar parte de su pelotón de ejecución, por lo que tuvieron que ser soldados marroquíes los que dispararan.

Se acercó a ella y bajó el tono de voz:

—La leyenda también dice que asesinó a los amantes que una de sus mujeres tuvo antes de conocerlo, y que, cuando lo iban a fusilar, colocó los brazos extendidos hacia atrás, con las palmas de las manos hacia el suelo, preparado para echarse a volar…

Daniela dio un respingo y Laha sonrió maliciosamente.

Clarence aprovechó ese instante para relajar la situación. Recordaba perfectamente adónde podían conducir las conversaciones sobre espíritus y se llevó la mano al cuello para acariciar el collar que le había regalado Iniko.

—Bueno, chicos —dijo con voz alegre—. Laha todavía no ha abierto sus regalos.

Le entregó primero un gorro de lana a juego con unos guantes y después un ejemplar de un libro recién editado titulado *Guinea en pasolobinés*.

—Es un libro escrito por una persona de nuestro valle —explicó Clarence—, sobre los vecinos que vivieron años en la Guinea de la época colonial. Claro que solo ofrece este lado de la historia, el de los blancos, pero bueno, puede resultarte interesante conocer el contexto que explica…. —comenzó a pensar que igual no había sido tan buena idea regalarle ese libro precisamente—. ¡Y salen fotos de Jacobo y Kilian!

Laha la ayudó.

—¡Claro que me parecerá interesante, Clarence! —dijo, con una sonrisa—. No se puede negar lo que sucedió…

Abrió el libro y empezó a pasar páginas, fijándose con detenimiento en las fotografías. En ellas se veía a hombres blancos enfundados en ropas de algodón y lino blancas, con sus inseparable salacots, y en muchos casos, sujetando un rifle. También se veía a hombres negros con ropas viejas trabajando en las plantaciones. Cuando los hombres negros no aparecían trabajando, sino posando para el fotógrafo, en muchas ocasiones lo hacían sentados a los pies de los hombres blancos, y no era excepcional que un blanco tuviera la mano apoyada en la cabeza de un negro, como si fuera un perro, pensó con desagrado. También, fotos de hombres sosteniendo largas pieles de boas y las entradas a las diferentes fincas. Intentaba buscar en su mente recuerdos de su temprana infancia, pero no encontraba nada de lo que veía en las fotos. O no había nacido, o era muy pequeño cuando las últimas imágenes habían sido tomadas. Tal vez Iniko aún pudiese reconocer algunas de esas imágenes.

También Kilian y Jacobo comentaron en voz alta los edificios emblemáticos de la Santa Isabel colonial, como la Casa Mallo en la antigua avenida Alfonso XIII, o los coches de aquella época, o los nombres de los barcos: Plus Ultra, Dómine, Ciudad de Cádiz, Fernando Poo, Ciudad de Sevilla… Kilian se abstrajo al escuchar el nombre de este último. ¡Cuántas veces había creído que la vida de ese barco había transcurrido paralela a su propia vida! El lujoso y elegante buque insignia de la Trasmediterránea, después de recorrer medio mundo, había sido desguazado a mediados de los años sesenta. Después de ser restaurado, un día se quedó a la deriva cerca del puerto de Palma, con peligro de partirse en dos. Posteriormente, sufrió dos graves incendios por los que tuvo que ser restaurado una vez más... Pero, a pesar de todo, a sus setenta y seis años de existencia, todavía seguía por ahí, aguantando los embates de la vida.

Cuando ya no quedaba ninguna foto que comentar, Kilian sacudió la cabeza y suspiró:

—¡Cómo han cambiado los tiempos! Me parece mentira que hayan pasado tantos años y que nosotros estuviésemos en Fernando Poo.

Jacobo asintió.

—Pero, por lo que cuentan Clarence y Laha, no parece que hayan cambiado a mejor.

Laha levantó la vista y arqueó una ceja.

—¿Qué quieres decir? —preguntó.

Jacobo se tomó su tiempo antes de responder. Bebió un sorbo de café, se limpió los labios con la servilleta, puso las manos sobre la mesa y miró a Laha con arrogancia.

—Entonces salían de la isla unas cincuenta mil toneladas de cacao, y solo de Sampaka, seiscientos mil kilos, gracias a nosotros. Y ahora, ¿qué sacarán? —Se dirigió a su hermano—: ¿Tres mil quinientos kilos? Todo el mundo sabe que desde que nos fuimos, el país no ha levantado cabeza.

Se dirigió a Laha directamente.

—Vivís peor ahora que hace cuarenta años. ¿Es o no cierto lo que digo?

—Jacobo —respondió Laha en tono neutral—, creo que pasas por alto que ahora Guinea es un país independiente que intenta salir adelante después de siglos de opresión.

—¡Cómo que opresión! —atacó Jacobo gesticulando exageradamente—. ¡Pero si os llevamos nuestros conocimientos y nuestra cultura! Tendríais que estar agradecidos de que os sacáramos de la selva...

—¡Papá! —exclamó Clarence, furiosa, mientras Carmen apoyaba una mano en el muslo de su marido para indicarle que había ido demasiado lejos.

—Dos cosas, Jacobo. —Laha se incorporó en su silla. Su tono de voz ya no era tan calmado como antes—. Una: asimilamos vuestra cultura porque no nos quedó más remedio. Y dos: a diferencia de otras colonizaciones españolas, los conquistadores en Guinea no se implicaron tanto como para mezclar su sangre con la del conquistado. ¡Hasta ese punto se nos consideraba inferiores!

Kilian observaba a los dos sin intervenir.

Jacobo abrió la boca para rebatirle, pero Laha lo detuvo extendiendo las palmas de sus manos hacia él.

—No me des lecciones de colonización, Jacobo. El color de mi piel delata que es evidente que mi padre fue blanco. ¡Podríais ser cualquiera de vosotros!

Se hizo un incómodo silencio.

Clarence agachó la cabeza y se le llenaron los ojos de lágrimas. Si por una remota casualidad Laha fuera su hermanastro, no podría haber tenido un encuentro más desagradable con su posible padre biológico. La actitud de Jacobo resultaba imperdonable. ¿Por qué no podía comportarse como Kilian?

Daniela apoyó la mano en el hombro de Laha para tranquilizarlo. Laha se giró hacia ella y la miró con tristeza. Acababa de dejar claro que llevaba una espina clavada en el alma, y no era algo de lo que solía hablar.

—Es un tema difícil —dijo Daniela con voz cálida y apaciguadora—. También ahora, aunque no nos demos cuenta, todos estamos siendo continuamente colonizados, de manera sutil, por redes tejidas por intereses económicos, políticos, culturales… Son otros tiempos.

Esa era Daniela, pensó Clarence. Nunca se alteraba, ni se ponía furiosa. Siempre intentaba expresarse en el mismo tono, dulce, tranquilo, racional.

—Siento haberme enfadado —dijo Laha, mirando a Carmen, quien hizo un gesto con la mano como queriendo quitar importancia a lo que había sucedido. Estaba más que acostumbrada a las discusiones acaloradas.

Daniela sacó la cucharilla de su taza, dio unos pequeños golpecitos en el borde para que las últimas gotas de café se desprendieran del metal, bebió un sorbo, dejó la taza en el plato, frunció el ceño y dijo por fin:

—Para mí la colonización es como la violación de una mujer. Y encima, si la mujer se resiste y se niega, el violador tiene la desfachatez de decir que la mujer no hablaba en serio, que en el fondo estaba disfrutando, y que él lo hacía por su bien.

Todos se quedaron de piedra al escuchar semejante comparación. Se produjo un incómodo silencio. La joven agachó la cabeza, un poco avergonzada por su franqueza.

Clarence se levantó y comenzó a retirar platos de la mesa. Jacobo le pidió otro café en tono brusco. Kilian daba golpecitos con los dedos en la mesa. Carmen comenzó a hojear el libro de recetas que le había regalado Laha y le hizo un par de preguntas que él respondió amablemente.

—Bien —dijo Kilian por fin—. Es Navidad. Dejemos los temas complicados.

Se dirigió a Laha.

—Cuéntanos, ¿cómo terminó uno de Bioko en California?

—Creo que la culpa la tuvo mi abuelo —dijo pensativo, sujetándose el mentón con la mano derecha—. Estaba obsesionado por que sus descendientes estudiasen. Siempre nos repetía lo mismo, una y otra vez. Mi hermano Iniko se enfadaba mucho, porque lo interpretaba a su manera.

Levantó el dedo índice en el aire, a la vez que parodiaba la voz de un hombre mayor:

—«Lo más sabio que le he escuchado decir a un hombre blanco, gran amigo mío, es que la mayor diferencia entre un bubi y un blanco es que el bubi deja crecer el árbol del cacao libremente, pero el blanco lo poda y educa y así se saca más provecho de él».

Entonces, Kilian se atragantó con un trozo de turrón. Se puso muy rojo y comenzó a toser.

El veintiséis de diciembre amaneció con un cielo limpio y un sol brillante que cegaba la vista al reflejarse sobre la nieve. Tras dos días encerrados en casa por culpa de la gran nevada, y con la única ocupación de comer, Laha, Clarence y Daniela pudieron ir a las pistas de esquí.

Las chicas habían conseguido un traje de esquiar para Laha, que se sentía ridículo y torpe con las rígidas botas. Daniela le daba las instrucciones básicas para caminar sobre la nieve helada y procuraba estar cerca de él por si resbalaba. A su lado parecía más pequeña. Cuando lograron que se calzara los esquís, Laha no dejó de mirarla con ojos aterrados y de sujetarse a sus hombros mientras ella lo hacía por la cintura.

Clarence los observaba divertida.

Hacían muy buena pareja.

Su prima estaba concentrada en dar las instrucciones correctas como ella sabía, con determinación y amabilidad a la vez. Laha intentaba confiar en ella, pero su mente iba por un lado y el cuerpo por otro.

Después de un largo rato de sufrimiento, Laha decidió que necesitaba un café. Daniela se ofreció a acompañarlo mientras Clarence aprovechaba para realizar unos descensos por las cotas más altas. Cuando se sentó en el telesilla se despidió de ellos con la mano. Casi agradecía la posibilidad de estar a solas un tiempo disfrutando de la sensación de libertad que la contemplación del paisaje nevado le producía. Mientras ascendía por la montaña, podía percibir como el silencio absorbía las voces y las risas de los esquiadores y las transformaba en un siseo continuo que calmaba el ánimo. La brillante y blanca llanura bajo ella, el reflejo de las cercanas cumbres, el creciente frío sobre las mejillas y el leve balanceo de la silla le producían una sensación de lentitud, de vértigo, de irrealidad.

Durante esos momentos de somnolencia, en su mente se mezclaron fragmentos de conversaciones e imágenes que, como piezas de un rompecabezas, buscaban dónde encajar. Se resistía a creer que Jacobo se hubiese enamorado de Bisila y la hubiese abandonado con un niño pequeño. De ser cierto, su tío Kilian tenía que haber sido cómplice de la situación. Un cómplice con cargo de conciencia, porque sus reacciones habían tenido lugar de forma paralela a las de Jacobo, y habían sido incluso más intensas que las de este. ¿Cómo podían haber guardado un secreto de semejante magnitud? ¿Se acercaba, por fin, el momento de la verdad? ¿Era por eso que se sentía tan nerviosa?

La única forma de liberarse de la congoja que atenazaba su pecho era deslizarse a gran velocidad por una pista de máxima dificultad y llevar su cuerpo hasta el límite mientras los otros dos, completamente ajenos a sus sospechas, se relajaban en la cafetería.

Más que relajado, Laha se sentía feliz conversando con Daniela. Le gustaba estar con ella. Le gustaba cómo sostenía la taza con ambas manos para calentárselas y cómo soplaba al café con leche para enfriarlo. Daniela hablaba y a la vez controlaba todo lo que pasaba a su alrededor. Sus expresivos ojos iban y venían del café a él, a los de la mesa de al lado, a los que se quitaban los esquís en la puerta de la cafetería y a lo que sucedía en la barra. Laha dedujo que no era cuestión de nerviosismo, sino de capacidad de observación y análisis. Qué diferente era de su prima, pensó. Aparte de ser más baja y delgada, Daniela parecía mucho más sosegada, tranquila y racional que Clarence, con la que sí compartía la cualidad de Carmen —que él valoraba especialmente— de intentar complacer y hacer sentir bien a las personas cercanas. Tal vez por ese motivo no se había sentido como un extraño en ningún momento desde que llegara a Pasolobino. A solas con Daniela, además, el tiempo dejaba de ser una mera sucesión de acciones para detenerse en un fascinante punto de insospechado entusiasmo. ¿Qué le estaba pasando? ¡La acababa de conocer!

—Estás muy callado —comentó Daniela—. ¿Tan abatido te ha dejado tu primera experiencia en la nieve?

—¡Me parece que el esquí no es lo mío! —respondió Laha, en tono lastimero—. Y francamente —bajó la voz para que solo ella pudiera oírle—, tampoco entiendo mucho el furor que produce este deporte. ¡Las botas me aprietan tanto que la circulación no me llega a los pies!

—¡Serás exagerado! —Daniela se rio abiertamente y su rostro se iluminó.

—¿Te apetece otro café? —preguntó él, poniéndose de pie.

—¿Crees que podrás caminar hasta la barra?

Laha simuló concentrarse en la difícil tarea de colocar muy lentamente un pie tras otro y Daniela, divertida, lo siguió con la mirada. Se sentía muy cómoda con Laha, *demasiado* cómoda. Se mordió el labio. Era Clarence la que tenía que aprovechar todos los minutos del día la compañía de Laha y no ella. Entonces, ¿por qué los había dejado solos? Clarence la tenía desconcertada. Ella y Laha se comportaban como dos buenos amigos, quizá con un afecto especial, pero ni se habían cogido de la mano, ni se habían lanzado miradas apasionadas. ¿Y si…? ¿Y si Clarence estuviera enamorada de Laha y este no correspondiera a sus sentimientos? Le costaba creer que alguien como él hubiera actuado de manera irresponsable y egoísta al aceptar compartir unos días con toda su familia… También cabía la posibilidad de que él no lo supiera y Clarence esperase el momento oportuno… Lo mirase como lo mirase, la situación se complicaba por momentos. Era la primera vez en su vida que las rodillas le parecían de goma, miles de mariposas aleteaban en su estómago, un constante calorcillo se había instalado en sus mejillas, y el mundo resultaba prescindible más allá del cuerpo de Laha. Mal asunto.

Laha rozó su hombro cuando se inclinó para dejar la taza frente a ella. Luego se sentó, removió el café con la cucharilla para disolver el azúcar y preguntó sin rodeos:

—¿Te gusta vivir en Pasolobino, Daniela?

—Sí, claro. —Un débil titubeo había precedido a la afirmación—. Aquí tengo mi trabajo y mi familia. Y, como puedes apreciar, este es un lugar precioso. Soy muy afortunada de tener aquí mis raíces.

Si Laha no dejaba de mirarla tan fijamente, acabaría por sonrojarse.

—Y tú, ¿de dónde te sientes?

—No sé qué decir… —Laha, pensativo, se incorporó y apoyó su barbilla en una mano—. Yo sí que tengo una crisis de identidad: soy bubi, guineoecuatoriano, africano, algo español, europeo de padre desconocido y norteamericano de adopción.

Daniela lamentó que esa confesión hubiera cubierto su rostro con un tenue velo de tristeza.

—Es posible que en tu corazón sientas que una de las opciones destaca más que las otras —dijo, en voz baja.

Él miró hacia el exterior y recuperó su actitud risueña.

—A ver, Daniela. —Adoptó un tono intencionadamente quejumbroso, al tiempo que ladeaba ligeramente la cabeza—. ¿Cómo se puede sentir un hombre negro rodeado de tanto blanco? —Extendió una mano para señalar en dirección a la nieve—. Pues gris.

—¡Tú no eres gris! —exclamó Daniela elevando la voz.

—¿Quién no es gris? —preguntó una sonrojada Clarence, sentándose al lado de su prima—. ¿A qué viene tanto entusiasmo?

Ni Laha ni Daniela se habían percatado de su entrada en la cafetería.

Miraron el reloj y se dieron cuenta de que llevaban más de una hora conversando. Por primera vez en su vida, Daniela lamentó la inoportuna presencia de su prima.

Como ninguno le contestara, Clarence dijo:

—Bueno, Laha. ¿Estás preparado para un segundo asalto? Me refiero al esquí, claro está.

Laha puso cara de pena y extendió su brazo para coger la mano de Daniela.

—¡No, por favor! —le suplicó—. No dejes que me torture más.

Daniela aprovechó la ocasión para mantener la mano de él entre las suyas. Laha tenía las manos grandes y finas. Se notaba que no había realizado mucho trabajo físico con ellas.

—No te preocupes —dijo, clavando la mirada en sus ojos—. Yo cuidaré de ti.

Inmediatamente se arrepintió de haber dicho eso delante de Clarence, que la miró con la ceja izquierda completamente arqueada.

—Las dos cuidaremos de ti.

«Vaya, vaya —pensó Clarence mientras caminaba hacia la salida—. ¿Son imaginaciones mías o a mi querida prima le brillan los ojos cada vez que su mirada se encuentra con la de Laha? ¡Qué espíritus más traviesos! ¿Acaso reservaban a Laha para Daniela?»

Justo acababa Clarence de evocar a los espíritus en su mente cuando sucedió algo imprevisto.

Laha caminaba torpemente con sus botas y no calculó bien la altura del pequeño peldaño que separaba el interior del edificio de la nieve. Resbaló y solo tuvo tiempo de sujetarse a Clarence, que, al girarse para ayudarle, cayó de espaldas al suelo por la fuerza del empuje.

Laha se desplomó sobre ella.

Entonces, a escasos centímetros de su cara, con toda la luz del sol de ese día radiante concentrada en un único haz dirigido por una misteriosa y oportuna casualidad sobre los ojos del hombre, a Clarence le dio un vuelco el estómago y ya no tuvo más dudas...

¿Qué le había dicho Simón en la finca Sampaka?

Le había dicho que la había reconocido por los ojos, que tenía los mismos ojos que los hombres de su familia, que no eran ojos corrientes, que de lejos parecían verdes, pero de cerca eran grises...

En ese mismo instante, Clarence reconoció en los ojos de Laha sus propios ojos, y los de Kilian, y los de Jacobo. Hasta ese mismo momento hubiera jurado que eran verdes. Pero, a esa distancia, podía distinguir nítidamente las rayitas oscuras del iris que los teñían de un gris profundo. ¡Laha había heredado los ojos típicos de su familia!

La mirada del hombre le produjo el efecto de un puñetazo en las entrañas y le entraron ganas de llorar. Sintió una mezcla de alivio, alegría y temor por lo que por fin había descubierto y que no sabía ni cómo ni cuándo revelar.

Y ahora que sabía que era Laha —y no otro— a quien ella había ido a buscar a Bioko, permitió que aflorara en algún rincón de su corazón la vergüenza de ser hija de alguien capaz de abandonar a su propio hijo y privarle de su derecho a ocupar su casilla, junto a ella, en el árbol genealógico de su casa.

XIII

BOMS DE LLUM

POZOS DE LUZ

—¿Estás segura de que no quieres venir? —Daniela se ajustó el anorak. El invierno no era la mejor época del año para hacer excursiones, y menos caminando, pero una vuelta en coche por el valle podría ser una buena alternativa a los paseos por el pueblo y al esquí, que poco o nada le había gustado a Laha.

—Todavía me duele un poco la cabeza —respondió Clarence, colocando un dedo para marcar la página del libro que estaba leyendo.

Laha la miraba afligido.

—No sabes cuánto lamento lo de la caída.

Daniela frunció el ceño. El golpe en la cabeza tenía que haber sido fuerte porque desde entonces su prima no se encontraba muy bien. Deseaba fervientemente que sus dolores tuviesen una razón única y exclusivamente física, pero, como enfermera, lo dudaba. Cuando Clarence estaba tumbada en el suelo, con el enorme cuerpo de Laha aprisionándola y sus caras tan cerca la una de la otra, Daniela había sentido una repentina punzada de celos. Las miradas de Laha y Clarence habían permanecido fijas una en la otra más tiempo del necesario para recuperarse de una caída. Y su prima seguía aturdida y confusa. Incluso le parecía percibir que esquivaba a todo el mundo.

Desde la cocina llegaron voces y risas. Clarence puso los ojos en blanco.

—Aunque tengáis que dar la vuelta a la casa hasta el coche, yo que vosotros saldría discretamente por la puerta del patio.

—Ya me extrañaba a mí que tardaran tanto... —Daniela resopló.

Laha no entendió el comentario. Abrió la boca para preguntar algo, pero Daniela le hizo un gesto para que guardara silencio. Escucharon claramente como las vecinas sometían a Carmen a un interrogatorio sobre Laha.

Daniela tiró a Laha del brazo.

—Será mejor que nos vayamos —susurró—. ¡No hagas ningún ruido! Hasta luego, Clarence.

Laha ahogó una risa y, de puntillas, siguió a Daniela. Clarence intentó en vano concentrarse de nuevo en la lectura, pero la conversación de las vecinas continuaba. La capacidad de comentar y criticar en un lugar pequeño, donde todo el mundo se conocía, no había desaparecido con la venida del progreso; simplemente, se había transformado. Del cotilleo enfermizo, acusador, dañino e incluso demoledor se había evolucionado al comentario informativo con el que amenizar las veladas. Esa benevolencia pertenecía a la generación de Clarence y Daniela, que habían tenido la suerte de crecer en un ambiente más relajado. ¿Cómo hubiesen reaccionado los habitantes de Pasolobino si su padre se hubiera traído a su hijo africano décadas atrás? Y ahora… ¿Qué pasaría cuando supieran que *era* uno más de la familia?

Fernando Laha de Casa Rabaltué.

Suspiró.

Se sentía incapaz de volver a mirarle a los ojos por temor a que él pudiera intuir lo que la atormentaba. Se sentía incapaz de explicar lo que quizá no fuese sino una casualidad. ¿Cómo iba a interrogar a su padre? Si no fuese verdad, estaría insultando a Jacobo y heriría los sentimientos de Laha por ofrecerle la posibilidad de descubrir al padre que nunca había tenido. Y si fuese verdad, no podía imaginar cómo enlazar una palabra tras otra para contar su versión y pretender obtener una confirmación.

Su posición era difícil. Si se arriesgaba, mal, y si no, también.

Y encima esos dos, Laha y Daniela, parecían entenderse a las mil maravillas. Recordó la broma de Daniela sobre el permiso papal que se necesitaba en tiempos para casarse con un primo...

El corazón le dio un vuelco.

Pero ¿en qué estaba pensando? ¡Daniela era la primera a quien debería contar sus sospechas! ¡Tenía que saberlo! ¿A qué esperaba para avisarla? Con su pasividad estaba dando alas a que...

Cerró los ojos y, sin poder evitarlo, su mente se desplazó a una playa bañada de forma apasionada por aguas de color cian. Un hombre y una mujer yacían sobre la arena disfrutando de sus cuerpos sin prestar atención a los cientos de tortugas que se desviaban para no interrumpirles. A lo lejos se oían los cantos de los pájaros y el parloteo de los loros de colores que repetían insistentemente que eso no era así, que lo que era de un azul claro intenso no era el mar, sino el cielo, que lo que era blanco era el manto de nieve que cubría los prados, que las tortugas no eran sino enormes piedras sobre las que sentarse a descansar, y que los cuerpos que deseaban caricias no eran los de Clarence e Iniko, sino otros.

La ruta del sol recibía ese nombre por la docena de aldeas que se habían construido a lo largo de los siglos en la parte más alta de la ladera sur de una montaña bañada por el sol desde el primer rayo del amanecer hasta el último del atardecer. Las casas de cada pueblo habían sido dispuestas de forma escalonada de manera que todas pudieran disfrutar del privilegio del rey de la luz, lo cual suponía el regalo más preciado en un lugar tan frío.

Una estrecha carretera, mal asfaltada y poco transitada, comenzaba en la vía principal del valle, ascendía serpenteante la ladera hasta llegar a la primera aldea, desfilaba por delante de las demás trazando una recta cicatriz en la montaña, y volvía a descender con sus curvas hasta que la última, la más cerrada, arrojaba al viajero de nuevo a la carretera general.

Durante todo el trayecto por la zona más virgen del valle de Pasolobino, era imposible librarse de la sensación de haber abierto un paréntesis en el tiempo. Laha se maravilló ante las iglesias románicas, los portalones blasonados, las casas con portadas doveladas de medio punto y jambas y dinteles trabajados y los pórticos con cruces labradas en piedra. Le resultaba increíble que, a escasos kilómetros, la vorágine turística estuviese completamente activa.

—No pensaba que viviera tanta gente en estos pueblos —comentó Laha.

—Muchas casas son segundas residencias rehabilitadas por los descendientes de los antiguos dueños —explicó ella—. Yo los llamo los hijos pródigos.

—¿Y eso por qué?

—Pues porque cuando vienen, llegan con muchas ganas de hacer muchas cosas, de enterarse de los cambios durante su ausencia, de hacer reuniones para sugerir ideas o protestar por lo que se ha hecho. A medida que pasan los días y las vacaciones se acercan a su fin, las energías se van debilitando hasta que han desaparecido por completo en el mismo instante que sus coches enfilan hacia la ciudad. Y así hasta las próximas vacaciones.

Laha permaneció pensativo unos segundos. Las palabras de Daniela le habían afectado.

—Entonces yo también soy uno de ellos —murmuró apesadumbrado.

Cuando él llegaba a Bioko, lo primero que hacía era conversar con su hermano sobre las últimas novedades. Luego se marchaba a California y retomaba su cómoda vida. Desde la distancia, a veces tenía la sensación de que Iniko le recriminaba en silencio que el día a día de un lugar lo construían quienes vivían allí.

Daniela detuvo su Renault Megane en una pequeña plaza rodeada casi por completo de coquetas casitas de puertas y maderas teñidas de oscuro. Miró el reloj y calculó que aún les quedaba un rato hasta que anocheciera.

—En la parte alta hay una ermita preciosa. —Señaló una estrecha callejuela empedrada que ascendía hacia el bosque y le indicó que siguiera sus pasos—. Está abandonada, pero vale la pena visitarla.

Mientras Laha merodeaba por los alrededores, ella se entretuvo contemplando el paisaje nevado. Al cabo de un rato, él la llamó de manera insistente. Parecía un niño emocionado por el descubrimiento de un tesoro.

—¡No me lo puedo creer! —La cogió del brazo y la guio con apremio hacia el interior de la ermita—. ¡Mira! —Señaló una piedra en la que aparecía tallada una fecha.

Daniela no acababa de comprender el entusiasmo de Laha.

—Sí —confirmó—. Es una piedra con una fecha.

—Mil cuatrocientos setenta y uno —leyó—. ¿Y qué tiene de especial?

—¡Es la cosa más antigua que he tocado en toda mi vida! —Daniela no parecía muy impresionada, así que él añadió—: La fecha es la del año que el portugués Fernando de Poo descubrió la isla de Bioko. ¿Has visto qué casualidad? ¡Mientras un cantero tallaba su piedra, un marinero descubría una isla! ¡Y ahora estamos tú y yo aquí, más de quinientos años después, unidos por el destino! ¡Si ese hombre no hubiera descubierto la isla, no estaríamos aquí en este momento!

—¡Vaya una manera de resumir la historia! —exclamó Daniela, divertida y halagada a la vez por el hecho de que Laha se sintiera eufórico en su compañía—. Solo te falta decir que el destino se ha encargado de unirnos.

Laha se acercó. Extendió su mano hacia ella y le apartó un mechón cobrizo que le cubría parcialmente la cara. Daniela dio un respingo por la imprevista reacción de él.

—¿Y por qué no? —dijo él, con voz ronca.

Al atardecer de un manso, claro y frío día de invierno, en el interior de una decrépita y ruinosa ermita construida siglos atrás, al abrigo de un único e intenso rayo de sol que se filtraba por una rendija de la pared, Laha inclinó su cuerpo sobre Daniela y la besó.

Todos los sentidos de la joven, hasta hacía unos segundos helados por el frío y por el tiempo transcurrido desde la última vez que había deseado un beso como lo deseaba desde que Laha entrara en su casa la víspera de Navidad, despertaron de su letargo en el mismo instante en que los labios de él se posaron sobre los de ella, de forma suave, amoldándose blandamente primero y ganando piel poco a poco hasta cubrirlos por completo. Concentró toda su atención en esos labios carnosos, calientes y seductores que se apoderaban de los suyos con maestría y dulzura a la vez. ¡Cielo santo, ese hombre realmente sabía lo que hacía! Quiso que ese beso no terminara nunca y abrió ligeramente la boca para que él pudiera saborearla mejor, para que sus lenguas se rozaran con la promesa de otro encuentro más profundo, para que sus alientos se fundieran en un único vaho ardiente en medio del frío.

Alzó los brazos para rodear el cuello de Laha e indicarle así que no parara. El beso se prolongó hasta que el rayo de luz que entraba por la rendija de la pared languideció y desapareció. Laha separó su boca de la de Daniela, se apartó unos centímetros y clavó su mirada en la de ella.

—Me alegro —dijo, con voz entrecortada— de no haber podido evitarlo.

Se humedeció los labios, todavía sorprendido por la intensidad de ese primer acercamiento. Daniela parpadeó como si regresara de un plácido sueño. Sonrió con expresión golosa y lo empujó con suavidad para que se apoyara sobre la piedra del altar.

—Yo también me alegro —dijo presionando su cuerpo contra el de él y sujetándose a las solapas de su abrigo—. En estos momentos solo lamento una cosa.

Laha arqueó las cejas en actitud interrogante.

—Lamento —continuó ella, lanzándole una mirada sensual— no estar en la cómoda habitación de un hotel...

Laha emitió un sonido de sorpresa porque no se esperaba una respuesta tan directa de una mujer varios años más joven que él. Se sintió cómodo, halagado y contento de haberse atrevido a besarla.

—Vayamos a uno —propuso, estrechándola más fuerte entre sus brazos. Daniela encajaba perfectamente entre ellos. Se sintió como un veinteañero impaciente. «¿Por qué había tardado tanto en conocerla?»

—¡No puedo hacer eso! —exclamó ella—. Mañana lo sabría todo el valle...

—¿Aún no hemos hecho nada y ya te avergüenzas de mí? —preguntó él, aflojando su abrazo y fingiendo enfadarse.

—¡No seas tonto! —Daniela le lanzó los brazos al cuello—. Por el momento tendremos que conformarnos con esto.

Laha volvió a estrecharla con fuerza y comenzó a mordisquearle el cuello.

—¿Con esto? —murmuró.

—Sí.

Laha introdujo las manos con dificultad bajo las capas de ropa de Daniela y acarició con delicadeza su espalda con movimientos ascendentes y descendentes.

—¿Y con esto?

—Sí, con esto también.

Daniela deslizó los dedos entre el cabello de Laha y echó la cabeza hacia atrás para que él pudiera ampliar el recorrido de sus labios por su cuello, por su garganta, por sus mejillas y por sus sienes antes de regresar a los labios. Después de unos deliciosos minutos, suspiró con resignación.

—¿Qué te parece si llamamos a casa para decir que no nos esperen a cenar? —propuso. Quería aprovechar al máximo las escasas ocasiones que tenían de estar a solas, aunque, al mismo tiempo, se sintió un poco culpable al pensar en Clarence—. Donde hemos aparcado, hay un restaurante muy bueno.

Volvieron a la plaza, que se abría a modo de mirador sobre la ladera de una colina y se detuvieron unos instantes para contemplar como la luna recién aparecida producía sobre la nieve el hipnótico efecto de las noches blancas típicas de invierno. Daniela se acercó más a Laha para sentir su calor. Sería una velada deliciosa. Cada segundo que pasaba con él estaba más convencida de que había encontrado su sitio en el mundo. Laha la estrechó entre sus brazos y respiró hondo. El pueblo estaba en silencio y las luces de las viviendas y farolas eran demasiado tenues. Junto a esa mujer, no existían ni la soledad ni la oscuridad. Se inclinó sobre ella y la besó una vez más.

Si los habitantes de ese pueblo hubiesen mirado a través de las ventanas en ese momento, se habrían sorprendido de la intensidad con la que un hombre y una mujer se besaban a pesar del frío. No habrían sido capaces de criticar su actitud. Al contrario: habrían envidiado con toda su alma el calor, la insistencia y la urgente necesidad con la que ese beso desafiaba el espacio y el tiempo.

Como si el espacio pudiera estrecharse y el tiempo agotarse.

Daniela se separó aturdida. Entonces, escuchó el motor de un vehículo e, instintivamente, se apartó de Laha. Un Volvo aparcó junto a su coche y alguien la llamó.

—¡Qué casualidad! —Julia llegó hasta ellos seguida de una mujer de su edad.

—¡Julia! —Daniela le dio dos besos con pereza—. ¿Qué haces por aquí en estas fechas? ¿No las sueles pasar en Madrid?

Julia contestó sin dejar de lanzar miradas al acompañante de la joven:

—Uno de mis hijos ha decidido pasar la Nochevieja aquí y me he animado a subir con una amiga.

La mujer se acercó. Tenía el cabello de un rubio tan claro que parecía blanco.

—Ascensión, esta es la hija de Kilian. —Ascensión abrió los ojos tan sorprendida como Daniela, y Julia explicó—: Ascensión y yo somos amigas desde los tiempos de Guinea. Se casó con Mateo, uno de los compañeros de tu padre que falleció hace un par de meses...

—Lo siento mucho —dijo Daniela, y se acercó también para darle dos besos.

—Gracias —dijo Ascensión, con sus azules ojos velados por las lágrimas—. Con Mateo todos los años decíamos de subir al valle de Pasolobino, pero por una cosa u otra no lo hicimos...

—La he convencido para que pasara tres o cuatro días conmigo, a ver si se anima un poco.

Daniela se percató de que, a la vez que hablaba, Julia lanzaba miradas a Laha. No le quedó más remedio que presentárselo. Mentalmente maldijo su mala suerte. No quería que nada estropease el hechizo de esa noche.

Laha se acercó y saludó a las mujeres.

—¿Así que las dos vivieron en mi país? —preguntó con una cordial sonrisa.

Ascensión asintió apretando los labios para controlar el llanto. Julia entornó los ojos.

—Laha... —murmuró.

—Sí —dijo Daniela, sin ganas de dar muchas explicaciones. Lo que menos le apetecía era otra conversación sobre Guinea—. Está pasando unos días en casa. Clarence lo conoció durante su viaje.

—Me lo contó, sí... —Julia sintió una fuerte opresión en el pecho. Se ajustó los guantes con movimientos repetitivos y nerviosos—. Que había conocido a una familia, a Laha, Iniko y Bisila... —Se arrepintió inmediatamente de haber sido tan explícita.

—¿Bisila no...? —empezó a decir Ascensión enarcando una ceja.

—Bisila no es un nombre corriente, ¿verdad? —continuó la pregunta Julia—. ¿Y dónde está Clarence?

—No se encontraba bien y ha preferido quedarse en casa.

—Ah.

Julia no podía dejar de mirar a Laha. Su abundante pelo, su frente ancha, su mandíbula marcada, su barbilla redondeada, sus ojos... Era él. Tan claro como la nieve que cubría los prados. Clarence lo había encontrado, pero ¿tendría la certeza absoluta? Miró a Daniela. La muchacha tenía las mejillas sonrosadas y un brillo especial en sus grandes ojos marrones. ¿Lo sabría ella?

Se hizo un breve silencio. Daniela temió que, ya fuera por cortesía o verdadera curiosidad, Laha empezara un diálogo interminable sobre el pasado de las mujeres.

—¿Y estáis de visita turística? —preguntó, por decir algo.

—Tenemos reserva en este restaurante. —Julia señaló con el dedo el edificio a sus espaldas y miró a Laha—. Espero que disfrutes de tu estancia en nuestro valle.

Laha curvó los labios en una sonrisa maliciosa y miró a Daniela por el rabillo del ojo.

—Le puedo asegurar que estoy empezando a hacerlo. —Daniela se mordió el labio inferior para contener la risa.

Esperaron a que las mujeres entraran al restaurante y Daniela sacó las llaves del coche de su bolsillo.

—¿Pero no íbamos a cenar aquí también? —preguntó Laha.

—Es que se me ha ocurrido otro sitio mejor... —repuso ella.

Con Julia y Ascensión ahí dentro no podría ni rozar a Laha con las yemas de los dedos sin que se dieran cuenta. De pequeño, romántico y acogedor, el restaurante de sus sueños había pasado a ser agobiante y frío.

Julia encontró la excusa perfecta para pasarse al día siguiente por Casa Rabaltué y saciar su curiosidad.

—Se está organizando en Madrid una reunión de antiguos amigos de Fernando Poo para Semana Santa —anunció—. De nuestro grupo faltarán Manuel y Mateo, pero puede ser algo muy bonito. Podríais venir. —Se dirigió a Carmen—. Tú también, por supuesto.

—Demasiados recuerdos... —dijo Jacobo antes de dirigirse a su hermano—. ¿A ti te gustaría ir?

Kilian se encogió de hombros.

—Ya veremos.

—¿También los descendientes estamos invitados? —preguntó Clarence.

—Claro que sí, pero te aburrirías, Clarence —dijo Ascensión—. ¿Qué harías con un montón de vejestorios recordando su juventud?

—Oh, a mí me encanta descubrir cosas del pasado de mi padre...

Daniela tenía claro que ella no pensaba ir. Hacía rato que había desconectado de la conversación. Casi todas las preguntas de esa tarde comenzaban con un «¿te acuerdas cuando...?» que terminaba con un profundo suspiro. Tanto Ascensión como Julia echaban mano del pañuelo en ocasiones mientras Jacobo y Kilian apretaban los labios y mecían suavemente la cabeza. A Daniela le intrigaba cómo podía soportar Carmen anécdota tras anécdota de un pasado con el que no compartía nada, pero ahí estaba ella, con una sonrisa amable fijada en el rostro. Igual que Clarence, que no se perdía ni un solo detalle de las palabras y los gestos de los otros. Estaba convencida de que si le pusiera un cuaderno al lado, su prima tomaría notas. Bostezó y concentró su mirada en las llamas. Ya no quedaba nada de la pila de leña que había preparado Kilian y nadie parecía tener prisa.

Sintió que alguien la miraba fijamente. Levantó la vista y sus ojos se toparon con los de Laha. Un placentero escalofrío la recorrió de manera tan evidente que decidió aprovechar la ocasión para escapar. ¿Captaría Laha el mensaje?

—Voy a buscar leña antes de que se apague el fuego —dijo ella, poniéndose de pie.

—¿Necesitas ayuda? —Sí, lo había captado.

En cuanto entraron en el pequeño cobertizo, los besos de Laha hicieron que se olvidase de todo el aburrimiento de las últimas horas. De momento, se tendrían que conformar con esos encuentros fugaces.

Dentro de la casa, Clarence tomaba nota mental de todo. No le interesaba tanto lo que decían como lo que callaban. O ella se había vuelto enfermizamente suspicaz o sus gestos realmente ponían de manifiesto que todos sabían algo que no decían. Julia no había dejado de deslizar su mirada continuamente de Jacobo a Laha y de este a Jacobo. ¿Acaso los comparaba? Y ahora que Laha había salido, la atención de la mujer seguía centrada en Jacobo, como si no hubiera nadie más en la estancia. Hasta le había parecido percibir que su madre fruncía el ceño en un par de ocasiones...

—Ascensión... —Clarence decidió guiar la conversación—. ¿Qué es lo que más te dolió dejar atrás cuando te tuviste que marchar?

—Ay, hija. Todo. El color, el calor, la libertad... Noté mucho cambio cuando volvimos a España. —Ascensión sonrió por primera vez esa tarde—. Recuerdo que cuando, a veces, contaba con toda naturalidad alguna cosa de..., bueno, de cómo vivían los morenos, en nuestro círculo de amistades muchas me miraban escandalizadas. Luego Mateo me reñía por ser imprudente.

—Debían de pensar que habíamos crecido en el peor de los lugares. —Julia soltó una risita.

—Me imagino que sería duro... —Clarence carraspeó— despedirse para siempre de tantos amigos que dejaríais allí...

Julia entornó los ojos ante la pregunta de la joven. Seguía con sus pesquisas... Captó como Kilian y Jacobo cruzaban una rápida mirada y comprendió que todavía no habían revelado la identidad de Laha. Esperaba que Ascensión fuera prudente con sus comentarios. La noche anterior le había costado un gran esfuerzo quitarle importancia con naturalidad al hecho de que un hijo de Bisila se alojara en casa de

Kilian y Jacobo. Lo achacó a la casualidad, pero no estaba segura de haberla convencido.

—En realidad, nuestros amigos eran extranjeros como nosotros —estaba diciendo Ascensión—. Aunque sí que me he preguntado alguna vez qué sería de la cocinera de casa y de su familia...

Clarence decidió derivar la pregunta hacia los hombres con el tono más inocente que pudo:

—¿Y vosotros? ¿Echasteis de menos a alguien cuando os fuisteis? ¿A alguien en particular?

Kilian cogió un fino palo de hierro y atizó la brasa. Jacobo miró a Carmen, esbozó una débil sonrisa y respondió:

—Como ha dicho Ascensión, nuestras verdaderas amistades eran todas blancas. Hombre, sí que me he preguntado alguna vez por el *wachimán* Yeremías, o por Simón, del que nos trajo noticias Clarence, o por algún que otro bracero… Supongo que tú también, ¿verdad, Kilian? —Este hizo un leve gesto con la cabeza.

«¿Y por Bisila, papá? —pensó Clarence—. ¿Nunca te preguntaste por ella?»

La puerta se abrió oportunamente y entraron Laha y Daniela portando varios trozos de leña cada uno. Clarence se percató de que su prima tenía las mejillas sonrosadas y los labios ligeramente hinchados.

—¡Hace un frío terrible! —exclamó Daniela en respuesta a la mirada escrutadora de Clarence—. Y se está levantando aire del norte.

Julia miró su reloj.

—Será mejor que nos vayamos. Se ha hecho tarde.

Carmen insistió en que se quedaran un poco más con débiles expresiones forzadamente corteses que no podían engañar a su hija. Estaba claro que no había disfrutado mucho de la conversación. Afortunadamente para ella, las invitadas optaron por marcharse.

Kilian, Jacobo y Clarence las acompañaron hasta el coche. Clarence cogió a Julia del brazo y caminaron tras los demás.

—Dime una cosa, Julia. —Ella se puso tensa—. ¿Cómo has encontrado a mi padre?

—¿Cómo... qué...? —preguntó a su vez Julia con extrañeza—. Pues no sé, Clarence... ¿Cómo estarías tú en esta situación tan complicada?

Clarence buscó una respuesta para la pregunta de Julia. ¿Cómo se sentiría ella si hubiera abandonado a un hijo a miles de kilómetros de distancia y, por casualidades de la vida, más de treinta años después, se viera obligada a compartir unos días con él en la misma casa con el resto de su familia? Pues nerviosa, malhumorada, irritada, inquieta y fácilmente excitable.

Exactamente como estaba Jacobo desde que Laha llegara a Pasolobino.

Un golpe de viento fuerte y repentino las empujó con violencia hacia atrás. La mente de Julia se trasladó a otra época, a una noche en la que el desbocado ímpetu de un tornado cubrió de agua los lamentos de un trágico suceso. Recordó el rostro compungido de Manuel cuando le dio la noticia y su conmoción al escucharla; la rapidez con la que se tapó y olvidó la acción de Jacobo, a quien ella había querido tanto...

—¡Métete en el coche, rápido, Julia! —Jacobo se acercó—. Este tiempo solo sirve para coger una neumonía.

—Sí, sí, ya voy. —Julia, aturdida por los recuerdos, se sujetó con fuerza al brazo de Clarence, quien aún aprovechó el momento de abrir la puerta del coche para susurrar una última pregunta a su oído:

—¿Cómo pudo hacer papá algo así?

Julia parpadeó, perpleja. ¿Acaso le había leído Clarence el pensamiento? Se sentó frente al volante con lentitud y murmuró, con voz apagada:

—Él también lo pasó mal.

Julia puso el coche en marcha y un par de segundos después, el Volvo ascendía por la pista de tierra hacia la carretera principal.

Clarence observó el vehículo hasta que desapareció en la fría noche. ¿Debía entender la frase de Julia como una confirmación de sus sospechas? Lejos de sentirse reconfortada, una punzada de amargura tembló en su pecho. ¿Cómo que él también lo había pasado mal? Hizo un repaso mental a la vida de Jacobo desde que ella podía recordar y no encontró ninguna señal evidente de sufrimiento, a no ser que su mal genio fuera consecuencia de un pasado no cicatrizado.

En cuanto pasó Nochevieja, Clarence decidió que no debía esperar ni un solo día más para hablar con Daniela. Después del largo interludio desde su regreso de Bioko hasta la llegada de Laha, ahora las cosas iban demasiado deprisa. Las señales eran más que obvias. Daniela se sonrojaba cada vez que sus manos se chocaban por casualidad con las de Laha y él sonreía con la facilidad de un tonto enamorado. Era imposible que el resto de la familia no se percatara. Y ese brillo en los ojos de Daniela... Era la primera vez que lo percibía en su prima.

Miró su reloj. Era casi la hora de la cena y no había nadie en casa. Carmen había conseguido convencer a Kilian para que los acompañase a ella, a Jacobo y a unos vecinos a tomar un chocolate caliente. Laha y Daniela se habían ido de compras. No había forma de tener un rato a solas con su prima. En cuanto todos se retirasen a dormir, decidió, se colaría en su habitación y le contaría su descubrimiento.

Con cierta pereza se dispuso a preparar algo de cena. Carmen enseguida resolvía esos asuntos con diligencia, ya fueran dos o dieciséis los comensales. A Clarence le costaba mucho esfuerzo siquiera pensar por dónde comenzar. Solo se le ocurrían cosas básicas como una ensalada y una tortilla de patata. Cogió la cesta, se sentó en la mesa de la cocina y empezó a pelar los tubérculos. La casa estaba en silencio. Oyó voces que provenían de la calle. Serían turistas. Las voces aumentaron de volumen y distinguió la voz fuerte de Jacobo:

—¡Abre la puerta, Clarence!

Clarence se asomó a la ventana. Abajo, Kilian y Jacobo portaban a su madre casi en volandas. Corrió al patio y abrió la gruesa puerta para que entraran. En el rostro de Carmen se reflejaba el dolor. Un hilillo de sangre le nacía en la frente y se deslizaba por la sien hasta la mejilla.

—¿Qué ha pasado? —gritó Clarence, nerviosa.

—Se ha resbalado en una plancha de hielo —respondió su padre jadeando por el esfuerzo de subir la escalera con el peso de su mujer—. ¡Si es que no mira por dónde va!

Carmen soltó un quejido. Entre lamentos y comentarios alterados la sentaron por fin en un sillón frente al fuego. Clarence no sabía qué hacer. Maldijo la ausencia de Daniela. Ella sabría por dónde empezar. Fue a buscar gasas para taponar la herida, que cada vez sangraba más.

—¿Dónde te duele, Carmen? —preguntó Kilian.

Con los ojos cerrados, su cuñada respondió:

—Todo... La cabeza... El tobillo... El brazo... Sobre todo el brazo... —Intentó moverse y su rostro se contrajo.

—¿Se puede saber dónde está Daniela? —bramó Jacobo.

—Ha salido con Laha —respondió Clarence—. No creo que tarde.

—¡Es que ya no existe en esta casa otra cosa que no sea ese Laha!

—¡Papá!

—Habrá que llamar al médico —dijo Kilian con calma.

Oyeron risas y la puerta trasera de la cocina, la que daba a los huertos, se abrió. Daniela entró seguida de Laha y se detuvo en seco al darse cuenta de la situación. Rápidamente se puso manos a la obra. Con gestos tranquilos y seguros y frases cariñosas limpió la herida, palpó el cuerpo de su tía y emitió su diagnóstico:

—Se ha roto el brazo. No es grave. Eso sí, hay que bajarla al hospital de Barmón. Le pondré una venda para que el viaje no le resulte muy penoso, pero cuanto antes os marchéis, mejor.

Clarence se apresuró en organizar sus cosas y las de sus padres. Laha cogió a Carmen en brazos y la llevó hasta el coche. La despedida entre unos y otros fue rápida, aunque Clarence aprovechó el abrazo de su prima para susurrarle:

—Tengo algo importante que decirte. Tiene que ver con Laha.

Daniela frunció el ceño. ¿No había tenido tiempo todos esos meses como para elegir el momento menos oportuno?

—¿Nos vamos ya o qué? —gritó Jacobo, impaciente, a través de la ventanilla de su Renault Laguna plateado.

Daniela abrió la puerta del coche para que Clarence entrara.

—¿Es Laha a quien has estado echando de menos todos estos meses? —preguntó en voz muy baja con el corazón en un puño.

—¿Cómo? —Clarence parpadeó. Le costó unos segundos comprender lo equivocada que estaba Daniela. ¡Creía que estaba enamorada de Laha!—. Eh, no, no. No es eso.

Daniela reprimió un suspiro de alivio.

—Entonces, todo lo demás puede esperar.

Daniela preparó una rápida y ligera cena para los tres. Laha le preguntó cosas a Kilian sobre el valle, que este adornó con numerosas y divertidas anécdotas de tiempos pasados que su hija no escuchaba desde su infancia. Después de la cena, se sentaron junto al fuego esperando la llamada de Clarence que no llegaba. A Kilian se le cerraban los ojos.

—Vete a la cama, papá —le dijo Daniela—. Si hay algo importante yo te avisaré.

Kilian accedió. Dio un beso de buenas noches a su hija y palmeó el hombro de Laha.

—Disfrutad del fuego.

Daniela sonrió. Esa era una frase típica en su casa cuando uno se iba a dormir y los demás apuraban la velada en compañía de las llamas y las gruesas brasas. En esos momentos, su padre no podía ser consciente del doble significado de sus palabras. Se levantó y fue a buscar dos copitas en las que vertió vino rancio.

—Esta bebida solo se sirve en ocasiones especiales —susurró.

La casa era muy grande y la habitación de Kilian estaba en la parte más alejada. No podría oírles a menos que hablaran a gritos, pero la voz baja camuflaba el pudor que le producía saber que, en menos de dos minutos, estaría en los brazos de Laha bajo el mismo techo que su padre.

—Se guarda en una pequeña cuba donde reside la misma madre desde hace decenas de años. Apenas se consiguen unos pocos litros cada año.

—¿Y cómo de especial es esta ocasión? —Laha humedeció los labios con el líquido y un sabor dulzón e intenso parecido al del coñac se pegó a ellos.

—Ya lo verás.

El teléfono sonó y Daniela corrió a contestar. Al cabo de unos minutos, Laha escuchó pasos por la escalera que conducía al piso superior. Cuando Daniela regresó, el último tronco de fresno se acababa de partir sobre una cama de ascuas lamidas por minúsculas y parpadeantes lenguas de fuego.

—Carmen tendrá que ir escayolada tres semanas, así que se quedarán en Barmón. Clarence subirá a por sus cosas.

—Siento no poder despedirme de tus tíos.

—Bueno, espero que los vuelvas a ver. —Hizo una breve pausa antes de preguntar—: ¿Te gustaría?

—Sí, porque eso significaría volver a verte a ti.

Daniela rellenó las copas. Iba a sentarse de nuevo en el sillón al lado de Laha, pero este la sujetó por la muñeca y la atrajo hacia sí para que se sentara en sus rodillas.

Laha tomó un sorbo de vino y miró a Daniela con ojos de deseo. Ella se inclinó sobre él y bebió de sus labios. Succionó con lentitud y repasó con la punta de la lengua el contorno de su boca para no perderse ni una gota de ese sabor fuerte, aunque dulce y levemente afrutado. Laha entrecerró los párpados y su garganta emitió un ronroneo

Luz Gabás

de placer al sentir el calor de las manos de Daniela por su cara, por su pelo, por su nuca. Apoyó una mano en la cadera de ella para sujetarla con más fuerza, metió la otra por debajo de su jersey y comenzó a masajearle el vientre con suaves movimientos ascendentes hasta que llegó al pecho. Daniela se separó unos centímetros y lo miró expectante. Cuando él comenzó a acariciarla lentamente con movimientos circulares, primero un pecho, después el otro, se mordió el labio inferior y su respiración se aceleró. Laha clavó la mirada en su rostro. Sus mejillas de porcelana estaban teñidas de un rosa intenso. Sus enormes ojos lo miraban con una mezcla de deseo, ilusión y seguridad. En condiciones normales, la mirada de la joven era capaz de perturbar a cualquiera. En esos momentos, una fuerza misteriosa surgía de las profundidades de aquellas fuentes de luz para atraerlo como a un indefenso insecto. Solo quería revolotear eternamente alrededor de aquellos focos, disfrutar del desafío y la tentación antes de rendirse a una muerte certera…

Pocos minutos después, en la habitación de invitados, Daniela contemplaba con atención el torso desnudo de Laha. Había una gran diferencia entre los jóvenes con los que había tonteado y ese hombre hecho y derecho con quien pensaba pasar el resto de su vida. Lo tenía claro aun sin haberse acostado con él. Mucho tendrían que torcerse las cosas para cambiar de opinión. Laha se acercó hasta pegar su cuerpo al de Daniela y no fueron necesarias más palabras. No hubo nervios, ni risas incómodas, ni pausas superfluas, ni pensamientos confusos. Sus manos sabían lo que querían sentir. Sus labios y sus lenguas no ignoraban cómo calmar la avidez por recorrer todos los centímetros de sus pieles. Bastaba mirarse a los ojos cada vez que sus caras se encontraban frente a frente para asegurarse de que uno percibía la misma íntima voracidad que el otro.

Laha tenía que hacer verdaderos esfuerzos por retrasar el momento de introducirse en ella. Quería disfrutar de cada segundo de exploración. No era ningún niño; sabía perfectamente las partes del ritual amoroso. Pero eso no era un ritual preparado y preciso. Era la celebración suprema de todos los sentidos. Había viajado por medio mundo, había dormido con muchas mujeres, pero nunca había disfrutado como lo estaba haciendo con esa joven a quien acababa de encontrar en un punto perdido de las montañas más frías que había conocido. Si en algún momento había temido que la diferencia de edad fuera un obstáculo, ya tenía claro que se había equivocado por completo. Su cuerpo ya no le pertenecería nunca más. Ya no podría sentir nada lejos de las caricias de ella. De eso estaba seguro.

Daniela se movió bajo él. Estaba más que preparada para recibirlo. Si no entraba en ella pronto se pondría a gritar, aunque despertase a medio pueblo. Laha se situó entre sus piernas y con toda la dulzura de la que fue capaz comenzó a acoplarse mientras le acariciaba el pelo con las manos. Daniela gimió y se arqueó para acelerar la anhelada invasión de su cuerpo. Necesitaba sentirlo en lo más profundo de su ser, mecerse con él, fundirse en esa unión completa, explotar a la vez que él para liberarse del insoportable y gozoso delirio que los había poseído de manera implacable e indescifrable.

Laha se tumbó de espaldas con el corazón latiéndole a una velocidad vertiginosa y la respiración entrecortada. A su lado, Daniela permaneció un buen rato con los ojos cerrados hasta que se giró hacia él y apoyó una mano en su pecho. Laha la acomodó entre sus brazos.

—No me había pasado esto nunca —dijo él con voz queda—. Ha sido como si…

Prefirió no terminar la frase en voz alta.

Pero ella sí lo hizo, antes de sumergirse en un profundo sueño:

—… Como si alguien nos manejara a su antojo, ¿verdad?

Clarence regresó dos días más tarde. Las vacaciones llegaban a su fin y se le iba a juntar la convalecencia de su madre con el comienzo de las clases, así que tardaría en regresar a Pasolobino. Y, encima, no había hecho ningún progreso en la confesión del asunto de Laha. Por una cosa u otra nunca era el momento oportuno. A su padre solo le faltaría escuchar una acusación semejante por parte de su hija, cuando ya se le hacía difícil atender a su mujer en el piso de Barmón. En cuanto a Daniela, no iba a esperar ni un minuto más: en el mismo instante en que Laha subiera al autobús se lo contaría todo.

Clarence observó que la tranquila, cómoda y afectuosa despedida entre los sonrientes Laha y Daniela en la parada de Cerbeán no se parecía en nada a su complicada despedida de Iniko en Bioko. ¿Quería eso decir que Daniela y Laha no tenían intención de separarse de forma definitiva?

Cuando le llegó el turno, Laha la abrazó con fuerza.

—Querida Clarence. ¡Gracias por todo! ¡He pasado unos días maravillosos!

Clarence sintió un súbito arrebato de sinceridad y no pudo evitar contestarle:

—¡Ay, Laha! Hace unos meses ni tú, ni Bisila ni Iniko existíais para mí. ¡Ahora es como si nos conociéramos de toda la vida! ¡Como si nuestras vidas se empeñaran en entrelazarse!

—¿Quieres decir —le susurró él al oído, en tono bromista— que tienes la extraña sensación de que no se puede luchar contra los espíritus?

Clarence aflojó el abrazo dando un respingo y se apartó. Laha depositó un rápido beso en la mejilla de Daniela y subió al autobús. Daniela no dejó de sacudir la mano en el aire hasta que el vehículo se perdió de vista.

—Y ahora tú y yo nos tomaremos una cerveza —dijo Clarence. Aquello era una orden más que una sugerencia—. ¿Cuánto hace que no tenemos un rato a solas?

Cuando acabó de contar su versión de los hechos —ocultando su especial relación con Iniko—, Clarence bajó la vista y resopló. En algunos puntos de su narración, a Daniela se le habían inundado los ojos de lágrimas que en ningún momento permitió que rodaran por sus mejillas. Su prima escuchó atentamente, frunció los labios, arqueó las cejas, apoyó la barbilla en las manos, arrancó la etiqueta de la botella y la desmenuzó en miles de pedacitos, pero no dijo absolutamente nada.

—Hasta la nota que encontré tiene ahora más sentido que nunca —terminó Clarence—. Decía: «El uno trabajando y el otro aprovechando los estudios». Está claro. Los dos hermanos, Iniko y Laha. —Se encendió un cigarrillo. Las manos le temblaban—. Lo único que no acabo de entender es qué tiene que ver la relación del Dimas de Ureka con Manuel en todo esto... ¿Y bien? ¿No tienes nada que decir?

—¿Y qué podría decir? —respondió Daniela, todavía aturdida—. Tú misma me acabas de asegurar que no tienes pruebas concluyentes, aparte de la coincidencia de nombres y otros detalles...

Repasaron una vez más todas las fechas y todos los datos, pero siempre llegaban al mismo punto. Era muy probable que Laha y Clarence fueran hermanos, pero no tenían la certeza absoluta que solo Jacobo podía confirmar.

«Y aunque fuera cierto —pensó Daniela—, no cambiaría en nada lo que siento por él.»

Se produjo un largo silencio. Ambas estaban absortas en sus propios pensamientos.

«Y yo que creía que mi prima estaba celosa...», se dijo Daniela.

—¿Y ahora qué? —preguntó Clarence, liberada ya del secreto que la había atormentado los últimos meses y agradecida de poder comentarlo con alguien.

—No me lo puedo creer... —A Daniela se le escapó una risita nerviosa—. Laha podría ser mi... ¡primo!

De pronto, una idea descabellada surgió súbitamente en su mente y sintió una fuerte opresión en el pecho.

—¿Qué te pasa? —preguntó Clarence—. Te has puesto muy pálida.

—Oh, Clarence... ¿Y si...? ¿Estás segura de que no existe la más mínima posibilidad de que el padre de Laha pudiera ser... —le faltaba el aliento para terminar la pregunta— Kilian?

Los labios de Clarence se curvaron hacia abajo y sacudió la cabeza con convicción.

—Julia prácticamente me confirmó la paternidad de Jacobo. Además, ¿tú te imaginas a tu padre ocultando algo tan grave?

—Mucho me tendría que haber engañado. —Daniela tomó otro trago de cerveza. La opresión en el pecho desapareció con la misma rapidez que había surgido—. Papá está más callado de lo normal, sí, incluso melancólico, pero está tranquilo. Si fuera su hijo, tendría que estar nervioso.

—Y el que lo está es mi padre, ¿no? Entonces... ¿Cuándo contamos lo que sabemos?

Daniela meditó su respuesta. La confesión del hallazgo de Laha iba unida a la confesión de su relación con él. Demasiada información junta.

—De momento, no diremos nada en casa. Antes me gustaría hablar con Laha.

Durante los primeros meses de 2004, aparte de las largas ausencias de Jacobo y Carmen y el exceso de trabajo de Clarence en Zaragoza, el mayor cambio que se produjo en Casa Rabaltué fue el número de viajes que Daniela *tuvo* que realizar a Madrid cada tres o cuatro semanas. El hecho de vivir en un entorno aislado favoreció que la excusa de un curso de reciclaje profesional tuviera sentido. Clarence no podía comprender cómo los demás —especialmente su tío Kilian— no se daban cuenta del cambio que había experimentado su prima. También era cierto que ella era la única que sospechaba que Laha y Daniela seguían viéndose. ¿Cómo lo hacían a pesar de la distancia? Solo se le ocurría que Laha hiciera escala en Madrid cada vez que iba de California a Bioko y viceversa.

Después de cada fin de semana de cursillo intensivo en la capital, Daniela llegaba a casa extenuada pero radiante. Clarence pensaba, con cierta envidia, que si Laha era la mitad de buen amante que Iniko, Daniela tenía sobradas razones para estar tan feliz. Pero esos pensamientos no hacían sino aumentar la preocupación por su prima porque tanto viaje solo podía significar una cosa: que Daniela y Laha habían superado con éxito la fase más apasionada del principio de la relación y, lejos de mostrar signos de desgaste, estaban descubriendo que lo único que querían era compartir todos los momentos de su vida, conocer todos los detalles del pasado de cada uno y plantearse la posibilidad de vivir juntos el resto de sus días.

Eso estaba claro.

Lejos de Pasolobino, lo que Laha y Daniela no sabían todavía era cómo, dónde y cuándo.

La situación no era fácil. Bioko, California y Pasolobino formaban un triángulo de ángulos muy lejanos. Uno de los dos tendría que sopesar la posibilidad de seguir al otro por el mundo. O Laha se instalaba en España, o Daniela se repartía entre California y Bioko. Laha argumentaba que la gran ventaja de ser enfermera era que podía ejercer su trabajo en cualquier sitio. Concretamente en Guinea tendría la posibilidad de trabajar en lo que le gustaba, aunque cobrase menos sueldo. Bisila sería una gran ayuda para encontrarle algo. ¡Qué coincidencia que las dos mujeres más importantes de su vida fuesen enfermeras!

Pero a Daniela no le preocupaba tanto su futuro laboral como otras cuestiones. Por un lado, aún no le había confesado a Laha sus sospechas sobre su posible identidad. Estaba siendo muy egoísta, pero temía que una noticia tan impactante interrumpiera la intensidad de sus encuentros. Por otro lado, no se atrevía a hablar con su padre.

Kilian y ella siempre habían estado tan unidos que le estaba costando un gran esfuerzo no contarle lo feliz que se sentía de haber conocido a alguien como Laha. Nunca habían vivido separados, como mucho de lunes a viernes durante sus estudios en la universidad. Jacobo, Carmen y Clarence completaban la familia, sí, pero la relación entre Kilian y Daniela era especial, como si sintieran que solo se tenían el uno al otro. ¿Cómo le iba a decir que quería volar lejos, justo en el momento que más la necesitaba?

A la velocidad que iba su relación con Laha, más pronto que tarde tendría que elegir y ella quería demorar al máximo ese momento. No la estaban ayudando mucho ni su carácter práctico, ni su lógica, ni su capacidad organizadora, ni su determinación. Una historia de amor con un hombre tan diferente, unos años mayor que ella, y con el que existía la posibilidad de que compartiera genes, francamente, no había formado nunca parte ni de sus sueños ni de sus planes.

Y tampoco la ayudaban mucho a encontrar el camino adecuado ni las caricias de Laha, ni la deliciosa obsesión que tenía por mordisquearle el pecho.

—Estás muy callada, Daniela —dijo Laha—. ¿Te encuentras bien?

—Estaba pensando en mi padre —respondió ella, incorporándose para apoyar su espalda contra el cabecero de la cama—. ¡Tendré que decírselo!

Laha se tumbó de lado junto a ella, que se abrazaba las rodillas flexionadas contra el pecho en actitud pensativa.

—¿Crees que le importará el color de mi piel?

Daniela se giró hacia él como movida por un resorte. La había malinterpretado.

—¡En ningún momento se me ha ocurrido pensar algo semejante!

Laha le acarició un pie.

—Esto es algo completamente nuevo en la tradición de Casa Rabaltué.

A Daniela le brillaban los ojos de furia.

—¡Pues ya iba siendo hora de que algo nuevo perturbara la paz histórica de mi casa!

Bajó el tono antes de continuar:

—Es posible que a mi tío Jacobo le dé un soponcio... ¡Un negro en la familia! —Torció el gesto. Un negro que además podría ser su hijo...—. Pero mi padre es diferente. Él respetaría mi decisión por encima de todo.

—Entonces, ¿qué es lo que te preocupa?

Daniela inspiró profundamente.

—Cualquier decisión de vivir tú y yo juntos implica dejarlo solo en Pasolobino. —Cogió la camisa de Laha, se la puso sobre los hombros y se sentó al borde de la cama—. Igual es pronto para decírselo. No hace ni tres meses que nos conocemos.

—Para mí es suficiente tiempo. —Laha se arrodilló detrás de ella y la abrazó—. ¿Sabes, Daniela? Da igual a la velocidad que vayamos. Hay un proverbio popular africano que dice que por mucho que madrugues, antes se habrá levantado tu destino.

Ella se recostó contra su pecho y cerró los ojos.

Aquella noche, en un hotel de Madrid, le costó más que nunca conciliar el sueño. En su mente se sucedían imágenes de su vida, de su infancia, de su padre y de una madre a la que reconocía gracias a las fotografías. También visualizaba a Clarence, a Carmen y a Jacobo. Pensaba en sus amigos, vecinos y compañeros; en las personas a quienes saludaba cada día de camino al trabajo, o al realizar sus compras. Pensaba en el entorno privilegiado en el que había tenido la suerte de nacer y vivir.

Al igual que Clarence, ella formaba parte de los prados surcados por arroyos, de los ibones y lagos glaciares, de los bosques de pinos negros, fresnos, nogales, robles y serbales; de los prados moteados de flores silvestres en primavera, del olor de la hierba segada en verano, de los colores del fuego del otoño, y de la soledad de la nieve.

Ese había sido su mundo.

Clarence no comprendería que fuese capaz de abandonarlo.

Recordó otro proverbio africano que le había explicado Laha en una de sus muchas conversaciones sobre su tierra.

«La familia es como el bosque —le había dicho—. Si estás fuera de él, solo ves su densidad. Si estás dentro, puedes ver que cada árbol tiene su propia posición.»

Su familia no entendería que un árbol adulto desease ser trasplantado. «Daniela —le dirían—, no se puede trasplantar un árbol de tronco grueso, ni una flor crecida. Se moriría.» «A no ser que caves un enorme agujero —les respondería ella— y permitas que las raíces arrastren la mayor cantidad de tierra posible y las riegues continuamente. Además —añadiría—, las raíces de una persona no son objetos físicos que se agarran a la tierra como las de los árboles. Las raíces se llevan dentro. Son los tentáculos que se extienden a lo largo de nuestras terminaciones nerviosas y nos mantienen enteros. Van contigo a donde tú vas, vivas donde vivas…»

Cuando el sueño llegó, Daniela continuó viendo imágenes.

Las aguas del deshielo de los glaciares de su valle formaban un gran caudal que discurría por un llano hasta caer en forma de cascada en una profunda sima. Allí desaparecía por completo. Por arte de magia.

Por un capricho de la naturaleza, al pie de las cumbres más altas de Pasolobino, tenía lugar un excepcional fenómeno cárstico.

El río era engullido y conducido por un recorrido subterráneo natural robado a la roca. El agua ácida del deshielo era capaz de disolver las rocas. Las aguas subterráneas iban creando nuevas galerías y cuevas a través de las cuales el río fluía ajeno a la luz del sol. Después de varios kilómetros, el río volvía a aparecer en otras tierras, en otro valle. Resurgía adoptando la forma de una enorme fuente que acrecentaba el caudal de otro río, para, una vez juntos, desembocar en la costa francesa, muy lejos de su lugar de nacimiento.

En el sueño aparecían Kilian y Daniela asomados al abismo de la sima donde desaparecía el caudal del deshielo.

Daniela estaba feliz por el misterioso recorrido que las aguas iban a emprender hacia un final feliz.

Y, de manera extraña, en el sueño de Daniela, Kilian no estaba triste. Al contrario: mostraba una sonrisa triunfante.

Él sabía que la misma agua que se adentraba en las oscuras cuevas y permanecía oculta a la vista del mundo exterior, después de erosionar y disolver el interior de la roca, encontraba la manera de llegar a la superficie y hacerse visible.

Al final encontraba una salida.

XIV

TEMPS DE ESPINÁULOS

TIEMPO DE ESPINOS
Abril de 2004

En cuanto la familia se fue a Madrid para asistir al encuentro de antiguos amigos de Fernando Poo, Daniela dio rienda suelta a su excitación.

Recorrió una vez más las dependencias de la casa para confirmar que todo estaba perfecto. Esta vez Laha dormiría con ella en su preciosa habitación azul, decorada con muebles antiguos, todos pertenecientes a sus bisabuelos, los padres del abuelo Antón. Una enorme cama, una rareza siendo tan antigua, presidía la habitación. Daniela apenas podía esperar a tener a Laha con ella bajo el acolchado edredón de plumas.

Cruzó una salita hacia la habitación de su padre, que era más pequeña y estaba decorada de forma sencilla con muebles de pino de color miel. La única concesión al adorno eran dos viejos grabados, uno de san Kilian y otro de una Virgen negra de expresión triste, colgados en la pared contraria al cabecero, de manera que eran lo primero que su padre veía al levantarse y lo último que veía al acostarse.

Paseó la mirada por la estancia y un objeto llamó su atención.

Encima de una de las mesillas de noche estaba la vieja cartera de bolsillo de Kilian.

Daniela había conseguido que, con ocasión del viaje a Madrid, su padre estrenase la cartera nueva que le había regalado en Nochebuena. Ella misma le había cambiado los documentos y los numerosos papeles llenos de números de teléfono y anotaciones, a toda prisa, después de mucho insistir, justo antes de meterse en el coche de Jacobo, con el jaleo de los nervios de última hora y las despedidas aceleradas. Prácticamente se la había arrancado de las manos porque su padre se resistía a entregársela y le había tenido que prometer que solo cogería el dinero, las tarjetas y la documentación, y que la guardaría en el cajón de su mesilla junto con las otras.

Se acercó a la mesilla para guardarla. Al inclinarse para abrir el cajón, que siempre se atascaba, su mirada se fijó en un pedazo de papel que asomaba por debajo de la cama y quedaba parcialmente oculto por la alfombra.

Se agachó para recogerlo y vio que se trataba de un fragmento de fotografía en blanco y negro. En la imagen aparecía una hermosa y sonriente mujer negra con un niño pequeño cogido de la mano.

Daniela no sabía quiénes eran ni por qué no había visto esa fotografía antes. Sí que sabía que el autor del libro *Nieve en las palmeras* había solicitado material a los vecinos del valle que habían viajado a Guinea hacía décadas. Tal vez esa fuese una de las pocas fotografías que Kilian había encontrado rebuscando en el armario del salón, donde se guardaban tanto los papeles antiguos como los recuerdos impresos. De hecho, en el libro aparecían varias imágenes de los hermanos Rabaltué.

Sí, sería eso.

La guardó en el cajón y bajó a la cocina para preparar la cena. Laha no tardaría en llegar.

En un céntrico hotel de Madrid, Jacobo y Kilian no paraban de hablar con unos y otros y, además de a Marcial y Mercedes, Clarence había podido conocer a un viejecito escuálido en silla de ruedas llamado Gregorio a quien su tío había brindado un frío saludo.

La celebración estaba empañada por el reciente atentado terrorista en cuatro trenes de la red de cercanías de Madrid, que había terminado con la vida de doscientas personas. Sin embargo, era inevitable que todas las conversaciones giraran en torno a Guinea. Muchos comentaron la breve noticia aparecida en la prensa sobre la formación en Madrid de un Gobierno de Guinea Ecuatorial en el exilio con la finalidad de ofrecer una oportunidad democrática al país por medio del regreso a Malabo y de la preparación de unas elecciones generales libres y democráticas. Pronto, Clarence ya tenía clasificados a los asistentes en dos grupos: los coloniales trasnochados, como su padre, que defendían la teoría de que los guineanos vivían mejor en tiempos de la colonia, y los paternalistas retrógrados, como su tío, que alegaban que España tenía una deuda histórica con la antigua colonia y que debería presionar para que se tomasen acciones con las que recompensar los abusos del pasado.

Se preguntaba si habría allí alguno como ella o como Fernando Garuz que opinara que la madre patria y la excolonia no se debían nada y que lo mejor era simplemente respetar las decisiones del pequeño país aunque no siempre se considerasen las más acertadas. ¿Por qué no tratarlo como un igual, como un socio, como una república independiente y soberana con la que hacer negocios?

Cogió una copa y se sentó en un sillón hasta que comenzara la cena. Echó de menos a Daniela, porque apenas había gente de su edad, y eso que la última conversación con ella había sido de lo más inquietante. Daniela la había acusado de estar celosa por pasar más tiempo con Laha que con ella. Recordó haberse atragantado con el whisky. ¿Cómo podía ser tan lista? Clarence no estaba celosa de su prima por su relación con su casi seguro hermanastro, sino por el hecho de que la distancia no hubiera conseguido minar sus sentimientos. En realidad, lo que sentía era envidia porque, por mucho que le fastidiara reconocerlo y aunque fuera consciente de que, en su caso, una vez superada la pasión inicial la relación no hubiera funcionado, echaba mucho de menos a Iniko.

Para convencerla de su equivocación, Clarence le había abierto su corazón y le había contado su romance con Iniko. Daniela la había acribillado a preguntas, como si quisiera comparar ambas relaciones. Estaba especialmente preocupada por saber si las diferencias culturales podían impedir que su historia de amor con Laha funcionase... ¿Tal vez Daniela se había planteado cambiar Pasolobino por Malabo? Por si acaso, Clarence le había descrito todas las dificultades a las que se tendría que enfrentar, una por una, con detenimiento. Quería que reflexionara sobre lo que dejaría atrás y los problemas para adaptarse a un país como Guinea, suponiendo que decidiesen establecerse allí, aunque fuera temporalmente. ¿Cómo podría ser feliz en esas condiciones?

Daniela lo tenía muy claro, aunque a Clarence le pareció que hablaba por boca de Laha: había muchas cosas por hacer en un Estado emergente con una buena situación geográfica en el que se estaban afincando empresas de todo el mundo; un país con nuevas infraestructuras y con planes de futuro. Para concluir, le había asegurado con rotundidad: «Ahora ya no podría ser feliz en ningún sitio sin Laha».

Si las cosas iban tan deprisa, pensó Clarence, realmente Daniela no podía dejar pasar más tiempo sin hablar con Laha.

Tomó un largo trago de su copa.

Ambos estaban en Pasolobino y era sábado.

¿Se lo habría dicho ya?

El tiempo de espera de la resurrección de la vida tras la desolación del invierno era mucho más largo en el lugar más alto del Pirineo que en cualquier otro sitio. El primer verdor de la primavera nunca llegaba a Pasolobino antes de mayo. En abril no había flores multicolores, sino campos pelados por las últimas nieves. El único indicio de que la naturaleza se encaminaba hacia una nueva estación era la evidente realidad de que el sol salía un poco antes y se ponía un poco después, por lo que la noche era más corta y el día más largo.

Junto a Laha, a Daniela le daba igual si hacía frío o calor, si las flores comenzaban o no a adornar los pastos, o si los pájaros amenizaban con sus trinos. Lo que sí lamentaba era que los días y las noches se le hicieran tan cortos.

Laha había llegado el jueves por la noche y el sábado aún no se habían saciado el uno del otro. Tampoco había encontrado Daniela el momento oportuno para revelarle que podrían ser primos. Ninguno de los dos quería pensar en otra cosa que no fuera estar juntos. Al día siguiente, Laha se marcharía y no sabían cuándo volverían a verse. Se habían dado de plazo hasta el verano para tomar decisiones definitivas sobre cómo organizar su futuro. De momento, se aferraban a sus momentos íntimos como si fuese la última vez que podrían estar juntos, como si tuviesen el presentimiento de que algún giro inesperado del destino pudiese amenazar la felicidad que les producía estar el uno en los brazos del otro.

En ese momento del año, en vísperas del retorno de la vida, el tiempo se había detenido y reinaba una expectante calma que solo los latidos de sus corazones alteraban. La mano de Daniela recorría el pecho de Laha deteniéndose ocasionalmente sobre su corazón, esperando que su velocidad aminorase para entender que ya se había calmado después de la intensidad de los minutos anteriores. Laha giró la cabeza y Daniela levantó la suya para mirarlo. Tenía la frente perlada con gotas de sudor. Daniela pensó que tenía el rostro más hermoso que había visto nunca, con unos especiales ojos verdes y unos carnosos labios de proporciones perfectas que resaltaban sobre su piel tostada. A su lado, la piel de ella parecía aún más blanca. Se apretó todo lo que pudo contra su cuerpo y permanecieron unos minutos en silencio disfrutando del reconfortante contacto de la piel caliente.

—¿Te imaginas cómo hubiese sido nuestra vida hace cien años? —preguntó Daniela con voz somnolienta.

Laha se rio ante lo inesperado de la pregunta.

—Bueno…, en Bioko me levantaría muy temprano para cazar antílopes en la selva o pescar con mi cayuco en el mar. —Se liberó del abrazo de Daniela y colocó sus manos detrás de la cabeza—. O tendría un trabajo en las fincas de cacao… En cualquier caso, mi hermosa esposa Daniela haría las tareas de la casa y cuidaría del huerto y de los niños.

Daniela se incorporó de lado, dobló el codo y apoyó la cabeza en la mano.

—Probablemente tendrías más esposas.

—Probablemente. —Sus labios dibujaron una sonrisa maliciosa.

Daniela le dio un pellizco cariñoso en el brazo.

—En Pasolobino *yo* haría lo mismo. Pero, mientras tanto, mi querido marido, Laha, además de cazar y pescar, se encargaría de las labores del campo y de los animales, arreglaría la casa y los pajares, podaría árboles y haría leña para el invierno, ordeñaría las vacas, abriría caminos en la nieve, y descansaría algún rato para recuperar fuerzas y… —puso mucho énfasis en las últimas palabras— *complacer* a su *única* mujer.

Laha soltó una sonora carcajada.

—Esto me ha recordado un cuento oral bubi muy antiguo, de la época precolonial. —Se aclaró la voz y habló muy despacio—: Hace muchos años, en un pueblo llamado Bissappoo, había un matrimonio joven. Todo iba bien al principio, pero con el paso de los días, la mujer cocinaba y el marido no llegaba a cenar, así que ella metía la comida en cuencos y los colocaba en el secadero. Cuando el marido regresaba, se acostaba sin comer. Esto sucedió durante días y días. Por fin, la mujer no pudo más y acudió a los ancianos para denunciar el hecho. Los ancianos contaron más de mil cuencos, pero no tomaron ninguna decisión, así que la mujer optó por ir a buscar a su marido.

Fue a la salida del pueblo y lo encontró allí, en compañía de otros hombres. Su marido la miró y la llamó. Ella se detuvo y miró, pero no contestó. Él volvió a llamarla y le preguntó: «¿Qué te ha hecho el que come y reparte?». La mujer le contestó: «Nada, nada. Yo no soy el marido. Tú eres el hombre. La comida está en el secadero, y lleva cuatro días, con telarañas y seca. Ya se ha secado. Ya se ha secado».

Daniela permaneció un momento en silencio. Laha se tumbó de costado para situarse frente a ella, la rodeó con sus brazos y la atrajo hacia sí.

—Yo no dejaré nunca que se te seque la comida —le susurró al oído.

—Creo que me alegro de vivir en esta época —bromeó ella—. No me gusta la idea de tener que ser yo la que cocine siempre.

Daniela se incorporó sobre sus rodillas y decidió regresar al presente mordisqueando y acariciando todo el cuerpo de Laha, que se había tumbado boca abajo, recorriendo el cuello, los omóplatos y la línea de la columna. Después de entretenerse en las nalgas, le indicó con un leve gesto que se diera la vuelta para continuar por el otro lado, aunque esta vez comenzó por los pies y fue subiendo hasta llegar a las ingles.

Laha empezó a jadear de placer y extendió la mano para acariciar el suave cabello de Daniela, que se balanceaba como una liviana cortina sobre su fina piel.

De pronto, sintió que ella se detenía. Pensó que era por su mano, así que la retiró.

Pero Daniela no continuó.

Laha abrió los ojos y levantó la cabeza unos centímetros para mirarla. Daniela permanecía quieta observando algo con mucho detenimiento.

—¿Qué sucede? —preguntó, deseando que ella continuara.

—Esta mancha de aquí. —Daniela hablaba en voz muy baja—. Las otras veces pensé que era una cicatriz y no te dije nada, pero ahora que me estoy fijando, es como un dibujo...

Laha se rio.

—Es una escarificación, como un tatuaje. Me la hizo mi madre cuando era muy pequeño. En la tradición bubi, muchas personas se hacían incisiones profundas, especialmente en la cara, pero en la época colonial la costumbre ya se estaba perdiendo y mi madre no quería desfigurarme el rostro... —Se detuvo al percibir que Daniela no le estaba prestando atención.

—Pero... es... —balbuceó Daniela—. Parece una..., yo he visto...

—Sí, es un *elëbó*, una pequeña campana bubi para protegerme de los malos espíritus. ¿Te acuerdas? Le regalé una de verdad a tu padre en Navidad.

Daniela estaba pálida. ¿No era ese instrumento una de las pistas que le había contado Clarence? ¿No le había dicho ese tal Simón que buscase un *elëbó*? Sintió una terrible opresión en el pecho. Levantó la vista y dijo con voz neutra:

—Mi padre tiene un tatuaje exactamente igual en la axila izquierda. Igual. Exactamente igual.

Laha se sintió aturdido.

—Bueno, después de tantos años en Bioko, probablemente decidiera hacerse una escarificación...

—¡Es la misma! —le interrumpió Daniela—. Dime, Laha, ¿para qué se escarificaba la gente?

Laha pensó todas las opciones y las listó en voz alta.

—A ver... Como manifestación artística, como identificación diferencial respecto de otras etnias, por cuestiones terapéuticas para eliminar dolencias...

Daniela sacudía la cabeza al escuchar cada opción porque ninguna la convencía.

—... Para marcar a una persona por un comportamiento determinado, por amor... También los esclavos se escarificaban de una u otra manera para poder reconocerse en el destierro en caso de ser capturados...

—Para reconocerse… —repitió Daniela con voz apagada. Tuvo un terrible presentimiento. Recordó el fragmento de fotografía que había encontrado en el suelo de la habitación de su padre—. Espera un momento.

Salió y regresó al poco tiempo con la fotografía, que entregó a Laha

—¿Conoces a la mujer y al niño?

Laha se levantó como disparado por un resorte.

—¿De dónde la has sacado?

—Entonces, los conoces…

—¡La mujer es mi madre! —Le temblaba la voz—. Y el niño que coge de la mano soy yo.

—Tu madre y tú… —repitió Daniela, completamente abatida.

Laha se dirigió a la silla donde había colgado los pantalones y sacó su cartera del bolsillo. La abrió y extrajo un fragmento de fotografía en la que aparecía un hombre blanco apoyado en un camión.

Daniela no tuvo que mirar la foto mucho rato para darse cuenta de dos cosas. La primera, que el hombre de la foto era Kilian. Y la segunda, que ese fragmento encajaba a la perfección con el que ella tenía.

Le entraron unas ganas terribles de echarse a llorar.

Laha comenzó a vestirse.

—Esto solo puede significar una cosa —dijo él con una voz extraña, como si de repente el sueño que habían vivido se hubiera transformado en pesadilla.

Cuando terminó de vestirse, comenzó a caminar por la habitación de un lado a otro poseído por una furia que Daniela no había conocido. No dejaba de llevarse las manos a la cabeza de una forma desesperada.

De pronto se dio cuenta de que Daniela lo observaba con una mezcla de confusión y tristeza. Todavía estaba desnuda. Al verla frente a él sin nada de ropa, un escalofrío le recorrió el cuerpo y sintió ganas de gritar sin parar hasta escupir la rabia que lo consumía.

¿Cómo podía ella no darse cuenta de la gravedad de la situación? Para él estaba bien claro.

—¡Daniela! ¡Por el amor de Dios! —le suplicó con voz ronca—. ¡Vístete!

Daniela se acercó al armario y sacó algo de ropa. Todo su cuerpo temblaba.

—Hay algo que no te he dicho, Laha... —se atrevió a decir—. Hasta hace unos minutos, Clarence y yo sospechábamos que Jacobo era tu verdadero padre.

Laha se acercó y la agarró por los brazos con tanta fuerza que ella emitió un gemido.

—¿Pensabais que podíamos ser familia y me lo has ocultado? —Laha la zarandeaba violentamente. Sus ojos ya no eran verdes, sino de un gris agresivo.

—Quería decírtelo estos días, pero nunca encontraba el momento —murmuró ella, dejando que las lágrimas rodaran por sus mejillas—. Me preocupaba un poco tu reacción, sí, pero estaba convencida de que el hecho de ser primos no cambiaría nada...

—¡¿Pero no te das cuenta de que tú y yo somos...?! —gritó él.

—No quiero... —susurró ella entre dientes—. No quiero oírlo. No digas nada.

No quería oírlo. No quería pensarlo.

Laha le estaba haciendo daño.

Y no eran sus fuertes manos atenazando sus brazos lo que la hería, sino la terrible sospecha de que lo que acababan de descubrir fuera cierto. ¡No podría perdonárselo a su padre nunca! Tenía que haberles advertido...

Solo quería llorar, agarrarse a los brazos de Laha, sentir su cuerpo junto al suyo y despertar de la pesadilla.

No. Ahora ya ni siquiera debía pensar eso.

—Me haces daño, Laha —consiguió decir con un hilo de voz.

Laha sintió un gran vacío. Jamás había reaccionado de una forma tan violenta. Los brazos de Daniela eran frágiles. Toda Daniela era físicamente frágil. Por un momento había cedido a la furia que en realidad iba dirigida a otra persona y la había descargado contra ella.

Daniela no hablaba. Solo lloraba sin hacer ruido. Tenía que calmarse. Tenía que consolarla.

Sintió el impulso de cogerla en brazos y tumbarla de nuevo sobre la enorme cama...

¿De quién le había dicho que era? De sus bisabuelos, de los abuelos de Kilian...

¡De sus propios bisabuelos!

Comenzó a dolerle la cabeza. ¿Qué se suponía que debía hacer?

Daniela levantó la mirada hacia él y le suplicó:

—Mírame, Laha. Por favor...

Laha no la miró. La estrechó entre sus brazos con la desesperanza de quien abraza por última vez a la persona que más quiere.

—Tengo que irme, Daniela. Tengo que irme.

Se dirigió al armario, sacó su maleta y preparó el equipaje. Ninguno de los dos dijo nada. Afuera, después de semanas en calma, el viento del norte comenzó a rugir con fuerza.

Daniela permaneció sentada en la misma posición hasta mucho tiempo después de que oyera el motor del coche alquilado de Laha alejarse por el camino trasero. Si hubieran frotado su piel con las ramas llenas de pinchos del espino con el que cerraban los pasos de las fincas, no hubiera sentido un dolor más profundo del que ahora sentía.

Solo cuando su subconsciente hubo asimilado que Laha estaba tan lejos que ya no existía la menor posibilidad de que diera la vuelta y regresara a sus brazos, solo entonces, Daniela arrancó las sábanas de la cama mientras gritaba de rabia contra el destino y la maldita casualidad que había terminado con todas sus ilusiones.

Cogió las sábanas, bajó a la cocina, abrió una bolsa y las metió dentro.

No tiraría las sábanas.

Las quemaría.

Tenía que quemar esas telas que todavía retenían el sudor de una pasión incestuosa.

Y a pesar de toda la evidencia, Daniela todavía se resistía a creer que Laha fuera su hermano…

—¡Pero qué guapa te has puesto! —Era la primera vez que Clarence veía a Julia en la ciudad. Llevaba un ligero vestido estampado de gasa y unos finos zapatos de tacón. Nada que ver con las gruesas prendas que lucía en Pasolobino. Desde que había comenzado la fiesta, no habían coincidido ni un minuto, y en la cena se habían sentado en mesas diferentes.

Su amiga agradeció el cumplido con una sonrisa. Esa noche estaba feliz. Aceptó una copa del camarero y tomó un sorbo.

—Hoy todo son recuerdos… —Los ojos le brillaron—. Manuel hubiera disfrutado mucho.

—Hasta mi madre parece que se lo está pasando bien —bromeó Clarence para apartar los tristes pensamientos de la mujer—. También es verdad que no suele tener muchas ocasiones de disfrutar de una fiesta así.

—Sí —suspiró Julia—. Como en los tiempos del casino de Santa Isabel.

La música empezó a sonar y Jacobo fue el primero en lanzarse a la pista. Si había algo que le gustase hacer era bailar, y Carmen lo seguía con la precisión adquirida tras décadas bailando con la misma pareja.

Julia los observó. Se preguntó si habrían sido felices en su matrimonio y sintió una punzada de nostalgia por lo que podía haber sido y no fue. Si Jacobo no hubiera sido tan estúpido, ahora ella ocuparía el lugar de Carmen. Tomó otro sorbo. Era ridículo tener esas ideas a sus años. Probablemente Jacobo había terminado por elegir la opción correcta. Carmen parecía una mujer cariñosa y sencilla capaz de atemperar el variable carácter de Jacobo. Tal vez ella no hubiera podido apuntarse ese mérito.

—Hacía días que no veía a mis padres tan guapos —dijo Clarence—. Con ese traje, mi padre parece veinte años más joven.

—Tu padre era muy atractivo, Clarence —dijo Julia con voz soñadora—. No te puedes ni imaginar cuánto…

Clarence se había hecho el firme propósito de no decir nada sobre la paternidad de Laha. Comprendía que era una noche especial para todos ellos y no quería estropearla. No obstante, el comentario de Julia sobre el atractivo de su padre le trajo una imagen a la mente. Con toda intención permitió que tomara cuerpo en forma de palabras y soltó:

—Conociendo a Laha, me puedo hacer una idea… —Se percató de que Julia fruncía el ceño. Para evitar que su amiga se pusiera a la defensiva añadió—: No me extraña que Daniela se haya enamorado de él…

—¿Cómo dices? —Julia se puso completamente roja. Abrió los ojos como platos y se llevó una mano al pecho como si no pudiera respirar.

Clarence se asustó.

—¿Qué te pasa, Julia? ¿No te encuentras bien? —Miró a su alrededor en busca de ayuda, pero la mujer la cogió de la muñeca.

—Pero eso no es posible… —murmuró Julia.

—No son los únicos primos en el mundo que se enamoran.

— Necesito sentarme, por favor, Clarence…

—¿No sería mejor que buscase un médico? —La acompañó hasta un cómodo sillón lejos del barullo.

—Dime, Clarence. ¿Lo saben tu padre y tu tío?

—Me parece que mi madre es la única que sospecha algo, pero no me ha dicho nada.

Julia ocultó el rostro entre las manos y comenzó a sollozar.

Un hombre que pasaba cerca se preocupó por ella.

—No es nada —dijo Clarence—. Se ha emocionado al recordar a su marido fallecido.

El hombre aceptó la explicación y pudieron seguir a solas.

—Oh, Clarence… Tienes que saberlo… Yo creía que tú ibas en la buena dirección… Me temo que ha habido una terrible confusión. —Julia la miró con los ojos llenos de lágrimas y un intenso gesto de arrepentimiento en el rostro—. Tenía que habértelo dicho antes…

Clarece tuvo un terrible presentimiento que no se atrevió a verbalizar. Bajó la vista hacia sus nudillos, que estaban blancos por la fuerza con la que se apretaba las manos.

—El verdadero padre de Laha es Kilian. Tu tío enviaba dinero puntualmente para hacerse cargo de él. Primero lo hizo a través de mi marido y de médicos de organizaciones humanitarias. Cuando Manuel dejó de viajar a la isla, fue Lorenzo Garuz quien llevó el dinero. Se lo entregaba a un intermediario para que no vincularan a Bisila con ningún blanco. Debería habértelo dicho. Nunca me lo perdonaré.

—¡Yo siempre me refería a papá…! El día que estuviste en casa con Ascensión, me dijiste que papá también había sufrido y yo entendí que…

—¡Me refería a lo que pasó con Mosi…! ¡Oh, Dios mío! —Julia se levantó y se alejó rápidamente.

Clarence permaneció sentada con el rostro oculto entre las manos repitiéndose una y otra vez con total aflicción que ya era demasiado tarde. Minutos después, se retiró a su habitación con la excusa de que algo de la cena no le había sentado muy bien. Llamó por teléfono a su prima, tanto al fijo como al móvil, pero no obtuvo respuesta.

Se tumbó en la cama y rompió a llorar con todas sus fuerzas.

Ni el viaje de regreso de Malabo le resultó tan largo y penoso como el trayecto de Madrid a Pasolobino el Domingo de Resurrección. Clarence tuvo que hacer verdaderos esfuerzos para que sus padres y su tío no sospecharan que sufría por algo más que por una indigestión.

Mientras los demás descargaban el coche, corrió hacia la habitación de Daniela.

Daniela estaba sentada en un rincón, rodeada de decenas de pañuelos, con las rodillas abrazadas contra el pecho y el pelo enmarañado sobre la frente, ocultando su expresión. En la mano derecha sujetaba un fragmento de papel. Levantó la cabeza para mirar a Clarence con sus preciosos ojos hinchados de tanto llorar.

Daniela era la viva imagen del desconsuelo. Su mirada reflejaba una profunda frustración. No había encontrado nada que pudiera demostrar que no era cierto, que era una confusión, una inexplicable y maldita coincidencia.

—Se ha ido —repetía una y otra vez, entre sollozos.

Clarence se acercó, se sentó a su lado y colocó el brazo alrededor de sus hombros con suavidad.

—¿Cómo pudo abandonarlo? ¿Qué hizo? ¿Divertirse con ella y ya está?

Daniela levantó el papel que sostenía en la mano. Apenas podía contener su rabia cuando añadió:

—Laha tiene el mismo *elëbó* escarificado. Papá lo tiene en la axila izquierda. ¿Quieres saber dónde lo tenía Laha? ¡Dios mío! ¡Me avergüenzo solo de pensarlo! —Se frotó las sienes mientras gruesas lágrimas volvían a descender por sus mejillas—. No sé si tendré fuerzas para enfrentarme a él... No. No podré. Tendrás que hacerlo tú. Hablarás tú con ellos, Clarence. Hoy mismo. Ahora.

—Lo intentaré.

¿Cómo le plantearía la cuestión a Jacobo? ¿Lo miraría a los ojos y le diría: «Papá, sé que Laha es hijo de Kilian y de Bisila. Papá, ¿te has dado cuenta de que Laha y Daniela se han enamorado? Papá, ¿te haces una idea de lo complicado de la situación?»?

Daniela sacudió la cabeza con los ojos cerrados. Había dejado de llorar, pero se sentía aturdida.

—¡No tienen perdón! —murmuró con los dientes apretados—. Ninguno de los dos.

—Eran otros tiempos, Daniela —respondió Clarence acordándose del hijo de Mamá Sade—. Hombres blancos con mujeres negras. Nacieron muchos niños de esas relaciones...

Daniela no la escuchaba.

—Creerás que estoy loca o enferma, pero ¿sabes, Clarence? ¡Hasta he llegado a pensar que podría seguir con Laha! Nadie, aparte de nosotros, tendría por qué saber la verdad... Mis sentimientos hacia él no pueden cambiar de la noche a la mañana...

Clarence se levantó y se dirigió hacia la ventana. Vio como las gotas de una intermitente lluvia temblaban en las hojas de los fresnos cercanos antes de caer al vacío por culpa del aire inclemente y se sintió muy triste.

Si ella no hubiese abierto el armario donde se guardaban las cartas, si no hubiera encontrado la nota y preguntado a Julia, si no hubiera ido a Bioko, nada de eso estaría sucediendo. La vida en las montañas de Pasolobino discurriría con la misma aparente placidez de siempre. Las brasas de un fuego pasado habrían terminado por extinguirse con el fallecimiento de sus progenitores y nadie hubiera sabido que en otro lugar del mundo corría la misma sangre de sus venas.

Y tampoco pasaría nada.

Pero no. Con su búsqueda, sin saberlo, ella había soplado sobre la mortecina ascua para avivarla con tal intensidad que tardaría en apagarse de nuevo.

La búsqueda había llegado a su fin, sí, pero el grial contenía vino envenenado.

Corrió escaleras abajo en busca de su padre, a quien encontró en el garaje. Suspiró hondo y le preguntó:

—¿Me acompañas a dar un paseo? Hace una tarde preciosa.

Jacobo arqueó las cejas, sorprendido no tanto por su invitación como por el hecho de que a su hija le resultase preciosa esa tarde, pero acto seguido asintió con la cabeza.

—De acuerdo —respondió—. Me irá bien estirar las piernas después de tanto rato en el coche.

El furioso viento del norte de la noche anterior había amainado lo suficiente como para que se pudiese pasear sin peligro de que cayera alguna rama de árbol, aunque aún resurgía ocasionalmente para traer algo de borrasca de lo alto de las montañas y levantar un fino polvo de los restos de nieve que se agarraban a los prados yermos.

Clarence se sujetó al brazo de su padre y comenzaron a ascender por el camino que conducía de la parte trasera de la casa a unos bancales desde los que se podía disfrutar de una maravillosa panorámica del valle y de las pistas de esquí.

Cuando llegaron al último rellano de tierra, Clarence se armó de valor y le contó todo.

Sus palabras iban de atrás hacia delante y de delante hacia atrás en el tiempo de manera que los nombres de Antón, Kilian, Jacobo, José, Simón, Bisila, Mosi, Iniko, Laha, Daniela, Sampaka, Pasolobino y Bissappoo aparecían en una época y en otra, y desaparecían y volvían a aparecer como las cársticas aguas subterráneas de un misterioso río.

Al final de su relato, Clarence, exhausta y con los nervios a flor de piel, se atrevió a formular la temida pregunta:

—Es cierto, ¿verdad, papá?

Jacobo respiraba con dificultad.

—Por favor, papá, te lo suplico. Dime... ¿Aquello sucedió así?

El semblante de Jacobo estaba encendido, era difícil distinguir si de ira, de indignación, de angustia, de frío, de odio, o de una mezcla de todo ello. Había escuchado el relato de Clarence sin abrir la boca, sin respirar, sin interrumpirla. Lo único evidente era que sus mandíbulas reflejaban la tensión con la que peleaba contra varios sentimientos.

Jacobo sostuvo la mirada clavada sobre la de su hija unos segundos y luego le dio la espalda. Todo su cuerpo temblaba. Comenzó a alejarse cuesta abajo y una inesperada ráfaga de viento arrastró hacia su hija sus últimas palabras.

—¡Maldita sea, Clarence! ¡Maldita sea!

Dos días después, el imprevisto y obstinado mutismo de Jacobo se había contagiado al resto de las personas de la casa.

Carmen recorría las estancias con una libreta anotando las cosas que había que hacer en cuanto llegase el buen tiempo, desde lavar cortinas a pintar algún cuarto, sin olvidarse de revisar las existencias de la despensa. No entendía qué le había pasado a su marido después de lo contento y bromista que había estado en Madrid.

«Será este pueblo —se decía, sacudiendo la cabeza—. No sé qué tiene pero aquí le cambia el carácter.»

Daniela se mantenía ocupada en sus cosas como excusa para permanecer encerrada en su habitación con la obsesión desesperada de que su correo electrónico o su teléfono avisaran de un nuevo mensaje que no llegaba.

Y a Clarence se le estaba terminando la paciencia. ¿Se lo habría dicho ya Jacobo a Kilian?

Decidió buscar a su tío en el jardín. En esa época, él comenzaba con la tarea anual de limpieza de rastrojos, ramas y hojas para preparar la tierra de cara al verano.

Sí. Hablaría con él. Tal vez Kilian reaccionase de manera diferente...

El jardín estaba rodeado por un muro de piedra tan alto como una persona. Clarence anduvo por un estrecho camino flanqueado por un seto que conducía a la entrada, coronada por otro seto más grande que Kilian había podado en forma de arco. ¿Cómo no se había dado cuenta antes? En ese momento, Clarence tuvo la convicción de que el camino de entrada al jardín se asemejaba, en miniatura, al camino de las palmeras reales de Sampaka, y que el arco le recordaba al que había leído en algún sitio que había que cruzar para entrar en los poblados de la isla. Nunca había pensado en ello. Tal vez porque nunca había estado tan alerta y atenta a cualquier detalle como lo estaba entonces. Seguro que también había un arco similar a la entrada de Bissappoo...

Nada más cruzar el arco, escuchó las voces de Kilian y Jacobo. Le pareció que estaban discutiendo. Se aproximó unos pasos y pegó su cuerpo al tronco de un manzano, desde donde pudo verlos.

Kilian estaba apoyado en una piedra con su machete guineano en la mano derecha. En la mano izquierda sujetaba una gruesa rama de fresno cuyo extremo inferior iba convirtiendo en punta a base de violentos machetazos. Jacobo caminaba unos pasos, se le acercaba, se alejaba, se daba la vuelta y repetía el recorrido.

No se habían dado cuenta de la presencia de Clarence y ella no se anunció.

Discutían.

Y lo hacían en su dialecto materno.

Su corazón comenzó a latir con fuerza y volvió sobre sus pasos hasta asegurarse de que no podían verla, oculta tras unos arbustos. Si se asomaba un poco, podía verlos de perfil.

Había palabras que no comprendía. Cuando ambos hermanos hablaban rápido en su lengua materna no era fácil seguirles la conversación. Daniela y Clarence habían aprendido bastante pasolobinés a fuerza de escuchar a los vecinos y familiares, pero en casa habían cedido al castellano, entre otras razones, porque sus respectivas madres no eran del valle. Escondida tras los arbustos, Clarence lamentó más que nunca no conocer en profundidad la lengua oral de sus antepasados como la conocían Laha e Iniko. No tenía problemas para leerla, y de hecho su tesis doctoral había sido sobre la gramática del dialecto, pero su pronunciación no era todo lo perfecta que ella hubiera deseado.

No obstante, los nombres propios se entendían más que bien. Efectivamente, hablaban de Laha y Daniela. Al cabo de un rato, su oído se había acostumbrado a los sonidos y podía comprender el diálogo de los hermanos con absoluta claridad.

—¡Tienes que hacer algo, Kilian!

—¿Y qué quieres que haga? Si hablo con ella, tendré que contar todo y no creo que sea eso lo que quieres.

Golpe de machete.

—¡No hace falta que cuentes todo! ¡Solo lo tuyo con esa mujer!

—Eso es asunto mío.

—Ya no, Kilian, ya no. Esto no está bien. Daniela y ese hombre… ¿Es que no estás ni siquiera intranquilo?

Golpe de machete.

—Era inevitable. Al final lo he comprendido.

—Kilian, me estás preocupando. ¡Por Dios bendito! ¡Son hermanos! ¿Cómo pudiste perder el sentido común con esa negra de esa manera?

Golpe de machete.

Una pausa.

Por el tono, Clarence visualizó a Kilian mordiendo las palabras.

—Se llamaba Bisila, Jacobo. Se *llama* Bisila. Haz el favor de referirte a ella con respeto. ¡Pero qué digo! ¡Tú respetar a Bisila!

Golpe de machete.

—¡Cállate!

—Hace un momento me pedías que hablara.

—¡Para que confirmes que tú eres el padre de Laha y ya está! Relación terminada y nos olvidamos del tema.

—Sí, como hemos hecho durante casi cuarenta años… Ya me separé una vez de él, Jacobo, y no pienso volver a hacerlo. Además, si conozco a mi hija como creo que la conozco, no se olvidará de Laha tan fácilmente. Y si Laha se parece un poco a su madre, por poco que sea, tampoco dejará libre a Daniela.

—¡Y lo dices tan tranquilo!

Golpe de machete.

—¡Sí! Me alegro de haber vivido para verlo. ¿Me oyes? ¡No sabes cuánto me alegro!

Clarence se asomó un poco para observarlos mejor.

Kilian había dejado el machete en el suelo y se llevaba la mano derecha a la axila izquierda como si quisiera acariciar su pequeña escarificación, la que Daniela había dicho que ocultaba justo allí.

¿Sonreía?

¿Kilian sonreía?

—¡Me vas a volver loco! ¡Maldita sea, Kilian! ¡Yo te conozco! Tu cabeza y tu corazón no pueden bendecir esta aberración. De acuerdo, muy bien. Tú lo has querido. Ya que tú no quieres hablar con ella, ¡lo haré yo!

Se dio la vuelta y comenzó a caminar hacia el lugar donde estaba escondida Clarence. Se toparía con ella inevitablemente.

Entonces, Kilian lo llamó.

—¡Jacobo! ¿Le contarás también lo de Mosi?

Jacobo se detuvo en seco y se giró, furioso, hacia su hermano.

—¡Eso no tiene nada que ver con esto!

—¡Me estás pidiendo que recuerde mi pasado y tú no quieres ni oír hablar del tuyo!

—Entonces, ¿también habrá que hablarles de Sade? ¡Igual resulta que también ella tenía razón! ¡Por todos los santos, Kilian! ¿Por qué te empeñas en complicarlo todo? ¿Por qué no entiendes que simplemente se trata de evitar que Daniela sufra?

—Yo sé mejor que nadie lo que es el sufrimiento. Lo que está pasando Daniela no es nada comparado con lo que yo pasé. Y tú no has conocido el sufrimiento en tu vida, así que no te hagas la víctima ahora.

A pesar de la distancia, Clarence pudo apreciar el tono grave de la resignación en su voz.

—¿Así que es eso? ¿Quieres que sufra como tú lo hiciste? ¡Es tu hija!

—No, Jacobo. Daniela no sufrirá como yo lo hice.

¿Qué estaba diciendo Kilian?

Hacía ya un rato que Clarence no podía comprenderlos, y no era por el vocabulario o la pronunciación.

¿Acaso había algo más que no supieran? No.

Eso sería del todo insoportable.

De repente, Clarence sintió que algo corría por sus pies y soltó un chillido.

Kilian y Jacobo se callaron al instante y giraron la cabeza hacia el lugar de donde provenía el grito. Clarence no tuvo más opción que caminar hacia ellos. Lo hizo lentamente, pensando qué iba a decirles.

Cuando llegó junto a los hombres, la cara le ardía de vergüenza por haberlos espiado, así que los miró, primero a uno y luego al otro, y les dijo con voz queda:

—Papá... Tío Kilian... Yo... Lo he oído todo. Lo sé todo.

Kilian recogió el machete del suelo, limpió la hoja suavemente con un trapo y se incorporó.

Se situó frente a su sobrina y la miró directamente a los ojos. Las arrugas que surcaban los suyos no habían podido vencer la intensidad de su mirada. Levantó la mano y le acarició cariñosamente la mejilla.

—Querida Clarence —dijo con voz firme—. Te aseguro que tú no sabes nada.

Clarence se quedó helada.

—¡Pues cuéntamelo de una vez! ¡Quiero saberlo!

Kilian pasó el brazo por los hombros de Clarence y comenzaron a caminar en dirección a la salida del jardín.

—Creo que es hora de tener una reunión familiar —dijo, con voz grave—. Tengo algo que contaros.

Se detuvo para esperar a su hermano.

—Los *dos* tenemos algo que contaros.

Jacobo agachó la cabeza y murmuró unas palabras ininteligibles para su hija, pero que sonaban a protesta.

—¿Qué más da ya, Jacobo? —dijo Kilian, sacudiendo la cabeza—. Somos viejos. ¡Qué más da todo!

Clarence sintió que la presión del brazo de Kilian sobre sus hombros aumentaba, como si necesitara un apoyo para no caer.

—Me temo, Jacobo, que tú tampoco lo sabes todo.

Introdujo la mano derecha en el bolsillo, extrajo una fina tira de cuero de la que pendían dos pequeñas conchas, y se la anudó al cuello.

—Siempre la he llevado encima —murmuró—. Pero hacía veinticinco años que no me la ponía. Ya no me la quitaré nunca más.

A miles de kilómetros de distancia, Laha buscó a su madre en casa y no la encontró.

La última semana había sido la peor de su vida. Había pasado del cielo al infierno en cuestión de segundos. No podía borrar de su mente la imagen de Daniela temblando entre sus brazos.

Todavía peor.

No podía borrar de su mente la terrible imagen de abatimiento de su amada Daniela, sola y abandonada en la cama en la que tanto habían gozado.

Ni en la peor de sus pesadillas podía haber imaginado que el padre blanco de cuya existencia no sabía nada fuera el padre de la mujer que más deseaba en el mundo. Siempre había sospechado que, en algún lugar de España, corría su misma sangre, la del hombre que lo había engendrado, un hombre de cara borrosa apoyado en un camión. El hecho de llevar en el bolsillo la foto nebulosa de un posible padre llenaba el vacío que le provocaba el silencio en torno a su identidad y la imposibilidad de conocerlo.

Incluso había fantaseado con la remota probabilidad de que Kilian o Jacobo pudieran haber sido sus padres biológicos. Una fantasía que había sido relegada al rincón del olvido en cuanto su mente, su cuerpo y su alma se habían excitado al conocer a Daniela.

Pero ahora todo había cambiado.

El deseo oculto de conocer a su padre se había hecho realidad a costa de su felicidad.

Y lo que era peor.

La certeza de que Daniela y él eran hermanos no había hecho desaparecer en absoluto la pasión abrasadora que sentía por ella.

Había tenido que hacer verdaderos esfuerzos para no detener el coche, dar media vuelta, entrar en la casa, abrazar a Daniela y decirle que le daba igual, que no eran como dos hermanos porque no habían crecido juntos. En algunas tribus africanas, la relación entre hermanos de padre era aceptada. La relación entre hermanos de madre no. Ellos no habían compartido el mismo seno y nadie tendría por qué enterarse de que compartían padre.

Pero ellos lo sabrían.

Había pasado varios días en Madrid encerrado como un león en una jaula, dando vueltas y pensando qué debía hacer, sin apenas comer ni beber.

Al final, había decidido coger un vuelo a Malabo, buscar a su madre y descargar su ira contra ella.

Su madre no estaba en casa.

Tuvo una corazonada y se dirigió al cementerio de Malabo.

Un anciano de aspecto amable salió a su encuentro:

—¿A quién busca?

—No sé si podrá ayudarme. —Laha estaba cansado, muy cansado—. Busco la tumba de un hombre llamado Antón, Antón de Pasolobino.

El hombre abrió los ojos sorprendido.

—Últimamente ese lugar recibe muchas visitas —dijo—. Acompáñeme. Yo lo llevaré hasta ella.

En la parte vieja del cementerio, los muertos descansaban a los pies de hermosas ceibas.

Laha reconoció la figura de su madre inclinada sobre una cruz de piedra. Estaba depositando un pequeño ramo de flores frescas.

Al escuchar pasos, Bisila se giró y se encontró con la recriminatoria mirada de su hijo.

—Mamá —dijo Laha—. Tenemos que hablar.

—Has conocido a Kilian.

—Sí, mamá. He conocido a *mi padre*.

Bisila se acercó y le acarició las manos, los brazos y la cara. Ella conocía con la exactitud que le había proporcionado la experiencia las terribles marcas que el amor podía imprimir en el ánimo.

—Vamos a dar un paseo, Laha —dijo—. Creo que hay algo que deberías saber.

Comenzaron a caminar sin rumbo fijo entre los árboles y las tumbas.

Laha había conocido a Kilian.

¿Cómo estaría ahora? ¿Cuánto habría envejecido? ¿Seguiría el sol provocando destellos cobrizos en su cabello? ¿Conservaría su energía?

Laha había conocido a Kilian.

Había podido mirar esos ojos verdes y grises.

Los ojos de Laha frente a los ojos de Kilian.

Bisila se detuvo y escudriñó los ojos de su hijo y estos se transformaron en un espejo que había reproducido, absorbido y contenido las imágenes de los ojos de Kilian; unas imágenes que ahora se presentaban frente a ella para anular las distancias y los años, para decirle que era el momento de reconocer la verdad, de que todos supieran lo que ellos ya sabían.

Que sus almas seguían unidas.

Bisila sonrió y le dijo a su hijo:

—Laha…, Kilian no es tu padre.

XV

BIHURÚRU BIHÈ

Antes de que se desatase una tremenda tormenta, cuando quedaban menos de dos horas para llegar a la capital de Níger, Kilian había agradecido su decisión de viajar en avión desde Madrid a Santa Isabel porque, en lugar de en dos semanas, el trayecto de Pasolobino a Sampaka se realizaba en poco más de un día. El viaje era más caro, sí, y el cuatrimotor tenía que realizar frecuentes aterrizajes para repostar, pero el ahorro de tiempo valía la pena.

Sin embargo, cuando el Douglas DC4 comenzó a ser sacudido violentamente por las turbulencias y los cincuenta pasajeros gritaron, presos del pánico, le vinieron a la mente las palabras de su padre al relatarle el naufragio que casi había acabado con su vida. Mientras esperaba que el avión despegase de nuevo de Niamey rumbo a Nigeria, Kilian, con el semblante todavía pálido, decidió que finalmente aceptaría con verdadero gusto el vermut Cinzano o la copita de champán de la azafata. Una vez en Bata, antes de subir a bordo del sustituto del Dragon Rapide que lo llevaría por fin hasta la isla —un pequeño bimotor de ala baja, líneas angulosas y chapa corrugada al que llamaban *Junker*—, ya tenía claro que volvería a disfrutar de la placidez de un barco como el Ciudad de Sevilla.

En el improvisado aeropuerto de Santa Isabel lo estaba esperando Simón y no José. Lo encontró muy cambiado. No se parecía en nada al adolescente de ojos redondos y vivos que había irrumpido en la habitación su primera mañana de trabajo en la finca. Ahora, tras un año largo de ausencia, Kilian casi no podía reconocer al hombre de constitución robusta y agradable rostro adornado con finas incisiones ya cicatrizadas en la frente —donde se cruzaban con las largas arrugas horizontales que infundían gravedad a su expresión—, en las mejillas y en la barbilla.

—¡Simón! —exclamó Kilian quitándose la americana—. Me alegro de volver a verte. —Hizo un gesto señalando las cicatrices—. Te encuentro muy cambiado.

—Al final decidí marcarme con las señales de mi tribu, *massa* —respondió Simón, levantando el pesado equipaje sin esfuerzo. Kilian pensó que ya era hora de que el joven dejase de ser un criado y consiguiese un trabajo mejor—. Al padre Rafael no le gustó nada...

Subieron a un redondeado Renault Dauphine de color claro, la última adquisición de Garuz, según le explicó Simón.

—¿Cómo es que no ha venido Ösé? —preguntó Kilian.

—Es que ha llegado justo el día que bautizan a su nieto. Me ha pedido que, si quiere, le lleve directamente al patio de *Obsay*.

Kilian sonrió. Hacía dos días que habían terminado las fiestas de agosto en Pasolobino. Todavía resonaban en su cabeza los sones de la orquesta y ya había otra fiesta en marcha. ¿Qué nieto sería este? Había perdido la cuenta, pero le extrañó que la celebración fuese en uno de los tres patios de la finca porque allí solo vivían los braceros nigerianos y sus familias.

Entonces se acordó.

La hija enfermera de José vivía en la finca.

—¿No será el bautizo del hijo de Mosi? —preguntó.

Simón asintió.

—¡Su primer hijo! Mosi está loco de contento. Ya llevan años casados y se lamentaba de que los hijos tardasen tanto en llegar. —La confirmación de su sospecha produjo en Kilian una extraña sensación, parecida a la que sintió cuando se imaginó a la muchacha en brazos de su enorme marido la primera vez que la vio, el día de su boda. Supuso que ese solo sería el primer cambio de los muchos que habrían tenido lugar durante sus vacaciones, pero precisamente ese le molestaba especialmente. Pensó que aquel niño había llegado al mundo para unir más aún a sus padres y experimentó una punzada de celos.

Su mente le trajo imágenes de la hermosa mujer con la que había fantaseado tantas noches. Sintió su fresco aliento sobre su rostro en aquella cama durante su enfermedad, tras la muerte de su padre; visualizó su figura caminando de manera resuelta por la finca en dirección al hospital, a la farmacia, a la iglesia o a los almacenes; recordó la suavidad de sus manos sobre la piel de su tobillo cuando le quitó la *nigua;* y se distrajo unos segundos rememorando su sonrisa y su inquietante mirada.

Kilian suspiró. Apenas llevaba unos minutos en la isla y se sintió como si nunca se hubiera marchado. Los que hasta el día anterior no habían sido sino recuerdos con los que entretener y calmar sus noches de insomnio en Pasolobino resurgían ahora con la nitidez de una realidad que había echado demasiado de menos, sobre todo al principio. Le había costado semanas conseguir que su mundo natal dejara de resultarle indiferente. La selva tropical se había empeñado en extender sus lianas hábilmente por las cumbres nevadas, pero estas habían sabido defender y recuperar sus dominios con tesón. Poco a poco, la solidez e inmutabilidad de la roca había logrado imponerse a la flexibilidad y elasticidad de las enredaderas, obligándole a recordar y recuperar su sitio en Casa Rabaltué, y haciéndole comprender que, al igual que el paso de los siglos no había logrado minar la entereza de la casa, él nunca podría renunciar a la responsabilidad que suponía formar parte de ella. A medida que se reencontraba con las tareas en los mismos campos que habían trabajado sus antepasados y recorría los mismos caminos que otros, antes que él, habían trazado, su alma se había reconfortado y reconciliado con su pasado y su presente. Su padre ya no estaba, pero él sí, y su casa continuaba viva después de quinientos años. A esta tranquilidad existencial también había contribuido la fortaleza contagiosa de una Mariana que se ocupaba de todo como si el tiempo no pasara, como si Antón y Jacobo fueran a llegar en cualquier momento de Fernando Poo, como si Kilian no fuera a marcharse de nuevo dejándola con la única compañía de una débil Catalina que pasaba más tiempo en Casa Rabaltué que en la casa de su marido, intentando absorber algo de la energía de su madre para superar la muerte de su único hijo o simplemente para sobrevivir...

Respiró hondo y el olor de los cacaotales llenó sus pulmones. El hombre a quien el parlanchín Simón ponía al día de las últimas novedades no era el joven impresionable e inexperto que añoraba su tierra y que no distinguía un grano de cacao bueno de otro excelente. Sabía perfectamente qué vendría a continuación. La entrada a la finca. Las palmeras reales. El *wachimán* Yeremías y sus gallinas. El cacao tostado. Los amigos. Ella.

¿Seguiría siendo tan hermosa?

—¿Qué, *massa*? —Simón lo distrajo de sus pensamientos—. ¿Tenía ganas de regresar?

A Kilian le dio un vuelco el corazón cuando el vehículo enfiló por el camino de las palmeras reales. La respuesta se dibujó tan clara y rápidamente en su mente que primero se sorprendió y enseguida se sintió un poco culpable. Las pequeñas raicillas de las flexibles y elásticas trepadoras empezaban a agarrarse de nuevo a su ánimo.

—Creo que sí, Simón —respondió, con voz soñadora—. Creo que sí.

Kilian quiso asearse antes de subir a *Obsay*. Simón le había preparado la habitación de siempre. Colgó la americana en el armario y se dispuso a deshacer el equipaje. Minutos después, alguien llamó a la puerta y la abrió sin esperar respuesta.

—¡Veo que las vacaciones te han sentado muy bien! —Jacobo se le abalanzó y lo abrazó con fuerza. Se apartó para observarlo y aprobó lo que vio—. ¿Cómo va todo por casa? ¿Cómo has dejado a nuestras mujeres?

Kilian encontró a Jacobo tan rebosante de salud y risueño como hacía unos meses. Había ganado algo de peso, por lo que su cinturón ya no se ajustaba a la cintura.

—Están bien. ¿A que no sabes qué llevo en las maletas? ¡Comida y más comida! —Puso los ojos en blanco y Jacobo se rio—. Mamá se piensa que aquí no comemos...

Dio unas palmaditas a su hermano en el abdomen, se acercó al lavabo encastrado en un mueble de madera, vertió un poco de agua y preparó los útiles para afeitarse.

—¿Y tú? ¿Sigues de fiesta en fiesta con los amigos?

—Hago lo que puedo... Tengo suerte de que Dick y Pao vengan de Bata con cierta frecuencia, porque Mateo y Marcial cada día andan más ocupados con sus novias.

Jacobo se sentó y Kilian comenzó a enjabonarse la cara.

—¿Qué? ¿Has encontrado bien la finca?

—Lo poco que he podido ver me ha sorprendido. Todo está muy ordenado y limpio. Está claro que no me habéis echado de menos...

—¡Nadie es imprescindible, Kilian! —bromeó Jacobo—. La semana pasada nos visitó nada más y nada menos que el gobernador de la Región Ecuatorial Española. ¿Te lo puedes creer? ¡Tendrías que haber visto a Garuz! Lo avisaron pocos días antes y nos tuvo a todos arreglando la finca día y noche. Waldo estuvo un día entero encerando el Mercedes que iba a utilizar para recorrer Sampaka... —Kilian sonrió—. Su visita coincidió con la de unos periodistas de la revista

La Actualidad Española que querían hacer un reportaje sobre nuestro cacao.

—En todo este tiempo he sabido muy poco de la isla. —Kilian recordó cuánto había echado de menos las noticias semanales de la *Hoja del Lunes* de Fernando Poo. Aparte de un diminuto anuncio sobre la presentación en Madrid de un libro sobre cacerías de elefantes y la proyección de dos películas, *En las playas de Ureka* y *Balele,* con motivo de unas conferencias, en la edición provincial del periódico *Nueva España* que leía en Pasolobino solo habían aparecido cuatro líneas sobre la resolución del Consejo de Ministros de marzo por la que los territorios de Guinea se dividían en dos provincias españolas: Fernando Poo y Río Muni.

—Yo también pensaba que fuera de aquí a nadie le podían interesar los asuntos cotidianos de Guinea, pero, según dijeron, ese artículo servirá para mostrar a muchos lectores españoles lo bien que se hacen las cosas en la colonia.

—Precisamente *ahora...* —dijo Kilian mientras buscaba una camisa blanca en la maleta—. En el avión he escuchado la conversación de unos hombres, creo que eran guardiaciviles...

—Están viniendo muchos. Claro, sueldo doble, seis meses de campaña y seis de permiso... No deben andar las cosas muy bien por España. El otro día dijo Garuz que, a pesar del nuevo plan económico que se supone atraerá empresas de fuera y creará empleo, muchos españoles emigran a Europa. ¡Menos mal que de momento aquí tenemos el sueldo asegurado!

—Comentaban que se avecinan nuevos tiempos, que las colonias tienen los días contados...

Jacobo sacudió una mano en el aire.

—El día que las colonias desaparezcan, esta gente está perdida. ¡Ni en sueños tendrían las fincas como las tienen ahora! Además, ¿qué sentido tendría haber creado las provincias si no se tuviera la certeza de que todo iba a seguir igual?

Kilian recordó la discusión del padre de Julia con un tal Gustavo en el casino y la tertulia aquel día de Año Nuevo en casa de Manuel en la que los presentes mostraron su preocupación por los sucesos acaecidos en otros países africanos. Ahora las colonias quedaban más atadas a España, así que la independencia era innecesaria. ¿No era eso lo que había dicho Emilio que temía su amigo Gustavo?

—No sé, Jacobo. El mundo está cambiando muy deprisa... —Aún resonaba en su cabeza el ruido de los motores del avión que se había deslizado por los aires a más de cuatrocientos kilómetros por hora. Un día antes todo era piedra y pizarra en la montaña y nuevas construcciones de pisos en la tierra baja; unas horas y varios aeropuertos de diferentes países africanos y estaba en la isla.

Jacobo hizo un gesto de asentimiento.

—¿Quién nos iba a decir que habría alcaldes negros en Bata y Santa Isabel y representantes en las Cortes, eh? Y morenos en las salas de cine... Hasta ellos se encuentran incómodos y extraños... Hombre, yo no digo las barbaridades que dicen algunos, pero reconozco que se me hace raro.

—¿Y qué dicen algunos? —Kilian terminó de abotonarse la camisa y se giró hacia el espejo.

—Pues dicen que... —Jacobo bajó la vista al suelo y titubeó— que... por mucho que ahora de repente sean españoles, siguen siendo unos monos.

Kilian lanzó una dura y larga mirada a la imagen de su hermano reflejada en el espejo. Jacobo tosió, un tanto avergonzado. Finalmente, Kilian respiró hondo y se giró.

—¿Qué tal los demás? —preguntó para cambiar de tema.

—Santiago se marchó definitivamente hace un par de meses... Dijo que ya estaba mayor para estos trotes. Y hay uno nuevo conmigo en Yakató.

—Mejor tú que Gregorio. ¿Y Julia y Manuel?

—Los veo poco. —Jacobo no tenía ninguna intención de dar más explicaciones sobre la familia feliz. Julia solo tenía ojos y tiempo para su pequeño Ismael—. ¿Alguna pregunta más?

—¿Qué tal ha comenzado la cosecha?

—Los secaderos funcionan a todo gas. ¡Has llegado justo a tiempo para la peor parte…! —Sí, hasta enero la vida en la finca sería frenética, pensó Kilian, pero a él le encantaba esa época. Pronto terminarían las lluvias y llegaría la *seca* y su calor sofocante. Se sentía fuerte y preparado para soportarlo—. Aunque tengo una buena noticia. El grano ya se remueve de manera automática, no hay que andar de aquí para allá con palas.

—Buena noticia, sí.

Se hizo un breve silencio. Kilian cogió una corbata y se la pasó alrededor del cuello. Jacobo, extrañado, se incorporó en la silla.

—¿Por qué te pones tan elegante? —preguntó.

—Voy a *Obsay*. Hoy es el bautizo del nieto de José.

—¿Y para ir a *Obsay* te arreglas tanto? —Frunció el ceño.

Kilian creyó interpretar la pregunta de otra manera: «¿Y para mezclarte con los negros te vistes así?». Terminó de hacerse el nudo de su corbata.

—Un bautizo es un bautizo, aquí y en cualquier otro sitio. ¿Quieres venir conmigo?

—Tengo mejores planes en la ciudad. —Jacobo se levantó y caminó hacia la puerta—. ¡Por cierto, casi se me olvida! Hay por ahí alguien que te ha echado mucho de menos. En cuanto se entere de que ya has llegado, si no vas a verla tú, vendrá a la finca. Supongo que esperará que le hayas traído algún regalo de España.

Sade…

Kilian resopló. ¿Cuánto hacía que no pensaba en ella? Hubiera comprendido que durante sus largas vacaciones Sade también se hubiera olvidado de él, pero las palabras de su hermano dejaban claro que no había sido así.

—Cada día está más guapa. —Jacobo chasqueó la lengua—. Porque eres mi hermano, que si no… —Interpretó la rápida mirada que le lanzó Kilian como una advertencia—. No te preocupes, hombre, que es broma. —Le guiñó un ojo—. Seguro que, después de tantos meses de abstinencia, la cogerás con gusto. A no ser que hayas conocido a alguna española que pueda competir con ella… —Lo miró de soslayo esperando una reacción que no llegó y se dio por vencido—. En fin, si has vuelto, es que ninguna te ha echado el lazo.

Kilian continuó callado. Prefería que su hermano creyera lo que le diera la gana con tal de no seguir con esa conversación. No tenía la menor intención de perder el tiempo hablándole de sus escasos e insípidos escarceos amorosos o especulando sobre un posible reencuentro con Sade que él no deseaba en absoluto. En esos momentos tenía algo infinitamente más urgente que hacer. Abrió el bote de gomina, cogió una pequeña cantidad con los dedos y se peinó el cabello hacia atrás. Se miró por última vez en el espejo y salió tras su hermano.

José estaba feliz de ver a su amigo de nuevo. O eso, o el vino de palma era el causante de los continuos abrazos que daba a Kilian.

La fiesta estaba en pleno apogeo cuando este llegó al patio de *Obsay*. Había mucha gente cantando y bailando al son de los tambores. Todos se habían vestido con sus mejores ropas: los hombres, con pantalón largo y camisa blanca, y las mujeres, con vestidos largos y tocados de llamativos colores, aunque alguna había optado por lucir un modelo europeo hasta la rodilla, entallado a la cintura. Kilian recordaba que solo se arreglaban así cuando iban a pasar la tarde por los paseos de Santa Isabel, pero esta vez habían preferido acompañar a Mosi, lo cual demostraba el aprecio que le tenían.

José lo abrazó de nuevo y bajó la voz:

—Te he echado de menos, *white man*.

—Yo también, Ösé, *mi frend*. —Kilian lo decía muy en serio, aunque no podía borrar la sonrisa de su cara—. ¡Siempre llego a punto para una de tus fiestas!

—En esta vida hay que celebrarlo todo. Hoy estamos aquí y mañana... ¡con los espíritus!

—¿Y dónde lo habéis bautizado? ¡No me digas que el padre Rafael ha subido hasta aquí, que no me lo creo! —Las cosas estaban cambiando, sí, pero Kilian estaba seguro de que el sacerdote continuaba con su tarea de guiar a sus feligreses por el buen camino, que no discurría precisamente paralelo al de sus costumbres y tradiciones.

—El padre Rafael ha celebrado una ceremonia muy completa y muy bonita, sí, en el poblado de Zaragoza. Hemos cumplido con lo que manda tu Iglesia. —Le guiñó un ojo—. Y no nos hemos quitado los zapatos hasta que hemos cruzado el patio principal.

Kilian soltó una sonora carcajada. Miró a su alrededor. Los gritos le llevaban palabras pronunciadas en bubi y en *pichinglis*. Seguía sin comprender el bubi, pero el dialecto de los nigerianos le resultaba tan claro como el suyo de Pasolobino. Varios hombres levantaron hacia él sus vasos en señal de bienvenida. Otros —entre los que se encontraban Waldo, Nelson y Ekon— se acercaron y lo saludaron con palmadas en la espalda. Como a Simón, a Waldo también lo encontró mayor, aunque su ancha frente seguía contrastando con la pequeñez del resto de sus facciones. Nelson había ganado peso, con lo cual su cara era aún más redonda y su papada más abultada. Y Ekon, que ya hablaba castellano con bastante fluidez, lucía alguna cana en su ensortijado cabello, aunque los hoyuelos que se marcaban en sus mejillas cuando sonreía conservaban su aire juvenil.

Una mujer bajita y regordeta que se presentó como Lialia, la mujer de Ekon, se acercó a su marido y lo empujó a bailar ante las risas de los demás. Kilian reprimió un gesto de sorpresa al darse cuenta de que era la primera vez que veía a la mujer que Ekon había compartido con Umaru. Un pensamiento fugaz le recordó aquellos terribles momentos, cuando lo golpeó salvajemente y él decidió vengarse. ¿Qué vida llevaría Umaru en su tierra? No era que le importase mucho; al fin y al cabo, de no ser por José, probablemente Umaru lo hubiera matado, pero por más tiempo que pasase, la penitencia por su comportamiento seguiría siendo la imposibilidad de olvidarse de él.

Waldo le ofreció un pequeño cuenco con licor y Kilian tomó un sorbo. El líquido ardió en su interior. La música de los tambores resonaba en su pecho, y los cantos agudos de las mujeres le resultaban tan familiares como si hubiera crecido con ellos. Aquello sí que era una verdadera celebración de la vida. No había agua bendita, ni cirios, ni óleos con los que ungir al recién nacido para librarle del pecado original e incorporarlo a la Santa Iglesia. Pero sí había sudor fresco, sangre caliente, músculos tensos y sonidos penetrantes con los que ensalzar la grandeza de la existencia.

—Como si nada hubiera cambiado en cientos de años… —murmuró Kilian, completamente cautivado por el ambiente festivo.

José oyó el comentario.

—¡Ah, *mi frend*! Aquí todos los días parece que nada ha cambiado, pero lo cierto es que nada es igual.

Posó su mano sobre el hombro de Kilian.

—Yo ahora tengo otro nieto, sangre de mi sangre. ¿No es eso un cambio?

—¡Ahora eres más abuelo! —José se rio con ganas—. Por cierto, ¿dónde están los padres del recién nacido? Me gustaría darles la enhorabuena.

Volvió a suceder. Ella levantó la vista hacia él y el mundo se detuvo y los cantos enmudecieron.

Esta vez no fue solo un instante. Sus grandes ojos claros no lo atravesaron como dos lanzas. Se posaron sobre los suyos el tiempo suficiente para que él entendiera cuánto se alegraba de volver a verlo.

Estaba sentada y sostenía a un hermoso y rollizo bebé en sus brazos. El brillo del inmaculado vestido blanco de anchos tirantes no podía sino realzar su tersa piel tostada. A pocos metros, Mosi brindaba y bailaba con todos los que se le acercaban, pero de reojo vigilaba a su mujer, que miraba con mucha atención al *massa*.

Kilian bajó la vista y contempló al niño.

—Enhorabuena. Es precioso —dijo—. ¿Cómo se llama?

—Iniko —respondió ella—. Significa «nacido en tiempos difíciles».

Kilian levantó la vista de nuevo hacia ella.

—¿Son estos tiempos difíciles? —preguntó.

Ella sostuvo su mirada.

—Puede que ahora cambien —respondió, con un leve temblor en la voz.

Se miraron en silencio.

—Me alegro de que hayas vuelto, Kilian —susurró.

Kilian se quedó de piedra al oír la palabra en labios de ella.

¡Él ni siquiera sabía su nombre!

Siempre había sido la hija de José. La hija enfermera de José. La dulce enfermera que había cuidado a Antón antes de morir. La dulce mujer que lo había reconfortado en su desconsuelo. El rostro que durante un tiempo se le había aparecido en sueños.

Y él no sabía su nombre…

Sintió como enrojecía de vergüenza.

—Perdóname —comenzó a tartamudear—, p… pero… yo no sé tu nombre.

Los labios carnosos de ella dibujaron una amplia sonrisa en su bella y perfecta cara. Su mano derecha se alzó para acariciar dos conchas que pendían de un collar de cuero.

Pensó:

«Creí que no me lo preguntarías nunca».

Pero dijo:

—Me llamo Daniela Bisila.

Un niño de unos dos años con rubios rizos, pantalón corto de peto de color azul cielo y tirantes anchos cruzados sobre el torso desnudo jugaba en el umbral de la puerta con un Studebaker Avanti. Sus regordetas manitas abrían y cerraban con habilidad las puertas y el capó del pequeño coche de faros cuadrados.

—Tú debes de ser Ismael. —Kilian se agachó para acariciarle la cabeza—. Has crecido mucho… ¿Está tu mamá por ahí?

El pequeño se lo quedó mirando, arrugó el ceño y comenzó a hacer pucheros.

—Vaya… ¿Te he asustado?

—¡Oba! —Kilian distinguió la voz jovial de Julia—. ¿Puedes coger al niño?

Una menuda mujer de rostro aniñado y con el pelo recogido en un pañuelo verde apareció enseguida y se lo quedó mirando con expresión de sorpresa. Kilian reconoció a la amiga de Sade. Frunció el ceño. ¿Qué estaba haciendo allí? Contaba con la discreción de sus amigos y de su hermano, a quienes les había pedido que, si iban por el club, no le dijeran a Sade que había regresado todavía. Seguramente esas precauciones ya no le servirían de nada. Oba no tardaría en comentarle a su amiga que lo había visto.

—¿Puedes decirle a la señora que ha venido a verla un amigo?

—¡Kilian! —Unos pasos se acercaron rápidamente y Julia, enfundada en unos pantalones blancos hasta media pierna y una camiseta de tirantes, le dio un afectuoso abrazo—. ¡Cielo santo! ¡Cuánto tiempo!

Apoyó el dedo índice sobre su pecho.

—A ver si haces el favor de disfrutar de las vacaciones como todos, dos campañas y seis meses en España, para no alejarte de nosotros tanto tiempo. ¿Qué es eso de desaparecer más de un año? Creí que ya no regresarías más.

Kilian se rio por la actitud un tanto dramática de la mujer.

—Llegué hace unos días —dijo—, pero me dijeron que estabais fuera.

—De vez en cuando Manuel me lleva a una de sus excursiones botánicas... Pasa, nos tomaremos un café.

Unos ruiditos llamaron su atención. En brazos de Oba, Ismael había dejado de llorar y observaba al hombre con curiosidad.

—Tienes un hijo muy guapo.

Julia le agradeció el comentario con una sonrisa y pidió a Oba que se llevara al niño a dar un paseo.

—¿Oba de niñera? —preguntó Kilian—. Pensaba que trabajaba en la factoría.

—Y trabaja allí, pero se ha encariñado con el niño y le gusta pasar ratos con él. —Julia bajó el tono—. En realidad, busca cualquier excusa para venir a la finca. Por lo visto, el hombre que ocupa su corazón anda por aquí. Nelson, uno de los capataces.

—¡Ya entiendo por qué se encarga él de las compras ahora! —Kilian siguió a Julia hasta la terraza, dejó el salacot en una mesita baja y se sentó en un sillón de mimbre—. ¿Y tus padres? ¿Sigue Emilio en el Consejo de Vecinos?

—Ahora tiene más trabajo que nunca. No sé cómo no le aburren esas decisiones administrativas, todo el día atendiendo reclamaciones, arbitrando en líos de linderos de solares, preparando proyectos y diseñando nuevas construcciones. En un principio pensaba que lo hacía más por mamá que por él, ya sabes que a ella le gusta estar enterada de todo lo que se cuece aquí..., pero, al final, he llegado a la conclusión de que realmente le apasiona aportar su granito de arena al desarrollo de Santa Isabel. —Lanzó un profundo suspiro—. Voy a por el café y nos ponemos al día.

Kilian se entretuvo hojeando una revista que había sobre la mesita en cuya portada aparecía la foto azulada del caudillo Francisco Franco con su uniforme militar acompañado de su mujer y su hija —que lucían sendas mantillas sobre sus cerrados vestidos— con motivo de la comunión de una de sus nietas. Julia regresó al poco tiempo. Como siempre, Kilian se sintió cómodo en compañía de su amiga, a quien encontró, por un lado, contenta y satisfecha en su nuevo papel de madre y, por otro, preocupada por las confusas noticias políticas que circulaban por la isla. Iba a preguntarle qué tal llevaba Emilio que su superior, el alcalde, fuera un nativo, cuando escucharon la voz alarmada de una mujer que llamaba a Manuel con insistencia. Kilian reconoció la voz enseguida y se levantó de un salto. Julia lo imitó y ambos se dirigieron a la entrada.

—¡Bisila! —exclamó Julia—. ¿Qué sucede?

—Necesito al doctor. Es urgente. —Distinguió la figura del hombre que la miraba fijamente y en su cara se dibujó una expresión de sorpresa. Le costó continuar con su explicación, y no por el mensaje que traía, sino por el encuentro inesperado—. Han traído... Es...

Kilian tuvo que frenar el impulso de cogerle las manos para calmarla.

—Tranquila, Bisila —se limitó a decir con voz suave—. Cuéntanos qué pasa.

—Señora, el padre Rafael ha traído a un hombre malherido para que lo cure don Manuel. Apenas puede hablar. Solo repite que es amigo de su padre.

—¿De mi padre? —preguntó Julia con extrañeza—. Manuel está en la ciudad, no sé cuándo regresará... Llévame con él.

—Os acompaño —se ofreció Kilian.

Julia asintió, agradecida.

Atravesaron a toda prisa el pequeño patio que separaba la casa del edificio del hospital. Cuando subieron las escaleras, el padre Rafael salió a su encuentro. Kilian lo encontró bastante envejecido. Había perdido pelo y caminaba con dificultad. Su traje blanco estaba manchado de sangre.

—¿Qué ha pasado, padre? —preguntó Julia, alarmada.

—Volvía de la ciudad cuando he encontrado al pobre hombre en una cuneta. Como he podido, lo he metido en el coche con intención de regresar al hospital de la ciudad, pero el infeliz repetía constantemente los nombres del doctor Manuel de Sampaka y de Emilio. No me soltaba la mano, por eso he enviado a Bisila a buscar a Manuel.

—Ha ido a la ciudad y no sé cuándo volverá.

—Ay, hija. No sé si he hecho bien en traerlo aquí, pero insistía tanto… He conseguido entender que se llama Gustavo.

—¡Gustavo! —exclamó Julia, inquieta—. ¡Oh, Dios mío!

Kilian recordó la discusión en el casino.

—Hace unos meses lo detuvieron y lo llevaron a Black Beach… —Julia se dirigió al sacerdote—. Gracias, padre. Solo le pido que no diga nada al señor Garuz. No le gustaría saber que atendemos a alguien que no pertenece a la plantación. De momento, lo mantendremos en secreto.

—Siento no poder quedarme más tiempo. Tengo que celebrar en Zaragoza. Si lo creéis necesario, llegado el momento, enviad a alguien a buscarme.

—Sí… Le pido otro favor, padre. Al salir de la finca, dígale a Yeremías que él o Waldo avisen a Dimas de que Gustavo está aquí. Ellos saben cómo localizarlo.

Segundos después entraron en la sala principal, una amplia estancia con una docena de camas dispuestas en dos hileras enfrentadas, que estaba prácticamente vacía. Habían acostado al hombre en una de las camas del fondo, separada de las demás por una fina cortina blanca que entonces estaba recogida junto a la pared. A pocos pasos de distancia, desde el pasillo central, Kilian y Julia comprendieron la gravedad de la situación. El fornido cuerpo de Gustavo era una masa de jirones de ropa ensangrentada, por lo que costaba distinguir qué parte de su piel no estaba lacerada. Julia se tapó la boca con una mano para contener un sollozo. El rostro de Gustavo estaba completamente desfigurado por los golpes y los bultos amoratados de los hematomas. Quienquiera que hubiera hecho eso había tenido la perversa idea de colocarle las grandes gafas cuadradas con los cristales rotos de nuevo en su sitio para darle un aspecto más grotesco.

Con los ojos llenos de lágrimas, Julia se inclinó hacia su oído:

—Gustavo, ¿me oyes? Soy la hija de Emilio. —El hombre emitió un gemido—. No te preocupes. Aquí te cuidaremos. Te pondrás bien, te lo prometo. —Se incorporó y murmuró entre dientes—: ¡Y Manuel en la ciudad!

Bisila se acercó.

—Primero le quitaremos la ropa para lavar y desinfectar las heridas... Si le parece, usted se puede sentar a su lado y hablarle para que esté tranquilo.

Durante todo el proceso, Julia evitó mirar directamente las heridas del cuerpo de Gustavo. Kilian se fijó en que cada vez estaba más pálida. Realmente ese hombre había recibido una paliza descomunal. En más de una ocasión él mismo tuvo que realizar verdaderos esfuerzos para controlar las arcadas. Frente a él, Bisila limpiaba las heridas con una delicadeza exquisita. Su entereza lo maravilló. En ningún momento mostró signos de desagrado. Al contrario, alternaba sus cuidados con expresiones en bubi que parecían reconfortar al herido, quien intentó dibujar alguna que otra sonrisa en su desfigurado rostro.

—Me gustaría conocer tu lengua para entender qué le dices —murmuró Kilian, inclinándose hacia ella—. Tiene que ser algo especial para que en su estado quiera sonreír...

Bisila alzó sus ojos transparentes hacia él.

—Le digo que está tan feo que los espíritus no se lo llevarán así, y que cuando termine de arreglarlo estará tan bien que entonces será él quien no querrá irse...

—¿Crees que se salvará?

—Le costará tiempo recuperarse, pero no veo ninguna herida mortal.

—¿Quién te ha hecho esto, Gustavo? —susurró Julia.

—Los que aparecen así —comentó Bisila—, tirados como perros en las cunetas, suelen ser presos del penal.

—¿No podías conformarte con tu trabajo de maestro y disfrutar de la vida? —preguntó Julia, y Gustavo soltó un gruñido—. Pues si sales de esta, no creo que te queden ganas de seguir con tu cruzada de liberación.

—¿Cómo pueden haberle hecho esto en el penal precisamente ahora que es ciudadano español? —preguntó Kilian, después de meditar sobre las palabras de las dos mujeres.

Bisila soltó un bufido y Kilian la miró con extrañeza.

—¿Cómo lo vamos a entender si en España tampoco se ponen de acuerdo? —preguntó a su vez Julia—. Según mi padre, el Gobierno español está dividido. En un lado se encuentran los moderados, que opinan, como el ministro de Asuntos Exteriores, Castiella, que hay que favorecer poco a poco el camino de las provincias hacia la independencia. Y en el otro lado están los que opinan como el ministro de la Presidencia, Carrero Blanco, que es partidario de una dura política colonial que mantenga a raya a los líderes autóctonos.

—Me temo que *nuestro* gobernador es de esta opinión —comentó Bisila con ironía.

—¡Señora! —La voz de Oba resonó desde el otro extremo de la sala—. ¿Está usted ahí? Tengo que marcharme...

Julia se levantó.

—Lo siento. Tendréis que seguir sin mí.

Kilian y Bisila permanecieron en silencio hasta bastantes minutos después de que Julia se marchara. Gustavo dormía profundamente gracias a los calmantes que le había suministrado la enfermera. Por primera vez en sus vidas, Kilian y Bisila estaban solos, y ninguno de los dos sabía muy bien qué decir. El cuerpo de Gustavo estaba por fin completamente limpio de sangre. Solo faltaba coser un par de cortes profundos en una pierna, así que, en realidad, la presencia de Kilian ya no era necesaria. Pero ni él hizo ademán de marcharse, ni ella se lo sugirió. Durante un buen rato disfrutaron de la compañía callada del otro, como lo habían hecho aquel día que ella le extrajo la *nigua*, solo que esta vez el roce de sus manos lo disfrutaba otra piel y no la de Kilian.

—Has hecho un trabajo excelente —la alabó finalmente cuando ella cortó el hilo del último punto de sutura—. Estoy impresionado.

—Tú también has sido de gran ayuda. —Bisila se levantó y estiró su espalda dolorida por la incómoda posición en la que había estado casi tres horas.

—Cualquiera hubiera hecho lo mismo.

—No —dijo ella con firmeza—. Cualquiera no.

Kilian se sintió un poco culpable. ¿Hasta qué punto su respuesta había sido honesta? Si en lugar de Bisila hubiera sido otra la persona encargada de cuidar de Gustavo, ¿hubiera sido él tan solícito? A pesar de la gravedad de la situación, había disfrutado de cada gesto, movimiento, mirada y respiración de ella. Habían trabajado codo con codo durante horas que a él se le habían pasado tan rápidas como un suspiro.

—Ahora dejaremos que descanse —dijo Bisila—. Hasta que llegue el doctor yo lo vigilaré. Ven, iremos a lavarnos. —Señaló sus manos—. Así no puedes regresar a los secaderos. Pareces un carnicero.

Bisila lo guio hasta un pequeño cuarto de aseo junto a la enfermería en el que había dos pozas y se lavaron las manos, la cara y el cuello. Cuando terminaron, ella cogió una toalla, humedeció un extremo y lo acercó a su rostro.

—Te han quedado unas manchas en la frente.

Kilian cerró los ojos y apretó los puños para resistir la tentación de rodear su cintura con los brazos y atraerla hacia sí. Estaba seguro de que ella no lo rechazaría porque se estaba demorando más tiempo del necesario en quitarle lo que fuera que tuviera en su frente. Una vocecita interior le recordó que Bisila estaba casada con otro hombre con el que tenía un hijo, y que lo que su mente pensaba no estaba nada bien. Pero su atracción por ella superaba todo sentido común.

—Ya está —dijo ella, con la respiración entrecortada a escasos centímetros de su torso—. Pero tendrás que ponerte otra camisa. No sé si la que llevas volverá a ser la misma.

—¡Bisila! ¿Estás por ahí?

Ella dio un respingo.

—Sí, don Manuel —respondió en voz alta—. Junto a la enfermería.

Cogió la toalla e hizo como si terminara de secarse las manos mientras salía a su encuentro seguida de Kilian.

Manuel se acercó acompañado de un hombre recio más bajo que él de rasgos muy marcados. Dos profundas arrugas surcaban sus mejillas.

—Hola, Kilian. —Manuel le tendió la mano—. Julia me lo acaba de contar. Muchas gracias por ayudar a Bisila.

—Me alegro de haber sido útil.

—Este es el hermano de Gustavo. Se llama Dimas. Trabaja de capataz en la finca Constancia, aquí al lado.

—¿Cómo está? —preguntó el hombre, con preocupación.

—Ahora duerme —respondió Bisila—. Creo que todo irá bien.

Dimas se santiguó y cruzó las manos sobre el pecho.

—Bien, vamos a verlo —dijo Manuel.

Kilian esperó a que se alejaran unos pasos para moverse. Esperó a que ella se girara y le lanzara una intensa mirada de despedida con esos ojos que habían sido exclusivamente suyos durante unas deliciosas horas. Entonces, hizo un leve gesto con la cabeza y volvió a su monótona vida con el corazón palpitante de ilusión.

Bisila se acercó a los secaderos en busca de su padre, la excusa perfecta para acercarse a Kilian de una manera intencionadamente casual. El deseo de volver a verlo hizo que se le acelerara el corazón.

Siempre era así, desde hacía… ¿Cuántos? ¿Cinco años?

No, su primera imagen de Kilian no se remontaba al día de su boda, cuando tenía quince años y él se había dirigido a ella por primera vez para preguntarle por qué estaba tan triste en un día tan especial. La respuesta era bien sencilla, pero por supuesto no se la dijo. Ella no amaba a Mosi, el grandullón con el que se unía en matrimonio, sino a un hombre blanco, y por tanto, a un imposible. Que ese hombre blanco se dignara siquiera dirigirse a ella para felicitarla en el día de su boda, y que supiera leer en sus ojos que no era feliz, era más de lo que se hubiera podido imaginar las primeras veces que él había subido a su poblado natal acompañando a José.

Desde la distancia, una adolescente Bisila lo había observado tan atentamente que se había aprendido de memoria sus facciones y sus gestos. Kilian era un joven alto y musculoso. Tenía el pelo moreno con ligeros brillos cobrizos, que llevaba siempre corto y peinado hacia atrás, y unos expresivos ojos verdes que la mayor parte del tiempo estaban entrecerrados porque sonreía mucho. Su sonrisa era franca y sincera, igual que su mirada. Sus manos, grandes y acostumbradas al trabajo físico, bailaban en el aire cada vez que narraba algo, pero con mucha frecuencia las cruzaba bajo la barbilla para apoyar la cabeza. Entonces su mirada se volvía soñadora y Bisila creía percibir como el espíritu de Kilian se ausentaba del entorno y se trasladaba a su mundo, estableciendo un diálogo silencioso entre lo que había sido su vida a miles de kilómetros y su presente, sus sueños y su realidad, lo conocido y lo nuevo, lo familiar y lo diferente.

A pesar de su juventud, Bisila era entonces plenamente consciente de que nunca conocería el mundo de Kilian. Probablemente, ni siquiera llegasen a cruzar unas palabras. Él era un joven y apuesto hombre blanco que había ido a hacer dinero a Fernando Poo y que cualquier día volvería a su casa para crear su propia familia. Ella era una adolescente negra de una tribu africana de una pequeña isla en la que la vida estaba ya decidida al nacer. Por más que se esforzase en los estudios, tal como hacía ante la insistencia de su padre, nada la salvaría de casarse y tener hijos. Con un poco de suerte, conseguiría trabajar en algo que no fuese la tierra, y eso la consolaba parcialmente. La desazón que sentía al observar y escuchar la risa de ese hombre blanco no encontraba consuelo. Simplemente, había logrado mantener su ilusión en secreto, bien oculta bajo capas de conformidad y renuncia.

Pero de eso hacía mucho tiempo. Las cosas habían cambiado. Gracias a su matrimonio con Mosi y a su trabajo en el hospital podía vivir en Sampaka y estar cerca de él. Durante mucho tiempo, la visión de Kilian ocupando un espacio físico en la finca, aunque no le prestara atención a ella, le había bastado para levantarse cada mañana e ir a su trabajo en el hospital y regresar por la noche al lecho que compartía con un Mosi insaciable. Incluso había sido tan afortunada como para recibir un anhelado premio: había sostenido su mano para darle ánimos tras la muerte de su padre. Los recuerdos de esa caricia, y de los minutos durante los cuales sujetó su pie cuando la buscó para que le extrajera la *nigua,* la habían acompañado todas las noches en las que él estuvo de vacaciones en su tierra y habían evitado que se sumiera en la desesperación al pensar que podría no volver a verlo…

¡Qué lejanos quedaban ahora esos tristes días! Recordó como durante las primeras semanas de su ausencia tuvo que hacer verdaderos esfuerzos para no sucumbir completamente a la idea de que todo había sido una ilusión infantil y de que tenía que continuar con su vida y hacer lo que se esperaba de una esposa que había tenido la suerte de casarse con un buen hombre. Mosi no protestaba por las horas que ella pasaba fuera de casa y la apoyaba en su trabajo. Él solo quería que Bisila le diera un hijo, y ella se las había ingeniado, gracias a sus conocimientos de medicina tradicional, para retrasar al máximo ese momento porque, en su fuero interno, albergaba el temor de que un hijo la uniera para siempre a Mosi y la alejara de Kilian.

Pero los meses pasaban, Kilian no regresaba, y Mosi empezaba a perder la esperanza de ser padre. Bisila decidió finalmente dejar libre a la naturaleza, continuar con su vida real y relegar la de fantasía a las noches de insomnio. Gracias a los espíritus, el embarazo de Iniko había sido como un bálsamo para su estado de ánimo, y su nacimiento le había aportado una serenidad y una felicidad que creía imposibles a sus veinte años.

Esa calma superficial con la que había cubierto su resignación amenazó con convertirse en tempestad el mismo día que Kilian apareció en el bautizo de Iniko. Y en el mismo instante en que dejó de ser la hija enfermera de José, su relación comenzó a afianzarse a una velocidad de vértigo, como si todos los guardianes de su alma se hubieran puesto de acuerdo en cruzar los caminos de ambos. Desde entonces, varias semanas atrás, raro era el día que no se topaban en el patio de la finca.

Bisila ya estaba convencida de que no eran imaginaciones suyas, de que a Kilian le sucedía lo mismo que a ella.

El camino desde las viviendas de los europeos hasta los secaderos no pasaba cerca de la zona del hospital. Por lo tanto, eso solo podía significar que Kilian alteraba su ruta habitual para encontrarse con ella. Además, él había aumentado la frecuencia con la que aparecía por la consulta médica con una u otra dolencia. Al final, Bisila había comprendido que las enfermedades de Kilian eran imaginarias, una excusa tras otra para que ella tuviera que tocarlo, ponerle el termómetro, sonreírle, atenderlo y, lo que más deseaban ambos, escucharse.

Una vez más, Bisila dio gracias mentalmente a los espíritus por esos breves encuentros de felicidad absoluta que habían convertido sus días en un derroche de sonrisas, latidos acelerados y temblor de rodillas. Cuando llegaba a su casa por la noche, tenía que esforzarse para que Mosi la viera cansada y abatida por la jornada laboral. Esa mentira, pues su cuerpo y su alma estaban dominados por una energía inexplicable, junto con el esfuerzo de criar a un bebé —al que en realidad solo veía por las noches—, conseguían mantener al comprensivo Mosi lejos de su cuerpo cuando se metía en la cama. Entonces, cerraba los ojos y se dormía contando los minutos que quedaban para un nuevo día como ese en el que el atardecer teñía los secaderos de un color dorado a la espera del encuentro de su amado.

Saludó a su padre y a Simón, pero no vio a Kilian y tampoco preguntó por él. Merodeó unos minutos mostrando un interés que no sentía por la calidad de los granos y se despidió alegando que tenía que regresar al trabajo, que solo había salido a dar un paseo porque había pasado sentada muchas horas en la sala de curas.

Decidió pasar cerca de la casa principal en un último intento de encontrarse con Kilian. Aminoró el paso y de repente se detuvo en seco.

Una mujer a la que reconoció enseguida subía por la escalera que conducía a los alojamientos de los empleados. Llevaba un estrecho vestido de gasa color turquesa a juego con unas sandalias de tacón y el pelo largo recogido en una alta cola de caballo. Dos hombres que pasaron cerca se giraron para decirle algo y ella sonrió con coquetería mientras continuaba su ondulante ascenso hacia la galería exterior. Una vez arriba, al girar hacia la derecha, se fijó en la mujer que la observaba desde abajo y su rostro le resultó vagamente familiar.

Bisila esperó unos segundos con el corazón en un puño, sin respirar, hasta que sus sospechas se confirmaron.

Sade se detuvo ante la habitación de Kilian, llamó a la puerta, esperó a que el hombre abriera, conversaron unos segundos y entró.

Bisila agachó la cabeza y expulsó con fuerza el aire de sus pulmones. El pecho le ardía. La cara le ardía. Sus ojos se llenaron de lágrimas. En un momento había pasado de la euforia a la decepción. Tendría que conformarse con sus fantasías. Comenzó a caminar con paso ligero hacia el patio de *Obsay* mientras su cabeza daba vueltas a multitud de razonamientos lógicos. ¿Qué esperaba? Ella era una mujer casada y él un hombre soltero, y por tanto, libre. Tenía todo el derecho a disfrutar con una mujer. Además, hacía años que estaba con Sade. ¿Por qué no iba a seguir viéndola? ¿Por cuatro risas y cuatro conversaciones agradables con una enfermera casada? ¿Acaso ella no complacía también a su marido?

La noche cayó de golpe antes de que Bisila llegara a su vivienda. En las puertas de los barracones, varias mujeres encendieron quinqués que salpicaron las sombras de lenguas temblorosas de luz. Escuchó unos gritos y reconoció el llanto de Iniko. Aceleró el paso y sus pensamientos se centraron en el bebé. Cuando entró en su pequeña casa, estaba más calmada. Mosi le sonrió y le entregó a su hijo. Bisila se sentó y lo acunó entre sus brazos susurrándole palabras en bubi. Afuera se oyeron unos tambores y Mosi abrió la puerta. Varios vecinos salieron a la calle con botellas y vasos para animar la fiesta. Rara era la tarde que no se celebraba un breve baile al término de la jornada laboral. Cualquier excusa bastaba: un cumpleaños, un anuncio de boda o embarazo, una despedida. Últimamente, además, esos encuentros terminaban en tertulia política. A los nigerianos también les preocupaba el futuro de Fernando Poo, pues de ello dependía su trabajo.

Bisila los observó. Como ella, todos sus vecinos tenían deseos, sueños y secretos. Ekon se acercó, levantó un vaso hacia Mosi y este asintió. Lialia, la mujer de Ekon, saludó a Bisila con la mano, entró y se sentó un rato junto a ella.

—Iniko se porta muy bien —dijo Lialia en castellano con un fuerte acento nigeriano mientras acariciaba la cabeza del bebé con su mano regordeta.

—No sé qué haría sin ti. Pasas tú más horas con él que yo.

—A mí no me importa. Tú tienes un buen trabajo. También nos cuidas a nosotros. —Se inclinó hacia Bisila—. Pareces cansada...

—Hoy ha sido un día duro.

—Aquí todos los días son duros, Bisila.

La música de los tambores sonó con más fuerza. Salieron a la calle. Mosi pasó un brazo por los hombros de su mujer y la atrajo hacia sí. Bisila cerró los ojos y se ensimismó con el ritmo repetitivo de la madera hueca. Los golpes de ese día sonaban como los del día anterior y reiterarían su cadencia al día siguiente, rebotando contra los pequeños e idénticos barracones de paredes grises de cemento y tejados de uralita dispuestos, uno tras otro, para albergar familias como la suya.

Ese era el mundo al que ella pertenecía. No era nadie especial. Todos trabajaban a cambio del dinero con el que sacar adelante a sus familias. Los nigerianos soñaban con regresar algún día a su tierra, y Mosi y ella, con tener algún día una casita en la ciudad. Mientras tanto, ocupaban su lugar pacientemente en las viviendas idénticas con idénticas cuerdas en las fachadas donde la misma ropa de colores se secaba al sol mientras los niños disfrutaban de sus chiquilladas en la calle polvorienta que consideraban su hogar, ajenos a las circunstancias por las que sus padres estaban allí, y tan felices como estarían en cualquier otro lugar.

Abrió los ojos. A su lado, Lialia ofreció su pecho a Iniko y este se agarró a él con glotonería. Lialia tenía cuatro hijos, el último de la edad de Iniko, y unos pechos rebosantes de leche. Bisila la miró con afecto. Gracias a la mujer de Ekon, ella no había tenido que abandonar su trabajo en el hospital para cuidar de su hijo, como hacían todas las que ahora disfrutaban de la fiesta y de sus hombres. Mosi se inclinó y buscó sus labios. Bisila respondió a su beso de manera mecánica mientras su mente se desplazaba a la habitación donde, probablemente, Kilian estaría besando los labios de Sade.

«Cada uno en el sitio que le corresponde», pensó. Como ayer, y como todos y cada uno de los días anteriores a este. No sintió celos, ni inquietud, ni siquiera una honda tristeza, sino la íntima certeza de que el pasado y el presente no vencerían al futuro. El tiempo no existía. Todo un siglo de espera se reduciría a un segundo en el momento en que Kilian fuera completamente suyo.

Ella era una mujer razonable y extremadamente paciente. Más que eso. Poseía una fe inquebrantable en los extraños designios del destino.

—¿Qué estás haciendo aquí?

—Oba me dijo que llegaste hace unas semanas. Como tú no venías a verme, he venido yo.

Sade entró en la habitación de Kilian con paso decidido. Lanzó una ojeada a la sencilla decoración de la estancia, se dirigió a la cama y se sentó. El estrecho vestido se ajustó aún más contra sus muslos. Cruzó las piernas y balanceó un pie en el aire.

—¿Es que no te alegras de verme?

Kilian cerró la puerta y se apoyó en ella con los brazos cruzados sobre el pecho.

—No deberías estar aquí.

Sade dio una palmaditas a la cama y adoptó un tono meloso:

—Anda, ven, siéntate a mi lado.

—Estoy bien aquí, gracias —dijo Kilian con brusquedad.

Sade frunció los labios. Se levantó y caminó hacia él.

—Relájate, *massa*. —Se detuvo a escasos centímetros de él, alzó una mano y deslizó un dedo por su fuerte mandíbula—. Tenemos que recuperar el tiempo perdido.

Se puso de puntillas y depositó en sus labios un suave beso que el hombre recibió con frialdad. Ella no se amilanó. Con la punta de la lengua comenzó a dibujar el contorno de la boca de Kilian, como tantas otras veces había hecho.

Kilian cerró los ojos y apretó los puños. Después de tanto tiempo, y aunque sus encuentros hubieran sido esporádicos, ella sabía perfectamente cómo excitarlo. Si seguía así acabaría por ceder. Llevaba muchos meses sin estar con una mujer, y Sade era más que una tentación. Cualquier otro hombre, incluso él mismo en otras circunstancias, aceptaría con gusto su ofrecimiento. Más que eso, la cogería entre sus brazos, la lanzaría sobre la cama y absorbería todo su exuberante calor. Pero algo había cambiado en él. En su mente y en su corazón solo había sitio para una persona. Apoyó suavemente las manos en los hombros de Sade y la apartó.

—Lo siento, Sade. No.

Ella frunció el entrecejo.

—¿Por qué?

—Se acabó.

—Te has cansado de mí. —Sade apretó los labios en actitud pensativa. Al cabo de unos segundos, dijo—: Ya entiendo. Hay otra. Eso es.

—No, no es eso.

—Mientes. Y eso no es lo peor. Tú no eres como tu hermano. A él le gustan todas. Si ya no quieres estar conmigo, es porque una, solo una, te ha robado el corazón. Dime, ¿la conozco? —Su tono se volvió agudo y su mirada desafiante—. ¿En qué club trabaja? ¿Qué te da ella que no encuentres en mí?

Sacudió la cabeza.

—Tal vez sea española… ¿Ya habéis hecho planes de boda? —Soltó una carcajada—. Cuando te canses de ella, volverás a mí, como hacen todos.

Kilian se puso a la defensiva:

—Que yo sepa, te he compartido con otros hombres. No te debo nada.

Las palabras de Kilian produjeron en Sade el mismo efecto que una bofetada inesperada. Su barbilla comenzó a temblar y su respiración se volvió agitada.

—Que me gane la vida como lo hago —dijo entre dientes— no significa que no tenga sentimientos. Eres como los demás. ¡Con qué facilidad os olvidáis de vuestras amigas negras!

Kilian se frotó la frente. Gruesas gotas de sudor se disolvieron en sus dedos. Hacía tiempo que sabía que esa desagradable escena acabaría por llegar, y por eso había tardado tanto en enfrentarse a ella. Había pensado en diferentes excusas que ofrecerle a Sade para terminar con su especial amistad, confiando en que ella, acostumbrada a relacionarse con muchos hombres, las aceptaría sin más. Pero ella tenía razón. En ningún momento se le había ocurrido pensar en sus sentimientos. Sintió la boca seca. Se acercó al lavabo y llenó un vaso con agua. Sade permanecía junto a la puerta con la cabeza alta en actitud desafiante. Era realmente hermosa, mucho más que Bisila. Pero no era Bisila.

Durante su estancia en Pasolobino había recordado en alguna ocasión sus encuentros con Sade, pero no la había echado de menos. Ahora, además, sentía que ya no tenía necesidad de ella. Un nuevo e ilusionante sentimiento lo acompañaba ahora a todas partes, llenando por completo su interior, amoldándose y tapando las fisuras de su voluntad. No le importaba que Bisila estuviera casada con otro, o que fuera un deseo inalcanzable. La vida daba muchas vueltas. Y él estaba dispuesto a esperar lo necesario para estar con ella. Mientras tanto, disfrutaría del placer de sus sentimientos sin la compañía de ninguna otra mujer. Él no podría convertir a Sade en su Regina como había hecho Dámaso; él no podría estar unido a una mujer y disfrutar de una amante durante años para luego abandonarla.

—Lo mejor será que te olvides de mí, Sade —dijo. Se encendió un cigarrillo y exhaló el humo lentamente—. Nada me hará cambiar de opinión.

—Eso ya lo veremos —repuso ella en un tono ligeramente amenazador, que él no había escuchado nunca de sus labios, antes de abandonar la habitación.

La puerta abierta enmarcó un fragmento de noche estrellada. Kilian salió a la galería y se apoyó en la barandilla.

Abajo, Sade caminó con paso ligero en dirección a un pequeño Seat 600 descapotable donde la esperaba uno de los jóvenes camareros del club, que la había llevado a la finca. Pocos pasos antes de llegar al coche escuchó una voz.

—¿Tan en serio va lo tuyo con Kilian que ya te admite en su habitación? —preguntó Gregorio mientras se acercaba hasta ella—. Pues sí que te ha echado de menos…

—Aquí ya no hay nadie que me interese… —repuso ella con altivez.

Gregorio se atusó el pequeño bigote mientras deslizaba la vista por el cuerpo de la mujer.

Sade aguantó su escrutinio y una idea cruzó su mente. Alzó los ojos hacia la galería de los dormitorios y, al ver que Kilian todavía la observaba mientras apuraba su cigarrillo, decidió cambiar de actitud.

—¿Y tú? —preguntó con voz forzadamente meliflua—. ¿Aún no te has cansado de Regina? No puedo creer que ella cubra todas tus necesidades...

Gregorio arqueó una ceja.

—¿Y tú sí podrías?

Sade se mordió el labio inferior.

—Ven a verme y lo comprobaremos.

Gustavo permaneció en el hospital varias semanas más, aunque no fue hasta después de Navidad cuando sus heridas sanaron por completo.

A comienzos del nuevo año, y después de diez años de oposición total a la independencia, la Administración española inició de manera sorprendente unas pequeñas actuaciones para promoverla. Con el ánimo de cumplir el objetivo de tratar a los guineanos como españoles y evitar actitudes discriminatorias, se derogó la Ley de Emancipación, vigente desde la década de los cuarenta, por la que, a condición de cumplir una serie de requisitos ante el Patronato de Indígenas —tales como ser mayor de edad, estar en posesión de algún título académico o haber trabajado a las órdenes de algún colono—, se tenía derecho a adquirir y consumir los mismos productos que los blancos, siempre y cuando el emancipado dispusiera de los medios necesarios para procurárselos.

Para asombro de Emilio y Generosa, en las elecciones para cubrir los consejos municipales, Gustavo fue elegido representante de una de las Juntas Vecinales de Santa Isabel, de las ciento ochenta y ocho que se crearon en todo el país. Hombres como él y su hermano Dimas comenzaron a llevar una vida parecida a la de los españoles. Se instalaron en sus barrios de casitas con jardín frente a las que aparcaban sus pequeños coches todas las tardes después del trabajo y de recoger a los niños de la escuela.

—Y no solo eso, Julia —protestó Emilio mientras hacía saltar a Ismael sobre sus rodillas—. Encima tengo que soportar que me hablen con arrogancia. ¡Si su padre los viera! ¡Ah! El viejo Dimas sí que era una buena persona.

—Claro... —dijo su hija—, como nunca te llevaba la contraria...

—Es que entonces cada uno sabía cuál era su sitio, hija —intervino Generosa mientras retiraba los platos de la mesa—, y no como ahora, que está todo mezclado. Con esta manía que les ha entrado de acabar con las leyes tan sensatas que teníamos, pronto permitirán hasta contraer matrimonios entre blancos y negros, ya lo verás.

—No sé de qué os extrañáis tanto. —Julia se encogió de hombros—. Francia e Inglaterra han abierto el camino para emancipar sus territorios del África ecuatorial y occidental. ¿Por qué razón tendría España que ser diferente?

—Pues hija, porque, gracias a Dios, tenemos un caudillo que ha sabido mantener el orden durante mucho tiempo aquí y en España. —Suspiró ruidosamente—. Si tuviera la energía de hace unos años, te aseguro que no se dejaría arrastrar por nadie...

—Los tiempos cambian, mamá.

—Sí, pero no sé si a mejor, Julia —apostilló Emilio. Miró su reloj, se levantó y dejó al niño en el suelo, sobre una manta con varios caballitos de cartón—. En fin, despídete de Manuel de nuestra parte. Ha sido mala suerte que se haya tenido que marchar.

—Llevamos una temporada con muchos accidentes. Los braceros están intranquilos y han aumentado las peleas. Es lo malo de la política.

Generosa se inclinó para besar a su nieto antes de despedirse de su hija. Julia los acompañó al exterior.

—¿No teníais que llevaros a Oba con vosotros?

—¡Esa muchacha! —Emilio levantó los ojos al cielo—. Desde que se ha enamoriscado de ese grandullón, solo tiene obsesión por venir a Sampaka. Últimamente anda muy despistada por la factoría, se olvida de los pedidos de los clientes... Si no cambia, tendremos que buscar a otra persona.

—Sí, buenos están los tiempos para encontrar y enseñar a otra... —comentó Generosa ahuecándose el cabello con las manos.

Justo acababa de pronunciar esas palabras cuando apareció la muchacha, con los ojos brillantes y los labios hinchados.

—Un poco más y vuelves andando —la reprendió Emilio.

—Lo siento, don Emilio.

—Venga, sube al coche.

—Perdóneme, don Emilio, pero necesito hablar un momento con la señora. —Miró a Julia con ojos implorantes para que intercediera por ella.

Julia se percató de la cara de fastidio de su padre y le prometió que no tardarían.

Una vez dentro de la casa, le preguntó:

—¿Qué es eso tan importante que tienes que decirme?

—Se trata de... —Oba se frotó las manos, nerviosa—. Es mi amiga Sade. Hace unos días me confesó que está embarazada...

—¿Y...?

—Pues que el padre es uno de los empleados de esta finca, y que en cuanto se ha enterado ya no ha querido saber más de ella. Mi amiga está muy triste y preocupada y yo pensé que..., bueno..., que como usted lo conoce, tal vez podría tomar cartas en el asunto y...

—¿Quién es? —cortó Julia.

—*Massa* Kilian.

—Pero... —Julia se sentó y se frotó la frente, sorprendida por la noticia.

—Hace mucho que son amigos.

—Bueno... Yo creía que... —Julia intentó ser lo más educada posible— que tu amiga tenía más amigos.

—Sí, pero ella está segura de que el padre es él. Está muy triste, señora. Yo sé lo que quería al *massa* y lo preocupada que está ahora que él la ha abandonado.

—¡Oba! —La voz de Emilio llegó desde afuera—. ¡Nos vamos ya!

Julia se levantó, agarró a Oba del codo y la acompañó hasta la puerta mientras le susurraba:

—Ni una palabra de esto. A nadie, ¿me oyes? ¡A nadie! —Oba asintió—. Veré lo que puedo hacer.

Cuando se quedó sola, Julia cogió a Ismael y lo abrazó con todas sus fuerzas. «¿Y qué leyes hay para estos casos?», pensó, enfadada. Ninguna. Era la palabra de una mujer negra de dudosa reputación contra la de un hombre blanco. La palabra de Sade contra la de Kilian. Menuda complicación. ¿Tan difícil era tomar medidas para que esas situaciones no se produjeran? Le costaba creer que lo que le había contado Oba fuera cierto, pero aún le costaba más sopesar siquiera la posibilidad de que, en caso de que lo fuera, Kilian hubiera optado por la opción más cobarde. Lo cierto era que no sería ni el primero ni el último que lo hacía. No había más que darse una vuelta por las calles de Santa Isabel o visitar el orfanato de la ciudad para hacerse una idea. ¿Y qué podía hacer ella? Como mucho, hablar con Kilian y desear que nada de todo eso fuera cierto.

Manuel entró en el salón con aspecto fatigado y se dejó caer en el sofá junto a su mujer y su hijo.

—Por fin un rato libre. —Se inclinó y besó a Ismael en la cabeza, que extendió los brazos hacia él para que lo cogiera. Se fijó en que Julia parecía un tanto ensimismada—. ¿Estás bien?

Ella pensó si compartir con su marido la información de Oba.

—¿Sabes, Julia? En días como hoy me pregunto qué demonios hacemos aquí. De acuerdo que me pagan bien, pero empiezo a estar harto de los cortes, la quinina, las enfermedades imaginarias y las picaduras de serpiente…

Definitivamente, no era el mejor día para contarle lo de Kilian.

—Eso lo dices porque estás agotado. En cuanto puedas escaparte a la selva se te olvidará todo.

Manuel sonrió.

—¡Eso mismo me acaba de decir Kilian!

Julia se mordió el labio inferior. Así que Kilian estaba otra vez en el hospital… ¡Qué mala suerte tenía con las *niguas*…!

Aunque, pensó rápidamente, si lo de Sade fuese cierto, ese gusano sería el menor de los males que se merecería.

En la sala de curas, Bisila terminó de estudiar con minucioso detenimiento los dedos de los pies de Kilian.

—No tienes ninguna *nigua*, Kilian.

—¿No? Pues créeme si te digo que me pica mucho.

Bisila lo miró escéptica.

—Entonces, esperaremos unos días a ver qué pasa.

—Bisila, yo… —Kilian se inclinó sobre ella—. Quería verte. Antes nos encontrábamos en cualquier parte… —Su voz se convirtió en un susurro—. ¿Es que ya no te gusta hablar conmigo? ¿He hecho o dicho algo que te haya molestado?

Bisila desvió la mirada hacia la ventana.

Alguien dio unos golpecitos en la puerta y la abrió sin esperar respuesta. Julia entró y se dirigió a Kilian sin rodeos.

—Necesito hablar contigo… a solas. —Se giró hacia Bisila—. ¿Habías terminado?

—Todavía no —respondió rápidamente Kilian—. Pero si tan importante es lo que tienes que decirme, podemos continuar luego, si te parece bien, Bisila.

Bisila asintió con una media sonrisa, recogió sus utensilios, se levantó y se marchó al pequeño cuarto de aseo contiguo. Cuando terminó de lavarse las manos, escuchó claramente las voces de Julia y Kilian que llegaban hasta ella por algún conducto de la pared cubierta de pequeñas baldosas cuadradas, blancas y brillantes. ¿Eran imaginaciones suyas o habían mencionado el nombre de Sade? La tentación pudo más que su discreción y decidió escuchar el diálogo.

—Sade afirma —decía Julia— que tú eres el padre y que en cuanto lo has sabido has decidido terminar con ella.

Bisila contuvo la respiración.

—En primer lugar, Julia, me acabo de enterar por ti de que Sade está embarazada. —La voz de Kilian sonaba serena—. Y en segundo lugar, es imposible que yo sea el padre.

—Sí, ya sé que es una mujer..., quiero decir, que no solo tú... —Chasqueó la lengua, un poco incómoda por la situación—. Pero ella lo tiene claro.

—¿Y tú qué opinas, Julia? Si has venido a toda prisa a decírmelo es porque tienes dudas...

—Kilian, hasta yo sé que en todos estos años solo has querido estar con Sade. Es lógico que cualquiera pueda pensar que...

—Deberías preguntarle a Gregorio. ¿O es que no te has enterado de que hace meses que ella se ha convertido en su *mininga* favorita? Tal vez ambos creyeran que con eso provocarían mis celos, pero no ha sido así. Sade se habrá inventado esta historia por despecho... —Se produjo un largo silencio—. Julia, te doy mi palabra de que la última vez que estuve con Sade fue antes de irme de vacaciones a España. Cuando regresé, ella vino a mí una tarde y entonces le dejé bien claro que..., bueno..., nuestra amistad... había terminado. Es imposible que yo sea quien la haya dejado embarazada y no admitiré ningún tipo de chantaje. ¿Te ha quedado claro? —La pregunta fue formulada en un tono duro.

—Siento haber dudado de ti. —Julia bajó la voz—. No sé qué decir... Si las razones de Sade son las que sospechas, no creo que pierda la ocasión para difamarte.

—Nadie puede decir que me ha visto con ella en los últimos meses. —Kilian hizo una pausa—. Tú me conoces mejor que nadie,

Julia. ¿De verdad has podido creer, ni por un segundo, que llegado el caso eludiría mi responsabilidad?

A pesar de la pared que los separaba, Bisila percibió el tono de reproche de Kilian. Pasaron unos segundos y Julia no respondió. Lo siguiente que escuchó Bisila fue el ruido de la puerta al cerrarse. Aún esperó unos momentos antes de regresar a la sala de curas.

El semblante de Kilian se iluminó cuando la vio.

—Temía que no volvieras.

—Me has pedido que continuáramos más tarde...

La conversación que había escuchado Bisila le había dejado claro que hacía tiempo que Kilian no estaba con Sade, pero no quería hacerse demasiadas ilusiones de nuevo. Existía la posibilidad de que la hubiera cambiado por otra *amiga*. Sin embargo, el alivio que había sentido al saber que ya no compartía su tiempo libre con aquella hermosa mujer la volvió tan audaz como las primeras sombras de la noche.

—¿Y qué haces después del trabajo? ¿No tienes a ninguna mujer que te acompañe?

—Claro que la tengo —respondió Kilian con contundencia. Bisila lo miró, sorprendida por su rápida y clara respuesta, y él, con un brillo cargado de intención en los ojos, aguantó su mirada un largo rato, antes de continuar con voz ronca—: Nunca estoy solo. Ni un segundo al día. Desde hace meses, tú eres la única que me acompañas en mis pensamientos.

Cuando Bisila llegó a la entrada de los secaderos vio a su padre, a Simón y a Kilian, y una sonrisa triunfal iluminó su cara. El secreto compartido entre ambos la acompañaba a todas horas resonando en su interior con la fuerza de cientos de tambores. Reprimió un suspiro. Probablemente tendrían que conformarse con sus intensos encuentros fugaces a solas y sus saludos neutros en público durante el resto de su vida..., a no ser que los espíritus se apiadasen de sus sentimientos y cambiasen el curso de las cosas. De momento, se consoló, el día había comenzado bien.

Esa mañana Simón se movía impaciente de un lado a otro sobre las planchas en las que el cacao formaba una alfombra rugosa, asegurándose de que todo funcionaba correctamente.

—¿A qué vienen esos nervios, Simón? —preguntó Kilian, secándose el sudor que le cegaba la vista. Hacía un calor horroroso—. Ni las cintas avanzarán más deprisa ni los granos se tostarán antes por muchas vueltas que des.

—No quiero que haya retrasos, *massa*. No quiero que el *big massa* me obligue a estar aquí el sábado.

—¿Y qué pasa el sábado?

—Mi padre va a ser el nuevo jefe o *botuku* de la zona de Bissappoo. —Simón bajó la vista hacia Kilian mostrando el orgullo que tal hecho le producía.

—Vaya, enhorabuena, Simón —dijo Kilian, sorprendido—. Tengo ante mí al hijo de un jefe.

—Sí, de un *auténtico* jefe —precisó Simón—. Y no como ese, el vuestro, que ha pretendido serlo sin merecerlo.

José lanzó una mirada severa a Simón. Estaba seguro de que el joven apreciaba a Kilian y por eso le hablaba con franqueza, pero también era un bubi que deseaba la completa independencia de la isla, separada de la región continental, y eso hacía que no desaprovechara la ocasión para criticar al colonizador blanco. José compartía muchas de sus ideas, pero tenía mucho cuidado en no ofender a Kilian.

Kilian había oído comentarios acerca de que el pueblo bubi iba a nombrar *abba* o jefe espiritual al gobernador. La idea le había parecido ridícula porque, cualquiera que supiera algo de la cultura bubi, sabía que *abba* era el nombre que se le daba al sacerdote principal de la región de Moka y tenía una influencia sagrada en toda la isla. Era un título que se heredaba; no se podía nombrar *abba* a cualquiera. Por eso, había dado por supuesto que era solo un rumor malintencionado. A ningún bubi se le podía ocurrir conceder el honor de ser el jefe espiritual supremo a un blanco.

—Un poco más y lo consigue.

Simón bajó hasta ellos de un salto. Su cara estaba colorada por el calor y por un incipiente enfado. Cogió una escoba y empezó a barrer con ímpetu las cáscaras que habían caído de la cinta transportadora.

—Yo estuve con mi padre en varias reuniones entre jefes de poblados y blancos. Tú ya sabes… —desde que había dejado de ser el *boy* de Kilian, Simón había abandonado el *usted* de manera automática— que a mi gente no le gusta ser descortés, así que decidieron consultar la propuesta a los espíritus de nuestros antepasados.

—Ah, ¿y qué dijeron los espíritus? —preguntó Kilian en tono de burla, girando la cara para que el otro no viera que, tanto el comentario como la expresión sonrojada de su cara surcada por las escarificaciones, le provocaba una sonrisa, y entonces vio a Bisila cerca de ellos.

Llevaba una falda blanca y una blusa del mismo color con las mangas enrolladas por encima de los codos, que resaltaban sobre su piel de caramelo oscuro. Normalmente lucía la corta melena suelta, pero ese día se había recogido el cabello en finas trenzas, lo cual resaltaba sus facciones proporcionadas y sus enormes ojos. La visión de la hermosa mujer le produjo un agradable estremecimiento.

La miró fijamente y ella le sostuvo la mirada. No se dijeron nada, para no despertar sospechas en los otros hombres. Era muy difícil, pero intentaban con todas sus fuerzas no mostrar en público el menor signo de la especial relación que habían entablado.

Bisila se llevó los dedos a los labios para que Kilian guardara silencio mientras Simón continuaba su explicación en voz alta y clara:

—Los espíritus no son tontos, ya lo creo que no, y hablaron a través de diferentes hombres para enseñarnos que semejante cosa tenía que ver más con la labor de los españoles que con el homenaje. Algunos decían que los bubis queríamos vender la isla a España. Otros aconsejaban arrendar la isla por cuarenta años y seguir con vosotros siempre que nos cuidaseis bien. Otros recordaban que no siempre nos habíais querido, y ponían como ejemplo la matanza en la rebelión de los bubis de 1910. —Hizo una pausa para coger aire—. Y también otros os defendían diciendo que había muchos españoles buenos, que no habíais venido aquí a colonizar, sino a trabajar, y que nos habíais ayudado a prosperar.

—Yo mismo he escuchado a más de un español criticar ese acto y llamarnos tontos —intervino José, obligando al joven a que apartara la vista de Bisila y prestara atención a la conversación—. Son blancos que quieren que el bubi sea antiespañol e independiente, supongo que con la intención de que en caso de conseguir la independencia, puedan ellos manejar el país gracias a sus amigos nativos.

Kilian se frotó la frente, asombrado y confuso:

—Yo soy español, no tengo intereses ocultos y también me parece una estupidez. ¿Y en qué ha quedado la cosa?

—Para suavizar la situación y no ofender ni al blanco ni al bubi, se pensó que se le podría nombrar simplemente *motuku* o *botuku*, es decir, jefe, hombre de bien, cabeza visible de un lugar o zona, o persona a la que se debe obedecer por su personalidad. Se le concedería el título en una ceremonia de respeto en la que recibiría recuerdos típicos de la artesanía bubi...

—Y también una joven virgen... —añadió Bisila mientras se acercaba a los tres hombres—. *Tuë'a lóvari é.* Buenos días, Kilian.

—*Wë'á lo è Bisila* —respondió José, con una sonrisa. No podía ocultar lo orgulloso que se sentía de su hija preferida—. *Ká wimböri lé?* ¿Qué tal te has despertado hoy?

—*Nimböri lèle, potóo.* Me he despertado bien, gracias.

A Kilian le encantaba el sonido de la lengua bubi, que en los labios de Bisila se tornaba atrayentemente grave. Recordó las veces que ella había intentado, sin éxito, que él aprendiera algo más que unas cuantas palabras de saludo y despedida en la improvisada aula en la que se había convertido la sala de curas del hospital. Con la expectación de un alumno muy aplicado, Kilian dejaba que ella cogiera su mano para que sintiera las vibraciones en la garganta cuando un sonido era especialmente difícil, pero enseguida él se olvidaba de las enseñanzas y comenzaba a acariciarla suavemente, primero el cuello, y luego los huesos de su mandíbula de camino hacia las mejillas. Entonces, ella cerraba los ojos, levantaba la barbilla y le ofrecía los labios para que absorbiera las letras, las palabras y frases que él sí podía comprender.

Kilian sacudió la cabeza para apartar esos pensamientos que se empeñaban en producirle unas deliciosas sensaciones en la entrepierna. Ahora no estaban solos. Tenía que controlarse…

Bisila continuó, con cierta ironía:

—Ah, pero eso sí, el trato era que el gobernador la mantuviera íntegra, tal cual la recibió, y la aceptara en realidad como una hija, con todo amor y afecto.

El rostro de Simón adoptó una expresión triunfal.

—Entre las protestas y la carta que le enviamos solicitando que lo anulase, el caso es que el gobernador ha dicho que tiene que irse y no habrá homenaje. Y ahora, si os parece bien —les dio la espalda—, no perdamos más el tiempo y acabemos con esto cuanto antes.

José sonrió por la brusquedad con la que Simón retomó sus tareas provocando un breve silencio. Se dirigió a su hija.

—¿Y qué te trae hoy por aquí, Bisila?

—¿Subirás el sábado a Bissappoo para la coronación del nuevo jefe?

José asintió mientras miraba de reojo a Kilian, que escuchaba con interés.

—A mí también me gustaría asistir —añadió Bisila—, pero no quiero subir sola.

¿Sola? ¿Sin Mosi? Kilian ya tenía claro que él también quería ir. Una punzada de culpabilidad le latió en el pecho. No debía pasar por alto que Bisila era una mujer casada, y en las últimas semanas ambos habían actuado como si no lo fuera.

Pero unos días con ella en una fiesta fuera de Sampaka…

—Ösé —empezó a decir, deseando ser invitado—, el viernes terminamos el trabajo de secado… No hay ninguna razón para que no acompañes a Simón en un día tan especial.

Kilian esperó impaciente a que José, por fin, dijera:

—¿Tal vez te gustaría asistir a la ceremonia de nombramiento del jefe?

—Será un honor, Ösé —se apresuró a contestar Kilian, dirigiendo una rápida mirada de satisfacción hacia Bisila, quien bajó la cabeza para que no notasen cómo se alegraba.

Bisila dijo que tenía que regresar al hospital, y se despidió de ellos.

—*Ö má we è*, Simón. *Ö má we è*, Ösé. *Ö má we è*, Kilian.

—Adiós, Bisila —respondió Kilian, quien ante el asombro de los demás intentó repetir las mismas palabras en bubi—: *Ö má… we… è*, Bisila.

Unos pasos más allá, Simón se rio abiertamente.

Kilian retomó su trabajo rápidamente. Todavía era miércoles. Faltaban tres largos días para terminar… Comenzó a caminar de un lado para otro comprobando que todo funcionaba correctamente.

Sus motivos eran bien distintos, pero se había contagiado de la impaciencia de Simón.

Cuando salieron de los secaderos era ya casi de noche. El día había sido agotador, a pesar del soplo de aire fresco que había supuesto la visita inesperada de Bisila.

Los hombres no habían vuelto a conversar sobre la situación política, pero Kilian sí había pensado en ello. Mientras cruzaban el patio en dirección a sus respectivos alojamientos, le dijo a José:

—Después de escuchar a Simón tengo la sensación de que esta nueva época está tomando forma a base de habladurías. Nos enteramos de las cosas más por rumores que por lo que se dice abiertamente. Ni en el *Ébano*, ni en el *Poto-Poto*, ni en la *Hoja del Lunes de Fer-*

nando Poo, vamos, ni siquiera en *La Guinea Española* o en el *Abc*, se dice una sola palabra de todos estos movimientos diferentes y opiniones encontradas que me habéis comentado. Al revés, solo se habla de paz y armonía entre blancos y negros.

José se encogió de hombros.

—Puede ser que al Gobierno no le interese que los blancos que vivís aquí sepáis con total seguridad que más pronto o más tarde se va a terminar la colonización y os pongáis nerviosos…

—Pues entonces nos tenemos que poner todos nerviosos. —Kilian levantó las manos hacia arriba y preguntó con ironía—: ¿No somos todos españoles? Tú ahora eres tan español como yo.

—¿Ah, sí? Me gustaría saber qué cara pondrían tus vecinos de Pasolobino si me fuera allá a vivir contigo. ¿De verdad crees que me considerarían tan español como ellos? Puede que las leyes cambien deprisa, pero las personas no, Kilian. Tal vez ahora alguien como yo pueda frecuentar los sitios reservados a los blancos, ir al cine, coger el coche de línea, sentarme a tu lado en la catedral y hasta bañarme en la misma piscina sin temor a que me detengan, pero eso no significa que algunos tuerzan el gesto incluso con asco… Los papeles dicen que soy español, Kilian, pero mi corazón sabe que no lo soy.

Kilian se detuvo y apoyó una mano en el brazo del otro para que hiciera lo mismo.

—Nunca te había escuchado hablar así, Ösé… ¿Tú también estás de acuerdo con lo que defienden hombres como Simón y Gustavo?

José miró a su amigo y le respondió:

—Mira, Kilian… Hay un antiguo proverbio africano que dice que cuando dos elefantes luchan, es la hierba la que sufre. —Esperó a que Kilian asimilara sus palabras antes de reanudar su camino—. Pase lo que pase, será la hierba la que sufra. Esto es lo que yo creo. Siempre ha sido así.

XVI

RIBALÁ RÉ RIHÓLÈ

MATRIMONIO POR AMOR

De camino a Bissappoo, Kilian iba pensando en el privilegio que suponía para él asistir a la fiesta de nombramiento de un nuevo jefe bubi. En más de una ocasión, José le había confesado su pena por que las nuevas generaciones de su tribu se estuvieran relajando en el cumplimiento de las tradiciones. La influencia española en la educación y en la vida diaria de la isla era la principal causante de ello, pero José añadía que los propios jóvenes ya no escuchaban las palabras de los ancianos como antaño, y que, algún día, habrían de lamentar el desconocimiento de muchas de sus costumbres.

La ceremonia que iba a presenciar era especial porque aunque la metrópoli se había inmiscuido en la vida tribal hasta el extremo de nombrar a los jefes de poblado y crear la figura del administrador español de las aldeas indígenas, en Bissappoo seguían preservando sus costumbres y nombrando a su propio jefe, aunque solo fuese por defender el valor simbólico de lo que una vez fueron. Quizá era de los pocos poblados que conservaban sus tradiciones prácticamente intactas. Y desde luego, si había un joven que contribuía a que así fuera ese era Simón, que ahora los guiaba con una celeridad y energía que ese día sorprendía a todos.

Kilian conocía el trayecto a Bissappoo de memoria. La senda entre palmeras. El riachuelo. El bosque de cedros. La pendiente en ascenso. Había subido al poblado al menos veinte veces en los años que llevaba en Fernando Poo. Ya no tenía que seguir los pasos de José ni esperar a que este desbrozase la maleza con su machete. Sabía con certeza que, incluso en la oscuridad de la noche, encontraría el camino.

No obstante, en esa ocasión prefirió ir en último lugar, justo detrás de Bisila, admirando el movimiento de su cuerpo.

Llevaba un ligero vestido estampado con pequeñas hojas verdes, fruncido a la cintura y abotonado por delante, que le llegaba por la rodilla, y unas sandalias blancas. Al caminar por las zonas más escarpadas, Kilian podía percibir como la tela se le pegaba al cuerpo y marcaba sus formas. Bisila se daba cuenta de que el silencio de él se debía a su presencia y, por eso, giraba la cabeza de cuando en cuando y le lanzaba una sonrisa.

Kilian pensaba que era un privilegio para él asistir a la fiesta de nombramiento de un jefe bubi, en contra de la opinión de Jacobo, que le había criticado por querer participar en un acto que no hacía sino dar alas al sentimiento independentista. Pero su hermano no podía saber que la verdadera razón de la ilusión de su escapada a Bissappoo era otra. Lo que realmente satisfacía a Kilian era la posibilidad de disfrutar de la compañía de Bisila durante unas largas horas sin las prisas y los nervios de los encuentros forzadamente casuales.

A poca distancia de Bissappoo, justo después de atravesar la *buhaba,* divisaron un gran número de personas que esperaban con nerviosismo la llegada del nuevo jefe, bajo el arco de madera escoltado por los dos árboles sagrados que hacía las veces de umbral del poblado y que, ese día, lucía especialmente engalanado con todo tipo de amuletos. Simón se marchó corriendo, alegando que tenía que cambiarse. José comenzó a saludar a unos y otros. Todos se habían vestido y adornado a la vieja usanza: los hombres portaban enormes sombreros de paja con plumas de gallina; las mujeres lucían largas sartas de cuentas de cristal, conchas y vértebras de serpiente en los brazos, las piernas y el cuello. La mayoría se habían untado con la pomada *ntola*, a cuyo fuerte olor se había acostumbrado Kilian.

Bisila aprovechó el jaleo para explicarle con todo detalle a Kilian lo que ya había sucedido hasta ese momento. Se acercó a él lo suficiente para que sus hombros se rozaran, pero se aseguró de que, ante los ojos de los demás, la postura pareciese la natural en alguien que ilustra a un extranjero, levantando de cuando en cuando la mano en el aire para señalar aquí y allá.

—El ritual de elección y coronación de un nuevo jefe —comenzó a explicar— sigue unas reglas tan estrictas como el de entierro y duelo del jefe anterior, aunque algunas cosas han sido modificadas, como la antigua costumbre, según cuentan los ancianos del lugar, de quemar el poblado del jefe muerto.

—¿Te imaginas quemar Santa Isabel si falleciera el alcalde? —bromeó él.

Bisila se rio y aumentó la presión del hombro.

—Una vez elegida la fecha para la ceremonia, se construye una vivienda para que el nuevo jefe y sus principales mujeres vivan durante una semana...

—Muy curioso... —la interrumpió él de nuevo, lanzándole una ávida mirada— y agotador...

—... Al cabo de la cual —continuó ella sin hacer caso de su comentario, pero con una sonrisa en los labios— se sitúa al nuevo *botuku* bajo la sombra de un árbol, consagrado a las almas de los anteriores *batuku* fallecidos. Allí invocamos a las almas, a los espíritus, a los *morimó* o *barimó* del otro mundo para que bendigan y protejan al nuevo jefe, y que este nunca mancille el honor y la memoria de los que ocuparon el trono antes. También sacrificamos una cabra y con su sangre untamos el pecho, los hombros y la espalda del nuevo jefe. Luego, el rey tiene que trepar a lo alto de una palmera con arcos de madera en los pies y realizar las operaciones para extraer el vino de palma y cortar los racimos de los que se obtiene el aceite de palma. Y, por último, lo llevamos a la playa o a un río, donde lavamos su cuerpo para purificarlo de todas las manchas de su vida anterior, lo untamos de *ntola* y lo vestimos antes de regresar en procesión al pueblo, cantando con entusiasmo y felicidad y bailando el *balele* o baile ritual.

La voz de Kilian se convirtió en un susurro:

—Me encantaría que tú sola me nombrases *botuku*. Me gusta especialmente la parte del baño en el río y tus manos untándome de *ntola,* pero me costaría subir a una palmera, a no ser que tú estuvieras esperándome arriba...

Bisila se mordió el labio inferior. Le suponía un gran esfuerzo mantener la compostura cuando lo que deseaba era lanzarse a sus brazos riendo abiertamente para que todos supieran lo feliz que se sentía.

La gente comenzó a apiñarse frente a la nueva casa del jefe. Ellos se quedaron donde estaban, situados discretamente tras los presentes. Un murmullo indicó que el jefe salía en dirección a la plaza pública. Debido a la distancia que los separaba, Kilian no pudo distinguir las facciones del rostro del padre de Simón, un hombre de baja estatura, anchos hombros y recios muslos. Pero sí apreció que todo su cuerpo estaba decorado con unas conchas blancas llamadas *tyíbö,* que habían servido de moneda bubi en tiempos remotos. Las conchas habían sido ensartadas a modo de brazaletes y aros para los brazos y las piernas y para formar un cinturón del que colgaba una cola de mono.

El nuevo *botuku* anduvo unos metros acompañado por los gritos entusiastas de sus vecinos y se sentó en un rudimentario trono de piedra donde le colocaron una corona de cuernos de cabra, plumas de faisán y loro en la cabeza, y un cetro en la mano derecha que no era sino una caña, con una calavera de cabra insertada, de la que colgaban cuerdas con conchas. Todos, incluso Kilian, emitieron un sonido agudo para expresar su alegría y excitación.

Cuando Kilian gritó como uno más, sintió los suaves dedos de Bisila abrazar los suyos y él respondió acariciando su palma con el pulgar, memorizando sus pliegues y saboreando con el tacto los huecos entre sus dedos.

Un hombre viejo se acercó al jefe y le colocó las manos sobre la cabeza y murmuró una oración en la que lo instaba a actuar y honrar a los anteriores jefes. Terminó su sermón con una frase que Kilian repitió en voz baja después de que Bisila la tradujera:

—No beberás otra agua que no sea de las montañas o de la lluvia.

Meditó sobre ella. Para alguien que provenía de un valle rodeado de altas cumbres también tenía un sentido especial. Para él no había agua más pura que la de la nieve derretida.

Bisila apretó su mano con más fuerza antes de soltarla por precaución. Como pudo, él centró de nuevo su atención en la ceremonia con el corazón palpitante. Un grupo de hombres escoltaban al nuevo jefe. Iban vestidos de guerreros, armados con largas lanzas dentadas de hoja ancha y enormes escudos de piel de vaca. Todos eran de constitución robusta y musculosa y la gran mayoría lucía escarificaciones en diversas partes del cuerpo. Se habían teñido con barro rojizo el pelo, que, en algunos, caía formando diminutas trenzas como las de Bisila.

Ella señaló a dos de ellos.

—¡Mira quién está allí!

A Kilian le costó distinguir a Simón. ¡Se había vestido como los antiguos guerreros! Era la primera vez que veía con sus ojos a guerreros africanos, pues hacía años que las batallas habían terminado y solo se vestían así en ocasiones tan especiales como aquella.

—A pesar de su juventud —comentó Bisila—, Simón es un buen guardián de las costumbres de nuestro pueblo.

—¿Y quién es el que está a su lado?

—¿No te acuerdas de mi hermano Sóbeúpo?

—¡Pero si era un niño hace cuatro días! Y míralo ahora. Parece todo un hombre.

—Sí, Kilian. El tiempo pasa muy deprisa...

«Sobre todo cuando estamos juntos», pensaron ambos.

La ceremonia terminó y comenzó la fiesta que, según dijo Bisila, duraría una semana, en la que no harían más que comer, beber y bailar un *balele* tras otro.

—Lástima que no podamos quedarnos tanto tiempo —se lamentó él.

—Entonces, tendremos que aprovechar el que tenemos —repuso ella.

Durante el banquete, Kilian y Bisila se mantuvieron prudentemente separados, aunque, cada poco tiempo, hacían ver que contemplaban la escena para buscarse con la mirada. Junto a José, sus hijos varones y otros hombres, Kilian comió carne de cabra con ñame y *bangásúpu* o salsa de banga, y bebió *topé*, el vino de palma, y coñac.

Entre risas, José consiguió que Kilian se descalzase e intentase imitar el baile de los hombres, cosa que no le resultó nada fácil, porque no tenía ni el ritmo africano ni ningún otro metido en el cuerpo. No obstante, agradeció que los bailes bubis fueran más pausados que las danzas tremendamente vistosas, agitadas y eróticas de los braceros.

Con los ojos cerrados, consiguió ablandar el cuerpo y sentir el ritmo sincopado de las campanas guiando sus pies. Un súbito escalofrío hizo que abriera los ojos de repente y se girara. No muy lejos de él, descubrió la mirada transparente de Bisila, brillando por el reflejo de las llamas de una hoguera, clavada en él. Sin apartar la vista de la hechizante imagen, se concentró en bailar lo mejor posible, sin rigidez ni exageración, sino como uno más de los hombres que lo acompañaban. Sus esfuerzos fueron recompensados por la sonrisa de aprobación que ella mantuvo en los labios hasta que el baile cesó y Kilian rehusó continuar con otro. A pesar de que su cuerpo y su cabeza comenzaban a avisarle de que no resistía grandes cantidades de vino de palma, aceptó un último cuenco de manos de José y comenzó a pasear sin rumbo, saludando a unos y otros, tal como había comenzado a hacer Bisila, con el objetivo de conseguir unos segundos junto a ella.

A su mente acudieron imágenes de las fiestas en Pasolobino: los hombres trepando por un tronco muy alto colocado para la ocasión en la plaza, el baile al ritmo de las castañuelas adornadas con cintas de colores, la música de la orquesta, el paseo del santo en procesión…

Se dio cuenta de que últimamente pensaba muy poco en Pasolobino y sus habitantes. Y no solo eso. ¡Apenas los echaba de menos! ¿Desde cuándo era así? Estaba seguro de que desde que su vida había comenzado a girar en torno a los encuentros con Bisila.

Incluso su propia madre le había recriminado por carta que las que él escribía eran cada vez más cortas, más escuetas, y giraban única y exclusivamente en torno a temas de gestión de Casa Rabaltué. Eran cartas en las que Kilian daba instrucciones de cómo emplear el dinero que enviaban los hermanos.

Jacobo le había hecho algún comentario al respecto, quizá porque Mariana le había escrito preocupada por Kilian, pero no había profundizado en el tema porque él mismo estaba demasiado ocupado con el trabajo, sus amigos y las fiestas como para prestar atención a lo que Kilian hacía en su tiempo libre, que no era mucho. Hacía años que no compartían las mismas diversiones ni amistades. Habían hecho un trato justo: como a Kilian no le gustaban los amigos de su hermano, y a Jacobo no le agradaban las compañías indígenas del suyo, cada uno llevaba su vida y no se inmiscuía en la del otro.

Además, a Jacobo jamás se le hubiese ocurrido que Kilian se estuviese enamorando de una mujer negra, porque para él las mujeres negras servían para divertirse con ellas, no para enamorarse. Aun en el caso de que supiese que su hermano se estaba encaprichando de alguna, aseguraría con contundencia que la historia no tenía futuro porque, antes o después, se irían de Fernando Poo. Era cuestión de tiempo. Y Jacobo no conocía a ningún hombre blanco que se hubiese llevado a su amante negra a la Península.

Kilian cerró los ojos y dejó que los cantos africanos, el olor de la comida y el sabor del vino de palma se apoderaran de sus sentidos para no pensar en otra cosa que no fuera ese instante y ese lugar.

Llegarían otros días duros de trabajo y de decisiones, pero, en ese momento, estaba en algún punto de África compartiendo unos días de fiesta con personas a las que había cogido cariño.

En ese momento tenía a Bisila a su lado. No necesitaba nada más.

Estaba muy oscuro cuando Kilian se retiró a la cabaña que habían preparado para el único hombre blanco de la fiesta, una fiesta que continuaba con la misma intensidad de las horas anteriores. Había decidido desaparecer discretamente antes de que, como había sucedido otras veces, el alcohol lo dejara fuera de combate, y después de que Bisila se despidiera de todos mostrando evidentes signos de cansancio. Durante la media hora de su ausencia, a Kilian lo había invadido una terrible sensación de soledad tras todo un día disfrutando de su presencia, y le había tentado ahogar su pena en el *topé*. Afortunadamente, el sentido común había acudido al rescate, alegando que los otros sentidos deseaban estar despejados para lo que pudiera pasar, si es que existía alguna posibilidad, pensó con amargura, de que pudiera pasar algo más con Bisila, aparte del insuficiente flirteo al que las circunstancias les obligaban.

Al pasar por la puerta, sintió un dolor punzante en el pie derecho. Bajó la vista y vio que se había cortado con algo y que empezaba a manar abundante sangre de la herida. Entró y buscó un trozo de tela con la que taparse el pie y cortar la hemorragia. La visión de su propia sangre hizo que comenzara a sentirse mareado y se sentó un tanto aturdido.

La puerta se abrió y para su alivio vio que entraba Bisila.

Un sonido de admiración escapó de su garganta.

Se había quitado el vestido europeo y se había adornado con conchas y cuentas de cristal como las otras mujeres bubis. Su cuerpo brillaba por los afeites rojizos y ocres con los que se había untado. Debían de ser especiales, pensó Kilian, porque no olían como la típica pomada *ntola*. Llevaba una tela de colores enrollada al cuerpo que se pegaba como una segunda piel.

Bisila sintió que un agradable calor se apoderaba de su cuerpo ante la intensa mirada de Kilian, pero enseguida vio la herida y se arrodilló para observarla de cerca.

—¿Qué te ha pasado? —preguntó, mientras cogía el pie suavemente entre sus manos—. Siempre acabo arrodillada ante ti —bromeó.

Kilian sonrió.

—He pisado algo al entrar. He sentido cómo se clavaba en la carne y ha empezado a salir sangre a borbotones.

Bisila se dispuso a curarlo. Humedeció la tela en un cuenco de agua y le lavó la herida con mucho cuidado.

—Te has clavado un vástago de palmera.

Kilian abrió los ojos, sorprendido.

—¿Quieres decir que hay una palmera creciendo justo en medio de la puerta?

—Creía que sabías que en los umbrales de las casas ponemos conchas de *Achatina* con agujeros por los cuales hacemos pasar vástagos de palmera.

—¿Y para qué hacéis eso, si puede saberse?

Bisila le repondió sin levantar la vista del vendaje que le estaba aplicando.

—Para guardarnos del diablo cuando vaga por las proximidades. Al tocar una de esas conchas con sus garras retrocede inmediatamente.

Kilian echó la cabeza para atrás y soltó una carcajada.

—¡Pues Satanás debe de tener los pies muy delicados si creéis que unas conchas y unos palitos pueden detenerle!

Bisila apretó la venda con fuerza.

—Cuidado, Kilian. Estas cosas no deben tomarse a broma. Y, por cierto, solo ha sido necesario un débil vástago para tumbarte a ti...

Kilian se incorporó y la miró directamente a los ojos.

—No pretendía reírme de ti. En Pasolobino también hay gente que todavía coloca patas de cabra o de aves rapaces para mantener alejados a los espíritus malignos y a las brujas. Es solo que me he imaginado al diablo emitiendo un «¡ay!» de dolor como yo he hecho y me ha resultado gracioso...

En silencio, Bisila encendió el fuego situado en medio de la vivienda, extendió la gruesa esterilla sobre las pieles de ciervo que había en el suelo y colgó la mosquitera de manera que abarcase toda la longitud del improvisado lecho.

Entonces, clavó su mirada en la de Kilian, permitió que la tela que cubría su cuerpo se deslizara hasta el suelo, se giró, se tumbó sobre la esterilla y extendió el brazo para indicar a Kilian que acudiera junto a ella.

Kilian se levantó sin apartar la vista del cuerpo de Bisila.

Le pareció mucho más hermoso de lo que se había imaginado. La maternidad había proporcionado a sus pechos una rotundidad que ocultaban muy bien las camisas blancas que solía llevar. El corazón comenzó a latirle con fuerza. Se acercó a ella, se tumbó a su lado y puso su brazo izquierdo a modo de almohada para que Bisila se acurrucase junto a él.

Kilian deslizó la mano derecha por su costado hasta llegar a la cintura, se detuvo en la cadera y regresó por el vientre hacia su pecho. Repitió el gesto varias veces para convencerse de que realmente Bisila estaba entre sus brazos. Su piel era suave y tersa. La blanca mano de él resaltaba sobre la piel oscura de ella. Incomprensiblemente, se sentía nervioso. Tenía experiencia con las mujeres, pero Bisila era especial.

Cuando ella sonreía, él se olvidaba de todo.

Bisila aspiraba el aroma del hombre sobre el que se apoyaba. Deseaba impregnarse de ese olor que había deseado durante tanto tiempo. Sentía que su corazón latía de una manera diferente, alegre y expectante. Esa noche no tendrían prisa, ni hablarían midiendo las palabras porque estaban, al fin, solos.

El futuro no importaba.

Mosi no importaba.

—Al final estamos juntos, tú y yo, la nieve y el cacao —dijo Kilian, con voz ronca—. No sabes la de veces que me he imaginado este momento.

Bisila levantó la cabeza hacia él y lo miró con sus enormes ojos.

—Yo también. Deja que esta noche te honre como a un verdadero jefe. Mi cuerpo no es virgen, pero mi corazón sí. A ti te lo entrego. A ti te rindo homenaje.

Kilian se sintió conmovido por las palabras de Bisila. Inclinó la cabeza y posó sus labios sobre los carnosos labios de ella.

—Esta noche tú serás mi reina —murmuró—. Más que eso. Tú serás mi *waíríbo*, la guardiana de mi espíritu.

Los dos cuerpos se acoplaron a la perfección, como si fuera el predecible resultado de una larga espera durante la cual se habían tenido que conformar con miradas, palabras, besos rápidos y prometedoras caricias. Por fin podían sentir el calor del contacto de la piel dentro de la piel y la refrescante humedad del aliento más profundo en todos los recovecos de sus organismos.

Ambos habían estado con otros cuerpos, pero nunca antes habían entregado el alma.

Ahora sí. Desde hacía mucho tiempo, sabían exactamente que eso era lo que deseaban.

Un largo rato después, todavía se escuchaban cantos, aunque con menor intensidad. Kilian supuso que la mayoría de los habitantes se habrían retirado a descansar para poder resistir los siguientes días de fiesta. Pronto Bisila tendría que regresar a su cabaña para no levantar sospechas.

La espalda de Kilian reposaba sobre el vientre de Bisila y su cabeza se acomodaba entre sus pechos. Ella le acariciaba el cabello con movimientos constantes y delicados y, de vez en cuando, se inclinaba sobre su frente y apoyaba los labios en ella. Él se sentía en la gloria, aunque no podía quitarse una preocupación de la cabeza.

—Es injusto esto de tener que escondernos —dijo con voz somnolienta—. No sé si podré disimular cuando te vea.

—Tendremos que tener más cuidado todavía —dijo ella, incorporándose—. Ahora soy una adúltera.

La palabra cayó como una tonelada de sacos de cacao sobre ambos. Bisila pertenecía a Mosi. Y aquello era algo que no tenía remedio. No solo eso: si alguien los descubriera y acusara, Bisila sería duramente castigada. Era un riesgo que habían asumido, pero ella siempre tendría las de perder.

—En esto no hay mucha diferencia entre tu país y el mío —admitió Kilian—. Un hombre puede tener varias mujeres y no pasa nada, pero si se descubre que una mujer le es infiel al marido, solo puede esperar el infierno, en todos los sentidos.

—Cuando era pequeña, para asustarnos, nos contaban que a las adúlteras se las colgaba de un árbol y se les ataban piedras en los pies para aumentar su tormento, o que se les cortaban las manos, e incluso que se las enterraba vivas dejando la cabeza fuera para que las alimañas se la comieran. —Kilian se estremeció al imaginar las escenas—. Sin embargo, a diferencia de otras tribus, aquí, y según la tradición bubi, cuando una mujer enviuda y cumple con rigor los rituales del duelo, entonces sí puede tener todos los hombres que quiera, pero no puede casarse de nuevo.

Kilian no pudo evitar sonreír.

—Si tú fueses mi mujer, no desearía compartirte con nadie.

Bisila deslizó las manos sobre el pecho de Kilian y las posó sobre su corazón.

—Tendremos mucho cuidado —murmuró—. Será nuestro secreto. No podemos aspirar a más. Pero esto es mucho más de lo que yo soñé conseguir.

Kilian cogió sus manos entre las suyas y se las acercó a los labios para besarlas.

—Yo aún sueño con más, mi dulce *waíríbo*, mi guardiana —dijo en un susurro.

Bisila emitió un gemido. La noche había engullido todos los sonidos. En el poblado reinaba la calma más absoluta. Debía irse. Apartó con cuidado la cabeza de Kilian y extendió el brazo para coger la tela de colores. Se puso de rodillas y se envolvió con ella. Kilian se tumbó de costado y flexionó un brazo para apoyar la cabeza sobre el codo. No dejaba de mirarla y de acariciarle los muslos. Bisila detuvo sus movimientos con las manos, se inclinó para besarlo una vez más y se incorporó. Antes de salir sigilosamente se giró para lanzarle una última mirada y decirle:

—Pase lo que pase, Kilian, no olvidaré esta noche. —Un soplo de aire fresco invadió la estancia y transportó las palabras que él juraría que había escuchado cuando ella se alejaba—: Siempre estaré contigo.

Semanas después, Bisila cerró la puerta de la habitación de Kilian con cuidado de no hacer ruido, se aseguró de que llevaba el vestido bien abrochado y caminó por el pasillo, ensimismada por las sensaciones de su último encuentro con él. Giró a la izquierda, en dirección a la escalera, y se detuvo en seco. ¿Había escuchado una voz?

Se retiró unos pasos, pegó su cuerpo a la pared y prestó atención.

Nada. Habrían sido imaginaciones suyas. La posición de la luna indicaba que era más tarde que otras noches. Y, entre semana, todos los empleados dormían a esas horas. Bajó los peldaños agarrada a la barandilla para compartir con ella el peso de su cuerpo y amortiguar el ruido de sus pisadas, como si eso le fuera a servir de mucha ayuda, pensó, en caso de que se encontrase con alguien. El corazón comenzó a latirle con fuerza. Sabía que era arriesgado desplazarse a la habitación de Kilian, pero ¿qué otra opción tenían?

Desde la ceremonia de nombramiento del padre de Simón como jefe, habían continuado viéndose a escondidas. Él se acercaba al hospital con diversas excusas como recoger una medicina, tomarse la tensión, o visitar a un bracero enfermo justo a la hora en que ella terminaba su turno. Hacían el amor apresuradamente, sin apenas hablarse, en un pequeño cuarto trastero donde guardaban viejas camas que se había convertido en su incómodo nido de amor y en el que nadie entraba a esas horas.

No obstante, ambos preferían aquellas otras ocasiones en las que, aprovechando que tenía turno de noche, Bisila acudía a la habitación de Kilian amparada por la oscuridad. Y precisamente por eso, ella solicitaba con mayor frecuencia trabajar de noche, algo que Mosi aceptaba con conformidad porque pagaban mejor. Entonces podían yacer cómodamente, aunque entre susurros, en la cama de Kilian y disfrutarse con menos miedo a ser descubiertos que cuando estaban en las dependencias del hospital.

Llegó al final de la escalera, atravesó el porche de columnas blancas y caminó pegada a la pared mirando a su derecha y al frente para asegurarse de que el patio principal estaba vacío. No se veía ni un alma. De repente, una puerta, al abrirse, la golpeó con tanta fuerza que se tambaleó. Emitió un grito y se llevó la mano a la cara.

—¡Por todos los santos! ¿Pero de dónde sales a estas horas, muchacha? —Lorenzo Garuz se imaginaba la respuesta. No le hacía mucha gracia que los empleados permitiesen a sus amigas que los visitasen en los dormitorios de la finca, pero después de tantos años en ese clima, había aprendido que lo mejor era simplemente no hablar del tema.

—¡Bisila! —José se acercó a su hija y estudió su rostro—. ¿Te has hecho daño? Es mi hija —explicó—. Trabaja de enfermera con don Manuel.

El gerente entornó los ojos para analizar sus facciones.

—¿Y qué estás haciendo por aquí en plena noche?

Bisila tragó saliva mientras buscaba una excusa plausible. Desde luego, a esas horas realmente no le serviría el argumento de que buscaba a su padre. Dos hombres más salieron del cuarto y reconoció a Jacobo y a Mateo. El rostro de José pasó de la preocupación a la curiosidad. La misma que sentían los demás. Las piernas comenzaron a temblarle. Respiró hondo y respondió con toda la serenidad de la que fue capaz:

—Me han mandado aviso de que Simón no se encontraba bien, ni siquiera para caminar hasta el hospital. —Hizo una pausa que aprovechó para agradecer mentalmente que una nube cubriera la luna y la oscuridad fuera casi completa. Así no podrían ver las marcas de la mentira reflejadas en sus ojos.

—¿Simón? —preguntó Jacobo con extrañeza—. Lo he visto a la hora de la cena y estaba como siempre.

—No podía parar de vomitar. Le habrá sentado mal algo. Pero creo que mañana estará bien. Estas cosas, las indigestiones, solo duran unas horas. Si no les importa, debo regresar a mi trabajo. —Bisila miró a su padre y le dedicó una encantadora sonrisa—. Buenas noches, papá.

La nube se alejó de la luna, que volvió a iluminar claramente a Bisila y a los hombres. Garuz y Mateo se sorprendieron de la inusual belleza de la hija de José; Jacobo recordó que había sido ella quien le había cosido la herida de la mano, y José mantuvo el ceño fruncido. ¿Eran imaginaciones suyas o su hija irradiaba últimamente una extraña felicidad? Ni siquiera después del nacimiento de Iniko la había visto así, tan deslumbrante, tan rebosante de satisfacción...

Bisila continuó su camino con el paso ágil que le marcaba el alivio de haberse salvado de la situación por poco. Por unos segundos, con el corazón detenido en el pecho, había temido que Simón fuera el siguiente en aparecer tras Jacobo y Mateo. Afortunadamente para ella, no había sido así. Pronto, por la mañana, antes de retirarse a descansar, acudiría en su busca para pedirle que mintiera si alguno de los cuatro le preguntaba. Simón haría eso por ella y mucho más. Eran buenos amigos desde la infancia y se tenían mucho aprecio. Suspiró con el ánimo reconfortado y recuperó las imágenes de su encuentro con Kilian.

José se quedó pensativo, pero no comentó nada. ¿Había ido su hija a visitar a un enfermo sin llevar su pequeño maletín de material médico?

A la mañana siguiente, José fue el primero en ver a Simón, mucho antes de que Bisila pudiera encontrarse con él.

—¿Cómo estás del estómago? —le preguntó sin rodeos.

—¿Del estómago? —preguntó a su vez Simón, sorprendido.

José resopló.

—Si alguien te pregunta, di que ya se te ha pasado la indigestión gracias a los consejos que anoche te dio Bisila, ¿de acuerdo?

—¿Puedo preguntar por qué debo mentir? Ya sabes que por ti y por Bisila haría cualquier cosa, pero tengo curiosidad…

José elevó los ojos al cielo. ¿Qué extraños motivos movían a los espíritus? ¿Acaso se habían vuelto locos? ¿No bastaba con que estuviese preocupado por el futuro de los suyos? ¿Por qué añadir otra preocupación? ¿Es que no había cumplido él con todas sus obligaciones hacia ellos? El mundo se estaba volviendo un lugar complicado.

—No te diré más —dijo con voz queda.

Con uno que sospechase lo que estaba pasando, era más que suficiente.

—Creo que Ösé sabe lo nuestro.

Kilian apuró su cigarrillo antes de apagarlo en el cenicero que había sobre la mesilla. Bisila yacía recostada sobre su brazo. Levantó la vista hacia él y dijo sin el menor asomo de preocupación:

—¿Te ha dicho algo?

—Es su… —Kilian titubeó— silencio el que me hace sospechar que sabe algo. Ya no nos vemos ni hablamos tanto como antes y ni me ha preguntado ni me ha hecho ningún comentario recriminatorio.

Bisila le acarició el pecho.

—¿Y eso te inquieta?

Kilian sopesó sus palabras antes de responder:

—Me entristecería mucho que pensara que le he ofendido. —Se atusó el pelo y miró al techo—. ¿Y a ti? ¿No te preocupa?

—Creo que, en otras circunstancias, se alegraría de tenerte como yerno.

—Tal vez sería prudente salir con los demás, no sé, dar alguna vuelta por el casino con Mateo y Marcial... Si tu padre sabe lo nuestro, otros pueden saberlo también y eso te coloca en una situación peligrosa.

—¡Él nunca diría nada! —protestó Bisila.

—Pero también está Simón —la interrumpió él—. No sé si podemos fiarnos. Ayer mismo me preguntó de malas maneras que qué parte del cuerpo me dolía para tener que ir al hospital de nuevo.

Bisila estalló en carcajadas.

—¿Y qué parte le dijiste que te dolía?

Se incorporó para situarse a horcajadas sobre él, se inclinó y comenzó a acariciarlo suavemente con los labios recorriendo con lentitud su cara: los ojos y los párpados, la nariz, las orejas, el labio inferior, la boca y el mentón, mientras le decía los nombres en bubi:

—¿*Dyokò, mö papú, mö lümbo, lö tó, möë'ë, annö, mbëlú?*

Kilian se estremecía cuando ella le hacía eso y le susurraba en su lengua.

—No era allí donde me dolía —dijo con malicia, girándose hacia un lado de manera que ella tuviera que situarse detrás de él.

Bisila continuó con sus caricias, deslizando las manos por su espalda, su cintura, sus nalgas y sus piernas.

—¿*Attá, atté, matá, möësò?*

Kilian se tumbó de espaldas, pasó el brazo por los hombros de Bisila y la atrajo hacia sí.

—No, Bisila —susurró—. Le dije que me dolía aquí.

Se llevó la mano al pecho.

—*Ë akán'völa*. En mi pecho.

Bisila, complacida, le dedicó una amplia sonrisa.

—Lo has dicho muy bien. ¡Estás aprendiendo!

Kilian le devolvió la sonrisa y la miró con ojos encendidos.

—Ahora me toca a mí —dijo, colocándose sobre ella—. No quiero que olvides lo poco que sabes de mi lengua.

Comenzó a recorrer el cuerpo de Bisila con los labios:

—*Istos son els míos güells, els míos parpiellos, el mío naso, els míos llabios, la mía boca, el mío mentón...* —Se deslizó para situarse tras ella y acariciarle la espalda, la cintura, las nalgas y las piernas—. *La mía esquena, la mía cintura, el mío cul, las mías camas...* —Subió su mano y la detuvo en el pecho de ella—. *Iste ye el mío pit.*

Bisila cogió su mano entre las suyas.

—¡Qué combinación más extraña! —dijo, pensativa—. Bubi y pasolobinés.

Kilian comenzó a mordisquearle la oreja.

—¿Y qué hay de malo en esta combinación? —susurró mientras le deslizaba la mano por el costado y por la cadera hacia el interior de los muslos.

Bisila se apretó todo lo que pudo contra el cuerpo de él. Kilian podía sentir el calor de su piel.

El calor de la piel de Bisila lo encendía en cuestión de segundos. Kilian notó la humedad que lo invitaba a entrar en ella.

—*Wë mònà mö vé* —dijo Bisila lentamente, girándose para tumbarse de espaldas—. Creo que en tu idioma esto quiere decir algo así como *Yes... un... bordegot... ¡borche!*

Pronunció lentamente las palabras para asegurarse de que Kilian la comprendía. Kilian se detuvo, sorprendido. Ella aprendía mucho más rápido que él.

—Tú lo has dicho —dijo—. ¡Soy un chico malo! Pero ni la mitad de malo de lo que puedo ser...

Se incorporó y disfrutó de su cuerpo una vez más y ella disfrutó de él.

Más tarde, cuando ambos recuperaban el aliento uno en brazos del otro, Kilian emitió un suspiro y comentó:

—Desearía no tener que escondernos…

Bisila esbozó una tímida sonrisa. Al cabo de unos segundos dijo:

—Kilian… En otras circunstancias, ¿admitirías que soy tu mujer?

Él la obligó enérgicamente a que levantara la cabeza y la miró de manera intensa. Su voz sonó dura.

—Lo que más desearía sería salir a pasear contigo del brazo a la luz del sol, ir a bailar a Santa Isabel y tener nuestra propia casa, en donde esperaríamos al día en que los matrimonios entre españoles y guineanas fuesen permitidos…

Bisila parpadeó, tragó saliva y se atrevió a preguntar:

—¿Y no te importaría lo que dijeran de ti?

—La opinión de los blancos de aquí, si te refieres a eso, me importa bien poco, incluida la de mi hermano, quien, por cierto, está harto de acostarse con mujeres negras. Y el resto de mis familiares están tan lejos que, dijeran lo que dijeran, no podría oírlos.

La estrechó con fuerza entre sus brazos.

—Pertenecemos a dos mundos muy diferentes, Bisila, pero si tú no estuvieras casada, te aseguro que todo sería diferente. Yo no tengo la culpa de que las leyes y las costumbres sean las que son. —Hizo una pausa—. ¿Y a ti te importaría lo que dijeran tus familiares?

Bisila se soltó de los brazos de Kilian. Se sentó para que él pudiera apoyar la cabeza sobre su regazo y le acarició el pelo mientras decía:

—Yo lo tendría más fácil. No estoy en otra tierra diferente a la que me vio nacer. No dejaría de ver a mi gente. Estaría contigo en mi propio lugar. Y mi padre daría encantado su consentimiento a un matrimonio por amor con un hombre al que quiere.

Deslizó sus pequeñas manos hacia las mejillas sin dejar de acariciarle. Kilian la escuchaba con los ojos cerrados, asimilando lo que ella trataba de decirle.

—Parece que mi situación es complicada porque estoy casada, pero, Kilian, si no lo estuviera, tu situación sí que sería difícil. Tú tendrías que elegir entre dos mundos, y tu elección estaría cargada de renuncias.

Kilian se quedó mudo ante las palabras de Bisila.

Ella siempre se percataba de cosas que él creía bien ocultas en algún lugar de su corazón. El hecho de que Kilian viviera sus días por y para Bisila no significaba que los lazos que lo ataban a Casa Rabaltué se hubieran disuelto como hilos de telarañas. Sabía perfectamente que no era libre del todo y que estaba atado a su pasado, de la misma manera que su padre Antón lo había estado y muchos otros antes que él. Por eso, en el lecho de muerte, Antón le había pedido que se hiciera cargo de la casa centenaria y todo lo que ello significaba, que no era sino una losa heredada generación tras generación; una losa con la que había que cargar y a cuyo peso no era tan fácil renunciar.

Su hermano Jacobo tenía la suerte de no sufrir por nada. Trabajaba y enviaba dinero a casa, sí, pero tenía claro que su relación con Guinea era meramente utilitaria y más pronto que tarde regresaría a España, pues, al fin y al cabo, ese era su sitio. No se cuestionaba siquiera la posibilidad de vivir en otro lugar que no fuera su país.

Sin embargo, para Kilian, Casa Rabaltué suponía una obligación moral que ponía trabas a su libertad para elegir dónde vivir y aumentaba su temor de que antes o después tuviera que regresar a ella.

Bisila sabía eso. Ella lo conocía mejor que nadie. Comprendía que los lazos que lo ataban a su mundo eran más fuertes que las cadenas; podían aflojarse un poco, pero, en cualquier momento, podían tensarse y apretar con más fuerza. Quizá no fuera él quien las apretara. Quizá fueran las propias circunstancias. O los espíritus y sus razones. Tal vez por eso Bisila nunca le había pedido nada ni recriminado nada. Era plenamente consciente del lugar que ocupaban cada uno en el mundo.

Pero él temía tanto como ella el día en que los blancos tuvieran que abandonar la isla. Durante meses habían vivido su romance ajenos a todo lo que sucedía a su alrededor, y, muy especialmente, a los cambios que se estaban forjando de cara a la independencia, una palabra que ninguno de los dos quería pronunciar ante el otro porque sabían que la independencia del país podría terminar con su historia de amor. Sí, era inevitable que casi todas las conversaciones en aquellos momentos tuvieran un cariz político. Y era difícil apartar de sus mentes las voces que escuchaban continuamente, todavía en voz baja, pero con una intensidad creciente: «Echaremos a los blancos. Los expulsaremos a todos. No quedará ni uno...».

Quizá todo fuese obra de los espíritus. Quizá estaba escrito que sus caminos acabarían por cruzarse para continuar en una misma dirección. En lo más profundo de sus almas, ambos deseaban que esos mismos espíritus interviniesen en el discurrir de la historia y detuviesen el tiempo; que nada sucediese, que nada cambiase, que no tuvieran que verse obligados a decidir.

Kilian cogió las manos de Bisila entre las suyas y las besó.

—¿Cómo se dice «mujer bonita» en bubi?

—Se dice *muarána muèmuè* —respondió ella con una sonrisa.

—*Muarána... muèmuè* —repitió él, en voz baja—. Te prometo que no lo olvidaré.

Jacobo amartilló la pistola Star de nueve milímetros, extendió los brazos, entrecerró los ojos y disparó. La bala surcó al aire y atravesó la diana a pocas pulgadas del centro.

—Unas semanas más y serás tan bueno como yo —dijo Gregorio, secándose el sudor con el pañuelo—. ¿Quién quiere probar ahora?

Los otros hicieron un gesto negativo con la mano. Gregorio se encogió de hombros, preparó su pistola, se situó frente a la línea y disparó. La bala agujereó el centro de la diana. Hizo un gesto de satisfacción, puso el seguro al arma y se la colgó del cinturón antes de sentarse con los demás.

El sol de la tarde continuaba implacable sobre el Club de Tiro, situado bajo el paseo de palmeras y jardines sin edificaciones de Punta Fernanda. Los trabajadores españoles de Sampaka apuraban unas cervezas. Hacía tiempo que no coincidían todos juntos. Por una razón u otra siempre faltaba alguno. Esa tarde, Mateo había querido invitar a sus compañeros a unas rondas, como en los viejos tiempos, para celebrar su cumpleaños con ellos antes de cenar en casa de los padres de su novia. Jacobo había sugerido el Club de Tiro, adonde acudía últimamente con cierta frecuencia. Una vez que el oído se acostumbraba al ruido de los disparos, era posible disfrutar de las maravillosas vistas sobre el mar y, además, estaba muy cerca de la plaza de España, donde luego podían acudir Ascensión, Mercedes y Julia.

—¿Y qué?, ¿te ha dado ahora por aprender a disparar con pistola, Jacobo? —preguntó Kilian—. Las cacerías de sarrios siguen siendo con escopeta, ¿no?

—¿Cómo sarrios? —exclamó Marcial de manera exagerada—. ¿Pero no te estabas convirtiendo en un experto cazador de elefantes?

Los demás se rieron. Todos habían escuchado la única experiencia de Jacobo en Camerún. La había repetido tantas veces que parecía que habían sido no uno, sino decenas los elefantes abatidos.

—En realidad, Dick nos ha aconsejado a Pau y a mí que mejoremos nuestra habilidad con las armas, por si acaso.

—¿Tiene miedo? —preguntó Kilian. En su mente se dibujó la piel clara con manchas de sol del rostro del inglés y la mirada desconfiada y torva de sus ojos azules—. Yo pensaba que tu amigo no temía a nada ni a nadie. El otro, el portugués, parece más apocado, pero Dick no.

—Si los tratases más, te caerían mejor —protestó Jacobo.

Kilian levantó las manos en son de paz.

—Vosotros también deberíais practicar —intervino Gregorio, señalándolos con la botella—. En estos tiempos, conviene estar preparado.

—Yo lo tengo claro —dijo Marcial—. El día que las cosas se pongan feas, cojo y me largo.

—Lo mismo digo. —Mateo tomó un largo trago de su bebida—. Hombre, no creo que haya que correr tanto como ha hecho el novato...

Todos corearon el comentario con risas. El joven compañero de Jacobo no había aguantado en la finca ni una campaña completa. Una noche, unos hombres habían decidido meterse con él en el Anita Guau por ser blanco. Al final no pasó nada gracias a la oportuna intervención de los empleados de otras fincas, pero, a la mañana siguiente, pidió el finiquito y se marchó sin atender a razones. A Garuz no le sentó nada bien perder a un trabajador ya entrenado, y Jacobo tuvo que asumir el doble de trabajo porque cada vez era más difícil encontrar españoles dispuestos a viajar a Fernando Poo.

—Vosotros podríais marcharos sin mirar atrás —intervino Manuel—. A mí los que me dan pena son personas como mis suegros, que tienen aquí su negocio. Llegado el caso, tendrían que abandonarlo.

—¿Pero de qué habláis? —Kilian no quería oír ni una palabra de alejarse de la isla—. Aquí hay cacao para rato. Todo funciona igual que hace años.

—¿Tú en qué mundo vives? —le recriminó Jacobo—. ¿Es que no escuchaste al ministro diciendo que este es un momento de grandes cambios?

Su hermano torció el gesto.

—¿Quién lo hubiera dicho, eh, Kilian? —Gregorio ladeó la cabeza y lo miró con los ojos entrecerrados—. Al final eres el que mejor se ha adaptado a la isla. Me gustaría saber por qué... Igual Sade tiene razón. Ya sabes lo que va diciendo por ahí, ¿no?

Kilian se puso tenso. Comenzó a arrepentirse de su decisión de retomar su vida social para no levantar sospechas. Los ratos en el casino con Mateo y Marcial eran relativamente agradables, pero seguía sin soportar a ese hombre, aun cuando sus encuentros con él fuesen infrecuentes.

—¿Y qué va diciendo por ahí? —preguntó Jacobo—. ¿Por qué siempre soy el último en enterarme de las cosas?

—Tal vez porque te juntas más con Pao y Dick que con nosotros —dijo Marcial, con el deseo de esgrimir una razón plausible que explicase la decisión de Mateo y él de ocultarle los rumores que afectaban a su hermano—. ¿Es que los clubes de Bata son mejores que los de aquí?

Jacobo se giró hacia Gregorio.

—¿Y bien?

—Pues dice que tu hermano la ha abandonado por otra, precisamente ahora... —Ante la expresión de extrañeza de Jacobo continuó—: Sade ha tenido un hijo de tu hermano. Bueno, eso es lo que dice ella, claro —se apresuró a añadir—. Y mulato lo es.

Jacobo abrió la boca, estupefacto. Se produjo un largo silencio.

—Pero... ¿Cómo? —Frunció el ceño—. ¿Kilian?

Su hermano ni se había inmutado.

—Un momento. —Miró a todos, uno por uno—. ¿Y vosotros lo sabíais? ¿Manuel?

—Nunca he dado crédito a esa noticia, Jacobo —respondió el médico—. Gregorio, ¿no es cierto que Kilian dejó de estar con Sade mucho antes de que ella se liara contigo?

Jacobo respiró más tranquilo. Una cosa era disfrutar de las amigas, y otra muy diferente que te quisieran complicar la vida, y más con un hijo, la mejor arma para conseguir dinero de un hombre blanco.

—Entonces, Gregorio, tal vez debamos darte la enhorabuena a ti por tu reciente paternidad —dijo Kilian con voz calmada—. ¿No eras tú el que siempre criticabas a los dueños y gerentes de las fincas de ser unos *miningueros* y los acusabas de tener hijos mulatos por ahí? Pues mira, ahora te has convertido en uno de ellos.

—No soy el único que se ha acostado con ella.

—Sí, pero me apostaría cualquier cosa a que fuiste tú quien dio en la diana.

Gregorio le lanzó una mirada amenazadora.

—No me gusta nada que vaya por ahí difamando a mi hermano —interrumpió Jacobo—. Espero que no se le ocurra acudir a las autoridades.

—¿Y qué si lo hiciera? —Gregorio se encendió un cigarrillo—. Nadie haría mucho caso a alguien como ella.

—Es un alivio, ¿verdad, Gregorio? —Kilian se levantó. Ya había tenido bastante vida social por ese día. Afortunadamente, en unas horas estaría con Bisila—. Bueno, yo me voy.

Mateo le dio unos golpecitos en el brazo.

—¡Cada vez te pareces más a tu padre! Del trabajo a casa y de casa al trabajo.

Kilian no dijo nada. Su mirada se encontró casualmente con la de Manuel, quien la apartó rápidamente y agachó la cabeza. De la misma manera que conocía a Kilian lo suficiente para saber que no mentía sobre el asunto del hijo de Sade, creía conocer las razones de sus viajes continuos al hospital. No estaba ciego. A Kilian siempre lo atendía la misma enfermera.

—¿Sabéis qué dice Julia? —dijo finalmente Manuel, minutos después de que Kilian se marchara—. Que si nos diéramos una vuelta por el orfanato de la ciudad, se nos caería la cara de vergüenza.

Sade apresuró el paso sobre el polvoriento camino que conducía a la casa de maternidad indígena de Santa Isabel, donde había dado a luz a su hijo hacía tres meses. El edificio constaba de un ala de dos alturas junto a un torreón de tejado a cuatro aguas pegado a otra construcción con una galería superior y unos arcos a través de los cuales se accedía a las instalaciones. Llegó hasta los peldaños de la entrada y se detuvo. Levantó la vista hacia el cielo estrellado y respiró hondo. No se oía nada. La naturaleza disfrutaba de los últimos minutos de calma previos al amanecer.

El bebé dormía plácidamente en sus brazos. Cubrió su cuerpecito con una delgada tela blanca, acarició sus mejillas, se inclinó y lo depositó ante la puerta. Permaneció unos segundos observándolo, se dio la vuelta y se marchó.

Cuando llegó a su casa, ubicada cerca del club, se preparó una infusión de *crontití* y se sentó junto a la ventana del pequeño saloncito. Una vez más se repitió que había hecho bien en librarse del niño. En algún lugar de su corazón percibió una débil punzada de remordimiento y suspiró profundamente. Ni las quejas ante todos los organismos de Gobierno insular ni ante el gerente de la finca Sampaka habían dado resultado. Como mucho, había conseguido que se abriera una discreta y rápida investigación, tras la cual se había concluido que, gracias a las firmes declaraciones de los amigos de Kilian, no había ni la menor prueba o sospecha de que Kilian fuera el padre de la criatura. Y no solo eso: le habían advertido de que si persistía en sus acusaciones, la ley caería sobre ella por difamación. ¿En qué momento su orgullo la había convencido de que, ahora que era una ciudadana española, existía alguna oportunidad de que alguien obligase a Kilian a asumir su responsabilidad? ¿No era eso lo que hacían en España? Durante los meses de su embarazo había llegado incluso a fantasear con que él le proponía una vida en común para sacar adelante a ese niño que acababa de abandonar.

Después de la investigación, ya no tenía sentido admitir la verdadera paternidad del bebé. Todo le había salido mal. Había perdido a Kilian y había traído al mundo a un niño del que ni siquiera su madre se encargaría.

Se secó con un gesto brusco una lágrima que se deslizaba por su mejilla a traición. De ninguna manera iba a permitir que los sentimientos la hicieran actuar otra vez de manera irreflexiva, aunque, gracias precisamente a la decisión de quedarse embarazada, se hubiera abierto ante ella un futuro prometedor. Sí. Ahora tenía mucho en qué pensar.

Durante los últimos meses del embarazo, Anita había consentido en aceptar su ayuda en la gestión del club. Con el paso de los días, la mujer, ya mayor, se había dado cuenta de la habilidad de la joven, para, entre otras cosas, atraer clientes, aconsejar a las chicas nuevas, y diseñar las actuaciones de las orquestas de tal manera que los clientes no deseaban abandonar el local —que también Sade se había encargado de redecorar— una vez habían traspasado el umbral de la puerta. Anita quería vivir sus últimos años con más tranquilidad que la que le proporcionaban las noches del club, y había descubierto en Sade a la persona idónea a quien traspasar el negocio.

Por su parte, a Sade le salían las cuentas, siempre y cuando pudiera librarse del único obstáculo que se interponía entre ella y sus ambiciones. Todas sus energías estarían centradas en seguir con el negocio, y, ¿por qué no?, ampliarlo. Seguro que en el orfanato cuidarían bien del niño, se dijo, y se encargarían de que recibiese la adecuada educación que ella no podría darle en los próximos años. No había más que ver la diferencia entre los niños que crecían medio abandonados por las otras madres del club y los que se criaban en el centro español. Si todo salía bien, podría incluso recuperar a su hijo más adelante... No era una mala madre después de todo, se consoló. Tan solo había llevado una mala vida.

De ella y solamente de ella dependía que, muy pronto, las cosas cambiasen.

—¿Por qué no puedes hacerme ese pequeño favor?

Generosa no cedía ante la insistencia de su hija.

—No entiendo tu interés después de tanto tiempo. ¿Qué más te da lo que esa mujer hiciera?

—Oba me dijo que, en cuanto puede, su amiga se da una vuelta por el orfanato para verlo. El niño ya debe de tener más de un año. Simplemente, me gustaría saber qué nombre le pusieron. Nunca se sabe, tal vez algún día su verdadero padre quiera saber de él…

—Con lo desagradable que fue todo, lo mejor sería olvidarnos. —Generosa extendió las manos para evitar que su hija replicara—. Además, no es asunto tuyo.

Ismael se puso de puntillas para coger una de las figuritas del pequeño belén que había sobre una estantería, se tambaleó, cayó hacia atrás y rompió a llorar. Sus grititos y balbuceantes palabras de protesta se mezclaron con otras que provenían de la calle. Generosa lo cogió en brazos y se asomó a la ventana.

—Ya estamos otra vez.

—¿Qué pasa? —preguntó Julia.

—Tu padre y Gustavo.

—Ya voy yo.

Cuando Julia llegó abajo, se juntó con Oba, que también se había asomado a la puerta de la factoría alertada por el follón.

—¿Cómo ha empezado esto, Oba?

La muchacha señaló al grupo, entre los que Julia distinguió a Gustavo y a su hermano Dimas:

—Han entrado en la factoría a comprar alcohol para celebrar la Navidad y su padre se ha negado porque no tienen el permiso de la policía. Ellos se han enfadado y le han dicho que ahora pueden comprar los mismos productos que los blancos y don Emilio ha dicho que sí, pero que alcohol no, porque aún faltan días para la Navidad y por culpa del alcohol no acuden al trabajo. Su padre los ha echado y han ido a buscar a Gustavo, como representante de la Junta Vecinal, y ya llevan un rato discutiendo.

Una docena de hombres rodeaba a Emilio, quien, fuera de sí, gritaba:

—Para lo que os interesa sí que somos iguales, ¿no? Pues si somos iguales, ¿por qué no voy a poder votar yo? ¡Tengo el mismo derecho que vosotros! ¡Qué digo el mismo! ¡Tengo más derecho que algunos de vosotros! ¡He vivido más tiempo aquí que muchos de los que venís de fuera reclamando que esta es vuestra tierra! Y ahora solo pueden votar los guineanos con nacionalidad española... ¡Para perder esa nacionalidad! ¡Nos hemos vuelto todos locos!

Julia comprendió que el tema original de la disputa había derivado ya en el asunto del futuro referéndum anunciado para votar la autonomía de Guinea. Realmente las cosas iban deprisa. Si los pronósticos se cumplían, en menos de seis años, la antigua colonia pasaría, de ser provincia española, a gozar de un régimen de autonomía previo a la concesión de la independencia. Las Naciones Unidas habían instado a que se concediera sin excusas la independencia a los países bajo tutela colonial y a España no le iba a quedar más remedio que hacerlo. Sacudió la cabeza. Incluso a alguien como ella, que había vivido años en la isla, la situación le resultaba confusa. Hasta hacía bien poco las fuerzas coloniales habían detenido a independentistas como Gustavo, y a cualquiera que atentase contra la nacionalidad española y se les había enviado a Black Beach, y ahora se daba por segura la independencia. ¿Quién lo entendía?

Y además, aun cuando esa transformación debería ser un motivo de satisfacción para los nativos, había posturas encontradas en cuanto al proceso para conseguirla, lo cual complicaba más las cosas y provocaba malestar e incertidumbre entre unos y otros. Cada vez eran más frecuentes las discusiones subidas de tono en cualquier momento y en cualquier lugar. Por un lado, estaban los independentistas gradualistas, partidarios de aceptar la autonomía organizada e impuesta por y desde España como paso previo a la independencia, pues entendían que eran muchos los lazos que unían a ambos países después de tantos años de régimen colonial. Por otro lado, estaban los independentistas radicales, en su mayoría los fang de la parte continental, muy superiores en número, que querían la independencia automática y conjunta de la parte continental y de la isla. Los segundos criticaban a los primeros por aceptar el régimen de España, y los primeros criticaban a los segundos por su urgencia cuando aún no estaban preparados para el autogobierno.

Para complicar más aún las cosas, muchos bubis como Gustavo, que deseaban la independencia separada de la isla de Fernando Poo, seguían con su propia lucha. Su principal queja era que la distribución presupuestaria por provincias no era proporcional a la aportación de cada una de ellas. De hecho, la mayor aportación del presupuesto provenía de la isla, pero se apreciaba una evidente tendencia a llevar todas las mejoras e inversiones a la provincia continental de Río Muni. Y, por último, estaban aquellos que, aunque no lo manifestaran abiertamente, daban la razón a personas como Emilio, quien aún se atrevía a defender con vehemencia que los nativos seguirían mejor como provincia española. Julia estaba convencida de que alguien como Dimas, a quien tanto le había costado conseguir una vida privilegiada comparada con la de muchos otros, entraría en este grupo minoritario, pero nunca lo reconocería por no chocar frontalmente con las opiniones de su propio hermano.

Emilio seguía explicando sus razones en el mismo tono iracundo:

—¡Te aseguro una cosa, Gustavo! ¡Desde mi puesto del Consejo de Vecinos no pienso parar hasta conseguir que hombres como yo podamos votar! ¡No pienso quedarme de brazos cruzados!

—Tú votarías que no con los ojos cerrados con tal de conservar tus privilegios —atacó Gustavo.

—¿Pero no me acabas de decir que tú también votarás que no quieres la autonomía? —Emilio extendió los brazos a ambos lados en un gesto de exasperación.

—Tu «no» sería un signo de fidelidad a España. Mi «no» sería una muestra evidente de mi deseo de independizarme separadamente de Río Muni. Si los blancos votarais, habría más confusión.

En un momento, el grupo de personas que rodeaban a los dos

hombres aumentó considerablemente. Los murmullos iniciales se convirtieron en gritos airados tanto de apoyo como de disconformidad con las palabras de Gustavo.

—¡Pues yo pienso votar que sí! —gritó un joven alto de facciones proporcionadas, cabeza rasurada y cuerpo fibroso—. Y eso es lo que deberíamos votar todos, que sí, que nos dejen solos de una vez...

—Tú debes de ser fang, ¿verdad? —repuso otro joven, más bajo y con la frente exageradamente abombada—. Hablas como un fang...

—Pues yo soy bubi y también pienso votar que sí —intervino un tercero, que llevaba un brazo vendado.

—¡Entonces no eres un verdadero bubi! —le recriminó Gustavo con voz fuerte—. ¡Ningún bubi aceptaría que los del continente se nos llevasen las riquezas!

—Mejor eso que continuar como esclavos de los blancos... —se defendió el aludido.

—¡No sabes lo que dices! —Gustavo se inclinó sobre él en actitud amenazadora—. ¡Peor que eso! ¡Te han sorbido el seso!

—¡Los fang ahora tenemos la culpa de todo! —El joven alto se acercó para atraer la atención de Gustavo—. También a nosotros nos han explotado. ¿Cuánta madera y café han sacado de la parte continental con nuestro sudor? —Levantó más la voz—. ¡Lo único que queréis los bubis como tú es poner las cosas más difíciles y apoyar así a los mismos de siempre!

—Los bubis llevamos décadas luchando y sufriendo represalias por manifestar nuestro deseo —le interrumpió Gustavo—. ¿Quieres saber cuántas cartas y escritos han enviado los jefes de tribus y poblados tanto a las autoridades coloniales como a España y a la ONU? ¿Y qué hemos recibido a cambio? Exilio, persecución y cárcel. —Se abrió la camisa para mostrarle sus cicatrices—. ¿Realmente crees que quiero apoyar a quienes me han hecho esto?

—Eres un necio —replicó el joven fang—. España nunca aceptará la existencia de dos Estados. Lo que hay que hacer es unir fuerzas.

—Un murmullo de aprobación lo animó a elevar el tono de voz—. Esto es lo que quieren los blancos, que no nos pongamos de acuerdo.

Dimas sujetó a su hermano del brazo al ver que el otro hombre apretaba los puños. Emilio soltó una risotada sarcástica.

—Lo que te decía, Dimas —dijo—. Esto se ha convertido en un gallinero.

«Un gallinero con demasiados gallos y en el que todos hablan español», pensó Julia con ironía.

—¿Así pretendéis tomar las riendas de vuestro propio destino? —seguía Emilio.

—Déjalo ya, papá —intervino Julia—. Entra en casa. —Se dirigió a Gustavo—: Sigue adelante con tu lucha, Gustavo, pero deja a mi padre en paz. Dejadnos a todos en paz.

—¡Eso es lo que tenéis que hacer vosotros! —gritó el joven fang—. ¡Fuera! ¡Largaos a vuestro país de una vez!

Varios repitieron sus palabras en un tono cada vez más alto. Emilio sintió que la sangre le subía a la cabeza y apretó los dientes. Julia percibió que la respiración de su padre se agitaba. Le tiró del brazo con toda la fuerza de la que fue capaz para arrastrarlo en dirección a la factoría. Oba abrió la puerta y entraron.

Pocos segundos después, una piedra golpeó en el cristal de la fachada del negocio con tanta fuerza que estalló en miles de pedazos que cayeron al suelo con el ímpetu de una granizada imprevista. Durante unos segundos de silencio, nadie se movió, ni dentro de la tienda ni fuera. Finalmente, Emilio dio unos pasos hacia delante sobre los cristales que crujían bajo sus pies y miró a los hombres que poco a poco empezaban a alejarse.

—¡Cuántas veces os acordaréis de nosotros! —bramó—. ¡Recordad lo que os digo! ¡En la vida viviréis como lo hacéis ahora! ¿Me oís? ¡En la vida! —Su mirada se cruzó con la de Dimas, quien la sostuvo unos segundos antes de sacudir la cabeza a ambos lados en actitud pesarosa y alejarse.

Julia se situó junto a su padre. Gruesas lágrimas de frustración y rabia rodaban por sus mejillas.

Gustavo era el único que permanecía a unos pasos de ellos. Miró a Julia de frente y murmuró un débil «lo siento» antes de marcharse.

Oba apareció con una escoba y comenzó a barrer los trocitos de cristal. Julia acompañó a su padre al almacén para que se sentara. Le ofreció un vaso de agua y se aseguró de que estaba completamente calmado antes de acudir a ayudar a Oba.

—Y tú, Oba, ¿de parte de quién estás? —preguntó al cabo de un rato.

—Yo no podré votar, señora —respondió ella de manera evasiva—. Solo lo harán los hombres, y no todos. Solo los cabeza de familia.

—Ya. Pero si pudieras, ¿qué harías? Sé sincera, por favor.

—Mi familia es fang. A muchos de mis antepasados los sacaron de su tierra y los obligaron a trabajar a la fuerza en las plantaciones de la isla. En mi familia aún se recuerda cómo los blancos perseguían a los hombres y los cazaban como animales. —Oba levantó la barbilla en actitud orgullosa—. No se ofenda, señora, pero votaría que sí.

Julia dirigió su mirada hacia el fondo. Emilio seguía sentado en actitud abatida, con los hombros caídos y las manos apoyadas en los muslos. ¿Cuántos años llevaban sus padres en Fernando Poo? Toda una vida llena de ilusiones y esfuerzos… ¿A dónde irían? A Pasolobino no, desde luego. Después de la vida cosmopolita que habían llevado en Santa Isabel se ahogarían en un lugar tan anclado en el pasado. Podrían establecerse con ella y Manuel en Madrid y volver a empezar. No, eso no. A su edad ya no podrían hacerlo. Su única misión sería la de disfrutar de Ismael y de los futuros nietos entre suspiros de añoranza por su isla perdida…

«Sí, papá —pensó con los ojos llenos de lágrimas—. Esto se acaba.»

Nelson, que llevaba una ginebra con tónica y una botella alargada de Pepsi-cola en cada mano, intentaba con dificultad desplazar su voluminoso cuerpo entre el gentío. Nunca antes había estado el Anita Guau tan lleno. La banda nigeriana enlazaba una pieza con otra sin ofrecer un respiro, ni a los instrumentos de percusión acompañados de un acordeón y una guitarra eléctrica, ni a las numerosas parejas que se encontraban en la pista disfrutando de la fusión de los ritmos yoruba y latinos. La nueva propietaria había cambiado la decoración del local: taburetes altos en la barra, algún sofá de escay rojo oscuro bajo lámparas de globo, espejos ahumados en las paredes, y una máquina de discos redondeada Würlitzer en un rincón, para disfrutar de música entre semana. Los clientes, tanto antiguos como nuevos, acudían atraídos por la curiosidad y la promesa de una noche inolvidable en la que la mezcla del olor a tabaco, sudor y perfume no había cambiado.

Oba lo saludó desde una de las mesas del fondo. Su pequeña mano delimitada por varias pulseritas de colores ondeó en el aire y Nelson sintió la misma alegría que si no se hubieran visto en meses, y eso que solo se había separado de ella el tiempo necesario para ir a buscar la bebida. A su lado, Ekon y Lialia, cogidos de la mano, seguían con los hombros el ritmo de la música. Por fin, Nelson llegó hasta ellos, depositó los vasos en la mesa y se sentó.

—Había tanta gente en la barra que han tardado mucho en servirme —explicó en castellano. Cuando Oba estaba con ellos hablaban en castellano porque ella no había aprendido el *pichi*.

—Por lo que veo, hoy estamos todos los nigerianos —comentó Ekon—. Como si nos hubiéramos puesto de acuerdo.

—La ocasión lo merece, ¿no? —dijo Nelson. Esa misma semana se había firmado un nuevo convenio laboral de cuatro años más entre Nigeria y Guinea. A pesar de la incierta situación política, el trabajo de los nigerianos estaba garantizado para una larga temporada.

—Así que aquí es donde venís los hombres a gastaros parte del sueldo… —comentó Lialia deslizando sus brillantes ojos por la sala.

—Sabes que yo no he venido mucho —protestó Ekon—. Tengo demasiados hijos que alimentar.

—Y yo dejé de venir solo en cuanto conocí a Oba... —apuntó Nelson. Ella agradeció el comentario con una sonrisa—. Aunque no lo creáis, en este lugar han nacido muchos matrimonios.

—¿Y a qué esperáis vosotros dos, eh? —preguntó Lialia con una expresión divertida.

Oba se mordió el labio, ilusionada.

—Estamos ahorrando para montar un pequeño negocio, ¿verdad, Nelson?

—Tenemos planes, ya lo creo, pero tendrán que esperar. Aún somos jóvenes.

—Hombre, Oba sí que lo es —dijo Ekon—, pero a ti ya te empiezan a sobrar años y kilos.

Nelson echó la cabeza hacia atrás y soltó una risotada. Luego, apuró su gin-tonic de un solo trago y maldijo su mala previsión por no haberse pedido más. Tendría que volver a cruzar entre la gente. Oba le ofreció su refresco y él se lo agradeció con un beso.

—¡Mira! —La muchacha interrumpió su cariñoso gesto y señaló al frente—. ¿No es ese uno de los *massas* de vuestra finca? ¿Qué está haciendo? —Oba se puso de pie rápidamente—. ¡Sade!

Oba corrió hacia su amiga seguida de los demás. Una barrera de hombres que gritaban se cerró ante ellos impidiéndoles el paso. Con gran esfuerzo, Oba se abrió camino hasta la primera fila. Un hombre blanco blandía un arma frente a Sade.

—¿Qué ha pasado? —preguntó Oba al hombre que estaba a su lado.

—El blanco se ha puesto a discutir con ella. Le pedía algo y ella se ha negado. Él la ha cogido de la muñeca y le ha retorcido el brazo. Varios hombres se han levantado para ayudarla y entonces él ha sacado la pistola.

—¡Al primero que se acerque le vuelo la cabeza! —gritó el hombre, que sujetaba a Sade a modo de escudo ante él. Sus ojos brillaban con una mezcla de miedo, maldad y ebriedad.

—¡Ya basta, *massa* Gregor! —Nelson se situó frente a él—. Será mejor que baje la pistola.

—¡Hombre, Nelson! —Gregorio soltó una carcajada nerviosa—. ¿Has visto qué cosa más rara? ¿Desde cuándo se ha discutido aquí la elección de una mujer?

—Yo soy la que elige siempre, maldito blanco —dijo Sade, furiosa—. Y hace mucho tiempo que decidí librarme de ti.

Miró a los espectadores de la escena:

—¿Tanto les cuesta hacerse a la idea de que ya no van a decidir por nosotros nunca más? Esta es la verdadera cara de los blancos. Si les obedeces de forma sumisa, dicen que todo va bien. Si les plantas cara, sacan la vara de *melongo*, el látigo y la pistola.

Gregorio la sujetó con más fuerza y ella emitió un gemido de dolor. Varios hombres dieron un paso al frente.

—Nosotros somos muchos y usted está solo. —Nelson extendió el brazo como para abarcar el espacio a su alrededor—. Puede disparar, sí, pero en cuanto se le acaben las balas iremos a por usted. ¿Ve algún blanco por aquí esta noche? No. Creo que no ha elegido el día más acertado para venir al club.

Gruesas gotas de sudor cubrieron la frente de Gregorio. La situación no pintaba nada favorable para él. Nelson, acostumbrado a manejar a decenas de braceros en su brigada, se percató de ese pequeño momento de debilidad y continuó hablando con voz firme:

—Le propongo algo: usted baja el arma, me la entrega, y nosotros lo dejamos marchar.

Hubo un murmullo de protesta. Los ánimos estaban tan calientes que cualquier chispa podría provocar el linchamiento del hombre. Gregorio dudó.

—Hoy es un día de celebración —intervino Ekon en tono conciliador—. Muchos hemos traído a nuestras mujeres a bailar. Nadie quiere que esto termine mal... Nelson y yo lo escoltaremos a Sampaka.

Nelson asintió. Varios hombres retrocedieron de mala gana y otros regresaron a sus mesas para apoyar con su gesto la sugerencia de Ekon.

—¿Me das tu palabra, Nelson? —preguntó Gregorio con un deje de desesperación en la voz.

El capataz sonrió para sus adentros. Que un hombre como ese confiase su vida a la palabra de un negro le hizo gracia. Realmente el miedo transformaba a las personas.

—¿Aún no se ha dado cuenta de que yo sí que soy un hombre de palabra, *massa* Gregor? —preguntó.

Gregorio bajó la vista y cedió. Liberó a Sade, inclinó la pistola hacia el suelo y esperó con calma a que Nelson la recogiera.

—Ekon, quédate con las mujeres hasta que yo regrese.

Nelson cogió al hombre del codo y lo guio rápidamente a la salida acompañado de algún que otro insulto hacia el blanco.

Poco a poco la música y las ganas de fiesta hicieron que el incidente se fuera olvidando. Sade aceptó tomar un trago con Oba y sus amigos.

—Se merecía una buena paliza —murmuró Sade.

—Nelson ha hecho bien, Sade —dijo Lialia con firmeza—. Es mejor no meterse en líos. Por más que ahora se hable de igualdad, al final nos castigarían a nosotros.

Ekon trajo más bebidas. La orquesta tocó un tema pegadizo y Lialia cogió a su marido de la mano para ir a bailar. Cuando se quedaron solas, Oba preguntó:

—¿Por qué quería volver contigo?

Sade se encogió de hombros con arrogancia.

—Todos los que han estado conmigo han querido repetir. —Tomó un sorbo de su bebida, que saboreó con lentitud.

Un amargo pensamiento cruzó su mente:

«Todos menos uno».

Y por culpa de ese, toda la vida tendría que cargar con el secreto de que el verdadero padre de su hijo era alguien tan desagradable como *massa* Gregor...

En diciembre de 1963 tuvo lugar el referéndum para acceder a la autonomía, que fue aceptada por mayoría, aunque con la peculiaridad de que en Río Muni votaron a favor el setenta por ciento y en la isla de Fernando Poo votaron en contra el sesenta por ciento. Tal como había planteado Gustavo, el resultado obtenido en la isla se interpretó según los intereses de cada cual: bien como una señal de la fidelidad de la isla a España, bien como una muestra evidente de su deseo de independizarse separadamente de Río Muni.

España declaró por decreto el Régimen Autónomo para las antiguas provincias. Desde ese momento, los independentistas guineanos comenzaron a obtener por nombramiento de las autoridades metropolitanas las presidencias de las diputaciones y los puestos importantes del recién estrenado Gobierno autónomo, incluyendo el de primer presidente y vicepresidente, que recayó en un tal Macías. Todos los cargos pasaban por ser fieles a España. Paradojas de la vida, muchas personas que no hacía mucho habían sido perseguidas por ser independentistas comenzaron a disfrutar de buenos empleos y sueldos.

—Así es la vida, Julia —comentó Kilian en tono bromista—. Yo sigo recolectando cacao y Gustavo es consejero del Gobierno autónomo. ¿Quién lo iba a decir, eh? Todavía recuerdo aquella discusión con tu padre en este mismo lugar, hace... ¿cuánto?

Julia posó las manos sobre su abultado vientre cubierto por la ligera tela de un vestido de tirantes anchos fruncido bajo el pecho y lo acarició con delicadeza. Hacía una tarde espléndida. Una deliciosa brisa suavizaba el intenso calor del día que se aproximaba a su fin. Como cada domingo, habían quedado con el resto del grupo para tomar algo, pero los otros se estaban retrasando. A Manuel cada vez le costaba más esfuerzo levantar la cabeza de sus estudios, y más después de la buena acogida de su primer libro sobre las especies vegetales de la isla. Ascensión y Mercedes andaban ocupadas con los preparativos de sus respectivas bodas con Mateo y Marcial, que habían planeado celebrar el mismo día y a la misma hora en la catedral de Santa Isabel. Puesto que las novias habían nacido y vivido siempre en la isla, la decisión sobre el lugar donde celebrar el matrimonio había sido fácil. Sería una ceremonia sencilla para que no se notase tanto la ausencia de los familiares de los novios, y aunque todavía faltaban varios meses, querían tenerlo todo organizado con tiempo, sobre todo la confección de los trajes. Por su parte, los novios apuraban al máximo su jornada laboral, incluidos los festivos, para recuperar los días con los que deseaban ampliar su permiso de viaje de novios sin perder sueldo.

Kilian seguía cumpliendo con el razonable propósito de no abandonar del todo su vida social para no levantar sospechas acerca de su relación con Bisila. Así, alternaba sus encuentros con ella y con las personas de su entorno. Su vida, pensaba con tristeza, estaba condenada a continuar repartida entre dos mundos —las montañas y la isla, el blanco y el negro—, a ninguno de los cuales podía pertenecer por completo. Lo que más desearía en ese momento sería tener a Bisila ocupando el lugar de Julia, recostada tranquilamente sobre la hamaca, disfrutando de una apacible tarde de domingo, con las manos sobre el vientre en el que crecería el fruto de la unión de ambos... ¿Era tanto pedir?

Hasta la terraza llegaron los gritos de los jóvenes que jugaban en la piscina. Alguien colocó en el tocadiscos un disco de Chuck Berry y gritos de entusiasmo acompañaron al sonido de un frenético rock and roll.

—No lo digas, Kilian.

—¿Que no diga qué?

—Que nos hacemos mayores.

—¡Eh! Eso lo dirás por ti...

Kilian intentó ejecutar con torpeza unos pasos al ritmo de la música y Julia se rio. Enseguida, él volvió a apoyarse sobre la barandilla y ella lo observó. El joven inexperto, silencioso y sensible de los primeros años en la isla se había transformado en un hombre alegre, satisfecho y seguro de sí mismo. Si no fuera porque sabía de su metódica vida, diría que actuaba como un enamorado, con una sonrisa permanente en los labios, una mirada ensoñadora y una actitud resuelta ante cada circunstancia. Julia conocía esos síntomas a la perfección, aunque hacía años que habían cedido a la tenacidad de un cariño sosegado y una placidez reconfortante.

—¡Hola, hola! —dijo una voz—. ¡Os traigo una bolsita llena de nieve!

Kilian dio un respingo y se incorporó.

—¡Jacobo! No te esperábamos hasta la semana que viene.

—Hubo un error en el billete de avión y tuve que adelantar el viaje.

Los hermanos se abrazaron con afecto. Hacía seis meses que no se veían. A diferencia de Kilian, que tenía una buena razón para no marcharse, Jacobo había viajado a España para disfrutar de sus vacaciones después de cada campaña. Cada vez le daba más pereza regresar, decía, como si tuviera el presagio de que su estancia en África llegaba a su fin.

Jacobo señaló el vientre de la mujer.

—Manuel me lo ha dicho. Enhorabuena de nuevo.

—¿Y qué tal las vacaciones? —preguntó Kilian—. ¡Tienes un aspecto estupendo!

Jacobo sonrió y lo miró de arriba abajo.

—También a ti te veo muy bien. ¿Me lo parece o estás feliz? —Entrecerró los ojos en actitud inquisidora—. ¿Cómo es posible que no te canses de esta isla?

Kilian sintió que se sonrojaba y decidió cambiar de tema mientras tomaba asiento.

—¿Fue todo bien con el coche?

Jacobo se había comprado un precioso Wolkswagen negro en Guinea y lo había llevado a España. Rápidamente se olvidó de la evidente felicidad de su hermano y los ojos le brillaron de excitación cuando le respondió:

—No tuve ningún problema para matricularlo. Y el viaje a Pasolobino… ¡Toda la carretera para mí! Llegué con el coche hasta la mismísima plaza. ¡Tendrías que haber visto la cara de los del pueblo cuando lo aparqué y comencé a tocar el claxon! —Kilian se imaginó la cara de satisfacción de Jacobo al ser el centro de atención—. Ha sido la novedad estos meses. Todos me preguntaban qué significaba la matrícula TEG y yo tenía que explicar una y mil veces que las siglas correspondían a los Territorios Españoles del Golfo de Guinea… ¡No veas la de gasolina que he gastado llevando a unos y otros de aquí para allá…!

—Me imagino que también habrás llevado a más de una de aquí para allá… —le interrumpió Kilian, divertido.

—Todas las mujeres en edad casadera se peleaban por ir en mi coche.

Julia puso los ojos en blanco. El mundo cambiaba, pero Jacobo no.

—Bueno, me gustaría más saber si alguna en particular repitió viaje —bromeó Kilian. No podía imaginarse a su hermano saliendo con una misma mujer más de dos veces seguidas.

Jacobo carraspeó.

—Se llama Carmen y la conocí en un baile. No es de Pasolobino.

Julia abrió los ojos sorprendida. ¿De modo que alguien había conseguido ganar su corazón? Le fastidió reconocerlo, pero la fugaz molestia en el pecho había sido motivada por una pequeñísima pero existente punzada de celos.

Kilian se levantó, se acercó a Jacobo y le dio unas palmaditas en la espalda.

—Querido hermano —dijo en tono burlón—. Deduzco por el

tono de tu voz que tus años de noches locas y desenfrenadas se han terminado.

Ahora fue Jacobo quien se sonrojó.

—Bueno, todavía nos estamos conociendo. —Bajó el tono hasta convertirlo en un susurro—. Y ahora yo vuelvo a estar aquí y ella allí…

Julia suspiró. Esa tal Carmen, pensó, tendría mucho trabajo para transformarlo en un hombre de familia, si no lo abandonaba por imposible.

Kilian deslizó la vista por el horizonte. Su hermano era un juerguista incorregible, pero el hecho de que le hablase abiertamente solo de una mujer —y delante de Julia— indicaba dos cosas: una, que le importaba más de lo que creía, y dos, que realmente su estancia en Guinea se iba a acortar. De pronto, sintió un repentino acceso de remordimiento. Su hermano tenía muchos defectos, sí, pero nunca le había ocultado nada. Sin embargo, él sí llevaba meses ocultándole su amor por Bisila; un amor tan profundo que, ya que no podía ser pregonado a los cuatro vientos como merecería, sí podía, al menos, ser compartido con quien nunca lo traicionaría. Se pasó la lengua por los labios resecos. Tal vez debería hablar con su hermano sobre Bisila, pero algo en su interior le decía que esperase. A pesar del afecto fraternal que los unía, dudaba de que su hermano lo pudiera comprender. Pensaría que se había vuelto loco, que era exactamente como se sentía: enajenado, aturdido y completamente seducido por ella.

Julia se ofreció a ir a buscar otra ronda de bebidas. Cuando se quedaron solos, el semblante de Jacobo se ensombreció.

—¿Pasa algo en casa? —preguntó Kilian.

—Es Catalina. Está muy enferma.

Kilian sintió que se le hacía un nudo en el estómago.

Jacobo se aclaró la voz.

—Yo…, bueno, yo me he despedido de ella. Te he traído una carta de mamá en la que me imagino que te pide que vayas tú ahora para estar con ellas.

—¡Pero justo ahora es cuando más trabajo hay aquí! —protestó Kilian débilmente. Lamentó sus palabras nada más pronunciarlas. Su corazón le estaba traicionando. No quería aceptar ninguna razón que lo apartase de Bisila, pero su hermana era su hermana y no había tenido una vida fácil, con un cuerpo enfermizo y una mente debilitada por la muerte de su único hijo. Hacía más de tres años que no veía a su madre y a su hermana. No podía dejarlas abandonadas. Tendría que ir. Bisila lo comprendería.

Jacobo lo distrajo de sus reflexiones.

—No estará mal que des una vuelta por casa, Kilian. Las cosas están cambiando. Hay rumores de que se podría poner una estación de esquí en lo alto de Pasolobino. ¿Sabes lo que eso significaría? —Los ojos de Jacobo comenzaron a brillar y sus explicaciones se aceleraron—. La tierra valdría mucho dinero. Ahora no vale nada y lo del ganado es una esclavitud. Podríamos cambiar de vida, trabajar en la construcción o en la estación de esquí, ¡incluso montar un negocio! Dejaríamos de ser un pueblo olvidado de la mano de Dios para convertirnos en un lugar turístico.

Kilian lo escuchaba atentamente.

—Ya han visitado la zona unos inversores que tienen experiencia en estos temas. Dicen que la nieve es el oro blanco del futuro...

Kilian se sentía aturdido. Su hermana se estaba muriendo. Tenía que ir a despedirse de ella. Tendría que separarse de Bisila por un tiempo. Una gran pena le corroía por dentro y, sin embargo, su hermano tenía la pasmosa fortaleza de pensar en el futuro.

El futuro era lo que más inquietaba a Kilian. Él no quería pensar en el futuro. Solo quería que las cosas nunca cambiasen, que el mundo se redujera a un abrazo con Bisila.

—Eh, Kilian... —La voz de Jacobo lo volvió a la realidad.

—Estaba pensando... que tendré que ir a casa.

A casa.

Hacía siglos que no pensaba en Pasolobino como en su casa.

—Pronto todos nos iremos definitivamente de aquí, Kilian. —Jacobo sacudió la cabeza con una mezcla de resignación y alivio—. El futuro ya no está en Guinea.

Julia regresó con las bebidas. Alguien saludó a Jacobo, que se ausentó unos segundos.

—¿Sabes, Julia? —dijo Kilian—. Tienes razón. Nos hacemos mayores.

Unas semanas después, Bisila envió a Simón para que acompañase a Kilian al hospital. Una vez allí, extrajo un papel y le mostró el dibujo de una pequeña campana rectangular con varios badajos.

—Es un *elëbó* —explicó—. Sirve para ahuyentar a los malos espíritus. Me gustaría que Simón te lo tatuara para que te proteja en el camino. ¿Te parece bien en la axila izquierda?

A Kilian le gustó el obsequio de Bisila. ¿Qué mejor regalo que uno que estuviera permanentemente pegado a su piel? En la axila, cerca del corazón, podría acariciarlo en cualquier momento.

—Te dolerá un poco —le advirtió Simón—. El dibujo es pequeño, pero complicado. Cierra los ojos y respira hondo.

—Creo que podré soportarlo —dijo Kilian, mirando a Bisila fijamente.

Kilian no cerró los ojos ni dejó de mirar a Bisila durante todo el proceso. La última vez que regresó de Pasolobino, Bisila había tenido un hijo de Mosi. Quería que ella tuviera bien claro que esta vez no tardaría en volver. Tenía la mirada clavada en la de ella. Apenas parpadeó cuando Simón le trazó el dibujo con un bisturí, ni cuando le aplicó sobre la herida trozos de palma a los que prendió fuego para que quemaran la piel. Ni siquiera se mordió el labio para soportar el dolor. Los enormes ojos de Bisila leían los suyos y le transmitían fuerza y calma a la vez.

Cuando Simón terminó, recogió sus cosas y, antes de marcharse, esbozó una sonrisa y dijo:

—Ahora, *massa* Kilian, ya eres un poco más bubi.

Bisila se inclinó sobre él, le untó la herida con una pomada y le susurró de forma casi imperceptible:

—Mi guerrero bubi.

Por la noche, Kilian daba vueltas por la habitación sin saber qué hacer. Bisila no había acudido. Miró el reloj. A esas horas era probable que ya no viniera. ¿Es que no iban a poder despedirse? Por fin se tumbó en la cama, abatido, y un ligero adormecimiento se apoderó de él.

Poco después, un ruido seco hizo que se incorporara de un salto. Enseguida sintió a Bisila, que entraba con sigilo, cerraba la puerta y echaba el pestillo. Kilian emitió un sonido de alegría. A pocos pasos de la cama ella le indicó que se mantuviera en silencio y que se tapara los ojos.

Bisila se quitó la fina bata de tela, la falda plisada y la blusa y extrajo unos objetos del pequeño cesto que había traído. A Kilian, los minutos que tardó en terminar lo que quiera que estuviera haciendo se le hicieron eternos. Por fin, ella avisó de que podía mirar.

Kilian abrió los ojos y emitió una exclamación de sorpresa.

Bisila iba cubierta de pies a cabeza con cuerdas de *tyîbö* sobre su piel desnuda. Las cuerdas, cargadas de pequeñas conchas, se abrían sobre sus pechos y sus caderas, como si no tuvieran más remedio que evitar sus curvas. Sobre la cabeza lucía un ancho sombrero adornado con plumas de pavo real. Una púa de madera lo atravesaba de parte a parte y permitía mantenerlo sujeto al cabello.

Bisila indicó a Kilian que se levantara y se dirigiera hacia ella.

Siempre en silencio, lo desvistió muy lentamente.

Una vez desnudo, ella vertió agua en un cuenco y extrajo unos polvos de colores que fue mezclando con el agua hasta obtener una pasta de color rojizo con la que untó el cuerpo de Kilian comenzando por los pies y las piernas. Ungió con suavidad sus muslos y sus nalgas, luego la espalda y por último el pecho.

Kilian recordó aquel día en el poblado, cuando mostró su deseo de que solo ella lo nombrase *botuku*, untándole de *ntola* en un río de agua pura, y agradeció que ella recordase el comentario. Quiso rodearla con sus brazos, pero ella negó con la cabeza y continuó con la placentera tortura de pintar su vientre y su pecho. Entonces se lavó las manos y cogió otros polvos de color azul y amarillo, los mezcló con agua, y con la pasta resultante trazó unas líneas en su cara, con suavidad, como si quisiera memorizar la distancia desde la nariz a cada oreja, y desde la base del pelo a la barbilla.

Cuando terminó, Bisila se lavó y secó las manos y tomó las de Kilian entre las suyas.

—Me he vestido de novia bubi, según la tradición más antigua —dijo, con la voz embargada por la emoción—. Y a ti te he pintado como a un guerrero.

Kilian agradeció escuchar por fin el sonido de su voz, pero no dijo nada.

—Sabes que nosotros tenemos dos tipos de matrimonio —continuó ella—. Uno se llama *ribalá rèötö*, o matrimonio para comprar la virginidad. Es el matrimonio verdadero ante la ley y es el que me une a Mosi. El otro se llama *ribalá rè rihólè*, o matrimonio por amor. No tiene valor ante la ley, pero sí ante nosotros mismos.

Levantó los ojos hacia Kilian y continuó con voz temblorosa:

—No tenemos a nadie que haga de sacerdotisa, pero supongo que no importa.

Kilian subió sus manos y las de ella hasta la altura del pecho y las apretó con fuerza.

—Primero debo hablar yo —continuó ella—. Y debo decirte, pero no te rías, que no olvidaré mi deber de cultivar las tierras de mi marido y de elaborar aceite de palma y que prometo serte fiel, al menos en mi corazón, dadas las circunstancias…

Bisila enmudeció tras sus últimas palabras y cerró los ojos para repetir mentalmente sus promesas.

—Ahora me toca a mí —dijo Kilian con voz ronca, al cabo de unos segundos—. ¿Qué debo decir?

—Tienes que prometer que no abandonarás a esta esposa —Bisila abrió los ojos—, a pesar de las muchas más que puedas tener.

Kilian sonrió.

—Prometo que no abandonaré a esta esposa, al menos en mi corazón, pase lo que pase.

Sellaron sus promesas con un largo y cálido beso.

—Y ahora, ¿qué se hace antes de pasar al lecho nupcial? —preguntó Kilian con un brillo especial en sus ojos.

Bisila echó la cabeza hacia atrás y rio abiertamente.

—Bueno, diríamos amén y alguien tocaría un *elëbó* y cantaría...

—Yo ya llevo el *elëbó* conmigo para siempre —dijo Kilian, alzando la mano hacia la axila izquierda y apoyándola con cuidado sobre el tatuaje—. Siempre estaremos juntos, Bisila. Esta es mi verdadera promesa, mi *muarána muèmuè*.

XVII

Ë RIPÚRÍI RÉ ËBBÉ

LA SEMILLA DEL MAL
1965

A Bisila se le hacía el tiempo muy largo. Transcurrían los días y las semanas y Kilian no regresaba. No podían tener noticias el uno del otro, y cartearse hubiera sido demasiado arriesgado.

A miles de kilómetros, Kilian sí le escribía cartas que no enviaba. Se las narraba a sí mismo como si ella pudiera leer su pensamiento y entender que el tiempo se le hacía muy largo; que su cuerpo recorría las estancias de la casa, pero su corazón y su mente estaban lejos, y que, sin ella, la vida en Pasolobino le resultaba familiar pero vacía.

Bisila se acercaba casi cada día al edificio principal de la finca, donde se alojaban los extranjeros. Llegaba hasta la escalera exterior, posaba su mano sobre la barandilla, colocaba un pie en el primer peldaño y luchaba para vencer el impulso de subir corriendo hasta la habitación de Kilian para comprobar si ya había regresado. El corazón le palpitaba acelerado y las rodillas le flaqueaban. Escuchaba con atención las voces de los europeos, intentando distinguir el tono grave de la voz de Kilian, pero no, no era su voz, tal vez la de su hermano, pero no la de Kilian.

Así comenzó el año y terminó una nueva cosecha de cacao.

En la isla, el tiempo era excesivamente cálido; tan solo una débil brisa conseguía mitigar el bochorno que ralentizaba la respiración. En el Pirineo, el tiempo era excesivamente frío; el viento del norte arrastraba la nieve de un lugar a otro como si fuesen granos de arena en un desierto helado.

En la finca Sampaka de Fernando Poo comenzaba el movimiento de los trabajadores, que se disponían a preparar los terrenos para el cultivo, hacer leña para los secaderos, arreglar los caminos y comenzar la poda.

En Pasolobino, a Kilian se le caía la casa encima. Nevaba y nevaba y cuando dejaba de nevar, comenzaba a rugir el viento. No se podía salir al campo. No se podía hacer nada. Las horas se le hacían eternas al lado del fuego escuchando los suspiros de su madre, esperando el fatal desenlace de Catalina, consolando a un cuñado al que apenas conocía, y repitiendo una y otra vez las mismas conversaciones con los vecinos sobre la riqueza que la futura estación de esquí traería al valle.

Necesitaba moverse, emplearse en algo. Pero ni siquiera podía dedicarse a hacer arreglos dentro de la casa; no cuando su hermana agonizaba, no era correcto. Ella misma había expresado su deseo de morir en su casa natal, así que esta debía mostrarle respeto con su silencio.

Con los ojos fijos en las llamas del fuego, Kilian resistía el lento golpear del reloj recordando sus momentos con Bisila. Ella se moriría si tuviese que soportar semanas y semanas de frío y nieve. Su cuerpo estaba hecho para el calor.

Kilian echaba de menos el fuego del cuerpo de Bisila. ¿Cómo podría ya pensar en una vida sin sus llamas?

Catalina fue enterrada en medio de las terribles heladas de finales de febrero. El frío aceleró el ritual de la primera misa en Pasolobino que Kilian no escuchó en latín y el posterior entierro.

La rapidez con la que sucedió todo —desde que cerraron la tapa del ataúd hasta que las palas dieron sus últimos golpes sobre la tierra apretada— reavivó en Kilian la sensación de urgencia. Todos los vecinos querían volver a casa y él quería volver a Fernando Poo, pero aún tendría que acompañar a su madre en el duelo.

¿Cuánto más tendría que esperar?

A finales de abril, las lluvias llegaron puntuales a la isla.

Bisila estaba cansada. Llevaba muchas horas en el hospital. En esas fechas aumentaba el número de accidentes y cortes de machete. El trabajo en la finca era más peligroso que en los secaderos, y la lluvia también propiciaba el aumento de enfermedades pulmonares. Necesitaba despejarse un poco, así que decidió dar un paseo.

De nada servía engañarse: sus pasos siempre la guiaban en la misma dirección. Se acercó de nuevo al edificio principal de paredes encaladas y ventanas pintadas de verde. Era sábado por la noche, muy tarde, y el patio estaba desierto. No quería hacerse ilusiones una vez más, pero no perdía nada por intentarlo. Hacía cinco meses que no lo veía, que no escuchaba su voz, que no sentía sus manos sobre su piel. De una manera forzadamente casual había preguntado a su padre si tenía noticias de Kilian a través de Jacobo, y así supo de la muerte de su hermana y de su intención de quedarse más tiempo en Pasolobino. ¿Cuánto más tendría que esperar? Temía que cuanto más tardase en regresar, más probabilidades existirían de que se acostumbrase a su vida anterior y aprendiera a vivir sin la isla y sin ella.

A veces tenía la odiosa sensación de que todo había sido un sueño... Ella sabía que no era ni la primera ni la última nativa que se juntaba con un extranjero y luego el extranjero se marchaba y no volvía y la mujer seguía con su vida.

Sin embargo, Kilian le había prometido que volvería. Le había dicho que siempre estarían juntos. Ella solo podía confiar en sus palabras. Ahora él era su verdadero marido y no Mosi, ante quien le costaba cada vez más representar el papel de esposa. Mosi era un cuerpo con el que se acostaba todas las noches; Kilian era su verdadero esposo, el dueño de su corazón y de su alma.

Se apoyó en el muro que bordeaba la finca para poder observar mejor la vivienda de los empleados. Cerró los ojos e imaginó el momento en que la puerta de la sencilla habitación en la que ambos habían gozado de los momentos más intensos de sus vidas se abriría y Kilian saldría al pasillo exterior, con sus anchos pantalones de lino beis y su camiseta blanca. Entonces, respiraría hondo, se encendería un cigarrillo, se apoyaría en la barandilla de la galería, deslizaría su mirada por los alrededores, primero hacia la entrada de las palmeras reales y luego hacia el muro que bordeaba la finca, y se encontraría con la mirada de ella, observándolo desde abajo, sonriéndole para decirle que allí estaba, esperándole como le había prometido, su esposa negra, su esposa bubi; la mujer que él había elegido entre todas las blancas, las de su pueblo, las de su valle, las de su país; la mujer que él había elegido entre todas las negras, las de Bata, las de Santa Isabel, las de la finca; la mujer que él había elegido libremente, a pesar del color de su piel, de sus costumbres, tradiciones y creencias. Sus miradas confirmarían que no eran un blanco y una negra reconociéndose a unos metros de distancia, no: siempre serían Kilian de Pasolobino y Bisila de Bissappoo.

El ruido del motor de un vehículo la llevó de regreso a la realidad de la noche y la débil lluvia. A la vez, la luz mortecina de las farolas exteriores tembló antes de extinguirse y la oscuridad se apoderó del patio.

Se cubrió la cabeza con un pañuelo y emprendió el camino de regreso al hospital, aprovechando la iluminación transitoria de los faros de la furgoneta para recorrer la primera parte del trayecto hasta el porche de columnas. No era una mujer miedosa, pero, a esas horas, el amplio patio, vacío y oscuro imponía respeto. Prefirió ir pegada a la pared de los edificios.

La *picú* casi la atropelló.

Pasó junto a ella a gran velocidad levantando una polvareda que la cegó momentáneamente y la obligó a toser. No había llovido lo suficiente como para mantener el polvo pegado a la tierra. El vehículo se detuvo al abrigo del porche bajo los dormitorios de los empleados. Unas voces y risas de hombre resonaron en la oscuridad. Bisila sintió que las risas se acercaban adonde ella se encontraba.

Un mal presentimiento se apoderó de su cuerpo y decidió cambiar de dirección. Iría a la zona de las viviendas de los braceros a través de los secaderos, situados a la izquierda de la vivienda principal. Los ojos le escocían.

Una voz resonó como un trueno justo detrás de ella.

—¡Vaya, vaya! ¿Qué tenemos aquí?

Bisila aceleró el paso, pero una figura surgida de las sombras se interpuso en su camino.

El corazón comenzó a latirle con fuerza.

—¡No tan deprisa, morena! —dijo un hombre con marcado acento inglés, cogiéndola por los hombros.

Sin soltarla, el hombre se situó frente a ella.

Bisila forcejeó con él.

—¡Déjeme pasar! —Intentó que su voz sonara firme—. ¡Soy enfermera del hospital y me están esperando!

Se soltó y comenzó a caminar con paso rápido. Quería mostrar cierta tranquilidad, pero lo cierto es que tenía miedo. Reinaba la más absoluta oscuridad. Nadie acudiría en su auxilio si fuera necesario. De pronto, una mano de hierro atenazó su brazo y la obligó a girarse hasta quedar frente a un hombre alto y fuerte que apestaba a alcohol.

—Tú no vas a ninguna parte —masculló el inglés con voz pastosa—. Una mujer no debería andar sola por aquí a estas horas… —sus labios dibujaron una desagradable sonrisa— a no ser que busque algo o a alguien.

Bisila intentó zafarse, pero el hombre la sujetaba con fuerza. Le retorció el brazo hasta la espalda, se colocó tras ella y comenzó a caminar en dirección al otro hombre. Bisila gritó, pero el hombre le tapó la boca con la mano libre y le susurró al oído en tono amenazador:

—Será mejor que estés callada.

Ella hizo un último intento de liberarse y trató de morderle la mano, pero él reaccionó con rapidez y apretó la mano contra su boca con más fuerza mientras avisaba a su compañero.

—¡Eh! ¿A que no te imaginas qué me he encontrado?

El otro hombre se acercó. También apestaba a alcohol. Extendió una mano huesuda y retiró el pañuelo que cubría la cabeza de Bisila.

—¡Mira por dónde aún nos queda un rato de fiesta! —dijo, con un acento que Bisila no reconoció—. Sí, sí. Es cierto… —soltó varias risitas—, con la cosa esa que nos han dado, no se terminan las ganas.

Acercó su afilada nariz a escasos centímetros de ella y comenzó a recorrer su cara y su cuerpo con una mirada lasciva.

—No puedo verte bien. —Le acarició las mejillas, el pecho y las caderas y mostró su aprobación—: Hmmm… ¡Mejor de lo que esperaba!

Bisila se retorció, aterrorizada, pero el hombre que la sujetaba apretó tan fuerte que temió que le hubiera roto el brazo. Unas lágrimas rodaron por sus mejillas.

—Ponle el pañuelo en la boca, Pao —ordenó el inglés—. Y saca a Jacobo del coche.

Bisila se aferró a un pequeño hilo de esperanza: ¡Jacobo la reconocería y la dejaría marchar!

Pao abrió la puerta de la *picú* y, después de mucho insistir, consiguió que el hombre que había dentro saliera dando bandazos. Jacobo apenas se tenía en pie. El inglés le dijo en voz alta y clara:

—¡Eh, Jacobo! ¡Despierta! ¡La fiesta todavía no ha terminado! ¿Sabes de algún sitio donde podamos disfrutar de esta preciosidad?

—¿Qué tal los secaderos? —preguntó Pao. En su voz se podía percibir la misma urgencia que en sus ojos.

A Jacobo le costaba razonar con claridad. La euforia producida por la explosiva combinación de alcohol y la raíz de *iboga* había dado paso a una distorsión de su percepción del exterior. Solo en un par de ocasiones se había atrevido antes a probar la potente droga de uso tan extendido entre los nativos para disminuir la sed y el hambre en condiciones de trabajo extremas. En cantidades pequeñas, la corteza o raíz del pequeño y aparentemente inofensivo arbusto de hojas estrechas, flores pequeñas y vistosas, y frutos anaranjados del tamaño de las aceitunas, tenía propiedades estimulantes, euforizantes y afrodisíacas. En grandes dosis producía alucinaciones. La cantidad ingerida por Jacobo aquella noche lo había llevado al límite entre la excitación y el desvarío.

—Hay un pequeño local… donde se… guardan… aquí mismo… —se giró y les indicó una pequeña puerta en el porche—… los sacos vacíos…, aquí…, sí.

Se acercó a la puerta y se apoyó en ella.

—Es… cómodo —añadió, riéndose estúpidamente.

El inglés empujó a Bisila con violencia.

—¡Vamos! ¡Muévete!

Al llegar a la altura de Jacobo, Bisila intentó que su mirada de súplica se cruzara con la de él. El inglés la empujaba y ella se resistía con todas sus fuerzas intentando que Jacobo la mirara. Cuando él lo hizo, Bisila observó con horror que sus ojos vidriosos no la reconocían. Estaba demasiado drogado. Un sollozo escapó de su pecho y comenzó a llorar porque sabía exactamente lo que iba a suceder y ella nada podría hacer.

El inglés la tumbó sobre un montón de sacos de esparto vacíos, se abalanzó sobre ella, rasgó su vestido y le sujetó los brazos. El hombre era tan fuerte que, con una mano, le bastaba para mantenerle los brazos inmovilizados sobre la cabeza. Con la mano libre recorría su cuerpo con la acelerada torpeza de quien solo quiere satisfacer sus instintos. Por más que se moviera, no podía apartarse del apestoso aliento del hombre, que dejaba un reguero de babas por su cuello y por su pecho.

Bisila deseó morir.

Se retorció con todas sus fuerzas como una serpiente viva arrojada al fuego. Intentó gritar, pero el pañuelo en su boca le producía arcadas. Sollozó, gimió y pataleó hasta que un puño cayó sobre su cara y creyó perder el conocimiento. En medio de las tinieblas, las imágenes de la cara del hombre se intercalaban con la sensación de una mano entre sus muslos y algo duro que la penetraba, y luego otra cara, otro aliento, otras manos, otro cuerpo, una embestida tras otra, otro objeto duro que la penetraba, y luego un silencio, una pausa, unas risas y unas voces, y otro cuerpo y otra cara.

Jacobo.

En medio de las tinieblas, las facciones familiares del tercer hombre se mecían junto a su cuello, se alejaban unos milímetros y volvían a acercarse.

—…aobo… —balbuceó Bisila.

Jacobo se detuvo al escuchar su nombre. Ella levantó la cabeza y le gritó con la mirada.

De nuevo las risas.

—¡Vaya, Jacobo! ¡Parece que le gustas!

—Es lo que pasa con esta gente. Hay que insistir, convencerles de lo que es bueno para ellos.

—Al principio se resisten, pero luego consienten…

Jacobo estaba inmóvil, aturdido por la imagen de unos ojos transparentes intentando apoderarse de su cerebro. ¿Qué le pedían? ¿Qué querían que hiciera?

—¡Venga, termina ya!

Más risas.

Un débil destello de esperanza vencido por los sentidos. Jacobo restregándose lentamente sobre la piel de Bisila, resoplando en su oreja, acelerando el ritmo, derramándose en el cuerpo que su hermano adoraba, humillando el alma que pertenecía a Kilian, reposando mansamente sobre su pecho…

Un gemido prolongado de desconsuelo.

Unos brazos tirando de él.

—Se acabó. Vámonos. Y tú, negra, ¡ni una palabra!

El inglés arrojándole unos billetes.

—¡Cómprate un vestido nuevo!

Y luego, el silencio.

Una eternidad de silencio hasta que retornó la conciencia completa.

Una mujer negra golpeada y violada. Una mujer negra cualquiera ultrajada por un blanco cualquiera. Todas las mujeres negras humilladas por todos los hombres blancos.

No hacía mucho era Bisila de Bissappoo, la mujer de Kilian de Pasolobino.

Cuando abrió los ojos se sintió como un montón de basura sobre sacos vacíos.

Simón oyó ruido y quizá un grito, pero no le dio mayor importancia. Los sábados por la noche, en las dependencias de los criados, emplazadas a continuación de los dormitorios de los blancos, y donde él seguía durmiendo aunque ya no trabajaba de *boy* para *massa* Kilian, era frecuente escuchar gritos y risas hasta altas horas de la madrugada.

Se dio la vuelta para continuar durmiendo. Nada. Se había desvelado. Varias respiraciones fuertes y algún que otro ronquido le indicaron que los demás compañeros dormían plácidamente. Decidió abrir la puerta para que entrase algo de fresco y volvió a tumbarse. El aire húmedo le informó de que había llovido y que unos hombres subían las escaleras en medio de risas y tropezones. Distinguió la voz de Jacobo y de sus amigos. Menuda cogorza llevaban. Tampoco le extrañó. Jacobo solo se emborrachaba hasta perder el conocimiento cuando salía con el inglés y el portugués.

Los hombres pasaron junto a la puerta abierta. Simón escuchó su conversación y entonces sí se sintió inquieto. Se levantó, se puso unos pantalones, cogió un quinqué y bajó por la escalera. Llegó hasta el centro del patio principal y se dio la vuelta. No se oía ni se veía nada. Encendió la lámpara y regresó sobre sus pasos. Vio la furgoneta mal aparcada bajo el porche y la puerta del cuarto de los sacos abierta. Se asomó y escuchó un gemido.

—¿Hay alguien ahí? —preguntó a la oscuridad.

Recibió otro gemido por respuesta.

Se acercó con cuidado.

—¿Quién eres?

—Necesito ayuda —susurró Bisila.

Como movido por un resorte, Simón se acercó al lugar de donde provenía la voz y se arrodilló junto a ella. La luz del quinqué le reveló que su amiga estaba herida. Tenía sangre por la cara y el cuerpo y no se movía. En una mano sujetaba un pañuelo húmedo.

—¿Qué te ha pasado? —preguntó, alarmado, en bubi—. ¿Qué te han hecho?

—Necesito ir al hospital —respondió ella con voz apagada.

Simón la ayudó a ponerse en pie. Bisila se arregló la ropa con dificultad porque no podía mover un brazo. La ira empezó a apoderarse de él.

—¡Sé quiénes son los culpables! —murmuró entre dientes—. ¡Pagarán por lo que han hecho!

Bisila se apoyó en el brazo de Simón y le indicó que comenzaran a caminar. Necesitaba salir de ese maldito lugar.

—No, Simón. —Apretó suavemente el brazo de su amigo—. Lo que ha pasado se quedará aquí dentro. —Cerró la puerta y salieron al patio—. Prométeme que no dirás nada.

Simón señaló el ojo sanguinolento.

—¿Cómo vas a ocultar las heridas? —protestó él—. ¿Cómo le explicarás a Mosi lo del brazo?

—Mi cuerpo me importa bien poco, Simón —respondió Bisila, abatida.

Él no la escuchaba porque solo sentía rabia.

—¿Y qué pasará cuando se entere Kilian?

Bisila se detuvo en seco y se giró hacia él.

—Kilian no se enterará de esto jamás. ¿Me oyes, Simón? ¡Jamás!

Simón sacudió levemente la cabeza en señal de asentimiento y continuaron caminando.

«Kilian no se enterará —pensó él—, pero ellos pagarán por lo que han hecho.»

Una vez en el hospital, Bisila le dio instrucciones de cómo recolocarle el hombro desencajado. Se puso un palo entre los dientes y cerró los ojos a la espera del golpe seco de Simón. Soltó un alarido y se desmayó. Cuando volvió en sí, ella misma se curó las heridas producidas por los golpes y se vendó el brazo en cabestrillo.

Después, Simón la acompañó hasta su casa. Bisila esperó un rato hasta asegurarse de que reinaba el silencio más absoluto. Afortunadamente, Mosi e Iniko dormían. Estaban acostumbrados a sus horarios. No verían las contusiones hasta la mañana siguiente.

Simón regresó al dormitorio del edificio principal, todavía temblando por la ira.

Lo que había ocurrido esa noche no era nada que no hubiera sucedido otras veces a lo largo de los años de presencia blanca en la isla. Se trataba de una de las maneras que el blanco empleaba para imponer su poder. La mujer, ultrajada y amenazada, no osaba denunciar al blanco. Sería su palabra contra la de él, y en cualquier tribunal tendría las de perder con el argumento de que era ella la que había buscado la situación.

En la cama, Simón no podía quitarse de la cabeza el estado en el que había encontrado a Bisila. Según las leyes, ahora ellos eran tan españoles como los de Madrid. Simón apretó los puños con fuerza. ¡Era todo mentira! Los blancos eran los blancos y los negros eran los negros, por mucho que ahora se les dejase entrar en los cines y en los bares. ¡Había sido así durante siglos! La cercana independencia no cambiaría nada: llegarían otros y seguirían explotando la isla ante los ojos impotentes de aquellos que una vez la poblaron. Ese era el destino del bubi: soportar con resignación los deseos de otros.

Decidió que hablaría con Mosi y le contaría todo.

Bisila le había hecho prometer que no le diría nada a Kilian y no se lo diría, al menos, de momento.

Pero hablaría con Mosi.

Él sabría qué hacer.

El lunes por la mañana, Simón buscó a Mosi en la zona sur de la finca. Sus hombres avanzaban en hileras de unos diez hombres, uno al lado del otro, golpeando con los machetes para desbrozar y ganarle terreno de cultivo a la selva. Distinguió al capataz enseguida porque su cabeza sobresalía por encima de las de los demás. Lo llamó y con gestos le indicó que acudiera. Se apartaron para que nadie pudiera escuchar su conversación.

—A Bisila la atacaron. Tres hombres blancos. Yo la encontré.

Mosi soltó un juramento y se apoyó contra un árbol. Simón observó que la expresión de su cara se endurecía.

—¿Sabes quiénes fueron? —preguntó.

Simón asintió.

—Los escuché cuando iban a sus habitaciones. Eran tres. Los conozco. Sé quiénes son.

—Dime sus nombres y dónde puedo encontrarlos. De lo demás me encargo yo.

—Dos de ellos no viven aquí y se marcharán hoy. Los conoces, son *massa* Dick y *massa* Pao. Les he oído decir que volverían en dos o tres semanas.

—¿Y el tercero?

Simón tragó saliva.

—El tercero es un *massa* de la finca.

Mosi apretó los dientes y lo miró fijamente, esperando el nombre.

—El tercero es *massa* Jacobo.

Mosi se incorporó, cogió su machete y pasó su grueso pulgar por el filo.

—*Tenki, mi fren* —dijo lentamente—. Te buscaré si te necesito.

Comenzó a caminar hacia sus hombres y continuó con su trabajo como si Simón no le hubiese dicho nada importante.

Simón regresó al patio de la finca y cuál fue su sorpresa al escuchar una risa conocida que salía del aparcamiento de camiones.

¡Kilian había regresado!

Levantó la vista hacia el cielo y percibió un leve cambio en el ambiente.

Pronto llegaría el tiempo de los tornados.

Kilian se levantó temprano, se puso unos anchos pantalones de lino beis y una camiseta blanca de algodón y salió al pasillo exterior. Hacía fresco. Las lluvias de los últimos días habían impregnado el ambiente de una humedad tan penetrante y molesta que era necesario emplear estufas para calentar las habitaciones. Decidió entrar y ponerse una camisa de manga larga y una chaqueta. Salió de nuevo al pasillo, respiró hondo, se encendió un cigarrillo, se apoyó sobre la barandilla de la galería y deslizó su mirada hacia la entrada de las palmeras reales.

En cualquier otro momento, a Kilian le hubiera resultado reconfortante el silencio de la mañana. Últimamente, no obstante, el silencio se empeñaba en apoderarse de su vida. Simón estaba huraño y se hacía el escurridizo. José le ocultaba algo. Lo trataba con el mismo afecto de siempre, sí, pero estaba claro que le ocultaba algo. Y Bisila...

Bisila evitaba encontrarse con él.

Nada más llegar había acudido al hospital para verla. Después de meses deseando tenerla en sus brazos había ido en su busca con la certeza de que terminarían en el pequeño cuarto trastero. En vez de eso, se había encontrado con una Bisila más delgada, triste, con un brazo vendado y una parte de la cara hinchada. Aun así, caminaba entre las camas de los enfermos y se dirigía a ellos con la misma amabilidad de siempre. Una amabilidad que se había convertido en frialdad al dirigirse a él para explicarle que la había atropellado un camión al ir marcha atrás.

Kilian no se había creído ni una palabra. Incluso había pensado que tal vez Mosi la hubiera maltratado, pero ella lo había negado. Entonces... ¿Por qué ese cambio de actitud?

Si ella supiera cuánto la había echado de menos. ¡Si supiera cuánto la echaba de menos!

Desde entonces, había esperado que Bisila apareciera una noche en su habitación, pero no lo había hecho.

Apoyado sobre la barandilla de la galería, Kilian respiró hondo. Algo en su interior le decía que ella no acudiría ninguna otra noche a su habitación. Algo horrible tenía que haberle pasado para que ya no quisiera verlo. Cerró los ojos y recordó su boda con ella.

«Prometo serte fiel —le había dicho—, al menos en mi corazón, dadas las circunstancias.»

¿Qué circunstancias podían ser peores que las de haberse tenido que esconder durante años? ¿Cómo podía Mosi haberse dado cuenta de la infidelidad de su mujer justamente cuando Kilian estaba en España?

No. Algo no encajaba.

El sonido de las sirenas que marcaba el inicio de la jornada laboral rompió el silencio. A Kilian le desagradaba ese ruido penetrante que había sustituido a los tambores. Sintió el movimiento que se apoderaba paulatinamente del patio principal. El ajetreo del ir y venir de hombres y el ruido de los motores de los camiones que transportaban a los braceros le recordó que tenía que darse prisa si quería desayunar antes de ir al trabajo.

Minutos después, Jacobo acudió a desayunar con paso lento y los ojos entrecerrados. No se encontraba nada bien.

—Será consecuencia del fin de semana en Santa Isabel —dijo Kilian, sin darle importancia.

Jacobo negó con la cabeza.

—Había quedado con Dick y Pao, pero no acudieron. Casi me alegro. Después de la última juerga que tuve con ellos, juré que no volvería a beber.

—¿Y qué hiciste *sin* ellos? —preguntó Kilian, en tono burlón.

—Aproveché para ver a unas amigas que tenía olvidadas... Me llevaron al cine... —Jacobo se encogió de hombros—. ¡Un fin de semana muy tranquilo! No entiendo por qué me siento como si me hubiera pasado un tren por encima.

Se llevó la mano a la frente.

—Creo que tengo fiebre.

Kilian le sirvió una taza de café.

—Toma algo. Te sentará bien.

—No tengo apetito.

Eso sí que era una novedad.

Kilian se levantó y dijo:

—Vamos, te acompañaré al hospital.

«Con un poco de suerte estará Bisila», pensó.

Kilian estaba convencido de que Jacobo tenía paludismo. Su hermano siempre se olvidaba de tomar las pastillas de quinina y más de una noche, especialmente si había ido de fiesta, no colocaba la mosquitera bien cerrada alrededor de la cama. El cansancio y el dolor muscular, los escalofríos y la fiebre, el dolor de cabeza y de garganta, y la pérdida de apetito eran síntomas claros de la enfermedad. Estaría en el hospital unas semanas y él tendría la excusa perfecta para ver a Bisila todos los días y observarla y presionarla hasta que supiera qué le había sucedido.

—¿Sífilis? —Kilian abrió los ojos como platos—. Pero... ¿cómo es posible?

Manuel levantó una ceja.

—Se me ocurre alguna que otra manera de contraerla... —dijo en tono irónico—. Lo tendremos aquí unas tres semanas. Luego tendrá que medicarse durante meses. Seguro que a partir de ahora tendrá más cuidado.

Cerró su carpeta con un golpe enérgico y se marchó.

Kilian se quedó un largo rato de pie sin atreverse a entrar en la habitación. Una cosa era que hubiera deseado utilizar la enfermedad de su hermano como excusa para ver a Bisila, pero lamentaba que tuviera sífilis. Le costaría sacudírsela de encima. Se atusó el pelo, suspiró y entró.

Jacobo estaba dormido. Kilian se sentó en una silla. La escena le trajo recuerdos casi olvidados de su padre. ¡Cuántas horas se había pasado sentado en una silla como esa acompañando a Antón! ¡Había transcurrido una eternidad!

Sonrió para sus adentros al recordar la imagen del brujo de Bissappoo colocando sus amuletos sobre el cuerpo de su padre. Si no hubiera sido por su amistad con José, nunca se le hubiese ocurrido la idea. Recordó que Jacobo se había puesto hecho una furia. Quizá enviase a buscar al brujo de nuevo para tratar a su hermano, pensó con cierta malicia.

Alguien llamó a la puerta y una dulce voz pidió permiso para entrar. Kilian se levantó de un salto a la vez que Bisila aparecía en la habitación. Ella lo miró sorprendida, dirigió su vista hacia la cama y entonces distinguió a Jacobo. Al reconocerlo, emitió un gemido y soltó la pequeña bandeja que llevaba con dificultad en una mano.

Se quedó clavada en el sitio.

Kilian se acercó y recogió los objetos que se habían desparramado por el suelo. Después, empujó suavemente a Bisila para poder cerrar la puerta y se mantuvo a escasos centímetros de su cuerpo.

La respiración de Bisila era agitada. No podía hablar.

Kilian la abrazó y comenzó a acariciarle el cabello.

—¿Qué sucede, Bisila? —le susurró al oído—. ¿Qué atormenta a mi *muaRána muèmuè*?

El cuerpo de Bisila temblaba entre sus brazos.

Haciendo un leve gesto en dirección a Jacobo, preguntó:

—¿Qué le pasa a tu hermano?

Kilian se separó lo justo para poder contemplar su rostro.

—Nada que no se haya buscado —dijo—. Tiene sífilis.

Bisila apretó los labios con fuerza y su barbilla comenzó a temblar. Los ojos se le llenaron de agua y tuvo que hacer esfuerzos para que el nudo que le atenazaba el corazón no se deshiciera en un mar de lágrimas.

—¡Sífilis! —repitió ella, con una voz cargada de odio—. *Na á'a pa'o buáa.*

—¿Qué has dicho?

Bisila no respondió. Comenzó a sollozar, se liberó del abrazo, lo miró de manera extraña y salió corriendo de la habitación. Kilian se apoyó en la puerta abierta. Había odio, furia y rencor en la mirada de Bisila, sí, pero también una profunda tristeza envuelta en un halo de amargura.

De pronto, escuchó mucho revuelo de hombres que corrían y gritaban llamando al médico y ruidos de puertas que se abrían y cerraban. Salió de la habitación y se dirigió al vestíbulo.

Manuel estaba arrodillado y observaba el cuerpo de un hombre malherido que yacía en una improvisada camilla. Kilian se percató de que su amigo movía la cabeza de un lado a otro y fruncía los labios con preocupación. Un grupo de hombres los rodearon hablando y gesticulando e impidiendo que Kilian pudiera ver de quién se trataba, aunque le había parecido que era un hombre blanco.

Miró los rostros de quienes le rodeaban y reconoció a uno de los hombres de la brigada de Mosi. Se acercó y le preguntó qué había sucedido. El hombre estaba muy alterado y le respondió en una mezcla de *pichi* y castellano. Otro hombre intervino en la narración, y luego otro, y entre gestos, gritos y aspavientos pudo comprender la historia.

La brigada de Mosi se había dirigido como todos los días a realizar sus faenas de deforestación. Caminaban en filas de unos diez hombres, abriendo camino con sus machetes, cuando uno de ellos gritó porque había descubierto algo. El hombre salió corriendo despavorido y no fue hasta que llegaron al lugar en cuestión cuando los demás comprendieron el motivo de su terror. Suspendidos de las ramas de unos árboles, balanceándose suavemente en el aire, colgaban los cuerpos desnudos y apaleados de dos hombres blancos con las manos atadas en cruz. Para que la tortura fuera más intensa y atroz, varias piedras de gran tamaño pendían de los pies. Uno de los hombres estaba ya muerto cuando lo descolgaron. El otro todavía respiraba.

Kilian se abrió paso y se arrodilló junto a Manuel. El herido tenía moratones y contusiones por todas partes, profundas heridas en las muñecas y en los tobillos, y respiraba con dificultad. Kilian se fijó en su cara. Sus ojos eran los de una fiera salvaje con signos de locura.

Kilian reconoció al inglés y se le heló la sangre en las venas.

—¿Conoces a este hombre? —preguntó Manuel.

—Es Dick, uno de los amigos de mi hermano. Vivía en Duala, pero hace un tiempo se trasladó a Bata. Pensaba que tú también lo conocías.

—Por eso me resultaba familiar... ¿No iba siempre con ese...? —Manuel tuvo una sospecha, se incorporó y dio órdenes de que lo llevaran a la sala de operaciones, si bien su expresión revelaba que poca cosa se podía hacer. Los hombres se apartaron para dejar pasar el cuerpo de Dick.

Enseguida entraron con el cadáver del otro hombre blanco. Presentaba el mismo aspecto terrible que el del inglés. Le habían cubierto la cara con una camisa.

Kilian levantó un extremo de la tela para mirarlo.

—Es Pao... —Se llevó la mano al mentón y se lo frotó con nerviosismo—. ¿Quién ha podido hacer esto?

Los hombres que los rodeaban comenzaron a hacer comentarios en voz baja. Kilian solo lograba entender palabras sueltas: «blancos, espíritus, venganza...». Manuel lo cogió del brazo y lo apartó para decirle, también en voz baja:

—En mal momento sucede esto, Kilian. Las cosas se están poniendo feas para los europeos. Si esto trasciende, más de uno abandonará el país. ¿No percibes el miedo? Ahora los nativos aprovecharán para decir que esto es obra de los espíritus...

—No te entiendo —le interrumpió Kilian—. ¿Qué tienen que ver los espíritus en esto?

—¡Que aparezcan dos hombres blancos asesinados a la manera antigua...! Comenzarán a decir que los espíritus ya no quieren a los blancos. No es raro que esto suceda ahora. ¡El mar anda revuelto!

Kilian permaneció en silencio. Volvió a mirar el cuerpo de Pao y dijo:

—Le habían dicho a mi hermano que vendrían a pasar el fin de semana, pero no lo hicieron. Le extrañó que no le avisaran.

—Dile a tu hermano que ande con cuidado.

—¿Por qué dices eso? Entonces, ¿también debemos tener cuidado tú y yo?

Manuel se encogió de hombros y levantando las manos exclamó:

—¡Sí, supongo que sí...! ¡Yo qué sé! Ahora es todo demasiado complicado.

Se dirigió hacia la sala de operaciones no sin antes indicar a un par de hombres que trasladaran al muerto al depósito de cadáveres hasta que la gerencia de la finca decidiera qué se hacía con él, o con ellos, porque el inglés no tardaría en morir. Podían enviarlos a sus respectivos países o enterrarlos en el cementerio de Santa Isabel.

Los hombres se apartaron para dejar pasar el cuerpo sin vida de Pao. Kilian lo siguió con la mirada. A escasos metros, los hombres que lo trasladaban se detuvieron por indicación de alguien.

Kilian prestó atención y vio como Bisila levantaba un extremo de la camisa que cubría la cara de Pao y lo dejaba caer de nuevo. Bisila juntó las manos, las apretó con fuerza contra su pecho y permaneció con los ojos cerrados durante unos segundos. No se percató de que Kilian la observaba con detenimiento.

A su lado, escuchó a dos enfermeros murmurar algo en bubi. Se giró y les preguntó:

—¿Qué significa algo así como «Na á'a pa'o búaa»?

Uno de ellos lo miró con sorpresa y dijo:

—Significa «Ojalá se muera».

Kilian frunció el ceño.

Dos hombres habían muerto y Bisila deseaba la muerte del tercero.

Kilian encontró a José y a Simón en los almacenes. Las noticias volaban en la finca y todo el mundo sabía que habían aparecido muertos dos hombres blancos.

—¿Y qué opináis vosotros dos? —Kilian fue directo al grano—. ¿Ha sido obra de los vivos o de los muertos?

José entrecerró los ojos y no dijo nada. Era evidente que Kilian estaba de mal humor.

Simón se plantó frente a él.

—¿Y tú qué opinas, *massa*? —dijo con retintín—. ¿Crees que hemos sido los pacíficos bubis? ¿Tal vez algún fang aprovechando unas vacaciones en la isla? ¿O los nigerianos celebrando magia negra? Apuesto lo que quieras a que en ningún momento se te ha pasado por la cabeza que pudieran ser otros blancos quienes los hubieran matado.

José le indicó con un gesto que se callara. Kilian le dirigió una dura mirada.

—Los blancos —masculló— no atan a sus víctimas a los árboles ni les cuelgan piedras de los pies para aumentar el sufrimiento.

—Claro que no —respondió Simón sin cambiar el tono—. Tienen otras maneras...

Kilian explotó.

—¡Simón! ¿Hay algo que quieras decirme? —Sus ojos echaban chispas y tenía los puños cerrados con fuerza a ambos lados del cuerpo.

—Y tú —se dirigió a José—, ¿qué me ocultas? ¡Pensaba que éramos amigos!

Comenzó a caminar de un lado para otro dando grandes zancadas y gesticulando.

—¡Voy a volverme loco! Aquí pasó algo mientras yo estaba en Pasolobino. Sé que tiene que ver con Dick, con Pao... —hizo una pausa— ¡y con mi hermano!

José miró furtivamente a Simón, que se dio la vuelta para que Kilian no viera la expresión de su cara.

Kilian se acercó a ellos.

—¿Qué hicieron, José? ¿Quién se quiere vengar de ellos? —Cogió del brazo a Simón y le obligó a volverse. Trató de intimidarlo con su estatura—. ¿Qué demonios hizo mi hermano? ¿También a él queréis colgarlo de un árbol?

José abrió la boca y la volvió a cerrar.

Pasaron unos minutos que no hicieron sino aumentar la tensión entre los tres hombres.

—Nosotros no te diremos nada —dijo finalmente José.

—Si no me lo contáis vosotros —gruñó Kilian—, ¿quién lo hará?

Miró al cielo, derrotado, y preguntó sin esperar respuesta:

—¿Bisila?

Simón carraspeó.

—Sí —dijo casi imperceptiblemente.

Kilian sintió que las fuerzas le abandonaban.

Se acordó entonces del brazo de Bisila y de las heridas de su cara y de su alma y de pronto lo entendió todo y le entraron ganas de vomitar.

¡Bisila había querido ver la cara de los hombres asesinados! ¡Y deseaba la muerte de su hermano!

¿Qué le habían hecho? Se apoyó contra la pared para no caer.

¡No podía ser cierto! ¡Su hermano no…!

Era un juerguista indomable, pero jamás haría daño a nadie. ¡Los hombres de Casa Rabaltué no eran violentos! ¿Por qué no podían vivir tranquilos?

Entonces recordó que su hermano estaba enfermo ¡de sífilis! y le vinieron arcadas.

Lo mataría. Oh, sí. ¡Lo mataría con sus propias manos!

José se acercó a él y le puso una mano en el hombro con la intención de consolarlo. Kilian se apartó. Respiró hondo e intentó recomponerse. Solo sentía odio en su interior.

—Tengo dos preguntas, José, y quiero que me respondas —dijo amenazante—. ¿Mosi lo sabe?

—Yo se lo dije —respondió Simón.

—Y la segunda —continuó Kilian—. ¿Irá a por Jacobo?

José asintió con la cabeza.

—Deja que Mosi haga lo que tenga que hacer —dijo con tristeza—. Esto no es asunto tuyo.

Kilian abrió y cerró los puños con fuerza.

—¡No me digas lo que tengo que hacer, José! —gritó.

—Si haces algo —intervino Simón en voz baja—, Mosi sabrá lo tuyo con ella y los dos acabaréis colgados de un árbol.

Kilian, abatido, volvió a apoyarse contra la pared.

—En estas cosas —dijo José— no sirve la ley blanca. He aceptado y entendido tu relación con Bisila, pero temo que alguien la pueda acusar de adulterio. Si realmente la quieres, te mantendrás al margen y actuarás como si nada. Luego, todo volverá a la normalidad.

Kilian se pasó la mano por la frente antes de incorporarse.

—Después de esto ya no habrá normalidad a la que regresar —dijo en voz baja.

Comenzó a alejarse en dirección a la vivienda principal.

Necesitaba pensar.

Kilian no fue a ver a su hermano en dos semanas. Le importaba muy poco si el otro se extrañaba por el hecho de que no fuera a visitarlo o si había sufrido al enterarse de la muerte de sus amigos. Temía estar cara a cara con él porque aún no se le habían pasado las ganas de darle una paliza. Todos sus pensamientos giraban exclusivamente en torno al deseo de hacerle daño... y el miedo a la venganza de Mosi. De momento, estaba seguro de que Jacobo estaba a salvo porque el gigante no se atrevería a hacerle nada mientras estuviese en el hospital. De lo que ya no estaba tan seguro era de su propia reacción. Solo la intensa actividad al aire libre mantenía a duras penas su autocontrol.

¿Cómo podía haber cometido su hermano un acto tan terrible e imperdonable? ¿Cómo podía haberle herido tan profundamente a través de lo que él más quería?

Descargó el machete con rabia sobre el tronco de un árbol del cacao. Los golpes caían sobre los rojizos frutos maduros, destrozándolos y dejando al descubierto los granos de su interior a través de las cicatrices de los cortes. Se detuvo en seco, recuperó el aliento y sacudió la cabeza, presa del arrepentimiento.

¿Por qué no le había contado antes a Jacobo que Bisila era su mujer desde hacía mucho tiempo? De haberlo sabido, jamás se le hubiera ocurrido tocarla. Su hermano le habría gritado, e incluso empleado todos los medios razonables para quitársela de la cabeza, pero nada más. Hasta para alguien como él había un límite que no se debía traspasar.

Entonces, solo quedaba la opción de que Jacobo no hubiera reconocido a Bisila... Se le revolvió el estómago. Cualquier castigo parecía insuficiente para compensar el daño que esos tres habían causado.

Por su mente cruzaron las imágenes de los cuerpos de Dick y Pao. Visualizó las terribles horas de agonía que habrían sufrido hasta recibir el alivio de la muerte... Un dolor agudo se instaló en su pecho. ¿Se quedaría de brazos cruzados sabiendo que Mosi iría a por Jacobo? ¡Por todos los Santos, claro que no! Llevaban toda la vida juntos... Habían pasado por las mismas experiencias... Compartían la misma sangre de los antepasados de Casa Rabaltué...

No le quedaba otra opción. Tenía que hablar con él. Nada podría justificar la agresión cometida por su hermano, pero tenía que salvarle la vida. A pesar de todo, era su hermano. Tenía que avisarle.

¿Y luego qué? ¿Acudirían a las autoridades y lo explicarían todo? Detendrían a Mosi y sería castigado por los asesinatos. Durante unos segundos le pareció una buena idea, pero la rechazó enseguida. Recordó las palabras de advertencia de José y Simón. Los africanos tenían sus propias maneras de resolver sus asuntos. Sí. No sabría cuándo, pero si denunciaba a Mosi, después también irían a por él por delatar a un compañero, a un esposo que había hecho uso de las leyes de la venganza. Ojo por ojo, diente por diente.

«No te metas, Kilian —pensó—. No te metas. Tú solo quieres recuperar a Bisila. Mirarla a los ojos y hundirte en ellos hasta que el tiempo se detenga de nuevo y solo seáis vosotros dos y la fusión de vuestros cuerpos.»

Se recostó contra el árbol que minutos antes había lastimado con el machete. Cerró los ojos y se frotó la frente angustiado. No quedaba otra alternativa. Tenía que avisar a Jacobo. Lo que luego hiciera su hermano le importaba lo mismo que las piñas de cacao que yacían machacadas a sus pies.

Cuando entró en la habitación, Jacobo estaba sentado con la espalda apoyada en el cabecero de la cama terminando de comer. Al ver a su hermano, se apresuró a dejar la bandeja sobre la mesilla y se sentó al borde de la cama.

—¡Kilian! —exclamó con alegría—. Las horas en el hospital se hacen eternas.

Se levantó y caminó hacia él.

—¿Por qué no has venido antes? Bueno, me imagino que Garuz ya tiene bastante con tener a uno de nosotros fuera de combate.

Kilian permaneció inmóvil, observando a Jacobo y tratando de mantener el control. Por su actitud risueña, dedujo que su hermano no sabía nada de la muerte de Dick y Pao. Probablemente Manuel no hubiera querido asustarlo estando enfermo.

Jacobo se dispuso a darle un breve abrazo, pero Kilian dio un paso hacia atrás.

—¡Eh! ¡Que no es contagioso! —Agachó la cabeza, avergonzado—. Estos días me he acordado de lo que nos decía el padre Rafael de que cuanto más pudiéramos aguantar sin una mujer, más lo agradecerían la salud y el bolsillo.

Kilian entornó los ojos, respiró hondo y dijo con voz átona:

—Siéntate.

—¡Oh! ¡Estoy bien! Llevo todo el día tumbado. Me apetece moverme un poco.

—He dicho que te sientes —repitió Kilian entre dientes.

Jacobo obedeció y regresó al borde de la cama. La expresión de la cara de Kilian reflejaba que no estaba enfadado por su enfermedad.

—¿Qué sucede? —preguntó.

Kilian le respondió sin rodeos con otra pregunta:

—¿Te has enterado de lo de Dick y Pao?

—¿Qué pasa con ellos? ¿También han cogido lo mismo?

—Aparecieron asesinados hace unos días. Colgados de un árbol. Los torturaron.

Jacobo abrió la boca y emitió un grito, pero no dijo nada. Kilian observó su reacción. Pasado un rato, Jacobo, con voz temblorosa preguntó:

—Pero... ¿cómo es posible? ¿Por qué?

—Esperaba que tú me respondieras a eso.

—No te entiendo, Kilian. Yo no sé nada. Te dije que iban a venir a verme y no lo hicieron. —Abrió los ojos, asustado—. ¡Vinieron y los mataron! ¿Pero quién...? ¿Crees que los mataron por ser blancos?

—No. —Kilian se acercó unos pasos—. Es por algo que hicieron en su último viaje a la isla. Por algo que *tú* también hiciste.

—¡Yo no he hecho nada! —Jacobo se puso a la defensiva—. Nunca me he metido en líos. ¿Se puede saber qué te pasa? Aquel día fuimos a la ciudad y bebimos como cosacos. Yo bebí tanto que no sé ni cómo aparecí en mi cama. Sí, y tal vez me pasé con el *iboga* ese, pero ya está.

—¿No continuasteis la fiesta con ninguna *amiga* aquí en la finca? —Kilian mordía las palabras.

En la mente de Jacobo se dibujaron borrosas imágenes de un lugar oscuro, unas voces, unas risas, un cuerpo bajo él, una voz balbuceando su nombre, unos ojos claros... Se pasó la lengua por los labios, nervioso. No entendía por qué Kilian lo estaba sometiendo a semejante interrogatorio. Se puso de pie y se enfrentó a su hermano.

—¿Y a ti qué te importa cómo acabé la noche? —preguntó con arrogancia.

—¡Maldito cabrón! —Kilian se abalanzó sobre él y comenzó a golpearlo con todas sus fuerzas, lanzando sus puños contra su rostro y su pecho—. ¡La violasteis! ¡Los tres! ¡Uno tras uno!

Jacobo intentó defenderse, pero su hermano le había cogido desprevenido y su ira era tal que solo podía esquivar algún que otro puñetazo. Se cubrió la cara con las manos y se dejó caer hasta quedar sentado al borde de la cama, atemorizado y asombrado.

Kilian soltó un juramento y se detuvo. La sangre que brotaba de las cejas y el labio partido se deslizó por los dedos de su hermano hasta el suelo.

—¿Sabes quién era?

Jacobo, aturdido, sacudió la cabeza. Se descubrió el rostro, tiró de una sábana y presionó sobre las heridas. No entendía nada. Él no había violado a nadie. ¿Qué tenía que ver su hermano con todo eso?

—Iba tan drogado que me hubiera dado igual una que otra.

Kilian se abalanzó de nuevo contra él, pero esta vez Jacobo tuvo tiempo de reaccionar y se levantó de un salto. Extendió las manos hacia su hermano intentando mantenerle alejado y buscó su mirada.

—Yo no voy por ahí abusando de las mujeres. Juraría que era una amiga de Dick.

Kilian apretó los dientes.

—Era Bisila. La hija de José.

Jacobo abrió la boca. Parpadeó varias veces e intentó decir algo, pero las palabras no salían de su garganta. Su hermano entrecerró los ojos y, con un tono lacerante que nunca le había escuchado, añadió:

—Violaste a mi mujer.

Jacobo sintió que las rodillas le flaqueaban. Se sentó de nuevo en la cama y agachó la cabeza.

Su mujer. ¿Desde cuándo? Sintió un agudo dolor en el pecho. ¿En qué momento se habían distanciado hasta el extremo de ignorar esa información? Ahora la escena cobraba sentido. La desmedida reacción de Kilian solo podía indicar cuán importante era ella para él. ¿Qué había hecho?

Kilian se dirigió hacia la silla que estaba junto a la ventana, se dejó caer en ella y enterró la cabeza entre sus manos. Después de un largo rato en silencio, se incorporó y murmuró:

—Mosi irá a por ti. Lo sabe. Te matará.

Se puso de pie y se dirigió hacia la puerta. Apoyó la mano en el pomo y dijo:

—De momento estás a salvo aquí.

Salió y cerró de un portazo.

En la habitación contigua, Manuel se sentó, apoyó los codos sobre la mesa y se sujetó la cabeza con las manos. Alguien llamó a la puerta y entró sin esperar respuesta.

—¿Puedo pasar? —El padre Rafael frunció el ceño—. ¿Estás bien?

—Siéntese, por favor. No se preocupe, me encuentro bien —mintió. La discusión que había escuchado entre los dos hermanos le había helado la sangre en las venas—. Estos días han sucedido muchas cosas.

—La gente anda muy alterada, sí.

Cojeando ligeramente, el sacerdote se acercó hasta la silla, tomó asiento y cruzó sus manos rollizas sobre el abultado abdomen. Unos pequeños nódulos rodeaban las articulaciones de los dedos, que parecían hinchados, rígidos y algo torcidos.

—Ahora mismo me he tropezado con Kilian por el pasillo y ni siquiera me ha saludado. Este muchacho... —sacudió la cabeza—. ¿Sabes cuánto hace que no acude a los oficios? ¡Ah! ¡Qué diferente de su padre! Él sí que cumplía escrupulosamente con sus obligaciones religiosas... Espero que no ande con malas compañías... Algo he escuchado por ahí, no sé si tú también...

—Está preocupado por su hermano —lo defendió Manuel con firmeza.

En términos generales, le solían agradar las conversaciones con el sacerdote, a quien consideraba un hombre inteligente y curtido por múltiples experiencias en tierra africana. No obstante, su tendencia a no desaprovechar ocasión para guiar a cualquiera por el buen camino podía resultar incómoda.

—Y más después de los asesinatos de sus amigos.

—Ah, sí. También he oído rumores de que no serán ni los únicos ni los últimos.

Manuel arqueó las cejas.

—Pero ya no sé si creer todo lo que se dice… Garuz sigue consternado. ¿Cómo es posible que esto haya sucedido en Sampaka? —Observó sobre la mesa un ejemplar del último número de la revista claretiana—. ¿Has leído lo del Congo? Han asesinado a veinte misioneros más, con lo cual el número de religiosos muertos después de la independencia asciende ya a cien. Y, por lo visto, hay muchos desaparecidos.

—Eso no pasará aquí, padre. Es imposible. Usted lleva más años que yo en la isla, pero convendrá conmigo en que los nativos de aquí son pacíficos.

—Tan pacíficos como una enfermedad —dijo el padre Rafael con cierto retintín, moviendo las manos en el aire—. No te enteras de que la tienes hasta que duele.

—¿Se ha puesto ya la inyección hoy? —El sacerdote acudía cada vez con mayor frecuencia al hospital en busca de alivio para la artritis de sus manos y rodillas.

—Todavía no. No estaba esa enfermera, Bisila, que tiene unas manos de ángel. Me han dicho que regresaría enseguida, así que he pasado a verte mientras espero.

—Ya sé que no me hará caso, pero creo que está usted abusando de la cortisona. Precisamente Bisila me ha enseñado unos remedios muy eficaces que prepara con el harpagofito de Namibia…

El padre Rafael hizo un gesto enérgico con la cabeza.

—Ni hablar. ¿Te crees tú que me voy a fiar de una planta que se llame *uña de diablo*? ¡A saber qué efectos secundarios tiene! Antes prefiero soportar los dolores…

—Como quiera. —Manuel se encogió de hombros—. Pero que sepa que su artrosis no irá a mejor. Tal vez debería plantearse el traslado a otro clima más seco.

—¿Y qué haría yo sin mis hijos de la Guinea? ¿Y qué harían ellos sin mí? Si es la voluntad de Dios, aquí estaré hasta el final de mis días, pase lo que pase.

Manuel desvió la mirada hacia la ventana por la que se colaban los últimos rayos de sol del atardecer. Pensó que las palabras del padre coincidían con las de muchos de sus pacientes. Para aquel, era la voluntad de Dios; para los otros, la voluntad de los espíritus. Él no estaba de acuerdo con ninguno. No era otra cosa que la voluntad de los hombres la que estaba cambiando las cosas y volviendo loco al mundo.

—Tú y yo, Manuel —escuchó que decía el padre—, nos debemos a nuestros pacientes. ¿A que no abandonarías a un herido en mitad de una intervención? Pues...

—¿Por qué me cuenta todo esto, padre?

—Seré franco, hijo. He hablado con Julia y me ha dicho que te gustaría marcharte. Y que ella no quiere.

Manuel se quitó las gafas y se frotó los ojos, con una mezcla de cansancio e irritación por tener que hablar de sus asuntos privados.

—Antes o después se dará cuenta de que es lo mejor para nuestros hijos. No se lo tome a mal, padre, pero entre usted y yo existe una gran diferencia. Yo tengo dos hijos a quienes sí puedo salvar. Si usted pudiera llevárselos a todos, no me diga que no lo haría. Y no me argumente que preferiría someterse a los designios de Dios. He visto a muchos enfermos en mi vida, padre, y le puedo asegurar que los pesares del alma no son nada comparados con el dolor físico.

—¡Ah, Manuel! ¡Bendito tú! Si dices eso, es porque nadie te ha hecho daño de verdad. —El padre Rafael se levantó—. En fin, no te entretengo más. Ya pasaré en cualquier otro momento.

De nuevo a solas, Manuel pensó en las palabras del sacerdote. Tal vez los pesares del alma fueran mucho más horribles que los dolores físicos. Pensó en Bisila. Su brazo sanaba y sus hematomas desaparecían. Pero no había medicina, ni nativa ni extranjera, que pudiera borrar la pesadumbre de su rostro.

Bisila entraba en el hospital cuando Kilian chocó contra ella. Pudo ver el fuego que salía de sus ojos y sintió que un hierro atenazaba su corazón. Por unos segundos permanecieron con los cuerpos juntos, las manos de él sujetando sus brazos. Kilian sintió que su ira se iba aplacando.

Bisila se apartó lentamente, pero él no la soltó.

—Bisila —murmuró.

Las palabras se agolpaban en su garganta. Quería decirle que la echaba de menos, que la amaba, que lamentaba su sufrimiento, que le dejara compartir su dolor, que no lo apartara de su lado... Pero no sabía cómo comenzar.

—Lo sé todo. Lo siento.

Quería estrecharla con fuerza entre sus brazos. Quería sacarla de allí, subir a Bissappoo, encerrarse en la casa donde él había sido su rey y ella su reina, en aquel lugar donde se habían amado cuando todo era alegría.

Bisila adivinó sus intenciones y se apartó por prudencia.

—Kilian... —Hacía siglos que ella no pronunciaba su nombre en voz alta. En los oídos del joven sonó como música celestial. Su voz era dulce. Y él necesitaba dulzura después de la agria discusión con su hermano, después de la angustia de las últimas semanas y de los últimos meses—. Necesito tiempo.

«No lo tenemos, Bisila —pensó él—. El tiempo pasa muy rápido cuando estamos juntos. Se nos acabará y entonces nos arrepentiremos de no haberlo exprimido lo suficiente.»

Sin embargo, asintió.

—Quiero que me digas una cosa, Bisila. —Inspiró profundamente. La pregunta no era fácil—: ¿Cuándo saldrá Jacobo del hospital?

Bisila giró la cabeza apretando las mandíbulas y fijó su mirada en algún punto del horizonte. Despreciaba a ese hombre, al igual que despreciaba a los otros dos. Al ver sus cuerpos sin vida no había sentido ninguna lástima. Habían recibido su merecido. Las consecuencias no se borrarían con la muerte de los culpables. No. Las consecuencias permanecerían en ella, entre ellos, toda la vida.

Ella sabía que si Kilian le hacía esa pregunta era porque quería proteger a su hermano. Protegerlo de Mosi. Pero Mosi no se detendría. Estaba segura. Jacobo también pagaría por lo que había hecho. Kilian no debería preguntarle a ella nada relacionado con Jacobo.

—Tengo que saberlo —insistió él.

Bisila clavó su mirada en la de él. Pudo leer cómo se debatía entre su fidelidad a ella y el deseo de salvar a su hermano. Para ella no había justificación posible que pudiera borrar el rostro sudoroso de Jacobo sobre su cara. Pero él quería que ella entendiera que, a pesar de todo, seguía siendo su hermano. Le pedía que le ayudara a salvarle la vida. Le pedía que revelase el lugar y la hora en los que la venganza de Mosi, y por supuesto, la suya propia, quedaría satisfecha. ¿Qué haría ella en su lugar? ¿Salvaría a su hermano? ¿O permitiría que el odio la cegara?

—El sábado por la tarde —dijo, con voz dura—. Pero esto se lo podías haber preguntado al médico y no a mí.

—¿Lo sabe Mosi?

Bisila bajó la vista, se apartó de él y comenzó a caminar hacia la puerta. Kilian se giró y con rapidez apoyó la mano en el pomo para detenerla.

—Tú me lo enseñaste —musitó— y te creí. Me dijiste que aunque un hombre malo quede libre de la pena de los habitantes de este mundo, no escapará del atroz castigo que los habitantes del otro mundo, que pertenecen a su familia, le infligirán. Deja que los *baribò* se encarguen de él.

Bisila cerró los ojos y susurró:

—Mosi lo sabe. Vendrá a por él. Al anochecer.

Kilian tardaría años en borrar de su mente la huella del enorme cuerpo de Mosi aplastándolo contra el suelo, la sensación de asfixia y el aturdimiento de la rapidez con la que todo sucedió. A lo largo de su vida, con frecuencia se habría de despertar en mitad de la noche sobresaltado por el ruido de un disparo y con la angustia de no poder levantarse del suelo porque algo más pesado que una tonelada de rocas se lo impedía.

El sábado, los espíritus se confabularon para que Kilian no llegara a tiempo a recoger a su hermano. El maldito camión se estropeó en la parte más alejada de la finca. Kilian le gritaba a Waldo que se diera prisa, que lo arreglara como fuera, pero que lo arreglara. A Waldo le ponían nervioso los gritos del *massa* y eso hacía que no pensara con claridad. Por fin, consiguió que el camión se pusiera en marcha, pero habían perdido mucho tiempo y el vehículo no podía pasar de cierta velocidad. Sentado a su lado, Mateo no comprendía nada.

En el horizonte, la creciente nubecilla que iba oscureciéndose les indicó que pronto el mundo enmudecería por unos segundos y que una intensa calma precedería al ruido de los truenos, al rugir del viento y al quebrarse de los árboles.

El tornado era un diluvio cuando Kilian divisó con dificultad la fachada principal del hospital.

Todo era agua.

Se puso el salacot para que las gruesas y rebeldes gotas no le impidieran completamente la visión y saltó del vehículo. Tras la cortina líquida, Jacobo empuñaba una pistola amenazando a Mosi. ¿Por qué había sido tan insensato de llevar a cabo su venganza en la misma puerta del hospital? ¿O solo pensaba seguir a Jacobo en un principio y el imprevisto tornado le había proporcionado la ocasión perfecta para no tener que esperar más? En las escaleras, un Manuel desesperado gritaba intentando convencer a Mosi de que se detuviera. El viento y el agua se tragaban las palabras.

Mosi no tenía miedo. Se acercaba lentamente hacia Jacobo, blandiendo un machete en la mano. Jacobo le gritaba que se detuviera, que no dudaría en dispararle, pero Mosi no escuchaba. Seguido de un aturdido Mateo, Kilian corrió hacia ellos como un loco, desgañitándose para que Mosi abandonara su propósito.

El brazo de Jacobo se tensó. Mosi dio otro paso más. Instintivamente, Kilian se lanzó contra su cuerpo y se oyó un disparo.

La bala pasó rozando la cabeza de Kilian y se incrustó en el pecho de Mosi.

Todo sucedió a la vez: Kilian en el aire, la bala cerca de su cabeza, la sangre de Mosi mezclándose con las insistentes gotas, Kilian en el suelo y el gigante cayendo sobre él.

De pronto, no se oía ni la lluvia.

Llegaron unos pies.

Alguien le quitó a Mosi de encima, lo ayudaron a levantarse y le preguntaron si se encontraba bien.

El médico. Enfermeras.

Jacobo dando explicaciones a un mudo Manuel:

—Intentó atacarme —decía una y otra vez—. Tú lo has visto.

Mateo moviendo la cabeza de un lado a otro.

—Se veía venir —repetía—. Está claro que los blancos ya no somos queridos aquí.

Y Jacobo:

—Acabaremos todos durmiendo con un arma bajo la almohada… Gracias a Dios que no te ha pasado nada, Kilian.

Y Mateo:

—¡Jamás me hubiese imaginado esto de Mosi!

Bisila arrodillada sobre el cuerpo de Mosi.

Todo era agua y silencio.

«Corre, Bisila. Ve y dile a tu hijo que su padre ha muerto.»

Gente y más gente.

Agua y más agua.

Kilian necesitaba algo donde apoyarse.

Y Jacobo:

—Intentó atacarme. Tú lo has visto, Kilian. No tuve más remedio. Fue en defensa propia.

—¿A quién pagaste, Jacobo, para que te consiguiera la pistola?

—¿Por qué te lanzaste sobre él? ¿Acaso querías salvarlo?

Bisila recogiendo su sombrero del suelo, acariciándolo con sus suaves manos.

Y la voz de Jacobo:

—Será mejor que Manuel te eche un vistazo. Yo me encargaré de zanjar este asunto con la policía.

—Vete, Jacobo. Vendrán a por ti.

—¿Qué tonterías estás diciendo?

«Lárgate de mi isla.»

XVIII

BËKÖTTÒ

DÍAS DE DUELO
1965-1971

Lorenzo Garuz se encargó personalmente de agilizar los trámites para el rápido regreso de Jacobo a España y la finalización del contrato que unía a este con la finca Sampaka. Los últimos acontecimientos debían ser olvidados cuanto antes. Jacobo, poniendo en peligro su vida, había disparado contra quien había matado ya a dos europeos. Asunto resuelto. Por su propia seguridad, era mejor que se marchara cuanto antes, sin fiesta ni cena de despedida; solo unas palmadas en la espalda por parte de sus emocionados amigos y dos leves besos de Julia, quien le mostró un apoyo y comprensión —que echó de menos en Kilian y Manuel— sosteniendo sus manos durante unos segundos mudos.

Kilian no acompañó a su hermano al aeropuerto. Tampoco asistió al entierro de Mosi. José le había convencido de que era mejor así. Ninguno de los compañeros y vecinos del marido de Bisila comprendería la presencia del hermano de quien lo había asesinado. Kilian había dejado de ser *massa* Kilian: ahora era otro blanco.

Desde la muerte de Mosi no había parado de llover y el viento soplaba en ese rincón de la isla con una intensidad que Kilian no recordaba. No veía a Bisila desde hacía veinte días. Había preguntado a José, pero este había rehusado darle noticias de su paradero, y acercarse a la zona de barracones hubiera sido una imprudencia. Las jornadas se le hacían insoportablemente largas en la finca mientras los hombres iniciaban los preparativos para la siguiente cosecha. Con más frecuencia de lo habitual, los tornados le traían a la mente las palabras de su padre: «Los tornados. La vida es como un tornado. Paz, furia, y paz de nuevo».

A medida que pasaba el tiempo, iba comprendiendo mejor muchas de las cosas que Antón le había dicho. A sus treinta y seis años, Kilian tenía la sensación de haber disfrutado de poca paz y mucha furia. Solo Bisila había sido capaz de proporcionarle momentos de paz. Y necesitaba más. ¿Cuándo volverían a verse?

Por fin, una noche, alguien abrió la puerta de su habitación y entró sigilosamente cuando acababa de acostarse. Se incorporó con miedo, dispuesto a defenderse, pero una inconfundible voz se apresuró a tranquilizarlo:

—Sigues dejando la puerta abierta.

—¡Bisila! —Kilian se levantó, como empujado por un resorte, y corrió hacia ella.

Bisila llevaba la cabeza cubierta por un pañuelo. Sus ojos brillaban en la oscuridad. Kilian deseaba estrecharla entre sus brazos y aspirar su aroma inconfundible, susurrarle al oído todo el torrente de emociones que lo embargaban, besarle la cara y el cuerpo, hacerle entender que nada había cambiado para él.

En lugar de eso, permaneció clavado frente a ella como si esperase una señal que le indicara que ella deseaba lo mismo.

—Tengo que hablar contigo —dijo ella con dulzura.

Se llevó las manos a la cabeza y retiró el pañuelo que la cubría. Kilian soltó un grito de asombro al ver que llevaba la cabeza afeitada.

—¡Tu pelo, Bisila! ¿Qué ha pasado?

Ella tomó una mano entre las suyas, lo guio hasta el borde de la cama y se sentó a su lado sin soltarle la mano. Comenzó a acariciársela, se la llevó a los labios y la besó. Entonces, él sintió que la esperanza encontraba un hueco en su pecho.

La luz de la luna iluminaba la estancia. Aun sin cabello, Bisila estaba más hermosa que nunca. La dureza de su mirada había desaparecido y sus labios habían abandonado el amargo rictus de sus últimos encuentros para atreverse a esbozar una tímida sonrisa.

—Siento tanto por lo que has pasado... —comenzó a decir él. Las palabras le salían como un torrente, atropellándose unas a otras—: No debería haberme marchado. Lo único que deseo es que todo sea como antes... Mosi ha muerto... Ahora eres libre para estar conmigo...

Bisila posó una mano sobre sus labios para evitar que continuara y dijo:

—Te dije que eso era posible si una mujer cumple con rigor el ritual del duelo... Nunca he renunciado a mis creencias. Lo que siento por ti me ha apartado temporalmente de lo que una vez fui, pero algo en mi interior me pide que me aleje para pensar en lo que ha pasado, en lo que quiero y en quién soy realmente.

Kilian frunció el ceño.

—¿Necesitas tiempo para admitir que en tu corazón yo soy tu verdadero marido?

Bisila esbozó una triste sonrisa.

—Ante los ojos de la ley divina y humana, Mosi era mi marido, así que, de cara a mi gente, el periodo de duelo es indispensable. Pero hay algo más. —Los ojos se le llenaron de lágrimas y la voz le tembló—. Las imágenes de lo sucedido están siempre ahí, en mi mente. No puedo borrarlas. Y sus palabras, Kilian... No solo se apoderaron de mi cuerpo, sino también de mi alma. Me hicieron sentir tan insignificante como un gusano. Tengo que superarlo. Si no, no seré libre para amarte. No quiero compararte con ellos, Kilian, con los blancos que han abusado de nosotros durante tanto tiempo. Por eso necesito distanciarme de ti.

Kilian se puso de pie y comenzó a caminar por la habitación. El recuerdo de la agresión sufrida por Bisila le dolía profundamente, pero el sentimiento de temor por sus últimas palabras era todavía más inquietante.

—Mañana me iré a Bissappoo y estaré sola otros veinte días en una cabaña a las afueras... —añadió ella recuperando la serenidad.

—¡Casi otro mes! —exclamó Kilian, exasperado.

Bisila se mordió el labio inferior y permaneció en silencio unos segundos antes de atreverse a continuar:

—Después me alojaré en una casa junto a la de mi madre, con quien se quedará Iniko. Mosi no tenía familia, así que nadie reclamará a mi hijo, lo cual me alegra. Me pintaré el cuerpo con una pasta arcillosa y me adornaré las rodillas, los brazos, las muñecas y la cintura con pulseras de esparto. Tendré que estar unos días sin que nadie me vea con ese atuendo de viuda. Luego podré salir y pasear adonde yo quiera, pero ni yo bajaré a Sampaka ni tú subirás a verme mientras dure el periodo de duelo —concluyó precipitadamente—: Ya está. Eso es todo. No es tan complicado.

Kilian había escuchado las palabras de Bisila sin detener su ir y venir por la habitación.

—¿Y cuánto tiempo estarás así? ¿Cuánto tiempo *estaremos* así?

Bisila murmuró algo.

—Un año —respondió ella, con voz apenas perceptible, mientras se ponía de pie.

Kilian se detuvo al instante.

—No me pidas tanto —susurró, desesperado—. ¿Qué voy a hacer aquí? —Se acercó a ella y buscó su mirada—. ¿No temes que el tiempo se nos acabe?

Los ojos de la mujer desprendían una firma determinación.

—No puedes prohibirme que suba a verte a Bissappoo...

—Si subes... —le advirtió Bisila—, ¡nunca más volveré contigo! ¡Tienes que prometerlo!

—No puedo prometerte eso, Bisila —replicó Kilian con obstinación. Sus manos acariciaron la piel de su cabeza, su nuca, sus hombros y descendieron por su espalda hasta la curva de sus caderas. Su voz se volvió suave, casi lastimosa—. Tenerte tan cerca y no poder estar contigo…

—Te lo dije una vez y te lo repito. Siempre estaré a tu lado… —Bisila alzó una mano para acariciarle la mejilla, se puso de puntillas y lo besó con una ternura tan palpable que Kilian se estremeció—, aunque no puedas verme.

En aquellos momentos, Kilian no podía saber que el periodo transcurrido entre mayo de 1965 y abril de 1966 no sería ni el más dramático ni el más insoportable de su vida, aunque a él así se lo pareciera. Una vez más se refugió en la rutina del trabajo y agradeció que la cosecha de ese año fuese de las más generosas que había producido la finca en décadas. Desde finales de agosto, los secaderos funcionaron a todo gas y él no faltó ni un solo día a su encuentro con el agobiante calor que lo sumía en un estado de sopor y adormilamiento permanente. Dormir y trabajar: esas eran sus ocupaciones. Afortunadamente, los recién casados, Mateo y Marcial, andaban ocupados con sus nuevas vidas en la ciudad y se marchaban de la finca en cuanto terminaba la jornada laboral, y Julia se dedicaba exclusivamente al cuidado de sus dos hijos, Ismael y Francisco. Así, Kilian ya no tenía que buscar excusas para abandonar por completo la vida social y podía contar cada minuto de los que restaban para que el duelo de Bisila —y el suyo propio— llegase a su fin, ajeno por completo a los sucesos que estaban cambiando la historia a su alrededor.

La época de la cosecha se superponía con las labores de poda. José y Kilian caminaban por las amplias calles de los cacaotales, supervisando el trabajo de los braceros. En cada hilera, los cacaos estaban situados a la misma distancia unos de otros. Se erguían iguales, como fértiles vasos abiertos, bien formados, con un tronco único, la horqueta a la misma altura, las copas bien equilibradas y limpios de rebrotes, tocones o ramas entrecruzadas. No muy lejos de ellos, se escuchaba la voz de Simón, que alternaba gritos de protesta, risas y cantos con los nigerianos de su brigada.

Kilian caminaba pensativo.

El mundialmente conocido cacao de Sampaka provenía del trabajo diario de los cientos de trabajadores que pasaban sus días cortando maleza, regulando la sombra de los árboles nodriza, reemplazando las plantas enfermas, curando los cortes accidentales, injertando diferentes tipos de cacao y cosechando cada quince días cuando los árboles producían sus frutos.

Y siempre los oía cantar.

Las alegres voces armonizadas de manera improvisada en cantos solemnes se imponían a la matemática exactitud con la que los cacaotales marcaban el paso de las estaciones.

Algunos de esos hombres llevaban años sin ver a sus esposas, a sus hijos, a sus familiares cercanos. Trabajaban de sol a sol. Se levantaban, acudían a las fincas, comían, continuaban su trabajo, cenaban, cantaban y conversaban hasta que se retiraban a descansar a sus barracones —todos iguales, dispuestos en ordenadas filas como los árboles del cacao—, confiando en un nuevo día que los engulliría en su rutina. Lo único que esperaban de la vida era que les pagasen bien para poder enviar el dinero a su país y dar una vida mejor a sus familias.

Y aun así seguían cantando.

Día tras día. Mes tras mes. Estación tras estación...

Hacía once meses y una semana que no veía a Bisila.

Durante todo ese tiempo, él no había sentido ganas de cantar.

—Estás muy callado —dijo José, observando la expresión absorta de Kilian—. ¿En qué piensas?

Kilian dio unos golpecitos en el suelo con su machete.

—¿Sabes, Ösé? Llevo muchos años aquí y nunca me he sentido

extraño. He hecho lo mismo que todos vosotros. Trabajar, comer, divertirme, amar, sufrir… —Pensó en la muerte de su padre y en la ausencia de Bisila—. Ösé, creo que la mayor diferencia entre un bubi como tú y un blanco como yo es que el bubi deja crecer el árbol del cacao libremente, pero el blanco lo poda y lo educa para sacar el mayor provecho de él.

José asintió con la cabeza. Al crecer, el cacao producía una gran cantidad de retoños que había que cortar para que no le chupasen la savia. Y aun haciendo eso, con el paso de los años, los árboles se iban deformando. Por esa razón, se comenzaba a podar cuando el árbol era joven. Si se cortaban muchas ramas, el árbol se desmandaba y agotaba a la vez porque la planta tenía que gastar demasiada energía en producir las hojas necesarias para cargar flores; y si no se cortaban las suficientes ramas secas, enfermas, mal formadas, desgarradas o mal dirigidas, los suficientes chupones o los restos de la cosecha anterior, el sol no podía llegar hasta el mismo tronco y el árbol podía pudrirse hasta morir.

Al cabo de un rato, José dijo:

—Ahora hay negros que podan como los blancos y negros que quieren que los cacaotales crezcan a su ritmo. También hay blancos que quieren seguir podando y blancos que abandonan sus plantaciones. Dime, Kilian, ¿cuál de ellos eres tú?

Kilian sopesó la pregunta.

—Soy un hombre de montaña, Ösé —respondió, encogiéndose de hombros y mirándole directamente a los ojos—, que ha pasado trece años entre tornados tropicales.

Sacudió la cabeza con aire de resignación y añadió:

—Por eso sé que solo hay una cosa cierta. No se puede poner riendas a la naturaleza. Se podan cacaotales, pero los árboles siguen generando retoños y ramas desordenadas en tal cantidad que no hay machetes suficientes que acaben con ellos. Igual que las aguas de los ríos y barrancos, Ösé. Las tormentas acrecientan sus cauces y se desbordan.

—Hay un refrán que dice que las aguas siempre vuelven a su cauce... —repuso José.

Los labios de Kilian dibujaron una breve sonrisa.

—Dime, *mi frend*, ¿sabes algún refrán que pueda explicar lo que sintieron esas aguas mientras fueron libres?

Ösé permaneció pensativo unos segundos. Luego, respondió:

—¿No fue un gran jefe blanco el que dijo que, en cuanto empieza a echar raíces, la libertad sí que es una planta de rápido crecimiento?

La jornada llegaba a su fin cuando las pesadillas hicieron emitir ocasionales gemidos a un Waldo que dormía recostado sobre una pila de sacos vacíos.

Nadie maltrata a Öwassa. El bosque está prohibido a los que no son de aquí. Es solo nuestro. El gran espíritu de Öbassa te agradece, misterioso hombre del bosque, que...

—¡Despierta, Waldo! —El chico se incorporó sobresaltado por el grito de Kilian—. No sé qué os pasa últimamente a Simón y a ti, pero por el día parecéis almas en pena.

Alguien carraspeó a sus espaldas y se giró.

—Hombre, de ti estaba hablando. ¿De dónde sales? No me digas que también estabas echando una cabezadita...

Simón esbozó una sonrisa enigmática.

—Pues tendréis que decirles a vuestras amigas que os dejen descansar un poco... —continuó Kilian, pensando que los jóvenes tenían razones poderosas para pasar las noches en vela— si queréis seguir cobrando vuestro sueldo. El trabajo es lo primero.

Simón decidió hacerle tomar de su propia medicina.

—Ha regresado —dijo con voz neutra—. Vuelve a trabajar en el hospital.

Esperó a que el otro se recuperase de la sorpresa y añadió con complicidad:

—Ahora ya puedes volver a ponerte enfermo…

Kilian salió disparado en dirección al patio principal. «¿Querrá verme?», se preguntaba. «¿Habrá pensado en mí como yo he pensado en ella? ¿Por qué no me ha avisado ella en persona de su regreso?»

Bisila no estaba en el hospital cuando él llegó. La impaciencia lo consumía. Comenzó a dar vueltas frente a la puerta de entrada, pensando dónde podría encontrarla.

Decidió preguntar en la parte alta, cerca del límite del patio *Obsay*. Si Bisila había retomado el trabajo de enfermera en la finca, probablemente Garuz le hubiera asignado una vivienda allí. Enfiló hacia su destino con paso decidido, frenando el impulso de echar a correr. El sudor comenzó a perlarle la frente. Se sentía ansioso y feliz por reencontrarse con ella, pero también enfadado por la tortura a la que lo había sometido. ¡Un año!

A la altura de los primeros barracones, una música y unos cantos se abrieron paso entre sus sentimientos. Era imposible no dejarse embriagar por el ritmo de los tambores que indicaban que en algún lugar se estaba bailando un *balele*. Pronto pudo divisar a un numeroso grupo de chiquillos disfrazados con telas verdes y rojas que bailaban al son de los tambores, en grupos, individualmente o con sus madres. Se veían felices con su celebración. Kilian había logrado comprender y compartir con los africanos que cualquier razón era buena para celebrar algo.

Se detuvo a escasos metros de la fiesta y se dejó contagiar por la alegría de los niños. Uno de ellos, de unos cinco o seis años, se le quedó mirando sonriente y Kilian reconoció a Iniko bajo el sombrero verde. Por un momento distinguió en sus facciones a Mosi y le devolvió la sonrisa no sin cierta tristeza. Iniko lo miraba atentamente mientras movía con su mano un colgante que pendía de su cuello. El niño se giró y corrió en dirección a una mujer que cargaba con un bulto entre los brazos y comenzó a tirarle de la falda con obstinación hasta que ella miró en la dirección que él señalaba.

La mirada de Bisila se encontró con la de Kilian y los corazones de ambos dieron un vuelco en sus pechos.

Los tambores repetían el mismo ritmo una y otra vez, con una insistencia que acompañaba la virulencia con la que sus sentimientos afloraban. Los ojos de Bisila se llenaron de lágrimas al ver a Kilian, alto y musculoso, con la camisa remangada por encima de los codos, con su pelo oscuro de reflejos cobrizos bien cortado, con la piel tostada por el sol y unas pequeñas arrugas enmarcando el verde de sus ojos.

Kilian permanecía inmóvil agradeciendo a la primavera que le hubiese hecho partícipe de su propia celebración.

Allí estaba Bisila, envuelta en una tela azul turquesa a modo de túnica que no podía ocultar la nueva redondez de sus formas, y con un pañuelo del mismo color cubriendo su cabeza, que resaltaba la profunda expresión de sus enormes ojos.

No podía apartar la vista de sus ojos.

Comenzó a caminar lentamente hacia ella y entonces vio que llevaba un bebé de pocos meses en los brazos. Cuando estuvo a su lado, Bisila le habló con voz dulce:

—Quiero presentarte a mi hijo.

Apartó la tela blanca que tapaba al niño y Kilian pudo comprobar que su piel era de un color más claro que la de los otros niños: era como el café con leche.

—Se llama Fernando Laha. —Kilian sintió un nudo en el estómago—. Nació en enero, pero ya se aprecia que tiene las facciones y los ojos de... —su voz se quebró—... los hombres de Casa Rabaltué.

Kilian contempló al niño con una mezcla de estupor, rencor y sorpresa.

—Podría haber sido mío, Bisila... —murmuró.

—Podría haber sido tuyo, Kilian —repitió ella, con tristeza.

Kilian le pidió que le dejase coger al niño en sus brazos. Era la primera vez que sostenía a un bebé y lo hizo con torpeza. Recordó la piel de serpiente colgada en la plaza de Bissappoo para que todos los niños nacidos la tocaran con la mano.

—¿Le has hecho tocar la cola del *boukaroko*? —preguntó.

El pequeño Fernando Laha se estaba despertando y miró al hombre con extrañeza, pero gorjeó y le dedicó una mueca que Kilian interpretó como una sonrisa.

—No se lo diré a Jacobo —dijo, confuso y maravillado—. Será nuestro secreto.

Levantó la vista del niño a Bisila.

—Sus futuros hermanos no notarán la diferencia.

Bisila agachó la cabeza.

—No tendrá más hermanos —susurró.

Kilian la miró, desconcertado.

—Estuve muy enferma, Kilian —explicó ella brevemente—. No podré tener más hijos.

Kilian no quiso saber más, no en ese momento. Estaba con ella y tenía en brazos a un descendiente de su padre Antón y de todos los nombres que aparecían en el árbol genealógico de su casa desde el primer Kilian de siglos atrás.

Lo demás no importaba.

—Fernando será nuestro hijo, Bisila —dijo con convicción—. Y me gusta el nombre que has elegido para él. Es de allí y de aquí; tuyo y mío. Dime, ¿qué significa *Laha*?

—Se refiere a alguien con buen corazón. Como el tuyo.

El bebé cogió el dedo de Kilian con su pequeña mano y este sonrió, emocionado.

Bisila sintió un gran alivio ante su reacción. En ese momento supo que nunca amaría a un hombre como amaba a Kilian.

Había cumplido con la tradición y ahora era una viuda libre para hacer lo que quisiera con su vida. Pero, sobre todo, había conseguido superar la etapa más dolorosa de su vida y resurgir del abismo fortalecida tanto en sus creencias como en su amor por él.

Iniko se acercó a ellos tímidamente, sin dejar de mover los pies al ritmo de la música. Su mano seguía aferrada al colgante del cuello.

—¿Qué ocultas en la mano, hijo? —preguntó Kilian.

Bisila tocó la cabeza cubierta con el sombrero verde.

—Es un signo de castigo. Se lo ha puesto el padre Rafael por hablar en bubi en vez de en español. Lo llevaré otra vez con mi madre. En Bissappoo es feliz.

Iniko comenzó a tirar del vestido de su madre con insistencia mientras se acariciaba una ceja con el dedo índice de la mano libre.

—Sí, ya voy —dijo ella—. Hoy es el comienzo de ëmëtöla...

Celebraban la transición de ömögera a ëmëtöla, el sutil paso del principio de la primavera al afianzamiento de esta. Lo que para los blancos era la llegada de la primavera y el comienzo de la estación húmeda en la isla, para los bubis era algo mucho más profundo: ömögera significaba el comienzo, el principio, la mañana, la vitalidad y el movimiento; ëmëtöla representaba la permanencia, la firmeza, la perseverancia, la estabilidad, el afianzamiento y la conservación de ese comienzo. El rojo y el verde. El fuego y la tierra. El momento estelar de la naturaleza.

—Es hora de comenzar a preparar la próxima cosecha —dijo Kilian—. Los cultivos crecen y crecen. Será una buena cosecha.

Devolvió el bebé a los brazos de su madre.

—Mientras tanto —añadió, con tono de incertidumbre—, tendremos un poco más de tiempo... para nosotros.

Justo en ese momento, Kilian sintió unos golpecitos en el muslo. Miró hacia abajo y descubrió a Ismael llamando su atención. El niño le preguntó si también había ido allí a bailar y le explicó, con atropellada locuacidad, que él había subido con su madre, con su hermano y con Oba, y que como él ya era mayor, le habían dejado tocar un tambor. Kilian levantó la vista y vio a una sonrojada Julia acudir en busca del pequeño.

Julia se detuvo para saludar a Bisila, sin apartar la vista del bebé que esta llevaba en brazos. Kilian la vio fruncir el ceño. Bisila e Iniko continuaron su camino, seguidos de Ismael.

—En cuanto Ismael oye los tambores, es imposible sujetarlo… —dijo Julia—. No sabía que Bisila hubiera tenido otro niño. ¿Te has fijado en su piel? Es…

—Sí, Julia —dijo Kilian, mirándola fijamente para borrar la extrañeza de sus ojos—. Este sí que es mi hijo.

—¡Kilian! —protestó Bisila, intentando recobrar el aliento—. Si fuera nieve, ¿me habría derretido ya entre tus manos?

Los dedos ardientes de Kilian reconocían su cuerpo todavía sudoroso y recorrían cada centímetro de su piel una y otra vez. Sus gestos enérgicos e impacientes intentaban recuperar el tiempo perdido.

—Todavía no. —Kilian entrelazó sus dedos con los de ella y la aplastó con su peso—. ¡No sabes cuánto te he echado de menos!

—¡Me lo has repetido mil veces! —Bisila lo empujó con delicadeza para que se apartara. Casi no podía respirar.

Kilian se incorporó sobre un codo para mirarla, y después dibujó las facciones de su cara con un dedo.

—Temía que no quisieras saber nada de mí —confesó finalmente.

Bisila cerró los ojos.

—Tuve mucho tiempo para pensar en *mí*.

Kilian frunció el ceño. Le atormentaba profundamente recordar el sufrimiento que Bisila había sido obligada a soportar. No podía ni imaginarse los sentimientos de una mujer en su situación, intentando juntar los fragmentos de su mente y de su alma, en un pequeño poblado rodeado de bosque, cumpliendo los rituales de duelo por la muerte de su marido al que no amaba, mientras una nueva vida impuesta por la fuerza se empeñaba en crecer dentro de ella. Y todo por culpa de Jacobo. Chasqueó la lengua y sacudió la cabeza para apartar un pensamiento que intentaba cruzar por su mente. También Jacobo era el causante de la libertad de Bisila. Qué ironía: la violencia había desembocado en felicidad. Si Jacobo no hubiera matado a Mosi, ellos seguirían estando obligados a verse a escondidas. De ninguna manera podría disfrutar él en ese momento de la alegría contagiosa de Bisila.

¿Cómo había sido capaz de superar todos los padecimientos y regresar con esa fortaleza que lo desconcertaba? Hubiera comprendido que se mostrara abatida, decaída o apesadumbrada después de todo aquello por lo que había pasado. O incluso que sus primeros encuentros después de la separación hubiesen sido más emotivos y sentimentales.

Todo lo contrario: Bisila lo amaba con una energía y una fuerza desconocidas para él.

Cuando Kilian se hundía en ella, una y otra vez, se sentía como si él fuera un barco y ella un remolino en el mar que lo engullía y lo escupía para engullirlo de nuevo.

Y, a la vez, esa firmeza y solidez de la pasión con la que se entregaba a él, o se apoderaba de él, convertían sus encuentros íntimos en momentos intensamente tiernos y conmovedores.

Como si cada vez fuese la última.

Eso era.

La sólida firmeza y la inmensa ternura eran consecuencia de la desesperación.

—¿Te has enfadado? —preguntó Bisila.

—¿Por qué?

—Porque querías escuchar que no hice otra cosa que pensar en ti...

—¿Pensabas en mí o no?

—¡En cada momento!

—Eso está bien.

Bisila se incorporó sobre un codo para quedar frente a él y comenzó a acariciarle la cara, el cuello y el hombro. Se acercó para abrazarlo y continuar acariciando su cabello, su nuca y su espalda mientras le susurraba palabras al oído que él no comprendía, pero que le hacían gemir.

Cuando Bisila quería volverlo loco, empleaba el bubi.

El propio sonido de las palabras era más estimulante que su significado.

—Quiero que entiendas lo que digo, Kilian.

—Te entiendo perfectamente…

—Estoy diciendo que te has metido tan dentro de mí que no hay nada que pueda hacer para sacarte. No puedo sacarte.

El significado de las palabras era más estimulante que su sonido.

—Y yo no pienso salir de ti. Quiero estar siempre dentro de ti.

—Ah, muchachos… —Lorenzo Garuz se frotó las pobladas cejas que enmarcaban unos ojos que nunca habían estado tan hundidos—. ¿Y qué haré ahora sin vosotros?

Mateo y Marcial cruzaron una mirada cargada de culpabilidad.

—Yo…, lo siento de verdad… —Las manos de Marcial se aferraban al salacot que reposaba en sus rodillas.

—Y yo también —intervino Mateo, más sereno que su amigo—. Pero espero que lo comprenda. Llevamos muchos años y...

—Sí, sí —le interrumpió Garuz, ceñudo, levantando una mano en el aire.

No deseaba escuchar sus justificaciones aunque fuesen lógicas, por mucho que le costase admitirlo. Él mismo había enviado a su mujer y a sus hijos de vuelta a España, y, en más de una ocasión, tenía momentos de debilidad en los que quería tirar la toalla y coger el primer transporte a la Península. No sería el primer gerente que abandonaba su finca a merced de la maleza o de un puñado de nativos. No obstante, su sentido de la responsabilidad siempre lograba imponerse a sus miedos. Él no era un gerente cualquiera: era el propietario mayoritario de Sampaka, la finca más grande, hermosa, productiva y modélica de toda la isla. Mateo y Marcial se conformarían con cualquier empleo mediocre en cualquier empresa de la metrópoli porque no eran como él: las nuevas generaciones carecían del arresto, coraje, orgullo, e incluso temeridad, de quienes habían levantado esa colonia. Gracias a esas cualidades, él había sabido no solo conservar, sino aumentar la propiedad heredada de aquel antepasado suyo que se había lanzado a la aventura hacía más de medio siglo, y por eso se resistía a abandonarla en manos de otros. En cuanto él cejara en su empeño de mantener a salvo la finca, alguien surgiría dispuesto a aprovecharse de la situación.

—¿Y usted no piensa nunca en marcharse? —preguntó Mateo, como si le hubiera leído la mente.

—Mientras no se apruebe la Constitución y se entreguen los poderes, España no nos abandonará. —Suspiró ruidosamente—. Y no veo por qué no he de seguir produciendo cacao, a no ser, claro está, que me quede sin trabajadores.

Alguien llamó a la puerta y Garuz le dio permiso para entrar. Mateo y Marcial respiraron aliviados. Esa era una de las situaciones en la vida que convenía resolver cuanto antes para salir airosos. El *big massa* siempre había tildado de actos de cobardía las decisiones de otros de retirarse de las campañas.

El *wachimán* Yeremías asomó la cabeza.

—Disculpe, *massa* —dijo—. ¿Puedo pasar?

—Sí, claro. ¿Qué sucede?

Yeremías entró, se quitó la vieja gorra y la sujetó entre las manos en actitud sumisa, con la vista clavada en el suelo.

—Ha venido un policía que dice que tiene que hablar con usted urgentemente.

Garuz frunció el ceño.

—¿No habrás dejado de llevarles los huevos y las botellas de siempre?

—No, *massa,* no, no me he olvidado. Pero este no es de Zaragoza. Viene de la ciudad y lleva un uniforme muy... completo.

—En un momento estoy con él. —Garuz, extrañado por la visita, abrió un cajón de la mesa y extrajo dos sobres que entregó a los dos empleados—. Esto es para vosotros. Una pequeña recompensa por el buen trabajo que habéis llevado a cabo estos años. Empleadlo bien, ¿eh? Ahora los dos tenéis una familia en la que pensar y el dinero se va.

Esperó a que los otros echaran un vistazo al interior del sobre y enarcaran las cejas, complacidos. Entonces se levantó y se acercó a ellos para esgrimir un último argumento.

—De una cosa podéis estar seguros: allá no cobraréis este sueldo.

Mateo y Marcial aceptaron la propina con sinceras muestras de sorpresa y agradecimiento, pero su decisión era irrevocable.

—Ya está todo organizado —dijo Marcial—. Nos vamos en barco para transportar las pertenencias de nuestras mujeres y sus familias. Llevan tantos años aquí que han acumulado muchas cosas.

—Nada que ver con las dos maletas con las que llegamos... —añadió Mateo.

Se produjo un silencio. Por la mente de los hombres desfilaron los recuerdos de tantos años de ir y venir, y de tantas y tantas cosas que contarían a sus descendientes.

—En fin. —Garuz extendió su mano para despedirse de sus empleados—. Si algún día cambiáis de idea, ya sabéis dónde buscarme.

—¿Quién sabe? —Mateo abrió la puerta—. Igual nos encontramos por Madrid...

Antes de que pudiera terminar la frase, un hombre irrumpió en el despacho. Era bastante alto y fuerte, y sus facciones proporcionadas hubieran resultado agradables de no ser por las marcas de viruela que taladraban su rostro, dándole un aire terrible. Llevaba el uniforme gris de la policía española, con sus botones dorados en la guerrera y una cinta roja cosida en mangas, solapas y gorra.

—Me llamo Maximiano Ekobo —se presentó—. Soy el nuevo jefe de la policía de Santa Isabel. ¿Quién de ustedes es Lorenzo Garuz?

Garuz hizo un ademán para que los otros dos se marchasen y extendió la mano para saludar al policía.

—¿Qué se le ofrece?

Maximiano se sentó.

—Estoy buscando a unos jóvenes que se dedican a boicotear las nuevas obras de la televisión. Durante el día, los braceros construyen el camino de acceso al Big Pico para llevar el material que se empleará en el edificio, la torre y la central eléctrica. Por la noche, alguien destruye lo que se hace de día. Desaparecen herramientas, borran las señales de referencia, averían la maquinaria o la cubren con ramaje...

—No sé qué tiene que ver eso conmigo.

—Hace unos días detuvieron a uno de esos *misteriosos* hombres del bosque que no son sino bubis que quieren despreciar el regalo que nos hace España. El hombre ha confesado que el cabecilla es un tal Simón... —hizo una pausa para observar la reacción del gerente— que trabaja en esta finca.

Garuz cruzó las manos a su espalda y comenzó a caminar en actitud pensativa. Acababa de entregar el finiquito a dos hombres muy trabajadores. En la finca ya solo quedaban tres españoles: Gregorio, Kilian y él mismo. José, Simón, Waldo y Nelson completaban el pequeño equipo de hombres enérgicos y con experiencia. No le gustaba lo más mínimo que Simón anduviese metido en actividades delictivas contra los intereses españoles y, en otras circunstancias, él mismo lo hubiera presentado ante la policía al menor indicio de duda, pero en esos momentos no podía permitirse el lujo de perder un solo empleado más. No veía otra alternativa que mentir, pero tendría que elegir bien sus palabras porque ahora, más que nunca, convenía llevarse bien con las nuevas autoridades.

—Escuche, Maximiano. —Lo miró directamente a los ojos—. Le doy mi palabra de caballero de que estoy absolutamente en contra de cualquier acto violento y más de aquellos que atenten contra bienes valiosos para este país. Pero me temo que ha hecho el viaje en vano. El Simón al que usted alude tuvo un grave percance que lo ha tenido convaleciente más de dos meses. Cayó de uno de los tejados de los secaderos y se partió ambas piernas. No obstante, si escuchase algún comentario que pudiese aportar luz a su investigación, no tenga la menor duda de que me pondría en contacto con usted.

Terminó su alegato y se mantuvo imperturbable, convencido de que sus palabras habían resultado convincentes. Él sabía de qué pasta estaban hechos esos nuevos e impertinentes jefecillos como Maximiano que se creían superiores a todo el mundo, incluso a blancos como él. Con ellos había que emplear un tono extremadamente respetuoso, sí, pero también firme y seguro.

Maximiano asintió, se levantó y se dirigió hacia la puerta.

—Eso es todo, de momento.

Salió sin despedirse.

Garuz respiró satisfecho, esperó un tiempo prudencial, y salió en busca de Simón, a quien le tenía que advertir sin perder un segundo de la visita del jefe de policía. Al joven no le quedaría más remedio que simular una cojera durante un tiempo, al menos ante cualquier uniforme oficial. Y a él no le interesaba lo más mínimo tener al tal Maximiano en su contra.

—¡Nadie habla de los españoles que estamos aquí! ¡No se contempla en ningún momento que podamos formar parte de la futura nación! Pero todos los demás tienen su parcela: los bubis separatistas, los bubis neocolonialistas, los nacionalistas unitarios, los independentistas radicales y los independentistas graduales...

—Te olvidas de los nigerianos, Kilian —apostilló Manuel mientras plegaba el periódico *Ébano* y se disponía a hojear el *Abc*—. Con eso de la guerra civil en su país entre hausas musulmanes e ibos católicos, en lugar de querer regresar a casa, cada día vienen más. No me extraña que Nelson y Ekon estén contentos de que hayan venido sus hermanos, pero aquí cada vez hay menos trabajo.

Kilian apuró su ginebra de un trago e indicó al camarero que sirviera otra ronda.

—Tal vez aquí no llegue nunca la separación definitiva... Si realmente va a haber independencia, ¿por qué han montado una emisora de Radio Televisión Española en el pico Santa Isabel...?

—Lo han conseguido en contra de la voluntad de los espíritus del bosque... —intervino Simón, con un brillo travieso en sus ojos. Estaba cómodamente sentado en una butaca, disfrutando con aire de triunfo de la posibilidad de tomar una copa en un bar de blancos.

—Es misterioso esto de la televisión... —Levantó la vista hacia el aparato que ocupaba un lugar preferente en la sala—. ¿Recordáis el primer programa que vimos en este mismo salón hace unos tres meses? *España, madre de pueblos* o algo así.

Su tono se volvió irónico:

—A mí lo que se me quedó en la cabeza fueron las palabras de su jefe de allá. —Se incorporó en la silla y sin apenas abrir los labios parodió con voz aguda—: «Vosotros sabéis que España no ha sido nunca colonialista, sino civilizadora y creadora de pueblos, que es cosa bien distinta...».

Kilian y Manuel sonrieron ante la imitación de Simón.

—Y ahora resulta —continuó este, con voz de fastidio— que los blancos habláis de nuestra independencia como si fuera el mayor éxito de la misión civilizadora y creadora de vuestro país. No me gusta nada eso, no, señor. Que yo sepa, mi pueblo ya estaba creado antes de que llegarais vosotros.

—Pero muy civilizados no estabais —bromeó el doctor, mirándolo por encima de sus gafas y volviendo a su lectura—. Ahora tenéis hasta una Constitución aprobada por mayoría.

—En la isla no, ¿eh? —le interrumpió Simón—. Salió el «sí» por muy pocos votos de diferencia.

—Da igual —dijo Kilian—. El caso es que la cosa sigue adelante y hasta los telediarios se emiten en fang, bubi y español para que se vean bien las tres partes implicadas. Pero la realidad es que aquí el dinero sigue llegando de España. Parece como si se estuviera invirtiendo a marchas forzadas para haceros ver que la autodeterminación tiene un riesgo.

Movió su copa peligrosamente en el aire.

—¿Cómo es posible, entonces, que se tenga tan claro que llegará en cuestión de semanas? ¿Cómo se pasa de la dependencia absoluta a la independencia? ¿De repente se desmonta todo y ya está? Si nos vamos todos, ¿quién os curará, os defenderá y os educará? —Simón quiso decir algo, pero Kilian le hizo un gesto con la mano—. Me temo que la administración de este país caerá en manos de gente que, como mucho, sabe leer y escribir, aunque ahora se desplace en lujosos coches para predicar sus discursos. Eso no es suficiente para gobernar.

Kilian se fijó en José, que no apartaba la vista del televisor. José todavía se sentía cohibido en los bares de los blancos y por eso no hablaba mucho. Eso sí, la televisión lo tenía maravillado. Sobre todo las retransmisiones de fútbol.

—¿No dices nada, Ösé?

José carraspeó, juntó las manos sobre su regazo y dijo:

—Con la ayuda de mis espíritus, yo pienso seguir haciendo lo que sé hacer y me mantendré lo más alejado que pueda de la dichosa política. Caminaré con precaución. —Hizo un gesto con la cabeza hacia el televisor—. Vienen tiempos difíciles, y más para los bubis. Macías es fang.

En el aparato se veía la imagen de un hombre delgado de aspecto impecable, con traje y corbata, hablando con pasión ante un micrófono. Tenía los ojos estrechos y algo separados, los labios gruesos y los orificios nasales grandes. Los cuatro guardaron silencio para escuchar lo que decía el vicepresidente del Gobierno autónomo, un antiguo funcionario colonial, hijo de un famoso brujo de Río Muni, que había empezado en la política como alcalde de su pueblo en la parte continental.

Prometía salario mínimo, jubilaciones y becas, créditos a pescadores y agricultores, ventajas para los funcionarios y repetía que su lema era la unidad, la paz y la prosperidad. Terminó su intervención con la frase: «Lo que Macías promete, Macías lo cumple».

—Tiene fuerza, carisma y poder de convicción —comentó Manuel—, pero, francamente, a mí me resulta extraño, incluso inestable. Unas veces habla de España como si fuera su amiga íntima, y otras, se opone a cualquier iniciativa española. En la radio de Bata, hace un mes, él mismo pedía que no se votase a favor de la Constitución, y ahora ya lo ves, en plena campaña popular.

Permanecieron unos minutos en silencio. Kilian miró a su alrededor. Excepto por un grupo de ocho o diez blancos que apuraban unas ginebras con tónica a pocos pasos de ellos, la mayoría de las personas del local eran nativos. Kilian se fijó en los blancos. Estaban sentados alrededor de una mesa redonda con maletines metálicos y bolsas de cuero a sus pies. Llevaban camisas de manga corta y pantalones con los bajos acampanados. Uno de ellos, un joven veinteañero de cara redonda, corta barba y ojos vivos levantó la copa hacia Kilian a modo de saludo que él respondió. Debía de llevar poco tiempo, porque, a diferencia de sus compañeros, su piel no estaba quemada y, mientras bebía, no dejaba de mirar a su alrededor con el asombro, la curiosidad y el temor de quien acababa de aterrizar en Fernando Poo. «¿Qué se le habrá perdido por aquí en estos momentos?», se preguntó Kilian. Suspiró, bebió un trago de su bebida y se dirigió a José y Simón.

—¿Ya sabéis a quién vais a votar la próxima semana?

—Oh, sí —respondió Simón en voz muy baja, inclinándose hacia delante—. ¡Y te aseguro que no pienso dar mi voto al *gallo*!

José sonrió ante la expresión de Kilian.

—El lema de Macías es *Todos al gallo* —explicó, bajando también la voz—. Y yo tampoco le daré mi voto.

Manuel dobló el periódico y lo depositó en la mesa con energía.

—Pero muchos otros sí lo harán —dijo—. El resto de los candidatos lo tiene difícil. El actual presidente del Gobierno autonómico, Bonifacio Ondó, está haciendo la campaña de la metrópoli. A Atanasio Ndongo no lo conoce nadie. Y la Unión Bubi, de Edmundo Bosió, solo conseguirá votos en la isla. Está claro: Macías es el que más hábilmente está actuando como el devoto y convencido defensor de sus hermanos guineanos y sus intereses. Está muy bien aconsejado por el abogado ese, García Trevijano. Será presidente. Y este otoño de 1968 pasará a la historia.

Los cuatro se quedaron callados.

Al cabo de un rato, Simón rompió el silencio.

—*Massa* Kilian, no te enfades por lo que te voy a decir, ¿eh? —Kilian arqueó las cejas en actitud expectante—. A veces hasta me parece que estás en contra de nuestra libertad…

Kilian meditó tanto las palabras de Simón como su propia respuesta.

—Yo no digo que no desee la independencia para vosotros —dijo finalmente—. Simplemente, digo que no me quiero ir, Simón.

De repente, sintió un profundo alivio. ¡Por fin había dicho en voz alta y clara lo que sentía delante de sus amigos!

Un ruido de sillas al ser arrastradas al unísono con violencia lo interrumpió. Dirigieron su atención hacia el grupo de blancos y no tardaron en comprender la situación. El joven de ojos vivos estaba de pie junto a la barra con una bebida en una mano y con la otra extendida para dar a entender a sus compañeros que no se moviesen de su sitio. El joven se disculpaba por algo que había ofendido a un hombre que se había plantado frente a él en actitud agresiva.

—Ya le he dicho que lo siento.

—Seguro que a tus amiguitos blancos no les echas el humo del cigarrillo a la cara —respondió el hombre con voz ebria—. ¿Te molesta que ahora vengamos a vuestros bares?

—Lo que me molesta es que no sepa aceptar una disculpa —respondió el joven sin perder la calma. Caminó hacia la mesa tranquilamente, se sentó e indicó a sus amigos que hicieran lo mismo.

El hombre de la barra pagó su consumición y se dispuso a salir, pero, antes, extendió un brazo en el aire como queriendo abarcar todo el espacio que ocupaban los blancos, incluida la mesa donde se sentaba Kilian, y dijo:

—No saldréis ninguno vivo de aquí. Os cortaremos el cuello. A todos.

Se produjo un desagradable silencio, que Manuel rompió al susurrar:

—Ya lo verás, Kilian. Julia tampoco me hace caso, pero, al final, tendremos que salir por piernas. Todos. —Le lanzó una mirada de absoluto convencimiento—. Incluido tú.

—¿Estáis seguros de que esto es lo mejor? —preguntó Julia con los ojos llenos de lágrimas—. Papá, mamá... Aún estamos a tiempo de echarnos atrás.

Generosa se arregló el cabello frente al espejo que había sobre el trinchante del comedor, junto al colmillo de marfil. El espejo le devolvió una imagen muy diferente a la de décadas atrás, cuando Emilio y ella montaron la factoría y se instalaron en la vivienda del piso superior. Recordó las lágrimas que había derramado al dejar a su única hija con los abuelos hasta que ellos pudieron ofrecerle la buena vida que habían deseado, y los muchos momentos felices que habían disfrutado los tres en Santa Isabel. Los años habían pasado volando, borrando el brillo de su cabello oscuro y trazando profundas arrugas alrededor de sus ojos. Suspiró.

—Ahora, al menos, podemos sacar algo, no mucho, pero más de lo que tendríamos cuando nos echen...

—Pero... —comenzó a protestar Julia—, si estuviera tan claro que eso fuera a suceder, ¿por qué querría un portugués comprar la factoría?

—João sabe lo mismo que yo.

Emilio terminó de ordenar unos papeles sobre la mesa en la que también había cuatro o cinco ejemplares del *Abc* de 1968, con grandes fotos en las portadas de los últimos acontecimientos de Guinea. Se levantó y caminó levemente encorvado hacia la ventana.

—Nadie le obliga a quedarse con el negocio. En todo caso, él sí que es un valiente… Ojalá hubiésemos tenido las agallas de no reconocer la nueva república como ha hecho Portugal.

Consultó su reloj y luego miró por la ventana con impaciencia. Deseaba que João llegase pronto y acabasen cuanto antes con ese desagradable asunto. Cuando el amor se terminaba en cualquier noviazgo, pensó, lo mejor era cortar por lo sano. A él le sucedía lo mismo con Guinea. Un montañés tenía su orgullo. Se aclaró la voz antes de añadir.

—Además, tiene aquí un montón de hijos con una nativa. Razón de más para seguir adelante…

El comentario de su padre hizo que Julia pensara en Kilian. Si hacía caso a los terribles presagios de su padre y de su marido, ¿también tendría él que marcharse? ¿Y dejar al hijo de Bisila a merced de la incertidumbre? Era más que evidente cuánto adoraba Kilian al pequeño. No podría abandonarlo.

—¿Por qué no crees al nuevo presidente? —Julia se le acercó y se colgó de su brazo—. ¿No lo han apoyado desde España? Desde el doce de octubre…

—¡No me recuerdes esa fecha! —Emilio apretó la mano de su hija—. Todos esos jóvenes locos convirtieron la ciudad en un infierno… Ese fue el principio del fin, sí, cuando rompieron todos los cristales de las casas y negocios, y derribaron la estatua del general Barrera ante el mismo Fraga Iribarne… ¡Vaya manera de agradecer el traspaso de poderes!

—Era su primer día de libertad, papá. Pero, desde entonces, todos los discursos de Macías han estado llenos de alabanzas a España. Ha prometido que seguirá la política de los últimos treinta años del generalísimo y anima a los empresarios españoles a que sigan invirtiendo en Guinea…

—Sí, ya le daría yo al gallito ese… —intervino Generosa con un tono mordaz y amargo—. Ahora está eufórico, pero ya veremos qué pasa cuando deje de recibir dinero… A ver cómo cumple sus promesas electorales.

Emilio resopló, se soltó del brazo de su hija y comenzó a caminar por el salón, intranquilo.

—Soy perro viejo, Julia. Hacemos lo correcto. Si firmamos hoy, nos quedaremos el tiempo que nos cueste recoger nuestras cosas y encargarnos del envío. Después… —levantó los ojos al cielo— Dios dirá.

Julia se mordió el labio para contener la rabia que le producía la determinada resignación de su padre. Miró su reloj. En realidad, no tenía prisa. Manuel se había quedado con los niños para que ella pudiera convencer a sus padres de que desistieran de la idea de entregar a otro el fruto de los esfuerzos de toda una vida. Pero no se sentía capaz de estar presente. Su alma se resistía a abandonar el que consideraba su hogar. Sintió una punzada de remordimiento. Si Emilio y Manuel estuvieran en lo cierto, estaría haciendo correr a sus hijos un gran peligro. Tal vez debiera abandonar su obstinación y pensar en ellos… Si algo les pasara, no se lo perdonaría nunca. Más valía prevenir que no poder curar. Decidió reconsiderar su postura sobre la posible marcha de la ciudad, pero no quería estar presente en el momento de la firma del contrato.

—Lo siento, pero no puedo esperar más. Tengo que ir a por los niños. De todos modos, no creo que pueda haceros cambiar de opinión.

Cogió su bolso y las llaves del coche. Se acercó a su madre para despedirse y se sorprendió de lo serena que aparentaba estar, aunque en el fondo estuviera desolada.

—Te acompaño a la calle —dijo Emilio—. A ver si llega de una santa vez.

Abajo, la puerta de la factoría se abrió y salió Dimas.

—¡Hombre, don Emilio! ¿Qué es eso que me han dicho de que le vende el negocio a un portugués?

—Al final lo habéis conseguido. Nos vamos.

—¿No cree que exagera un poco?

—Eso pregúntaselo a tu hermano. ¿No lo han vuelto a ascender?

Las arrugas de las mejillas de Dimas se separaron al esbozar una amplia sonrisa de orgullo.

—Sí, señor. Lo han nombrado ayudante del vicepresidente del Tribunal Supremo.

Julia hizo un gesto de asombro. Había escuchado que el nuevo presidente Macías había incluido a miembros de los diferentes grupos tribales y partidos, incluso a los candidatos vencidos, tanto en el Gobierno como en los órganos superiores, como recompensa al apoyo que le dieron todos al ver que se iba a alzar con la victoria, y que los Consejos de Ministros se celebraban en un ambiente de cordialidad y concordia, pero el puesto de Gustavo era realmente importante.

—Espero que le dure —dijo Emilio, en tono mordaz.

—Papá… —intervino Julia, sabedora de lo fácilmente que su padre se enzarzaba en una discusión.

—¿Y por qué no le habría de durar?

Emilio sacudió la cabeza.

—No te hagas ilusiones, Dimas. Yo también lo tuve todo y ahora tengo que desprenderme de ello. Ojalá me equivoque y no tengas que regresar a tu poblado natal… ¿Cómo se llamaba? Ah, sí, Ureka.

Alguien pronunció su nombre y se dio la vuelta.

—Aquí estás, João, por fin. —Besó a su hija—. Muy bien, pues, acabemos con esto de una vez.

—A chapear, José. —Garuz se frotó los ojos con cansancio. Los siete encargados de que Sampaka siguiera funcionando aprovechaban la sobremesa para relajarse un rato—. Macías ha dicho que enviará a todos los blancos a arrancar las malas hierbas.

Kilian releyó el último párrafo de la carta que acababa de recibir de su madre, preocupada por las noticias recibidas a través de unos vecinos del valle que trabajaban en otras fincas:

¿Qué haces que no regresas? No entiendo tu obstinación por permanecer allí en esas circunstancias. Ya no sé qué es cierto y qué es mentira. Unos dicen que los españoles duermen con las pistolas debajo de la almohada o que no quieren dormir en sus propias casas por miedo; otros dicen que no es para tanto... Si es por el dinero, no te preocupes. Más no puedes hacer. Tu padre estaría orgulloso de lo que has trabajado para que Casa Rabaltué, tu única casa, luzca como lo hace ahora. Guinea se quedó con mi querido Antón: no me gustaría que se quedara también con uno de mis hijos... Ya es hora de que estemos juntos. Nosotros ya hemos dado y recibido todo lo posible de Fernando Poo.

Un abrazo de tu madre, que te quiere.

Dejó la carta sobre la mesa. Recordó con qué ansias había leído sus primeras cartas en esa misma mesa hacía justo dieciséis años, cuando era un joven con ganas de conocer mundo que, sin embargo, añoraba demasiado su hogar. Ahora leía las palabras de su madre narrándole las ilusiones de Jacobo ante los cambios que se comenzaban a producir en Pasolobino y todo le resultaba más que extraño, ajeno. Como si la carta fuera dirigida a otra persona. Ahora su lugar estaba al lado de su nueva familia. Tenía que trabajar para sacarlos adelante.

Maldijo por lo bajo su mala suerte. Si las cosas no estuvieran cambiando, podrían haber soñado con comprarse una casa en Santa Isabel. En realidad, no aspiraba más que a lo que casi todo el mundo: una familia y un hogar. Quizá no era lo que él había planeado para su vida años atrás, pero, poco a poco, su destino se había ido labrando en esa dirección, y él no quería desviar el rumbo. Eran las circunstancias externas las que se obstinaban en obligarle a modificar su suerte.

—¿Por qué se habrá enfadado tanto Macías? —escuchó que preguntaba José.

—¡Por todo! —respondió Garuz malhumorado—. Se enfada por todo. Ve fantasmas por todos lados. Hace un par de semanas protestó porque todavía había demasiadas banderas españolas ondeando y ordenó que fueran arriadas. El cónsul español se negó y Macías exigió que el embajador abandonara el país. Desde entonces no han parado los casos de violencia, agresiones y saqueos contra los colonos españoles. Cualquier día llegarán a Sampaka.

Simón terminó de servir otra ronda de café que todos, menos Waldo y Nelson, aceptaron.

—Los aviones y barcos se van llenos de gente —dijo—. Tal vez deberían marcharse todos ustedes también.

—Todavía hay tropas españolas y Guardia Civil. Yo no pienso irme.

—No lo digas tan rápido, Kilian —intervino Gregorio—. Macías ha acusado a la Guardia Civil de asesinos y a la Guardia Nacional de planear un golpe de Estado junto con los madereros españoles.

Kilian se encogió de hombros.

—Tú, si quieres, puedes largarte. Con los que estamos nos bastamos para sacar la cosecha adelante.

Garuz lo miró con satisfacción. ¿Quién le hubiera dicho que aquel muchacho tendría tantas agallas?

—Yo no pienso renunciar a mi sueldo mientras pueda —dijo Gregorio—. Pero cuando llegue el momento, me largaré. Afortunadamente, no me he complicado la vida como tú.

Kilian le lanzó una mirada de advertencia que él sostuvo desafiante. No iba a consentir que el gerente creyera que la verdadera razón por la que Kilian no quería irse era su alto sentido del deber.

—A todos se nos ha complicado —comentó Garuz.

—Sí, pero a este más.

Garuz frunció el ceño.

Antes de que Gregorio pudiera añadir ningún comentario desagradable sobre lo que a él le producía tanta felicidad, Kilian, mirando directamente a los ojos de Garuz, se apresuró a intervenir:

—Estoy casado por el rito bubi con Bisila, una de las hijas de José, con quien tengo un hijo llamado Fernando Laha. No lo oculto. Creía que usted también lo sabía.

Todos esperaron en silencio la reacción del gerente.

—Vaya por Dios...

Garuz se sirvió otro café. ¿Cómo no se había enterado antes? Era cierto que nunca había prestado mucha atención ni a la vida privada de los demás ni a las habladurías porque siempre tenían que ver con lo mismo —amoríos, líos, hijos no deseados—, pero la noticia le resultó de lo más sorprendente por referirse, precisamente, a Kilian. ¿Así que esa era su verdadera razón para no marcharse? Sintió una punzada de decepción. Lo que él había tomado por arrojo y valor no era sino un capricho que acabaría como todos los demás: en nada. No obstante, tenía que reconocer que la manera natural, incluso orgullosa, con la que Kilian le había puesto al día de su situación dejaba pocas dudas sobre la importancia de la relación.

—No pienso abandonarles —añadió Kilian, al ver que Garuz se había quedado mudo.

Garuz recuperó su convicción y su tono firme:

—Más tarde o más temprano, Macías se dará cuenta de que nos necesita. ¿De dónde va a conseguir ingresos más que de explotaciones como esta? De todos modos, no está de más que tomemos unas precauciones, al menos por el momento. —Señaló a Simón, Waldo, José y Nelson—. Vosotros no os mováis de la finca...

—Pero esto no va con los nigerianos... —protestó Nelson. Temía que cualquier sugerencia añadiera nuevos obstáculos a sus, cada vez más difíciles, encuentros con Oba.

—De momento no, pero todo se andará... —Garuz señaló a Kilian y Gregorio—. Y vosotros...

El sonido del claxon de un coche que alguien hacía funcionar de manera insistente acompañado de gritos interrumpió la charla. Salieron del comedor a toda prisa y vieron a Emilio, encolerizado, dando voces con medio cuerpo fuera de la ventanilla. A su lado, el padre Rafael, a quien había recogido en el poblado Zaragoza, se llevaba las manos a la cabeza.

—¡Cálmate, Emilio! —dijo Garuz—. ¿Qué pasa?

—¡Tengo que avisar a mi hija! Lorenzo, Kilian, Gregorio... ¡Venid a casa de Manuel!

Las ruedas del Vauxhall levantaron una polvareda y Emilio condujo varios metros hasta la casa del médico.

Minutos más tarde, ya en el salón de la vivienda, les contó lo que había sucedido:

—Ha habido un intento de golpe de Estado. Macías acusa a España y el culpable, Atanasio Ndongo, ha sido asesinado. Bonifacio Ondó y otros políticos que no son de su cuerda han sido detenidos y encarcelados. Gustavo también. No han dejado de pasar por la calle vehículos militares toda la noche. Ahora estamos en estado de emergencia. ¡Deberíamos habernos marchado hace unos días en el Ciudad de Pamplona, con los últimos...! Julia, Manuel, coged lo más importante, dinero, joyas y pasaporte, y olvidaos de lo demás.

—Pero España... —comenzó Julia.

Su padre la cortó, tajante:

—Julia, España ya no intervendrá en los asuntos de Guinea. Yo me voy a la ciudad para gestionar los pasajes. Permaneceremos juntos hasta conseguir barco o avión, lo primero que salga, hoy o mañana... Y vosotros... —se dirigió a los demás—, deberíais hacer lo mismo.

Manuel miró a Garuz, consternado. La preocupación de su suegro estaba más que justificada, pero ¿qué harían las personas que aún quedaban en la finca sin un médico?

—Haz lo que tengas que hacer —respondió Garuz a su dilema—. Yo me quedo.

—Yo también —dijo Kilian. Él no se iría hasta que fueran a buscarlo personalmente con una pistola.

—Y yo… —Gregorió dudó—, sí, de momento también.

Emilio se encogió de hombros.

—¿Y usted, padre Rafael?

—Me quedo, hijo. Mi sitio está aquí.

—Allá vosotros. En cuanto marche la Guardia Civil, la seguridad será por vuestra cuenta y riesgo. —Estrechó la mano de quienes habían decidido quedarse, uno por uno, con los labios apretados y el ceño fruncido para controlar la emoción—. Kilian…, si fuera tu padre…, te sacaría de aquí a rastras.

Tres horas más tarde, Waldo y Kilian terminaban de ayudar a cargar el oscuro y elegante Mercedes que Garuz había ofrecido para llevar a la familia de Manuel a la ciudad. Los pequeños Ismael y Francisco jugaban en la tierra, ajenos a la tristeza que embargaba a sus padres. Julia entraba y salía de la casa con los ojos enrojecidos y Manuel ultimaba su despedida de las dependencias del hospital donde había trabajado dieciséis años.

Kilian se encendió un cigarrillo. Un niño se acercó corriendo adonde estaba él y se sumó, como tantas otras veces, al juego de los hijos de Julia. Kilian sonrió y buscó con la mirada a la madre del pequeño. Bisila se acercaba, acompañada de Simón.

—Los echará de menos —dijo ella.

—Sí, y yo también —dijo Kilian.

Julia salió con su bolso de mano. Lanzó una última mirada al interior de su casa, cerró la puerta, agachó la cabeza y permaneció unos minutos en silencio. El temblor de sus hombros indicaba que sollozaba. Finalmente, extrajo un pañuelo del bolso, se enderezó y se giró para dirigirse hacia el coche.

—¿Dónde está Manuel? —preguntó con voz temblorosa.

—Dentro, en el hospital —respondió Kilian.

—¿Me harías el favor de ir a buscarlo? Quiero que esto acabe cuanto antes.

—Sí, claro.

Kilian encontró a Manuel en el cuartito donde estudiaba y clasificaba sus plantas.

—No he podido llevarme casi nada —dijo en voz alta cuando Kilian entró.

—Tal vez puedas regresar algún día…

—Sí, tal vez.

—Te echaré de menos, Manuel.

El médico sacudió la cabeza con la mirada baja.

—Yo también.

Se pasó la lengua por los labios, nervioso. Dudó si decirle a Kilian lo que hacía tiempo que quería decirle, y al final se decidió:

—Kilian… Sé lo que pasó, sé lo que hizo Jacobo con Bisila… —Su amigo se apoyó contra la mesa—. Tengo incluso mis dudas de quién es el verdadero padre de Fernando, pero es evidente que tú actúas como tal… Yo también tengo hijos, Kilian. Yo tampoco los abandonaría. Pero ten cuidado, ¿de acuerdo?

Kilian asintió. Luego, preguntó:

—¿Lo sabe Julia?

—Siempre tuvo a Jacobo en un pedestal. ¿Para qué sacarla de su error?

—Eres un caballero, siempre lo has sido.

Manuel sonrió débilmente, lanzó una mirada a su alrededor y apoyó la mano en el pomo de la puerta.

—¿Te acuerdas cuando nos conocimos en el Ambos Mundos? —Kilian asintió—. Parece que han pasado siglos… Ahora ya no existe ni la sala…

Salieron al exterior, donde Julia observaba en silencio a los niños junto a Bisila. Manuel se despidió de todos, abrazó a Kilian con fuerza, introdujo a los niños en el coche y se dirigió a la parte delantera con los ojos llenos de lágrimas.

—Venga, Waldo. Haznos de chófer por última vez.

Julia repitió la despedida de su marido. Cuando le llegó el turno a Kilian, se desmoronó en sus brazos.

—Oh, Kilian, ese pequeño cada día se te parece más... Cuida de él, Kilian, no lo abandones... ¿Qué pasará con todos? —Kilian le acarició el cabello y esperó en silencio, con el corazón en un puño, a que ella se tranquilizara un poco. Julia se incorporó y se llevó el pañuelo a la nariz—. Adiós, Kilian. Danos noticias.

Waldo puso el motor en marcha y condujo a través del patio principal de Sampaka en dirección al camino de las palmeras reales. Julia cerró los ojos y se dejó invadir por una languidez y un abatimiento que desfiguraron las últimas imágenes del trayecto hasta la ciudad: una compungida Oba ante la casa de sus padres, la Factoría Ribagorza, donde una joven Julia había esperado que un apuesto Jacobo abriera con energía juvenil la puerta para alegrarle el día; y el casino, donde había hablado con Manuel por primera vez sin saber que acabarían uniendo sus vidas.

Años más tarde, habría de recordar de manera borrosa su viaje de regreso en el barco en el que finalmente embarcaron en Bata. Habría de ser la memoria prodigiosa de su madre, Generosa, la que consiguiera hacerle rememorar los detalles del buque de la unidad de operaciones especiales de la Infantería de Marina en el que se repatriaba a los últimos miembros de la Guardia Civil, a un grupo de religiosos de Fernando Poo, al último miembro de una expedición científica que, años atrás, había encontrado y enviado al zoo de Barcelona un gorila albino al que llamaron *Copito de Nieve;* a varios gerentes y propietarios de fincas, a cacatúas, loros, monos y otras especies que la tripulación llevaba de recuerdo a sus familiares, a la última bandera española en aquellas tierras, y a tres generaciones de una misma familia. El buque se llamaba *Aragón,* habrían de pensar Emilio, Generosa y Julia con ironía en más de una ocasión; la nave que los alejaba con dolor de su pasado reciente se llamaba como la región a la que pertenecía Pasolobino, el lugar que los había visto nacer.

—¿Ve? Ya se lo dije. —Simón señaló en dirección al mar desde la balaustrada—. Ahí siguen los sacos. No embarcaron ni uno solo. Se estropeará toda la cosecha, si no lo ha hecho ya.

Garuz no podía dar crédito a lo que veían sus ojos. En el pequeño espigón de cemento del muelle de Santa Isabel se amontonaban cientos de sacos de esparto, llenos a rebosar, con el sello de Sampaka.

—¡Están locos! —dijo Kilian, desolado—. ¡Eso de ahí vale una fortuna!

—¿Así es como piensan encargarse de todo aquello por lo que hemos luchado durante años? —Garuz sintió que un brote de rabia se gestaba en sus entrañas—. ¡La cosecha de un año de trabajo pudriéndose por la insensatez de un gobierno incompetente! —Vio que dos policías salían de la caseta de guardia y se dispuso a descender por la *cuesta de las fiebres*—. Ahora mismo voy a solucionar esto. ¡Si hace falta hablaré con el mismísimo presidente!

Kilian lo sujetó por el brazo.

—¡Espere! No sé si es buena idea…

—¿Te crees que me dan miedo esos dos?—Garuz se soltó bruscamente.

—Si baja ahí de malos modos, les dará una buena excusa para que lo detengan. Deberíamos volver a la finca. Cuando esté más calmado, ya decidirá qué hacer o con quién hablar.

Justo entonces, un coche se detuvo, varios hombres bajaron y se encaminaron hacia la cuesta. Garuz reconoció a uno de ellos y se acercó.

—Hombre, Maximiano. ¡Qué casualidad! Me alegra encontrarme con usted. Acabo de saber que la cosecha de la finca no ha embarcado. Le estaría muy agradecido si se me informara de las razones.

—¿Usted quiere que *yo* le dé explicaciones?

—Usted o quien sea, pero no puedo consentir que se tire por la borda mi capital.

Maximiano se lamió el labio inferior con lentitud.

—¿Está poniendo en duda el buen hacer de nuestro presidente?

—¿Cómo? —Algo en la fría mirada de los ojos entrecerrados del jefe de policía le hizo comprender a Garuz que lo mejor sería cambiar completamente de actitud—. Por supuesto que no. Nada más lejos. Si me disculpa…

Hizo un gesto a los otros dos.

—Buenas tardes. Kilian, Simón…, vámonos.

Comenzaron a caminar hacia el coche. Una voz los detuvo.

—¡Eh, Simón! Parece que te has curado muy rápido de tu cojera.

Simón entró rápidamente en el coche. Garuz se dio la vuelta y su mirada se encontró con la de Maximiano, quien levantó el dedo índice en el aire en ademán acusador.

Una vez dentro del coche, Garuz se hundió en su asiento, maldiciendo por lo bajo. Kilian comprendió que el gerente se tenía que sentir enojado y humillado. No le había quedado más remedio que tragarse su orgullo y huir cuanto antes del lugar donde se pudriría su cacao. ¿Qué pasaría ahora?, se preguntó.

Las labores de cuidado de cacaotales proseguían a duras penas. Pocos acudían al trabajo. Se había cancelado el tratado laboral con Nigeria, pero ese no era el problema porque braceros sobraban: no había más que verlos dando vueltas por ahí, desorientados, sin saber muy bien qué hacer ni adónde dirigirse. En realidad, era como si todo el mundo se hubiera contagiado del desaliento que las palabras y los actos de las instancias superiores transmitían.

En su fuero interno, Kilian aún deseaba inocentemente que una voz alegre dijera que las relaciones entre ambos países eran inmejorables y que, aunque el Gobierno de la nueva Guinea fuese independiente, la vida diaria y el trabajo discurrirían con normalidad. Pero la realidad era otra. La sensación general era de abandono. Los escasos medios de comunicación, como Radio Santa Isabel, Radio Madrid y el periódico *Ébano*, habían ido narrando la metamorfosis verbal desde las primeras palabras optimistas del himno de la recién estrenada independencia —«caminemos pisando la senda de nuestra inmensa felicidad»— hasta el desencanto generalizado y las amenazas contra los blancos. No llegaban las ayudas esperadas, no había dinero, resultaba difícil ajustarse al nuevo orden civil establecido; la población no apreciaba ningún cambio en su bajo nivel de vida ni las promesas electorales se veían por ningún sitio. Era difícil que las palabras de Macías no acudieran continuamente a las mentes de quienes se resistían a marcharse. «Se acabó la esclavitud —repetía—, que nadie ayude al blanco, que ningún negro tenga miedo del blanco…; no somos pobres, Guinea es rica, estamos sobre una bolsa de petróleo…; ahora meteré a los blancos en la cárcel si van contra el Gobierno…»

Condujeron de vuelta a la finca por calles sucias, llenas de basura y manchas de sangre. Al paso del coche, sintieron las miradas de desconfianza de muchos transeúntes.

Garuz le pidió a Simón que acelerara.

—No sé, Kilian —murmuró, pensativo, cuando dejaron el asfalto atrás—, no sé si nos estamos arriesgando mucho. Hasta los de la tele se han marchado ya…

Simón frenó bruscamente. Una menuda mujer caminaba por el arcén portando un abultado hatillo sobre su cabeza. Simón se giró hacia Kilian y le suplicó con la mirada que intercediera ante Garuz para llevarla.

Kilian salió del coche.

—Oba… ¿Qué haces sola por aquí?

—Voy a vivir con Nelson. En la factoría no hay trabajo, *massa*. Espero que al *big massa* no le importe…

—Vamos, te llevaremos.

Oba y Kilian subieron al coche. Ella se sorprendió al reconocer a Garuz junto al conductor. Garuz no se dio la vuelta. Tampoco abrió la boca. Le daba exactamente igual lo que la joven hiciera o dejara de hacer, aunque… Abandonó su flaqueza de unos segundos antes y se incorporó en el asiento. Si las mujeres eran la razón por la que hombres como Kilian y Nelson seguían junto a él, en esos momentos le resultaba tan válida como cualquier otra. Además, lo que sobraban en Sampaka eran viviendas de braceros.

A partir del verano, la tensión decreció y los ánimos parecieron calmarse. En octubre de 1969, se firmaron nuevos acuerdos bilaterales y España garantizó un crédito millonario a Guinea. Aprovechando la ocasión del regreso de algunos coloniales a sus propiedades, y después de varios encuentros con ellos, Garuz reconsideró un cambio de actitud y decidió tomar el pulso a la situación real acudiendo a una cena de gala en el casino.

Ante la insistencia del gerente de la conveniencia de codearse con los altos cargos y autoridades del país, a Kilian y a Gregorio no les quedó más remedio que acompañarle. Kilian aceptó con resignación. No le apetecía nada, pero haría cualquier cosa con tal de poder quedarse más tiempo. Recordó a Waldo que tuviera listas varias docenas de huevos y unas botellas de coñac para no tener problemas en los puestos de guardia y, después de mucho tiempo sin asistir a una fiesta, se puso un traje oscuro y una pajarita que le prestó el propio Garuz.

Nada más entrar en el casino, Kilian pudo comprobar con asombro que solo habían cambiado dos cosas en la sala principal desde su primera visita. La primera, que la mayoría de los asistentes eran nativos mientras que los blancos se podían contar con los dedos de las manos, y, la segunda, que el número de uniformes militares casi superaba a los esmóquines. Por lo demás, la música de una orquesta llamada *Etofili* acompañaba las conversaciones, y los numerosos camareros se aseguraban de que todo el mundo estuviera perfectamente atendido.

Garuz, escoltado por Gregorio y Kilian, saludó a varios de los presentes con exagerada cordialidad, especialmente a quienes presentó como el director general de Seguridad, un hombre recio de mirada severa, y el secretario de Defensa, un hombre serio y pensativo que llevaba uniforme de comandante. Kilian estrechó sus manos y sintió un escalofrío. Ninguna sonrisa se dibujó en las caras de aquellos en cuyas manos estaba el futuro del país y de su vida.

Un sonido de risas llegó desde la puerta que conducía a la terraza exterior, donde estaba la glorieta de baile. Garuz miró en aquella dirección y sonrió con cierto alivio al distinguir a un grupo de europeos disfrutando de la fiesta. Se dirigieron hacia ellos. Kilian tenía la sensación de haberlos visto antes, pero no recordaba dónde. Garuz los saludó e intercambió unas palabras con dos de ellos, en compañía de los cuales se encaminó a una pequeña salita.

—Hola —dijo una voz a su lado—. Si has venido con Garuz, me imagino que serás uno de sus empleados.

Extendió la mano.

—Yo soy Miguel. Trabajo en la televisión. —Hizo un gesto hacia los otros—. Todos trabajamos en la tele. Unos, en la emisora y otros, en los estudios.

Kilian observó al joven de ojos vivos y corta barba y recordó una escena, antes de las elecciones, en la que un hombre ebrio había acusado a Miguel de echarle el humo del cigarrillo al rostro.

—Yo soy Kilian, y sí, trabajo en Sampaka. Pensaba que los de la tele os habíais marchado todos. —Por el rabillo del ojo vio que Gregorio iniciaba una conversación con dos de las jóvenes que integraban el grupo. Por su actitud, Kilian creyó entender que trataba de impresionarlas con historias de sus experiencias coloniales.

—Tuvieron que marcharse por piernas después del golpe de Estado de marzo, pero después nos enviaron a nosotros. Y aquí seguimos… de momento.

—¿Y qué tal las cosas por España? ¿Tienen alguna idea de lo que pasa en Guinea?

—Pues créeme si te digo —respondió Miguel— que, a excepción de la familia y los amigos, nadie tiene ni idea de nada, ni siquiera de que han tenido vecinos negros en provincias españolas africanas. Y eso que el proceso de la independencia iba saliendo en la prensa adornado con alabanzas a la buena labor de España. Pero vamos, te aseguro que ahora en la calle nadie habla de esto.

—Ya... —Aunque Kilian se imaginaba la respuesta, no por ello le resultó menos descorazonadora—. Por cierto, ¿de qué conoces a Garuz?

—A Garuz y a casi todos los empresarios. Con esto de la nueva moneda, andan locos tras nosotros para que les hagamos talones que ellos nos dan en pesetas guineanas. Nosotros nos las gastamos y ellos se quedan tranquilos. Temen que no tengan valor. Así que, ya sabes, si tienes dinero...

Cada segundo que pasaba, a Kilian le agradaba más el joven. De naturaleza nerviosa, sus gestos y sonrisas frecuentes transmitían una refrescante sensación de cercanía y camaradería. Realmente hacía siglos que no conversaba con personas ajenas a Sampaka.

—Muchas gracias —respondió—, pero mi sueldo va a un banco de España. Solo me quedo algo para gastos corrientes.

Se encendió un cigarrillo.

—¿Y qué haces exactamente aquí?

—Me encargo del mantenimiento de la emisora, arriba, en el pico. Los días libres vengo al casino a jugar al tenis. Fíjate en ese tipo. —Señaló a un hombre muy alto y fuerte a cierta distancia—. Es el cónsul de Camerún. Siempre me busca para que juegue con él. —Se rio—. Será porque siempre me gana. Bueno, ¿y tú? ¿Cuánto tiempo llevas por aquí? Yo no mucho, pero tú tienes pinta de ser todo un experto en Fernando Poo, ¿me equivoco?

Kilian sonrió con melancolía. Sí, tenía un especial conocimiento de la isla y sus gentes, pero si Miguel supiera por lo que había pasado y la terrible zozobra que el incierto futuro le provocaba, sus palabras no estarían teñidas de envidia.

Durante un buen rato, charlaron amistosamente sobre sus vidas y sobre la situación política. Miguel fue claro: en la calle tenía una permanente sensación de inseguridad física, por lo que se limitaba a acudir al trabajo y a disfrutar de las instalaciones del casino, adonde insistió en que debería ir Kilian para entretenerse y aliviar la soledad de la finca.

—No estoy solo —explicó Kilian—. Tengo mujer e hijos.

Hacía tiempo que las personas cercanas a él aceptaban la situación con total normalidad, pero el hecho de verbalizarla ante alguien a quien acababa de conocer le produjo una placentera sensación. Miguel le infundía confianza.

—¿Aún están por aquí? —Miguel arqueó las cejas, sorprendido—. La mayoría de los colonos que no se han marchado los han enviado de vuelta a casa.

—Bueno…, en realidad ella es guineana. Bubi.

—¿Y qué haréis si las cosas se ponen feas para ti?

—No lo sé. —Kilian suspiró—. Es complicado.

—Vaya…

Un camarero se acercó para anunciar que se serviría la cena en unos minutos. Garuz se sumó de nuevo al grupo y todos juntos se dirigieron al comedor, dispuesto y adornado como en sus mejores tiempos.

—¿Sabes, Kilian? —dijo Miguel, nada más sentarse a su lado en una de las mesas redondas—. La primera vez que vine no sabía qué hacer con tanto cubierto. En España yo no tengo ocasión de moverme en ambientes tan sofisticados…

—¡Te entiendo perfectamente! —Kilian se rio con ganas.

De pronto, la sonrisa se le heló en los labios y miró a Gregorio, que se había sentado tres o cuatro sillas más allá. El otro estaba tan sorprendido como él.

Una espectacular mujer enfundada en un vestido de fino crepé blanco entró en el comedor cogida del brazo de un hombre con la cara picada de viruela en dirección a una de las mesas cercanas. Cruzó el espacio que separaba la entrada de la mesa de Kilian y Gregorio contoneando el cuerpo y emitiendo ruidosas carcajadas, como si lo que le contase su acompañante fuese lo más divertido del mundo.

—Vaya con Maximiano... —comentó Garuz con sorna al reconocer al jefe de policía.

Kilian bajó la vista cuando Sade les lanzó una mirada altanera y cargada de odio, primero a Gregorio y luego a él. Después, cuando ocupó su asiento en la mesa donde estaban las autoridades de la Seguridad Nacional, incluido el comandante que habían conocido al llegar, no dejó de coquetear y cuchichear al oído de Maximiano, que, en un par de ocasiones, los miró con el ceño fruncido.

—¿Así que los conoces? —preguntó el jefe de policía a su acompañante.

Sade bajó la vista en un estudiado gesto de tristeza.

—El del pelo oscuro con reflejos cobrizos me abandonó por otra después de dejarme embarazada... —Hizo una pausa intencionada que aprovechó para ver de soslayo que el hombre apretaba los labios—. Y el otro, el del bigote, quiso abusar de mí amenazándome con una pistola.

Maximiano se giró sin ningún disimulo y lanzó una mirada asesina hacia la mesa de los blancos.

—No sé qué le habéis hecho a mi tío... —dijo un joven sentándose al lado de Kilian—, pero esa mirada me dice que me alegro de no encontrarme en vuestro pellejo.

—¿Tu tío? —preguntó Miguel, sorprendido, inclinándose para sortear a Kilian, situado en medio de los dos.

—¿No te dije que tenía familia en puestos importantes?

—Perdona, Kilian. Te presento a Baltasar, cámara de televisión. Antes de que preguntes, estudió en Madrid y vive y trabaja allí. Y este es Kilian —guiñó un ojo y esbozó una pequeña sonrisa—, uno de los pocos coloniales que todavía resisten.

A Kilian no le gustó que lo llamara colonial, y más después de haberle hablado de la familia que había formado con una nativa, pero dedujo que Miguel no lo había dicho con malicia. Estrechó la mano de Baltasar y lo observó con curiosidad. Tenía una de las pieles más oscuras que había visto en la isla, de modo que sus ojos redondos y sus blancos dientes relucían como fogonazos de linternas cada vez que parpadeaba o sonreía.

—Entonces, eres fang… —comentó, por fin.

Baltasar arqueó las cejas.

—¿Te molesta?

—No, de momento, no.

Kilian se arrepintió de sus palabras. Lo cierto era que acababa de conocer al joven, y le había causado una buena impresión. Baltasar lo miró en actitud interrogante, abrió la boca para aclarar esa respuesta tan agria, pero cambió de opinión. Entonces, Miguel dijo:

—La mujer de Kilian es bubi…

—¿Y…? —Baltasar mostró las claras palmas de sus manos—. Ah, ya veo. Sí, una simplificación muy comprensible. Bubis buenos, fang malos, ¿no?

Kilian no dijo nada. Baltasar chasqueó la lengua y se sirvió una copa de vino ante la mirada de desaprobación del solícito camarero a sus espaldas. Baltasar bajó la voz.

—Déjame decirte una cosa, Kilian. Al monstruo caprichoso, rencoroso y vengativo lo han despertado los jefes de España, no yo. Primero Macías les pareció bien, y cuando se dieron cuenta de su error, lo intentaron derrocar con un golpe de Estado, justo cuando estaba a tope de su fama como líder máximo de un pueblo libre e independiente… Y ahora, si pudieran lo asesinarían. ¿Y sabes qué es lo que más obsesiona al señor presidente? La muerte. Le tiene terror. ¿Sabéis que sancionó a uno de sus delegados de Gobierno por toser? Lo acusó de intentar pasar microbios al jefe de Estado. ¿Y qué han aprendido los funcionarios? A aprovecharse de largas vacaciones hasta que están curados del todo. —Se rio—. ¡Esto es surrealista! Macías se asegurará a cualquier precio de que la mantiene lejos, a la muerte me refiero. Sobornará, aplaudirá la delación, apoyará a sus fieles y matará sin dudarlo a quien él crea, sospeche o intuya que está contra él. Así que, amigo mío, mientras España no reconozca su parte de culpa en la elección del candidato, no estará libre de pecado en la degeneración que vendrá hasta que uno de sus lacayos se vuelva contra él…

—No deberías contarnos estas cosas, Baltasar —susurró Miguel—. Te pones en peligro.

—Yo me iré pronto, afortunadamente. La política se la dejo a mis familiares. —Cogió la tarjeta que había sobre el mantel—. A ver con qué platos nos sorprenden hoy.

Kilian aceptó de buen grado el cambio de tema y participó de los comentarios jocosos sobre el elaborado menú, que consistía en crema de ave, huevos escalfados Gran Duque, langosta con salsa tártara, lubina fría Parisien, pollo asado a la inglesa y macedonia tropical. Poco a poco se fue relajando, e incluso tuvo que reconocer para sus adentros que estaba disfrutando de la savia nueva que suponían la compañía y conversación de Miguel y Baltasar. Por este, además, sentía una curiosidad especial. Baltasar había estudiado en España, había obtenido una plaza fija por oposición en la televisión y no tenía intención de cambiar de lugar de residencia.

—Miguel me ha dicho que ahora, en España, no se habla nada de Guinea…

—Me imagino —dijo Baltasar— que a los políticos de allá les interesa que se olvide cuanto antes que aquí ha tenido lugar… —su tono se volvió sarcástico— un ejercicio de democracia. El gobierno del dictador Franco promovió un referéndum y votaciones en Guinea, algo impensable en su propio Estado…

Kilian frunció el ceño. En ningún momento se le había ocurrido analizar la situación de los últimos meses desde esa perspectiva. Se sintió un poco avergonzado. Se había involucrado tanto en la vida de la isla que no había prestado atención a la situación de su propio país. Nunca pensaba en el hecho de que en España había una dictadura. Su vida transcurría entre el trabajo y lo demás. Hubiera sido incapaz de explicarle a nadie cómo se veía o proyectaba la dictadura en aquella pequeña España colonial.

—¿Qué tal tu vida en la capital? —preguntó Kilian.

—Llevo tantos años fuera que Madrid se ha convertido en mi casa.

—¿Y no has tenido problemas?

—Hombre, aparte de que entre tanto blanco se me ve mucho —se rio—, ninguno. Pero muchos guineanos que llegan ahora a España buscando la libertad se encuentran con que la madre patria se ha convertido en la malvada madrastra. Además de la decepción que les produce darse cuenta de la ignorancia del pueblo español sobre lo que ha ocurrido y está ocurriendo aquí, desde la independencia ya no se les renuevan los pasaportes españoles a los naturales de Guinea, así que, encima, se convierten en apátridas. Pasan de tener dos países a no tener ninguno. A mí no me ha pasado porque estoy casado con una española. —Baltasar lo miró fijamente.

Kilian no pudo ocultar su sorpresa. Por unos segundos, una nueva ilusión se abrió camino en su corazón. Hablaría con Bisila y la convencería para que se fuera con él. Podrían empezar una nueva vida en otro lugar. Si otros lo habían hecho, ¿por qué ellos no?

Justo en ese momento, los camareros terminaron de retirar los platos y ofrecieron unas copas de whisky con soda. La orquesta inició la sesión de baile de noche en la glorieta con un tema de James Brown y la gente comenzó a abandonar las mesas para trasladarse al exterior. Gregorio se levantó y le dijo algo a Garuz. Kilian escuchó que este le respondía:

—No sé si es muy prudente que vayas solo.

—¿Adónde vas? —preguntó uno del grupo de la tele.

—A ver qué hay abierto por ahí.

—¿Podemos acompañarte? —preguntó otro—. Nos gustaría conocer un poco más la ciudad por la noche…

Gregorio se encogió de hombros y comenzó a alejarse seguido de los otros dos.

—Estos no pierden comba —dijo Miguel, con una sonrisa.

—Deberían tener cuidado —advirtió Baltasar haciendo un gesto en dirección a la mesa de su tío y demás autoridades de la Seguridad Nacional—. No les gusta que nuestras mujeres se vayan tan fácilmente con los blancos.

Gregorio salió solo del Anita. Hacía rato que los dos de la tele se habían marchado. Caminó con cierta inestabilidad hacia el coche. No se veía un alma. Abrió la puerta y, antes de meterse en el coche, una mano de hierro lo sujetó por el hombro. En segundos, y sin que pudiera hacer nada para evitarlo, otras manos lo agarraron con fuerza, le colocaron un saco en la cabeza, lo empujaron y lo introdujeron en un coche que salió a toda velocidad hacia un lugar desconocido.

El coche se detuvo. Lo sacaron sin miramientos y lo hicieron caminar unos pasos. Escuchó el sonido metálico y chirriante de una verja de hierro al abrirse. En completo silencio, lo guiaron de malas maneras hacia el destino elegido. Entonces, le quitaron el saco de la cabeza. Tardó unos segundos en darse cuenta de dónde se encontraban. Los cinco o seis hombres estallaron en carcajadas al ver su expresión.

Estaba frente a una fosa abierta en la tierra junto a varias sepulturas. Un sudor frío comenzó a recorrerle el cuerpo. ¡Lo habían llevado al cementerio! Enseguida tuvo claras las intenciones de sus secuestradores. La orina comenzó a deslizarse por la cara interior de sus muslos.

—¿Ves este agujero, *massa* Gregor?

Sabían su nombre. La oscuridad impedía que pudiera reconocer sus rostros. Solo veía sus ojos inyectados de sangre. ¿Y qué más daba si los reconocía o no?

—Mira, lo hemos cavado para ti. Sí, solo para ti.

—¿Creéis que será lo suficientemente grande?

—¿Por qué no lo probamos?

Risas.

El primer golpe fue en la espalda. El segundo, a la altura de los riñones. Luego, puñetazos indiscriminados. Por último, un fuerte empujón que lo lanzó a la fosa y unas voces amenazadoras, vengativas, cargadas de resentimiento:

—Esto es solo un aviso, blanco. No sabrás cuándo, pero volveremos a por ti.

De nuevo, el estridente chillido de la verja.

Transcurrió un largo rato antes de que Gregorio recuperara la serenidad suficiente para arrastrarse fuera de la fosa, gimiendo por el dolor de las heridas, cruzar el silencio del camposanto con el ánimo sobrecogido, y orientarse. Cuando llegó a su coche, a pocos metros del club, los cortes de la cara habían dejado de sangrar, pero él ya había tomado una decisión.

Una vez en Sampaka, despertó a Garuz y le pidió el finiquito.

En cuanto amaneció, Waldo lo llevó al aeropuerto y Gregorio desapareció de Fernando Poo sin despedirse de nadie.

Miguel y Baltasar recogieron el material y lo guardaron en maletines metálicos.

—Gracias por acompañarnos para filmar el proceso de elaboración del cacao, Kilian —dijo Miguel—. Ha sido de lo más ilustrativo.

—Ojalá lo hubieseis visto hace unos años... Ahora está todo que da pena verlo. Con los que estamos no llegamos a mantener la maleza a raya. Y, además, no sacamos ni una décima parte de la producción anterior... —Unas gotas comenzaron a caer desde el cielo y los tres entraron rápidamente en el vehículo.

El trayecto más corto y seguro al bloque de pisos que ocupaban los miembros del equipo de televisión discurría por la zona residencial donde estaba la casa de la familia de Julia. El par de veces que Kilian había pasado por delante de la factoría Ribagorza se le había encogido el corazón. Había tenido la sensación de que en cualquier momento la puerta se abriría para que saliera Emilio o su hija...

—¿A dónde van todos esos? —preguntó Baltasar.

Sin previo aviso, la calle se había ido llenando de jóvenes que corrían en diferentes direcciones. Los que iban en el mismo sentido que ellos llevaban las manos vacías. Aquellos con quienes se cruzaban llevaban objetos de todo tipo y botellas que rompían contra el suelo, entre risas descontroladas, para beber el contenido. Tuvo un mal presentimiento. Sin aminorar la velocidad, Kilian hizo avanzar el vehículo y, a pocos metros de la antigua factoría de Emilio, se detuvo.

—¡Oh, Dios mío! ¿Pero qué hacen?

Decenas de jóvenes estaban destrozando la tienda. Unos rompían los cristales con gruesos palos de madera. Otros entraban en el local para salir cargados de productos. De pronto, vieron que sacaban a empujones a un hombre blanco, probablemente el nuevo dueño, el portugués João, quien, con las manos juntas, imploraba que no le hicieran nada. Sin escuchar sus súplicas, comenzaron a darle una paliza brutal. La sangre salpicó el suelo. Sin pensarlo dos veces, Kilian salió del coche disparado y corrió hacia ellos gritando y agitando los brazos.

—¡Parad! ¡Parad de una vez!

Enseguida se dio cuenta de su error. Un joven alto con la cabeza rasurada se giró y esbozó una sonrisa burlona.

—¡Ahí viene otro! ¡A por él!

Con el corazón latiéndole a gran velocidad, a la mente de Kilian llegaron instrucciones confusas de otros tiempos de cómo tratar a los braceros: firmeza, serenidad, entereza...

—¡Dejad ahora mismo a ese hombre! —gritó.

—¿Y por qué, blanco? —El joven de la cabeza rasurada se le acercó balanceando el cuerpo con arrogancia—. ¿Porque lo digas tú?

En un segundo, Kilian se vio rodeado por varios hombres, la mayoría de los cuales no tendría más de veinte años. Sintió que la convicción lo abandonaba.

—Ningún blanco nos da órdenes —dijo el otro.

Los palos se alzaron en el aire. Kilian cruzó los brazos sobre su cara. Esperó, pero no sucedió nada. Entonces, escuchó una voz familiar que, en tono firme pero amable, decía:

—Yo en vuestro lugar no haría eso. —Baltasar se había colocado entre él y los jóvenes sedientos de venganza—. Soy el sobrino del jefe de policía, de Maximiano, y este hombre es amigo suyo.

Sin girarse, le dijo a Kilian:

—Vuelve al coche. Yo quiero hablar con estos muchachos y que me expliquen por qué están tan enfadados. —Les hizo una pregunta en fang y los otros soltaron una retahíla eufórica de explicaciones.

Kilian entró en el coche. Las piernas todavía le temblaban. Miguel estaba encogido en el asiento de atrás.

Kilian no dijo nada. Miró por la ventanilla hacia la ventana del salón de la vivienda y sintió un nudo en la boca del estómago. Una mujer con un bebé en brazos apretaba contra su cintura a un niño de unos cinco o seis años. A pesar de la distancia, creyó escuchar sus lloros provocados por el atroz terror del que estaban siendo testigos. ¿Volverían a ver a su padre y marido con vida?

Baltasar regresó al coche acompañado del joven de la cabeza rasurada. Baltasar se despidió y entró. El joven se inclinó en busca de la mirada de Kilian.

—Otro día no tendrás tanta suerte.

Kilian puso el motor en marcha y comenzaron a alejarse.

—Gracias, Baltasar —dijo—. Me has salvado la vida.

El otro, abatido, sacudió una mano en el aire como queriendo olvidar el asunto y no dijo nada.

—¿Se puede saber qué mosca les ha picado? —preguntó Miguel al cabo de un rato.

—Un grupo de mercenarios portugueses ha intentado invadir

Guinea Conackry. Macías ha dado vía libre a sus juventudes para que se manifiesten contra los portugueses.

Miguel soltó un bufido.

—Pues vaya manera de expresar su protesta... Esta tarde me subo a la emisora del pico y no pienso bajar en una semana.

—No es mala idea, tal como están los ánimos... —musitó Baltasar.

Kilian lo miró de soslayo. Estaba seguro de que en su mente se repetía el mismo pensamiento que en la de todos.

¿Qué demonios le estaba pasando a ese maldito país?

—¿Por qué no nos vamos? —insistió Kilian.

—¿Irnos adónde?

Esa conversación ya había tenido lugar.

—A España. Juntos. Eres mi esposa. Te llevaré conmigo.

—Mi sitio está aquí.

—Tu sitio está conmigo.

Kilian se incorporó, se sentó en el borde de la cama y agachó la cabeza.

—Todos se marchan —dijo—. Por eso pienso en todas las opciones.

Bisila se sentó a su lado.

—No puedo irme de aquí. Los hijos de blanco y negra son guineanos, no españoles. No los dejarían salir.

Un silencio.

—Además, yo no pertenezco a Pasolobino. No encajaría. Siempre sería la negra que se trajo Kilian de Rabaltué de la colonia.

Kilian protestó:

—¡Serías mi mujer! ¡Ya se acostumbrarían!

—Pero yo no quiero que nadie se tenga que acostumbrar a mí.

—También podríamos vivir en Madrid, o en Barcelona... Me colocaría en cualquier fábrica.

—Eres un hombre de tierra, de montaña, de finca... En una ciudad serías infeliz. Con el paso de los años me echarías a mí la culpa de tu tristeza y nuestro amor se acabaría.

—Entonces, solo tenemos una opción: quedarme aquí. En la finca todavía me siento seguro.

Bisila se levantó, caminó unos pasos, miró por la ventana, deshizo el camino y se dirigió hacia la mesa sobre la que se apoyaba un pequeño espejo. En el espejo Kilian había pegado la única foto que tenían de los dos juntos. Sonrió al recordar el día que Simón se presentó ante ellos con su recién adquirida máquina de fotos:

A ver, Bisila. Tú ponte aquí... Así... Fernando, ven, ponte junto a tu madre. Aquí quieto. Y ahora sonríe... Kilian, ahora tú, aquí, sí, así está bien. Puedes apoyarte en el camión si quieres. ¡Espero que salga bien!

La vida tenía ironías: en cuanto habían conseguido ser libres para amarse sin esconderse, había comenzado la persecución de los blancos.

—Sí, en la finca estás seguro —repitió ella sin apartar la vista de la fotografía—. Pero... ¿hasta cuándo?

—¿Adónde van? —Kilian, extrañado, siguió a Garuz hasta el centro del patio principal. Varios braceros que portaban abultados fardos con sus escasas pertenencias se habían agrupado allí. Iban acompañados de sus mujeres e hijos. Distinguió a Bisila cogida del brazo de Lialia, y a Oba con uno de los hijos de Ekon en brazos.

—¿Adónde vais? —repitió Garuz.

—Nosotros también nos marchamos, *massa* —respondió Nelson con voz grave—. Han llegado noticias de que podemos regresar a casa. Aquí hay poca cosa que hacer.

—Pero... ¿y la guerra? —preguntó Kilian.

—Ha terminado. Van a perdonar a los vencidos. Bueno, eso dicen. Y han enviado barcos a buscarnos.

—No queremos que nos pase como a los portugueses —intervino Ekon—. El presidente de aquí solo quiere a los guineanos.

Kilian agachó la cabeza. También ellos. También ellos se iban. Sus últimos compañeros. ¿Y la cosecha? ¿Quién recogería los frutos que maduraban en los árboles?

Garuz soltó un juramento y se fue a su despacho.

Bisila se situó junto a Kilian. Nelson extendió la mano para despedirse de su jefe, pero este sacudió la cabeza.

—Os llevaré en el camión. Es un largo camino para los niños.

—No sé si es...

—Me da igual si es prudente o no. Iré con vosotros.

—Yo también iré —dijo Bisila.

Una hora más tarde, el grupo de nigerianos comenzó a descender por la *cuesta de las fiebres* con la determinación convertida en preocupación. Cientos de personas se amontonaban en el pequeño espigón mientras las autoridades guineanas pedían la documentación uno por uno, antes de permitirles acceder a la estrecha pasarela por la que subían al barco que el Gobierno nigeriano había enviado para llevarlos a casa.

Kilian y Bisila se quedaron apoyados en la balaustrada de la balconada superior, mezclados con los numerosos curiosos que se habían desplazado al puerto para ver la marcha de los nigerianos. Afortunadamente, no era el único blanco, pensó Kilian. Entre otros, distinguió a lo lejos a varios compañeros de Miguel y Baltasar. Cada pocos segundos, Bisila levantaba la mano y saludaba a Lialia y a sus hijos. Kilian admiró su capacidad para esbozar sonrisas de ánimo cuando sabía lo triste que se sentía al perder a su mejor amiga. Los hijos de Ekon y Lialia, a quienes había curado pequeñas heridas y enfermedades desde pequeños, también se despidieron de ella varias veces desde la distancia hasta que les llegó el turno de embarcar.

Nelson y Ekon mostraron sus papeles. Lialia hizo lo mismo. Cuando le llegó el turno, Oba enseñó su pasaporte y el policía frunció el ceño. Conversó con su compañero unos segundos que a ella le parecieron eternos y finalmente dijo:

—Tú eres guineana. No te puedes marchar.

Oba sintió que la tierra se ablandaba bajo sus pies.

—Pero me voy con mi marido...

Nelson retrocedió unos pasos. Los pasajeros tras Oba comenzaron a impacientarse y a emitir gritos de protesta.

—¿Qué ocurre?

El policía levantó la vista hacia el grandullón de cara redonda que no apartaba la vista de la muchacha intentando mantener una calma que no sentía.

—¿Y a ti qué te importa?

—Esta mujer es mi esposa.

—A ver, papeles.

Nelson y Oba sintieron un súbito temor. Desde mucho antes de que ella se fuera a vivir a la finca tenían planeado casarse, pero, por una razón u otra, lo habían ido retrasando.

—¿Dónde está el certificado de matrimonio?

—Lo hemos perdido —respondió rápidamente Nelson, deseando con todas las fuerzas de su corazón que el policía aceptara la mentira y dejara pasar a Oba.

—Pues entonces no se va. —La agarró por el brazo y la separó de la fila con tanta fuerza que Oba cayó al suelo. Los gritos de impaciencia aumentaron, ahora ya mezclados con la indignación por los malos modos del hombre.

—¡Oba! —Nelson empujó a los dos policías y se agachó junto a ella. Desde el barco llegaron las voces desesperadas de Ekon, Lialia y los familiares de Nelson, extrañados de que tardaran en subir. La sirena del barco indicó que estaba próximo a partir. Los que quedaban en tierra comenzaron a empujar y arrollaron a los policías. Desde el suelo, uno de ellos sacó su arma y comenzó a disparar indiscriminadamente. El otro lo imitó, y varias personas cayeron al suelo. Los gritos de impaciencia e indignación se transformaron en aullidos de pánico y dolor. Los que pudieron subir llegaron hasta la pasarela. Otros, aturdidos, intentaban socorrer a sus familiares heridos.

Desde arriba, Kilian y Bisila observaban atónitos la escena. Cuando los disparos cesaron, el barco comenzó a deslizarse tranquilamente sobre las aguas, ajeno al desconcierto de las personas que inclinaban sus cuerpos sobre la barandilla de cubierta en un vano intento de saber qué les había sucedido a sus amigos o familiares. En el espigón, varios cadáveres yacían en el suelo junto a hombres y mujeres que se llevaban las manos a la cabeza entre lamentos. Bisila apretó con fuerza la mano de Kilian y ahogó un grito cuando reconoció a Oba.

Sentada, con la cabeza ensangrentada de Nelson en su regazo, Oba se mecía hacia delante y hacia atrás, como si estuviera acunándolo. Ningún sonido salía de su garganta. Como un indefenso pez a punto de morir, abría y cerraba la boca mientras sus pequeñas manos acariciaban el cabello de su hombre, empapándose de su sangre.

—¡Qué sorpresa, Kilian! —exclamó una voz mordaz a su lado—. ¿Todavía por aquí? Pensaba que ya no estarías entre nosotros...

Kilian captó la doble intención de las palabras de Sade. No creía que se refiriera tanto a la isla de Fernando Poo como al mundo de los vivos. No había dejado de sospechar que la mujer y sus amistades habían estado detrás de la paliza a Gregorio. Tal como había puesto de manifiesto en el casino, gozaba de la amistad de personas de alto rango. Cogió a Bisila de la mano.

—Será mejor que nos alejemos de aquí —dijo.

Sade entornó los ojos. ¿Por qué le resultaba familiar esa mujer? ¿Dónde la había visto antes? Esos ojos tan claros... Entonces recordó el día en que, a petición de Jacobo, fue al hospital a cuidar de Kilian y ella estaba allí, sujetándole la mano... Y después, el mismo día que Kilian rompió con ella, la había visto cerca de la vivienda de los europeos. ¿Así que esa era la que le había robado los favores de Kilian? Se pasó la lengua por el labio inferior.

No sabía cómo, pero algún día también se vengaría de ella.

Los tres hombres apuraron unos *saltos* de coñac después de cenar. Hacía semanas que la comida europea escaseaba, pero, gracias a la generosidad de la naturaleza, los huertos seguían produciendo abundantes verduras, y las gallinas, abandonadas a su libre albedrío tras la misteriosa desaparición de Yeremías, no habían alterado su producción de huevos.

—Se habrá marchado a su pueblo —dijo Garuz—. Otro menos.

—¿De dónde era? —preguntó Kilian.

—De Ureka —respondió el padre Rafael—. Se ha ido con Dimas, que va y viene del poblado a Santa Isabel para ayudar a huir a sus amigos. Esta vez no ha querido ni esperarse a la farsa de juicio que Macías ha montado contra los condenados por el intento de golpe de Estado del año pasado. La mayoría ya han sido asesinados. Y de otros, como su hermano Gustavo, no se sabe nada.

De pronto, la luz sobre la mesa del comedor se apagó. Instintivamente miraron por la ventana y solo vieron oscuridad.

—Dichosos generadores… —Garuz buscó unas cerillas en su bolsillo—. ¿Qué más queda por estropearse?

—Iré a ver qué pasa. —Kilian se levantó y cogió un quinqué de una mesita auxiliar.

Salió al exterior, bordeó el edificio y abrió la puerta del pequeño cuarto de máquinas.

Un golpe en la espalda lo dejó sin respiración. No pudo ni gritar. Antes de que pudiera darse cuenta de lo que estaba pasando, nuevos golpes, puñetazos y patadas cayeron sobre cada centímetro de su piel hasta que se derrumbó. Instantes después, perdió el conocimiento.

En el comedor, Garuz y el padre Rafael comenzaron a extrañarse de la tardanza de Kilian. Cogieron otro quinqué y decidieron ir en su busca. Cuando llegaron al pequeño cuarto, Kilian yacía inmóvil en un charco de sangre.

—Kilian, ya está todo organizado —anunció José—. La semana que viene cogerás un avión de vuelta a España. Viajarás con Garuz y el padre Rafael. Los últimos de los últimos. Si no lo haces, Simón y yo te llevaremos a rastras.

—...

—Dime algo, Kilian. No me mires así. Lo hago por ti. Lo hago por Antón. Se lo prometí a tu padre. ¡Le prometí que cuidaría de ti!

—Bisila...

—¡Bisila, ven! ¡Vente conmigo!

—No puedo, Kilian, y tú lo sabes.

—Yo tampoco puedo irme.

—Si no lo haces, te matarán.

—Y si me voy, también me moriré.

—No. No lo harás. Recuerda las veces que me hablaste de tu obligación para con tu pasado. ¿Ves? Los espíritus han resuelto tu dilema moral. Debes irte y vivir tu vida, ocupar tu puesto en Casa Rabaltué. Sé que lo harás tan bien como siempre se ha esperado de ti.

—¿Cómo puedes hablarme de los espíritus ahora? ¿Es esto lo que quieren? ¿Es esto lo que quiere Dios? ¿Separarnos? ¿Qué pasará con Iniko y con Fernando? ¿Qué pasará contigo?

—No te preocupes por mí. Seguiré trabajando. Las enfermeras siempre tenemos trabajo y más en tiempos de conflictos. No me pasará nada, ya lo verás.

—¿Cómo lo sabré? ¿Cómo podré tener noticias de ti?

—Lo sabrás, Kilian. Lo sentirás. Estaremos lejos, pero estaremos cerca. Siempre estaré a tu lado.

¿Cómo habría de recordar Kilian lo que nunca pudo olvidar, sino que permaneció continuamente presente, aunque en medio de una neblina, a ratos nítida, a ratos confusa?:

El apretón de manos de Waldo.

Las lágrimas de Simón y su silenciosa promesa de no hablar más el idioma de aquel a quien había logrado apreciar a pesar de sus sentimientos políticos.

Las palabras de un apesadumbrado Lorenzo Garuz encargándole a José el cuidado de la finca.

El llanto silencioso del padre Rafael.

La textura del cabello de Fernando Laha.

La desesperación con la que amó a Bisila la última noche. Su esencia. El sabor de su piel. El brillo de sus ojos transparentes.

La lluvia tropical. Los relámpagos. El collar de conchas sobre su pecho.

Su guardiana, su *waíríbo*, su amor, su *mötémá*, su dulce compañía en la incertidumbre, en el miedo, en los momentos de debilidad, en la alegría y en la tristeza, hasta que la muerte...

La ternura cálida, densa, perezosa y cruel de un último beso.

Los sollozos.

Las palmeras reales, firmes hacia el cielo, impávidas ante la estela de dolor que dejaba a sus pies aquel que se veía obligado a abandonar Sampaka.

La insuficiente presión de las manos de Ösé. El último contacto de sus yemas. El largo, profundo y emotivo abrazo. Su promesa de llevar flores a la tumba de su padre.

El DC8 sobre aquel mundo verde que una vez invadió su ser y que se fue convirtiendo en una leve mancha en el horizonte hasta que desapareció.

Garuz, Miguel y Baltasar a su lado.

Las palabras de su padre, pronunciadas miles de años atrás:

No puedo decirte ni cómo ni cuándo, pero llegará un día en que esta pequeña isla se apoderará de ti y desearás no abandonarla... No conozco a nadie que se haya marchado sin derramar lágrimas de desconsuelo...

La brevedad del viaje en avión que le hizo añorar la sosegada labilidad de aquellos buques.

El aterrizaje en Madrid.

La despedida de Garuz, después de abrazar a su esposa:

—Anímate, al menos estamos vivos.

Las palabras de Baltasar:

—Algún día podremos regresar sin problemas.

Las palabras de Miguel:

—¿Sabes qué es lo primero que me han dicho los jefes de la tele al bajar del avión? Que de todo esto, ni una palabra a la prensa...

El tren a Zaragoza. El autobús hasta Pasolobino.

Los once años de oscuridad.

El silencio.

El tenue pero cada vez más intenso y esperanzador rayo de luz cuando nació su hija, pocos meses después de que él cumpliera cincuenta años.

Daniela.

Como ella.

XIX

MATERIA RESERVADA

1971-1980

—Si algún día sales de aquí, Waldo —dijo Gustavo, recostado contra la fría pared de su celda—, prométeme que buscarás a mi hermano Dimas de Ureka y le hablarás de mí.

Waldo asintió con los ojos cerrados y mentalmente se hizo otra promesa.

Saldría de ese lugar.

De pronto, escucharon jaleo de gritos, insultos, golpes y pisadas. Segundos después, el cerrojo de la puerta de hierro chirrió, la puerta se abrió y dos fornidos guardias arrojaron un cuerpo desnudo, como si fuera un saco de patatas, al suelo de tierra de la celda.

—¡Aquí tenéis a un nuevo compañero! —gritó uno de los guardias mientras lanzaba una lata vacía al fondo del cubículo—. ¡Enseñadle las normas!

Soltó una carcajada.

Gustavo y Waldo esperaron a que las pisadas se alejaran y entonces se arrodillaron junto al hombre malherido. ¿Cuántas veces habían pasado por esa misma situación? Más de una docena desde aquel día que cruzaron la puerta de hierro, primero Gustavo y un tiempo después Waldo, hasta el gran patio rodeado de altos muros en los que se alzaban tres tenebrosas construcciones en forma de nave. Ambos habían sufrido la misma rutina. Los llevaron a la oficina del jefe, los azotaron hasta que perdieron el conocimiento y los encerraron en una caja de cemento, de la altura y anchura de un hombre, exactamente igual que las otras dispuestas en hileras dentro de una de las naves. Un pequeño tragaluz en el techo, protegido por barrotes, permitía la entrada de los inquietantes sonidos de la noche y la comunicación con otros presos, siempre y cuando todavía no hubiesen pasado por el cuarto de interrogatorios. Entonces, los únicos sonidos que circulaban por los muros de la prisión de Black Beach eran los alaridos inhumanos, los gritos de desesperación y de sufrimiento y algún ronquido gutural.

El hombre intentó moverse.

—Quieto —dijo Gustavo—. Es mejor que te quedes tumbado sobre el pecho y el vientre. Sé lo que digo.

Los guardias se habían ensañado salvajemente con ese pobre hombre. Tenía la espalda y las piernas llenas de heridas abiertas y le faltaba piel y algún trozo de carne. Seguro que el sargento jefe de la cárcel había soltado a su perro. Tardaría dos o tres días en poder cambiar de posición. Cuando pudiera hacerlo, se lo llevarían de nuevo para darle más azotes sobre el cuerpo cubierto de llagas. Y así hasta que se muriese, o se cansasen, o decidiesen enviarlo a chapear como a ellos. Para los carceleros, el preso no tenía alma, así que no se le debía ningún respeto y se le podía matar sin que constituyera ningún crimen, ni siquiera una leve falta. Si pudieran leer las inscripciones de las paredes, pensó Gustavo, en las que los presos habían escrito con su propia sangre sus últimos pensamientos angustiados, sabrían qué habían hecho con sus almas...

Durante un buen rato, Gustavo y Waldo hablaron sin obtener respuesta. Sabían por experiencia que las palabras de consuelo hacían mucho bien a los recién llegados. Le explicaron dónde estaban, cuál sería la rutina de comidas y de limpieza de la lata donde tendría que hacer sus necesidades. Le dijeron que el cuerpo se acostumbraba a los golpes y que existía la posibilidad de sobrevivir —como ellos, que llevaban mucho tiempo en la cárcel y aún estaban vivos— o de salir, por cualquier golpe de fortuna.

Cuando percibió que la respiración del otro se calmaba, Waldo le preguntó:

—¿Cómo te llamas?

—Maximiano… ¿Por qué estáis aquí?

—Por lo mismo que todos.

Gustavo prefirió no dar más explicaciones. Desde que Macías había concentrado en su persona todos los poderes del Estado y creado un régimen de partido único, había comenzado una interminable y cruel caza y una indiscriminada purga tanto de opositores como de todos aquellos que, por su capacidad e influencia, pudiesen pretender llegar a la presidencia de la república. De repente, cualquiera podía ser un subversivo o enemigo del pueblo. En el caso de Gustavo, que había pertenecido a un movimiento político, las razones de su detención eran evidentes; no así las de Waldo, cuyos atrevidos y desafortunados comentarios en presencia de un antiguo guardia colonial, vestido de paisano, reconvertido en espía de Macías, habían bastado para encarcelarlo. En muchos otros casos funcionaba el sistema de la denuncia por cualquier motivo absurdo, incluso entre miembros de la misma familia, con tal de conseguir una promoción o saldar viejas cuentas. Gracias al ir y venir de presos, Waldo y él habían ido recibiendo noticias del exterior y de la paranoia del caprichoso presidente de la república.

—¿Y tú? ¿Por qué estás aquí?

—Alguien me acusó de quejarme por el sueldo.

—Oh, eso ya es mucho —bromeó con amargura Gustavo.

Los funcionarios nunca sabían cuándo iban a recibir su sueldo ni el importe exacto. Cuando a Macías le convenía, sacaba algo del dinero de la nación, que guardaba en el cuarto de baño de su casa, y obligaba a los empleados del Gobierno a acudir a una reunión multitudinaria para entregarles la cantidad que a él le daba la gana como fruto de la benevolencia del «incansable trabajador al servicio del pueblo», que era como le gustaba referirse a sí mismo.

—Conocimos a uno a quien encerraron por criticar la calidad del arroz chino... ¿Verdad, Waldo?

—¿Y qué pasó con él? —preguntó Maximiano. En su voz había un deje de desesperación.

—Se lo llevaron de nuestra celda —mintió Gustavo.

Waldo se recostó contra la pared. Estaba harto de esa sucesión de días de pesadilla y noches de lamentos. Hacía semanas que él ya no derramaba lágrimas de dolor y rabia como Maximiano. Una única idea le permitía soportar los golpes y latigazos.

Aún no sabía cómo, pero un día encontraría la ocasión de fugarse.

—A ver, Laha. ¿Quién expulsó a los colonialistas e imperialistas españoles de Guinea Ecuatorial?

—¡Su excelencia Masie Nguema Biyogo Ñegue Ndong!

—Muy bien. ¿Y quién abortó las maquinaciones del imperialismo español del 5 de marzo de 1969?

—¡Su excelencia, el Gran Maestro en Enseñanza Popular, Arte y Cultura Tradicional, el Incansable Trabajador al Servicio del Pueblo...!

—¿Y quién ha construido los soberbios nuevos edificios de Malabo?

Laha recordó haber leído un cartel con el nombre de una empresa constructora frente a uno de esos edificios.

—¡La compañía Transmetal! —respondió sin dudar.

El maestro le arreó un golpe con una vara de madera. Laha soltó un quejido y se frotó el hombro.

—No. Los ha hecho su excelencia. Ten cuidado, Laha. Dentro de unos días nos visitará personalmente y te haré estas mismas preguntas. Más te vale que lo digas bien.

La semana siguiente, Laha y sus compañeros, perfectamente arreglados para la ocasión y contagiados por los nervios de los maestros, esperaban de pie a que la puerta de la clase se abriera y el objeto de sus devotos calificativos los visitara. Afuera se veía la fila de coches elegantes que conformaban la comitiva presidencial. Pasaban los minutos y nadie acudía al aula. De pronto, escucharon gritos y voces. El maestro fue el primero que se lanzó a mirar por la ventana. Varios escoltas se llevaban por la fuerza al director del colegio y a tres de sus compañeros sin escuchar ni sus explicaciones ni sus súplicas. Uno de los escoltas blandió una foto del presidente, como las que colgaban en cada aula, para que todos aquellos que miraban a través de la ventana la vieran. Alguien había dibujado una soga alrededor del cuello de Macías.

El maestro se sentó en su mesa y continuó la clase con voz temblorosa. Laha y sus compañeros se sintieron decepcionados por no poder conocer en persona al Único Milagro de su país.

Unos minutos después, Laha miró por la ventana y distinguió una figura conocida. Se puso en pie de un salto y llamó al maestro. Volvieron a pegar sus narices contra los cristales. Otro maestro de los cursos superiores daba instrucciones a cuatro o cinco jóvenes entre los que se encontraba Iniko. El maestro de Laha abandonó el aula. Al poco tiempo, se sumó al grupo del patio. Laha no comprendía qué pasaba, pero los adultos hacían gestos nerviosos mientras hablaban a los muchachos, quienes, después de asentir varias veces con la cabeza, desaparecieron. Laha apoyó una mano en el cristal. ¿A dónde iría su hermano?

El maestro regresó al aula y fue directo a Laha. Se agachó y le susurró al oído:

—Dile a tu madre que Iniko se ha ido a Bissappoo. Es mejor que se quede allí algún tiempo.

—¡Eh, tú! ¿Qué haces ahí?

Waldo, sobrecogido por los altísimos edificios de Madrid y los cientos de coches que cruzaban las avenidas más anchas que había visto en su vida, salió de su escondite y se situó frente al policía con la mirada fija en el suelo.

—Solo quería dormir un poco.

—¡Vaya! Hablas muy bien español. ¿De dónde eres?

—De Guinea Ecuatorial —repitió por enésima vez desde que había llegado a la Península.

—Enséñame los papeles.

Waldo sacó una pequeña tarjeta plastificada que se había encontrado cerca del muelle de Bata y se la entregó, confiando en que el hombre no notara la diferencia entre su rostro y el de la fotografía.

—Esto ya no sirve. Nos han avisado en una circular de la Dirección General de Seguridad de que tenemos que retirar el DNI a los guineanos que lo tenéis.

—No tengo nada más.

Waldo se frotó los antebrazos. Tenía frío y no había comido nada en varios días. Los ojos se le llenaron de lágrimas. Todos sus esfuerzos no habían servido para nada. Todavía no se había recuperado del agotador viaje que había comenzado aquella mañana en que una boa de dos metros y medio había provocado la confusión en los cañaverales del aeropuerto y con la disputa entre los guardias para ver quién la mataba y se la llevaba de regalo al jefe de Black Beach para que se la comiera. Él mismo se había arrastrado como una serpiente, reptando sin respirar para alejarse del horror, durante cientos de metros hasta que le sangró la piel. Horas después había comenzado la huida nocturna en cayuco desde la isla hasta el continente y luego, el terror de las noches en la selva, el arriesgado paso a Camerún, la odisea como polizón en un buque mercante hasta Canarias y de ahí en otro hasta Cádiz.

Allí había trabajado unos días en el muelle para conseguir algo de dinero con el que pagar el billete del autobús hasta Madrid en el que había tenido que soportar las miradas desconfiadas de aquellos que evitaban ocupar el asiento contiguo de ese extraño negro desharrapado que hablaba español. Ni siquiera la curiosidad les había hecho preguntarse cómo había llegado hasta allí. Y tampoco él había tenido ocasión de explicarles la tragedia que vivía el pueblo guineoecuatoriano. Pensaba que todo sería más fácil. Que en cuanto les dijese que una vez habían sido todos españoles, abrirían los brazos y lo acogerían con comprensión y cariño.

—No tengo nada más —repitió, desolado.

El policía se levantó la gorra con una mano y se rascó la cabeza.

—Pues aquí no queremos ni vagos ni maleantes. Tendré que llevarte a comisaría.

Waldo lo miró con extrañeza. ¿Había asumido un terrible riesgo para terminar en el mismo punto? Se sintió tentado de echar a correr, pero las fuerzas comenzaban a fallarle.

—Allí al menos te darán de comer y ropa limpia —continuó el policía—. Luego ya veremos qué pasa contigo.

Waldo asintió con resignación. El policía lo introdujo en su coche y Waldo aprovechó los minutos de trayecto para cerrar los ojos y sumirse en un estado de sopor hasta que llegaron a los bajos de un edificio gris de varias plantas donde estaba la comisaría, en cuyo vestíbulo, abarrotado de personas que lo miraban con descaro, tuvo que esperar.

Después de un rato que le resultó interminable, el policía regresó acompañado de otro.

—Estás de suerte —le dijo—. Aquí, el compañero me comenta que sabe de alguien que se hace cargo de personas como tú. Te llevaremos con él.

El otro intervino:

—Iremos andando. La parroquia del padre Rafael no está lejos.

Waldo juntó las manos ante su pecho y sintió renacer la ilusión. ¿Sería posible que ese fuese el padre Rafael de Sampaka? Cuando distinguió su gruesa figura, su cojera y su poblada y canosa barba, dio gracias a Dios y a todos los espíritus que pudo recordar.

No fue hasta después de largos minutos de sollozos y balbuceos cuando, sentado en uno de los bancos de la iglesia, pudo narrarle el calvario que sufrían sus hijos abandonados.

Ese mismo día, el padre Rafael llamó a Manuel y le informó de la aparición de Waldo y de las terribles noticias que traía de Guinea. Manuel envió un telegrama urgente a Kilian para que se pusiera en contacto con él.

«Sé cómo puedo ayudar a Bisila», escribió.

La senda que subía a Bissappoo había sido recientemente abierta a base de machetazos. La alfombra de hojarasca removida indicaba el paso de muchas botas. José tuvo un mal presentimiento. Cuando llegó a la *buhaba*, sin aliento, sus sospechas se confirmaron. Entonces más que nunca lamentó que su cuerpo encorvado hubiera perdido su agilidad. No había llegado a tiempo al poblado para dar aviso de que buscaban a su hijo Sóbeúpo, de lo cual se había enterado Simón por medio de otros. Un penetrante olor a humo llegó desde el otro lado del arco de entrada. Se acercó con cuidado y vio las llamas. Bissappoo ardía entre los gritos de angustia de sus vecinos, agrupados bajo las amenazas de los fusiles de los guardias. José se llevó las manos a la cabeza, cubierta ya por un cabello completamente cano.

Algo se clavó en sus costillas.

—Tú, viejo. Andando.

Lo llevaron con los demás. Al primero que distinguió fue a Iniko. ¡Pero si todavía era demasiado joven! Les indicó con un gesto que guardaran silencio. Un vistazo rápido le indicó que, según el plan de reclutamiento masivo para sustituir a los nigerianos en las plantaciones, los hombres en edad de trabajar incluían a ancianos, enfermos y niños. Localizó con la mirada al mando superior de los militares y se acercó para mostrarle un documento que siempre llevaba en el bolsillo.

—Soy el encargado de la finca Sampaka.

El militar leyó el documento y se lo devolvió en actitud arrogante.

José frunció el ceño. Extrajo unos billetes del bolsillo y se los entregó al militar.

—Perdone, me había olvidado del sello de garantía.

El hombre sonrió.

—Esto está mejor.

Una vez más, José dio gracias mentalmente a Kilian por su ayuda desde la distancia. ¡Ojalá pudiera contarle lo imprescindible que estaba resultando el dinero que enviaba para que él y su familia pudieran sobrevivir!

—He subido a buscar trabajadores para la finca —mintió José de manera convincente—. Necesito una docena.

—Pues cógete cinco. Los demás van a otro sitio.

—¿Por qué quemáis el poblado? ¿No es suficiente con llevarse a los hombres?

—No nos han querido decir dónde se oculta un conspirador. Todos ellos están acusados de subversión.

—Entonces, ¿no lo habéis encontrado?

—No.

José suspiró aliviado para sus adentros. A su hijo Sóbeúpo no lo encontrarían tan fácilmente si se había ocultado en el bosque. Con el corazón en un puño, vio como las llamas devoraban su casa y las de sus familiares y vecinos. Las mujeres recogían lo que podían en hatillos y se despedían de sus hombres entre lamentos. Algunas se acercaban a José.

—¿Y ahora adónde iremos? —le preguntaban.

—A Rebola. Allí os ayudarán.

—¿Y los hombres? ¿Qué harán con ellos? ¿Cuándo los volveremos a ver?

—Intentaré averiguar a qué plantaciones se los llevan. Necesitan trabajadores, les darán comida, no les pasará nada. —Ni él mismo se creía lo que decía—. Algún día todo esto terminará.

Señaló a Iniko y a cuatro sobrinos de su misma edad y les indicó que le acompañaran sin decir nada. Caminaron hasta el militar que le había dado permiso para elegirlos.

—Me llevo a estos.

—Muy jóvenes. No eres tonto.

—Tienen fuerza, sí, pero les falta experiencia. Me costará enseñarles.

—No te olvides de las dos horas diarias de instrucción militar.

Los seis lanzaron una última mirada a lo que quedaba de Bissappoo y se marcharon con la incertidumbre de si volverían a ver a los hombres que, abatidos, esperaban entre cañones de fusiles e insultos el momento del último adiós de sus madres, mujeres e hijas.

La radio comenzó su emisión como todos los días, con la letanía de todos los cargos que Macías ostentaba. A continuación, sonaron las primeras canciones de alabanza a su persona. Bisila apagó el aparato. Estaba harta de no poder escuchar otro tipo de música.

—¿No te gusta la música? —preguntó el médico, un hombre de facciones finas y sonrisa amable.

—Me molesta cuando estoy concentrada.

Edmundo esbozó una sonrisa.

Bisila estaba harta de muchas cosas. Nunca antes había habido tanta escasez de todo, hasta de cosas tan básicas como el azúcar, la sal, la leche o el jabón. No había luz, ni agua, ni carreteras, ni transportes. Para colmo, hacía pocos días, unos policías habían irrumpido en su casa para registrarla mientras Laha estaba en el colegio. Buscaban cualquier resto de la época colonial para destruirlo y habían recibido el chivatazo de que ella, en concreto, había tenido mucha relación con los españoles. Había guardado el salacot en un hueco en la pared, que luego había cerrado. Todavía recordaba la mirada del policía cuando, de manera imprudente, le había preguntado con sorna:

«¿No es mucho trabajo recorrer todas las casas de Fernando Poo?».

«Ya no se llama Fernando Poo sino Isla de Macías Nguema Biyogo Ñegue Ndong. —El hombre se había inclinado sobre ella—. ¿O es que echas de menos a tus amigos españoles?»

Bisila había cambiado rápidamente de actitud y había tenido que recurrir una vez más a la técnica del soborno, arriesgándose a ofrecerles la excusa para volver otro día y preguntarle de dónde había sacado el dinero. Y así pasaban los días, en continua alternancia de miedo e incertidumbre, sobreviviendo gracias a su ángel guardián que, desde la distancia, velaba por ella como si lo tuviese pegado a su piel...

—¿Entras conmigo? —dijo Edmundo—. Se prevé un parto difícil.

Edmundo era un excelente médico y compañero. Desde que había llegado al hospital de Santa Isabel, bueno, se corrigió Bisila mentalmente, de Malabo, su vida había mejorado. Edmundo gozaba de buen nombre y prestigio y gracias a sus influencias siempre podía conseguir alimentos en el mercado negro.

Entraron en el quirófano. Una mujer yacía en la cama con la mirada un tanto perdida. Una enfermera se acercó y les susurró:

—No quiere colaborar. Dice que le da igual morir o que el bebé muera, que se lo saquemos como queramos, pero que ella no piensa empujar.

Bisila frunció el ceño.

—¿Por qué no habría de querer una madre a su bebé? —preguntó Edmundo.

—Por lo visto, la violaron un grupo de esos jóvenes del presidente... —explicó la enfermera, en voz baja. Luego se marchó.

Edmundo soltó un bufido.

Bisila se acercó a la mujer y buscó su mirada.

—¿Cómo te llamas? —preguntó.

—Wéseppa.

—¿Es cierto que no quieres a tu hijo, ahora que está a punto de ver la luz?

Los ojos oscuros de la mujer se llenaron de lágrimas.

Bisila la cogió de la mano, se inclinó y le habló al oído. Solo alguien como ella, que había pasado por la misma situación, podía comprender a la mujer.

—Tenemos que darnos prisa —dijo Edmundo desde los pies de la cama.

Bisila lo miró y asintió.

—Wéseppa colaborará —dijo.

El parto fue difícil, pero al cabo de dos horas, Bisila puso sobre el pecho de la mujer una preciosa niña.

—¿Cómo la vas a llamar?

—No lo he pensado —respondió Wéseppa, acariciando tímidamente una de las diminutas manitas del bebé.

Bisila recordó un bonito nombre de la mitología bubi.

—¿Qué te parece Börihí? —sugirió.

La mujer asintió.

De pronto, la puerta se abrió y entraron dos policías.

—¡Estamos en un hospital! —se indignó el médico—. ¡Aquí no se puede entrar de esta manera!

—Buscamos a una tal Bisila.

—¿A mí? —Ella se sobresaltó—. ¿Por qué?

—¿No eres tú hermana de Sóbeúpo de Bissappoo?

A Bisila le dio un vuelco el corazón. La recién nacida comenzó a llorar.

—Sí.

—Entonces dinos dónde está ese conspirador. —Se giró hacia la cama donde una aterrada Wéseppa mecía a su hija—. ¡Haz que se calle!

La mujer se acercó el bebé al pecho.

—No lo sé —respondió Bisila.

«Entonces, no lo han encontrado…»

El policía se situó frente a Bisila en actitud intimidatoria.

—¿No lo sabes? —La cogió por el brazo—. Te vienes con nosotros y lo comprobamos.

Bisila se quedó muda. Cuando la policía entraba en un sitio buscando a alguien, nunca se marchaba con las manos vacías. Mentalmente dio gracias por que Iniko, que estaba en una edad difícil, estuviera en Sampaka con el abuelo Ösé. Pero ¿qué pasaría con Laha? ¿Quién lo recogería esa tarde del colegio?

Edmundo se apresuró a intervenir:

—¡Suéltala ahora mismo!

El otro policía se acercó:

—¿También quieres tú acompañarnos?

—Soy el doctor Edmundo Nsué. Conozco al presidente en persona. Bisila es muy necesaria en este hospital y no vamos a prescindir de ella. Si hace falta, hablaré yo mismo con el presidente.

Ambos hombres cruzaron una mirada de duda. Bisila se soltó de su brazo y se apartó.

Los hombres no se movían.

—Muy bien —dijo Edmundo, quitándose la bata—. Yo iré con vosotros a ver a nuestro presidente, Gran Maestro y Único Milagro. Él sabrá cómo solucionar esto. Y lo hará bien, como siempre hace todo.

Los policías se sorprendieron de la determinación del médico. Uno de ellos hizo una seña al otro para que se dirigiera a la puerta.

—Comprobaremos lo que has dicho —dijo malhumorado antes de salir.

Bisila soltó un suspiro y se dejó caer en una silla.

—Gracias, Edmundo. ¿Es cierto eso?

El médico se inclinó sobre ella y le susurró al oído.

—Sí. Tranquila. Estás a salvo. No he conocido a nadie más hipocondríaco que Macías, y tus remedios de plantas funcionan con él. Los he probado.

Bisila sonrió. En cualquier otra circunstancia, Edmundo podría haber sido un buen compañero de vida. Era evidente que él deseaba algo más con ella y a ella le resultaba muy difícil mantener el equilibrio de una relación de amistad y trabajo. Por un lado, no podía rechazar sus insinuaciones abiertamente. —No sería la primera acusada de conspiración contra el régimen por el despecho de un amante rechazado—. Por otro, la soledad era tremendamente cruel en esos tiempos de abandono y desánimo.

Se puso en pie y caminó hacia la ventana. El sol del atardecer intentaba abrirse paso entre las brumas. En pocas horas llegaría la noche y, con ella, los recuerdos. Se llevó una mano a los labios que tanto añoraban los besos de Kilian. Habían pasado años desde su marcha y todavía podía sentir su olor, su sabor y el sonido de su voz. A veces soñaba con él, y las imágenes eran tan nítidas que odiaba despertarse. ¿Qué estaría haciendo Kilian en esos momentos? ¿La echaría tanto de menos como ella a él?

—Trae a la niña. —Carmen cogió a Daniela de los brazos de Kilian—. Nos vamos a casa, Clarence, que empieza a hacer frío.

—Nosotros también nos vamos —dijo Jacobo.

Los últimos rayos del sol otoñal chocaron contra los cristales de un enorme hotel construido junto al río y produjeron cientos de destellos. Kilian y Jacobo siguieron los pasos de Carmen, aunque con mayor lentitud. Al poco, ya la habían perdido de vista.

—Cómo ha cambiado todo, ¿verdad? —comentó Jacobo.

Kilian asintió. El antiguo sendero a las fincas más alejadas del pueblo se había convertido en una ancha carretera a cuyos lados se elevaban bloques de apartamentos. Su mente se trasladó a otro lugar donde la selva y las tradiciones habían sucumbido, primero a la colonización de extranjeros, y luego a la incertidumbre. Cualquier cosa o comentario servía para que sus pensamientos se llenasen de imágenes de aquellas personas a quienes no había visto en una década y de quienes no había podido saber nada después de las noticias de Waldo.

Jacobo carraspeó. No sabía muy bien cómo sacar el tema. En los últimos años habían pasado muchas cosas. Las negociaciones de permuta de terrenos con la estación de esquí estaban siendo más lentas de lo previsto. Jacobo no podía asistir a las reuniones porque le hervía la sangre. Ambos hermanos se sentían ofendidos por la actitud intimidatoria de los abogados de la empresa de la estación de esquí, que pretendía obtener los terrenos de los vecinos a precios irrisorios, con el argumento de que, gracias a ellos, llegaría la prosperidad al valle, y la promesa de que, a cambio, recibirían parcelas urbanizadas sin fecha de entrega.

Les hablaban como si fueran unos ignorantes pueblerinos a quienes les estaban haciendo el favor de sus vidas, como si nunca hubieran salido de ese cerrado valle ni conocieran el funcionamiento del mundo.

«¿Recuerdas, Jacobo —le había preguntado Kilian—, cómo se obtuvieron las tierras de los bubis? Pues esto es lo mismo. Y, al final, les tendremos que estar agradecidos porque viviremos mejor.»

Lo que nunca se comentaba en las reuniones era el beneficio que obtendrían los promotores inmobiliarios por unos terrenos cuyo valor se inflaba artificialmente en el mismo momento que dejaban de pertenecer a los habitantes de Pasolobino.

Jacobo miró a su hermano. ¿Cómo conseguía seguir adelante después de todo? Cuando por fin había conseguido llevar una vida normal en España, había perdido a su esposa. Recordó el día que Pilar, una mujer callada, sencilla y cauta, había llegado a la casa para hacerse cargo de Mariana durante sus últimos meses de vida, que pasó postrada en el lecho. ¿Quién le hubiera dicho que poco a poco iría haciéndose un hueco en el corazón de su hermano hasta el extremo de llevarle al altar? Sí, era cierto que Kilian no había dudado en casarse con ella en cuanto se enteró de que estaba embarazada porque seguía teniendo un alto sentido de la responsabilidad. Pero también era verdad que, gracias a ella, su hermano había conseguido calmar el desasosiego que se había traído de África. Pilar había supuesto un breve paréntesis de paz en la vida de Kilian. Ahora, la intranquilidad había regresado y Jacobo tenía una ligera idea de por qué.

—Supongo que habrás leído la prensa últimamente...

Kilian sacudió la cabeza.

—Hemos estado años sin saber nada y ahora no paran de salir noticias terribles.

—No todas son terribles. Dicen que el que está ahora quiere mantener buenas relaciones con España y que han empezado programas de cooperación.

—Ya veremos cuánto duran.

A Kilian no le importaban tanto las novedades políticas como las descripciones de los periodistas que habían estado en Malabo después del llamado *Golpe de la Libertad* de agosto de 1979, a manos del nuevo presidente Teodoro Obiang, en el que las puertas de las casas se abrieron y las calles se llenaron de gente que, aturdida, comenzaba a abrazarse, primero con timidez y recelo y, a medida que pasaban las horas, con euforia.

Todos los reporteros describían la situación del país que había dejado Macías como catastrófica. Malabo estaba en ruinas, sumida en el más completo abandono y devorada por la selva y la podredumbre. ¿Realmente podían creerse que se había terminado la pesadilla? ¿Los liberarían de los trabajos forzados? ¿Dejarían de robarles sus exiguas cosechas? Con motivo del juicio por el que se había condenado y ejecutado a Macías, había leído espeluznantes relatos que confirmaban la barbarie que había reinado en Guinea en los últimos años en los que el país se había convertido en un campo de concentración. Las regiones estaban devastadas por la huida de los habitantes, por el genocidio cometido por ese loco, o por las plagas de enfermedades debidas a la falta de alimentación y sanidad. Guinea había llegado al borde de la desaparición absoluta. ¿Y allí había abandonado él a su Bisila con dos niños? ¿Había sido capaz de permitir que viviera en el infierno mientras él se esforzaba por llevar una vida aparentemente normal? ¡Cuántas veces había sentido asco de sí mismo!

Si no hubiera sido por la ayuda de Manuel se hubiera vuelto loco. Cada cierto tiempo enviaba a su amigo un cheque cuyo importe él entregaba a médicos que viajaban en misiones humanitarias. Solo el dinero. Sin cartas. Ni una sola línea que pudiera servir para acusarla de nada. Por esa cadena de médicos, ambos sabían que estaban vivos. Ese pequeño gesto de entrega y recepción había sido su consuelo por las noches porque confirmaba el sentimiento permanente en su pecho, íntimo, secreto, misterioso, arcano, de que ella estaba viva, de que su corazón latía allí donde lo dejó…

—No le des muchas vueltas —dijo Jacobo—. Me alegro de que las cosas les vayan mejor, pero aquello para nosotros quedó atrás, ¿no?

Se frotó el ojo en el que tenía una mácula, recuerdo indeleble de los golpes que un día le propinara su hermano. Sabía que Kilian nunca le había perdonado, pero él tampoco había podido olvidar aquellos momentos.

Kilian permaneció en silencio. Para él, nada de aquello había quedado atrás.

Cada segundo de su vida se resistía a aceptar que aquella separación terrenal forzosa fuera el fin.

XX

FIN O PRINCIPIO

2004-...

—¿Y mamá? —preguntó Daniela, con el entrecejo fruncido en el gesto de confusión y alivio que lucía desde hacía días—. ¿Qué lugar ocupó ella en esta historia?

Desde aquella tarde en que Kilian les había abierto su alma para revivir aquello que había guardado en el corazón durante más de treinta años, el goteo de nuevas preguntas no había cesado. No había bastado con el descubrimiento de la verdad de que Laha era hijo biológico de Jacobo, hermanastro de Clarence y primo de Daniela. No. La verdad exigía más explicaciones, decenas de preguntas —tras un largo periodo inicial de silencio— que sirviesen para que cada uno pudiese seguir adelante con su vida después de la revelación.

Kilian suspiró. Él nunca se lo dijo ni ella nunca se lo preguntó, pero Pilar tenía la certeza de que su corazón pertenecía a otra. Lo único que le pidió fue que se quitara el collar africano que llevaba al cuello el mismo día que se casaron.

—Tu madre y yo pasamos buenos momentos juntos y me trajo a ti —respondió por fin—. Dios quiso que muriera poco después.

No le dijo que había llegado a sospechar que los espíritus se la habían llevado pronto para que su alma pudiera serle completamente fiel a Bisila.

—Tío Kilian —intervino Clarence—, ¿Y no pensaste nunca en regresar a Guinea cuando las cosas mejoraron después de Macías?

—Me faltó el coraje de hacerlo.

Kilian se levantó y comenzó a caminar por el salón. Se detuvo ante la ventana y contempló el paisaje brillante y vivaracho de ese mes de junio. Qué complicado le resultaba explicar aquello que, desde la perspectiva de la distancia y el tiempo, se comprendía de otra manera y se convertía en un sentimiento permanente de arrepentimiento. Con el paso del tiempo, tendía a acordarse más de las renuncias que había hecho, o de lo perdido, que de lo ganado. Sería propio de la edad...

Sí. Había sido un cobarde. Le había faltado decisión. Y lo que era infinitamente peor: se había amoldado finalmente a una cómoda existencia en su tierra natal. Recordó todo lo que había ido leyendo en la prensa sobre los acontecimientos de la historia reciente de Guinea Ecuatorial y las relaciones con España. ¿Cómo se había pasado de una íntima unión a la separación absoluta y al doloroso recuerdo? Unos decían que la decisión de no enviar una unidad militar o policial que protegiera a Obiang nada más derrocar a Macías —lo cual había permitido la entrada en escena de la guardia marroquí— había sido la primera razón del fracaso posterior de la actividad española, marcada por la ausencia de una política exterior clara y decidida y un terrible miedo a ser tildada de neocolonialista. España no había respondido con rapidez a la solicitud de respaldo del ekuele, la moneda guineana, ni a la petición de hacerse cargo del presupuesto guineano durante cinco años, lo cual le hubiera garantizado un trato preferente en negociaciones futuras, ni a la creación de un clima jurídico y económico que diera confianza y seguridad a posibles inversores.

El argumento más extendido era que los españoles no habían llegado nunca a plantearse en serio una verdadera cooperación moderna al estilo de Francia, que no había desaprovechado la ocasión para meterse por medio. Francia gastaba miles de millones en cooperación, mientras que España gastaba poco. Manuel le había contado que muchos antiguos propietarios como Garuz se habían quejado de que los millones pagados en sueldos para la cooperación habrían sido mejor empleados si se hubieran dado a personas con experiencia en Guinea, como ellos, para la recuperación de unos bienes con los que hubieran generado empleo y activado la economía. En fin: todas las noticias recogían las incompatibilidades de una situación compleja en la que por un lado estaban las contradicciones de las autoridades guineanas —muchas de las cuales eran las mismas de la época de Macías que no tardaron en volver a sus antiguas costumbres— y, por otro, la imprevisión, descoordinación y tardanza de la Administración española, que abordó una tarea de tanta envergadura sin ninguna experiencia previa.

Después, tanto el Gobierno como la oposición española comenzaron a ignorar el tema, en parte por estar ocupados en otras cuestiones como el golpe de Estado de Tejero, el terrorismo, la OTAN y la CEE, y, en parte, por comodidad. Y luego, cuando apareció el petróleo ya era demasiado tarde y otros países habían irrumpido para repartirse el pastel.

Como España, él había actuado con más complejos que decisión. Una idea —equivocada, tal como lo demostraban los acontecimientos desde el viaje de Clarence a Bioko— había ocupado su mente y su corazón durante muchos años: era imposible que Bisila lo siguiera amando después de haberla abandonado.

—¿Y ahora? —prosiguió Daniela—. ¿Por qué no vienes conmigo? Laha y yo estaremos unas semanas en Bioko antes de ir a California. La conoceré, papá.

Clarence estudió el perfil de su tío. Vio como apretaba los labios en un gesto de emoción contenida. Era difícil imaginar qué pensamientos cruzaban su mente.

—Gracias, Daniela, pero no.

—¿No te gustaría volver a verla? —Clarence no tuvo claro si la pregunta de Daniela nacía de la curiosidad o de la incertidumbre, o del miedo a los celos que la usurpadora del corazón de su madre, que ahora se convertiría en su suegra, le provocaba.

Kilian agachó la cabeza.

«Volver a verla…, sí, tal como la recuerdo, con sus vestidos ligeros, su piel de caramelo oscuro, de cacao y de café, sus enormes ojos claros y su risa contagiosa. Ojalá pudiera ser de nuevo el joven musculoso con camisa blanca y amplios pantalones que la hacía vibrar…»

—Creo que a ambos nos gustaría recordarnos como lo que fuimos, no como lo que somos.

—No lo entiendo...

«¿Cómo puede este mundo en color comprender aquellos días en blanco y negro que desaparecieron? Quiero recordar a Bisila tal como la he conservado en mi interior. En nuestros corazones sigue brillando el rescoldo de aquel fuego, pero ya no tenemos leña para que arda de nuevo...»

—Es mejor así, Daniela.

«Es mejor así. Tal vez exista un lugar lejos de este mundo cambiante e impaciente donde podremos juntarnos de nuevo. ¿Cómo lo llamaba ella? No era el mundo de los muertos, no. Era el de los *no vivos*. En eso confío.»

—¿Qué más da que ya seáis mayores? ¿Te crees que no verá fotos en las que salgas tú? ¡Pienso llevarle un completo reportaje de Pasolobino!

—No quiero que le enseñes fotos donde aparezca yo y no quiero ver ninguna de ella. Prométemelo, Daniela. No nos muestres cómo hemos cambiado. ¿Para qué estropear los sueños de unos viejos? ¿No es suficiente con hablar de mí?

«¡Dile que nunca me he olvidado de ella! ¡No he pasado ni un solo día de mi vida sin pensar en ella! Dile que siempre ha sido mi *muaránа muèmuè*… Ella lo comprenderá.»

Daniela se acercó a su padre y lo abrazó con una ternura exquisita, como si ya lo echara de menos. Un futuro nuevo se abría ante ella: un futuro lleno de experiencias que vivir junto a Laha. Pero lo inquietante del futuro, además de ser incierto, es su capacidad para alejarnos de lo que fuimos, de lo que hicimos y también de lo que no hicimos. Aun teniéndolo entre sus brazos, Daniela comenzó a echar en falta a su padre, gracias a cuyo pasado su propia vida comenzaba a la misma edad en la que él se había embarcado rumbo a una lejana isla africana, llena de palmeras y cacaotales donde las piñas de negro cacao se doraban al sol, dejando atrás las casas de piedra y pizarra que se apretaban unas contra otras bajo el grueso manto de la nieve inmaculada.

—Bueno, bueno, hija, ya está. —Kilian, conmovido por la muestra de cariño de Daniela, se levantó con los ojos brillantes de emoción—. Os dejo. Estoy cansado.

Ellas se quedaron unos minutos en silencio. Finalmente, Clarence dijo:

—Te echaré mucho de menos, Daniela… Ya nunca será lo mismo.

Daniela tamborileó los dedos sobre la mesa, pensativa. Comprendía cómo se sentía Clarence. Tanto ella como Laha habían pasado por una fase de sorpresa, incredulidad y desconcierto al conocer la verdadera identidad del padre biológico de Laha, que, además, había matado al padre de su hermano, Iniko. Por mucho que aquello hubiera sucedido en defensa personal, la justificación no hacía menos difícil la aceptación. Pero, a pesar de estos comprensibles sentimientos, tanto ella como Laha habían podido entender mejor que nadie el significado de la palabra *alivio*.

Por el contrario, la situación de Clarence era más complicada. Por un lado, y en parte porque durante algún tiempo ya lo había sospechado, estaba encantada de que unos vínculos superiores a la amistad la unieran para siempre con Laha, a través del cual Iniko también pasaba de ser una aventura vacacional a ser el hermano de su hermano, de modo que sus vidas no se diluirían en la nada del olvido. Ella sabría de él y él sabría de ella aunque siguieran sus propias sendas. Por otro lado, sin embargo, le costaba tanto aceptar el papel de su padre en toda la historia que, directamente, le había dejado de hablar.

—Clarence... —Daniela respiró hondo—. ¿No crees que ya ha pasado el tiempo suficiente para que hables con tu padre? Más tarde o más temprano lo tendrás que hacer.

—Me siento incapaz, Daniela. ¿Y qué le diría? Sigo sin comprender cómo Kilian pudo ocultarnos la existencia de Laha. Me parece vergonzoso por su parte, pero al menos él sufrió el castigo de la separación de Bisila. Pero papá... —Los ojos se le llenaron de lágrimas—. Papá violó y mató y resultó impune. No sé cómo mamá puede seguir con él. Ella no desconocía la fama de mujeriego y juerguista que papá tenía antes de casarse con ella, pero lo que hizo no tiene nombre. ¿Cuánto peso tiene el pasado? Para mamá, por lo visto, nada. ¿Sabes qué me respondió el otro día por teléfono? Que ya eran viejos, que aquello pasó antes de casarse, que cómo no iban a perdonar más de treinta años de matrimonio el acto imperdonable de una noche de borrachera...

Se enjugó las lágrimas.

—Es terrible, Daniela. No reconozco a mis padres.

Daniela se acercó y la abrazó.

—Jacobo no ha resultado impune, Clarence. La sangre africana que correrá por las venas de sus nietos le recordará lo que hizo mientras viva. Y, ahora que ha sabido de la existencia de un hijo que no deseaba, tiene miedo de perder a su única hija.

—Ni siquiera ha querido hablar con él... Con su propio hijo...

Clarence se mordió el labio con fuerza para controlar el llanto. Cerró los ojos y pensó en lo sucedido en los últimos meses, desde que encontró aquella nota en el armario que la llevó hasta Guinea, donde conoció a Iniko, a Laha y a Bisila sin saber que formaban parte de la historia de su familia. El conocimiento de la verdad los había unido ya de manera permanente, a los de la isla y a los de la montaña, para el resto de sus vidas por unos lazos imposibles de cortar. Pero, como consecuencia de esa unión, los personajes de las diferentes historias que ahora eran una irían desapareciendo uno a uno de una manera u otra ante sus ojos y ya nada sería igual. No sabía si mejor o peor, pero sí diferente.

Tan cerca y, sin embargo, tan lejos, pensó. ¿O era al revés? Su corazón deseaba que, a pesar de las despedidas, la frase fuera al revés. Tan lejos y, sin embargo, tan cerca.

Etúlá, Formosa, Fernando Poo, Isla Macías y Bioko.

Ripotò, Port Clarence, Santa Isabel y Malabo.

Pasolobino.

Tan lejos y tan cerca.

En los años siguientes, Casa Rabaltué se inundó ocasionalmente de palabras gritadas en inglés, en español, en bubi, alguna en pasolobinés —de lo cual se encargaba Clarence, en un intento de que sus sobrinos conocieran algo de la lengua de sus antepasados—, e incluso en *pichi*. Samuel y la pequeña Enoá, los hijos de Laha y Daniela, lo absorbían todo, igual que esponjas. Clarence estaba segura de que si pasasen más tiempo en Guinea que en California, acabarían aprendiendo francés, portugués, fang, annobonés, balengue, ibo y ndowé. ¡Vaya tierra Bioko, esa pequeña torre de Babel! Clarence se fijaba en los enormes ojos oscuros de Samuel y se acordaba de los de Iniko, a quien una vez le había dicho que hablar dos idiomas era como tener dos almas. Pues ahora Samuel y Enoá tenían millones de palabras para combinar en lenguas diferentes y ella solo esperaba que supieran construir hermosas frases con ellas.

Clarence disfrutaba enormemente de las breves vacaciones de Daniela, Laha y los niños en las que la solitaria casa se llenaba de aire fresco. Durante unos días, las paredes rememoraban los ecos de las tertulias de tiempos pasados, a las que se sumaban las voces de las nuevas generaciones. Daniela tomaba el pelo a Clarence por no haber encontrado todavía un candidato apto para ser el padre de sus hijos e insistía en que la experiencia no era tan terrible. Clarence deslizaba su mirada por los juguetes esparcidos por el suelo y sonreía porque, cuando estaban los sobrinos, parecía que por la casa pasaba un huracán del que solo disfrutaba el abuelo Kilian, puesto que Carmen y Jacobo ya no se movían de Barmón.

Jacobo, a quien Carmen cuidaba con abnegación, había pasado de la fase violenta y agresiva del alzhéimer a un estado casi vegetativo. A Clarence, la enfermedad de su padre le había parecido un giro irónico del destino, por no decir tragicómico: el causante de que sus vidas hubieran cambiado para siempre no era consciente de nada. Había perdido la memoria, esa potencia del alma por medio de la cual se retenía y recordaba el pasado, un pasado sobre cuyas consecuencias las primas seguían manteniendo posiciones encontradas, tanto a nivel político como personal.

Cuando Daniela llegaba a Pasolobino, no dejaba de describir en tono eufórico el gran número de mejoras que percibía en Bioko, desde la suerte del casino, que por fin había sido remodelado guardando la estética del anterior después de años de abandono, hasta las reformas políticas, sociales, económicas y judiciales, pasando por los avances en la democratización del país y en el respeto a los derechos humanos. Daniela enumeraba con pasión las campañas públicas para combatir el trabajo infantil y la discriminación y violencia contra las mujeres y contra las personas de otras etnias y religiones; o los esfuerzos para concienciar sobre la importancia de la educación, la sanidad y los derechos de los niños, o la lucha contra el sida, la mejora del acceso a las nuevas tecnologías, o el aumento de programas de formación profesional…

Clarence se sorprendía porque lo que su prima contaba no coincidía con las informaciones que ella leía en Internet y le recriminaba que hablase como el ministro de Asuntos Exteriores, quien admitía que España seguiría apoyando al dictador, aunque le pesase a una parte del pueblo y de la sociedad española. Entonces, Daniela se ponía a la defensiva y le decía:

—¿Y tú, Clarence? ¿Qué postura tomarías? Guinea necesita ayuda internacional, pero entregarla significa tratar con un dictador. Vaya dilema, ¿eh? Pues mira, yo tengo una respuesta clara. Los principios morales son difíciles de mantener en situaciones de pobreza y necesidad. Cuanto más se invierte allí, más trabajo se crea y más fácil resulta avanzar. Lo demás viene rodado.

—No sé... ¿Y no sería más efectivo derrocar al régimen como fuera de una santa vez para liberar al país de la tiranía?

—¿Realmente crees que un golpe de Estado externo tendría como objetivo una acción humanitaria? Si no hubiera petróleo, ¿habría tanto interés en dar un golpe de Estado tras otro? Hay vida allí, Clarence. Hay partidos políticos que buscan el cambio desde dentro, participando en las instituciones y esperando que llegue el esperado día del cambio. Han aguantado y resistido tanto... Yo creo que ya es hora de que se acaben los reproches y se acepte que los guineoecuatorianos quieran hacer su propio futuro sin intromisiones ni intervenciones, y sin que nadie les dé lecciones.

Clarence la escuchaba y deseaba creer en sus palabras. Tal vez las cosas hubieran cambiado desde que ella conociera la historia de Bioko de labios de Iniko...

El último viaje que Daniela, Laha y los niños realizaron a Pasolobino fue muy diferente de los anteriores. No hubo ni alegría, ni bromas, ni discusiones apasionadas. Clarence había llamado a su prima para darle la triste noticia de que Kilian estaba ingresado en el hospital y de que el diagnóstico no era nada tranquilizador.

Le ocultaron la gravedad de la situación, pero una tarde, nada más entrar en la habitación, Clarence tuvo la impresión de que Kilian era más que consciente de que se aproximaba el final y, en lugar de mostrar miedo o rabia, transmitía una sensación de paz y tranquilidad.

Kilian tenía la cabeza ladeada en dirección a la ventana, con la vista perdida en algún lugar del cielo. Daniela permanecía sentada a su lado, cogiéndole de la mano como había hecho durante las últimas tres semanas. Laha estaba cerca de ambos, pero a una distancia prudente para no quitarles intimidad. Clarence se apoyó en la puerta de entrada, parcialmente escondida para que no pudieran ver que no podía contener las lágrimas. Admiró la entereza de su prima, quien no había derramado nunca ni una sola lágrima ante su moribundo padre en todos los días que llevaba junto a él. Al contrario, se esmeraba por parecer alegre —y realmente lo parecía— y se arreglaba y cambiaba de atuendo todos los días para que su padre no percibiera el sufrimiento por el que estaba pasando.

Kilian habló sin apartar la mirada del cielo, que ese día estaba especialmente claro y brillante. ¿Dónde estaba la lluvia que había enmarcado siempre los momentos más tristes de su vida?

—Daniela, hija, me gustaría que me respondieras a una pregunta. Puedo decir que me voy en paz y satisfecho... —hizo una pausa—, pero quiero saber si he sido un buen padre.

Clarence sintió un agudo dolor en el pecho. Era imposible que sucediera, porque Jacobo había perdido todas sus facultades físicas y mentales, pero si su propio padre le pudiera hacer la misma pregunta en semejante situación, se quedaría muda. ¿Qué le respondería?

—El mejor, papá —respondió Daniela mientras le llenaba la cara de besos—. El mejor.

Kilian cerró los ojos satisfecho por la respuesta. Al menos parte de su apagada vida, después de haberse separado de Bisila, había tenido sentido.

Gruesas lágrimas rodaron por las mejillas de Clarence. Ella ya nunca tendría la ocasión de responder a esa pregunta y entonces se arrepintió profundamente de no haberle hecho saber a Jacobo, cuando aún podía comprenderla, que si quienes habían sufrido directamente por sus actos lo habían perdonado parcialmente —ya que no era posible olvidar lo que había hecho— y habían conseguido desterrar de sus corazones sus sentimientos iniciales de indignación, resentimiento y vergüenza, ella no tenía por qué no hacerlo. Demasiado tarde, pensó, se daba cuenta de que había infligido a Jacobo el peor de los castigos: le había hecho sufrir el rechazo de su propia hija.

Kilian abrió los ojos de nuevo y giró la cabeza hacia ellos.

—Tu madre… —comenzó— me dijo que le gustaría que fuésemos enterrados uno al lado del otro y no voy a quitarle ese deseo. —Daniela asintió de manera apenas perceptible. Apretaba los labios con fuerza para controlar la emoción—. Pero me gustaría que hicieras…, que Laha y tú hicierais algo por mí. Cuando volváis a Fernando Poo, llevad una bolsita de mi jardín con dos puñados de tierra y esparcid un puñado en el paseo de las palmeras reales de Sampaka y otro en la tumba del abuelo Antón en el cementerio de Santa Isabel.

Laha se percató de que a Daniela le costaba esfuerzo mantener la compostura. Se acercó a ella y le puso una mano en el hombro. Kilian le dedicó una débil sonrisa. Había sido inevitable que los caminos de Bisila y él se cruzaran de nuevo. Solo había sido cuestión de tiempo que los espíritus les permitieran algo de paz. Estaba completamente seguro de que, al igual que él, Bisila se alegraba de haber vivido lo suficiente como para revivir su vida en la de sus hijos.

Kilian se llevó la mano libre del gotero al cuello y acarició con los dedos las pequeñas conchas de su desgastado collar de cuero.

—Ayúdame, Daniela. Deshaz el nudo.

Daniela lo hizo. Kilian sostuvo el collar en la palma de su mano durante un largo rato, cerró el puño y extendió el brazo hacia su hija.

—Llévale esto a Bisila y dile que donde voy ya no lo necesitaré. Dile también que espero que la proteja lo que le quede de vida en este mundo como me ha protegido a mí. —Se encogió de hombros y volvió su mirada hacia el trozo de cielo azul que enmarcaba la ventana—. Eso es todo. Ahora me gustaría dormir...

Eso quería: dormir y descansar por fin en una pequeña isla alfombrada de cacaotales de hojas brillantes y piñas de color ocre, donde los días y las noches eran iguales y no se echaba de menos ningún tono de verde y donde él había ayudado a cultivar el alimento de los dioses; atravesar el arabesco de calas y bahías antes de ascender por la *cuesta de las fiebres* y percibir el aroma de las flores pequeñas, blancas y delicadas de los *egombegombes*; escuchar las risas, las bromas y los cantos de las gargantas nigerianas y vibrar con los ritmos de sus tambores; alegrar su vista con el colorido de los *clotes* por las calles de una coqueta ciudad desplegada a los pies del brumoso pico de Santa Isabel; impregnarse del olor dulzón y el calorcillo pegajoso; caminar bajo la bóveda verde del paraíso de las palmeras, los cedros, las ceibas y los helechos sobre los que jugaban los pajarillos, los monos y las lagartijas de colores; sentir sobre su cuerpo la fuerza del viento y de la lluvia de una tormenta tropical para dejarse acariciar después por una brisa cálida cargada del perfume del cacao tostado.

¡Ah, cómo deseó ser esa isla y sentir en cada rincón la mirada transparente de Bisila!

Kilian perdió la consciencia esa misma noche. Durante dos días deliró y, en su terrible agonía, pronunció palabras incomprensibles para Daniela y Clarence, pero no para Laha, que no quiso traducirlas. De vez en cuando decía el nombre de Bisila y su expresión abandonaba toda señal de sufrimiento; parecía incluso que se iluminaba antes de volver a contraerse, y así hasta que exhaló el último suspiro que devolvió la paz a su cuerpo.

Una semana después del funeral, Laha tuvo que marcharse por su trabajo y Daniela se quedó con los niños para recoger y ordenar la ropa y las cosas de Kilian. Las primas no permitían que las lágrimas fluyeran para no entristecer más a Samuel y a Enoá, que no acababan de entender que su abuelo no estuviese en Casa Rabaltué, que era donde siempre había estado. Como explicación, les dijeron que el abuelo se había convertido en una mariposa y se había ido volando al cielo. Estaban en una edad en que todavía se podían creer semejante historia.

Una tarde, cuando terminaban de poner las pertenencias de Kilian en cajas, Clarence vio que Daniela guardaba el collar con el cauri y la concha de *Achatina* y se extrañó. Le preguntó por qué lo hacía y su prima le respondió:

—Le debo a mi madre un poco de justicia. Si se lo llevo a Bisila, estoy aceptando que mi padre engañara a mi madre con el corazón. Y no quiero mirar más al pasado. Laha y yo tenemos un presente y un futuro del que disfrutar y muchas cosas por hacer. ¡Hay tanto por hacer! Ya vale de esta nostalgia que ha impregnado las paredes de esta casa. Lo digo también por ti, Clarence…

Se sentó en la cama con el collar entre las manos y lloró todo lo que no había llorado delante de sus hijos. Clarence no dijo nada. Dejó que se desahogara, que se liberara un poco de la terrible sensación de orfandad que queda cuando mueren los mayores.

Al cabo de un rato, Daniela se enjugó las lágrimas y le entregó el collar.

—Toma —dijo, con una mezcla de resignación y determinación—. Haz tú lo que quieras o lo que creas que debes hacer con esto. Yo no tengo ni las ganas ni el deseo de comprenderlo.

Entonces Clarence se acordó de Iniko y de cuando le puso el collar, que todavía conservaba, alrededor del cuello para que mantuviera alejados a los malos espíritus que los rodeaban. No pudo por menos que extrañarse de lo diferentes que habían sido las historias de los habitantes de esa casa, como si algo superior a ellos se hubiera encargado de emparejarlos de la manera más adecuada a su lugar y a su momento en el devenir de los hechos.

Kilian y Bisila se habían amado más allá de la distancia y el tiempo y, aunque no habían sabido el uno del otro durante décadas, habían mantenido una permanente conversación íntima y secreta. Por otro lado, Iniko y ella se habían amado en un momento concreto de sus vidas y se habían separado de mutuo acuerdo, conscientes de que ninguno iba a renunciar a su vida por el otro.

Sin embargo, Daniela y Laha eran los que más habían sufrido por ser la consecuencia de un pasado que había marcado su relación desde el principio y del que tenían que librarse para encontrar su verdadero sitio, para ser libres, para construir su propio futuro sin la intromisión de nadie, sin rencor y sin odio. Daniela anhelaba librarse de un equipaje demasiado pesado porque el mundo realmente pertenecía a quien sabía ir ligero de equipaje.

Clarence suspiró. Daniela tenía razón al decirle que era demasiado nostálgica. Vivía más de los recuerdos, propios y ajenos, que de su propio presente. Se tomaba tan en serio aquello de perpetuar las tradiciones que se estaba convirtiendo en una piedra más de esa sólida casa. Pero ¿qué le iba a hacer? ¿Cómo no iba a ser nostálgica si allí ya no quedaría nadie dentro de unos días? Después de siglos, le tocaría a ella la dolorosa tarea de cerrar las puertas de una Casa Rabaltué que pasaría, como otras, a convertirse en una residencia de verano. Allí dejaría las voces de decenas de vidas cuyos dueños se listaban en el árbol genealógico del vestíbulo, testigo mudo de los que se fueron y no volverían. Era lo que había. La vida.

Contempló el collar de Bisila y Kilian en sus manos y tuvo claro qué haría con él. Prepararía un pequeño paquete con dos puñados de tierra del jardín y se lo enviaría a Iniko, junto con el collar, para que se lo entregase a Bisila con las últimas palabras de Kilian. Ya que no había continuado con la idea de trasladar los restos de su abuelo a Pasolobino, al menos cumpliría con hacerle llegar la tierra de su valle natal. Estaba segura de que Iniko sabría transmitir a Bisila la información con la misma consideración y cariño con que ella lo haría. A otras personas, todo eso del respeto a los antepasados podría parecerles una estupidez, pero ella sabía que Iniko la comprendería. Y tenía la certeza de que nadie mejor que Bisila podría cumplir los últimos deseos de su tío tal como él los había expresado.

Una niñita con el cabello recogido en muchos moñitos apareció en la habitación abrazada a su osito de peluche. Daniela cogió en brazos a Enoá y la llevó de vuelta a su cama.

Clarence pensó en sus sobrinos y su corazón se alegró.

Daniela no podía haber elegido dos nombres más apropiados. Enoá significaba «mar» y Samuel se refería a aquel Sam Parker cuyo nombre en *pichi* había dado lugar al de Sampaka. Llegaría un día en que todo lo que habían vivido quedaría atrás, sí, pero los nombres de sus sobrinos resumirían el pasado y el futuro. El mar y el túnel de las palmeras reales. Los símbolos de la resurrección y la victoria sobre el tiempo.

El corazón de Clarence se alegró al pensar en sus sobrinos, pero también sintió una punzada de envidia. Ellos tendrían la suerte de que no les resultase extraño ser blancos y negros, isleños y montañeses. Ella les contaría su historia de bubis y las ancestrales genealogías de Pasolobino, les narraría la historia de amor de sus abuelos y ellos la escucharían sin ningún sufrimiento. Ellos ya pertenecían a otra generación: a una a la que le parecería de lo más normal, incluso anecdótico, que una pequeña parte de los Pirineos estuviera unida a una isla africana para siempre.

Pero para ella siempre sería la historia de unas personas cuya gran hazaña habría sido la de cambiar la inamovible y rígida narración de las incorpóreas páginas del libro de una centenaria casa de piedra, que ahora se enfrentaba a su futuro con la misma expectante y temblorosa determinación de una frágil mariposa.

Te lo dije, Kilian, sí, al principio de todo. Temiste que la nieve de las palmeras se fundiera, se evaporara y desapareciera para siempre. Temiste que las palmeras no echaran raíces en la nieve.

¡Sube ahora! ¡Aprovecha tus alas y observa tu casa desde lo alto de la montaña! ¡Mira cómo se agarra la vida! El río de la existencia que cruza por el jardín de Casa Rabaltué ahora sí que se llena con pequeños arroyos de diferentes procedencias...

Te lo dije, Kilian, sí.

Supiste que nunca más volveríais a veros, pero ahora…

¡Aprovecha el empuje del aire del norte y vuela hacia el valle! ¡Cruza las llanuras y detente en los acantilados! ¡Sube a lomos del *harmatán* y planea hasta la isla!

Ya no estás perdido sin dirección. Ya no eres un barco encallado. Ningún tañido de campana te puede desorientar.

¿Ves?

Bisila sonríe.

Pronto acudirá a tu lado. Volveréis a estar juntos en un lugar sin tiempo, sin prisas, sin prohibiciones, lejos de la furia y cerca de la paz, donde solo beberéis agua de lluvia.

Y ahora que ya has renacido en brazos de los *baribò*, por fin podrás comprender lo que Bisila siempre quiso que supieras:

Que las huellas de las personas que caminaron juntas nunca nunca se borran.

NOTA DE LA AUTORA

El argumento sentimental que une y separa a los personajes de esta novela, tanto los nativos de Bioko como los nativos de Pasolobino, es pura ficción. No obstante, la aventura de aquellos hombres y mujeres de los Pirineos que pasaron años de su vida en la isla está inspirada en hechos reales. Varios de ellos fueron mi padre, Francisco Gabás Pallás, y mi abuelo, Francisco Gabás Farré, de Casa Mata de Cerler; mi abuela, Rosario Pallás Ventura, de Casa Llorgodo de Cerler; e Ismael Lamora Pallás, primo hermano de mi padre, de Casa Caseta de Ramastué. Gracias a sus recuerdos, tanto orales como escritos, supe desde pequeña de la existencia de la isla de Fernando Poo y de tantas otras cosas de esa parte de África del tamaño de la comarca de mis raíces.

La historia de las decenas de personas del valle de Benasque, en la comarca oscense de la Ribagorza, que desde finales del siglo XIX decidieron ir a trabajar a Guinea Ecuatorial fue recogida por José Manuel Brunet, José Luis Cosculluela y José María Mur en un necesario e interesante libro titulado *Guinea en patués: De los bueyes del Valle de Benasque al cacao de la isla de Fernando Poo,* publicado en 2007, poco después de que falleciera mi padre. Quiero agradecer muy especialmente a José María Mur que rescatara del olvido unas experiencias que solo conocíamos unos pocos, que me permitiera estar presente en las grabaciones de las personas cuyos recuerdos y detalles impregnan mi novela, y que —sin él saberlo— me diera el último empujón para terminar de dar forma a una idea que yo tenía en mente desde hacía años; una idea en la que predominaba la curiosidad por las cosas que no nos habían contado y por conocer la *otra* versión, es decir, la de los nativos de allí que, en mi opinión, no siempre eran o han sido representados ni en las narraciones ni en las novelas de viajes con el respeto y dignidad debidos.

El lugar donde nació mi padre, Cerler, es un pequeño, precioso, frío y soleado pueblo situado a 1540 metros de altitud, perteneciente al municipio de Benasque, el cual puede vanagloriarse de estar rodeado por las más bellas y altas montañas. Nuestro valle tiene una larga historia, aunque ahora es muy conocido porque hay una estación de esquí. Que en mi novela decidiera bautizar el lugar natal de varios de los protagonistas españoles con el nombre de Pasolobino se debe a dos razones: para ser objetiva necesitaba distanciarme del sitio en el que he vivido gran parte de mi vida, y, en realidad, Pasolobino bien podría ser un paraje como tantos otros de los que partieron cientos de españoles que durante décadas residieron en Guinea. (En los años cuarenta del siglo pasado había unos mil españoles en Fernando Poo. Cuando el país obtuvo la independencia, se estima que en toda la colonia había unos ocho mil.) De igual manera, la aldea de Bissappoo es ficticia, si bien su descripción se ajustaría a la de muchas del momento descrito en la novela. Sí es cierto que en 1975 Macías ordenó quemar un poblado porque creía que sus habitantes se habían dedicado a la subversión.

Todos los hechos históricos, así como la ambientación de la novela, han sido rigurosamente contrastados. No obstante, sé que los lectores más eruditos en el tema de Guinea sabrán perdonar algún leve cambio (como la marcha de los nigerianos que he adelantado en la novela) o sutilezas (como la nueva decoración del Anita Guau) por motivos literarios.

También soy consciente de que la acción se circunscribe a la antigua isla de Fernando Poo y no a toda Guinea. Las diferencias culturales entre la parte insular y la parte continental, mucho más grande en extensión, hacían imposible pretender el análisis más profundo de otros puntos de vista que se han abordado solo tangencialmente. Mi idea original, a la que me he ceñido en todo momento, era establecer la comparación entre los dos pequeños paraísos a los que mi padre aludía siempre: la isla y su valle natal.

Para documentarme sobre la historia política y social del contexto guineoecuatoriano me dediqué durante mucho tiempo a leer lo máximo posible sobre el material publicado al respecto. A continuación nombraré aquellos libros, artículos y autores que han influido en la redacción de la novela.

1. Sobre geografía, historia, economía y política de Guinea Ecuatorial en general manejé los siguientes textos: *Aproximación a la historia de Guinea Ecuatorial,* de Justo Bolekia Boleká (2003); *El Laberinto Guineano*, de Emiliano Buale Borikó (1989); *Macías, víctima o verdugo,* de Agustín Nze Nfumu (2004), un relato revelador sobre la atroz dictadura de Macías; *Fernando el Africano,* de Fernando García Gimeno (2004), un imprescindible, emotivo y detallado relato de más de veinte años de experiencia en Guinea hasta poco antes de la independencia; *Fernando Poo: Una aventura colonial española en el África Occidental (1778-1900),* de Dolores García Cantús (2004); *De la trata de negros al cultivo del cacao: Evolución del modelo colonial español en Guinea Ecuatorial de 1778 a 1914,* de Juan José Díaz Matarranz (2005); *Apuntes sobre el estado de la costa occidental de África y principalmente de las posesiones españolas en el Golfo de Guinea,* por Joaquín J. Navarro, teniente de navío, secretario del Gobierno de Fernando Poo y sus dependencias. Este documento fue escrito en 1859 a instancias de la reina, Isabel II, para tener noticias fidedignas relativas a las posesiones en el Golfo; *Cronología de Gui-*

nea Ecuatorial: De la preindependencia (1948) al juicio contra Macías (1979), de Xavier Lacosta, un claro, interesante y completo trabajo que me permitió poner orden en las fechas de los hechos que se narran en la novela.

Artículos de la revista *La Guinea Española,* editada por el Fondo Claretiano, desde 1904 hasta 1969 y cuyos números pueden leerse en <www.raimonland.net>. De hecho, la revista que lee Kilian en su primer viaje en barco en 1953 es real y el artículo que nombra sobre lingüística bubi fue escrito por el padre Amador del Molino, de la Misión Claretiana, que investigó durante años la historia de Guinea. También me han resultado muy útiles las ilustraciones del botánico africanista y catedrático de Ciencias Naturales Emilio Guinea, autor de los libros *En el país de los pámues* (1947) y *En el país de los bubis* (1949) y el documental *Memoria negra,* de Xavier Montanyà (2007).

De todos los artículos leídos de los últimos diez años, me gustaría mencionar «La dictadura de las tinieblas», de Juan Jesús Aznárez (2008); «Guinea Ecuatorial: de colonia a Estado con derecho» y «Guinea Ecuatorial: Vídeos y bibliografía», de Miguel Ángel Morales Solís (2009); el ensayo «Guinea Ecuatorial», de Max Liniger-Goumaz y Gerhard Seibert para la *New Enciclopedia de África* (2008); «Guinea Ecuatorial española en el contexto de la Segunda Guerra Mundial», de José U. Martínez Carreras; «Guinea Ecuatorial: La ocasión perdida», de Juan M.ª Calvo (1989); artículos publicados en *La Gaceta de Guinea Ecuatorial* que pueden verse en <www.lagacetadeguinea. com>; artículos en *Historia 16* y las hemerotecas online de periódicos, como la del *Abc* y del *Diario del AltoAragón* (antes Nueva España), no solo para la búsqueda de noticias sobre Guinea desde principios del siglo xx, sino también sobre España.

De todas las enciclopedias, páginas web, revistas, foros, blogs y crónicas de viajes recogidas en numerosas páginas web, he encontrado imprescindibles las siguientes: <www.raimonland.net>, un maravilloso lugar de encuentro, noticias y recopilación histórica de y para todos aquellos que vivieron en Guinea o aquellos que quieran saber más sobre ese país; <www.asodegue.org>, portal de la Asociación para la solidaridad democrática con Guinea Ecuatorial, en la que se pueden leer noticias políticas y económicas y artículos variados sobre Guinea Ecuatorial; <www.bisila.com>, un portal de recursos, cursos de lengua bubi, imágenes y bibliografía; <www.revistapueblos.org>, portal de la revista *Pueblos,* con numerosos artículos de temas africanos; <www.guinea-ecuatorial.org>, página oficial del Gobierno en el exilio de Guinea Ecuatorial; <www.guinea-ecuatorial.net>, donde se puede encontrar una amplia recopilación de información sobre Guinea; <www.fundegue.es>, portal de la Fundación España-Guinea Ecuatorial; la revista de la asociación de mujeres guineoecuatorianas residentes en Barcelona *E'Waiso Ipola;* y la reciente <www.malobosa. com>, donde se puede leer la revista *Malabo.SA.*

Por último, para explicar toda la parte dedicada al cultivo del cacao, utilicé diferentes manuales y, más concretamente, el artículo «Un buen cacao que se llama Sampaka», que apareció en 1957 en el especial *Nuestra Guinea* de la revista *La Actualidad Española* y en el que aparece mi padre en casi todas las fotos.

2.   Sobre historia, cultura, religión y tradición bubi me resultó especialmente útil el libro *Los Bubis en Fernando Poo*, del padre Antonio Aymemí, que vivió en la isla de Fernando Poo como misionero católico de los Hijos del Inmaculado Corazón de María, desde 1894 hasta su muerte en 1941. Fue publicado en 1942 como recopilación de una serie de artículos que el padre escribió para la revista *La Guinea Española.* Como no se pueden conseguir copias de este libro, yo he utilizado para la ambientación del ficticio poblado de Bissappoo la traducción al inglés del año 2003 de Colleen Truelsen, *The History and Culture of an Endangered African Tribe.* Como él mismo explica, la segunda generación de bubis en el exilio está encontrando su cami-

no desde España a los Estados Unidos, y por eso decidí que en mi novela Fernando trabajara en California, un lugar que yo conozco bien. El propio Truelsen reconoce que sin saber español es muy difícil obtener información de la historia cultural de los bubis.

Otros textos fueron los siguientes: *A través de la magia Bubi: Por las selvas de Guinea*, de José Manuel Novoa (1991); *Los Bubis. Ritos y creencias,* del padre Amador Martín del Molino (1989), de la Misión Claretiana, que convivió veinticuatro años con los bubis; la revista arriba citada *La Guinea Española* del fondo claretiano; y la página <www.maib.org>, que es la página oficial del Movimiento para la Autodeterminación de la Isla de Bioko, donde aparece información sobre la historia de los bubis.

Finalmente, los libros anteriormente citados *Aproximación a la historia de Guinea Ecuatorial,* de Justo Bolekia Boleká (2003), y *El Laberinto Guineano,* de Emiliano Buale Borikó (1989), me resultaron especialmente útiles para centrarme en la parte política directamente relacionada con la isla Fernando Poo/Bioko y los bubis.

3. Puesto que el personaje de Clarence es profesora de lingüística en la universidad y está interesada en la literatura hispano-africana, guineoecuatoriana, el español y la producción literaria en Guinea Ecuatorial, mencionaré los siguientes documentos y autores que también han aportado su granito de arena a mi novela: *La formación de identidad en la novela hispano-africana: 1950-1990*, de Jorge Salvo (2003), profesor de español de la Universidad de Carolina del Sur y autor, también, de diversos artículos relacionados con este tema; *Literatura emergente en español: Literatura de Guinea Ecuatorial*, por Shosténe Onomo-Abena y Joseph Désiré Otabela Mewolo (2004); «La literatura africana de expresión castellana: La creación literaria en Guinea Ecuatorial», de Mbaré Ngom (1993), de la Morgan State University de Maryland; y «La creación semántica y léxica en el español de Guinea Ecuatorial», tesis doctoral de Issacar Nguen Djo Tio-

gang (2007). También consulté diversos artículos de los siguientes autores: Mariano L. de Castro Antolín, catedrático de Geografía e Historia en Valladolid y autor de publicaciones sobre la historia de Guinea Ecuatorial y sobre las relaciones entre Guinea y España; Humberto Riochí, portavoz del Movimiento por la Autodeterminación de la Isla de Bioko (MAIB) en 2009; Michael Ugarte, profesor de literatura española en la Universidad de Misuri; Juan Tomás Ávila Laurel, escritor, redactor-jefe de la revista *El Patio* de Malabo, y conferenciante en diversas universidades norteamericanas; Carlos González Echegaray, estudioso africanista español; y Germán de Granda, quien ha trabajado sobre las lenguas de Guinea Ecuatorial.

Específicamente sobre el español en Guinea Ecuatorial cabe nombrar los artículos de Sosthéne Onomo-Abena y Aminou Mohamadou, de la Universidad de Yaoundé I (Camerún). Mohamadou tiene un artículo sobre el *espaguifranglés,* como lengua compuesta por diferentes marcas de las lenguas con las que cohabita: español, guineano —de los grandes grupos étnicos: fang, bubi, annobonés, benga, ndowé—, francés e inglés. Y, por supuesto, debo mencionar a John M. Lipski, catedrático de Lingüística en la Universidad de Pensilvania y especialista en dialectología, contacto de lenguas, lenguas criollas y los elementos africanos en el español y el portugués. Su magnífico artículo «The Spanish of Equatorial Guinea: Research on la hispanidad's best-kept secret» es el que probablemente hubiera leído Clarence como comienzo de su investigación lingüística en Guinea, en caso de que la hubiese llevado a cabo.

En cuanto a la producción literaria relacionada con Guinea Ecuatorial —del periodo precolonial, caracterizado por su oralidad; del colonial, representado por la descripción del exotismo, y del poscolonial, tanto de la época de la triste memoria como la del comienzo de la creación literaria autóctona, de recopilaciones de cuentos y leyendas y de nuevas obras narrativas y de ensayo—, y para que el lector pueda hacerse una idea de la magnitud del desconocimiento de una parte de nuestra Historia, recomendaría el interesantísimo ensayo de Justo Bolekia Boleká recogido por el Centro Virtual Cervantes en su anuario de 2005 y los trabajos de Mbare Ngom Fayé y Donato Ndongo-Biyogo. Este último, periodista, historiador, ensayista y novelista guineano, autor de las novelas *Las tinieblas de tu memoria negra* y *Los poderes de la tempestad* y experto en literatura moderna hispanófona en Guinea Ecuatorial, publicó en 1984 una imprescindible *Antología de la literatura de Guinea Ecuatorial* en la que recoge los autores y sus obras de narrativa, poesía y teatro.

En un bloque diferente a las obras producidas por los mismos guineoecuatorianos se situarían las obras escritas por españoles después de una estancia en Guinea. Sé que hay alguna más —tengo pendiente la lectura de *El corazón de los pájaros,* de Elsa López (2001), y ver la película *Lejos de África,* de Cecilia Bartolomé del año 1996—, pero estas son las que yo he leído y han colaborado para la ambientación de mi novela: *En el país de los bubis,* de José Más (escrito en 1919 y reeditado en 2010); *Manto verde bajo el sol,* de V. López Izquierdo (1973); *El valle de los bubis,* de María Paz Díaz (1998); *La casa de la palabra,* de José A. López Hidalgo (1994); *Al sur de Santa Isabel,* de Carles Decors (2002); la dura y desasosegante *Guinea,* de Fernando Gamboa (2008); *Una historia africana,* de Javier Reverte (2009); *La aventura del Muni (Tras las huellas de Iradier: La historia blanca de Guinea Ecuatorial),* de Miguel Gutiérrez Garitano (2010), y, la ya citada, *Fernando el Africano,* de Fernando García Gimeno (2004).

Mi novela se sumará, pues, a la larga lista de libros sobre Guinea Ecuatorial, lo cual me produce una honda satisfacción. Clarence e Iniko coinciden en que forman parte de una larga cadena que incluye tanto a los antepasados como a los que están por venir. De la misma manera, esta novela forma parte de una larga cadena de palabras escritas y palabras por escribir sobre la historia de Guinea Ecuatorial. Pero no solo eso. Espero que el lector español pueda conocer o reconocer una cultura y un contexto histórico, político y social diferente, lejano y cercano a la vez; pero también deseo que el lector guineoecuatoriano conozca algo sobre los que viajaron a su país, sobre las razones por las que fueron, sobre mi tierra y sus costumbres, y sobre los cambios que hemos vivido.

AGRADECIMIENTOS

A Justo Bolekia Boleká, intelectual guineoecuatoriano de la etnia bubi, catedrático de Filología Francesa de la Universidad de Salamanca, autor de numerosos artículos, libros de ensayo y publicaciones de lingüística y sociolingüística, experto en lengua, cultura y antroponimia bubi, poeta, político e historiador, por concederme el privilegio de revisar una novela como esta en la que hay un poco de todo aquello en lo que él es experto. Le debo las correcciones de los diálogos y expresiones en bubi y en *pidgin-english* (para las expresiones en este último idioma yo había empleado el diccionario que acompañó a mi padre y a mi abuelo, una edición de 1919, exactamente el que lee Kilian en su primer viaje en barco). Debo agradecerle también sus matizaciones en cuestiones de tradiciones y cultura bubi, así como la revisión de la parte histórico-política. Y quiero resaltar su gentileza al permitirme hacer uso del cuento bubi titulado *Wewèöbuaaröö* que Fernando Laha narra a Daniela y que está recogido en su recopilación de cuentos bubis. Pero, sobre todo, debo agradecerle las afectuosas palabras con las que me transmitió su gratitud por haber podido disfrutar de ese continuo viaje de Pasolobino a Bioko.

A Ismael Lamora y Mari Pe Solana, que vivieron años en Fernando Poo, y a José Antolín, que trabajó para la TVE en la isla justo después de la independencia, por todas sus anécdotas y recuerdos de aquella época.

A Luis Acevedo, por acercar Sampaka a mis montañas y por perseverar en sus esfuerzos en la finca.

A José M.ª Mur, por contagiarme de su deseo de conocer el pasado, ayudarme en la investigación y traerme noticias frescas de su viaje a Guinea, algo esto último que también hizo el hermano Josean Villalabeitia.

A Maruja de San Lucas, por sacarme de apuros en cuanto a cuestiones de moda y menús de décadas pasadas.

A Fernando García Gimeno, por ser el mejor guardián de los detalles y descripciones de unos años que sin él se habrían olvidado y por responder amablemente a mis consultas.

A Ana Corell, Pedro Aguaviva y Felisa Ferraz, por sus acertadas y útiles impresiones del primer manuscrito.

A Ramón Badía Vidal, por su primera valoración de la novela, su profesionalidad y su comprensión.

A Cristina Pons, por sus sabios, perspicaces, oportunos e imprescindibles consejos sin los cuales esta novela no hubiera llegado a buen puerto. Pero, sobre todo, por ayudarme a ascender por la *cuesta de las fiebres* sin miedo.

Y por último, a mi editora, Raquel Gisbert, por creer en este proyecto y haberme ofrecido la excepcional e ilusionante posibilidad de que esta novela vea la luz. Gracias a ella puedo dedicarla muy especialmente —a modo de humilde homenaje— a los de aquí que vivieron allí y a sus descendientes; y a los de allí que tuvieron que convivir con los de aquí y a sus descendientes.

Espero que unos y otros sepamos comprendernos un poco mejor.

Anciles, septiembre de 2011

Lo que era antes bosque de "Up-Side". -

Felices Pascuas
y
Año Nuevo

Finca "SAMPAKA" - Diciembre 1,955.